U0854424

影视学科资料汇评

影视创作与批评编

主 编◎桂青山

YINGSHIXUEKEZILIAOHUIPING
YINGSHICHUANGZUO
YUPIPINGBIAN

北京师范大学出版集团
BEIJING NORMAL UNIVERSITY PUBLISHING GROUP
北京师范大学出版社

图书在版编目(CIP)数据

影视学科资料汇评·影视创作与批评篇／桂青山主编.—北京：北京师范大学出版社，2011.1
ISBN 978-7-303-11572-3

Ⅰ.①影… Ⅱ.①桂… Ⅲ.①电影－高等学校－教学参考资料②电视（艺术）－高等学校－教学参考资料 Ⅳ.①I9

中国版本图书馆CIP数据核字(2010)第189787号

营销中心电话 010-58802181 58808006
北师大出版社高等教育分社网 http://gaojiao.bnup.com.cn
电子信箱 beishida168@126.com

出版发行：北京师范大学出版社 www.bnup.com.cn
北京新街口外大街19号
邮政编码：100875
印　　刷：北京京师印务有限公司
经　　销：全国新华书店
开　　本：184 mm × 260 mm
印　　张：29.75
字　　数：580千字
版　　次：2011年1月第1版
印　　次：2011年1月第1次印刷
定　　价：60.00元

策划编辑：陈佳宵　　责任编辑：陈佳宵　王晓雪
美术编辑：毛　佳　　装帧设计：国美嘉誉
责任校对：李　菡　　责任印制：李　啸

版权所有　侵权必究

反盗版、侵权举报电话：010－58800697
北京读者服务部电话：010－58808104
外埠邮购电话：010－58808083
本书如有印装质量问题，请与印制管理部联系调换。
印制管理部电话：010－58800825

总序

当前社会需要大量影视学科人才，专业研究人员、业界从业人数、参加各种级别影视学科学习、考试的人数与业余影视爱好者，前所未有的多。因而经常发现在学习过程中缺少系统、实际、较全面的辅导材料、学习资料，大多是零散的学术专著、分散的期刊篇章，至多属于子系统、阶段性的荟萃，使得学习者为寻找必要而周全的资料大费脑筋与周折，尤其对于当前众多的报考影视学专业本科、硕士及博士的考生来说，备有一部较全面系统并具有学术研究基础认知价值的大型参考工具书，确属急切之举。

本书以影视学科的基本学识构成为基础，分为以下几部分：

一、影视基础理论编

上编　基础概念

本部分介绍影视基础理论，从各个维度，梳理荟萃当前最基础、最权威基础知识。同时，介绍前沿性的各家观点与学术论争焦点、热点。使得使用者可以在基础与前沿两方面获得必要信息，以促进其进一步的学习与研讨。

下编　基础史论

对世界（中外）影视史作客观的梳理介绍，史与论结合，历史流脉与各个时期的重要现象研究结合，各派、各种重要的有代表性的学术观点尽可能做到客观荟萃，并加以点评。

二、影视创作与批评编

上编　影视批评

从创作原理、过程、方法、运作等方面展开，介绍各家学说、观点以及创作过程中各个阶段的学理、学识以及经验、教训。

下编　影视创作

本部分主要介绍百年影视史，尤其当代史中重要的评论、批评学派、观念、方法与对影视领域各方面重要学术现象与问题的研究、论争与探讨。以期使读者获得在前面基础上的学术升华、进而具备相应的学术研究认知与能力。

三、影视作品解读编

本编主要介绍与前述影视基础理论、影视史论及创作相关的不同时期重要的、经典的或有争议的作品实证。对作品不同层面的解析与各家评说结合，最后总括出撰写者仅供参考的意见，力求奠定读者在理论学习过程中的感性根基。

本书整体的编撰路径是每部分先简要客观地介绍基础性的相应知识点或面，然后列举有代表性的各个重要学派、理论家、作家、从业者的观点、观念，最后作本部分的学术总结（有定评的）或学术概述（不做结论，存疑、备忘），希望以这样的构成，对不同读者的不同需要，有不同层面的助益。

为此，我们集聚了北京师范大学艺术与传媒学院影视系的教师、硕士与博士研究生十余人，倾两年精力，遍览相关影像与文字材料，认真推敲，反复讨论，集中研究，分别撰写，总体审阅与梳理，在影视学界与业界各方面学者、专家的指导、帮助下，初步完成了这部书稿。

本套丛书各编分工及具体撰稿人如下：

影视基础理论编

李石华、宋凝思、马晓莉主笔；

陶家璇统筹。

影视创作与批评编

上编 影视批评：张林明主笔；

下编 影视创作：陶家璇主笔。

影视作品解读编

周赟、贾小利、王莉、孙陆芳撰稿。

毕竟水平与条件有限，其间尚不无粗疏、遗漏、浅薄、偏颇乃至谬误处。还望读者诸君多有指正，以备我们进一步的修改、补充与提高。

桂青山

序言

“影视创作与批评编”是“影视学科资料汇评”丛书之一，本书一共分为“影视创作”和“影视批评”两大部分。在这两大部分中，又将电影与电视这两种传播媒介独立成章，分别就相关创作和理论批评的知识点予以汇评。作为一本资料性质的工具书，本书力求客观和全面，兼顾基础与前沿，力图为读者提供一个方便快捷的知识结构路径，帮助读者迅速建立起一个宏观全面的创作和理论知识体系。

在结构和体例的编排上，“影视创作与批评编”各部分不尽相同，原因有二：一是各部分内容上差别甚大，本着量体裁衣的原则，不求形式上的统一，而是根据内容进行结构上的协调安排；二是考虑到读者阅读的便易性，本着简洁明快的原则，让各类读者迅速获取自己所需要的信息。总而言之，宏观全面、方便快捷，是本书的编写原则，也是“影视学科资料汇评”丛书策划和编写的原则所在。

在这里，编者就本书各部分主要内容及其结构编排简要介绍一下。

“影视创作”电影部分采用递进式结构，首先，在创作观念上就电影的本体观念进行了辨析，讨论了电影到底是艺术、技术还是商业的问题；同时，梳理了电影与文学、戏剧这两大艺术门类之间的异同，探讨了全球化背景下电影的本土化和民族化问题；接着，从结构、情节和人物这三个主要方面入手分析了电影创作中遇到的问题；再者，从现实主义、新现实主义、现代主义和后现代主义等四个方面概括了电影的创作方法和创作潮流；最后，以“类型化”和“大片”为例分析了电影的产业生存化问题。

“影视创作”电视部分采用专题研究的方式，对当前电视产业的“娱乐化”“品牌化”“专业化”等密切关系电视发展的产业化策略进行了深入探讨和分析，指出这是电视产业持续发展的必经之路；同时，本书对“真人秀节目”“谈话节目”“调查报道”和“民生新闻”等当前各电视台主要的节目类型予以介绍和分析。本书希望读者通过这些专题性的介绍分析，对当前国内外电视创作的状况形成综合性的认识。

“影视批评”电影部分采用线性的结构方式，追溯了自电影产生以来的世界电影理论。一般以为，让·米特里之前是经典电影理论时代，主要关注的是电影的本体美学问题；让·米特里之后为现代电影理论时代，电影理论开始转向探究电影的语言、结构和文本。电影理论批评部分以各电影理论流派的主要代表人物及其思想为点，由此勾勒出世界电影理论的基本轮廓。世界电影理论基本上以西方电影理论为主，但也不能忽略独特的民族电影理论，所以在本书电影部分的末尾，增加了中国理论界对中国民族电影理论的研究成果。

“影视批评”电视部分将电视研究纳入传播学视野之中，以便读者对于电视传媒研究有一个宏观的把握。由此，本书将电视理论批评划分为三大学派，即经验学派、批判学派和媒介环境学派。然后，再将三大学派之下的代表性流派分别予以介绍，比如批判学派中的法兰克福学派、伯明翰学派、政治经济学派、社会学电视批评，以及女性主义电视批评等。与电影理论批评相似，电视理论批评部分也以各学派主要代表人物的理论思想为点，以各大流派的思想评介为面，由此描摹出当今世界宏观的电视传播理论发展格局。

本套丛书的编撰目的是供学习、研究者做参考之用，因此本书在内容上多以汇总、评介为主，以便为读者提供工具上的便利。囿于时间和水平，本书难免有疏漏和缺憾，还请各位学界和业界同仁批评、指正。

本书“影视创作”部分由陶家璇编写，“理论批评”部分由张林明编写。

是为序。

张林明

目　录

上编：影视批评

电影部分

电视部分

下编：影视创作

电影部分

电视部分

上编

影视批评

电影部分

前　言

电影在诞生的初期，并不被认为是一门艺术，在文艺界和上流社会看来，电影只是在市井之地供人娱乐的玩意儿。有身份的人如果想看电影，得等到天黑悄悄出门，还把帽檐儿压得低低的，生怕被人认出来。德国哲学家、吐林根大学的美学和艺术史教授康拉德·朗格在其1920年出版的著作《现在和未来的电影》中指出，银幕上是“不可能体现出艺术的”，这种观念正是当时社会对电影的主流认识。在这种情势下，一些热爱电影的人士想方设法去论证电影是一门艺术，如同巴拉兹·贝拉在他1924年出版的第一本电影专著《可见的人》开篇所宣告的：“一门新兴艺术已经站在你们高贵艺术殿堂的门口，要求允许进入。”❶

这种论争就是世界电影研究的开始，而这也是当时电影理论研究的主要内容。

1911年，乔托·卡努杜宣称电影是继音乐、诗歌、舞蹈、建筑、绘画、雕刻之后的“第七艺术”；1916年，德国学者明斯特伯格出版《电影：一次心理学研究》，首次从心理学角度研究电影欣赏的心理感知过程。他认为电影并非现实景观的机械照相，而是被附加上了感知主体的心理内涵，希冀以此来论证电影的艺术性；1918年，德吕克发起法国印象派电影运动，莱翁·慕西纳克、让·爱泼斯坦、杜拉克等印象派艺术家从“上镜头性”“视觉主义”等方面来阐释电影的艺术特性；俄国形式主义者则系统阐述了电影的诗学本性与电影的语言形式之间的内在关系；匈牙利学者巴拉兹·贝拉不仅认为“电影是人类心灵的全新的表现形式”，还认为电影是一种视觉文化；德国学者爱因汉姆辨析了电影与现实的种种不同，强调正是这些不同，使得电影超越了对现实的机械模仿而成为一门真正的艺术。在这些电影理论先驱的共同努力下，电影逐渐得到了艺术上的承认。

20世纪20年代中期，苏联出现了蒙太奇电影理论研究，并于30年代趋向成熟。电影史家认为，在苏联电影理论家探索蒙太奇电影理论之前，西方电影界在创作实践中对作为技巧、手法的蒙太奇的探索已经有了一定积累。除此以外，构成主义和未来主义等现代文艺思潮，以及巴甫洛夫的反射心理学理论都对蒙太奇电影理论产生了深

❶ ［匈］巴拉兹：《可见的人电影精神》，3页，北京，中国电影出版社，2000。

刻的影响。苏联学派认为“电影艺术的基础是蒙太奇”，正是因为有了蒙太奇，电影才从机械的记录(影像、声音和色彩)转变为一门具有高度创造性的艺术。苏联蒙太奇电影理论的主要研究者是普多夫金、爱森斯坦、库里肖夫、维尔托夫等电影家。其中最有代表性的是爱森斯坦的理性蒙太奇理论、普多夫金的叙事蒙太奇理论和维尔托夫的“电影眼睛”理论。

电影蒙太奇理论的创建，标志着人们对电影的审美特性和艺术规律有了深入的把握，电影真正从理论上建立起了自己的艺术形式。

第二次世界大战以后，蒙太奇电影理论遭到了纪实电影理论学派的挑战。纪实电影理论学派最著名的理论家是法国电影学者安德烈·巴赞和长期侨居美国的德国学者齐格弗里德·克拉考尔，以及英国纪录片学派的创始人约翰·格里尔逊。巴赞认为，“电影是现实的渐近线”。克拉考尔认为，电影的本性是“物质现实的复原”。他们都认为摄影的记录和揭示、客观性和真实性等特征是电影反映现实的最重要的审美特征。同时，电影技术条件的发展，尤其是声音的出现，对以蒙太奇为中心的默片理论与实践产生了强烈的冲击。纪实电影理论着重对电影的艺术本性和审美本性进行重新思考，这也是对苏联电影学派的蒙太奇电影理论的反思和批判。

与此同时，“作者论”的提法也开始出现。1948 年 3 月 30 日，法国电影人亚历山大·阿斯特吕克的《新先锋派的诞生：摄影机自来水笔》一文为“作者论”的提出作了准备。继而，弗朗索瓦·特吕弗于 1954 年 1 月，在法国《电影手册》第 31 期发表《法国电影的某种倾向》，首提“作者政策”的说法。《电影手册》接着展开了关于好莱坞电影导演可否被称为“作者”的争论，“新浪潮”主将认为希区柯克、霍克斯等尽管受到好莱坞制度的限制，但仍然在作品中表现出鲜明的个人风格，应该划归在“作者”行列。美国电影理论家安德鲁·萨瑞斯于 1962 年在《电影文化》杂志上发表了美国作者电影理论的开山之作——《1962 年关于作者论的笔记》。他把法国《电影手册》派的“作者政策”与美国电影的实际结合，并把“作者政策”简称为“作者论”。

“作者论”为电影批评提供了一个崭新的视角，它对导演权力的推崇、对电影个性化的强调令人们开始更多地关注导演的电影语言、影片风格。这种理论迎合了 20 世纪 60 年代西方电影个性化创作和自我表述的需要，同时也为法国“新浪潮”电影和西方现代电影的兴起奠定了理论基础。

电影理论史家一般将电影理论分为两个阶段：20 世纪 60 年代以前为经典理论阶段，60 年代以后为现代理论阶段。经典理论所关注的主要是电影与现实的关系，也就是说，经典电影理论更多的是把电影看作一扇窗户或一幅图画来研究的；而现代理论则把电影作为一种语言来研究，它有意识地避开影片主题、故事情节和人物性格等表层，转而深入研究影片本文是如何表述的，以及电影与社会、观众之间的关系。

经典理论之后，现代理论之前，有一位重要的电影理论家，他就是让·米特里。米特里对世界电影的贡献主要来自他百科全书式的理论巨著《电影美学与心理学》。在《电影美学与心理学》这部巨著中，几乎可以找到从让·爱泼斯坦到巴赞的全部理论探索的印迹。他兼容并蓄、博采众长，运用哲学、心理学、美学、逻辑学和语言学来分析各家短长。米特里采用电影“美学”和“心理学”的研究方法，确认电影一方面具有符号一样的表意功能，另一方面又具有向外在的现实开放的本性特征。作为古典电影理论的集大成者，米特里的理论为现代电影理论的到来铺平了道路。

20 世纪 60 年代以后，随着结构主义思潮在西方的兴起，结构主义分析方法在人文学科领域得到了广泛应用，电影研究也出现了重大转向。1964 年，法国学者克里斯蒂安·麦茨发表了标志着电影符号学问世的长篇论文《电影：语言还是语言系统?》，揭开了现代电影理论研究的新篇章。麦茨的电影符号学是对巴赞的电影影像本体论的挑战。他认为，电影的本性不是对现实的自然反映，电影"不是对现实为我们提供的感知整体的摹写"，影像的组合方式具有常规语言的约定性。电影符号学运用结构主义语言学的研究方法分析影片的结构形式，意在建立一个可以解释电影如何将其意义呈现给观众的语言模式。

电影符号学产生以来，呈现出两个方向的发展趋势，一方面走向精神分析和意识形态学说，另一方面则发展为结构主义叙事学。一般我们认为，第一电影符号学的模式是语言学的模式，而第二电影符号学的模式是精神分析学的模式。1968 年，让·路易·博得里《基本电影机器的意识形态效果》一文的发表，标志着精神分析学电影理论，即第二电影符号学的建立。1975 年 5 月，法国综合性理论刊物《通讯》第 23 期以"电影精神分析学"为主题发表一系列文章，标志着电影结构主义符号学和精神分析学相结合的滥觞。1977 年，麦茨的《想象的能指》一书以弗洛伊德和雅克·拉康的精神分析学原理和模式为依据，结合电影符号学，全面解释了电影机制、主体观看过程和主体创作过程。

意识形态电影批评兴起于 20 世纪 60 年代的后结构主义时期，1969 年发表的《约翰·福特的〈少年林肯〉》一文第一次通过影片与美国意识形态的关系去审视好莱坞经典电影，成为了意识形态批评的经典文本。该文提出，每部文本都脱胎于总的历史文本，对任何个别文本的考察都可在两个面向上展开：考察其和总的历史文本间的动力学关系；考察这个总的历史文本和特殊的历史事件间的动力学关系。电影的意识形态批评否认电影是一个再现系统，而是按照主体的观念对物质世界的重新构造。阿尔杜塞的意识形态国家机器理论、葛兰西的文化霸权理论，以及博德里、齐泽克、乌达尔、达扬及其相关理论都为意识形态批评提供了理论资源。

叙事学将叙事作品作为一个不受外部规定制约的、独立自足的封闭体来进行研究，它关注的是叙事文本的结构和功能，即"怎么说"的问题。电影叙事学以叙事电影为研究文本，探讨叙事电影中的叙述者与接受者、时间与空间、故事与情节、视点与结构等叙事问题。电影叙事学在电影语言的研究上达到了一个新的高度，但是它将电影作为一个封闭的空间来研究，"它关注的只是能指的组织结构，而把所指完全排除在外"，无视社会文化语境，这也是叙事学电影理论最为人诟病之处。

女性主义电影批评的目的在于瓦解电影中存在的对女性在创造力上的压制和形象上的歪曲。女性主义电影批评家从心理学、符号学、结构主义中获取理论支持，通过对好莱坞经典电影模式视听语言的解构式分析，力图揭示女性形象中渗透的父权意识，即男性对女性面貌的扭曲，进而解构这类反女性本质的电影，纠正以男性为主导的表意手段与传播方式，建构更接近于女性情感体验的新电影。女性主义批评的经典文本有克莱尔·庄士敦的《女性电影作为抗衡的电影》、劳拉·穆尔维的《视觉快感与叙事电影》、米切尔的《精神分析与女性主义》、罗拉蒂斯的《爱丽丝不》等。

除了以上电影理论与批评之外，需要提及的还有类型电影研究、后殖民主义电影批评，以及我们的民族电影理论研究。

类型电影是在风格、主题、结构和角色形态具有相似性的影片，如美国的西部片、警匪片、歌舞片。类型电影作为一种影片制作方式具有如下特点，即公式化的情节、定型化的人物、图解式的视觉形象。类型电影是美国制片厂制度成熟的产物，是在好莱坞的影响下培植起来的高度模式化的影片。商业因素是类型片形成的最重要的原动力。对于发展中的中国电影产业来说，类型电影创作可以说是一条捷径。

后殖民主义是在后现代主义思潮之后诞生的一种探讨帝国主义与殖民化状况，并以权力、历史、文化、媒介对殖民地主题的作用，以及身份、民族、颠覆、压抑与反叛等为主要课题的理论思潮。西方后殖民主义研究的代表人物是爱德华·赛义德、佳亚特里·斯皮瓦克、霍米·巴巴、弗雷德里克·詹姆逊等。其中，詹姆逊是将后殖民主义理论引入中国的关键人物，他有关电影和"第二世界本文"的表述激发了张颐武、戴锦华、王一川、王宁等学者对张艺谋和陈凯歌电影的后殖民主义批评。"民族寓言""文化""权力话语""他性话语"等概念是理解中国后殖民主义电影批评的关键词。

一直以来，中国电影批评者的理论武器均来自西方，那中国有无自己的民族电影理论呢？迄今为止，被广为接受的是20世纪20年代开始出现的"影戏说"。这一学说以陈犀禾1986年在《当代电影》第1期发表的《中国电影美学的再认识》和钟大丰在1986年《当代电影》第3期发表的《"影戏"理论历史回顾》中对"影戏说"的阐释而广为人知。陈犀禾认为，影戏美学是中国电影理论中的超稳定系统，"和蒙太奇、长镜头理论相比，它对中国电影理论和实践的影响要长久、广泛、深远得多。从20年代的《孤儿救祖记》《弃妇》，直到80年代的《西安事变》《人到中年》《牧马人》等一系列优秀影片，都是这样一种美学观念的产物，造成了中国独特的电影传统"❶。周星在2004年《当代电影》第6期撰文称现实主义理论一直以来都是中国电影的主导。❷

可见，中国还是有自己的民族电影美学理论的。电影虽然是西方科技的产物，但是当它在中国文化的土壤里生长的时候，自然会有中国特有的民族美学和文化积淀，这是值得研究者关注的。

---

❶ 陈犀禾：《中国电影美学的再认识——评〈影戏剧本作法〉》，载《当代电影》，1986(1)。

❷ 参见周星：《关于中国电影理论构架的梳理》，载《当代电影》，2004(6)。

一、初期电影理论

(一)于果·明斯特伯格

于果·明斯特伯格(1863—1917)是德国著名的心理学家、美学家，人称“应用心理学之父”，日本电影理论家岩崎昶在《电影的理论》一文中称其为“世界上最早的电影理论家”。1916 年出版的《电影：一次心理学研究》是他唯一的一部电影理论著作，同时也是电影理论史上第一部有分量的理论著作。明斯特伯格是第一位从美学上发现电影的心理学家，他从电影经验的感知心理学出发，从心理学和美学等方面入手，论证电影是一门艺术。其理论主要包括两方面的内容：其一，他认为电影所展示的影像世界并非现实景观的机械照相，而是被附加上了感知主体的丰富的心理内涵，由此，他认为电影不是对现实的机械复制；其二，他通过对电影及与其关系最密切的戏剧的比较，论证了电影不是对舞台戏剧的机械模仿和复制，由此证明电影是一门独立艺术。这样，明斯特伯格就从心理学和美学的角度，从影像和现实、电影和戏剧的区别两个维度，确立了他的电影理论的基本构架和主要内容。

明斯特伯格电影心理学的主要研究范畴是从视知觉的生理和心理角度解释电影影像的纵深感和运动感。

明斯特伯格已经提出了电影心理学的一个重要观点，即机械地复制现实不可能成为真正的艺术，而电影正因为是艺术，所以它在观众身上所造成的感情比真实的场面所造成的更为生动。他认为复现自然的影片不是真正的艺术品，它只能激发我们感受大自然所具有的审美经验的欲望，而不能代替这种经验。只有当一部影片中的自然物成为美学的结构，符合银幕的诗学，构成新体，它才能成为审美观照的对象。由此，他认为，既然影片的审美价值仅仅是由于现实被转化为想象物，那么以心理学角度来看，影片并不存在于胶片之上，甚至不是存在于银幕之上，而只是存在于通过赋予一系列无生命的影子以运动、注意、记忆、想象和情感而使影片得到具体实现的心理中。这就是说，“电影不存在于胶片之上，甚至不存在于银幕上，而只是存在于把它实现的思想中”。

那么，如何在自己的思想中实现比现实生活中的情感更为生动的情感呢？明斯特伯格的基本理论就是感知理论。

感知理论可分为两个学派：第一个学派提出的是直接感官机制的理论。这种理论认为，感知的运动仅仅是细胞之间的能量传递的问题，因为感知是消极的，仅仅是资料接受。这里存在着一个客观的生理原因，即当电影自动地刺激视网膜时，眼睛无法知道自己受骗了，所以电影运动对于眼睛来说，就像现实世界中的运动一样真实，这一假设自然使一些理论家强调电影的写实主义。

而另一个学派强调大脑的某种正面的选择，这是一种完型心理学理论。根据这种理论，当思想从视网膜接受了闪现的分离影像的刺激时，它就会用最佳方式来阐释。当你面对一部影片的时候，在电影里被分离的形式的变化，比如说一个迷路的人形(头、身躯、腿、手臂)是首尾一贯的，于是你的思想就充分发挥它对形式的完整统一的知觉。它把那连贯的影像认同为同一单元的许多新的位置，并且用最佳的方式来对它进行阐释："它在运动。"认知的理论把感知看成是一种积极的活动，是有机体的一种领会。

明斯特伯格强调的是后一种理论，因而，他认为电影是一种心理学游戏。

从认识论的角度看，主要是有这样两方面的理由值得注意。一方面是生理方面的理由，即视像滞留。现代科学研究表明，视网膜中的细胞在正常情况下是在它们受到刺激后约十分之一秒的时间里继续向大脑输送信号。这就是说，当一个客体移开了，人眼在十分之一秒内依然短暂地保留这一客体的影像。同样的只要光的闪烁足够迅速，人眼就看不到电影静止画面之间的黑暗的瞬间。另一方面是心理方面的理由，即现象认同的接受。这种理由认为，人的视像中有一个天生的组织原则在起作用，有一种把几个客体的运动看成一个单位的倾向，其中每一个局部在这一配置中保持同一功能。在观看影片时，观众不假思索地接受这种认同，因为画面表现的是某一运动的连续的阶段，观众把那些闪现的画面当作是画面在动。

明斯特伯格在分析电影时，采用的立论原则与格式塔心理学的审美知觉整体论相符。格式塔心理学认为，在感知方面，任何经验现象都取决于整个心理物理的情境，而不取决于构成这个情境的任何单独的因素。明斯特伯格认为正是这种格式塔心理学的作用，使人们在看电影时，由视像滞留达到对现象认同的接受。而这种接受即是一种自愿的自我欺骗。

明斯特伯格的贡献在于，通过研究人的视像滞留的生理特点和格式塔心理学的自愿认同的特点，他提出电影不是写在银幕上，而是由人们的想象来完成的。❶

由此，明斯特伯格认为，电影影像所呈现出来的视觉世界已经不是可观的物质现实了，而是被赋予了"一种独特的心理经验"的影像感知。以电影影像感知的最基本层次——银幕深度感和运动感的形成而论，他认为电影影像所具有的酷似现实的三维深度空间，其实只是一种建立在二维银幕平面上的虚幻空间，影像的这种视知觉效果实际上是一种心理幻觉，是观众"对难以置信的自愿搁置"。他说，"这是一种独特的内心经验，它正是影像感知的特点。我们获得现实及其全部真正的三维，然而它又保持了那一闪而过的既没有深度又不丰满的平面暗示。这既不同于一副纯粹的舞台演出，

❶ 王土根：《电影心理学：明斯特伯格、爱因汉姆和米特里》，载《电影艺术》，1989(11)。

它把我们的思想带进一种奇特的复杂心态。”银幕的运动感也是如此。他不赞同那种把运动感的形成仅仅视为某种心理性的“视觉暂留”现象的结果，指出现代实验心理学对感知运动的分析有了新的推论，认为运动感的形成不仅仅是一个视觉现象，同时还是一个心理现象，即它在一系列视觉印象上加上了某种“意识的特定内容”。

明斯特伯格举了一个实验作为例证：把一个带有黑色螺旋线的白色圆盘围绕它的中心分别进行方向相反的两次旋转，对这两种演示观看一两分钟后再相应地去观看旁边人的脸，这时旁边人的脸上也会对应地出现与螺旋线运动方向相似的五官运动的幻觉。他认为，这种脸部五官运动感的产生就是由观察者的心理原因造成的，而不是外界的刺激所致。在一系列心理学的实验和推论的基础上，明斯特伯格指出：“外观运动绝不是影像滞留的结果，而运动的印象无疑也不仅仅是对运动的连续阶段的感知。在这些情况下，运动不是真正从外观看到的，而是我们的思维活动强加到静止的画面上去的。”因此，“运动连续性的印象是来源于一个复杂的思维活动过程，而这个过程把各种画面聚集成一个更高级的统一体。”由此，明斯特伯格确认，对银幕的画面深度和运动的视觉感知都是心理机制发生作用的结果，观众的眼睛并没有接收到真正的深度和运动的印象，银幕给予观众的仅仅是暗示，是观众“通过思维机制创造了深度和连续性”。所以，他强调电影是创造，是艺术，而不是对物质现实的机械复制。

关于注意力、记忆和想象、暗示、情感等影像感知的其他方面，明斯特伯格把它们作为其心理学分析的第二层次，并对这些心理学范畴与电影所特有的艺术手段进行了对应考察，从而在心理学基础上论证了电影的艺术审美特性，其理论也就由心理学走向了电影美学。而在这当中，为了更有效地论证电影艺术的审美独特性，他还将电影与其最邻近的戏剧加以区别，论述了电影所具有的而戏剧舞台则不具备的某些审美特点。

首先，从心理学上的注意力的若干特点出发指出，“注意”行为需要弱化乃至排除其他重点的视觉现象而将注意力集中在某个细节上，可以通过“特写”这种主体在生活中注意力所及的电影化形式：“当我们的注意力集中到某一特征上时，周围环境就要进行自我调节，把我们不感兴趣的一切都排除掉，并且通过特写来加强我们思想集中的那一点的生动性。”相比之下，戏剧艺术由于舞台呈现的整体性、无选择性等特点，就无法按照导演的要求有意识地集中观众的注意力，明斯特伯格认为这是戏剧艺术的局限，而“特写镜头做到了用戏剧的任何手段都无法做到的事情”，“电影艺术就从这里开始”。他认为“一直到导演们采用了特写和其他新的方法以后，电影才开始出现新的局面”。

其次，关于记忆和想象的问题，明斯特伯格也将其与电影灵活自由的时空转换方式加以类比。他指出，电影中用以对以前情节进行回溯的“闪回”镜头具有心理学意义上的“记忆”功能，它“实际上是对我们记忆功能的客观化”，“这种在戏剧里仅仅发生在我们心里的行为在电影里却投射成画面本身，好像现实失去了自己的连贯的关系，而是靠我们精神上的需要形成的”。这就是记忆与闪回镜头的关系。明斯特伯格认为，想象类似于电影对未来事件的描述，如同“记忆”不可能在舞台上形象地出现是电影所特有的一样，在银幕上表现“想象”也是电影区别于戏剧的重要特点。他说：“戏剧只能生活地再现真实发生的事情是怎样一个一个地出现的；影片却可以跨越到将来的时间间隔和过去的时间间隔，把 20 年中的某一天插入此时此刻。简言之，它可以像我们的想象一样运转。”在这里，明斯特伯格实际上看到了电影在时空转换上独有的巨大艺术表现力。明斯特伯格认为电影对情感的表现方式也是多种多样的，电影影像的世界实际上就是人类心理世界的直观投影。他特别谈到了默片中的手势、动作面部表情与人的情感表达的关系，他认为人物情感的每个细微变化都可以在影片里找到特定的表达方式，而它们与“特写”等手法相结合所体现出来的艺术表现力，则又是戏剧所难以企及的。此外，他还分析了高速摄影、倒摄、叠印、模型摄影等电影所特有的技巧、手法及其艺术可能性。

总之，明斯特伯格认为：“电影在其发展过程中，增添了许多在摄影技术上可行的因素，而它们在剧院里是不可能实现的。这样，电影便慢慢离开了戏剧的道路而转变了方向。”

至此，明斯特伯格以心理学为基本理论参照，从影像与现实、电影和戏剧相区别的两个层面展开并构建了他的电影艺术理论，从而为电影心理学和电影美学理论的未来建设作了切实的铺垫。尽管他的电影理论在一定程度上还存在着将心理学原理与电影艺术原则进行简单类比的不足，但是，他为新生的电影艺术寻求科学的理论根基所作的努力是值得肯定的。

明斯特伯格一直以来为人们所忽视，直到20世纪60年代以后被重新发现，研究界才逐渐认识到其理论价值。法国电影史学家、理论家让·米特里惊叹道：“那么多年来，我们怎么会不认识他呢？他在1916年对电影的了解，已经等于今天我们所可能知道的一切！”这是一个相当高同时又是符合历史事实的评价。❶

(二)巴拉兹·贝拉❷

匈牙利人巴拉兹·贝拉(1884—1949)是早期著名的电影理论家。他早年主要从事文学创作和艺术哲学研究，后来因为参与政治革命而遭到迫害，曾先后流亡奥地利、德国和苏联，并长期在苏联高等电影研究所任教。他有过电影实践，但主要致力于电影艺术的理论研究和教学。1949年，他猝然去世在捷克布拉格电影学院的讲坛上。他为电影艺术留下了三部极其重要的著作：《可见的人——论电影文化》《电影的精神》以及《电影文化》。作为早期的电影理论家，在人们还纷纷论争电影是不是艺术的年代，巴拉兹就坚定地认为电影是一门艺术，努力为电影寻找自身独特的艺术语言，而且把电影置于视觉文化的高度去研究，提升了电影的文化品位。

巴拉兹认为，“电影是人类心灵的全新的表现形式”，电影摄影的新技术促成了一种新的表现方式和一种新的叙述故事的方法，这种新的表现方式和叙事方法具有独特的诗意特征，能够达到人的情感世界和内心深处。他强调电影具有表现人的精神、心灵、梦幻和潜意识等超自然的、非物质方面的潜力。他在分析电影影像时发现“影像中的每样东西都是比喻，不仅形式和形象是，而且它们的采光、位置和比例也是”，这说明在本质上“电影不是叙事作品，而是抒情诗”。巴拉兹的这些论述不仅肯定了电影是一门艺术，肯定了电影所具有的抒情、比喻、象征等诗意特征，而且发掘了电影的艺术表现潜力，展现了电影发展的广阔前景。

巴拉兹说，从古希腊以来，欧洲美学和艺术哲学就始终有这样一个基本原则，即

---

❶ 参见胡星亮主编：《西方电影理论史纲》，51页，北京，中华书局，2005。

❷ 同上书，75页。

在艺术作品和观众之间存在着一个外在和内在的距离，一种二重性。这个原则的含义就是：每一件艺术作品都由于其本身的完整结构而成为一个有其独特规律的小世界。艺术作品由于画面的边框、雕像的台座或舞台的角光等而与周围的经验世界产生了隔阂，其本身的完整结构和特殊规律同时也赋予它内在的力量，使它能够脱离现实世界而独立存在，这也造成人们对艺术作品产生了无法逾越的距离感。但是电影完全改变了这个艺术原则，因为摄影机镜头的不断变化使得观众的视点和影片中人物的视点保持一致，从而把观众引入剧情，使他们感到仿佛亲身参与了在电影的虚幻空间里所发生的一切。巴拉兹指出，“在任何艺术中，从来都没有出现过与此相似的合一性”，而电影在艺术上的独创性就表现在这里。他所提出的观众与影片中人物的“视点合一论”和“认同论”，对于解读主流电影具有极大的理论价值。

巴拉兹认为电影是一门独立的艺术，他说：“如果说电影是独特的艺术，具有独特的美学体系，那么就应该把它和其他艺术区别开来……让我们划清电影艺术与它邻近领域的界限，并以此来论证它的独立性吧！”首先，巴拉兹认为电影和文学不同。他认为摄影机是从一个全新的角度接近生活的，电影的创作方式不是在故事中，而是在富有表现力的动作表情和视觉影像中，在影像节奏和视觉连续性的把握中。一部情节单调甚至有些粗俗的电影，也可能因其某些内含丰富的细节和成功的影像场面而使人感到生活热浪的冲击和呼吸的颤动；相反，一部文学性很强但缺少视觉联系的电影却给人非生活化、支离破碎的感觉。电影是一种时空艺术和视觉艺术，拥有自身独特的叙述语言和叙事方法，因此，不能只看到电影的文学内容和故事情节而忽视它的艺术形式，即它的镜头、画面和蒙太奇等艺术手段的综合表现。其次，巴拉兹指出电影不同于戏剧。电影在诞生初期从戏剧中汲取了多方面的营养，最早的有些影片甚至就是利用定点拍摄的方法记录舞台演出，因此，有不少人认为电影不过是戏剧的补充和附庸。巴拉兹认为“电影的对象和本质与戏剧完全不同”，这主要表现在两个方面：一是戏剧由剧本和表演两部分组成，而电影离开表演就无法考察和判断，导演和演员才是电影的创造者；二是电影的动作语言与戏剧的语言动作不同，舞台演员是借助表情和手势补充对白中无法表达的意思，而电影的内涵就是从演员的表情与手势中表现出来的。他还总结了戏剧在形式方面的三个基本原则：一是观众在演出中始终看到整个场面，整个空间；二是观众总是从一个固定不变的距离看舞台；三是观众的视角是不变的。而电影艺术所抛弃的正是戏剧艺术的这三个基本原则，并用新的表现方法代替。这些新的表现方法就是：特写、场面调度和蒙太奇。

在电影艺术语言中，巴拉兹首先强调的是特写，并由此提出了一个崭新的概念——微相学，形成了他独特的特写理论。巴拉兹认为“特写镜头是电影最具特色的表现手段”，并指出特写作为电影艺术手法有两个重要的意义：首先，特写是突出细节描写的艺术，具有强调性的揭示功能。特写不仅可以传递细微的信息，突出被人们忽略的日常事物的含义，还能把先前那些被无知、漠然、下意识所掩盖的东西呈现出来，并且在放大实物原形的过程中使熟悉的事物变得不同寻常，从而揭示出复杂生活中最隐蔽的东西。因此巴拉兹把特写的细微特征看做是影片的“灵魂”。其次，特写镜头富有抒情性和诗意性，它不仅是自然主义的描写和呈现，还带有导演主观思想感情的评价，优秀的特写作用于我们的心灵，而不是眼睛。巴拉兹认为正是特写赋予影片以抒情的特性。巴拉兹非常欣赏特写镜头中面部表情的魅力，他认为面部表情所具有的抒情诗般的、丰富多彩的、变化莫测的内涵是其他文艺样式所不可比拟的。研究面部表情的特写，是巴拉兹特写理论的独特创造，巴拉兹称其为“微相学”，他认为，电影特写不仅使人的脸部在空间上同我们接近，而且，它还超越空间进入另外一个陌生而新奇的心灵世界，即“微相学”的世界。他认为特写镜头把人的面部表情中细微而隐蔽的变化如眼睫的颤动、眼神的瞬间变化、面部肌肉的细微动作等都清晰地放到银幕上，这些变化就呈现了人物复杂的心理状态，人们可以根据细微的面部表情变化去体验和了解人物内心的细微变化。

场面调度即摄影机的方位变化，是巴拉兹找到的电影艺术表现的第二种方法，是它使电影艺术在原则和方法上有别于其他艺术形式。它能赋予一切事物以形状和姿势，任何东西都会由于摄像机方位的变化而构成完全不同的画面。电影影像正是借助于场面调度而获得象征意义。在巴拉兹看来，摄影机方位变化最重要的意义在于，它能使观众在观影时始终处于中心的位置，由此就形成观众与电影中人物的视点“合一”。巴拉兹说：“摄影机把我的眼睛带入影像的最中心。我在电影的空间中看到实物。角色包围了我，我进入了我从每个角度都能看到的情节。”同时，他还指出，摄影机方位的变化体现出了摄影机后面的电影家的内心状态，它能使影像同时具有客观性和主观性两种性质：表面上看起来摄影机是对现实的客观记录，但实际上“每一个场面调度，每一个摄影机的取景角度都意味着人内心的一种改变、一种调整”，再也没有比镜头更主观的东西了，因此他主张电影家要创造性地使用摄影机。摄影机可以利用方位变化拍摄出带有鲜明的自我意识和个人风格的画面，电影家还可以利用摄影角度的象征、隐喻和变形等功能去改变电影的节奏，构成电影不同的影像风格。

巴拉兹把蒙太奇比喻为“诗的剪刀”，他认为蒙太奇能创造出并能让观众感受到原先在镜头里看不到的东西。他说：“电影中最意味深长的场面调度也不足以赋予其影像完全的含义。这个含义的确定归根结底要由一个影像在其他影像中所处的位置来决定。”所以，巴拉兹强调电影家应该按照其蒙太奇线索有条不紊地引导观众的眼睛去看各个细节。如此，他就不仅展示了画面，同时还解释了画面，创造了影片独立的连续时间并连贯起了影片的思想。巴拉兹同时强调蒙太奇在电影叙事中的作用。他认为有了蒙太奇，电影在叙事中插入特写才不会破坏视觉连续性，才能创造出电影的节奏、速度与风格，才能产生隐喻和联想。因此，他又把蒙太奇比作是“电影的呼吸”。

1927 年 10 月 23 日，美国华纳兄弟有限公司拍摄并上映的音乐故事片《爵士歌王》标志着有声电影的诞生。当时，有不少电影理论家认为声音的出现破坏了无声电影的艺术特点，而巴拉兹在《电影精神》一书中把无声电影向有声电影的发展比喻成一次乘车，热情地向电影观众和理论家发出邀请：“请换成有声电影!”但巴拉兹重视的不是声音的写实性而是声音的艺术性，他强调声音的戏剧性、诗意性、象征性，反对用声音去解说画面。那关于声音的蒙太奇是怎样形成的呢？巴拉兹指出主要有两种形式：一是利用声音的近似性、对比性等手法在声音和艺术之间建立关系；二是在声音与画面之间建立关系。巴拉兹认为与画面同步的声音只是画面的自然主义的辅助物而已，如此“同步”就可能使有声片成为配音的无声片。而非同步的声音效果才是可行的方法，它“不是简单地复制外部世界的各种声音，而是描写在我们心中产生的共鸣，即各种听觉的音响、感觉和思考”。可见，巴拉兹更重视声画分离和声画对位的艺术效果，而否定与画面同步的声音。他的这种观点在当时非常具有代表性，苏联电影家爱森斯坦和普多夫金等人于1928年发表的题为《有声电影的未来》的宣言也提出了“声画对位”的主张，把声画对位看做一种普遍原则，否定声画同步。当然，声画同步的声音是电影声画系统中的一个重要元素，是电影语言的一个重要组成部分，全部否定声画同步这种观点也是不正确的。

巴拉兹明确把电影定位于“视觉文化”，他认为电影是通过一种可见的形象来表达、理解和阐释事物的文化载体。他认为，与文字符号相比，通过摄像机的记录与再现，电影中不仅出现了“可见”的面部表情和手势动作，而且透过面部表情和手势动作，人的内心、性格、情绪、感情、思想也变得“可见”了。巴拉兹把电影的出现视为一次具有决定性意义的文化转折，因为电影通过画面影像完成了对人类最初的母语的回归。所以巴拉兹认为，电影的出现标志着人类文化在更高层次上的发展。巴拉兹指出，“文化就是把日常事务精神化。视觉文化应该用新的和变化了的形式表现人们最简单的行为和日常的交往接触”，而在现存的艺术中，“只有电影才能完成这个任务”。更让巴拉兹欣喜的是，电影这种视觉文化“将把人类从巴别摩天塔的咒语中解救出来。现在第一个国际语言正在世界所有银幕上形成，这就是表情和手势的语言”。巴拉兹认为，电影是20世纪最具有群众性的艺术，电影比其他艺术更具有社会性，就是因为它拥有数量最庞大的观众。他由此把电影看做是20世纪的民间艺术，认为在大众的想象力和情感世界里，电影已经取代了神话、传说和民间故事的作用，成为最具普遍性的人民艺术。巴拉兹的“视觉文化”观念侧重于在艺术范畴内对电影的社会传播功能的阐释，他把电影当做揭露谎言、直面现实的武器，这也与他的马克思主义者身份和现实主义的美学立场是分不开的。

（三）鲁道夫·爱因汉姆

鲁道夫·爱因汉姆(1904—1994)是著名美学家、心理学家。原籍德国，早年在柏林大学学习和研究心理学。1940年移居美国，在哈佛大学任艺术心理学教授，主要从事艺术与视知觉的审美关系的研究。作为现代格式塔心理学派的杰出代表，他的《艺术与视知觉》《视觉思维》等论著为他赢得了巨大的学术声誉；作为电影理论家，他的主要著作是1932年出版的《电影作为艺术》，该书以严密的逻辑对“电影是艺术”进行了充分的论述。1957年，爱因汉姆将此书(修正书稿名为《电影》)和他写于1938年的其他几篇电影论文合集，仍以《电影作为艺术》的书名出版，成为电影理论史上的重要著作。

爱因汉姆关注电影时刚从柏林大学毕业，当时他正着迷于带有浓厚现象学色彩的“物质论”，这种理论试图证明：“对现实进行艺术或科学的描绘时，其最后形式通常在更大程度上决定于所使用的手段(亦即物质)的特性，而不是素材本身。”按照这种学说，“即便是最简单的视觉过程也不等于机械地摄录外在世界，而是根据简单、规则和平衡等对感觉器官起着支配作用的原则，创造性地组织感官材料”。这种论断对艺术的本质有一个全新的认识，它说明“艺术作品不单纯是对现实的模仿或有选择的复制，而是将观察到的特征纳入某一特定手段所规定的形式的结果”。在爱因汉姆看来，检验这种学说的最好的试金石就是电影。论证“电影是艺术”而又能支持格式塔心理学的艺术理论的唯一途径，就是证明“电影的表现手段并非现实本身”。这是爱因汉姆电影理论的出发点，也是了解和把握爱因汉姆电影理论的钥匙。

爱因汉姆对于电影理论的主要贡献主要体现在两个方面。首先，他以传统艺术为参照，以格式塔心理学为基础，对电影这门新兴的艺术进行演绎分析，在美学层面上论述了电影成为艺术的可能性；其次，爱因汉姆在论著中梳理了当时电影已有的各种表现手段，试图为艺术电影确立标准，探讨创作艺术电影的途径。但是爱因汉姆绝对排除了“完整的电影”，即有声、立体、彩色、宽银幕的电影成为艺术的可能性，这又是他的保守之处。

1. 格式塔心理学基础上的电影理论

王土根在《电影心理学：明斯特伯格、爱因汉姆和米特里》一文中认为：

> 爱因汉姆是第一个系统地研究电影视觉表现手段的发生学元素的格式塔派心理学家。他在《电影作为艺术》一书中根据格式塔心理学强调的“心理结构能力说”提出了“局部幻象论”，他指出：“在现实生活中，我们满足于了解最重要的部分，这些部分代表了我们需要知道的一切。因此，只要再现这些最需要的部分，我们就满足了，我们就得到了一个完整的印象——一个高度集中的，因而也就是艺术性更强的印象。”
>
> 爱因汉姆十分强调艺术活动和审美活动是人对形式的感性知觉问题。他在艺术活动和审美活动方面有这样两种基本概念。第一，艺术活动是艺术家在充分把握了人的感知能力的机械特征之后，巧妙地利用艺术手段的物理特性和心理特质，把自己的感官材料纳入特定形式的过程。第二，审美活动是人通过天生的对平衡、匀称、协调的感觉来创造性地组织感官材料的过程。
>
> 爱因汉姆在提出美感性质问题时指出，“真的艺术家并不注意掩饰其艺术手段的人为性”，“成为优秀艺术作品的必要条件，正是清晰地袒露手段的特性”。从某种意义上可以说，爱因汉姆所理解的艺术创作上的满足，乃是形式处理上的满足。
>
> 在这个基础上，爱因汉姆提出了一个更深一层的问题，即这种形式处理上的满足实际上只是满足了人们对和谐、匀称等形式的满足。由此引出的另一个问题是艺术活动和审美活动完全是主体内部的感觉活动，也就是说，他十分强调主体的能动性。
>
> 于是，爱因汉姆提出了“形象偏离说”，他认为，“只有在现实同表现手段不一致的场合下，艺术家才有发挥创造力的余地”。因而他完全反对和排斥文艺作品对社会生活的模仿或复制。他认为“从最早的时候起，人就有着复制他身边事物的强烈需要……这种需要很明显地跟艺术是没有基本联系的，它的目标也不过是复制一个对象。再现的需要纯粹是客观的，用什么实际的手段或怎样来表现并不重要”。
>
> 爱因汉姆正是将上述这些观点运用到电影问题上的。20世纪二三十年代，有两个现象是值得注意的。第一，电影在西方国家中是诞生在集市演出棚里的，由于出身“卑贱”，加上商业上对电影的滥用，使它在相当长的一段时间里被人视为下品。一直到30年代初，尽管电影已经被一些先锋派艺术家所重视，但在社会的“有教养人士”眼中，电影的艺术性仍然是被人怀疑的。德国著名作家托马斯·曼在谈到电影时还断言：“电影和艺术是没有什么关系的。……我轻视它，但我也喜爱它，它不是艺术，它是生活，是现实。跟艺术的启迪力量比较起来，它的

动人力量是纯粹官能性质的。”在这种情况下，爱因汉姆发表了《电影作为艺术》予以“彻底的和系统的驳斥”。第二，在二三十年代，欧洲的先锋派艺术进入了一个繁荣时期。这时，不管是在文学、绘画、舞蹈方面，还是在电影方面都出现了一些所谓的“现代主义”流派，这些流派的一个重要特点就是艺术作品再也不模仿生活或复制生活，而是着重以一种抽象的艺术形象来传达人们对生活的独特感受。这些先锋艺术对于爱因汉姆的艺术观的形成是极有影响的，从而也使他把艺术看成是写作本身与现实本身之间的距离。❶

爱因汉姆的贡献在于，他在运用格式塔理论剖析电影影像与现实关系时，提出了“局部幻象”的理论和“形象偏离”的理论。他认为，正是电影影像与现实之间的偏离，使艺术成为可能，观众对电影艺术的认同也是通过局部幻象来认同的。

2. 电影影像和物质现实的“不同一性”

爱因汉姆从电影媒介的照相特性出发，认为照相不可能完全重现现实，在电影影像和物质现实之间存在着“不同一性”。正是电影影像和物质现实的这种“不同一性”，使得电影并非是对现实完全机械的复制，而是艺术的创造。

爱因汉姆着重从电影影像的感知方式与日常生活的感知方式的比较，去论述电影影像与物质现实的“不同一性”。他从考察电影手段的基本元素入手，主要分析了物质现实和电影影像之间的六个根本性差别：

第一，“立体和平面”。即现实中的物体是三维的立方体，而电影中的物体是二维的平面图形。考虑两者的关系，电影中的影像是现实中的立体在二维银幕平面上的投影。

第二，“深度感的减弱”。在现实中，由于人眼睛的生理构造及视觉的生理机制，现实物体是可以判断其纵向距离和横向距离的。电影中的影像是由“一只眼”的摄影机生成的，这样，造成了电影在反映现实运动中的纵深移动、纵深距离上存在很大困难；同时，摄影透镜的光学性能，还给银幕反映物体的形状带来相当程度的差异。这两种情形是产生“深度感的减弱”现象的重要原因。

第三，“彩色与黑白”。现实物体是彩色的，而电影中的物体只有黑、白、灰三种，“一个五颜六色的世界变成了黑白的世界”。而且，电影胶片的物理、化学性质，使得黑白影像的生成过程中必须存在照明条件。

第四，“画面的界限和物体的距离”。爱因汉姆指出，人眼看到的现实空间在理论上是有限的，在实际中的心理意义是没有限制的，而电影中的画面是有界限的，观众不可能实际看到电影画面之外的任何东西。现实中的物体是有实际大小的，而电影中物体的大小，则“部分地取决于它和摄影机之间的距离，但也同时部分地取决于最后放映影片时画面被放大到什么程度。放大的程度以放映机的镜头和戏院的面积为转移”。

第五，“时间和空间的连续和跳跃”。在实际生活中每个人都是在连续不断的空间和时间中经历事物的(包括单一的事物和一系列的事物)，“实际生活里的时间和空间不会突然跳跃。时间和空间是连续不断的”。但是“电影就不同了，被拍摄的一段时间

❶ 王土根：《电影心理学：明斯特伯格、爱因汉姆和米特里》，载《电影艺术》，1989(4)。

可以在任何一点上中断，连在一起的两个场面可能发生在完全不同的时间里。空间的连续性也可以用同样的方式加以截断”。

第六，“多感观经验和单视觉经验”。现实中人类的经验是多种多样的，有嗅觉经验、味觉经验等，但电影中只存在视觉经验，电影不可能表现实际的嗅觉、味觉以及其他非视觉经验。爱因汉姆还特别分析了电影中运动与实际物体运动的相对性，电影中的运动可以由物体运动产生，同时也可以由视点变化产生。但实际生活中的运动感只能由视觉主体的运动来产生。

这些考察的方面大都涉及人类的知觉层面，这是人类认知的起点，也是视觉心理和艺术感生成的源头，因而对考察电影能否成为艺术而言，是一个理想的切入角度。爱因汉姆对于诸如电影画面与现实在深度感、平衡感，以及摄影机与眼睛的差别、电影的视域和人的视野的不同、电影的运动及其方向的相对性等较为微观而基础的问题都有细致的论述。

对于爱因汉姆来说，艺术地运用这些根本差别，便构成了电影艺术的全部内容。在爱因汉姆谈到“主体在平面上的投影”时，他认为，电影把主体的客观事物投影在银幕上，实际上也就是投射在眼睛的视网膜(摄影机)上，因而人们在感受客观事物时，就有一个角度问题。当然这个角度的选择就是感觉力的问题。正因为不同的感觉力决定着不同的角度，不同的角度决定了如何将主体物投射在平面上，所以，这之中就存在艺术选择的差别。

平面的视网膜怎么反映立体的影像？这就有一个深度感问题。爱因汉姆认为，电影效果既不是绝对平面的，也不是绝对立体的，它介于这两者之间。因为在物理上，视野中任何物象在眼睛网膜上的投影，其体积是同距离的平方成反比的。在电影里，如果一个人离摄影机近，他的身材就会显得很高大，然而在现实生活中，如果一个人把手伸到我们面前，我们也不会像在摄影机前那样觉得他的手大得出奇。在这个意义上，电影画面本身毫不真实。

电影画面没有颜色，这应该说是电影同自然之间的一个根本差别。但所有电影观众却都把银幕世界看成是自然的如实反映，这是“局部幻象”的作用，可见电影画面是否真实，在很大程度上决定于照明，照明非常有助于突出一个物体的形状。

关于第四个差别，爱因汉姆指出了在电影中，进入画面的空间有一定的限度，在界限以外的画格就被画格的边缘切掉了，把这种限制看成是一个可悲的缺陷是错误的。相反，电影正因为受到这种限制，才有权被称为一种艺术。为此，爱因汉姆提出了摄影机和被摄对象之间的距离问题。

爱因汉姆在以上银幕与现实六大差异的基础上，制定了电影艺术在这六个方面必须遵循的若干原则，即：艺术地运用平面上的投影；艺术地运用深度减弱的现象；艺术地运用照明和没有色彩的特点；艺术地运用画面的界限和拍摄的距离；艺术地运用不存在空间和时间连续的特点；艺术地运用电影中不存在非视觉经验的现象。

3. 完整电影不是艺术

郑汉民、明鸣在《爱因汉姆电影理论悖谬的一次求解》一文中就爱因汉姆关于“完整电影不是艺术”的理论给予了辨析：

为了逼真再现现实世界，无声黑白电影逐步向有声的、彩色的、宽银幕的

(符合人类的视野范围)和立体的电影迈进。爱因汉姆却为此忧心忡忡。他认为由于电影技术的发展，对自然的机械模仿很快会发展到极端，出现能够逼真再现自然的完整影片，然而这是与艺术格格不入的，这样的电影“正在让博物馆的蜡像逐步战胜创造性的艺术”。

完整电影为什么不能成为艺术呢？爱因汉姆在其撰写的长篇论文《新拉奥孔：艺术的组成部分和有声电影》中，从对有声片不愉快的观影感受出发，形成了自己的论点：声音对电影是“一种由于内在的原则性矛盾而不能真正存在的产品”。爱因汉姆认为有声电影中的声音对白和画面是两个对立的手段。要让有声电影成为艺术必须让两者找到一个统一的形式。

声音对白和画面为什么在有声电影中会冲突呢？爱因汉姆认为，这是一场“出人意料”的竞争，因为在日常生活谈话和观看并不相互干扰，但是一坐在银幕面前这种干扰就会出现。这两种感觉之所以不同是因为“艺术作品中的主题物及其特点是通过感觉资料以一种轮廓鲜明、含义丰富的方式表现出来的，而我们对现实世界里的形象则通常并不要求这种形式上的精确性”。爱因汉姆在此运用完形理论解释了声画冲突的原因：人们对艺术作品的要求与生活相比显然不同，每一个艺术作品应当是个整体，一个“完形”。

……

对于彩色片、立体片、宽银幕电影，爱因汉姆虽然没有撰写长文做理论上的分析，但他同样否定了它们成为艺术的可能性，并且给出了他所认可的理由。

爱因汉姆认为色彩的出现并不能让电影在构图上与黑白时保持同等程度的鲜明，同时彩色片跟“现实”又保持一定程度的独立性，因为画家在表现自然时，享有使用各种彩色和形式的自由。而摄影不得不记下客观现实的明暗度，黑白摄影可以把一切东西变成深浅不同的灰色，凭着这点与现实的不同，艺术家便获得了艺术创作的自由，彩色电影会由于要忠实于自然的色彩而失去了这种艺术创作的自由。

立体电影改变了电影是三维空间在二维平面上的投影这一根本的视觉特性，爱因汉姆所衷情的许多视觉效果，比如平面构图布局和对视觉深度感减弱的利用、变化拍摄角度等都将不复存在，电影可能只剩下了舞台效果。特别值得一提的是，蒙太奇将不复存在。因为立体片中“现实的幻觉非常强烈，蒙太奇将给人以硬把不同的背景迭置在一起的感觉”。此外，银幕面积的扩大将削弱一切平面构图和立体构图的动人程度。

总之，在爱因汉姆的认识之中，完整的电影是不可能成为艺术的。因为“完整的电影是长期追求完整的幻觉的成果，务使平面的画面尽可能酷肖它的立体原物的尝试终告成功。原物和摹本实质上变得没有区别了，这样，以原物和摹本之间的差别为基础的一切造型潜能都消灭殆尽，留给艺术的就只是原物在外形上所固有的一些残余”。[1]

[1] 郑汉民、时鸣：《爱因汉姆电影理论悖谬的一次求解》，载《浙江师范大学学报(社会科学版)》，2005(1)。

爱因汉姆对“完整的电影”的论述毫无疑问是偏颇和武断的，这当然有他的理由，他对电影作为艺术的判断是建立在电影（默片）复制现实时的种种“局限”、电影影像与现实形象的“不同一性”上的，而“完整电影”的出现，使电影复制现实的种种局限有不复存在的趋势。如果这种电影也成了艺术，那爱因汉姆的全部电影理论就将陷入困境，格式塔理论也将陷入不能自圆其说的境地。但是，我们也不能因此就轻视爱因汉姆的理论，在电脑网络技术和数字虚拟技术等高科技手段日益发展的今天，他对技术至上主义的警惕是值得我们深思的。

（四）俄国形式主义

俄国形式主义是20世纪初期出现的重要文艺理论流派，是文艺学史上第一个形式本体论的文艺诗学。它的出现标志着20世纪西方文艺学开始向科学形态的语言学转向，并对其后继起的一系列文艺理论流派如英美新批评、接受美学、阐释学、结构主义、叙事学等都产生了深远的影响。索绪尔的结构主义语言学为俄国形式主义提供了基本的理论框架和方法论基础。由此，俄国形式主义将普通语言学与文艺学相联结，以日常用语和诗歌语言的差异为切入点，将文艺作品的材料和表现手法等构成元素作为考察重点，以揭示文艺作品的内在审美机制。它秉承实证主义理念，广泛地探究有关诗语的音律、节奏与语义，以及艺术作品的叙事结构和形式类型等问题，致力于创建以语言学为蓝本、以文艺作品的内部结构形式为本体、以文艺的自主性为归宿的科学的诗学体系。

俄国形式主义运动活跃于20世纪一二十年代，其主要成员来自两个团体，一个是成立于1915年的莫斯科语言学小组，另一个是成立于1916年的彼得堡诗语研究会，罗曼·雅可布逊、维克托·什克洛夫斯基、鲍里斯·艾亨鲍姆、鲍里斯·托马舍夫斯基、尤里·梯尼亚诺夫等是其中重要的理论骨干。1927年，俄国形式主义学派出版了论文集《电影诗学》，这表明俄国形式主义形成了自己的电影理论。俄国形式主义电影理论受其整体的诗学体系制约，主要从分析电影语言入手阐述其理论主张，这尤其以艾亨鲍姆和梯尼亚诺夫的有关论述最为典型。艾亨鲍姆和梯尼亚诺夫分别在《电影修辞问题》《论电影的原理》等文献中，比较系统地阐述了电影的诗学本性及其与电影的语言形式之间的内在关系，并以电影的艺术语言阐释为中心，建立起形式本体论的电影艺术观，从而在早期电影理论发展中，为“电影作为艺术”这一命题找到了新的探索视角。

1.“生活语言”与“艺术语言”的转换

俄国形式主义电影理论所要探讨的基本问题是，电影是如何将“生活语言”转换为“艺术语言”，将材料因素转换为艺术因素，从而从机械照相术中摆脱出来而成为艺术的？换言之，对“电影艺术如何可能”这一艺术本体论的追问，是俄国形式主义电影诗学关注的焦点。

艾亨鲍姆和梯尼亚诺夫等理论家都是以电影所特有的艺术形式和表现手段作为研究重心，对上述问题进行理论考察的。从形式主义对日常用语和诗语的比较出发，艾亨鲍姆认为，“照片与电影的关系类似于生活语言和诗歌语言的关系”，因此，电影诗学的任务，就是探究电影怎样将照片这种“生活语言”转换为电影艺术语言，进而揭示其表现手法所赖以形成的内在规律。这种以语言学为框架，对电影的艺术形式予以本体论观点对照的研究视角，显然正是对上述理论命题所做出的回应。艾亨鲍姆从20世纪20年代法国先锋派的电影理论中汲取养分，将路易·德吕克等的“上镜头性”概念纳入自己的电影理论，并对它进行形式主义的阐释。首先，艾亨鲍姆阐述了形式主义诗学中有关艺术发生的一般原理。他认为艺术发生的生物学基础是人类不可理喻的、“自身即目的”的游戏冲动。这种游戏冲动能成为艺术发生的“有机酵素”，使生活素材转化为“表现能力”，从而形成各种特殊的“语言艺术”。正是艺术的这种“不可理喻”性与其“语言形式”之间的关系，制约着艺术自身的发展和演变。由此出发，他认为法国先锋派电影诗学中所谓的“上镜头性”就类似于这种使电影艺术赖以发生的“不可理喻”性，它能使机械照相式的照片变成不具有实用价值的艺术素材，并使之转换为电影的语言形式。他指出，“作为一种‘表现能力’，上镜头性转换为面部表情、姿态、物象、摄影角度、景别等语言方式，它们构成了电影修辞的基础”。在这里，艾亨鲍姆找到了“上镜头性”与电影艺术及其语言形式之间的内在关系，“上镜头性”也就成为电影艺术得以存在的基础，它能使电影形成一整套艺术语言，所以它在电影艺术中具有本体论意义。

艾亨鲍姆的上述电影艺术观显然来自形式主义的诗学理论，尤其是其中的艺术“陌生化”观念。“陌生化”是俄国形式主义文论的关键概念之一。艾亨鲍姆将“上镜头性”与形式主义诗学的核心概念“陌生化”联系起来，指出作为一种能使生活语言转化为电影艺术语言的“表现能力”，“上镜头性”的“不可理喻性”就在于它所具有的“陌生化”功能。他说，“上镜头性”“与情节无关，只是显现在银幕上出现的面容、物象和风景之中。我们重新审视事物，把它们当作陌生的东西来体验”。什克洛夫斯基在《作为技巧的艺术》一文中指出，“艺术之所以存在，就是为使人恢复对生活的感觉，就是为使人感受事物，使石头显出石头的质感。艺术的目的是要使人感觉到事物，而不是仅仅知道事物”。因此，“艺术的技巧就是使对象陌生”。在他看来，只有使对象“陌生化”，才能从形式上引起人们对所熟知事物的美感，从而使生活素材成为艺术素材，“陌生化”的过程也就是艺术化的过程。正是从俄国形式主义的这种艺术观出发，艾亨鲍姆将“上镜头性”与“陌生化”相联系，认为正是“上镜头性”所具有的“陌生化”功能，使电影能从机械照相术中摆脱出来而成为艺术。换言之，没有“上镜头性”也就没有电影艺术，可见“上镜头性”范畴在形式主义电影诗学中的核心地位。

梯尼亚诺夫同样致力于从形式主义诗学的角度去阐释电影作为艺术是如何可能的。与艾亨鲍姆从日常用语与诗语的区别出发去探讨电影艺术问题不同，梯尼亚诺夫是从艺术与其所要表现的物质对象的关系的角度去展开理论思考的。他认为，艺术之间的区别不仅仅在于它们所表现的对象不同，而主要是在于它们与对象的关系如何。就电影而言，其所表现的对象即素材与绘画等造型艺术和空间艺术相同，其素材的展开也与时间艺术即语言艺术和音乐艺术相近，而电影之所以能成为独立的艺术，主要在于它利用素材的特点与别的艺术不同。在梯尼亚诺夫看来，电影的艺术本性就存在于它利用素材的特点之中，“这种特点使得材料因素成为艺术因素”，使得“电影中的可见世界，并不是本来的世界，而是意义相互关联的世界”，也因此才能使电影成为独立的艺术。那么，电影究竟应该如何利用它的素材呢？梯尼亚诺夫认为，电影只有赋予所表现的素材以意义，使之作为意义的符号而出现，才能使材料因素成为电影艺术的因素，而其中的关键在于要使素材发生变形和风格化，以摆脱机械照相性。他说："无论是电影还是诗，有一点很重要，即不去表现注意力所关注的那一物体而表现与其有联想关系的另一物体(电影中的动作和姿态皆可构成联想关系)。这种用细节取代事物的手法转移了观众的注意力：用一种指示符号提供了各种对象(整体和细节)，而这种注意力的转移似乎把可见物体分割成了部分，使之成为具有同一意义符号的物体系列，成为电影中有意味的物体。"简言之，用局部细节来指称整体，就能使电影所表现的现实素材变形和风格化为一系列意义符号，从而转化为电影的艺术素材。在他看来，电影中的近景、照明和特写等就恰好是具有这种功能的艺术表现手段。他说："近景从风格上改变了可见世界"，它"如同语言艺术中把景物变成新东西的一整套风格手法一样"，而且近景和照明都能使物体"上像"。就特写而言，作为电影的艺术手段，它更是能将对象从空间关系和时间结构中摄取，作为意义符号而加以突出和强调，因而具有比喻的艺术功能。例如，如果一个人在草地上的特写镜头之后，接上一只猪在草地上游逛的镜头，那么，这一原本自然主义的可见世界就因为具有某种形象化的隐喻功能(即将人比作猪)而成为意义世界和电影艺术的世界。梯尼亚诺夫也由此提出了"上电影"的概念，以揭示电影艺术的独特本性。受形式主义诗学的整体制约，其理论内涵实际上与艾亨鲍姆的"上镜头性"如出一辙。❶

2. 修辞学意义上的电影审美

继电影是如何成为艺术的命题之后，俄国形式主义电影理论受其整个诗学逻辑的规范，所要探讨的另一个问题必然会是，怎样从语言学或修辞学的角度对由"上镜头性"所转化出的电影艺术语言加以分析，以揭示其内在的审美机制？对此，艾亨鲍姆进行了深入的考察。在具体探讨电影语言的修辞学问题之前，针对默片时期的电影，他提出了有关"内心语言"的论断，这实际上是从观众接受的角度来探讨电影的语言问题。观众接受问题，也就是俄国形式主义诗学所重视的艺术可感受性问题(正是对艺术可感受性的强调，使俄国形式主义成为其后德国接受美学的真正先驱)。俄国形式主义诗学认为，可感受性是艺术作品"陌生化"的必然要求，它为"陌生化"提出了审美限度，即只有可感受，陌生化才具有审美意义，也才能使艺术作品最终存在并发生效果。什克洛夫斯基强调，"作家或艺术家全部工作的意义，就在于使作品成为具有丰富可感性内容的物质实体，使所描写的事物以迥异于通常我们接受它们时的形态出现于作品中，借以吸引读者的注意力，延长和增强感受的时值和难度"，"感觉之外无艺术，感觉过程本身就是艺术的目的"。艾亨鲍姆也认为，"艺术的生命力在于接受"。正是从艺术接受理论的角度，艾亨鲍姆发现，电影虽然没有戏剧的话语表达方式，但观众的观赏和理解也能使电影形成"一套固定的语言程式"，即"内心语言"，"这种'内心语言'把

❶ 洪宏：《简论俄国形式主义电影理论》，载《当代电影》，2004(6)。

一个个孤立的镜头联结起来”。他指出，“电影不能被视为一种完全超乎语言的艺术。那些为电影的非‘文学性’辩护的人们往往忘记了电影摒弃的是可听见的语言，而并非拒斥思想，即‘内心语言’。研究这种语言的特征是电影理论最重要的任务之一。”不难发现，这种从语言学视角考察电影的艺术形式的思路，正是来自俄国形式主义诗学。

艾亨鲍姆具体探讨了电影的这种“内心语言”的修辞规律。他首先确认，蒙太奇和“镜头特点”对电影修辞风格具有决定性意义。他认为蒙太奇是电影特有的句法，并指出，“我们得出了蒙太奇是电影修辞学的结论。我认为，这个问题的现实意义就在于我所说的电影观众的‘内心语言’和镜头组接规律(‘视觉连贯性’和组接逻辑)”。实际上，艾亨鲍姆正是将蒙太奇和观众的内心语言联系起来考察，认为蒙太奇问题就是电影的语言学问题。为此，他对电影的“镜头特点”进行分析，认为是蒙太奇镜头而非摄影画面或胶片画格才是电影语言的基本元素。所谓“蒙太奇镜头”，他援引了季莫申科的定义：“两个结合点之间的过渡片段，是从一个角度和一种景别拍摄的独立画面”。艾亨鲍姆继而将蒙太奇镜头和一般语言成分加以对照，认为全景镜头相当于地点或时间状语，近景和特写构成重点成分，是电影语句中的主语和谓语。他指出，以特写镜头为核心的景别运动建构了电影语句的基本法则，形成了两种电影语句类型，一是“正向电影语句”，即由全景、近景到特写的景别运动构成，近似于叙事体语句；另一种是“逆向电影语句”，由与前者相反的景别运动方式构成，近似于描述体语句。这样，艾亨鲍姆以一般语言学为框架论述了电影的语法问题，即基于景别和视角变化的蒙太奇镜头，以蒙太奇为句法，通过重点成分的组合，构成不同类型的电影语句，从而形成观众的内心语言。

如果说艾亨鲍姆以上所探讨的“内心语言”问题是属于电影的单句语法问题，那么，接下来他讨论的就是电影的蒙太奇复句问题。他首先对戏剧时空与电影时空予以区别，认为与戏剧时空转换要更多受到现实时空制约不同，电影中的自由时空是“被建构的”，具有修辞学意义。而电影时空转换的这种灵活性和主观性，主要由蒙太奇特性所决定。因此，电影语句的连接、电影复合句的构成等电影修辞问题仍然是蒙太奇问题。

除了电影语法问题之外，对电影语义学的一些基本特征的探讨也是艾亨鲍姆形式主义电影理论的重要组成部分。他认为，与其他艺术一样，电影“也是某种独特的语言体系”，它的语义具有约定性。他接着将电影语义学区分为镜头语义学和蒙太奇语义学两个类型，所谓“镜头语义学”，是将每个蒙太奇镜头视为一个独立的语义单位，如同一个词汇，它具有自身相对固定的独立含义；而“蒙太奇语义学”则是把单个蒙太奇镜头放入具体语境之中去考察它的具体意义。艾亨鲍姆认为，蒙太奇也是语义学的核心，正是影片的“泛本文”关系和蒙太奇语义赋予每个蒙太奇镜头以更加细微、确切的含义。

综上所述，艾亨鲍姆和梯尼亚诺夫等理论家是从其形式主义文艺理论的角度来探讨电影诗学问题的。其电影理论的中心内容是从本体论的视角探讨电影是如何成为艺术的，并进而对电影艺术形式予以修辞学解析，以期建立起形式本体论的电影艺术观和科学的电影语言学。俄国形式主义电影理论与它的文论相一致，抛开了传统的关于艺术的内容和形式的两分法，而围绕艺术作品的材料与形式两大元素，致力于对艺术作品的生成及其内部审美机制的深入开掘。正如波德维尔所言，“俄国形式主义做出的独特理论贡献，是用形式/材料的区分取代形式/内容的断裂”，从而大大拓展了传统的文艺研究的视野，也刷新了其理论命题和研究格局，对后来各种科学形态的文艺理论流派产生了重要影响。它的电影理论也很明显地表现出如此特点。❶

俄国形式主义活动的鼎盛时期时电影尚处于默片时代。因此，他们所概括的电影功能并不完整。然而，他们把电影与诗学相结合的研究方式不仅开阔了形式主义的理论范围，而且为电影美学的诞生奠定了初步的基础。

(五)法国印象派

法国先印象派电影运动主要理论家有侨居法国的意大利人乔托·卡努杜(1879—1918)、《电影杂志》主编路易·德吕克(1890—1924)、文艺评论家莱翁·穆西纳克(1890—1964)、哲学家阿倍尔·冈斯(1889—1981)、散文家让·爱泼斯坦(1899—1953)、女导演谢尔曼·杜拉克(1882—1942)等等。卡努杜的《第七艺术的美学》《电影不是戏剧》、德吕克的《上镜头性》、穆西纳克的《电影的诞生》、冈斯的《画面的时代到来了》、爱泼斯坦的《从埃特纳山上看电影》、杜拉克的《电影——视觉的艺术》等，是该流派的主要理论文献。法国印象派认为电影是一门艺术，电影因为能“再现心灵的活动”而具有“情绪感染力”，所以“它是一种绝对精神化的作品，它绝对是艺术”。那什么是电影艺术的特质呢？每个理论家都在探索自己的答案。卡努杜认为电影艺术的基础是光，穆西纳克强调电影节奏的艺术独特性，冈斯强调电影的画面，爱泼斯坦注重电影的运动，杜拉克则突出了电影的视觉表现力。他们的理论阐释各有侧重，但德吕克所说的“上镜头性”是法国印象派在揭示电影艺术的特质时所共同使用的一个核心概念。

1. 乔托·卡努杜及其电影理论

乔托·卡努杜是法国印象派电影运动的代表人物之一，因为其提出电影是第七艺术的理论主张，所以我们把他单独拿出来加以介绍。

乔托·卡努杜是意大利人，年轻时候移居法国，曾创办艺术报纸，以法文发表文艺评论随笔和小说，但他主要是以其将电影定位于“第七艺术”，及其电影理论、电影评论的先驱者的身份著称。1911 年，卡努杜在《第七艺术》一文中首次提出“电影是一门艺术”的理论主张。他用“第七艺术”来命名初生的电影，这一宣言是把初生的电影引入艺术殿堂的最早的理论论述。卡努杜关于“第七艺术”的论述对法国印象派具有不可否认的思想影响。

他把各种艺术归纳为两大类：时间艺术和空间艺术。音乐、诗歌和舞蹈是时间艺术，建筑、绘画和雕塑是空间艺术。在时间艺术和空间艺术之间存在着一道鸿沟，而电影恰恰是填平这道鸿沟的“第七艺术”。他说：“电影是运动着的造型艺术，按照节奏艺术的标准展开。”他把电影编剧称作“银幕形象幻视者”，把电影导演称为“以光为

❶ 洪宏：《简论俄国形式主义电影理论》，载《当代电影》，2004(6)。

画笔的画家”，把“银幕形象幻视者”幻觉中的一幅幅形象在银幕上划出来。所以“幻视者”和“光的画家”应该有一些共同服从的规律，这就是电影艺术的法则。卡努杜给自己规定的任务就是寻找这些法则，即寻找电影艺术的创作规律。在这一点上，他首先反对了当时在欧洲流行的两种电影观点：复制现实和戏剧搬演。他认为电影既然是艺术，就不只是现实的翻版。摄影机固然有纪实的功能，但艺术家应该利用这种功用来营造环境、营造气氛。在影片中客观的自然景色应该由艺术家创造出来的“充满人性的氛围”所替代，正如影片中的人物，既不同于日常生活中的人，也不同于舞台上的人。

卡努杜认为“电影不是戏剧”。他在《电影不是戏剧》中提出，“不要在电影与戏剧之间寻找共同点”，它们“没有任何本质上的共同点”。他认为戏剧具有原始性，是“粗俗而平庸”的，是“一种荒唐的模拟活动”，而电影则具有一种“精神化特征”。因此，他指出“视觉的戏剧是丝毫不能袭用各种舞台手法的”，更不能将电影“愚蠢地当作戏剧的奴隶”。他认为电影是一门造型艺术，完全是依靠人的活动，影片中的演员应该创造出“一本词汇量丰富的动作手势词典”。他特别强调光在电影表现中的头等重要作用，电影“通过能够重现生活环境的机器和光的笔触而变成一种节奏的艺术”，因为电影是一种以视觉手段来讲故事的艺术。他预言：“这第七艺术行将实现人们世代以来已经在早期的神话故事中所幻想的一切”，电影将成为一种“真正的环球性语言”，它“将是我们的神庙、我们的巴特农神殿、我们心灵的教堂”。卡努杜把无上的赞誉献给了电影，这在当时那个认为电影不是艺术的年代是何其珍贵，他提出的电影将表现人类神话的预言已经在现在发达的电影工业中成为现实。此外，卡努杜鼓励技术试验和形式试验，他认为在电影中“艺术的作用在于激发情绪而不是叙述事件”，“电影所独有的表现领域之一将是非物质的领域，说得更确切些就是下意识状态”。

卡努杜认为阻挠电影成为艺术的障碍，除了陈旧的传统艺术观之外，还有电影的商业性。为了使电影成为真正的艺术，有必要请商人们离开艺术殿堂。卡努杜说：“让他们到市场上去做生意，把艺术殿堂让给受之无愧的人，让给心灵的祭师。”这样，他就把电影禁闭在象牙塔，使它成为知识精英们把玩的东西。他的这些思想对法国印象派以及后来的艺术电影理论产生了显著的影响。他关于电影不是戏剧的论点是正确的，但说电影和戏剧没有任何的相同点，未免有些绝对化，而大肆贬低戏剧的艺术性价值又是非理性的。同时，卡努杜对电影纯艺术化的论述也是不现实的，毕竟电影是一门大众化的艺术，但考虑到早期的电影被艺术殿堂所拒绝的史实，他的这一论述还是可以理解的。

2. 法国印象派其他电影理论

对“上镜头性”一词的内涵做出初步界定并使其发挥重要理论影响的是法国印象派领袖德吕克，在1919年撰写的《上镜头性》一书中，他就比较明晰地揭示了该词的基本含义。德吕克将“上镜头性”和“照相性”加以对比，认为照相术因其是对现实进行复制而不具有“上镜头性”；同时，“上镜头性”也不是被摄对象固有的品质，更不是指某个演员照相漂亮很适合于拍照的意思。他认为所谓“上镜头性”是“电影和照相术的和谐结合”，是“由于电影的再现而增长了其精神价值的一切人、物或灵魂的风貌表现”。他认为，“上镜头性”就是那种能透过事物的照相式外观而显示其内在神韵和诗意的电影美学特性。

爱泼斯坦是另一位对“上镜头性”予以深入探讨的印象派理论家。他说：“什么是‘上镜头性’呢？凡是由于在电影中再现而在精神特质方面有所增添的各种事物、生物和心灵的一切现象，我将都称之为‘上镜头性’的东西。凡是通过电影的再现而无所增添的东西，都不是‘上镜头’的，因而也就不属于电影艺术。”他认为“上镜头性”是一种“能感动人心的潜在力量”，而且只有事物、生物和心灵的动态的和有个性的现象，才能是“上镜头性”的。爱泼斯坦进一步突出了“上镜头性”的精神特性，并强调它必须存在于电影画面的时空运动中，必须能揭示所表现对象的个性和特质。

杜拉克强调电影的视觉艺术特征，但她同样反对仅仅追求纯粹视觉的东西或仅仅满足于对现实的技术复制，主张电影应该“为了它的精神表现而去使用技术的灵感”。冈斯也同样强调“画面只有在作者的力量得到表现时才存在”，正是这种作者的力量赋予画面以灵魂和诗意，使“诗可以像一个仙女一样用她透明的手臂搂抱银幕”。慕西纳克则强调电影的节奏可以使电影成为“电影诗”，它“能出色地阐明和揭示人的精神状态”。可以看出来，印象派电影理论家都将其理论的根本点放在电影作为审美艺术所必须具有的精神属性和诗意追求上，而这实际上是“上镜头性”的应有内涵。

杜拉克是印象派电影理论家中最强调电影视觉特性的一个，她对电影的戏剧化和文学化所持的反对态度也最为激烈，她说：“作为视觉艺术的电影，目前并不是在纯粹的视觉中寻找激情，这是最大的遗憾。”她认为，那种以为电影应该依赖戏剧冲突来展开情节事件的看法是错误的，电影当然可以叙事，但在她看来故事没有什么价值，电影“必须让画面的威力单独起作用并且让这种威力压倒影片的其他东西”。德吕克也把视觉表现看作显示人的精神状态的一套电影笔法，冈斯则欢呼“画面的时代到来了”……印象派电影理论家都十分重视电影作为视觉艺术的特性。

强调光的运用在电影视觉形象中的突出作用是印象派理论家的一个突出特点，他们认为光既是电影视觉艺术创作中的具有决定性作用的表现元素，也是使电影获得“上镜头性”的关键所在。卡努杜强调电影“是为了成为一种由画面组成、由光的画笔绘成的可见的叙述方式而诞生的”，他认为电影“在处理上运用了一切在科学上是可能的布光技术和一切在美学上是可以想象的光的变化”，这能使电影“成为灵魂和肉体的完整再现”。冈斯、杜拉克、德吕克等对电影视觉特性和“上镜头性”的强调，都注重光的艺术表现力，认为光使一切事物在画面上“复活”起来，电影的各种手段只有经过“光的熔炼”才能使画面成为艺术，才能显示出电影画面的诗意和精神。

法国印象派也关注电影视觉运动节奏和音乐节奏之间的相似性，慕西纳克最为强调节奏对电影的重要性。他指出，“节奏并不单纯存在于画面本身，它也存在于画面的连续中。电影表现的大部分威力正是依靠这种外部节奏才产生的”，“剪接一部影片其实就是赋予影片一种节奏”。他进而提出“电影诗”的概念，认为这种以节奏感的创造为基础的电影诗与交响乐十分接近，它不但能培养眼睛的视觉节奏感，而且还具有“上镜头性”。杜拉克也同样强调视觉的运动、节奏及其对“上镜头性”的解释。她说：“画面是可以像编排交响乐那样复杂的，因为画面可以由表情和光线结合而成的许多运动来组成”，而且“由于看到了运动的各种节奏，各种直线和曲线，我们亲眼看到了复杂的生命”。爱泼斯坦认为“电影的本质是运动”，冈斯声称“电影是光的音乐”，德吕克认为“电影是视觉交响乐”，这些理论观点都具有相似的内涵。

事实上，法国印象派比较轻视叙事，而注重电影的情绪、神韵、诗意等精神内涵。在他们看来，电影是最能够透过事物的表象揭示其神秘本质的艺术媒介，而这也符合他们强调电影表现诗意状态，追求“上镜头性”的电影美学理念。他们认为最适合表现“人或物的诗意状态”的主要有三类电影：一类是超现实、超自然的，即德吕克所说的“神话、幻术和超自然的东西”，或冈斯所期盼的“一切梦的生活和一切生活的梦都将在感光胶片上表现出来”；一类是心灵的、潜意识的、精神的东西，就像卡努杜说的，电影“应该用巧妙安排的光线来表现各种精神状态”；另一类是抽象的东西，如杜拉克强调的空气和光、运动和节奏、直线和曲线，等等。

一般人认为，德吕克继承了卡努杜的电影观，在电影超越机械式照相的诗意表现上，两者是继承性的关系。但德吕克并不是赞同卡努杜“第七艺术”这种提法，他说如果电影是一门艺术，那艺术就是艺术，没有第几之分。他还认为，电影不只是艺术，同时还是一种工业、一种商业，他正是从电影这种复杂性上来分析电影的。他反对为艺术而艺术，认为优秀的艺术作品之所以优秀的原因在于“言之有物”。他承认光在电影艺术创作中确实具有头等重要作用，但他坚决反对玩弄光的把戏。他挖苦那种片面追求光的华丽效果的做法，他认为“为了证明那些光的把戏玩得有理，恐怕得把影片背景放到探照灯里才行”。他反对卡努杜的“精英”主张，强调电影艺术的群众性。他说“我爱当观众的观众”，还说“银幕大师就是面向观众说话的人”。

二、蒙太奇电影理论

蒙太奇是电影构成形式和构成方法的总称，是电影艺术主要的叙事手段和表现方法。蒙太奇一词，原是法语 montage 的译音。这本是一个建筑学上的术语，意为构成、装配。引申在电影方面，就是剪辑和组合。它必须与演员的表演、电影造型以及声音有机结合。这是电影导演或剪辑师将拍在胶片上的一系列镜头及录在声带上的声音(包括对白、音乐、音响)组成影片的方法与技巧。正是因为有了蒙太奇，电影才从机械的记录(影像、声音和色彩)转变为创造性的艺术。苏联电影学派对电影的最大贡献就是确立了“电影艺术的基础是蒙太奇”的观念。20 世纪 20 年代中期出现 30 年代趋向成熟的蒙太奇电影理论的主要研究者是普多夫金、爱森斯坦、库里肖夫、维尔托夫等苏联电影家。苏联学派的蒙太奇电影理论探索是多向度的，其中最有代表性的是爱森斯坦的理性蒙太奇和普多夫金的叙事蒙太奇理论。电影蒙太奇理论的创建，标志着人们对电影的审美特性和艺术规律有了深入的把握，电影真正从理论上建立起了自己的艺术形式。

苏联电影理论家探索蒙太奇电影理论之前，西方电影界在创作实践中对作为技巧、手法的蒙太奇的探索已经有了一定积累。梭罗门认为：“第一个把蒙太奇作为电影的一种创作元素的导演是格里菲斯。……各国的电影艺术家都是从美国电影中学到了他们这门艺术的基础的。”爱森斯坦也认为：“对于苏联蒙太奇体系的建立，格里菲斯的作用还是很大的。”除了美国电影的影响以外，构成主义和未来主义等现代文艺思潮、巴甫洛夫的反射心理学理论、苏联现实对电影的需求，以及苏联电影当时所处的艰难困境都对蒙太奇电影和实践的探索有着极其深刻的影响。

现代主义侧重主观体验的表述，追求的是消除审美距离、冲撞效果、即刻反应、同步感和煽动性，这对苏联蒙太奇电影理论，特别是爱森斯坦的理性蒙太奇电影理论有着明显的影响。此外，1920 年兴起的构成主义视觉艺术思潮对于蒙太奇电影理论也有着直接的影响。首先，构成主义认为艺术创作应该与工程师装配机器相似，是对各种素材的结构和组合，这个过程则被称为蒙太奇，所以电影家也借用蒙太奇这个词汇来指通过镜头剪辑而完成一部影片；其次，构成主义认为艺术创作可以通过科学计算来引发特定的情绪反应，这就是苏联电影家所说的蒙太奇效应；最后，构成主义崇尚理性，认为可以从素材的组合和结构中产生理性，形成表达的合力，这也是苏联蒙太奇学派所致力于达到的，通过影片的剪辑和重组来传达一种意识形态或理念。

巴甫洛夫的反射心理学理论对于苏联蒙太奇电影理论的影响可以从库里肖夫的三个著名实验中看出来。第一个实验是“创造性的地理学”，库里肖夫把几个在不同时间、不同地点摄制的镜头画面剪辑连接在一起，却能使观众感觉到这是在同一个时空中发生的不间断的行动过程。第二实验是“合成女人”，库里肖夫将几个不同女人的头部、眼睛、手脚等画面经过剪辑，组成了一个新的、活动中的女人形象。第三个就是著名的“库里肖夫效应”，库里肖夫从一部旧影片中剪下著名演员伊凡·莫兹尤辛的一个毫无表情的脸部特写镜头，把它分别与一碗汤、一具里面躺着尸体的棺材和一个玩耍的小女孩的镜头相连接，结果观众在观看过程中却似乎发现莫兹尤辛的情绪变化——分别对应着饥饿、悲伤和微笑。通过这些实验，库里肖夫认为，造成电影情绪反应的，并不是单个镜头的内容，而是几个镜头画面之间的并列，并列镜头能显示感情和心理状态，甚至是抽象的思想。

苏联蒙太奇电影理论的产生，还与当时苏联的社会政治、经济、电影的发展情形，以及新生的苏维埃政权对于电影的急切需求等因素有着深刻的内在联系。1917 年，苏维埃政府建立后，政府没有能力资助电影生产，于是从仓库中找出来许多旧影片，出于意识形态和增加影片数量的考量，对它们进行重新剪辑，利用库里肖夫效应，来剪辑产生新的影片，这种迫不得已的影片生产方法也进一步推动了蒙太奇电影理论的探索和发展。

(一)普多夫金及其电影理论

普多夫金(1893—1953)是苏联蒙太奇电影学派的重要代表人物之一。他早年是化学技师，1920 年进入苏联国立第一电影学校学习，1922 年转入库里肖夫电影工作室，跟随库里肖夫进行电影的探索和试验。1920 年开始从事电影导演工作，先后创作影片达 20 多部，其中《母亲》《圣彼得堡的末日》《成吉思汗的后代》等都是世界电影史上的经典。普多夫金不仅是杰出的电影导演，从 1923 年发表《电影中的时间》论述蒙太奇的意义开始，他一直执著于电影理论尤其是蒙太奇电影理论的探索，撰写了《电影导演与电影素材》《电影剧本》《影片中的演员》《论蒙太奇》等著作。他的叙事蒙太奇电影理论对于电影蒙太奇在世界范围内的普及和发展产生了重要影响。

1. 普多夫金的电影美学

普多夫金认为电影既继承了各种兄弟艺术的优良传统和艺术成果，同时又有明显的特性，主要表现在照相性(逼真性)、综合性和蒙太奇三大方面，它们互有区别而又彼此联系，其中以蒙太奇更引起普多夫金的重视。

普多夫金十分重视电影的逼真性，把它看作戏剧与电影的根本区别之一。戏剧容许化妆，以及布景、对话、表情以至情节等方面的舞台假定性。但是在电影中这一切都要十分逼真，摄影机镜头可以逼近拍摄对象，暴露出细微的虚假。值得注意的是，在舞台化和隐喻化倾向非常严重的 20 世纪 20 年代的苏联电影中，普多夫金就非常强调电影的纪实性。他的几部早期影片都以实景和外景为主，特别是《成吉思汗的后代》，几乎全部是在布里亚特蒙左高原实地拍摄的。关于逼真性，普多夫金不仅一般地指画面要酷似拍摄对象，而且强调人民性和民族性的逼真，亦即真实摄录广大人民的真实生活，特别注意摄录各民族不同的风俗习惯和民族性格。在《成吉思汗的后代》中，他力求达到“民俗学的精确性”。后来罗曼·

罗兰对他说过，这部影片的最可贵之处，就是让他看到一个从未到过的国家及其人民的独特生活。普多夫金一贯重视电影的民族化，后来在拍摄《米宁与波扎尔斯基》等历史片时，也强调影片要反映俄罗斯的民族特色。

电影的照相性、逼真性在普多夫金看来，主要指视觉性，即电影主要通过画面去体现主题和塑造人物，应反对“舞台化倾向”。他对于那些“主要就是说话，一切全靠口头叙述”的影片很为反感。

当时许多人把电影与各种兄弟艺术对立起来，提出打倒一切艺术传统，从“空地上”创造电影艺术。普多夫金与此相反，十分重视电影与各种艺术传统的继承性，强调电影艺术是文学、戏剧、绘画、音乐、舞蹈等各种文艺的综合，肯定综合性是电影特性之一。然而，他反对把“综合”理解为“一笼盛百鸟”似的机械拼凑，也不同意把电影看作“综合性的艺术”。他认为“综合”是各兄弟艺术经过电影特性的改造而有机融合的结果，各兄弟艺术的“这些传统在电影实践中要经过根本改变，经过深刻的质的变化，其中只有一切艺术所固有的那些共同特征才原本地保存下来。例如这样一些特征：有机的完整性、真实性、富于节奏而和谐的匀称性等等。电影仿佛以其他各种艺术的传统来滋养自己，并使其变成自己的新的血肉”。

在电影美学的各个领域中，普多夫金终生研究得最多而贡献最大的就是蒙太奇问题。随着思想日趋成熟，他对蒙太奇的研究也逐步深入，经历过技术蒙太奇、艺术蒙太奇与思维蒙太奇阶段，终而揭示出蒙太奇的辩证实质。

技术蒙太奇就是按照物理时间把时空不同的各段胶片连接成情节连贯的影片。蒙太奇在这里只起到技术性的连接作用。普多夫金初入电影界时在加尔金艺术工作室已能初步掌握技术蒙太奇的手法。以后，为了接得自然流畅，他还继续苦练基本功，但这毕竟只是技术性的。

后来他到库里肖夫工作室，开始对艺术蒙太奇发生兴趣，一度走上形式主义的歧途，好在他较快认识到错误，离开库里肖夫到了俄罗斯国际工人救济委员会影片公司长期工作。通过拍摄《母亲》等影片，他在艺术蒙太奇方面打下了深厚的基础。艺术蒙太奇在情节发展中并非必不可少，但对于加强情绪感染力、突出表现艺术家的态度和评价、渲染环境气氛等方面，却有很大的艺术功能。普多夫金在自己的影片和论著中很好地运用和阐述了这些艺术功能。

普多夫金通过电影与各种艺术形式的比较，发现艺术蒙太奇兼有戏剧性、散文性和诗性的艺术功能。戏剧性主要指蒙太奇镜头的“冲击”可以强烈地表现出矛盾冲突和人物情感。散文性主要是指电影通过蒙太奇可以做到时空的大幅度转换，使人物可在广阔的时空中展开情节。诗性主要是指通过蒙太奇镜头的对列可以产生隐喻或象征，浓缩地体现某种含义。普多夫金认为艺术蒙太奇的这三种性能在电影中可能达到有机的融合，以产生电影优于其他艺术的独特感染力。

20世纪20年代与30年代交接之际，声音在电影中出现了。普多夫金立即研究音画配合的蒙太奇问题。在有声电影初期，许多艺术家满足于音、画的技术性剪接(同步)。普多夫金和爱森斯坦发表“宣言”，较早提出音画对位原则，把艺术蒙太奇推广运用到音画结合上。

普多夫金研究蒙太奇的另一条思路，就是沿着分解法逐步深入。起初他主要从现实主义典型化的要求去研究分解法，把蒙太奇看作艺术家对素材进行分析与综合的有力手段。他用高等数学作类比，指出电影中的艺术分析(分解)相当于“微分”，艺术综合相当于“积分”，从分析到综合的全过程相当于“微积分”。于是他提出“蒙太奇电影分析的逻辑”这一论断。

普多夫金晚年在苏联国立电影大学任教时，进一步把分解法作为蒙太奇定义的主要内容，指出“在电影中，分割与切断的方法获得了最完善的形式”，并给蒙太奇下了一个较具体的定义：借助于电影技术而发展到极完善形式的分割和组合方法，我们称之为电影蒙太奇。❶

2. 普多夫金的蒙太奇理论

普多夫金说：“电影艺术的基础是蒙太奇。”这句名言确立了蒙太奇在电影艺术中的地位，它同时也是理解普多夫金电影理论的起点。普多夫金认为电影可以借助蒙太奇创造出迥异于现实的电影时间和电影空间，即“电影的现实”。他以库里肖夫的第一个实验——“创造性的地理学”为例，指出电影导演可以任意支配时间和空间，在不改变现实的基础上创造出一个全新的电影时空，这就是电影蒙太奇的力量。他认为，蒙太奇是一种通过镜头联结来达到完整叙事的手段，是一种服务于影片叙事功能的镜头组接的方法，其实质是一种叙事的结构艺术。“把各个分别拍好的镜头很好地联结起来，使观众终于感觉到这是完整的、不间断的、连续的运动”，这是普多夫金对蒙太奇的基本认识。

普多夫金把蒙太奇分为“结构性蒙太奇”和“作为感染手段的蒙太奇”。“结构性蒙太奇”又分为“场面蒙太奇”和“段落蒙太奇”，若干镜头构成一个“场面蒙太奇”，若干场面构成一个“段落蒙太奇”。镜头、场面和段落的组合不是随意和无序的，其逻辑是引导观众的注意力，并以此强制性地支配观众去思考和联想。普多夫金将“作为感染手段的蒙太奇”分为“对比蒙太奇”“平行蒙太奇”“比拟蒙太奇”“交叉蒙太奇”和“主题反复出现的蒙太奇”五种手法。不论是“结构性蒙太奇”还是“作为感染手段的蒙太奇”，都服务于电影叙事的需要，去叙述一个故事或表达一个思想。

普多夫金认为蒙太奇是一种电影分析的逻辑。他认为导演要善于分析所拍摄的现象，善于洞悉现象的底蕴，善于抓住细节并且能理解这些细节融为一体的相互联系，否则导演就不能在银幕上创造出这一现象的鲜明动人的画面。首先，他认为电影家要借助于摄影机的镜头把生活的细节鲜明而突出地表现出来，通过蒙太奇的处理去洞察生活的底蕴。其次，他指出，在从分解到组合的蒙太奇过程中，电影家不仅要精确地考虑每个镜头的造型内容，同时还应当确定各个镜头的长度及其有节奏的连接顺序，因为蒙太奇的独特节奏可以表达情绪。最后，蒙太奇的创造性作用绝不仅仅是简单的剪辑和联结，而是将细节、节奏的艺术创造与整部影片的现实表现、主题内涵有机融合在一起，这就是分析的蒙太奇，它可以揭示出现实生活中的内在联系。

普多夫金强调电影的蒙太奇创造应该统领于导演的艺术创造。他认为蒙太奇是导演的语言，导演是从头到尾地领导影片制片工作的唯一组织者，导演必须干预、控制和组织整个影片的创造过程，导演的创作意图应该成为整个影片创作的核心和灵魂。

---

❶ 罗慧生：《普多夫金与电影美学》，载《世界电影》，1983(5)。

无论是编剧还是演员，都必须从蒙太奇思维出发去编写剧本和塑造人物，为导演的最终创作服务。编剧不能抽象地思考情节，而应该以造型的形象去思维，以鲜明生动的视觉形象去表达思想。同时编剧写的东西，应当符合将它在银幕上所体现出来的样子，应当确切地规定每个镜头的内容和顺序，这就是普多夫金的“铁的分镜头剧本”观念。对于演员，普多夫金克服了蒙太奇学派早期理论中把演员的表演只认作“活的模特儿”的思想弊端，要求演员必须从自我修养和创造角色的最初阶段起，就要经常想象出蒙太奇形象，并完整而有机地掌握所扮演的形象。

在有声电影出现后，普多夫金批评当时有声片大都把对白看做是表达观念的手段。但是他热情欢呼声音的到来，并且提出“声画蒙太奇”的概念，着重阐述了“声画对位”的蒙太奇原则。他认为画面与声音“一种是客观世界的节奏，一种是人们用以观察客观世界的速度和节奏”，电影家要“使形象同音响都依照各自的节奏发展”。

(二)爱森斯坦

爱森斯坦(1898—1948)是苏联最重要的电影导演和电影理论家，他一生共拍摄影片九部，几乎每一部影片都为电影提供了新的观念和表现可能性，并成为世界电影史上的重大艺术现象，其中的《罢工》《战舰波将金号》《十月》《总路线》《伊凡雷帝》等都是世界电影史上的经典作品。他生前出版了《电影感》与《电影形式》两本论文集，在苏联发表了众多论文和演讲，这些论文、演讲和未发表的文章、讲稿和书信在爱森斯坦去世后，收入《爱森斯坦论文选集》和六卷本的《爱森斯坦文集》。从他未跨入电影界前发表的曾引起无尽争议的《吸引力蒙太奇》开始，之后的几乎每一篇论文都会因为其大胆和创新性而引起争论和研究的高潮。

1. 爱森斯坦的蒙太奇理论体系

1923 年，爱森斯坦在《吸引力蒙太奇》一文中探讨戏剧如何感动观众的问题时，提出了“吸引力蒙太奇”的概念。他说，“把随意挑选的、独立的(而且是离开既定的结构和情节性场面起作用的)感染手段自由结合起来，但是具有明确的目的性，即达到一定的最终主题效果，这就是吸引力蒙太奇”。他认为电影和戏剧一样，都是以引导观众的反应为目标，所以没有理由让蒙太奇受到电影剧情和逻辑的限制，蒙太奇作为电影的理性和感性冲击的主要手段，可以自由地从故事中分离出来，如同它在戏剧制作中的那些吸引力组合。爱森斯坦强调，电影最重要的不是事实的呈现而是情绪上的反应的组合，没有激情的煽动就没有电影。爱森斯坦的“吸引力蒙太奇”概念也遭到了很多批评，批评者指出“吸引力蒙太奇”的随意性和任意性，及其为了强迫观众接受它所蕴含的某种理念和思想而不惜运用不合逻辑联想的某些素材来表达电影所承载的寓意，显得有些牵强附会。

爱森斯坦自己对此也有所认识，在《战舰波将金号》的拍摄中，他就逐渐修正了为人所诟病的单纯吸引力蒙太奇的手段。他认为蒙太奇一方面是“最大限度富于感情、充满情感的叙述”，但另一方面也是“逻辑连贯的叙述”，“连贯地、有条理地叙述主题、情节、动作、行为，叙述一段戏内部和整个电影故事内部的运动”。

在这期间，爱森斯坦提出了“理性蒙太奇”的观念，他说，“理性电影就是力求用最简洁的视觉图像叙述抽象的概念”，“它将处理生理泛音和理性泛音的冲突组合，从而创立一种前所未有的电影形式——把革命置于整个文明史中，形成科学、艺术与战斗阶级的综合体”，“它的素材必须是真实的，表现必须是确定的，形式必须是感人的……它的目的是表现知识分子的辩证法”。1929 年，他写了《电影形式的辩证法》一文，借鉴黑格尔“历史是对立观念的综合”的哲学观及其“正-反-合”的矛盾冲突变化模式，来说明电影艺术也是一种辩证冲突的艺术。他说：“蒙太奇是冲突，正如任何艺术都总以冲突为基础一样(辩证法的一种形象的体现)。镜头则是蒙太奇的细胞，因而也应该从冲突的观点来加以考察。镜头内部的冲突是潜在的蒙太奇，随着力度的加强，镜头便突破那个四角形的细胞，把自己的冲突扩展为蒙太奇片断之间的蒙太奇撞击”。爱森斯坦强调，蒙太奇不是用连接在一起的镜头来叙述思想，而是要通过彼此独立的两个镜头的冲突产生思想。在他看来，蒙太奇的基本原则是对列、碰撞和冲突，“是通过给定物的撞击产生思想的那个点”。这显然与普多夫金的联结蒙太奇观有所区别，普多夫金认为蒙太奇是镜头的联结，是“一块砖接一块砖”那样的“片断的联结”，通过这些镜头的排列和累计来叙述一种思想。在普多夫金看来，镜头 A 和镜头 B 连接成为“A＋B”或“AB”；但在爱森斯坦这里镜头 A 和镜头 B 的连接则会产生新的结合体“X”。

爱森斯坦早先着重研究镜头之间的对列组接，对单个镜头及镜头构图本身关注较少。这一时期，他开始认识到“通过镜头所说明的东西，有时比通过镜头间的蒙太奇对比所能说明的东西还要多些”，“蒙太奇结构的概念同镜头构图是密不可分的，两者离开对方就不能存在”。他把镜头内部结构的冲突看做是蒙太奇的细胞，蒙太奇则是镜头内部结构向新质的飞跃。这样，从单个镜头内部的冲突到镜头之间的冲突、镜头与段落之间的冲突等，爱森斯坦整理出了一套理性蒙太奇冲突的主要形态。

爱森斯坦早先强调的是镜头之间的吸引力，但那其中有相当一部分是和电影情节没有关系的画面，其蒙太奇效应就显得牵强生硬。1925 年至 1928 年间，他着重研究镜头的冲突、碰撞，以此来刺激观众的感受、联想和情绪、思想。1929 年以后，尤其是 30 年代，爱森斯坦就试图超越那种更多地关注镜头之间吸引力、冲突的蒙太奇手段，而要创造完整的电影蒙太奇的表达形式，这就是他的“泛音蒙太奇”观念，即总体的、多声部的、感性的效应。爱森斯坦指出，泛音蒙太奇是理性蒙太奇的有机发展，但是它又与节拍蒙太奇、节奏蒙太奇和调性蒙太奇有很大的不同。节拍蒙太奇能唤起最原始的运动机能，能使观众进入某种外部运动的状态；节奏蒙太奇能够引发某种原始情绪；调性蒙太奇则是在更高的层次上重复节拍蒙太奇，以其生理性的总体感性效果重又回到强化直接运动机能的阶段；理性蒙太奇则是着重通过画面内部的造型安排、理性泛音与生理泛音的冲突组合，激发观众将视觉形象变成一种理性认识，对所表现的现实进行思想的评价。由此，爱森斯坦就对电影创作过程形成了一整套完整的理解和认知：知觉(感知的刺激)—情绪(情绪的转移)—思考(理性的觉识)。这套认知机制改变了他早期吸引力蒙太奇的机械反射形式，也修正了那种有些直接、机械、理性而容易引观众厌倦的冲突蒙太奇手段。

爱森斯坦提出的“冲突蒙太奇”和“泛音蒙太奇”概念，在长期把蒙太奇单纯理解为画面的排列和联结的那个时代里，其理论和实践的价值是巨大的。它不仅使原来纯粹作为无声电影的原理而产生并由于过分强调无声电影的特点而陷入停滞状态的苏联蒙太奇电影理论有了新的出路，而且在某些方面甚至预示了诞生中的有声电影这种新的电影形态的特点。

从 20 世纪 30 年代初到 1948 年去世，爱森斯坦对电影形式和电影蒙太奇，尤其是对有声电影的形式和蒙太奇进行了深入的思考。他着重从电影叙事、声画结合等方面入手去研究影片总体结构、多声部蒙太奇体系等电影“有机体”的整体形式创造问题。爱森斯坦把影像与声音的关系称为“垂直蒙太奇”，就是在影像之间水平方向并列的同时配上声音的“垂直”对位。他把理性蒙太奇的“表现性主题表达方式”改造成为“想象性主题表现方式”。所谓“想象性主题表现方式”，就是要将理性蒙太奇的研究重点深入到充满情感的想象性主题和影像的镜头构图中，乃至把理性蒙太奇的表达带到最细微的素材中。具体来说，爱森斯坦认为理性蒙太奇是从内心独白、感官思考和综合意象等方面，为理性过程恢复情感的深度，达到理性与情感的全面感知。他认为，最先进、最有影响力的作品，是将解释现象的理性和诉诸感官的形式结合在一起。爱森斯坦将理性蒙太奇重新定义为复调的和垂直的，使蒙太奇不再只是一种激发条件反射的刺激技巧，也不再是强硬冲突的“跳跃的蒙太奇”，而成为一种对理性与情感、画面与声音、思想与结构全面感知的电影手段，从而让电影成为有机的、完整的艺术作品。此前的刺激物—吸引力、冲突—碰撞范畴，已经为影片整体的复调、和谐的有机整体所替代。经过深入、执著的探索，爱森斯坦建构了他的完整的蒙太奇理论体系。

2. 爱森斯坦蒙太奇理论批评

(1)对蒙太奇手段的过分强调

孙蕾、赵文捷认为爱森斯坦过分强调蒙太奇的“冲突”，这使得他的电影晦涩难解。

> 爱森斯坦力图通过蒙太奇把形象思维同逻辑思维沟通起来，把科学和艺术结合起来，以电影体现人的理性活动，加强电影的哲理化倾向，这是十分可贵的。从实践上看，他在以《战舰波将金号》为代表的一系列作品中，大量使用了蒙太奇手法，其天才的创造力得到了淋漓尽致的发挥。通过镜头之间的重新剪辑、巧妙组接，爱森斯坦在银幕上重构了一个时空体系，它与现实中的时空体系迥然不同，但又是植根于现实生活的基础之上，从而在根本上与观众的观影心理相契合。从这一点来说，《战舰波将金号》开创了一直沿用至今的电影创作中所使用的最基本的蒙太奇表现手法。早前的格里菲斯乃至更早的梅里爱、鲍特的影片里使用的蒙太奇，要么是无意识、不自觉的，要么是不成熟、不完善的，只有到了爱森斯坦，到了《战舰波将金号》，我们才能负责任地说：电影艺术开始有了自身所独有的蒙太奇语言体系，电影语言开始借由蒙太奇句子组成。
>
> 但爱森斯坦过于强调蒙太奇的作用，认为电影应当像历史科学那样，通过利用蒙太奇手段解释现实的方式来避开人物塑造直接表达思想。结果他的某些影片形象破碎、晦涩费解。此外，由于他的蒙太奇理论的核心是“冲突”，强调两个镜头相接的效果不是两个镜头效果的和，而是两个镜头效果的积，为了达到这一目的，他不惜忽视单镜头内部的空间表现力，从而使得他的单镜头内部的画面处理成为一种平面的、信息单一的、甚至在两个镜头之间形成一种强制性的关系，取消了观众的主体地位。❶

---

❶ 孙蕾、赵文捷：《电影蒙太奇与剪辑》，载《电视字幕·特技与动画》，2005(12)。

(2)对传统电影叙述规则的完全摒弃

杨远婴也认为，爱森斯坦的理性电影由于过于生硬而抛弃了观众。

电影叙事是一种话语，它涉及叙事者与接受者的关系。叙事本文为了被读解，必须建立一套用以组织和安排影像符号的规则，从而使观众能够按照这套法则来理解叙事本文中的秩序。如果说一般的叙事性影片都遵循了基本的规则，那么爱森斯坦的影片则远远地离开了传统叙述规则。他虽然选择了含义鲜明的视觉符号，但往往由于其隐喻过于深奥而使观众莫名其妙。而且，他在建构自己理论体系的时候否定了传统的情节结构和性格刻画，甚至也否定了演员的作用。他的影片拒绝流行的神话模式和爱情故事，所以与一般观众的接受水平相抵牾，被喻为难于理解的电影。为此，爱森斯坦遭到了责难。

早在1931年，莫斯科就有人开始抨击爱森斯坦的理性电影。有人说《十月》是一部失败的作品，因为作者用个人的主观意念代替了伟大历史事件的客观面貌。这位批评家甚至说《十月》表现了爱森斯坦创作方法的谬误，暴露了他理论体系的虚妄。类似的批评曾一度上升为组织行动迫使爱森斯坦进行自我反省，在关于《白静草原》的检讨中他写下了这样一段话："脱离个别事实和现实性而片面追求抽象的概括，不可避免地使得一系列形象朝着唯一可能的方向发展——模仿神话风格的比喻与联想。生气勃勃的、牵涉面很广的悲剧性冲突，沦为只有'黑白'两色的闹剧；真实具体的阶级冲突，变成了'善恶'的一般化搏斗。……如果不能始终坚持现实主义表现方法并且不能在实践中掌握这种方法，那就会使错误远远超出美学范围，从而使得作品只有一种虚妄的政治意义。"

我们姑且不去谈论爱森斯坦的自我评价是否正确，也不去讲他过分强烈的主观说教如何削弱了镜头的生动张力，而只想说他的失落在某种程度上揭示了实验性作品和观众欣赏习惯逆差的不幸。尽管爱森斯坦的目的是通过政论式的艺术宣传群众，但由于其方法过于生硬反而抛弃了观众。尽管他的理性电影开拓了一种新的修辞风格，但也催生了枯燥的公式化倾向。然而，米特里曾做过一段精辟的概括，他认为普多夫金的叙事蒙太奇是当今大多数电影导演的语言模式，而爱森斯坦的理性电影却是艺术创新者们灵感的源泉。他的失误虽比普多夫金明显，但思想却远为复杂深奥，因为在湍急的变革潮流中，爱森斯坦毕竟提供了一套完整的电影模态。❶

(3)对理性的过度强调

爱森斯坦的蒙太奇理论渊博但也庞杂，思维活跃但有时也难免牵强。理性电影的极端发展使他有将《资本论》拍摄成电影的冲动。过分强调激情，则导致他对情绪剧本或无情节电影的偏爱，而相对忽视演员的表演和剧本的创作；过分强调理性，试图通过不经过情节和人物而直接通过象征、隐喻，乃至明喻去表现某种思想，在某种程度上导致了电影过于抽象的概括，而哲学和历史判断的绝对自信又导致电影家表现出过

❶ 杨远婴：《爱森斯坦及其蒙太奇学说的理论模态——经典电影理论学习笔记》，载《当代电影》，1991(6)。

于强横的权威。后来虽然经过修正，但随着有声电影时代的到来，苏联蒙太奇电影美学受到了破坏，如安德烈·巴赞所说“为了尽量造成客观再现的幻象，有声电影摒弃了隐喻和象征。蒙太奇的表现主义几乎完全消失了”。

(三)吉加·维尔托夫

吉加·维尔托夫(1896—1954)是20世纪20年代苏联电影艺术的先驱之一，拍摄了《带摄影机的人》《热情：顿巴斯交响曲》《关于列宁的三首歌》等影片，著有《电影眼睛人：一场革命》《带摄影机的人》《从电影眼睛到无线电眼睛》等论著，他的电影理论对后世尤其是纪录片创作影响巨大，他的“电影真理报”的观念于20世纪60年代被电影史家乔治·萨杜尔介绍到西方，激进的左派大师戈达尔甚至组建了“维尔托夫小组”。同样，五六十年代美国兴起的先锋派运动也将维尔托夫当做艰苦拓荒的先知。

1918年，维尔托夫进入莫斯科电影委员会，剪辑和编辑《电影周报》，也就是把新闻摄影师送来的胶片剪接成一周一期的新闻片。他没有把剪剩的影片扔掉，而是把它们分类保存下来，以备日后使用。《电影周报》共出版24期，到1919年因胶片短缺而停办。维尔托夫用平时保存下来的剩余影片，编成了一部放映时间长达两个半小时的文献影片《革命周年祭》。此时，他最初的电影思想开始形成，他发现摄影机可以记录“真正的现实”，他要借此创造一种新的艺术——生活本身的艺术。他设想创造一种不用演员的、纯记录性的叙事电影。他的这一设想到1923年成熟，他发表于1923年7月的论文《电影眼睛人：一场革命》标志着“电影眼睛”理论的产生。

他模拟摄影机的口吻说：“我是电影眼睛，我是机械眼睛。我是一部机器，向你显示只有我才能看见的世界……挣脱时空的局限，我可以把宇宙中任何给定的动点，结构在一起……我以新方法来阐释一个你所不认识的世界。”维尔托夫认为，电影的巨大力量就在于摄影机具备观察和获取人的肉眼所不能注意到的现实的意义，所谓“电影眼睛”，就是“用记录手段对可见世界做出解释”。在《摄影机眼睛小组暂行规则》中，维尔托夫指出人类眼睛相对于摄影机的不足：“我们的眼睛视力差得多，所以人类通过显微镜来观察不可见的事物，又制造望远镜来探究遥远而未知的世界。电影摄影机就是发明来透视深层可见世界和探讨记录视觉现象的。”

维尔托夫倡导远离摄影棚的实景纪实拍摄，以展现没有面具和化妆的人们，揭示潜藏在社会表象下的真谛。同时，受到意大利未来主义影响的他又热情地赞美“机器的诗意”，偏好用摄影机眼睛来歌颂代表速度与机器的新世界。与爱森斯坦和普多夫金关于蒙太奇的认识有所不同，如果说爱森斯坦强调的是蒙太奇产生意义，那么维尔托夫则更强调对现实的即兴观察。他认为蒙太奇渗透在电影制作的整个过程中，蒙太奇产生于观察、拍摄和剪辑之中。在《我们：一个宣言的变种》里，维尔托夫提出了“摄影机主义”和“摄影机程序”的概念，指出“摄影机主义是一种艺术，它在空间中将客体必要的运动组织成一个节奏化的艺术整体，与外在物质和客体之间的内在韵律形成和谐”。

维尔托夫把电影眼睛称为“‘蒙太奇’的我看”。他反对把蒙太奇看作意义生成的手段，他认为蒙太奇实际上是观察者的思维方式和观察方式，是观察者捕捉意义和传递意义的一种途径——只有电影才有的途径。“电影眼睛人”(即纪录片导演)就是根据电影眼睛观察到的实实在在的资料有机地构成影片内容。这样的影片内容，不是“蒙太奇的高等数学”，而是“事实的高等数学”。也就是说，它不是记录在胶片上的事实的总和，而是事实的“积”，每一个片断事实则是这个“积”的一个因数。这样，“电影眼睛”所看到的生活本来面目也就同仅以不完善的肉眼所见到的完全不同了。

尽管维尔托夫的电影理论有些偏激，但是对当时乃至后世的电影创作都产生了巨大的影响。爱森斯坦在 20 世纪 20 年代末就曾对德国电影家汉斯·里希特说：“维尔托夫应该为他在电影中发明了音乐般的节奏而获得荣誉，他经由计算过的剪接步骤掌握了电影的拍子，并且因此在蒙太奇原理上具有决定性的突破。”

三、纪实电影理论

"二战"以后，20世纪20年代中期以来产生的对世界产生普遍而巨大影响的苏联蒙太奇电影理论学派遭到了强调照相本性的纪实电影理论学派的挑战。纪实电影理论学派的最著名的理论家是法国电影学者安德烈·巴赞和长期侨居美国的德国学者齐格弗里德·克拉考尔，此外还有英国纪录片学派的创始人约翰·格里尔逊。从巴赞的著作《电影是什么》和克拉考尔的著作《电影的本性》这两个书名就可以看出来，纪实电影理论着重对电影的艺术本性和审美本性进行重新思考，这是对苏联电影学派的蒙太奇电影理论的反思和批判。纪实电影理论的出现与"二战"以后的电影创作实践有着直接关系，那时的电影突破了传统的理论框范，而在题材选择、叙事结构、画面造型、影像风格等方面都有了新的探索，呈现出不加修饰、如实叙事的纪实化美学特征，巴赞认为这时的电影"有一种明显的向记录性的真实回归的倾向"。

意大利新现实主义电影在影坛崛起，为纪实电影美学理论提供了可供分析的样本。罗伯特·罗西里尼的《罗马，不设防的城市》《游击队》《德意志零年》、维多里奥·德·西卡的《擦鞋童》《偷自行车的人》《米兰的奇迹》《温别尔托·D》、朱塞佩·德·桑蒂斯的《艰辛的米》《罗马11时》、鲁奇诺·维斯康蒂的《大地在波动》等电影都产生了巨大的影响。这些影片严厉地揭露了法西斯主义的罪恶，鞭挞了社会的黑暗和不公，真实地描写了战后普遍存在的失业、饥饿、贫困等社会问题，给予社会底层的普通人、小人物以同情和关爱，蕴含着深厚的人道主义思想。新写实主义电影大都取材于报纸的新闻事件或日常的现实生活，力求在银幕上呈现出历史的真实和现实生活的真实；叙事结构朴实自然，大致按照生活的自然流程去描写事件的发生与发展；更多地采用镜头段落-景深镜头的手法，完整地再现事物存在的实际时间和空间以保持生活原貌；大量运用实景拍摄，邀请非职业演员来饰演角色，人们对话时还时常使用生活语言和地方方言，追求不露形迹地在银幕上再现现实等。很明显，这是一种与传统的电影理论和流行的电影创作有着根本性区别的新的电影形态。它不仅与传统电影的戏剧性体系(如美国好莱坞电影)相对立，而且与电影现实主义以往的形式(如苏联蒙太奇学派)也有很多不同。

意大利新现实主义电影的出现，立即对欧洲电影乃至世界电影产生了巨大的影响。巴赞、克拉考尔、格里尔逊的电影纪实理论就是对"二战"后世界电影新的创作实践做出的理论阐释。巴赞认为，这种注重现实生活的真实流程、整体呈现而不让现实屈从于某种先验观点的电影写实主义代表着世界电影艺术的新的探索和发展。意大利电影家西柴烈·柴伐蒂尼的多篇文章和演讲奠定了新现实主义的美学纲领，他主张电影应该拒绝杜撰故事，而是要接近现实中普通人的正常生活，电影创作旨在发掘生活的真实。他说："新现实主义最重要的特征和革新，正在于它使我们看出，任何时候都要虚构出一个故事的做法原来不过是作者无意地想要以此掩盖自己的不善于表现而已；而我们过去运用想象力，也只是为了要用刻板公式来顶替我们社会的活生生的生活条件。"

影像与现实的关系是电影理论所关注的中心问题之一，巴赞和克拉考尔都是从电影源于摄影这一点去探讨电影的审美特性的。巴赞认为，摄影的独特性就"在于其本质上的客观性"，"摄影的美学特性在于揭示真实"。他说："摄影机的镜头摆脱了我们对客体的习惯看法和偏见，清除了我们的感觉蒙在客体上的精神锈斑。"克拉考也认为，记录是照相的根本特性。因此，他们认为摄影的记录和揭示、客观性和真实性等特征，也是电影反映现实的最重要的审美特征。同时，随着电影技术条件的发展，尤其是声音的出现，以蒙太奇为中心的默片理论与实践产生了强烈的反差。因为有了声音，画面就不能像视觉的画面那样依据主观和理性去随意剪辑和处理；而声音给予影像画面的指定性，现实中声音的相对连续性也要求影像画面具备持续性和不间断性，这样镜头的构图就渐趋复杂，镜头内部的场面调度就成为必需。声音所带来的电影手段的客观性、真实性，与传统电影理论所强调的影像和现实的不同正是构成电影艺术的必需条件、电影重在以剪辑等手段去重构现实和解释现实等观念，形成了尖锐的矛盾。正是这些矛盾引起了巴赞、克拉考尔等人对于电影本性的重新思考。

(一)安德烈·巴赞

安德烈·巴赞(1918—1958)早年毕业于师范学校，参加过法国抵抗运动，后来相继担任《法国银幕》《精神》《观察家》等杂志的编辑。1951年他创办《电影手册》杂志并担任主编。在1943年到1958年间，巴赞发表了大量的电影批评文章，这些文章后来被编辑为四卷本的论文集《电影是什么》，在世界电影理论史上具有极其重要的地位。巴赞的论著没有系统完整的构思，但是其理论却是自成体系。"展示"(与传统电影理论的"暗示"相对)"窗户"(与传统电影的"画框"相对)"镜头段落-景深镜头"(与传统电影理论的"蒙太奇"相对)理念是巴赞电影理论体系的精髓。"真实"是巴赞电影美学的核心，"展示""窗户""镜头段落-景深镜头"是巴赞从"真实"美学出发对电影现实、电影表现和电影叙事的具体论述。它们相互联系，构成了巴赞独特的纪实主义电影美学理论。

1. 巴赞的纪实主义电影理论

本书将以《电影是什么》一书中有代表性的文章为依据，主要阐述巴赞的电影现实主义大厦的三大支柱，即电影影像本体论、电影的心理学起源和电影语言的进化观。

(1)电影影像本体论

巴赞的理论有两个特点是值得注意的，首先他强调电影应该重视社会现实，而电影是最适合用来表现现实的，巴赞对新现实主义电影的赞扬出自于一种人道主义的人生观和批判现实主义的艺术观。其次，巴赞认为现实主义的中心不仅在于论证这种理论，而且还在于如何实现这一理论，他的这种革命的、左倾的意识形态特点决定了他整个理论的立场。

巴赞的影像本体论主要有三个方面的理由，即电影再现世界的完整性、时空的真实性以及影像与客观世界中被摄物的同一性。

巴赞认为，在大多数电影事业先驱者的想象中，“电影这个概念与完整无缺的再现现实是等同的，他们所想象的就是再现一个声音、色彩、立体感等一应俱全的外部世界的幻景。……电影是从一个神话中诞生的，这个神话就是完整电影的神话”。在巴赞看来，电影具备了完整再现现实的功能，尤其是有声电影、彩色电影和宽银幕电影出现以后，他认为“1930年以来电影艺术必不可少的技术条件已经完全具备了”。然而重要的不是如何表述这个功能，而是如何利用这个功能以满足人类追求逼真完整地复现现实的心理需求。于是他提出了长镜头摄影和深焦距摄影，这两种取景和摄影技法是直接与西方电影界一直推崇的蒙太奇组合相对立的。这种电影表现手法上或者说电影修辞上的对立，恰恰反映出巴赞在电影如何完整再现现实这一问题上的美学观念。

巴赞的第二个理由是电影再现现实的时空性。巴赞认为，电影里最真实的东西，并不一定是题材或表现的真实，而是空间的真实。巴赞提出的电影完整性，实质上是要求电影保持戏剧空间的统一和时间的延续。他说：“电影的特性，暂就其纯粹状态而言，仅仅在于从摄影上严守空间的统一。”巴赞的“真实性”概念的核心是时空美学。在空间问题上，他再三强调电影摄影真实记录物体的位置和它所占据的空间的重要性。由于这种空间影像直接作用于人的视觉感觉，因而知觉真实就是空间的真实。事实上，剪辑的写实风格就是那种能够表现事件在完整空间中进行的风格。另一方面，银幕不是画面的边框，而是展露局部现实的遮光框，因为银幕为我们展现的景象似乎可以无限延伸到外部世界。巴赞认为电影艺术的伟大在于它能最有效地把观众直接带到现实本体跟前，他把电影表现的基础看做是视觉和空间的真实，而蒙太奇往往会破坏空间的真实，只有“深焦镜头”才能保留这种真实。

如果说“深焦镜头”保留了现实空间的真实，那么“长镜头”则保持了影片在时间上的延续性。巴赞认为电影摄影不仅具有照相的再现空间性的机能，它还可以记录时间，从而使自然物体及其时空关系的再现性表现更趋完善。

巴赞的影像本体论的第三个理由是影像与客观现实中的被摄物同一性观点，这是影像本体论的一个基本命题。

关于这个命题，巴赞有这三方面观点。

首先，巴赞认为：“摄影与绘画不同，它的独特性在于其本质上的客观性。”一切艺术都是以人的参与为基础的，唯独在摄影中，我们有了不让人介入的特权。因此，摄影影像就本体论而言，不同于各种传统的艺术再现。绘画艺术中的再现毕竟是“人工干预”的结果，一个画家不论有多巧，他的作品总要不可避免地打上主观印记。按照巴赞的理解，电影独特的再现事物原貌的本性是电影美学的基础。

其次，巴赞说的客观现实的存在永远是多义、含糊和不确定的。因此，他反对电影导演对事件做单义解释，对巴赞来说，含义的单一性是思维的特征，而不是自然的特征，尤其是人的性格的含混性更是日常生活中的特性，而电影表现和观看电影都可以重复这一现实生活的特性。因此，电影给予观众的美感满足就在于，观众可以探索角色行为动机而逐步卷入情境，这也给予演员更多发挥表演潜力的可能性。巴赞认为，蒙太奇由于过分严格地组织了观众的知觉，因而在银幕画面中就消除了多义性。

最后，巴赞所说的“现实”不是作为哲学概念上的“现实”或“实在”，而通常有两方面的含义。一方面是指影片表达层面上形式成分所具有的“实在”性，也就是在表现方式上现象的真实性；另一方面，巴赞所说的“现实”又是指当前社会性的现实，即指有关表现内容主题的“现实性”。在巴赞的理论中，这两种“现实”是互相结合的。所以他一方面强调长镜头和深焦距摄影，另一方面又通过对新现实主义的赞扬，主张电影应当再现社会现实。这也就是说，他已自觉不自觉地把语言形式赋予了某种社会意义。❶

(2)电影的心理学起源

巴赞认为，电影发明的心理依据就是再现完整现实的幻象。巴赞在《摄影影像的本体论》一文中，通过剖析造型艺术的起源和西方绘画的历史演变的过程论述了人类“用逼真的模拟物替代外部世界的心理愿望”。巴赞把这种心理产生的原因归结为“木乃伊情结”。古埃及宗教信仰宣传以死抗生，认为肉体不腐则生命就有，因此这种宗教迎合了人类心理的基本要求——在与时间的抗衡中，死亡无非是时间赢得了胜利。同样路易十四则满足于让宫廷画师勒·布朗为他画像，这是用形式的永恒克服岁月流逝的难以抑制的需要。所以巴赞认为电影是从神话中诞生出来的，这个神话也就是完整的电影神话。

巴赞的逻辑似乎可以这样来表达：因为存在着客观的现实世界，人就有通过艺术再现现实世界某一角的永恒的冲动。要准确地再现这一角现实，就要在电影制作中巧妙地运用长镜头技法和纵深镜头的技法。

米特里曾经认为，“新”的现实已不再是现实的本来面目。这就是说，银幕上被表现的任何现实都是电影制作者的成果，因而必然包含一定的主观因素。巴赞认为，写实电影必须保有一种更为深邃的心理现实：观众有选择他自己对事物的解释的自由。有些导演采用深焦摄影来替观众保留这项特权。巴赞主张的是人与知觉物体之间的自由作用，而蒙太奇组接虽然能达到和我们心理习惯一致，但它排除了我们本身组织能力的基本自由，也破坏了物体自身的自主性。

电影是人类追求逼真地复现现实的心理的产物，这种心理因素决定了银幕形象的真实，决定了电影技术的完善和电影艺术的发展方向，即再现一个“完整无缺的”“声音、色彩、立体感等一应俱全的外部世界的幻景”。❷

(3)电影语言的进化观

巴赞从以上两个基本命题出发，以影像本体论为基础，以电影发展史为线索，对电影语言本身做了全面的考察，确立了一整套电影现实主义美学观念。

---

❶ 姚晓濛：《阐释巴赞》，载《当代电影》，1989(5)。

❷ 同上。

巴赞的关于电影语言的进化观，就是电影语言的现实主义演进趋势。

首先应当指出，巴赞始终反对把电影艺术的历史沿革划分为截然不同的两个阶段，即“无声电影阶段”和“有声电影阶段”。他认为关键的问题是，在无声电影和有声电影内都存在着不同风格流派的对立以及对待电影表现手法不同观念之间的对立。巴赞把从1920年到1940年间的电影分为两大对立的倾向：一种是导演相信画面的倾向，另一种是导演相信真实的倾向。所谓画面，这里泛指被摄事物再现于银幕时一切新增添的东西。这种增添是复杂的，但可以归结为两类，一类是画面的造型，一类是蒙太奇手段。显然，巴赞所说的画面，不是指体现故事本身的画面，而是有关故事的表达本身，亦即电影语言。对于巴赞来说，在1920年至1930年间，导演基本上是相信画面的。在1930年前，由于技术不足，所以每一种技术的进步都被看做是对表达手段的演进和电影语言修辞手段的演进。比如，无声片把俄国的蒙太奇和特写镜头的发展基本上看做一种对于无声的补偿手段。到20世纪30年代，当声音进入电影的时候，才出现了一种新的局面。这时，技术条件逐渐完善，如使用无交流声的碳弧灯、带有深膜镜头的米契尔防音摄影机、高速全胶片等，于是电影更加走向生活，明显的语言修辞手段开始变得透明和不显形迹。技术的决定性作用实际上已经被排除，因此必须从另外的方面寻找电影语言演进的标志和原则，即必须在主题的改变和因此引起的表现主题所必需的手法的变化中去寻找。巴赞认为，在这一新阶段，内容就会重申它高于形式的首要位置，因而，在1930年至1940年间，出现了另外一些导演，他们是相信内容的，他们是相信真实的，巴赞认为，“语言希望被忽略是电影语言进化的必然现象”。

巴赞还指出，蒙太奇的电影手法似乎成为一种分镜头原则，故事是由一系列镜头叙述，镜头数目变化不大(在600个左右)，这种分镜头采用的典型技巧是交叉镜头，比如两人对话时，按台词顺序，交替拍摄对话人。

正是这种最适合于1920年至1939年间优秀影片的分镜头类型受到了奥逊·威尔斯和威廉·惠勒的景深式分镜头法的挑战。景深镜头的运用不只是一个形式上的进步，不只是影响着电影语言的各种结构，而且影响着观众和画面之间的思想联系。它的特点是：

第一，景深镜头使观众与画面的关系比他们与现实的关系更为贴近。因此，可以说，不论画面本身内容如何，画面结构更具真实性。

第二，景深镜头要求观众更积极地思考，甚至要求他们积极地参与场面调度。如果采用分解蒙太奇，观众就只能跟着导演走，他们的注意力随着导演的注意力而转移，导演替观众选择必看的内容，画面的含义部分地取决于导演的注意点和意图。

第三，蒙太奇由于它本身的性质所决定，在分析现实时，要求含义单一，在本质上与含义模糊的表现相对立，而景深镜头则把意义含糊的特点重新引入画面结构之中。

巴赞认为，现代导演利用景深拍出的镜头段落并不排斥蒙太奇，而是把蒙太奇融入他的造型手段中，威尔斯与惠勒的叙事方式和约翰·福特一样脉络分明，然而前两者胜过后者的地方就在于他们从不拒绝使用从画面的时空统一中可以取得的特殊效果。在巴赞理论的各个观点中，我们可以得到以下的结论：电影能够不受到人的干预而再现完整的时间和空间，这种再现符合人们一种与死亡抗衡、与时间抗衡的宗教心理。而这种再现在电影语言上表现为长镜头摄影和景深镜头的摄影。❶

2. 巴赞纪实主义电影美学批判

巴赞认为，蒙太奇的本质特征是“仅从各画面的联系中创造出画面本身并未含有的意义”，这样，影片的最终含义就不取决于镜头单独具有的内容，而取决于导演对镜头的主观安排。艺术家借助蒙太奇，在原始素材形态的镜头之间插入了一个“附加物”，一个美学的“变压器”，从而把自己对现实的意识形态性的诠释强加给观众。因此，“蒙太奇并非电影的本性，而是对电影本性的否定”。“蒙太奇是典型的反电影的文学手段”。

以巴赞为代表的纪实美学学派和以爱森斯坦为代表的苏联蒙太奇学派构成了电影美学史上两大基本流派。巴赞对蒙太奇学派的批判是否合理呢？蒙太奇学派的理论是否能站得住脚呢？我们不妨看爱森斯坦如何说。

依照苏联蒙太奇学派的概念，蒙太奇乃是分割与组合的方法，先把对象分割为镜头，然后将镜头组合起来。正是在这一分一合中，镜头的含义发生了奇妙的变化。爱森斯坦说：“把无论两个什么镜头对列在一起，它们就必然会联成一种从这个对列中作为新的质而产生出来的新的表象。”又说：“两个蒙太奇镜头的对列不是二数之和，而更像二数之积……它之所以更像二数之积而不是二数之和，原因在于对列的结果在质上永远有别于各个单独的组成因素。”爱森斯坦所揭示的这种现象是客观存在的，是他作为库里肖夫的助手经过多次实验发现的原理，被称为“库里肖夫效应”。蒙太奇学派的电影家利用这个原理进行创作，将艺术家的观念注入电影之中。爱森斯坦相当坦率地承认：“利用这些镜头，我们可以把已经分解的事件重新组为一个整体，但这种组合已经依据我们的观点，依据我们对现象的态度。”那么，人们不禁要问：现实的客观性究竟到哪里去了？

苏联蒙太奇学派认为，现实本身存在着两种联系：一是外在的形式方面的联系，一是内在的本质方面的联系，蒙太奇偏重于后者。在蒙太奇中，现实的客观性非但没有消失，而且被揭示得更加清晰。关键不在于蒙太奇方法的本身，而在于运用蒙太奇的人是否掌握了辩证思维。

可见，苏联蒙太奇学派的现实观同巴赞的是不同的，正因为如此才表现为艺术观的分歧。

事实上，对于蒙太奇理论的攻击并不始于巴赞，早在 20 世纪 30 年代这种攻击就十分激烈了。爱森斯坦的著名论文《蒙太奇在 1938》就是对当时攻击者的回答。

当蒙太奇学派遭到攻击之后，第一个站出来为蒙太奇理论辩护的是著名的美

❶ 姚晓濛：《阐释巴赞》，载《当代电影》，1989(5)。

学家、心理学家爱因汉姆。他的《电影作为艺术》一书收录了写于30年代的文章，结集出版于1957年，这些文章似乎是先写好了等着与巴赞展开论战，而且恰恰又与巴赞的《电影是什么》几乎同时结集出版。

爱因汉姆也从人类的基本需要(或称原始欲望)入手来为蒙太奇理论辩解。“人类为求控制自然现象，便设法另行塑造这些物象，这种原始的欲望，是促使人类去创造逼真形象的动机之一”。但是，由于物质条件的限制，人类以往不可能创造出跟原物分毫不差的模仿品，只有在我们的时代，借助现代科技手段，“才接近于实现这样一个危险的目标”。值得注意的是，在此他用了“危险的目标”一语。为什么危险呢？因为这目标一旦达到，就没有艺术创造了。可见，人类进行艺术创造，不仅仅出于“再现原物”的需要，而且还有更高的需要。“在实践中一直存在着一种推动人们不仅止于抄袭，而且还要创造、解释和塑造的艺术要求。”只看到“模仿”的需要而忽视“创造”的需要，显然是片面的。

爱因汉姆还就电影的手段问题展开论述。诚然，手段的特性在更大程度上决定着艺术的特性，但就电影的手段而言，以下三个问题如果不予以考察，就可能推导出错误的结论。其一，电影手段是人操纵的，像一切艺术手段一样，必然有人的因素参与其中。其二，电影是给人看的，是人眼中的现实，手段不仅用来模仿现实，也模仿人的视觉过程，而“即使最简单的视觉过程也不等于机械地摄录外在世界，而是根据简单、规则和平衡等对感觉器官起着支配作用的原则，创造性地组织感官材料”。爱因汉姆还引入格式塔心理学来证明视觉过程的这一特点。其三，电影手段在用以模拟自然时，只是比其他一切艺术手段更为方便和更具逼真性，却不可能达到等同于现实的效果，它像一切手段一样，仍然具有自身局限性。爱因汉姆从五个方面阐述了电影手段的局限性，并指出，正是这些局限性使电影不可能是“机械地再现现实”，也正是在克服和利用这些局限性的努力中，电影才从杂耍上升为艺术。任何艺术都必须借助假定以超越手段的局限，电影也不例外。

巴赞的《电影是什么》和克拉考尔的《电影的本性》先后出版不久，让·米特里就相继出版了《爱森斯坦》和《电影美学与心理学》为蒙太奇学派辩护。他从方法论入手，否定了巴赞的“单镜头段落”论，指出在这种所谓“单镜头段落”里，摄影机是在不断地运动着，摄影角度和视点不断地改变着，镜头的组接是在摄影场里一次拍摄中间完成的。因此，“在今天影片中并不存在‘单镜头段落’(也就是没有蒙太奇或‘蒙太奇条件’的段落)”。“拍摄方法尽管不同，然而蒙太奇的原理是不变的”。

让·米特里考察了电影发展史上的一种两极现象：在技术上朝着逼肖自然的方向发展，在艺术上朝着超越自然的方向发展，从而提出了电影美学的著名原理：我们采用的手段愈能贴近现实，它也就愈能偏离现实，愈能提供更广泛和丰富的变形元素。

巴赞的纪实美学强调电影要忠实地记录现实、再现现实，将电影从好莱坞制造的梦幻中和苏联电影的意识形态教条中解脱出来，这无疑起到了纠偏的作用。然而，不幸的是他却陷入了另一个极端，即否认艺术家审美理想的重要作用，否认审美创造的价值。如不指出巴赞在理论上的片面性，则会导致电影创作陷入盲

目实践。❶

自20世纪60年代末起，巴赞的理论受到了全面的挑战。他的影像本体论、电影起源的心理学、电影语言进化观和真实美学既受到米特里那样经典电影理论家的批评，也受到符号学家的诘难。巴赞对于艺术和现实的关系所持的观点缺乏辩证性，当代电影理论对巴赞的批评标志着电影在自我认识和自我完善的螺旋式进程中进入了一个新阶段。然而，无论巴赞的理论观点会受到后代的拒绝还是尊重，这位理论家将永远受到人们的崇敬。

(二)齐格弗里德·克拉考尔

克拉考尔(1889—1966)原籍德国，早年任职于《法兰克福报》，主要从事社会学研究，出版了《作为科学的社会学》等著作。1933年为逃避纳粹迫害而流寓法国从事艺术史研究，有著作《歌神在巴黎》等问世；1941年以后长期侨居美国，先后在纽约现代艺术博物馆电影资料部、哥伦比亚大学实用社会学系任职并主要从事电影研究，先后出版《从卡里加里到希特勒》《电影的本性——物质现实的复原》等论著。前者是从社会学角度研究德国电影的发展，后者着重论述电影的审美特性，是克拉考尔最重要的电影论著，也被看做是与巴赞的《电影是什么》齐名的电影纪实理论的代表性著作。

克拉考尔电影理论的立论基础主要有二：一是他认为每门艺术都有其特殊的本性，各门艺术都不应盲目地模仿或借助其他艺术的手段。确定电影的特殊表现手段是电影研究的根本问题，由此才能评判哪些影片是“电影的”或是“非电影的”；二是他认为“照相的本性存留在电影的本性之中”，即电影的本质是照相的外延。考察照相性质的电影的本性，成为其理论探索的中心所在。

据此，克拉考尔认为真正的电影是以摄影为本，通过记录和揭示而使物质现实在银幕上复原。他还从这个观点出发考察电影题材的特点及电影创作的原则，认为电影有其特别擅长的表现对象，而物质现实中那些“电影的”题材对其又有着特殊的吸引力；认为在在电影创作“写实”与“造型”的矛盾冲突中，“造型”倾向必须服从其“写实”倾向。以其对电影本性的独到论述，克拉考尔确立了他在世界电影理论与美学发展中的重要地位。克拉考尔的电影理论，尤其是他关于电影的本性是记录和揭示物质现实、关于电影创作必须在写实状态中追求影像造型等观点，在学术界争论颇多。

胡星亮在《克拉考尔电影理论二题议》一文就克拉考尔的电影理论作了介绍，并专门就克拉考尔最具争议性的几个观点作了辨析：

1. 电影：记录和揭示物质现实

……从照相的基本美学原则出发，克拉考尔认为电影的特性是记录和揭示物质现实。

因为电影脱胎于照相，照相是构成电影的决定性因素，所以，克拉考尔认为电影与照相有着天生的近亲性，而他也正是以照相的特性去考察照相性质的影片的真正本性的。

---

❶ 薛凌：《巴赞纪实美学的批判》，载《西北大学学报(哲学社会科学版)》，2000(3)。

那么，照相的特性又是什么呢？克拉考尔认真考察了照相的发展历史及其美学特征，认为尽管照相在其发展中出现了着重记录自然“写实”和以艺术创造为目标“造型”这两种倾向，但是，其基本的美学原则还是“写实”。而从照相“写实”的基本美学原则出发，他认为所谓“照相的”方法，就是“纪实”：“一次无个人特色的、完全没有艺术装饰的记录在美学上是无可指责的，而一幅用别的方法变得十分美丽的、并且也许是富有意义的构图却可能缺乏照相的特质。”因为照相的价值就在于它有难以想象的精确性，它是对外部现实的真实可靠的记录。此外，克拉考尔认为照相还具有其他艺术手段少有的独特的“揭示”功能：它能抓住瞬息即逝的自然形态或人的面部表情，使人们在看照片时总能发现某些意外的，但因囿于习以为常的概念而在生活中未能看见的新的东西。他曾说：“电影按其本质来说是照相的一次外延，因而也跟照相手段一样，跟我们的周围世界有一种显而易见的近亲性。当影片记录和揭示物质现实时，它才成为名副其实的影片。”正是照相的这种记录和揭示功能，使它具有不同于其他艺术的特殊魅力……在记录真实、揭示意外中体现其美感。

除此基本特性外，克拉考尔指出，电影还有诸如剪辑、特写、叠化、软焦点画面、快动作和慢动作、两次或多次曝光等技巧特性。他强调电影的“基本特性”对一部影片的电影化程度起着决定性的作用，而剪辑等“技巧特性”在这里则是较为次要的。

由此，克拉考尔认为电影的创造性着重表现在其接纳和深入物质现实的本领上。需要特别指出的是，克拉考尔所谓的“物质现实”，是指“具体的现实”“具体的存在”，或者更准确地说，是“摄影机面前的现实”、摄影机“当场抓住的自然”。因为在这里，即如克拉考尔所说，就仿佛摄影机刚把画面影像从物质现实的母胎里采取出来，画面影像和现实之间的脐带尚未被剪断似的，“物质现实”是活生生、鲜灵灵的。也正是因为这一点，克拉考尔认为传统的“艺术”观念并不适合于真正的“电影化”的影片，他强调电影在一切艺术中的独特性：传统的艺术是利用物质现实作为原料以创造出含有独立性质的作品，它是经过精心修饰和完美设计的，现实素材在这里已被消解。而电影则完全不同，电影是唯一的能大量地接纳和保持物质现实的完整性、展示自然原始材料的艺术。克拉考尔甚至还因此认为电影不是传统意义上的艺术，或称如果说电影是艺术，那么，“它便是一门不同于寻常的艺术”，“是一种跟其他传统艺术别有二致的艺术”。而影片是否能接纳和深入物质现实，及其接纳和深入物质现实的程度，也就成为克拉考尔评价电影的最重要的标准。

克拉考尔抛开传统艺术观念去探索电影的本性，主要是出于以下两个方面的思考：第一，就电影与其他艺术的关系而论，他认为每门艺术都有其独特的、尤为擅长的表现对象。就以与电影最为接近的戏剧而论，克拉考尔认为戏剧注重描写人物性格及人物间的相互关系，而电影则是着重表现“可见现象的无尽洪流——不断变化中的物质存在形式”。所以，电影必须牢牢地抓住“摄影机面前的现实”；第二，以电影与现实的审美关系来说，克拉考尔认为现代社会的发展使得共同的信仰渐失人心，科学的威信稳定上升，由此导致人们产生“思想空虚症”和“认识抽象症”，使人们变成对现实漠不关心的“孤独的人群”，而电影却能够把人们从异化的内心世界带回到物质现实中来。他说，电影能够“通过物质现象的各种心理-物理的对应有效地帮助我们去发现这个物质的世界。我们力图通过摄影机来经历这个世界，结果我们便把这个世界从冬眠状态中、从虚假的不存在状态中彻底恢复了它的活力”。这是艺术创造的需要，也是人类发展的需要。

克拉考尔强调电影特别擅长记录和揭示物质的现实。那么，克拉考尔的“物质现实复原”论是否就像有些理论家所批评的，它“强调电影的本质力量只是记录和揭示客观现实的表象”，因而其理论是“专注于物质世界中事物的照相性表象的写实主义美学”？

应该说，提出这个问题对克拉考尔的电影理论和美学研究是必然的，因为其理论表述确实包含着某种程度的矛盾。例如，一方面他反对“电影的理想在于做到完全合乎自然”的观念，但是另一方面他又认为，“电影所攫取的是事物的表层。一部影片直接接触内心生活、意识形态和心灵问题愈少，它就愈富于电影性”。诸如此类的表述，至少说明克拉考尔对这个问题某些方面的把握，还缺少那种严密的逻辑性和系统的理论性。

不过，从其《电影的本性》的总体来看，克拉考尔关于这个问题的论述又大体上是辩证的。这就是说，克拉考尔既注意到电影记录和揭示物质现实的客观性，同时又注意到了其中所蕴含着的电影艺术家主观情感的渗透。他说，摄影不是镜子，电影中的影像不可能仅仅抄袭自然，因为电影家在组织进入其视界的形象时，是通过他“自己的心灵”去观察外部现实的。更多地包含着电影家主观创造的故事片亦是如此，克拉考尔强调说，即使“一个重视高度真实性的纪录片导演也可能会不由自主地投身到他镜头前面的生活场景中去”，甚至有些纪录影片诸如伊文思的《雨》、班勒维的《海马》、瑞特和瓦特的《夜邮》等，“导演们都是在着重表现物象本身的前提下力求增添诗意的”。那么，电影创作中这种“客观”和“主观”的关系究竟如何呢？克拉考尔是这样思考的：“既给予主观性(包括理性)应有的位置，又确定物质现实的首要地位。”所以，批评克拉考尔的电影理论“专注于物质世界中事物的照相性表象”“强调电影的本质力量只是记录和揭示客观现实的表象”等，是不符合克拉考尔的理论实际的。

不仅如此，克拉考尔还进一步论述了电影不同于其他艺术的“主观性”表现。这就是他借鉴“心理—物理对应说”的理论发挥。所谓“心理—物理对应说”，是指在物质现实与心灵感受之间存在着双向的对应关系：正如心灵感受中具有“物理对应”，物质现实中也存在着“心理对应”。克拉考尔说，电影中的心灵情感和理性内容的揭示不能是直露的，它必须设法在表现外部物质现实的画面中得到暗示：“电影愈能帮助我们认识组成情节的一切情感和理智活动的外部根源、发展和含义，它就愈电影化，电影必须导引我们深入物质生活世界，否则它就不可能恰如其分地说明这些内在的活动”；又说：“‘生活流’的概念包括具体的情境和事件之流，以及它们通过情绪、含义和思想暗示出来的一切东西。”因为由于电影表现物质现实的影像总是带有某些模糊不定的含义，而正是现实影像的这层模糊不定的含义能引起观众心理的对应和联想，从而将观众从物质现实引入人物心灵的情感世界。在克拉考尔看来，只有这种以物质现实去展开与揭示的心灵情感和理性内容，才是真正“电影的”。而优秀的电影导演的艺术敏感，就在于他能很好地把握内心情感与外部现实在其中交杂的那个朦胧的临界地带，并将它艺术地表现出来。

可见，克拉考尔并不是说电影不要表现“内心生活、意识形态和心灵问题”而是强调，与其他艺术形式利用物质现实而创造出独立的作品以表现艺术家的心灵情感和理性内容不同，电影只是探索现实，是在记录和揭示物质现实前提下对内心情感和理性内容的反映。

接着而来的另一个问题是，克拉考尔强调电影的“记录和揭示物质现实”，又是否像有些批评家所说的，“对这些叙事性电影的描述是按照虚构的叙事形式组织起来的，对‘真实’形体动作的‘真实’记录在语义学上是有问题的，而这里正包含着克拉考尔对物质现实的真诚关注所未遑顾及的悖论”？马斯特认为叙事影片是对虚构的、事实上不存在的人间事件的真实的、视觉的记录，是虚构的、经过搬演的叙事，因而认为克拉考尔的“物质现实复原”论与电影的这种“虚构的叙事”模式是矛盾的。

那么，电影“记录和揭示物质现实”是否真的与电影“虚构的叙事”模式形成悖论呢？应该说，在克拉考尔那里，这个“悖论”是不存在的，并且他所列举的阐释其理论的影片，表现的也大都是虚构的、经过搬演的现实事件。问题在于对“记录和揭示物质现实”的不同理解。马斯特把电影的“记录和揭示物质现实”理解为电影的客观纪实，而虚构的、搬演的电影与物质现实表象的纪实关系不大；而在克拉考尔的观念中，电影记录和揭示的“物质现实的复原”，与电影的搬演和虚构是并不矛盾的。

克拉考尔认为，同样是记录和揭示物质现实，电影与照相有“同”但也有深刻的“异”。这“异”，最主要的有两点：电影表现在时间中演进的现实；电影借助电影技术和手法以表现现实。具体地说，就是电影记录和揭示物质现实至少在两个方面突破了照相的界限：一是电影描绘“运动”(客观的运动及主观的运动)中的现实，二是电影通过“搬演”来表现处于复杂多样的运动状态中的外部现实。因此，虽然电影偏爱那种未经“搬演”的现实，但是电影表现“搬演”的现实，与电影强调记录和揭示的“物质现实的复原”并不是截然对立的。这里的关键是，电影的“搬演”必须能引起“现实的幻觉”。如果搬演能引起“现实的幻觉”，它在美学上便是合理的；否则，就是非电影的。而且从某种意义上说，克拉考尔认为，真实的搬演可以唤起人们更为强烈的现实的幻觉，“一种比由摄影机直接抓住的原始事件所能唤起的更为强烈的幻觉”。

克拉考尔据此进一步论述道，电影还可以“虚构”，即便是纪录片在某种程度上也可以虚构。克拉考尔曾引用西方著名的纪录片导演罗沙的话说：“所谓的故事片和真正的纪录片，无论在社会意义上和美学特点上，都正在愈来愈互相接近。”在这些纪录片里，记录的意图和创造的要求是并存的，虚构的东西往往能对特定的事件起着补充和强化的作用。当然，其前提还是“虚构”必须能引起“现实的幻觉”。也正是因为如此，克拉考尔认为重在记录和揭示的电影也不排斥使用“讲故事”的形式。不过，应该着重指出，克拉考尔认为电影可以通过“虚构的叙事”讲故事，但它们必须是“电影的故事形式”。所谓“电影的故事形式”，就是“它们必须成为能够通过电影的特性来赋予定义的东西。它们的本性允许甚至促使摄影机面前的现实在银幕上得到再现”；换句话说，就是电影“必须抓住物质现实才能通过电影化的语言来讲述故事”。这样的电影故事应该是“找到的故事”，一种如同水面上由一阵微风或一股涡流所造成的水纹那样的，仿佛是从未加工的日常生活中直接撷取出来的、和“生活流”难以分家的故事；应该是“插曲”般的故事，一种通过摄影机的揭示而从“生活流”中突现出来，继而又消失在“生活流”中的故事。这样的故事因为与摄影机面前的现实有着密切的关系，所以是电影化的。

电影能够表现心灵情感和理性内容，电影也能够搬演和虚构地叙事，最重要的，是它们必须通过对物质现实的复原来记录和揭示，这才是克拉考尔的电影特性论的真实内涵所在。❶

2. 在“写实”状态中追求影像“造型”

在对克拉考尔的电影“物质现实复原”论的评论中，关于他电影创作的“写实”与“造型”看法的批评最多也最为严厉。其中最具有代表性的，是美国电影理论家布朗的观点。布朗严厉地批评克拉考尔的理论存在着“重‘写实’而轻‘造型’的偏见”，认为它“只有照相的‘写实’属性被用来说明电影美学，摄影的造型属性则被删除或贬低了”，这是“对电影的另一半视而不见”，因而成为“重高度写实而轻形变的规范性美学”。美国电影理论家马斯特在其论文《克拉考尔的两种倾向说与电影叙事的早期历史》中，也批评克拉考尔区分“写实”与“造型”是将电影中应该综合的这二者机械地分开。布朗的批评在某种程度上确实触及克拉考尔对电影创作论述的某些不足，但是，他又有些言过其实。因为实际上，克拉考尔的理论阐述没有这样绝对，其观点也不是如此得简单。

“写实”和“造型”是克拉考尔考察了摄影术的发展历史及其美学特征，而总结出的摄影与其所表现的对象之间关系的两种基本的审美风格或倾向，也是常被后来的电影理论家所广泛引证的著名论断。

应该承认，克拉考尔的电影理论是有重“写实”的倾向。他认为所谓“电影的方法”就是与电影的基本美学原则相吻合的方法，因此，“凡是现实主义倾向的影片都是体现了电影的方法的”。他说，电影的方法，“如果它遵守基本的美学原则，可以称之为‘照相的’。从美学的要求出发，它必须在任何情况下遵循现实主义的倾向”。克拉考尔之所以强调电影的“写实”倾向，是因为他认为电影与照相有着天生的“近亲性”；而照相虽然从其发明以来就有以记录现实为目标的“写实”和以艺术创造为目标的“造型”这两种倾向，并且其造型的要求常常与写实的要求发生抵触，但是，其基本的美学原则是“写实”。克拉考尔在《电影的本性》中曾大量援引罗宾逊、惠斯东等西方艺术家兼摄影师的观点来支持自己的理论。例如惠斯东，他既沉湎于照相的抽象性而又醉心于照相的现实性，但是，当他意识到这两者的对立性质和他自己的矛盾之后，他还是坦承照相手段的现实性具有无与伦比的魅力；而罗宾逊尽管有时也鼓吹照相应当为“美”而牺牲“真”，但仍然正确地

❶ 胡星亮：《克拉考尔电影理论二题议》，载《南京大学学报(哲学·人文科学·社会科学)》，2002(6)。

指出照相更重要的还是要忠实于现实。克拉考尔认为这就是照相手段的特性和独特的魅力，而某种艺术手段的成就只有在其手段本身的特性界限之内获得的，才能给予人们以更大的美学上的满足。

电影既然是照相术的产物，克拉考尔认为，它在艺术表现上也就必然存在着“写实”和“造型”这两种倾向，并且这两种倾向在世界电影出现的初期就同时并存着。它们分别以法国电影家卢米埃尔和梅里爱为代表。但是，克拉考尔认为，正因为电影的特性是以照相的特性为其根本，所以电影的基本美学原则还是记录和揭示物质现实。这就是克拉考尔再三强调的：“一部影片只有当它是以电影的基本特性作为结构基础的条件时，它在美学上才是正当的。这就是说，跟照片一样，影片必须记录和揭示物质的现实。”也正是因为如此他极力称赞意大利新现实主义等电影，而对法国先锋派电影，以及电影发展史上部分历史题材和幻想题材的电影等，则予以了批评。

克拉考尔电影理论的独创性源于此，而其理论的偏颇也在于此。但是，克拉考尔并不像有些批评家所说的，是完全否定电影的“造型”倾向。他说，“在电影里，绝不比照相更为次要的本质元素，是电影导演的造型能力在电影已经触及的一切领域内所起的中介作用”。

克拉考尔能在某种程度上肯定电影具有“造型”倾向，主要是基于这样两种事实：一是因为在照相美学中原本就包含着“造型”的、美的因素，二是因为电影的写实审美在某些方面对照相的艺术突破。关于照相美学中的“造型”因素，克拉考尔认为尽管照相的基本美学原则是表现“真”的“写实”，但是，它也有描绘“美”的“造型”的倾向。这是因为照相在对物质现实的记录和揭示中，就包含着能暗示作者的理解与情感、并在美感上能给人以满足的“艺术的选择”。由此，他认为在照相中，像“现实主义者宣言中所说的那种客观性是不可能做到的。既然如此，摄影师根本就没有理由要为这种绝无达到可能的客观性而压制他的造型能力。如果他的取舍是以记录和揭示自然的决心为准绳的，他就完全有理由根据他的感觉力对主题、景框、透镜、滤色镜、乳剂和胶片进行选择”。克拉考尔进而认为，摄影师“为了超过最低限度的要求，就必须有所选择。因为，如果他不集中他的全部感觉力来深入自然，不把他的全部身心投入这个过程，自然便不会向他敞开胸怀”。现实主义的照相在现代的发展、扩大的视界、灵活多变的视角和特技的摄影术等，又使得照相在某种程度上也具有跟某些现代绘画表面上相似的“抽象的”性质。因此，照相的魅力除了忠实可靠地记录现实的真实性和能在拍摄对象中揭示某些意外的东西以外，它还能给予人们以形式上的美感。

至于电影的写实倾向对照相美学的突破，克拉考尔认为这其中最重要的是，电影是通过“搬演”去再现处于复杂多样的“运动”状态中的外部现实。需要设计情节、场景、人物等的“搬演”和拍摄处于活动中的物质现实的“运动”便成为电影不同于照相的主要区别。因此电影的创作也就更需要“选择”。故事片的创作自然是必须如此，即使是制作新闻片，克拉考尔强调，电影家也要在拍摄和剪辑材料时“进行精当的选择”，有时甚至会不由自主地投身到摄影机前面的生活场景中去，而使其影片“是介乎于直接记录和较多个人感受的表现之间的”。他曾以伊文思的《雨》、弗拉哈迪的《北方的纳努克》等纪录片为例向人们展示，这些纪录片是纯粹以记录和揭示物质现实为目的的，但是它们又具有巨大的创造性和充满着造型的意图，克拉考尔认为那就是他们“深入研究特定的素材和进行精心选择的结果”。电影家正是在这种“选择”中赋予影像画面以结构、含义和美感的，因为正是在这些影像画面的“选择”中，包含着电影家的想象、其主观情感及其对画面的解释。用克拉考尔的话来说就是：“摄影师是以他‘自己的心灵’来观看事物的。”

因而克拉考尔认为，电影比照相有更多的机会发挥其“造型”的能力，而“历史”“幻想”等题材领域进入电影创作，更是扩展了电影的“造型”倾向。所以，电影反映现实，纯粹客观地记录和揭示物质现实是不可能的，即使是照相也是如此。克拉考尔认为电影家在创作中也“根本就没有理由要为这种决无达到可能的客观性而压制他的造型能力”。因此，批评克拉考尔重“写实”而轻“造型”，对电影的造型属性“视而不见”，等等，都是不完全符合实际的。

克拉考尔说，电影的“写实”倾向和“造型”倾向这二者是矛盾冲突的，但又并不一定完全是矛盾冲突的。这其中的关键，克拉考尔认为，是如何在电影创作中正确“结合”这两种倾向。他说，无论是电影的“写实”还是电影的“造型”，“所有这些创造的活动，只要它们能以某种方式对电影手段的基本目的——表现我们的可观世界而起到有益的作用，它们便都符合电影的方法的要求。正如在照相中一样，一切都取决于现实主义倾向和造型倾向之间的‘正确’平衡”。又说：“我所谓的‘电影的方法’是这两种倾向取得‘正确’平衡的结果。”

那么，电影创作如何才能把“写实”的倾向和“造型”的倾向正确地结合起来呢？克拉考尔强调还是要从照相的基本特性出发。因为在他看来，尽管照相的“造型”也是艺术的审美，但是，它仍然不同于其他艺术形式的审美造型：它在再现物质现实的同时，包含着“那种独特的和真正属于造型性质的努力——既再现客观现实的重要方面，但同时又不破坏现实原貌，这样就使镜头焦点中的素材显得既完整而又明白易懂。这种努力无疑是具有美学意义的”。因此，正如照相在记录和揭示物质现实时要有“选择”，但这又必须是在照相手段的界限之内所进行的选择一样，电影创作中对“造型”的精心选择，也必须保持其“物质现实的复原”的基本特性，即必须保持物质现实的趋于凌乱和松散、含义复杂和模糊等特征，必须是“不破坏现实原貌”的，或者说在物质现实杂乱模糊的“写实”状态中又包含着艺术审美的影像“造型”，这就是克拉考尔对电影的“写实”倾向和“造型”倾向二者关系的理解。这其中所包括的内涵，就是克拉考尔在《电影的本性》中对“电影化的镜头”所作的论述：“一个电影镜头，无论它在内容上选择何等精当，都必须原封保留未经加工的物质现象的多种含义，或者如路西安·塞弗所谓的‘现实的无名状态’，否则它就算不得一个真正名副其实的电影镜头。”也正是从这里出发，克拉考尔又对叙事影片的镜头表现的剪辑原则作了这样的规定：“任何叙事影片都应当以这样一种方式进行剪辑，以至于它并不单纯限于交代情节纠葛，并且还能抛开它，转而表现某些物象，使物象处于富有暗示性的模糊状态。”

这就是说，电影创作中“写实”的倾向和“造型”的倾向这二者的结合，首先是必须能保持“现实的无名状态”，并且，能在此物质现实的再现中含有细腻的情感、散发着美的气息。这也就规定着电影的“造型”倾向的前提：它必须符合“电影的”方法，要有助于“复原”物质的现实。换句话说，就是“造型”的倾向在二者的结合中不能企图压倒，而只能是服从“写实”的倾向。如果能做到这样，克拉考尔说，“造型的倾向跟现实主义的倾向并不一定是冲突的。恰恰相反，前者也许还有助于实现和达到后者”。因为在克拉考尔看来，这种“造型”既保持了素材的完整凌乱而没有破坏现实的原貌，又能够给影片增添诗意和美，而这种诗意和美又是真正深刻的纪实电影所应该蕴含的。坚持电影是物质现实的复原的克拉考尔，也同样是非常讲究电影的诗意和美的。即便是论述纪录片，他也要求“在着重表现物象本身的前提下力求增添诗意”。

由此可见，克拉考尔的电影理论并非像布朗所批评的，是重视“写实”而轻视或否定“造型”(准确地说，他是重“写实电影”而轻“造型电影”)，而成为“重高度写实而轻形变的规范性美学”；也没有像马斯特所批评的把电影的“写实”倾向与“造型”倾向机械地硬性分开。既要“造型”，但更要“写实”和“电影化”；在“写实”的前提下努力“造型”以达到“电影化”，这就是克拉考尔对电影的“写实”与“造型”关系独特的理论思考。

克拉考尔所主张的其实是纪实(写实)电影理论。他关于电影的特性是记录和揭示物质的现实，关于电影与其他艺术的不同在于它是物质现实的复原，关于电影所描写的是唯有摄影机才能抓住的物质现实，关于电影创作要在写实状态中追求影像的造型等论述，其实所说的大都是纪实(写实)电影的基本特征。克拉考尔的偏激之处在于他总是以纪实(写实)电影的审美特性去涵盖和评判所有的电影，因而出现上述重“写实电影”而轻“造型电影”的偏向；但是就纪实(写实)电影特性的论述本身来看，应该说，克拉考尔的理论又是独创的、深刻的。❶

(三)约翰·格里尔逊

约翰·格里尔逊(1869—1972)是英国纪录电影学派创始人。这个学派出现于20世纪20年代末至30年代初，可以说是一个继往开来的纪录片学派。作为这个纪录片学派的创始人，格里尔逊的贡献不在于纪录片创作，而在于总结纪录片的历史经验，为纪录片新学派的开创奠定了理论基础。格里尔逊出生在苏格兰的一个小学教师家庭，自幼喜爱电影。1915年，他进入英国格拉斯哥大学攻读人文科学，1924年转赴美国攻读大众传播学。家庭出身、个人爱好以及他所学习的专业，都引导他对社会和群众教育根外关注。格里尔逊作为电影评论家在美国短暂工作时，对大多数好莱坞产品进行了猛烈的抨击。在寻求另类影片时，他发现了弗拉哈迪，并盛赞弗拉哈迪纪录片注意的纪实特性。1927年，格里尔逊回到英国担任半官方机构“帝国市场委员会”的电影官员，并利用自己对美、苏电影的知识制作了一部58分钟的无声纪录片《漂网捕鱼》。

1. 格里尔逊的纪录电影理论

在美国留学期间，格里尔逊开始形成比较完整而系统的电影观，他认为电影作为一种能够影响公众舆论的传播媒介，具有强大教育和宣传力量。有社会责任感的电影工作者，应该看到并利用电影的这种力量和可能性，来引导在群众正视现实。他说：

---

❶ 胡星亮：《克拉考尔电影理论二题议》，载《南京大学学报(哲学·人文科学·社会科学)》，2002(6)。

“电影在把握环境、观察生活和选择现实场景方面的能力，可以用于一种新的有生命力的艺术形式中。”而这种新的有生命力的艺术形式，不是摄影棚里拍摄的故事片，而是纪录片，因为“纪录片摄下活生生的场景和活生生的故事，远比在人工背景前表演的故事生动得多”。因此，有追求的电影艺术家，与其虚构故事片，倒不如直接到现实生活中去，对自然素材进行组织、重构和创造性的剪辑。也就是说，纪录片不应该是对现实的机械的记录，而是应该把一般人不容易观察到的现实细节描绘出诗意。这就要求纪录片导演不仅要有鉴赏力，还得有勤奋的、深刻的洞察力，并且进行真正的、扣人心扉的创造。

格里尔逊在《纪录片的最初原则》一文中确立了纪录电影的基本准则：第一，电影在传播、观察和从生活中选择的性能方面，可以开掘一种重要而新颖的艺术形式，在摄影棚中拍摄的影片大都忽视这也是将真实世界展示在银幕上的一种可能性，它们只是拍摄一些在演员布景前表演的故事，而纪录片将拍摄真实的场景和真实的故事；第二，原始的演员（即真实故事中的真实人物）和原始的场景（即真实故事发生的真实背景）是银幕上现实世界的最佳阐释者，它们赋予电影更大的说服力，真实世界中复杂多变的人物故事比摄影棚中排演的人物故事更具冲击力；第三，这些从原始形态中提取的素材和故事，从哲学的意义上讲，比演员的表演更加完美，也更具真实感。在特别有利于表现运动的长方形银幕上，这种自然的形态动作更具特殊的价值；第四，以原始素材为本的纪录片可以获得一种鲜活细腻的知觉效果，这种知觉效果是在摄影棚中制造幻象的技术人员和程式化表演的演员所无法达到的。

为了反对图解式的纪录片，让纪录片成为更丰满的艺术，格里尔逊特别提到了弗拉哈迪和罗特曼的贡献。他认为弗拉哈迪比任何人都更为出色地阐明了纪录片的首要原则，那就是：在现实中挖掘素材，并且从熟悉素材的过程中自然形成故事；通过生活细节的罗列，创造出对生活的阐释；有明确的创造意图。至于罗特曼，格里尔逊认为他首创性地提供了在家门口寻找纪录片素材的典型，比弗拉哈迪更具现代性，因为弗拉哈迪是到“野蛮人”的生活中去寻找和结构纪录片的素材，而罗特曼则着眼于现代城市生活。格里尔逊特别注意到罗特曼把分散的城市生活的场景构建在影片所描述的运动中，从对个别场面观察的有节奏的积累中创造出戏剧效果，从而突破了过去的纪录片借助文学和戏剧结构的老框架。弗拉哈迪和罗特曼的经验，是证明纪录片可以成为艺术的令人信服的实例。

但是格里尔逊同时反对弗拉哈迪和罗特曼的思想倾向。他尖锐指出弗拉哈迪的《北方的纳努克》等影片有遁世的“新卢梭主义倾向”，并尖锐批判他“不愿为了整顿更现实的混乱而耗费精力”的消极态度。弗拉哈迪的“新卢梭主义倾向”表现为浪漫的异国情调、对往昔的感念、对社会不公正的不敏感和对“纯朴原始时代”的粉饰。格里尔逊挖苦说，无论是北方的那努克人的标枪举得多么英勇，“却没有一支标枪能够征服国际金融这头疯狂的海象”。格里尔逊坚持认为，20世纪面临的根本问题是城市和技术，它们需要集体和公众的解决办法。对于罗特曼，格里尔逊认为他虽然目光注视着城市社会，但是他避开了“廉价劳动力和无意义生产”之间尖锐的社会问题，因此他影片的形式越优美，就越能模糊人们对社会问题的判断力。

格里尔逊的纪录片理念倾向于实用、有效和理性 。他强调预制计划，特别是剧本写作，一定程度的灵感和发挥是允许的，但他并不赞成弗拉哈迪和维尔托夫的偶发性试验，二者都不使用剧本。弗拉哈迪相信纪录片本质上是摄影机的创造，而维尔托夫却认为它有赖于剪辑室的创造。与之相反，格里尔逊倾向于相信剧本是纪录片创作背后的主要力量。格里尔逊关注社会、关注群众教育的纪录片主张不仅对英国而且对世界纪录片创作产生了极为深远的影响，他的纪录电影理论是电影史上一笔不应低估的宝贵遗产。20世纪30年代，英美纪录电影急速转向社会性题材，开始关注工业化国家面临经济萧条和政治动乱的种种问题。格里尔逊作为社会性题材记录电影最重要的实践者和理论者，对英国乃至全世界非叙事电影的形成产生了深远的影响。

即使是对其持批评态度的比尔·尼科尔斯也依然肯定了格里尔逊对社会的重大影响，他说："在与代表理想主义浪漫派的弗拉哈迪的对比中，我们可以更清晰地看到格里尔逊的角色定位。他致力于关注并揭示现实世界中的社会问题，用经验性、实证性的方法，而不是基于对于历史以及虚幻神话世界的崇拜，来实现树立爱国主义、集体主义精神的目的。我们可以清晰地看到，格里尔逊对于纪录片的贡献绝不仅限于为纪录片在揭示社会问题这一领域提供了一种更加脚踏实地、实事求是的方法，还在于他形成了一整套传统纪录片制作体系。格里尔逊不仅唤起了世界工人、农民潜在的革命性，更重要的是，他加强了国家民主制度自我完善的能力，促使国家政府在对社会问题的干预中，使棘手的社会矛盾得以缓解，使一系列深藏在社会根基内部一直以来未被提出质疑的社会弊端得以纠正。"

2. 对格里尔逊模式的反思

1987年，评论家彼得·莫里斯发表的《反思格里尔逊》指出："一方面，格里尔逊的纪录片在最开始的时候，是受到欢迎的，因为它们赞美政府，鼓励集体主义的国家认同；但是，另外一方面，当格里尔逊的电影与政治的程序关系太密切之后，它们就遭到了拒绝。"他发现格里尔逊具有"集权主义"倾向，这种倾向引发了来自政府方面的阻力。

格里尔逊第一次把工人阶级作为正面形象搬上了银幕，但威尔士大学新闻中心主任比林·温斯顿在《格里尔逊纪录片中的"牺牲品"传统》中对此提出了质疑："在电影盛行的那个年代里，工人是纪录片的主题，但同时他们又是不知名的、被同情的对象。这种纪录片的导演应该和其他电影导演一样被称为'艺术家'。"

美国电影理论家比尔·尼科尔斯在他的《纪录片导论》中讨论了格里尔逊纪录片的表现对象："浪漫或诗意地表现工人的主张带有倡导仁慈与社会伦理道德的意图，它否定了工人们与电影制作者的平等地位。电影制作者始终控制着一切表达行为，这让'合作'根本无法实现。他们在表现被摄者时，可能会按照拍摄者自己的伦理道德标准及意图来进行。就像政府的宣传者们(如约翰·格里尔逊和他的同事们)以及那些还留有温斯顿所反对的'牺牲品'传统的记录者们所遵循的那样。"他把格里尔逊对工人的表现和其后纪录片导演的作品进行了对比，认为"尤里斯·伊文思和亨利·史托克投入了发自内心的全部热情和高昂的斗志，拍摄了表现比利时煤矿工人罢工的纪录片《博里纳奇》，真正与愤怒的工人们站到了一起"。在工人形象的表现上，比尔·尼科尔斯更加认同伊文思的做法。

1995年，比林·温斯顿出版了《要求真实：格里尔逊纪录片及其合法化》，围绕着格里尔逊的界定 creative treatment of actuality("创造性地处理现实")的每一个概念进行了辩驳，“温斯顿试图展示每一个概念的界定都包含着不确定性、似是而非与矛盾。最根本的一点是温斯顿想说格里尔逊的理论大厦建立在沙滩上，它的权力必须被废弃，一个后格里尔逊时代已然到来”。❶

❶ 张同道、刘兰：《格里尔逊模式及其历史影响》，载《电影艺术》，2008(4)。

四、作者电影理论

虽然“作者论”在20世纪50年代才成为时髦，但是其观念在许多方面都具有传统色彩。电影很早就被授予了“第七艺术”的称号，明确给予电影艺术家与作家、画家同等的地位。1921年，电影艺术家让·爱泼斯坦就在一篇论文中使用了“作者”一词指称格里菲斯和爱森斯坦这样的电影制作者，并将他们的电影手法与福楼拜和狄更斯的文学手法进行比较。1948年3月30日，法国电影人亚历山大·阿斯特吕克在《法国银幕》第144期发表了题为《新先锋派的诞生：摄影机自来水笔》的论文，为“作者论”开辟了道路。1954年1月，在法国《电影手册》第31期中，弗朗索瓦·特吕弗发表了《法国电影的某种倾向》一文，公开抨击50年代法国华丽虚假、千篇一律的文学改编和历史古装剧，在主张重新审视电影评价问题的基础上，首次提出“作者政策”的说法。在特吕弗的影响下，《电影手册》展开了关于可否将在好莱坞片厂制度夹缝中生存的美国电影导演称为“作者”的争论。新浪潮主将认为希区柯克、霍克斯等电影家尽管受到好莱坞制片人大权独揽制度的限制，但仍然在作品中表现出鲜明的个人风格，应该划归在“作者”行列。此后，“作者政策”对世界范围内的电影批评产生了革命性的影响。随后美国电影理论家安德鲁·萨瑞斯于1962年在该国电影杂志《电影文化》中，发表了美国作者电影理论的开山之作——《1962年关于作者论的笔记》，他把法国《电影手册》派的“作者政策”与美国电影的实际结合，并将“作者政策”简称为“作者论”。1969年，彼得·沃伦出版《电影的符号与意义》一书，提出“结构作者论”。

“作者论”为电影批评提供了一个崭新的视角，它对导演权力的推崇、对电影个性化的强调使得影评者开始更多地关注导演的电影语言和影片风格。这种理论迎合了20世纪60年代西方电影个性化创作和自我表述的需要，为法国“新浪潮”和西方现代电影的兴起奠定了理论基础。

(一)亚历山大·阿斯特吕克

1948年，法国小说家兼电影家亚历山大·阿斯特吕克在《法国银幕》第144期发表论文——《新先锋派的诞生：摄影机自来水笔》，为“作者论”开辟了道路，他认为电影已经变成了一种类似于绘画或小说的表达方式。阿斯特吕克宣称，电影制作者应该可以像小说家或诗人一样使用“我”的人称形式，“摄影机笔”的公式强化了电影制作者的行为，电影导演不再仅仅是现存文本(小说或电影剧本)的臣仆，而是具有自身权利的创造性艺术家。他呼唤一种新的电影语言，一种艺术家个人能够表达自己的思想、用摄影机写作一个世界观的电影语言。阿斯特吕克是以左派知识分子和法国战后电影制作者的身份在发表意见，当时由于极端的社会分裂和隔绝，左派急需以个人化而非政治化和集体化的观念来重建稳定状态。

日本学者饭岛正在《阿斯特吕克的电影观》一文中专门介绍了阿斯特吕克的"摄影机—自来水笔"电影观念。他说：

> 阿斯特吕克一开始就强调当时的电影必须进行革新，他认为革新的苗头已经出现，而评论家们却没有注意到这点。他所说的被评论家忽视的影片是指让·雷诺阿的《游戏规则》、威尔斯的一系列作品，以及罗伯特·布列松的《布劳涅森林中的妇人》。不过，他所说的"评论家"们果真都这样闭目塞听吗？这是值得怀疑的。其实这倒无关紧要，重要的是他特别指出的这些作品。因为雷诺阿、威尔斯、布莱松后来都是支持新浪潮的电影艺术家，阿斯特吕克对这些作品颇有预见性，他正是以这些作品为依据谈论他所说的"先锋派"。
>
> "……电影正在成为一种纯粹的表现手段，就像电影以前的一切艺术，特别是绘画和小说一样。集市的杂耍、街头的演出都是一种娱乐，或者作为保存时代风貌的一种手段。经过不断的演变，电影逐渐成为一种语言。艺术家利用这种语言表达自己的思想，或者正像现在的随笔和小说那样，可以正确地反映出他的执著的想法，尽管相当抽象，但毕竟是一种形式。正因为如此，我才把这个电影的新时代称为'摄影机—自来水笔'时代。这种形象比喻具有确切的含义。它使电影逐步从视觉的专制，从为形象而形象，从直接的虚构故事，从具体的事物中拉开，成为一种细致入微的刻画手段。"
>
> 阿斯特吕克希望电影艺术家能像作家运用自来水笔那样运用自己的摄影机。应该记住，他那时头脑里的艺术概念主要是绘画和小说。等到把电影作为语言来考虑的时候，他头脑里占主要地位的是散文和小说。
>
> ……
>
> 阿斯特吕克主张"把思想直接写在胶片上"，摒弃无声电影的那种"通过形象产生的呆板的联想"。关于这一点，他做了以下的说明："就像所有的情感一样，所有的思想都是人与人之间，或者人与构成宇宙一部分的某种物体之间的关系。电影可以成为真实地表现思想的场所，以便弄清这种关系，清楚地描绘出关系的痕迹。"
>
> 在这种情况下，电影便成为福克纳或马尔罗的小说，变成萨特或卡缪的散文。阿斯特吕克举出安德烈·马尔罗拍摄的影片《希望》作为例子，说明它是相当于文学语言的电影语言的最初作品，认为这是"作家"电影。
>
> 无声电影时代的纯粹电影诚然也是"作家"电影，而阿斯特吕克并不准备"重搬"这种电影。纯粹电影是"诗的纪录电影和超现实主义电影"，而我们所看到的阿斯特吕克追求的电影，则是类似小说和散文的电影。因此，他说："我们现在处于 20 年代的纯粹电影与舞台戏剧片之间，我们有着充分余地来摄制与它们迥然不同的个性化电影。"
>
> 20 世纪 20 年代的纯粹电影无须赘言。至于"舞台戏剧片"，简单说，就是指在 30 年代初期把戏剧原封不动地搬上银幕的电影，然而从更广的意义来看，它

未尝不意味着30年代的一般电影。为什么这样说呢？因为阿斯特吕克作了上述的解释以后，紧接着又讲了这样一段话："这当然是指剧作家要导演自己的剧本，否则的话，剧作家就无须存在。……而现在，导演已经不需要考虑安排场面，而是要真正去写作。电影创作家要像作家用自己的笔去写作那样，用自己的摄影机去写作。"

阿斯特吕克对于电影的未来有他自己的主张。他指出："……只有当摄影机变成自来水笔时，电影才有前途。所以我认为，电影的语言'既非小说的语言，又非报告文学的语言，而是散文的语言'。换句话说，电影要从照相和忠实地再现现实中摆脱出来。它将成为抽象的章节。"

他在这里所说的"抽象"与无声电影时代的抽象电影的"抽象"不同，也和抽象绘画的"抽象"相异。❶

(二)弗朗西斯·特吕弗

法国新浪潮电影主将弗朗西斯·特吕弗以其反对法国传统电影的战略攻击性在"作者论"的发展过程中扮演了重要角色。1954年的《电影手册》发表了特吕弗的宣言式论文《法国电影的一种倾向》，他在文中痛责所谓的"质量传统"，即将古典文学变成可以预见的、画面雕琢的、语言规范的、风格俗套的电影。特吕弗还为这种陈旧的电影起了一个具有心理情结意味的绰号——"爸爸电影"，他嘲笑"质量传统"是一种古板化和学究式的编剧电影，而赞扬尼古拉斯·雷伊、罗伯特·奥尔德里奇和奥逊·威尔斯这些美国怪才导演充满活力的电影。特吕弗认为，"质量传统"将电影制作弱化为仅仅是对现存剧本的传译，而实际上电影制作应该被看做创造性场面调度中一种开放式的历险。特吕弗奚落说，法国电影一贯标榜自己的"反资产阶级"，而最终却成为"资产阶级为资产阶级"制作的、由轻视和低估电影的文人制作的电影。

特吕弗强烈呼吁用一种原创性导演的创造性地控制来代替传统的所谓"心理写实主义"剧作家支配的状态，将"质量传统"消灭干净。他相信"质量传统"和"作者电影"无法和平共处，他指出的正是法国新浪潮电影的方向，新浪潮在几年后蔚然成风，而特吕弗自己也成为新浪潮的弄潮儿。特吕弗的强势介入造成了爆炸性的效果，特别是在"左派"支配法国文化的时代支持美国电影，因为受到"麦卡锡主义"和冷战的反弹，在法国知识精英眼中，美国和好莱坞梦幻工厂只会摧毁埃里克·冯·斯特劳亨和茂瑙这样的电影天才。

在特吕弗看来，新电影应该是制作者的类似物，不完全是通过自传性的内容，而是通过富有个性的导演风格。"作者论"认为，拥有坚实本质的导演会在电影中长期体现一种可以识别的风格和主题个性，即便是为好莱坞电影厂拍片也是如此。简单说来，真正的天才不管在什么样的情况下都会"显露出来"。《电影手册》为朗格在美国拍摄的电影辩护，反对认定他在好莱坞的作品水平下降的偏见；

❶ [日]饭岛正：《阿斯特吕克的电影观》，载《世界电影》，1984(4)。

关于希区柯克，《电影手册》不但赞赏他的美国电影（希区柯克是在英国成名，被塞尔兹尼克引进好莱坞的），其两个成员埃里克·罗麦尔和克劳德·夏布罗尔还专门著书研究他，他们认为希区柯克不仅是技术上的天才，而且在作品中还具有深刻的隐喻性，体现了基督教式"罪孽转换"的主题。美国"作者论"的代言人安德鲁·萨瑞斯写道："即便是在好莱坞，导演连续性的原则一旦被接受，电影就被永远地改变了。"❶

（三）安德烈·巴赞

作为《电影手册》的共同创刊人和特吕弗的导师，安德烈·巴赞在1957年一篇题为《作者论》的文章里，将"作者论"总结为"选择个人化的元素作为相关的尺度，然后将其持续永恒地贯彻到一个又一个的作品中"，同时他也对"作者论"的贡献和缺陷作出了中肯的分析。由于"作者论"引进了一种新的批评方法并将电影提升到了与其他艺术一样严肃和持久的高度，巴赞对"作者论"基本上持赞赏的态度。但与此同时，巴赞也指出了其过分偏激的危险。首先，电影过去是工业化和商业化的艺术，不允许像毕加索或马蒂斯那样对其作品产生个人化的控制，因此好莱坞体制下电影类型偶尔出现的、由非一贯性个人化电影制作者（作者）执导的杰出作品也应该受大赞扬而不是贬斥。其次，这也存在着作者艺术家的个人偏好的问题，例如威尔斯喜欢《阿卡丁先生》超过《公民凯恩》，因为《阿卡丁先生》为威尔斯的后期作品，他作为一个艺术家更加成熟，而且影片的合作成分也比《公民凯恩》小，它包含了更多威尔斯独特的艺术敏感和理解力。巴赞从作者的角度看到了这一演进的逻辑性，但他仍然坚持认为《公民凯恩》开创了一个美国电影的新时代，而《阿卡丁先生》始终是一部二流电影。

巴赞最终接受了"作者理论"，不仅因为它用对待其他艺术一样的传统方式对待电影，更因为它代表了对大多数以"表现主义相对论"为基础的电影批评的反叛。巴赞认为，基本上有两种对称的有关电影的批评论：一方面是应用于所有电影的坐标式或交叉式批评；另一方面是涉及单一影片表现喜怒哀乐的有效性的批评。前者倾向于否定口味（作者就是作者）的角色，后一种则将批评家的口味建立在作者的口味之上（对每部影片作出好或坏的评判）。面临无法逃避的选择，巴赞选取了更为系统的理论——把电影制作者放在批评家之上的位置。

从1951年的第一期开始，《电影手册》就成为 宣传"作者论"的主要阵地，《电影手册》的评论家们将电影导演视为一部影片的美学和艺术手法（场面调度）的最终责任人。《电影手册》还发起了对他们崇拜的导演的系列采访：在1954年至1957年间，雷诺阿、布努艾尔、罗西里尼、希区柯克、霍克斯、威尔斯和维斯康蒂等相继接受了他们的专访。同时，"作者论"评论家还将依赖流行法则和剧本"场面事件"的制作者与使用"场面调度"作为自我表达的一部分的"作者"严格区分开来。一般来说，强调场面调度的导演较少依赖蒙太奇和剪辑，而是更倾向于运

❶ 游飞、蔡卫：《世界电影理论思潮》，215页，北京，中国广播电视出版社，2002。

用景深镜头、运动镜头和长镜头。巴赞和“作者论”的同仁在摒弃蒙太奇剪辑、倡导写实主义美学的同时，将“场面调度”提高到电影美学原则的高度，使其成为与蒙太奇分庭抗礼的电影风格类型。❶

(四)安德鲁·萨瑞斯

在1962/63年冬季号的《电影文化》上，美国著名电影批评家安德鲁·萨瑞斯刊载了美国“作者电影”理论的开山之作——《1962年作者理论笔记》。该杂志的1963年春季特刊又发表了萨瑞斯为美国导演论短长、排座次的最初版本。萨瑞斯接受了法国批评家强调风格作为创造性表达的观点，认为一种有意义的风格将“题材内容”和“表现手法”融入一种“个性表达”之中，导演以此来冒险反抗所谓的“标准化”。因此，批评家必须警觉注意导演个性和导演用以工作的素材之间的张力。

萨瑞斯在1962年发起争论的前提在于他相信，虽然人们无法否认历史(电影制作的社会条件和环境)在理解任何艺术作品中的重要性，但也不能将作品简化为它的制作条件和环境。对个性贡献的确认是非常重要的，因为它是反对将影片看作没有人为中介的、对现实的直接反映的社会学批评的一个组成部分。这样，萨瑞斯就将巴赞的议题和美国当代电影批评的议题发展结合起来了。

萨瑞斯争论的另一个命题是对好莱坞卖座电影艺术成就的确认，他说：“经过多年痛苦的重新评估，现在我不惜以自己已有的批评性声誉来提议：阿尔弗雷德·希区柯克的艺术成就在每一种评估标准上都要超过罗伯特·布列松。进一步说，不管是用影片来比，还是用导演来比，从1915年到1962年间的美国电影一直就优于世界其他地方的电影。因此，现在我将‘作者论’当做记录美国电影史的关键手段，来记录曾培育出许多登峰造极的伟大导演的、世界上唯一值得进行深入研究的电影。”萨瑞斯的宣言虽然不乏盲目的爱国主义激情和文化沙文主义的狂妄，但在反对视欧洲古典文学改编为正宗艺术、将希区柯克和约翰·福特的电影仅仅当作娱乐的欧洲偏见论方面，具有其积极的意义。从正面的角度来看，萨瑞斯的文章将其对电影的迷恋和鉴赏转化成一种艺术形式，调动他广泛的电影学识来宣扬好莱坞电影名副其实的成就。

此后，美国“作者电影”的观念逐渐在国际上得到承认，就连曾经攻击“作者电影”理论的主导英语杂志批评(以《纽约时报》、《纽约客》和《画面与音响》杂志为代表)也开始显示出“作者电影”论的口味了。1968年，萨瑞斯出版了重要论著《美国电影：1929—1968年的导演和导向》，巩固了他的“作者论”立场。在该书的前言里，萨瑞斯将有关卖座电影的争论又向前推进了一大步，对好莱坞导演进行了排座次式的评估，从最佳的“先圣导演”到最差的“杂类导演”。

……

萨瑞斯为电影“作者”提出了三个评价的标准：其一，技术能力；其二，鲜明

---

❶ 游飞、蔡卫：《世界电影理论思潮》，217页，北京，中国广播电视出版社，2002。

的个性；其三，从个性和素材之间张力中呈现的本质含义。在《美国电影：1929—1968年的导演和导向》这篇文章中，萨瑞斯建立了一个九重等级系统，在将杰出的导演迎入"先圣祠"的同时，又把低档导演放逐到但丁地狱式的圈子中。

被萨瑞斯恭恭敬敬地请进"先圣祠"的先圣导演有14位，因为他们"以个人的远见卓识超越了他们的技术层面"，也因为他们创造了一个"具有自身法则和风范的自成一体的世界"。他们包括格里菲斯、卓别林、基顿、福特、霍克斯、刘别谦、朗格、斯登伯格、希区柯克。在《美国电影》出版之时，所有的"先圣导演"要么早已作古，要么已经退休，除奥菲欧斯和威尔斯外，都创业于默片时代。在第二档"天堂的远端"中，萨瑞斯列入了20位导演，他们未能进入"先圣祠"的原因，是因为"要么是个性视界的分裂，要么是职业生涯中破坏性的麻烦"。这当中包括一大批早就受到公众和非作者论批评认可的老牌导演，如西席·地密尔、斯特劳亨、卡普拉、顾柯、瓦什等。

实际上，萨瑞斯的"天堂的远端"一档远比"先圣祠"一档更有意义，因为他在第二档中列入了体现"作者论"思想的年轻一代导演，其中以对尼古拉斯·雷伊的批评最为典型。某些作者论者将雷伊称为"存在过的最伟大的导演"，而另一些批评家则把他鄙视为"好莱坞的奴才"。萨瑞斯将雷伊置于这两种极端的观点之间，与占据最上层的两类导演相比较，萨瑞斯发现雷伊"总是展现一种激动人心的视觉风格"。萨瑞斯将其引入第二档是因为有一种重要的连续性贯穿雷伊的全部作品，这就是"每一种关系都体现着它的道德符码，而所谓的抽象道德性并不存在"。

萨瑞斯在"天堂的远端"一档提出了在好莱坞制片系统内能够保持多大限度的"个性视界"的问题。在许多"作者论"批评家看来，雷伊是个人视界超越制作环境条件的艺术家中的超一流代表。围绕雷伊电影展开的争论的极端论点与其影片极端的差异性和不连贯性相呼应，据说他影片的暴力主题反映了对好莱坞系统表现极限的冲击。这与传说中雷伊职业生涯和好莱坞片厂等级制度的戏剧化冲突结合在一起，在这个面临危机的世界里，创造出一个"浪漫的原型艺术家"形象。

作为对雷伊作品危机和分裂的总体协调，其作品的"不均衡性"使"作者论"批评家能够建立一种标准，即通过感知的瞬间，来把握一种联合一致的个性视界。这样一来，《夜生活》《无因的反抗》和《艰辛的胜利》这些极端的影片都被看做几乎具有神话层面含义的主题宣言——"道德的危机与拯救、对自由的渴望、社会与个人的冲突，以及男女两性对理想美的追求超越了所有的极限，到达了它们自我毁灭的顶点。"

萨瑞斯认为，从一种与雷伊作品有关的均衡感，以及从雷伊电影与电影业的关系出发来观察也许会很有成效。导演世界观的分裂可以被看做是强调每部影片不同的对立因素(而非相同性)、体现其不同的历史地位的结果。具体到雷伊身上就是他创作生涯的四个时期：雷电华公司时期(1948—1952)；1954年至1958年的独立制作时期；"史诗片"时期(1961—1963)和彻底抛弃好莱坞的"欧洲和纽约地下实验电影时期"。而他最杰出的影片大多出自前两个时期，《无因的反抗》使詹姆斯·迪恩成为一代人的象征和代言人，《夜生活》又直接启发了美国"新好莱坞"电影的开山之作——阿瑟·佩恩的《邦妮和克莱德》。

萨瑞斯的“作者论”不可避免地遭到了其他评论家的回击，其中保琳·凯尔是最激烈的反对者。她在1963年的《圆与方》一文中，对萨瑞斯的三个识别标准提出质疑。她认为所谓“技术能力”几乎不能当做一种有效的标准，因为像安东尼奥尼这样一些导演完全超越了“技术能力”；“鲜明的个性”毫无意义，因为它看重的无非是那些不断重复自己的导演，其风格的鲜明性恰恰是因为他们从来都不力求创新；最后，凯尔唾弃“本质含义”为不可行的模糊概念，它只会赞赏“将风格强加在情节的缝隙之间的奴才导演”。在《〈公民凯恩〉手册》一书中，凯尔更是反对将导演一人当做电影作者的“作者论”进行了集中地反驳。凯尔以编剧曼凯维奇和摄影师托兰为《公民凯恩》作出的重大贡献为例，说明了威尔斯不应该也不可能是《公民凯恩》的唯一作者。

……

“作者论”在实践层面也遭到了抨击，批评者认为它低估了作者创作中制作条件的影响。电影的创作者并非是不受限制的艺术家，他们深陷在物质世界的偶发性中，被拍摄中乱哄哄的摄制组人员、摄影机、灯光的包围。诗人可以在监狱中用餐巾纸写诗，而电影制作者却需要金钱、摄影机和工作人员。即便是一部小制作的影片也需要涉及一批人在相当长时间内的合作，更不用说那些牵扯到作曲家、演奏家、舞蹈编导和舞美设计师创造性参与的类型歌舞片了。萨尔曼·拉什迪就说过，没有一个作家敢说自己是《绿野仙踪》的真正作者，“没有一个作家能够获得那一荣誉，连小说的原作者也不行。制片人马文·利洛伊和阿瑟·弗瑞德都有他们的拥护者。至少有四位导演为该片工作过，最出名的要算维克多·弗莱明……真相使这部伟大的影片代表了对现代批评理论的迎头痛击：一部没有作者的本文”。

最终看来，美国的“作者论”不太像一种理论，而更像是一种具体的方法论。但它代表了超越原有批评方法的进步。“作者论”还对被忽略的影片和类型进行了有效的拯救，它将导演拔高到作者的地位，并从“文人高雅艺术的偏见”中挽救了惊悚片、恐怖片和西部片这样的电影类型。通过强迫关注影片本身和作为导演风格化特征的场面调度，“作者论”明显对电影理论和方法论作出了实质性的贡献。“作者论”将关注的重心从“什么”（故事和主题）转向“怎样”（风格和技术），展示风格本身所具有的个性的、意识形态的甚至隐喻象征的回响。“作者论”率先将电影理论带入高等学府，在合法的电影学术研究中扮演一个主要角色，它还为即将出现的“新好莱坞”或“好莱坞文艺复兴”准备了必要的理论基础。❶

（五）结构主义作者论

“作者论”的理论前提并没有什么不妥，但是在付诸批评实践时，由于它过分强调导演的个人风格和创造，而往往会忽视影片的社会内涵；并且这种源于文学理论的电影批评观念，它把导演定义成电影本文意义的最主要的，乃至唯一的创造者，这也与工业时代的电影制作形成尖锐的矛盾。因此，到后来，它就变成只是捍卫电影品味和

❶ 游飞、蔡卫：《世界电影理论思潮》，299页，北京，中国广播电视出版社，2002。

价值的宣言，成为区别所谓“电影作者”(艺术家)与“电影场面调度者”(工匠)的分层理论。以致到了1961年前后，它的提倡者宣布这种理论已经过时，而在此后的电影理论中，“作者论”也就很少被提及。直到20世纪60年代末，一些英美电影研究者把列维-斯特劳斯的结构主义人类学方法论引入到该理论中，希望能够像列维-斯特劳斯的结构主义分析那样产生一种新的电影分析模式，以超越电影影像的表面，揭发出影片被隐藏的、也更有意义的深层结构，并从这些结构的不同组合去分析电影家的艺术独特性，这才赋予“作者论”以新的内涵。“结构主义作者论”的代表人物是英国学者彼得·沃伦。

1. 彼得·沃伦的结构作者理论

彼得·沃伦在他于20世纪60年代中期在英国电影学会出版的《电影文论：社会学与符号学》中，首次发表了自己的电影符号学论文《电影与符号学：若干联系点》。1969年，他出版了全面阐释自己电影符号学观点的专著《电影中的符号及意义》。1972年，他在这部著作的第三版中又进一步补充完善了自己的观点。此外，他还在英国电影符号学家的主阵地《银幕》杂志上发表了不少有关的文章。《电影中的符号及意义》被认为是英语世界中第一部阐述电影符号学的长篇论著，它的出版在英美引起了热烈的讨论，并进一步推动了电影符号学的发展。彼得·沃伦在这部著作中考察了爱森斯坦的美学思想以及他的电影语言观与符号学的关系，阐发了自己的“结构作者论”，并且将电影与普通符号学的研究联系起来，提出了一些个人新见解。沃伦的电影符号学观中最有个人特色、也是最有争议的就是他在这部著作中提出的“结构作者论”。此说一出，评家蜂起，赞同者有之，讥弹者有之，批驳商榷者亦有之。尽管对它的评价总的来说是毁多誉少，但它毕竟作为电影符号学的一派立住了脚跟，沃伦也因此成了电影符号学的一位头面人物。

“结构作者论”，亦称“作者批评论的结构学派”。它是彼得·沃伦运用结构分析法对原有的“作者论”加以发展而形成的新的电影批评方法。“作者论”自1954年由法国著名电影家F. 特吕弗首次提出以来，虽然在西方各国都有不少信奉者，但它始终没有一个确切的定义或明晰的纲领，人人都根据自己的理解运用这一术语。法国《电影手册》的影评家们认为，一部影片的真正作者应该是它的导演，而不是它的编剧。影片应该带有导演个人的印记，真正的电影作家必须在其大部分作品中一贯地展示导演个性。美国影评家A. 萨瑞斯认为导演个性体现在导演的个人风格上，体现在导演对场面调度的处理手法上。彼得·沃伦则把富有个性的导演分为两类。一类导演赋予作品以一贯的主题，强调其内涵意义，沃伦称之为“作者”；另一类导演注重场面调度和个人风格的显现，沃伦称之为“场面调度者”。他认为前者的作品富有语义内涵并非徒具形式，而后者则未能超出演出的范畴，至多不过是传输先已存在的本文(一个电影故事、一部小说或一出戏剧)，不过是将其转换成一种电影符码的特殊复合体。对沃伦来说，只具有外在的表现风格的导演是不能称为电影作家的。例如由L. 奥利维尔执导主演的《亨利五世》是一部公认的不朽名片，然而在沃伦看来，奥利维尔不过是将莎士比亚的原著搬上了银幕，他至多只是一位伟大的场面调度者。沃伦认为电影也像音乐、戏剧等艺术部类一样，存在着创作和演出的差异。创作部分包括编写剧本、设计分镜头；演出部分包括表演、摄影、剪接。导演的地位显得暧昧不定，他可能偏于创作，可能偏于演出，也可能两者兼而有之，这要视其出身背景而定。作为电影作者的导演首先必须是创作者，剧本或小说中的某些片断可以作为一种触媒，一旦它们符合他一贯喜欢表现的主题，就能触发他内心潜在的创作动机。实际上导演并不真正依赖原著本身，他最后完成的作品可以和原著有很大的不同，作品的制作方式完全取决于他个人。

以上所说的，基本上是“结构作者论”中“作者论”的一面，而其最大特色还在于它的结构分析法。“结构作者论”认为，一个作者的作品所被肯定的一些特点并不一定就如我们外表所见的那样直观。批评的主旨就在于揭示隐藏在表面题材和处理手法背后的核心——基本而又常常难以为人察知的主题。这些主题构成了作品特有的结构，而正是这从内部起限定作用的结构使得作者的作品表现出有别于其他作品的特征。

沃伦多次讲过这样一段话：“雷诺阿曾说过，一个导演一生其实只是在拍一部影片（影评家的任务就在于勾勒出这部影片来）。这里所谈的影片指的不是它的各种变体所共有的典型特征(这种特征仅是它的冗余信息)，而是起支配作用的变异原则，即它的深隐的结构。用列维-斯特劳斯的话说，这种结构唯有‘通过重复过程’才能显现出来，或者说‘渗出表面’。雷诺阿所谓的‘影片’实际上是‘一种排列组合——两个变体位于两端，形成对称的、但又是彼此可以转化地位的关系’。”这段话可说是“结构作者论”的核心内容。引文中提到的“排列组合”亦即“二元对立序列”或“对立藕”。“结构作者论”者正是通过对一个作者的影片中的二元对立序列进行分析，通过这一序列的“重复过程”，使“深隐的结构”“渗出表面”，进而揭示出影片内在结构中所隐含的信息的。沃伦还说，导演常常不能完全控制自己的作品。电影是集体创作的艺术，制作过程又极为复杂，其间往往受到诸多外在因素的影响，如制片人、摄影师、演员等人的“噪音干扰”等。因此作者批评还包括一项“读解”的程序。一个作者的作品，有的易于读解，有的受其构成要素的干扰而难以辨认。把握一位作者，主要是分析考察他那些能使“结构渗出表面”的代表性作品，亦即“作者电影”。那些受到干扰、作者印记不明显的影片可以忽略不计。沃伦这一观点说明作者导演的作品亦有好坏之分，这比起早期作者论那种对被封为作家的导演的作品不分良莠、一概加以吹捧的做法，前进了一大步。

为了说明其“结构作者论”，沃伦以美国导演霍华德·霍克斯和约翰·福特为例，对他们的作品进行了详尽的语义学意义上的结构分析。沃伦把霍克斯的作品分为两大类：冒险电影和疯狂喜剧。前者显示了人对自然、人对动物、男人对妇女的征服；后者表现的是羞辱、退化，主人公往往成为牺牲品，社会则被描写得荒诞可笑。沃伦认为霍克斯的影片表明：其一，语义素是超越风格素而存在的；其二，电影存在于客观的意义层(即丹麦语言学家叶姆斯列夫的“意义素层”)之中。针对擅拍西部片的约翰·福特，沃伦认为他的作品中存在着一组二元选择和对立：荒野—家园、犁头—军刀、流浪生活—家庭生活、超凡神力—理性法权。

其中第一对立藕最为基本，因为它是十九世纪美国形象的代表。❶

2. 对沃伦“结构作者论”的批评

沃伦的“结构作者论”一经提出便引起热烈的论争。美国电影符号学家R. 艾勃拉姆森发表专文《电影中的结构及意义》，对沃伦的论点逐点逐项进行批驳。他点出沃伦学说不少自相矛盾和含混不清的地方，并将其和强调风格技巧的P. 帕索里尼的观点作了详细比较。他认为，“根据一位作者把他的电影建筑在一个虚构故事的结构上的能力、而不是根据他通过场面调度或风格创造意义的能力来评价他”的做法是不可取的。艾勃拉姆森把风格、主题和结构的分析融为一体，进行了推理缜密、自成一格的分析论证。美国电影理论家B. 亨德森指出，沃伦与其师列维-斯特劳斯在理论上正相抵牾：沃伦的论述中出现了主体-作者；而列维-斯特劳斯却是否定主体的(他在分析神话时认为神话无作者)。美国电影理论家B. 尼科尔斯则对沃伦关于“电影中的意义是由二元对立序列构成”这一基本前提提出质疑，他认为电影根本就不是运用二元对立序列的领域。此外，他对把风格问题排除于“作者论”之外也是极为反对的。除了这三家比较重要的批评外，各国的电影理论家对彼得·沃伦的“结构作者论”还有很多不同看法，囿于篇幅，在此就不一一赘述了。❷

3.“结构主义作者论”的衰败

“结构主义作者论”运用结构主义方法论分析类型电影的结构和符码表意，虽然观念比较新颖，却也很快走向衰微。其原因有三：一是它套用了不太适合电影的结构主义神话分析模式，难以深入阐释影片的表意。因为在列维-斯特劳斯的观念中，神话并没有作者中心的说法，神话重要的是故事而不是风格，讲故事的人不是作者而只是复述者，这与带有明显作者标记的电影全然不同，所以“作者论”的先决条件和结构主义的先决条件之间存在着明显的差异；二是它所援用的列维-斯特劳斯的方法论遭遇越来越多的批评，这是由于罗曼·雅各布逊的二元语音系统的组成原则受到了质疑，列维-斯特劳斯据此形成的结构主义理论的前意识系统的思想根基也就被动摇了；三是新兴的历史唯物论对电影是商品和电影是意识形态机器的论述，这两种观念都重新思索了“作者”的含义，并造成了作者的“去中心化”。

---

❶ 谷时宇：《结构作者论》，载《文艺研究》，1985(2)。

❷ 同上。

五、让·米特里的电影美学与电影心理学

让·米特里(1907—1988)是当代最重要的电影史学家，但他首先是一位出色的电影理论家。米特里对世界电影的贡献主要来自他百科全书式的理论巨著《电影美学与心理学》。这部两卷集的著作集中体现了米特里的电影美学思想，也使他获得了“电影界的黑格尔”的尊称。米特里渊博的人文科学知识、探索性的电影创作实践和对电影史的研究成果倾注在他的著作中。米特里的著作富有辩证精神，他对电影和语言、词汇和影像、结构和节奏、蒙太奇和长镜头、空间连续性和断续性、感性和理性、真实和艺术、现实主义与形式主义等一系列问题的表述都贯穿着辩证性。米特里的电影观念不偏执，有人称之为蒙太奇派和长镜头派的折中。米特里对电影影像的本性的形象说明是：活动影像既是具有构形作用的景框，又是向世界敞开的窗户，重新定义了蒙太奇派和长镜头派互相抵触的概念解释。米特里对影像、全景镜头、主观镜头、景深镜头、移动镜头、彩色和音乐元素都进行了心理学分析，尤其是他运用格式塔心理学阐述了蒙太奇原则的合理性。米特里早在20世纪20年代就开始了自己的电影生涯，在法国先锋派时代，米特里拍摄和剪辑过多部电影，拥有许多电影理论家不具备的第一手实践经验。从生活个性上来说，米特里对历史具有特殊爱好，他不断搜集整理有关电影实践和理论的各种资料，这为他的电影理论研究和著述带来了不可估量的益处。1945年，米特里成为最早在法国讲授电影学的大学教授之一，他的授课范围后来又扩展到美国和加拿大，这使得他可以运用自身创造性的拍片经验和百科全书式的电影知识来阐述电影理论的核心内容并回答当代的电影问题。美国电影学者达德利·安德鲁在《主要电影理论》一书中将米特里称为“当代电影理论的开创者”。电影符号学大师克里斯蒂安·麦茨将米特里的《电影美学和心理学》称为“难以逾越的经典”，赞扬他开启了电影理论的新时代。

米特里的《电影美学与心理学》分为“结构”和“形式”两卷，“结构卷”旨在研究涉及每部电影的共性方面，主要包括“影像”和“蒙太奇”两大议题；而“形式卷”则讨论特定电影风格和类型的理论话题，涉及电影的形式和形态、媒介的力量、潜能和目的等。面对早期的电影理论的不同，米特里致力于在极端的电影理论(蒙太奇电影理论为一端，真实或长镜头电影理论为另一端)之间寻找中间地带，他坚持认为电影影像的价值同时具有真实感和形式感两种特性。米特里对电影理论的研究采取了一种全新的学者型的方式，他在哲学、心理学、语言学、逻辑学和美学方面的理论功底使得他能够

比先前的电影理论家更深入一步地抓住电影问题的本质，而他也常常运用电影以外的资源来解决许多早期电影理论家无法解决的问题。在米特里看来，所有先前的电影理论都在致力于发现理解电影的关键，米特里摒弃了这种方法，认为电影中的每一个问题都必须单独对待。他认为，电影理论家不能一叶障目不见泰山，爱森斯坦过分迷恋于剪辑蒙太奇功能，而巴赞则对真实和长镜头理论有着过分的偏好。米特里则非常冷静，其著作也充满辩证色彩。在讨论现实与艺术的关系时，他既无爱森斯坦对蒙太奇的过分迷恋，也没有巴赞对时空真实感的偏激立场。米特里的电影观念不是偏执的，而是所谓的蒙太奇美学和长镜头美学的折中。

米特里从自身基本电影理念出发，总结了电影美学理论认识的三个层次：影像、符号和艺术。他认为，影像是一个物象，是一个现实的片段，是第一层次的东西；然后影像按照特定的规则结构为画面，具有符号的意义，使电影成为语言；最后通过导演的想象力的创造，这种语言可以成为艺术，电影的诗意是米特里电影美学体系中的最高层次。

首先是影像。在传统电影理论对电影与现实的关系讨论中，理论家们运用了不同的类比：电影蒙太奇理论的“画框”说——看到的影像是被重构的现实；电影纪实理论的“窗户”说——看到的影像就是现实本身。而米特里则认为，电影影像既是具有构形作用的“画框”，同时也是向世界敞开的“窗户”。换句话来说，影像既是特定的再现形式又是被再现的现实。他指出，早先的法国先锋派、德国表现主义、苏联蒙太奇学派等都过分强调了影像的审美特征，而不同程度地遮蔽和扭曲了影像本来应该呈现的真实。他认为对影像的探讨不能脱离与被摄物的关系，影像虽然有实际的存在形式，但是如果不与现实对应物发生联系，它的存在就是不实在的。也正是在这个意义上，米特里谈到了影像与语言的不同：影像与其说是使人们联想到实际物体的类似语言的“符号”，还不如说它是物体的类似物和替代品，脱离与被摄物的关系而没有经过结构的影像，是没有任何特定意义的，也不存在所谓的“影像的抽象世界”。另一方面，米特里又谈到了影像与现实的联系：影像是被投入了意义的现实。在这里，米特里肯定了蒙太奇理论，认为它包括了所有的使个别影像产生结构的方法、使电影世界脱离素材的方法、使被摄物从自然形态中产生意义的方法。经由蒙太奇联结的影像不仅带来新的美感，更提供了一个新的心理真实的世界。

其次是符号。在米特里的论述中，尽管他一再强调电影和自然语言的区别，然而，当他看到电影可以作为一种表达思想的象征手段时，他又认为电影是一门语言。米特里吸收了爱森斯坦对电影语言的研究，特别是电影影像的思维方法，他看到电影在思维、表意等方面与自然语言有着众多的相同点，但是也看到了影像并不能通过自身来表达思想，只有通过组接和安排，才能在相互关系中表意。从这个层面上看，影像虽然不是符号，但是影像通过与其他影像建立的关系可以承担符号的功能，所以，影像在某种程度上可以被看做是一种“类符号”。同时，米特里也看到这种“类符号”的表意在外延上是确定的，它与影像再现的现实内容有关，而内涵上却是非连续的、不确定的。它与影像组合后表达的内容有关，并且没有一套规定的语汇、语义学和语法规则，所以也就不能像自然语言表意那样规范化，只能根据每部影片表意的形式和风格来确定，这就使得“电影语言”和电影艺术的联系密不可分了。这样，米特里的理论就与当时正在形成的电影符号学形成了对话，而他的“无符号语言”论又显示了它们之间的区别。

米特里是这样来解释“电影语言”的表意的：“电影的表意从不取决于(或很少取决于)一个孤立的影像，它取决于影像之间的关系，即最广义的蕴涵。譬如一个烟灰缸的影像仅仅表示这件实物的原态。但是，借助蕴涵关系，‘堆着烟头’的这个烟灰缸可以暗示时间的流逝。而在另一个环境中，它可以表示完全不同的意思：焦虑、期待或无聊。正如维特根斯坦说强调的，‘符号就是在象征中明显可感的东西’。因此，两个不同的所指可以共用同样的符号。”

《战舰波将金号》中那副著名的夹鼻眼镜为我们提供了一个明显的实例。我们看到夹鼻眼镜的特写镜头，眼镜的细丝带挂在钢缆绳的一端，晃来晃去。假如这个影像脱离了它的背景，它能够表示什么呢？无非是在钢缆绳顶端晃来晃去的一副相当典型的夹鼻眼镜。也就是我们看到的和为我们展示的物象。然而，这幅眼镜原来属于舰上的军医斯米尔诺夫。在前几个阶段中我们看到他摆弄过它，以至于这件实物已经成为可说明他的特征、习惯、举止和怪僻的一部分。它已经成为某种说明他的人格的标志。

另一方面，我们看到了波将金号水兵的起义，看到起义者把军官们抛进大海。其中包括军医斯米尔诺夫。他被连拖带拉地像包裹一样扔出船舷，尽管他叫喊不迭，高声抗议。我们看到他挣扎、看到他的夹鼻眼镜掉下来，挂在缆绳上。于是，这个形象即立刻获得一个含义，夹鼻眼镜‘再现了’军医斯米尔诺夫，或者，更确切些说，它表示他的‘消失’。这个妄自尊大和卑劣怯懦的军医踪迹全无，剩下的只是这副在缆绳上晃悠悠的可笑的夹鼻眼镜。部分代替整体，而恰恰是毫无重要意义的东西却令人联想起那个人物，形成对他的嘲讽。再说，军医斯米尔诺夫也通过他的地位和他的身份成为有产阶级和保皇贵族的代表，‘代表’整个阶级。这副夹鼻眼镜的镜头极准确地即刻表示出‘被抛入大海’的资产阶级的失败。这个阶级只是象征性地留下一个令人联想到空虚和愚蠢的可笑的替代物。

这就是我所说的‘表意’。这至少是电影的表意。

另外，米特里认为电影在超越了影像真实的第一阶段和影像结构的第二阶段之后，就进入到电影家所创造的新的剧情世界中。如果在这个电影世界中，影片还能呈现出更深层次的意义，米特里说，这样的影片就是真正的艺术。米特里将电影过程分为三个层次，最初是认知和电影影像的层次，涉及真实性；其次是叙事和影像段落的层次，涉及拥有自己计划、愿望和意义的影片人物，以及电影制作者所创造的新世界；最后是对新世界的超越，进入一个超脱真实感知和特殊叙事范畴的抽象层次。在这个抽象的层次里，电影超越了所叙述的故事而接触到人性的深处、现实的底蕴，从而达到一种诗意的高度。

同时，作为一个电影史学家，米特里经过深入细致的研究，认定一些形式是“反电影化的”，这包括来自文学的第一种主要“诱惑”和来自绘画的第二种主要“诱惑”(表现主义电影和表现抽象节奏的电影)，而戏剧的因素则被米特里称为第三种主要“诱惑”。正如克里斯蒂安·麦茨提示的，米特里指出戏剧对电影影响的攻击涉及电影风格和电影结构两个方面：像巴拉兹一样，他首先强调电影是以埋葬戏剧固定视角和场景时间连续性的美学观念为前提的，由此，米特里接受任何一种出自原始影像、再现创造性人类世界并赋予其更深层和更广泛意义的电影风格；其次，他也对戏剧化的电影结构，即他所称的“剧作法则”提出批评，他认为戏剧是一个抽象、隐喻和布景的世界，而电影则将人物和语言与真实世界结合在一起，这样，电影就在对白、环境和结构等各个方面与戏剧截然对立起来。

在《电影美学与心理学》这部巨著中，几乎可以找到从让·爱泼斯坦到巴赞的全部理论探索的印迹，包括巴拉兹、爱森斯坦、爱因汉姆和科昂-塞阿的电影美学思想。但是他并非简单地继承某一人或一派的学说，而是用严格的批评分析尺度衡量各种理论，始终拒绝为某一种美学辩护，始终兼收并蓄、博采众长，运用哲学、心理学、美学、逻辑学和语言学的诸多学科知识来分析各家短长。米特里的学术精神使人认识到"电影不是一种马上可以理解，或可通过意识形态来争辩的东西。它是一个必须经由耐心而节制的研究才能逐渐有所收获的庞大探索工程。这才是现代电影研究的精神"。

电影"美学"的方法加上"心理"真实的观念，米特里确立电影一方面具有符号一样的表意功能，另一方面又具有向外在的现实开放的本性特征。米特里宣称伟大的电影是那些超越将素材联系在一起的叙事意义、具有抽象价值的影片，只有这样的影片才能与观众最高的精神世界进行自由的交流。米特里的结论改变了传统电影理论的前提，使电影研究从对电影技巧的关注转到了对作为语言的电影媒介的表意上。作为古典电影理论和现代电影理论的一个承上启下的存在，米特里的理论预示着电影研究的一次新的转向即将到来，也就是为结构主义电影理论和符号学电影理论铺平了道路。

在20世纪60年代中期，电影符号学逐渐登堂入室，此时米特里尚未完成《电影美学与心理学》和《电影史》。在撰写论著的同时，米特里始终高度关注着这门新学科的兴起、发展和论争。1987年，在临终前，米特里终于完成了批评电影符号学的重要作品《电影符号学质疑》，在著作中，他对电影符号学做出了独到分析和贴切的批评。

立。在过去，电影理论或评论往往为某电影生产厂家(公司)或发行部门所直接干预，因而这种电影理论实际上起着指导观众观看影片、帮助制片发行业推销影片的职能。电影进入大学以后，电影理论开始逐渐学理化，从而开始独立于制片与评论。

第四，经典电影理论与现代电影理论相比，比较缺乏系统性。在经典电影理论中，不管是蒙太奇学派，还是现实主义主张或电影心理学，它们相互之间不存在那种更为紧密的递进发展关系，而显示出一种比较分散、各自阐述的特点。而20世纪60年代以后，现代电影理论的发展显示出一种连贯性。如70年代后，电影符号学进一步发展，出现了现代电影叙事学理论，同时电影符号学吸收了精神分析学的某些内容，有了第二电影符号学。紧接着，由于结构主义符号学与精神分析的结合，从而又引进了拉康和阿尔杜塞的理论，现代电影理论开始了对电影的意识形态的分析与批评。于是又出现了女权主义理论、工业分析的理论等。可以说，整个现代电影理论的发展，都是以结构主义语言作为最基本的出发点。❶

(三)电影符号学的主要理论家

1. 克里斯蒂安·麦茨

法国电影理论家克里斯蒂安·麦茨(1931—1993)是电影符号学理论的创立者和最重要的理论家，他1964年发表的长篇论文《电影：语言还是语言系统?》标志着电影符号学理论的诞生。他的主要著作有《电影表意散论》《语言与电影》《精神分析与电影：想象的能指》等。麦茨的电影符号学是对巴赞的电影影像本体论的挑战。他认为，电影的本性不是对现实的自然反映，电影“不是对现实为我们提供的感知整体的摹写”，影像的组合方式具有常规语言的约定性。麦茨采取了结构主义符号学的研究方法，把研究重点放到影片是如何产生意义的问题上，分析影片是由哪些基本元素组成，这些元素又是怎样组合而产生意义的。简言之，麦茨的研究是探索电影是如何表意的，电影符号学的主要意图也就是要建立一个电影将其意义呈现给观众的清晰模式。

(1)语言学概念模式的电影符号学研究❷

麦茨从法国理论家吉尔伯特·科恩-西亚“电影有cinema和film之分”的提法中得到启发，提出了电影的“电影体”和“影片体”二分法，前者指整个电影机制，包括前电影中的经济结构、片厂制度、拍摄条件和技术，后电影中的发行、放映和影片的社会影响等方面；后者则抛开上述各项而只关心影片本文，把影片作为具有丰富内涵和表意结构的本文。麦茨在这里找到了与符号学相近的研究方法，电影机制由于牵涉范围极为广泛，很难简约成电影语言研究的适当的客体，正如索绪尔认为语言中的“言语”过于繁杂而不宜作为语言研究的客体一样。麦茨也认为与其漫无边际地研究电影机制，还不如具体深入地研究影片本文的表意法则，把电影研究的范围限定在影片体。麦茨在研究中发现，不管是前期拍摄还是后期剪辑合成，电影表意所使用的材料是相同的。它们主要包括影像、文字、对白、音乐、音响效果等。这些表意材料也是电影符号学的主要研究对象。

❶ 姚晓濛：《电影符号学及其批评》，载《当代电影》，1989(6)。

❷ 参见胡星亮主编：《西方电影理论史纲》，304页，北京，中华书局，2005。

“电影语言”的概念在早期的电影理论中已经出现，电影理论家把特写、场面调度、蒙太奇、镜头段落、景深镜头等都作为“电影语言”来研究，但是这些“电影语言”更多是指电影的艺术表现手段和特性。而在20世纪60年代结构主义和符号学理论背景下提出来的“电影语言”概念则被赋予了新的含义。关于“电影语言”的讨论主要集中在电影和语言的类比性上。电影符号学建立初期，最常见的问题就是：电影是一种语言(系统)吗？麦茨在1964年发表的关于电影符号学的第一篇论文《电影：语言还是语言系统?》就提出了这个核心问题。麦茨认为：电影不是一种真正的语言系统，但它却是一种语言。

在索绪尔的语言学理论中，语言由能指(代表文字本身的字的确切发音)和所指(能指所代表的意义或概念)两个部分组成，两者的关系是任意的、无端的。索绪尔指出，能指的价值并不存在于它与所指之间的关系，而是存在于它与其他能指之间的关系，也就是能指的意义随系统的变化而变化。然而，电影没有像语言这样的双重表达能力，所以麦茨在考察之后认为，电影不是一种语言系统。这是因为：

一是电影缺少对所有影片都适用的，并且通过格式化可以和其他单位结合起来的离散性单位(即生成语言学所说的字、词、音素、词素等句法因素)。按照索绪尔对语言的划分，一个字包含音素和词素两个基本单位，而在电影表达的“词汇”中，基本单位是画面(影像和声音)。如果套用语言的音素、词素的划分法，那么影像就类似于词素，声音类似于音素。但是电影中没有符合音素的最小单位和声音特征，即电影中没有任何符合语言特点的双重分节。就电影的外延元素而言，它也不具备任何离散的要素，电影是通过连续不断的现实幻景去表现外在世界的。麦茨认为，影像比字(词素)更接近完整的陈述，它们本身并没有严谨的单位，是由电影家创造并经过组合而成的，传达给观众的是无数不确定的信息，而不像约定俗成的、本身即为单位的个别的字；影像呈现的意义也比较接近完整的陈述而不像个别的字，它只有在影像之间的相互联系中才能显示出来，而个别的字的意义在语言中总是较为受限制的。针对有些人把电影镜头比作字的看法，麦茨依照上述逻辑比较了镜头和字的不同，强调镜头更接近陈述而不像字。至于镜头段落，应该说是影片中真正的单位，是让镜头可以在其间运作的连贯的组合段，但是把镜头段落看做是句子也只是一种类比，它不可能具有真正语言学意义上的内涵。

二是电影缺少任何符合语法规则的标准。麦茨说：“人们无法想象出一组镜头(尽管荒唐奇特)能够使对电影已经习惯了的观众说出这种话：‘这不是一部影片’，或者‘这不是一部成型的影片’。……总之，一开始人们就抛开了是否符合语法规则的标准，即刻被放逐到与各种可接受性性能模式相符的判断中……在这里可看到性能语言学的认识论问题。这等于说，在电影中，人们找不到具有一种语言系统的内在特性的层次(语言和言语的问题)，即使人们可以找到具有同样外部功能的一个层次。”所以，电影中的任何东西都是有意义的。此外，麦茨认为电影不是一种语言系统，还因为人类的语言系统是双向、及时的传播，而电影却是单向、延宕的表演系统。

电影是一种语言。虽然影片本文因缺少离散性单元、双重分节、语法规则，以及它是单向、延宕的传播而无法构成一个真正的语言系统。但是，由于影像的类似性而非符码性的特征，电影以它与所表现实物的连续的、不可分离的相似的方式加以组织，另外考虑到每个影像都代表一个完整、明确和独立的单位内容等特点，麦茨就此说："我们可以把它视为一种语言，因为它也要在与我们的语言不同的、但仍然有规则的排列中安排表意元素，而且，它也不是现实为我们提供的感受整体的摹写(这种现实不会讲述连贯的故事)。经过电影的处理，对现实的可见想象的摹写变成一段连贯的表述。从纯模拟的和连贯性的表意开始(活动照相、照相式电影)，随着电影的发展成熟，一些符号学元素逐渐定型，不过它们仍然是分散的和片段的，因为对非固定性的视觉形象的直接摹写才是影片主体。"也就是说，电影是一种"类语言"——具有表意性符码的特殊语言，是一个包含多元符码媒介的"准语言"运作系统。

由此，麦茨认为先前使用音素、词素等语言学概念来类比电影语言是错误的，他强调要从语言学的角度去寻找更适合电影符号学使用的概念，以探索电影将材料形式化的方法和手段。在研究中，麦茨发现，电影的意义并不是立即呈现、直接传达出来的，它也和其他传播媒介一样，要通过信息的编码(即符号化)，以系统的方式把影片中的信息表达出来，而人们也是通过符码的传递去理解电影的意义的。从这里出发，麦茨保留了"电影是语言"这个概念，但放弃了对每个影片本文建立特定规则的企图，只是将影片本文视为表意过程的范畴。可以看到，麦茨修正后的电影符号学比早期复杂但也较具弹性和适应性。

在麦茨看来，"电影语言"就是电影的符码和次符码的集合。符码根据其特性可分为专用电影符码和非专用电影符码；前者在电影表意中占主要地位，是指在电影中出现、电影艺术所独有的符码，如摄影机运动符码、灯光符码、蒙太奇符码等。这些符码在某部特定影片中的具体运用就形成电影的次符码，如爱森斯坦的蒙太奇就是蒙太奇符码的次符码，表现主义的灯光运用就是灯光符码的次符码。不同的符码之间是横组合关系，从同一符码中产生的次符码则是可以彼此替代的纵组合关系。电影符码的意义常常由次符码的含义预先决定，这与自然语言中符码的稳定性恰恰相反。电影符码由能指构成，而所指则取决于这些能指在次符码中的具体运用，符码和次符码的相互交织，共同作用于电影的表意。

那么在电影中，这些符码与次符码、文本链与信息、横组合与纵聚合是怎样产生意义的呢？麦茨以 1933 年到 1953 年间的好莱坞经典电影，即一般意义上的传统叙事电影为对象来进行分析。第一，关于影片的叙事，麦茨认为，因为电影是在具备了叙事功能之后才获得的某些语言活动特征的，"电影手段实际上仍然是电影-叙事手段"，所以"叙事影片在电影符号学家的研究工作中享有优先地位是合理的；第二，关于影片的外延，麦茨认为影片的"内涵"(影片的能指与所指的关系)是附着在"外延"(影片的能指与参照物的关系)含义上的，因此"电影还要(甚至首先要)通过它的外延手段才能成为专门的语言。叙述这一概念与艺术的概念对于电影符号学来说可以等量齐观"，叙述"即影片外延的总和"。在麦茨看来，电影符号的表意首先就是对某个情节的具体叙述。

当然，电影和语言可以相提并论的是相近的句法组合特点：语言筛选、组合音素和词素而形成句子，电影则选择、组合影像和声音而形成组合段。但是，电影符号学借鉴语言学理论探讨影片的表意方式，二者的研究方法又有不同：索绪尔的语言学理论研究意义关系有两种基本情形：句段关系和联想关系，前者是横组合而后者是纵聚合。麦茨认为，电影虽然也是沿着这两条主轴把符码信息组织起来而显现意义的，可电影符号学着重研究的是组合关系而不是聚合关系。这并不是说电影中不存在聚合关系，而是在整个影片链中，可以显现的单位的幅度是非常宽的，可摄影像的数量不可胜数。因为现实中的“亲电影性场景”本身是无限的。所以麦茨断言：“电影的聚合关系似乎注定是局部的和片段性的，至少在画面方面研究聚合关系时是这种情况。这显然是因为创造的作用在电影语言中比在使用一般语言时更为重要：用一般语言‘讲叙’，这是在使用语言；用电影语言‘讲叙’，这在一定程度上就是发明语言。”

所以，麦茨主要以“横组合”发展其电影符号学，并且认为既然电影主要是由叙事形成，电影的发展又已经创造出诸多可以辨认的叙事形式和结构，电影符号学就应该专注于研究电影叙事的时空逻辑。他根据结构主义语言学的音素和音位概念、音素的不同位置构成不同词义的理论，归纳出电影叙事的八种“大组合段”形式。“大组合段”就是从叙事电影中抽离出来，用以分析电影形成叙事性的方式的不同类型的镜头段落。它是在叙事电影的主要段落中，利用蒙太奇的各种组合而构成新的电影时间和空间的基本叙事结构形态。麦茨把它分为了八大类组合段：

第一种类型是自主性镜头，即整场戏在单个镜头内完成的组合段。按常规划分，自主性镜头不是组合段，但它也可以看作是一种组合段类型，一种在叙事电影的多层组合段结构中能找到的类型。麦茨将自主性镜头又细分为单镜头段落和四种不同的插入镜头，后者包括非主陈述的插入镜头(呈现的是外在于电影虚幻世界的客体)、移置性陈述插入镜头(呈现的是实际的陈述影像，但在时间或空间上却超乎所插入的电影情境)、主观性插入镜头(呈现的是非现实内容，而是诸如回忆、梦境、预感等主观情感)、解释性插入镜头(将物体从电影的虚构空间中抽离出来，把细节放大给观众看)。

自主性镜头之外的其他七种组合段形式都包含一个以上的镜头，按照时序性特征，麦茨又把它们分为两大类：非时序性组合段和时序性组合段。非时序性组合段包括平行对照组合段、注解性组合段两种类型。平行对照组合段的镜头之间没有时间顺序，只以交替进行为原则。其基本特点是两个主题互相交错，但两者之间无明显的时空联系，一系列两个或两个以上画面的交错出现不是用来表达影片的叙事进展，而是表达组和组合段之间明显的象征关系或是主题的平行与对比。注解性组合段也称为括入组合段，它也没有时间顺序性，镜头之间的关系就与文章中用括号把字词括起来相似，经常是通过某些光学效果把一组影像串联起来(例如淡入、淡出表示某人的回忆等)，以示其主题意义互通声气，加深观众的印象。

时序性组合段则包括描述性组合段、交替(叙事)组合段、场、插曲式段落和普通段落五种类型。描述性组合段是指一连串镜头构成某个时刻混合的描述，它通过镜头的连续展示来表示这些物体存在于同一空间，以将场景情境化。交替(叙事)组合段就是叙事性交叉剪接，它有时间性和连续性，但并非直线式的，交替呈现的两组或两组以上的事件是同时发生的。与平行对照组合段不同的是，它有时间顺序，它以交叉剪接来暗示时间上的同时性，如好莱坞西部片中经常出现的追逐画面。“场”的时间顺序和空间连续性则是直线式的，它强调镜头在连续空间中的一致性：“当事件进行是连续的时候(比如没有陈述的中断)，我们在电影中拥有和剧场上的‘场’或日常生活中的场完全一样的组合段。换言之，在时空上完全没有‘瑕疵’的完整经验”。当然在电影中“场”的所指是不间断的，但其能指则是由不同镜头组合而成；插曲式段落有时间顺序，是直线式的，但它在空间上是非连续性的，它是在影片情节发展的场景呈现中串联式地插进来的一组很短的镜头(小插曲)。这些带有隐喻性的短镜头并不是以完整的组合段形式加以处理的，而是零散地先后穿插进来，主要是从结构上来浓缩剧情逐渐进行的过程(每个小插曲都包含影片情节呈现的象征性摘要阶段)，象征式地按照时间顺序扼要说明事件发生的经过。插曲式段落的能指和所指都是断断续续的，并且小插曲间的时间总是被省略不提的；普通段落与插曲式段落相似，也有时间顺序性、直线式、非连续性等特点，不同的是，插曲式段落包含一系列由整体发展轨道串联起来的前后分开的小插曲，普通段落本身却是连续不断的，只是为了避免影片叙事显得冗长沉闷，而把一些不重要的细节和空档时间剪去，但总体上又看不出影片叙事中的事件裂缝。所以在普通段落的叙事中，能指是有间续性的而所指则是连续不断的。

麦茨的“大组合段”理论是对电影叙事形式的分析，它把重点放在剪辑是如何组织不同的叙事时空的手法上，其目的是要找出电影语言中适当的“句”、“段”单位，及其多层次组合的结构类型。他通过对镜头排列次序、组合方式、场景连接的分析，揭示了组合段处于各种不同语境中的叙事、表意功能，并进而考察了不同影片类型中所使用镜头的不同组接方式。麦茨的研究抽象出了传统经典电影所包含的某些共同的叙事表意符码，使电影理论和批评摆脱了纯印象式的方式，为电影的读解提供了科学的分析方法。

(2)“文本分析”模式的电影符号学研究

以语言学概念为模式的第一电影符号学具有明显的局限性，它回避了形式与内容、作品与现实、艺术特点与社会职能、作者与观众这些实质性问题，是一种纯描述性的体系，这种本质上脱离社会文化交流网络的理论理所当然地受到了非议和批评。麦茨提出的一系列概念基本上属于形式逻辑范畴，这有其合理的一面，但是，它们无法用辩证法解释创造的过程，无法回答影片风格与电影之外的事物的联系(现实、历史、外部世界)，这种形式主义方法论不能反映影片创造过程的真实本质。即使就一部影片而言，孤立地分析符号和梳理符码也无助于理解影片的表意功能。麦茨自己也终于认识到，镜头的符号意义无法独立于影片整体，没有不依附影片内容的孤立符码，也没有意义一成不变的符码。他认识到一部影片就是一个“独特的符号系统”，于是他在《语言与电影》一书中首次提出“影片文本”的概念，从而开拓了电影符号学第二阶段的新途径：读解文本。

所谓“读解文本”，就是把影片视为富有含义的表述体，分析它的内在系统，研究一切可见的潜在含义，在各种符码、形式和能指的交织中洞见精密的结构。因为文本创造着自己独有的符码，这些符码是这个文本独有的，有别于其他文本。对于影片文本的解读是一个多层次的动态过程。这样麦茨的电影符号学便从研究表述结果逐渐过渡到研究表述过程，从对符码的梳理分类过渡到对符号产生过程的研究。

读解文本可以超越电影符号学第一阶段的局限，对于整部影片、影片段落、镜头组接、影像结构和声音元素的表意功能进行详尽地关联性研读。就方法论而言，文本分析不再限于纯形式的描述，而多少涉及影片的内容和意识形态，这就突破了西方形式主义批评和结构主义批评最初提倡的信条：形式和修辞问题是批评家的首要任务。

随着对于文本的广泛读解，文本分析也形成了一个体系：内文本、全文本和泛文本，从而使文本分析的触角不仅涉及影片内容本身，而且可以涉及不同影片之间的联系和社会语境(泛文本)的含义。每个文本都是表述的一个实例，一个凝聚着不可胜数的符码和表意过程的特定结构。❶

(3)精神分析模式的电影符号学研究

电影符号学研究的第三阶段，一般以麦茨于1975年5月在法国的综合性理论刊物《通讯》第23期上发表的《想象的能指》一文为标志，也被称为"精神分析模式的电影符号学研究"。1977年，麦茨将《想象的能指》《虚构电影及其观众》《历史与话语》《隐喻与换喻，或想象界的所指对象》集结成《想象的能指：精神分析与电影》一书。他把电影作为一种特殊的梦(白日梦)来进行研究，但其目的却在于对这个梦进行"解码"。在麦茨看来，精神分析的运用对于电影理论研究，特别是对电影特性的研究，具有特殊意义。

麦茨将电影的特性概括为"想象的能指"。"想象的"这一术语来源于法国后弗洛伊德主义的代表人物拉康，"能指"则来源于结构主义语言学的创始人索绪尔。拉康认为，完整的人格是一种逐步建构起来的结构功能，这个结构功能一共有三个层次，即无意识的真实界、前意识的想象界和意识的象征界。在拉康的理论中，这三个功能性的结构层面，可以分别理解为生物学和遗传学意义的"理念我"，婴儿在第六个月至第十八个月之间形成的前语言阶段的"镜像我"和进入了语言系统之后才形成的"社会我"。这三者之间存在着一种依次叠盖的"解剖学上不完全的金字塔形系统"。麦茨运用了这一模型，在电影现象中发现了类似于拉康所说的"想象界"与"象征界"的东西。在这里，"想象"的含义除了"映现"和"构想"之外还有"非理性"的意思。而"象征"则有语言、文化与理性的意思。

麦茨认为，人们最不理解的就是想象界，想象界是"几乎被限了界的、难以逾越的晦涩之所"。他认为，电影研究的主要任务就是"把象征界从想象界上撕下来，并把想象界恢复到它看起来的那个样子，从一开始就是绝对重要的……想象界应当被清晰地重新发现，以免被吞没，这是一项无止境的任务"。

麦茨以精神分析学(尤其是雅克·拉康的结构主义精神分析)为模式探索了符号学提出的一系列范畴，如能指、所指、聚合、组合、外延、内涵、隐喻、换喻、文本系统，等等。他第一次全面地引入精神分析学的概念用以解释上述范畴，如初级认同、镜像阶段、次级认同、俄狄浦斯情结、自恋、自我、超我、禁忌、初始场景、梦的显内容和潜内容、窥视癖、意识和潜意识，等等，从而形成了研究电影现象的一个新视角。然而，这个新视角也引起了很多非议，它也未必就是对电影现象的正确解释。法国经典电影理论的杰出代表让·米特里就认为，电影符号学已经走入死胡同。

2. 皮埃尔·保罗·帕索里尼

皮埃尔·保罗·帕索里尼(1922—1975)是意大利作家、诗人、导演。先后拍摄了《俄狄浦斯王》《美狄亚》《爱与愤怒》《十日谈》《萨罗》(又名《索多玛120天》)等电影。同

---

❶ 李恒基、杨远婴主编：《外国电影理论文选》，428页，北京，生活·读书·新知三联书店，2006。

时，他也是一名出色的电影理论家，其主要论文是《诗的电影》❶。

在电影是不是一种语言的问题上，帕索里尼和麦茨的看法是一致的。

他说："我认为，从今以后，如要把电影作为语言来讨论，至少要会运用符号学的一套术语。简单地说，问题在于：文学语言富于想象力的创造，是以一种所有会讲话的人都懂得的语言为基础的，而电影语言则似乎根本不具备这种基础。电影并没有一种以交流为首要目的的语言作为它的真正的基础。因此，文学语言在实践运用中一眼便知它同纯粹以交流为目的的简单工具有所区别，而通过电影来进行的交流则显得随意性很大，歧义丛生，因为它没有一个通用的工具作为交流的基础。这就是说，人们是用话语而不是画面来进行交流的，所以，一种特殊的画面语言便仿佛是纯粹人为的抽象物。"

"这种说法，乍一听来似乎很正确，但如果真是如此，电影就不可能存在了，或者至多是一种不可理解的怪物，一系列不知所云的符号而已。但是，电影实际上使用的是一种人人可懂的语言。所以它肯定是建立在一般人都懂的符号基础上的。"

麦茨和帕索里尼都认为电影是一种编码的语言，也有自身的双重分节。但帕索里尼关于"双重分节"的含义与麦茨并不相同，他认为电影中的最小单元是各种各样占据画面的现实物体、动作或事件，它们没有任何改变地在电影中被复制，帕索里尼称之为"影素"，以类比语言中的最小单位——音素。影素进而组合成更大的单位——画面，这是电影的最基本组成单位，就像是自然语言中的词素一样，电影是借由这第二重分节(画面)从现实中选择、组合物体和事件以展现现实的。

但是帕索里尼认为电影并不像文学语言一样有规则。

他说："电影导演没有词典，他只有无穷无尽的可能性。他不是从某个柜子里或某个提包里取来他的形象符号，他要从混沌世界中选取他的形象符号。在那里，机械或梦幻的交流只是一种不确定的可能性，一些影子。因此，电影导演就要做双重的工作：第一，他必须从混沌世界中选取形象符号，使其可用，并设法把它们编入一本形象符号词典；第二，他还必须做作家所做的那种工作：使纯词态的形象符号得到具有个性特征的表现。所以作家的工作是美学的创造，而电影导演的工作则先是语言的创造，然后是美学的创造。"

"电影发明以来的大约50年间，已经产生了某种电影词典之类的东西，或者说是某种程式，它有这样一个奇特的特点：它首先是一种风格上的程式，其次才有文法的性质。例如火车车轮在蒸汽中转动的画面，它不是一种句法，而是一种风格元素。因此，我们可以说，电影显然不可能有什么通用的文法，它只有一种所谓风格化的文法。电影导演每次拍片时都必须反复进行我在上面指出过的那种'双重'的工作，并且一般说来，他必须满足于只沿用一定数量的已从风格元素变成现成句法的表现手段。"

帕索里尼认为电影作为一种语言，是以写实的"影像-符号"形式去表现现实的，所以他把所有的问题都集中在对电影和现实之间有何差异的探索上。经过周密的论证，他得出的答案是两者之间没有差异，他的电影符号学就是现实符号学。

帕索里尼把电影创作的符码完全等同于现实事物的形态或电影的影像，而不求助

❶ 参见[意]皮埃尔·保罗·帕索里尼：《诗的电影》，见李恒基、杨远婴主编：《外国电影理论文选》，465页，北京，生活·读书·新知三联书店，2006。

于任何预先符码化的语言，而他所说的“影像-符号”的初始语言只是一种“前电影语言式”的表意体系，即文化符码的各种符码元素。按此推论，电影导演在创作中将会使用“影像-符号”和电影语汇两种语汇，即影片在拍摄过程中，“影像-符号”借助它与现实形象的雷同和社会的文化特性进入影片，而当这些“影像-符号”组成的画面进入剪辑、合成阶段时，它就成为真正的电影编码而不再是原先初始的文化编码。帕索里尼的观点颇有启发价值，不过把“影像-符号”直接看作电影语言，理论上来看显得较为牵强。

3. 温别尔托·艾柯

(1)艾柯对电影符号学的批评与发展

艾柯的电影符号学研究主要以帕索里尼和麦茨的论述为起点，并把观点建立在对他们理论的批评和回应的基础上。艾柯主要在《电影符码的分节》❶一文中阐述了他的看法。艾柯建议使用“符码”这一术语取代“语言”这个概念，“因为按照文学语言这种特别系统化和具有双重分节的专门符码模式去描述多种多样的传播符码总会引起概念的含混。符号学的考察遵循下列原则：如果要进行传播，那么传播过程必然由发授者的组织信息方式所规定。而信息发授者是依照社会上约定俗称的构成符码的惯例体系行事的(即便是在无意识层次上)”。他认为，每个符码从理论上都可以独自成为一种纯粹的状态，它改变了电影“语言”的纯类比的混乱，可以用来涵括所有影片表意作用的规律及系统化现象。

艾柯认为：“在对于作为‘动作的书写语言’的影片的符号学研究中，皮埃尔·保罗·帕索里尼完成了四项有意义的工作：其一，他坚持认为，在这里，一种电影语言(我们的说法是符码)可以被编码，而且不仅仅是一种一般的视听技术，同时，这种编码不必非得遵循文学语言的双重模式；其二，他坚持认为，由于电影只是记录了一种前存在语言——动作语言，电影符号学可以首先被视为现实的符号学；其三，他试图将电影语言分节为符素(他把符素规定为与镜头相应的相当复杂的意义单位)和影素(它们是现实中的客体与动作)，符素和影素各有自己的意义(自然意义而非约定俗成的意义)，具备第二分节因素是分立的、有限的，正如我们在日常生活中遇到的事物形态一样；其四，在这种‘语言’的基础上，他精心构想了一种语法、修辞和风格学，它们都能够归入操作规则，它们的功能是作为起始符码，展开(多少有创造性地)影片的表述。我可以接受第一和第四点，我想反驳的是第二点，而对第三点，我将做些注解以达到纠偏和综合的目的，使这一研究走上正轨。”

艾柯对于帕索里尼第二点的看法提出了质疑，他认为电影画面上的各种物体和事件，其本身并没有展现现实，而是约定俗成的结果，即借由对象形符码化的能指的解读，使人们去认识其中的所指，所以构成电影叙述主体的不是帕索里尼所谓的现实中的物体和事件，而是被文化符号化和意识形态化的物体和事件。

他说：“即使我们假定存在一种有生命的自发性，事实上，这种自发性已经被文化、程式、系统和符码，或宽泛地说，被意识形态等吞没了。在这里，符号学利用自己的工具进行探索，把自然转写为社会与文化。如果说可以研究调整两个谈话者之间

❶ 参见[意]温别尔托·艾柯：《电影符码的分节》，见李恒基、杨远婴主编：《外国电影理论文选》，488页，北京，生活·读书·新知三联书店，2006。

的距离、接吻的方式，或者把一种挥手再见变成一次绝望的永别所必需的有限的程式化过程和涵义关系，那么我们就会发现，电影转写的动作世界已经是一种符号世界。”“电影符号学不可能仅仅是转写出天然自发动作的术语的理论……在各种情况下，我们都是陷在符码的制约性范围之中；而且，对我们来说，影片不再是现实的奇迹般地再现了，而是作为一种讲述另一种先在语言的语言，两者通过程式系统互相作用。”

帕索里尼认为，电影语言有自己的双重分节，尽管它与文学语言的分节不符。他进而提出了一些应加以分析的概念：其一电影语言的最小单位是构成一个画面的不同现实物象。其二这些本是现实形态的最小单位被视为影素，与因素单位类似。其三各影素聚合为一个更大的单位，即与文学语言的语素相应的镜头。

对此，艾柯试图对帕索里尼的论断进行纠正：

“其一构成一个镜头的不同真实物象是我们所称的象形义素，我们已经看到，它们不是直接、有依据意义的现实因素，而是程式化的效果。我们识别出一个物象时，这就意味着我们认为一个‘所指’(以象形符码为基础)是由一个‘能指’形态包含的内容。帕索里尼在赋予假定的真实物象以能指功能时，没有明确区分维托里欧·索蒂尼评述过的这一点，即符号、能指、所指与参照物之间的关系。而如果这里是一回事，那么符号学不可能容忍参照物与所指的代替。

其二被分解的涵义的局部——影素，无论如何，这些最小单位不能等同于文学语言的音素。……音素是语素被分解后的成分(语素是一个涵义单位)，并不是一些具有独立意义的构成部分。然而，帕索里尼的影素(各种可识别的事物的影素)仍然保留着它们各自的完整意义。

其三更大的单位——镜头，不等于语素，而更与短语相近。例如，‘这里有位个子高大、金色头发的教师，他戴着眼镜，穿着格呢服装，侧着身对着坐在双人木凳上的十名小学生讲话，学生们正在慢慢地吞咽着什么，等等’。”

艾柯指出，帕索里尼的错误在于他痴迷“现实”这个概念，并将能指、所指全都汇聚到“现实”的名下。此外，艾柯认为帕索里尼所说的“影素”也不等同于语言学上的“音素”，因为本身并无意义的因素只有在组合之后才有意义，而帕索里尼所说的“影素”则无须依靠画面，其自身就能表达意义。画面(镜头)和词素之间的关系也是如此，艾柯认为镜头较类似于短语而非字、词。

在《电影符码的分节》这篇文章中，艾柯提出了重要的“电影影像三重分节”说。艾柯认为，电影符码不仅有与自然语言中的因素、词素相似的“双重分节”构成系统，而且有第三重分节。他认为每幅画面(影片中的单个画格)都有三重分节：第一分节是象形图像，它是从影像画面中分解出来的与现实相似的有意义的单位，自身可以辨认；第二分节是象形符号，即把象形图像分解为较小的象形符号，这些符号可以在有意义单位的前后关系中得到辨认，同时还具有外延和内涵的意义；第三分节是象形义素，即象形符号可以分解为更小的象形义素，诸如角度、曲线、主体与背景的关系、光影效果等，它本身并无意义，但对意义的建构非常重要。同样，由画格连续组合成的历时性镜头段落也有三重分节：动作图像、动态符号(动素)、动态义素(动态结构)。

艾柯从信息论的角度阐述了电影影像本身就是符号系统，他的理论吸收了麦茨和帕索里尼的部分观点，但在论述上显得更为彻底。特别是他的“第三分节”概念，指出影片传达的不仅是现实的自然，“象形”并非存在于电影影像与自然影像之间，而是存在于影像与文化背景所造成的观念之间，是电影符号学研究的深入。

此外，艾柯对麦茨提出的“影像具有自然层面的表现能力，整个世界透过影像(不论是正常的还是偏差的方式)来传达意义”的说法，表达了不同的意见。麦茨认为如果电影家想表达自己的观念，他可以扩大、引导并改变原来的影像表现，因此电影是表现的媒体甚于传播的媒体。同时，艾柯对麦茨提出的“影像不只是现实的转形或复制，它也是符号的栖息地”的说法也表示反对。他指出麦茨对影像类比所作的假设，只是为了支持他所谓“电影不是一种语言系统”的观念。艾柯认为，影像并不是只有在符码的组合之下才有作用力，单个镜头就已经包含了人为的约定俗成的因素，其自身已经具有符码的特征并存在于文化符码之中。这些文化符码都在影像的传播之中运作，它们主要包括知觉符码、识别符码、传递符码、声调符码、肖似符码、肖似化符码、趣味感觉符码、修辞符码、风格符码、无意识符码等。

(2)艾柯的符码理论

艾柯在其符码理论中将文化符码进行了系统地分类，并对其提出的这十种符码作出了逐一的分析和解释。

知觉符码。这是最一般的符码，它规定着电影本义的基本知觉条件。但是这种符码所解决的还是读解电影本文所需要的知觉前提，而不是这种读解本身。简单说就是“要看懂什么，就先得看见什么”的道理。

识别符码。这种符码的作用是把上述知觉条件组织成相应的识别图式。艾柯在他的专著《不在的结构》中做的一项重要研究指出，电影的肖似记号虽与被表现者外形相似，但并非完全相等，也就是说肖似记号并非复现被表现者的全部知觉条件，而只是复现其中的一部分，以构成一个相应的识别图式。观众就是通过知觉识别这种识别图式而认知相应的被表现物的。比如在动物园中，我们只需根据斑马特有的条纹便可认知一匹斑马，而不必再看清其他特征。这种特有的条纹就是斑马此时的识别图式。再比如有时我们只看到一片红色或只看见了某个庞大的形体却没能认出它究竟是什么，这就表明我们虽具有知觉符码，却没有掌握相关的识别符码，因而还不能将知觉条件组织成相应的识别图式。因此，这种决定观众把一定的知觉条件组合成识别图式的符码，就是知觉符码。

传递符码。这种符码决定着记号载体的一些物理特征，以保证有效的美感特征的传递。它与知觉符码相近，但区别在于，它所决定的是传递被表现者所给予观众的各种感觉，而不仅只是使观众知觉认识被表现物(意素或识别图式)。因此它是声调符码等其他符码发生作用的前提。比如当我们听到某种歌声时，知觉符码和识别符码会使我们认知这是男人或女人的歌声，而传递符码还会使我们感觉到歌声的其他一些特征，从而声调符码就可以使我们产生优雅或俗气一类的联想了。对视觉形象的感知也是同样道理。

声调符码。这种符码决定着观众对电影声音记号的感知及相应联想的产生。也就是说它支配着电影声音记号的表意功能。当然它使观众不只是感觉到声音的存在，也不只是知觉声音的现实识别意义，更重要的是同时认识声音的力度、张力、美感特质等。应当指出，艾柯对于电影记号中声音记号的研究还远不如他对视觉记号的研究那么充分。多数情况下，他还只是把这种声音记号附属在视觉记号的内部而附带论及。

肖似符码。决定观众在识别了一定的识别图式之后而认知这种识别图式所表现的现实存在事物的符码，就是肖似符码。比如当我们识别了斑马特有的花纹这种识别图式后，肖似符码就可以使我们认知呈现在我们面前的是一匹斑马。很显然，如果说前述各种符码只能使观众知觉和识别电影记号的物理性存在的话，只有这种肖似符码才开始使观众认知和理解电影记号的社会性含义。从语义学的意义上讲，只有这种肖似符码才开始使观众读解出电影记号所指层面上的基本辨义单位——意素的具体含义(艾柯认为电影记号不存在能指层面上的基本辨义单位——语素)。如果我们把这里所说的电影记号限制为电影的视觉记号(包括环境音响、有声源音乐，这是电影的主要记号)的话，就更是如此。

肖似化符码。这种符码是把肖似符码中的所指转换为另一意指关系中的能指，以含蓄地意指较为复杂的和具有文化性联想含义的意素。比如，肖似符码使我们认知到一个人的形象时，肖似化代玛则可能使我们更进一步认识这是一个男人、一个猎人、一个行将自尽的猎人，等等。当然这些认知过程在实际的观影过程中是连续不可分的。这里的划分只是一种理论的抽象论述。而之所以说这种符码涉及了具有文化性联想含义的意素，是因为在肖似符码中，人们对识别图式的认知，更多的还只是依据一种本能或经验，而较少涉及知识和文化背景。比如当我们看到直立的双腿等识别图式时，是无需其他知识和文化修养便可认识这是一个人的形象的。因此可以认为，不同观众对于电影的读解能力的差别，主要是从肖似化符码的掌握程度的不同开始的。

趣味感觉符码。这种符码与上一种符码很相近，只是更加依赖于文化条件，因而也更加抽象。在这里，最终被意指的意素不再是物质实体，而是抽象的观念或情感，比如肖似符码使我们认知到一面旗帜时，肖似化符码又可以使我们认知这是一面国旗，而趣味感觉符码则更进一步使我们理解到爱国主义等观念和情感。我们之所以能够从记号中体会到爱国主义之类的抽象现念，无疑是依赖于特定的文化背景的。因此，不仅同样的电影记号在不同历史时期完全可以有不同的所指，而且同样的电影记号还可以因为观众不同的文化背景而被读解出不同的含义。由此也可知道，如果说对于肖似化符码的掌握程度主要带给观众对于电影记号理解深度上的差异的话，那么对于趣味感觉符码掌握程度的差别除了增大这种说解深度的差异之外，还特别带来理解方向上的不同和歧异。

修辞性符码。这种符码较之趣味感觉符码还要依赖文化习俗，更加依赖社会泛本文的整体语义场，记号所意指的东西也更加具有观念性、关系性、模糊性。从大的范围来说，导演在影片中运用的各种含蓄性表现手法都是依据这种修辞性符码而实现其表意目的的。比如一个人沿着林荫道慢慢地行走，可以意指“孤独”或“烦闷”，在一个流血的尸体的特写之后切接一个人匆匆离去的背景，就可以意指这人是凶手或目击者之类的关系判断。再比如，当影像呈现出红色时，我们便理解出热烈、积极、理想、希望以至革命之类的含义，这便是社会主义国家以至东方社会特有的文化泛本文所决定的。而从火车开进山洞、枪、女人等影像中读解出关于性以及“阉割威胁”之类的含义，就显然是弗洛伊德精神分析学影响下的西方社会泛本文决定的。由此可见，修辞性符码是电影影像记号实现含蓄意指的主要依据。电影观众是否能够尽可能正确、尽可能多地读解出影片的深层含义，也主要取决于其对于修辞性符码的掌握程度。

风格性符码。就是关于电影表现风格的符码。需要进一步说明的是，它不是关于某一部影片的某一种"电影修辞"手法的，而是关于某一类或某一系列的电影的统一的"修辞倾向"或表现风格的符码，例如某一导演的稳定的表现习惯，某一流派电影的统一的创作倾向，以至某一国家电影统一的民族风格等。卓别林的一些影片结尾总是表现主人公独自向远方走去，直到在地平线上消失；小津安二郎的影片通常总是采用固定机位的低角度拍摄，这些都属于他们的一贯艺术风格，都是只有当我们掌握了有关的风格符码之后才能理解和把握到的。

无意识符码。艾柯说，以上各种符码都是可以从形态表现上追溯出来的，但这还不是电影记号表意的全部决定条件，此外还存在着更隐蔽的决定条件。他把这种更隐蔽而无法描述的符码称为无意识符码，并且认为上述各种符码最终都要受这种隐在的符码系统制约。确有这种情况，观影者获得了某种理解或感应，但这种理解和感应的根据又是难以名状甚至根本无法确证其存在的，也就是说完全是一种潜意识或无意识的东西，而这便是所谓的无意识符码。

艾柯所找寻出的这十种符码，除第十种无意识符码外(根据艾柯的阐述，无意识符码实际上等于还没有发现)其余九种符码还可分为以下三个层次加以理解：第一层是影像的一般知觉层，包括知觉符码、识别符码、传递符码，其作用和结果是保证观众能正确地感觉和识别物象记号；第二层是影像的直接含义认知层，包括声调符码、肖似符码，其作用和结果是使观众依据"类似性原则"去认知和理解物象的直接的社会性含义；第三层是影像的含蓄意义理解层，包括肖似化符码、趣味感觉符码、修辞性符码、风格符码，其作用和结果是使观众在获得了影像的直接意义之后去领悟影像各种不同深度的含蓄的意指内容。❶

艾柯的观点和帕索里尼、麦茨有明显的冲突，他援用不同的符号学方法论得出了不同的观念。他认为帕索里尼和麦茨对符号的文化限制的描述过于狭隘。从艾柯对传统和文化在符号作用中的强调，可以看出他是抓住了符号的三个层面，而是不是像帕索里尼或麦茨只对影像的某个层面进行论述。艾柯对电影语言的分析，旨在从电影符码的分节方面说明要从自然现实和影像呈现之间接受同样经验的表意，不能满足于只是读懂现实呈现的影像，而应该接受类似社会和文化背景的训练，从影像的"象形"中挖掘出影像表层下的真实含义。

艾柯从信息论角度阐述了电影影像本身就是符号系统，因而较之帕索里尼和麦茨更为彻底，艾柯认为，影片传达给观众的并不是自然的真实印象，"形似性"不存在于客观世界原物与电影影像之间，而只存在于影像与文化背景造成的观念之间。从某种意义上说，艾柯既吸收了麦茨和帕索里尼的一部分观点，同时又比他们走得更远、更彻底，因此被人们称为电影符号学的第三条道路。

---

❶ 王佳泉、唐海龙：《艾柯"十大代码"理论的读解与批判——电影符号学理论阐释》，载《东疆学刊(哲学社会科学版)》，1992(2)。

4. 洛特曼

1973年，洛特曼出版了电影理论专著《电影符号学与电影美学问题》，该著作试图把符号学与电影美学研究结合起来，用结构主义符号学的方法来研究电影语言的结构和电影文本的意义等问题。洛特曼的电影符号学研究既不是电影文本中的离散符号的解析，也不是抽象的电影语法结构的提炼。洛特曼把电影文本看做是一个面向现实和观众开放的符号系统和交际系统，其电影符号学理论不但具有巨大的独创性，而且还成为电影叙事学的先声。

需要指出的是，在洛特曼提出自己的电影符号学和美学思想的同时，欧美国家的电影符号学研究也正处于如火如荼的阶段，许多世界著名的符号学家都对电影符号学有着浓厚的兴趣，并进行了卓有成效的理论建构。与法国、美国、意大利等国家的电影符号学相比，洛特曼的电影符号学理论有着独特的个性和鲜明的特点。在洛特曼这里，电影的符号学研究既不是对电影文本中的离散符号的解析，也不是对抽象的电影语法结构的提炼。洛特曼把电影文本看作是一个面向现实和观众开放的符号系统和交际系统，在总体符号学思想的指导下，洛特曼的电影符号学理论不但具有巨大的独创性，而且还成为电影叙事学的先声。

洛特曼认为，电影语言必须与现实世界建立联系，才能进一步揭示电影文本的结构和意义，因此，他在对语言进行界定时，特别突出强调了这一点："任何一种非现实的、但能与现实构成对应关系、进而完成交流功能的系统，都可以成为广义的语言。"洛特曼所指的语言是一种广义的语言，即符号学意义上的语言。张海燕在《他者视域中的电影符号学——兼论洛特曼的电影语言观》一文中，对洛特曼的电影语言观进行了详细的介绍和分析。她认为洛特曼的电影符号学思想直接推动了现代电影理论由符号学向叙事学的转变。

> 电影语言并不是一个一成不变的系统，它有着自己的发展变化规律和新旧更替过程。文化总体结构体系中的每个系统的发展并不是步调一致的匀速运动，它们的速度各不相同，分别具有自己的发展周期和变化规律。电影艺术作为文化系统中出现较晚的"第七艺术"，在没有稳定的内部语言系统可以参照的情况下，电影语言只能随着创作实践的发展而不断建构自己的语言体系，因此，电影是一种不断创造语言的艺术。正如乌斯宾斯基所认为的那样："现代电影语言(假如可以称作电影语言)的特征是在电影叙事过程中不断形成符号和文本。"其实，这也正是电影的创造性所在。如果说，文学叙事是建立在事先已存在的自然语言的基础上，那么电影语言的产生与电影叙事则具有同步性。从严格意义上来讲，电影语言是一种派生语言，即洛特曼所谓的"第二语言"，但它在一定程度上也参照了第一语言模式。
>
> 关于电影语言这一点，洛特曼和麦茨的观点明显地有着分歧。在麦茨看来，电影语言的存在并不等于电影语言系统的存在，电影语言是没有语言系统的语言；而在洛特曼看来，电影语言是一种有序的符号交际系统。洛特曼认为"电影语言确实存在，它和其他许多语言都一样，也是一种对其他语言重新编码的系统。这是因为它既通过视觉、又通过听觉来发生作用。电影语言的元素是那些在其他语言中已经成为复杂文本的结构。那些在其他语言中作为文本的东西，在电

影语言中是某种不可分割的基础元素”。洛特曼认为，电影语言并不是单一的语言，而是多种语言的综合体，这种观点也成为他建构电影符号学的基础和前提。

麦茨的电影符号学实际上是针对电影的画面来说的，即我们通常所说的影像论。从影像论来说，电影语言并不具有系统性，或者更确切地说是一种开放的系统，因为影像的能指与所指之间并不存在着固定的关系。洛特曼所说的电影符号学则指的是包括画面、声音、灯光、音乐等在内的整个电影文本系统。按照洛特曼的观点，电影的符号性体现在许多方面：银幕上人物形象的符号性，演员表演的符号性，电影中表现出来的行为规范、社会习俗的符号性，电影的技术因素——照明、布景、音乐、服装等的符号性，镜头剪辑组合的符号性，等等，所以电影文本具有明显的结构性和系统性。

在洛特曼看来，语言的主要功能是保证人类集体的信息交换和保存，人类文化用不同的语言交谈，并传递信息。在论述文本的结构与意义之间的关系时，洛特曼把信息论中的“信息”一词引入到了电影理论研究中，并提出了自己的现代电影文本的独到认识：“文本的多重编码形成了复杂的具有多种意义的符号系统。现代电影类似一个活的有机体，它本身就是一个复杂的有序信息集合体。”按照洛特曼的观点，“信息”就是“意义”的同义词。在电影中，导演、演员和编剧通过文本向观众传达信息，而观众则对文本进行解码，并接收信息。在洛特曼看来，“艺术不是像镜子似的简单机械地再现世界，而是把世界图像转化成符号，并赋予世界以意义”。正是因为符号具有意义，所以才会携带信息，当电影语言成为信息客体的时候，电影语言本身就成为内容。

在洛特曼看来，信息是与自动化相对立而存在的，信息来源于不确定性，没有不确定性，就没有信息。如果一个事件自动地成为另一个事件的结果，那么信息就不会产生。从洛特曼的论述中可以看出，语言与符号的概念基本上可以被看做是一组同义词，所以，大多数情况下，二者可以通用甚至是互换。洛特曼在《电影符号学与电影美学问题》一书中提出，语言是一个用来传递信息的有序的符号交际系统，它拥有不同表达形式，如声音的、视觉的、触觉的等。从这种广义语言的概念出发，电影毫无疑问也可被看做是一个有序的符号交际系统。在洛特曼看来，符号不是个别的、零散的现象，而是一个有机的系统，是最基本的一种语言结构。

洛特曼认为，从文本的可感性和完整性来看，任何艺术都可分为三个阶段，并分别具有相应的特征：一是诞生阶段——确定并利用文本的框架；二是正规发展阶段——自我规范和自行描述；三是危机阶段——符号自我描述，框架超载。在洛特曼看来，现在电影的发展正处于第三阶段。洛特曼在这里实际上提出了一个非常尖锐的问题：电影的元语言学建构问题。因为符号的自我描述阶段也是电影元语言形成的过程，新时代的电影在获得充分发展的同时，也面临着自我描述语言匮乏的尴尬局面。电影作为一门独立的艺术，应当以拥有自己的语言系统来再现事件、表达思想情感以及对自我进行描述。❶

❶ 张海燕：《他者视域中的电影符号学——兼论洛特曼的电影语言观》，载《电影评介》，2008年(20)。

七、精神分析学电影理论

1968年，让·路易 ·博得里《基本电影机器的意识形态效果》一文的发表，标志着精神分析学电影理论的建立。1975年5月，法国综合性理论刊物《通讯》第23期以“电影精神分析学”为主题发表的一系列文章，标志着电影结构主义符号学和精神分析学相结合的滥觞。1977年，麦茨的《想象的能指》一书以弗洛伊德和雅克·拉康的精神分析学原理和模式为依据，结合电影符号学，全面解释了电影机制、主体观看过程和主体创作过程，是精神分析学电影理论的代表作。电影精神分析学的理论研究涉及电影的三个方面：第一，研究“电影文本中的欲念”，即研究影片人物的无意识活动和性心理；第二，研究无意识在电影创作和欣赏过程中的作用，即研究“文本的欲念”；第三，研究“电影媒体的文化功能”。电影精神分析学在推动了电影理论前进的同时，也沿袭了弗洛伊德的非理性主义在世界观和方法论方面的失误，导致了理论体系上的严重缺陷，尤其因为排斥人类精神活动的社会性因素和外部世界的客观条件对人格与心理的影响，使其带有很强的片面性。

一般我们认为，第一电影符号学的模式是语言学的模式，而第二电影符号学的模式是精神分析学的模式。可以说，随着第二电影符号学的出现，当代电影理论与经典电影理论最后的分野终于毫无保留地表现出来了。电影理论的研究对象由影片本文与影片作者的关系转到了影片与观众的关系上来。这种转变从表面上看至少有两方面的原因：一方面是1968年5月法国革命风暴改变了电影理论的研究方向，人们开始从关心对意指系统(能指与所指)的研究转入关心对产生和接受作品的社会结构(受阿尔杜塞的影响)的研究以及对“读者”(观众)深层结构(受拉康的影响)的研究；另一方面是20世纪60年代法国主要电影理论家麦茨自70年代以来日益关心精神分析的电影理论。麦茨的《想象的能指》在电影理论界奠定了第二电影符号学的基础。

(一)两种主要的精神分析模型

研究电影精神分析学，首先应当关注的是与电影思想有关的三个来源于精神分析学的基本范畴，那就是“梦”“镜像阶段”和“初始情境”。这三个基本范畴主要来自弗洛伊德理论和拉康理论，因而有必要首先讨论弗洛伊德的精神分析模型和拉康的精神分析模型。

1. 弗洛伊德模型

西格蒙德·弗洛伊德(1856—1937)是奥地利医生，他通过临床治疗实践，提出了一种精神病的学说或理论。弗洛伊德的著述甚多，这里讨论的精神分析学的一些基本概念、范畴等都是与理解当代电影理论发展有关的。

弗洛伊德的一本主要著作是《梦的解析》。此书写于 1895 年，1900 年出版，这正是西方电影开始问世的时期。弗洛伊德从“梦有意义吗?”这个问题开始，创立了弗洛伊德主义中关于梦的模型。从而这本书成为西方心理学史上的一个重要部分。对于西方学者而言，电影与梦的相似性已被证明就像电影与语言有相似性一样具有说服力和启发性。

弗洛伊德通过精神机制的模型思考心理活动及其生成性操作，为了便于讨论，我想简单说明一下弗洛伊德对梦的组成和梦的功能的解析。

弗洛伊德以一个时序性的方案来说明精神机制的规律。他把精神机制与外部世界相通的一点称为“知觉”，这是人对现时现场事情的直接经历，而记忆和观念则是对过去经历的心理表象。离外部世界最远的一点的心理机制被称为“潜意识”领域。弗洛伊德把潜意识分成两端，一端为前意识，另一端为潜意识本身。可以用这样的事实来解释：造成刺激的知觉能持续一定的时间，所以在此过程中，刺激造成的知觉可以重复。当然这个过程可以持续，但也可以瞬息即逝。因此可以把以这种方式活动的并且容易从无意识状态转换成为有意识状态的一切无意识的东西更好地描述为“能进入意识的”，或是“前意识的”。经验告诉我们，几乎没有任何心理过程，甚至是最复杂的心理过程，能一直保持前意识状态，它们基本上都向前推进成为意识。

知觉——————————记忆

意识————前意识————潜意识

弗洛伊德认为，梦主要是由想象组成的，而这种想象同时来源于知觉的一端和潜意识的一端。晚期的知觉供给梦以材料，而早期的知觉已经转移到前意识和潜意识之间。弗洛伊德把想象从知觉端转移到梦的过程称为“梦的运作”。通过梦的运作所制成的想象，必定具有魅力，令人神往。弗洛伊德认为，梦的运作包括四项原则，这就是凝缩、置换、再度校正和表现条件。这四项原则合在一起，构成了产生梦的本文的语法。梦的形成大致有这样几个过程：梦的前导、睡眠的愿望、自愿退出外部世界。随之出现两种情况就是：第一，可能出现更古老、更原始的活动表现方式，即退化；第二，控制无意识思维的压制力减弱。后一种情况的结果，形成了梦产生的机会。

在这种情况下形成的梦，已经是一种妥协的产物，它具有双重的功能：一方面是潜意识系统寻找表达自身，另一方面前意识系统为了使做梦者入睡而企图阻挠和检验这种表现性的表达。

弗洛伊德认为，梦是从含有发生于无意识系统的能量材料的梦思或梦的隐意开始，而释梦就是要解梦的隐意与梦的显意之间的关系。由梦的隐意转换成梦的显意，并通过心象表现出来，这是经过伪装的，因为在梦的显意的深层中，潜伏着互不相关的两个或更多的梦思凝缩在一起。这也就是说，潜伏的梦思是受抑制的冲动，即一方面，这一冲动不顾一切地要在行动上得到满足；但另一方面，由于睡眠状态的生理特点，释放情感的运动通路关闭了，因此，它被迫沿着一条与知觉相违的方向逆行，并以幻觉的满足为满足。这些潜伏的梦思从而转化成一系列感觉的形象和视觉的图像。由于睡眠状态时心理器官功能的倒退、压抑以及抽象思维的欲望与具体事物融成一体，人们的记忆的和观念的语言结构搞乱了，例如连接词、介词、名词、代词和形容词的各种词尾变化以及动词的各种形式变化的规则没有了。梦采用大量象征手法来表现某种目的和过程，就像诗一样。因而在梦思转化为图像时，梦思的诸因素都被凝缩成新的组合。凝缩的结果是，梦的显意中的一个因素可能与梦思的若干因素相呼应，反过来，梦思中的一个因素也可能由梦中若干图像来表示。这就是梦的凝缩作用。

第二个原则是梦的移置作用。弗洛伊德认为，相对梦的凝缩，梦的移置和移情作用更为明显。移置作用在有意识的思维中通常只表现为思维的差错或开玩笑使用的方法。由于构成梦思的各个思想是不等价的，它们身上附有不同程度的情调，因而，其重要性和值得重视的程度也是有区别的。在梦的运作中，这些思想与情调是彼此分离开的，各种情调又被分别对待，因而在梦的内容中，这种情调可能被转移到其他东西身上，可能保留原样，也可能变形，或从梦中消失。这就是说，当梦的生动的图像出现时，因附在重要因素上的情调被转移到不重要的因素之上，结果梦中那些作为最重要的及似乎被推到梦的前台来的内容，在梦思中只占次要的地位。相反，在梦思中占据重要地位的内容在梦中却只是偶尔和相当模糊地得到表现。移置是梦变形过程中所采用的主要方法。

应该说，梦以心象达到自身，或者说，梦把词语或语言转换成为图像结构，这种视觉化过程，就是弗洛伊德用“表现条件”一词所说明的东西。

在视觉化的过程中，由于凝缩和移置的作用，梦思与梦思之间缺乏因果逻辑关系。这就是说，梦的本文在其生成过程中是没有语法联系的，是杂乱无章的，因此，这是扰乱人心的，并可能使做梦者醒来。“再度校正”的任务就是通过前意识把梦的本文的杂乱材料加以叙事化，增添时间性、因果性的指示物，从而促使做梦者继续入睡。这样梦的内容就为做梦人醒时所记忆，进入意识范围。由于前意识填补了梦思之间的空白，增加了联系环节，因而做梦者和解梦者都陷入严重的误解之中。

弗洛伊德提出一个从知觉端到无意识端组织起来的生成过程的空间或地形学模型。做梦者心象的知觉是一种幻觉象，它来自某种梦思，即某种概念或情调。这就是说，在睡梦中，做梦者的整个精神程序是反向的，即不是从感觉开始达到思想观念，而是相反。这便是弗洛伊德所说的退化。

弗洛伊德根据人的精神活动，设想了一个精神装置，即从感觉端进行到运动端。

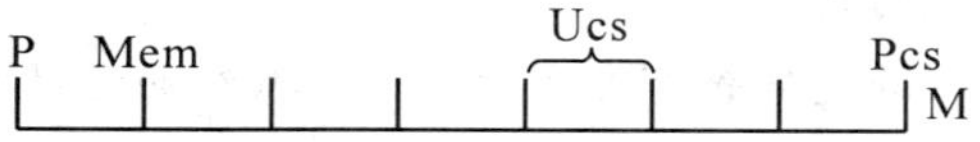

(P：PereePtionend(感觉端)；M：Motorend(运动端)；Mem：Memory(记忆)；Ucs：Unconsious(潜意识)；pcs：preconsious(前意识))

应该说，我们所有的精神活动都始于刺激，而终于神经传导，从以上的模型看，即精神程序由感觉端进行到运动端。这就是说，受刺激后激动的传播是有方向性的，从此模型看，运动端的最后一个系统属于前意识，而从感觉端开始的精神活动将会留下记忆的痕迹。但梦的程序是倒退的。由一些繁杂的概念(欲望)回到架构它们的记忆痕迹的材料上。由思想概念开始，一直到达完全鲜明的感觉上。这种倒退就是从前意识向潜意识的移动。这就是弗洛伊德称之为幻象梦的基本模型。

所有这些梦的运作的生成性操作，就是一个"梦"的"本文"。这是一个极其不可思议的本文。要解析梦(即赋予梦的诸因素以意义)便必须倒溯梦的生成过程，这需要在梦思的伪装的表层本文的基础上重建梦思。按照弗洛伊德的见解，指导这种解析有一个中心前提：梦是一个被满足了愿望的投射。

弗洛伊德的精神分析模型，主要是梦的模型。按照他的理论，梦的愿望或者说压抑在潜意识中的梦思大抵与幼年时"俄狄浦斯情结"有关，因而推动梦的投射，或者说梦的精神机制由"思想观念"走向感觉端的程序都是与"俄狄浦斯情结"有关的。

该问题对于电影的重要性在于当代电影理论认为看电影的经验同梦的经验是非常相似的。这可以表述为看电影与做梦在精神机制方面，由于欲望作用而形成的退化方向的操作过程是大抵相似的。

在讨论电影中的精神分析理论时，另一个引自弗洛伊德的一个十分重要的概念，就是"初始情境"的概念。"初始情境"是由幼儿的视点建立起来的。弗洛伊德设想，一个小孩有一次走进父母的卧室，发现他们在做爱，他虽不知此举的意义，他却明白他必须移开目光，他的目光落到旁边一件东西，这叫做"物恋对象"。"初始情境"作为一个看到同时又禁看的模型，对于电影是很重要的。

2. 拉康模型

所谓拉康模型，主要是指拉康的"镜像阶段"与"主体结构"的理论。

拉康根据幼儿心理学的研究指出，婴儿入世时本是一个"无分化的""非主体的"存在物，没有物和我的意识，从他六个月到十八个月期间才达到了其生存史上的第一个重要转折点——"镜像阶段"。这个期间，婴儿首次在镜中看见了自己的形象，"认出了自己，发现自己的肢体原来是一个整体"。拉康说，婴儿在镜前的自我识别就是"我"的初次出现。他将这个过程名之为"一次同化"，即婴儿与镜像的"合一"。"一次同化"也就是第一次的"自我异化"，因为此时发生的"自我"与镜中的"我"是对立的，"我"似乎被分裂了。当婴儿企图触摸镜像时发现它并不存在，这个矛盾就是自我的异化，这种初次出现的自我就是"具有逆反结构的，外在于主体并被对象化的镜像"。

在镜像阶段，婴儿从镜子中的那个"母亲"和那个婴儿的形象中"比拟出自己身体的完整性"，于是婴儿与自己世界中的这一其他存在物组成了"双边关系"。拉康把这一关系归结为"母子双边关系"。镜像阶段虽然展开了主体形成的前景，却并未使主体真正出现，因为此时婴儿在镜像中看到的是"与之合一"的他者，他还不能和这个"他者"分开。这就是说，这种初次同化提出了这样一个意味深长的问题：幼儿所认同的自己的镜像，实际上并不是儿童自身，而只是一个影像。因此，自我之生命便是在一个误解的迹象之中开始的。

镜像阶段打开了婴儿的“想象”的世界，即拉康所说的想象界，这个词似乎同时包含了“映象”与“想象”双重含义。在想象界里，婴儿认识的这个世界基本上就是一个形象的世界，也是一个欲望想象与幻想的世界。这就是说，在镜像阶段，主体是被预先想象的。主体的真正形成是在幼儿进入“象征界”以后的事。象征界预示了孩子开始接受语言。在象征与语言的世界出现之后，主体的演化史才跃入另一个转折点。

为了更好地理解象征序列的过程，拉康引进了弗洛伊德的“俄狄浦斯”的术语。拉康把“俄狄浦斯情结”期分为三个阶段，第一阶段为母子双边关系期，此时父亲还未介入，孩子在这一阶段与母亲直接相对，想成为她的“一切”，下意识地想去补充她的短缺物“菲勒斯”，想去“是菲勒斯”，即成为母亲欲望的欲望，因而就是想去与此欲望的对象同化，并间接地与母亲同化。第二阶段，父亲开始介入，从此开始了三边关系期，这时作为“有菲勒斯”的父亲夺去了孩子欲望的对象，并对孩子发出“不应与母同眠”，对母发出“不应再占有汝之产物”的禁令，于是孩子遭遇了父法。在第三期，孩子开始与父同化，牺牲了欲望的真实，最终完成了建立主体的过程。

现在我们可以讨论从镜像阶段进到俄狄浦斯时期的大致关系，镜像阶段可分成三个小阶段：第一，婴儿在镜中看到了另一个人的真实形象，另一个人的母亲；第二，它们仅仅只是镜像，而并非真实的婴儿和母亲；第三，婴儿开始认同镜中形象，这一阶段完成了第一次同化。从而进入俄狄浦斯时期的第一阶段，第二阶段为父亲介入，第三阶段为获得父亲的命名，进入象征界，完成第二次同化。

孩子如果顺利地完成了与父亲的“二次同化性”，接受了作为“有菲勒斯的人”的父亲，俄狄浦斯遂成为过去，孩子心灵上就发生了“象征的去势”，父亲通过使孩子与母亲的分离而使孩子“去势”。这就是说，孩子由于接受了父亲的权威而在家庭的坐标系上获得了名字与位置。拉康指出，名字与位置就是主体性的原初的能指。于是与父同化、克服与母同化、语言的发生、象征界的出现、主体的形成，从自然进入到文化秩序等都同时发生了。❶

(二)电影中的精神分析

电影理论运用精神分析方法只是提供了一个描述观者与影片关系的框架。在一幅平面的银幕上，通过影像的放映创造一个虚幻空间的效用。观众坐在坐席上，身体活动处于被限制的状态，他的目光盯着发光的银幕，银幕在黑暗背景中是明亮的，影像来自他身后的放映员，放映机是处在生成过程的终端。

古希腊哲学家柏拉图在《理想国》一书中讲了一个关于场景，即知识地形学的故事，他设想人们住在洞穴一样的住所中，从小戴着枷锁不能动弹，他们面对着一面墙，观者的身后有个大平台，平台后面是燃烧着的火光，平台上有木偶，火光把木偶

---

❶ 姚晓濛：《对电影中精神分析理论的表述及批评》，载《当代电影》，1990年(2)。

的影子投射到墙上，虽然观者看到的只是影子，但他却信以为真，以为这就是真实生活。当观者被松绑得到自由，让他观看真实世界的时候，他谢绝了，他宁愿去看熟悉的影子。当代电影理论家惊奇地发现，柏拉图的洞穴神话与电影机制有极多的相似之处。

1. 电影与梦

在麦茨看来，电影的实质在于满足观众的欲望，那么影片就是通过自己的结构来间接地反映下意识欲望的结构。于是电影中的无意识结构实际上反映了这么一个问题：电影机制与观影者心理机制的关系变成了与梦的机制的关系。

把电影看成是某种程度上的梦境的说法，其实早已有之，1916年，雨果·明斯特伯格说："在影戏里，我们的幻想被投射到银幕上。"1937年伊利亚·泰勒称好莱坞为"梦幻工厂"。1944年，帕克·泰勒认为好莱坞不过是像机器般的工人白日梦的工业化。1949年，雨果·毛尔霍佛认为，"在睡眠中，我们自己制造我们的梦，电影呈现给我们的是已经制成的梦"。1953年，苏珊·朗格说，电影"像"梦的地方在于它的表现方式：它创造了虚幻的现在，一种直接的幻想出现的秩序，这是梦的方式。但真正用精神分析理论来阐释电影与梦的关系的是博德里和麦茨。

巴赞曾认为，电影是对观看完整世界的愿望的回答，而博德里认为电影机制是对主体的某种欲念的想象性解决，电影是一种企图重新寻求失落的精神舒适感的机制，因而我们可以把博德里的观点看作是对巴赞的完整电影设想的再规定。

博德里的一个重要观点就是认为电影机制与梦的机制具有相似性。他认为电影机制是对主体早期精神的模仿，是电影与梦共有的退化行为，这为二者间的相似性提供了根据。博德里在自己的研究里援引了弗洛伊德的幼儿"口唇阶段"论。弗洛伊德认为"口唇阶段"的同化，表现为婴儿主体在与所欲和所爱的客体同化的同时，又想把它"吞噬"。博德里说，观众在黑暗的电影厅内会有类似的心理状态，观众与银幕的同化相当于婴儿与胸部的关系，其结构以含混性为特点。这就是在内与外、主动与被动、行动与忍受、吃与被吃等选择之间的不明确性。二者的不同之处只在于一个是以眼去接触梦幻对象，另一个是以嘴来接触欲望对象。结果观影主体吸收了银幕形象，同时也被银幕形象吸收。

博德里认为，电影对现实的印象特点在于它是游移于知觉与幻觉之间，电影机制在主体身上形成一种特殊效果，作为一种精神退化的形式，它表现为自恋性。这是由于既定影院的黑暗、观影者相对的消极状态、强制的静止不动，还有光影闪动的催眠效果共同导致的一种人为退化状态所引起的由继发过程和现实原则让位于初始过程和快乐原则的过程。

麦茨虽然在总体上赞同博德里的理论，但他特别指出了做梦与看电影的情景的区别，因为在梦中不存在知觉的真正对象。做梦者既是梦的作者，又是梦的观者，梦创造幻觉是为了保持睡眠，而电影(虚构性故事片)的观众则处于不同的情境。虽然观影者也出现退化和幻想，但主要是依据白日梦的规律。麦茨认为，电影占据和协调着意识的三个层次：梦的层次、白日梦的层次和知觉的层次。这种对梦、白日梦和知觉的协调，规定了电影能指的性质和观者与它的关系。

同时，麦茨强调不应把电影引发退化的趋势仅仅归之于影院的黑暗、观影者的消极状态以及催眠效果的观看情景，还要归之于电影的虚构特性。他认为，电影的虚构性由于放映和观看形式而强化了似梦的因素，这种虚构本文便成为“再度校正”的方法。当观影者将自己的欲望、目的投射到银幕上时，叙事展开了欲望与法则之间的冲突，这种冲突原本会唤醒观影者或梦者。所以必须通过“再度校正”将冲突叙事化，使它成为一个极有条理的整体。正是“再度校正”的力量编织了心智结构。由于这种心智结构与电影结构的同化，使得欲望与法则的冲突得以延缓，从而使我们继续留在梦或电影的世界中。

当麦茨强调“再度校正”时，提利·孔采尔则强调了梦运作的其他方面与电影的关系，如凝聚、移置和象征化。孔采尔认为，弗洛伊德关于梦的运作的概念，可以当作一种阐释策略，一种读解方法应用于电影。但孔采尔与博德里、麦茨不同，他通过对《最危险的游戏》等片的分析，指出影片的开场段落往往将影片其余部分的材料凝聚、置换和象征化。因此，片头段落就像是主体的梦。起初的梦对主体来说是含混的，因为它是一些日常生活的变形，也就是说，它被凝聚过，而叙事的其他部分使梦的材料得到解释。于是，孔采尔认为，观影者不与做梦者同源，而是与两个分离的主体同源：观影者起初与做梦者相似（开场段落再现了他的梦），与分析者相似（影片的其余部分再现了对开场的“梦”的材料所做的解释）。

2. 银幕与镜子

如何认识银幕，本来只是一种隐喻的说法。但事实上却反映了几代电影理论家在电影的根本问题上的不同看法。

巴赞认为，银幕对行动的遮挡就像窗户对行动的遮挡一样，我们看不到银幕外延伸开去的空间，但我们不怀疑那个空间的存在，就是说，银幕上的空间暗示了银幕外的空间，因此，银幕空间与舞台空间相反，它是离心的，巴赞强调的是空间的纪实性，电影不是嵌入世界之中的，而是要替代这个世界。正是巴赞的写实主义理论决定了这个“银幕—窗户”的理论。

对于让·米特里来说，这个窗户的隐喻是不完备的，因为影像是纵深的，它的透视效果总是确立在某一点上。从某种程度上讲，在银幕上，离心的功能与向心的功能似乎是并存的，这也就是电影本身对写实主义立场（窗户）和形式主义立场（画框）的某种超越。

经典电影理论把全部电影批评与理论的历史看成是形式主义立场和写实主义立场的历史：

窗户（写实主义）　离心的　透视的　客体水平

画框（形式主义）　向心的　图示的　图像水平

窗户和画框的隐喻，虽然看上去是对立的，但它们有一个共同的假定——银幕完全独立于生产和消费过程。也就是说，经典电影理论把产生影像的机制（放映机、银幕、黑暗的房间、明亮的光源）和消费影像的机制（观影者、他的眼睛、心灵和躯体）当作是理所当然的而不予分析。

让·路易·博德里在《基本电影机器的意识形态效果》一文中首次提出了“电影—镜子”这一考虑到表意过程本身的隐喻。博德里认为，镜子与银幕外形相似，它们都是一个由框架限制的，可以全部收入眼帘的二维形象画面。银幕可以使电影形象与现实世界分离，构造一个想象中的世界。这个电影中的想象世界远不限于画面中的人物和景物。在观影者聚精会神的凝视中，银幕框架似乎起着一种“向心力场”和整体化的作用。事实上，观影者处于向想象界退化的过程之中，观影者的情景与镜中幼儿的情境具有双重的类似性，这就是拉康所强调的两个互补条件：移动能力尚未全部获得与视觉组织力的早熟。观影者和婴儿一样都处于不动或被动的状态，在黑暗的电影厅内通过视觉组织力听任“电影魔术”的摆布，就像婴儿注视着镜子时的状态。

博德里强调了与拉康提出的二次同化相应的观影者的二次同化。第一次与影像本身认同，尽管电影影像与画面是完全虚构的，银幕上的人与物的形象往往也是不完整的，但观众仍会“承认”银幕世界的可信性和真实性，这种认同作用与婴儿一次同化中的状态很类似。❶

(三)对精神分析理论的批评

第二电影符号学的革命性意义在于，它使得电影理论开始由对电影艺术、电影本体的研究进入对电影文化的研究，它使得电影成了一种对社会文化心态所作的精神分析。电影理论中精神分析模型的形成立即为意识形态批评和女权主义电影理论提供了某种基础。精神分析学进入电影分析之后，也出现了种种问题值得研究和讨论。

1. 关于梦的模型问题

法国学者把观影者的精神机制与梦的机制等同起来，他们认为，这里有一种共同的向无意识退化的现象，也就是说，观影者完全是被安排、被操作的，他们是被动的。但问题在于一部影片之所以为观影者接受，是因为影片已经被观片者完形化了，用海德格尔的话来说，就是被观影者“亲在”过了。从这个意义上来说，观影者又是主动的，因为他们使电影成为一种“想象的能指”。

这就是说，观影与梦的模型并非是一种简单、直接的同构，从梦的角度看，做梦者是完全被动的，他被无意识操作。尽管无意识的力必须要通过前意识的“检查官”才得以呈现，因而有所谓凝缩、移置等现象，但由此而产生的象征意义并不为做梦者所破译，想象、记忆、思考这些属于知觉层面的概念并不存在于梦的运作过程之中。梦在运作时或运作后，快感并没有直接进入知觉层面，因为知觉只是在梦醒了以后才恢复。

但观影者的情况却不是这样，麦茨指出，观影协调着三个层次，即梦、白日梦和知觉层次，这是有一定意义的。其中我认为最重要的是想象或幻想的问题。因为任何一部影片的影像都需要观影者通过想象来组织，每一个观影者可能会对同一部影片作出不同的反应，这不仅仅是表现了观影者对影片本文的理解，而更为主要的是观影者对语境的不同理解。问题是，不仅仅观影者本身有一个“先在结构”，而且这个“先在结构”在观影活动中具有主动性。事实上，接受学和阐释学也是在这个意义上来反对结构主义的。

❶ 姚晓濛：《对电影中精神分析理论的表述及批评》，载《当代电影》，1990年(2)。

然而，问题的另一方面是，观影者的这种主动性是受牵引的，而且是不自觉地受牵引。因此，观影活动本身就有极大的含混性，可以说观影活动是知觉在意识与无意识之间游移的过程，它似乎不能绝对地被确定。

2. 关于“俄狄浦斯情结”

事实上，不能简单地把俄“狄浦斯情结”理解为“杀父恋母”，因为这只是一方面，问题还有另外一方面，这就是对欲望的法则。所以，我以为“俄狄浦斯情结”实质上是欲望与法则冲突的、已被社会化了的文化心理学概念。这样，我们可以把电影的叙事本文看成是欲望与法则之间冲突的过程。然而非常有意思的是，在叙事关系中，主体与敌手之间的对抗关系已被主体与客体的欲望关系和发送者与接受者之间的契约关系所取代。于是，在叙事中，主要的不再是英雄战胜敌手，而是欲望能否得到满足和如何得到满足。事实上欲望客体是“缺席”的，观影者在踏进影院的这一刻就选择了这个“缺席”的“在场”，于是观影者对这个想象客体的欲望过程就是观影过程。观影者本来就不可能实现欲望，然而正是这种欲望的缺失、不可满足性以及同时欲望客体又“在场”的关系成了叙事的动力。

3. 关于“镜像理论”

由于引进了拉康的精神分析学，于是在电影理论中出现了一个重要的变化，即银幕不再被当做画框或窗户，而是当做镜子。这就是说，银幕至少已被人认为真实地再现了观影者主体的生存环境。这个变化导致了电影理论从对电影艺术的研究转到对电影文化的研究。把银幕当做镜子的精神分析学基础是关于退化的理论，这是一种向想象界的退化。阿尔特曼认为，电影重构了拉康“镜像阶段”的条件——原动的能动性的减少和视知觉支配地位的确立，因而在观影者同他所看到的映照在银幕上的世界之间建立一种想象关系。

我以为，观影者向想象界的退化是一个十分复杂的问题，因为这样进入想象界，丝毫不意味着退出象征界，反是以象征界为前提的。观影者之所以能够退入想象界是因为熟知了这一套电影语言，他在事实上已进入象征的符号秩序。观影者的想象是把影像组织成某种语言来进行的，而镜像阶段的幼儿对镜像的认同则是前语言的。另一方面，电影本身是一种社会文化现象，观影过程是主流意识形态对个体的一种询唤。我们可以把观影看做是正在产生着的二次同化现象，即受父权—摄影机命名的过程，因而观影者不可能完全退回想象界。这里的矛盾在于，一方面，观影者由象征界退回想象界；另一方面，观影者又由一次同化进入到二次同化。

当代电影理论吸收了精神分析学，这是西方现代社会的发展产物，因为电影与文学不同，它是商业社会中的一种消费文化，电影出现本身就是利用化学和物理制造的幻象来对现代消费社会进行一种精神分析及疗救，因此，这种理论带有一定的偏颇性，它尤其很难概括第三世界和社会主义国家的电影。[1]

[1] 姚晓濛：《对电影中精神分析理论的表述及批评》，载《当代电影》，1990年(2)。

八、叙事学电影理论

叙事学，也称为结构主义叙事学，是20世纪结构主义文论的直接成果。1969年，法国当代著名结构主义符号学家、文艺理论家茨维坦·托多罗夫在《〈十日谈〉语法》里面，第一次提出“叙事学”概念，这标志着叙事学作为一门独立学科的开始。格雷玛斯在《叙事语法》一书里提出了“动素模型”这个术语。罗兰·巴特认为叙事作品可分为三个层次：第一是功能，是最基本单位，人们把故事中的相关面视为功能；第二是行为，也可以称作情节层次，研究的是叙事作品中人物的分类及他们的动作；第三是叙事，现代作品中，叙事者和作者是不同的，作者之死是读者诞生的代价。运用结构主义观点建构现代文学叙事学的最杰出者、对叙事学研究最全面和具有代表性的人物，应属法国学者热拉尔·热奈特，他在60年代至70年代之间陆续发表了《辞格》(一、二、三集)。热奈特把叙事学的研究范畴主要分为叙事的时间、语式和语态三个方面。

叙事学理论的发展影响着电影叙事学理论的发展和学科的建构。电影叙事学以叙事电影为研究文本，探讨叙事电影中的叙述者与接受者、时间与空间、故事与情节、视点与结构等叙事问题。它立足于这样的一对假定矛盾，即叙述者和接受者的矛盾。

法国电影叙事学家若斯特认为，叙事是以事件的转变为前提的，它意味着从一个事件转变为另一个事件，意味着时间性，而且在电影中，这个时间性特别重要。为了产生叙事，不仅需要记录过程，而且需要运用各种各样的手段来修饰时间，例如删略时间、采取倒叙手法、重新安排时程等。所以，并不是所有的电影都存在叙事，有一些电影形式，它们完全不是叙事而是演说。若斯特认为，在电影中暗含着一个叙述者，他是一个组织者，这个掌握一切的组织者负责引导影片中的人物说话，这些真正说话的人是言明的叙述者。叙述者不是演说的人，而是采取视角的人。在若斯特那里，视角问题包括三个层次，即所知角度、视角角度和听觉角度。这是若斯特根据电影的声画特性，把热奈特的视角一分为三。在这里，若斯特提出了“目视化”的概念。若斯特认为，每一个镜头都表明摄影机的一个位置，所以对他来说，镜头本身就是一个视点。因此他把目视化又分为两种：内部目视化(摄影机使人联想到某个人物的眼睛)和零级目视化(摄影机像是置于人物之外)。而在内部目视化里，又有二种情况：如果接受者不靠上下文就能一下子看出画面上没有的一个人物，这叫“初始内部目视化”；如果通过剪辑、衔接或者语言等上下文的关系来表现主观性，这叫“次级目视化”。

美国电影叙事学的主要代表人物是大卫·波德威尔，他在1985年出版的《故事片中的叙述》中对电影叙事学的所有概念都做了相当全面的论述，如视点的活动、叙事的原则、叙事和时间、叙事和空间、叙事的历史模式等。波德威尔的叙事研究主要立足于好莱坞的情节电影。他的理论是一种实用主义的理论，也是一种综合前人研究成果的方法。

(一)叙事电影的六要素❶

在电影叙事中，这些要素或者符号有：叙述者、叙事时间、叙事空间、叙事角度、叙事习惯与风格、故事与情节等。

1. 叙述者

叙述者是叙事本文中所表现出来的抽象的故事讲述者，他没有物质上的对应物，只是一个抽象的概念，一旦影片产生出来，他就远离作者，自己独立存在。跟叙述者对称的一个概念是接受者。同样的它跟叙述者一样，也是虚构之物，是观众在本文中的化身。接受者和叙述者一样，一旦影片拍成了，他们就存在了，而且他们只存在于影片的叙事层面上。

围绕着影片的叙述与接受，可以分为三个层面：

故事层面：影片中总是存在着一个人物向另一个人物叙述故事的情景。

叙事层面：在影片本文中，叙事总是由一位虚拟的叙述者向一位同样是虚拟的接受者传递信息的过程，他们在影片中没有物质存在，他们只是一种抽象的存在。

物质层面：影片的作者和观众。

叙事学要研究的事实上就是在叙事层面上，有关叙述者与故事、叙述者与接受者关系的所有问题。

2. 叙事时间

在热奈特的叙事学研究那里，叙事时间是最受重视也是被分析的最透彻的一个叙事学概念。关于叙事时间问题的分析事实上涉及叙事学的许多问题，比如叙事的结构、叙事的习惯等。因此热奈特才会提出，叙事事实上是叙述者与时间进行的游戏。也就是说，叙述者如何重新安排时间是叙事学的一个非常重要的问题。若斯特说过，只有时间得到重新的安排，叙事才存在，像照相那样没有对时间进行安排的艺术样式根本称不上是叙事。所以说对时间进行重新安排，使之成为影片中的叙事时间，是叙事存在的基础。

物质的时间是单向流动和不可逆的。现实中的时间，是物质上的人没有办法对它进行控制的，也是无法改造的。但是在影片里，叙述者可以对本文中的时间进行改造。叙事的一个重要功能就是把一种时间兑换成另一种时间，叙述者有办法把现实中单向的不可逆时间变为叙事中多维的和可逆的。叙述者总是在无限可能性的世界里选择他所感兴趣的时间，然后挂在影片的时间的“挂衣线”上。

对叙事时间的研究事实上包括三个方面：对时间的选择、时间顺序的安排和对时间的变形。

时间选择：现实世界的无限可能性和影片故事发展的无限可能性，迫使叙述者要

---

❶ 参见王志敏：《电影学：基本理论与宏观概述》，北京，中国电影出版社，2002。

对时间做出安排。叙述者在有限的时间里，不可能把无限的故事时间全部叙述出来，那么选择就成了叙述者处理时间上的第一个问题。叙述者对影片里叙事时间的选择有两个方面，即历时的选择和共时的选择。

时间顺序的安排：因为故事时间是多维的，但是叙事只能是一维的，因此如何把多维的、纠缠在一起的、共时性的事件以前后有序的方法叙述出来，这就是时序要研究的问题。对于时序的处理方式有：顺叙、倒叙、插叙等。

(1)顺叙

顺序是影片中最常见的时序安排。它严格的遵循时间的自然流动，以故事时间的本来的前后顺序来展现事件。

(2)时间倒错

在时间的倒错上，主要有两种的倒错：倒叙和闪回。倒叙是指叙述者在叙述故事的结果或者关键情节之后，再来叙述故事的原因或始末的一种叙事时间安排方法，倒叙的那一部分一般具有完整性和系统性的特点，而且持续的时间有可能较长。而闪回相对于倒叙，在时间的延续方面更加短暂，且情节的上下之间的因果并系也可能不那么具有逻辑性，而是强调前后的内心情绪关系或风格上的类同。

倒错主要有这些的叙事目的：戏剧性地表现过去事件或补充故事的背景材料；为满足故事人物情绪的需要，而插入重要场景或画面；形式上的风格需要。

(3)插叙短语

倒叙或闪回的段落跟中心事件还是有时间或逻辑上的关系的，但是插叙短语所叙述的事件与中心事件是不存在时间或因果关系的。插叙在叙述者那里更关键的作用是拓展影片的意义，所插入的镜头虽然是依附于中心事件的，但插叙短语的进入，显然不是为了故事的情节推进的，而是在于超乎情节意义，所以这种插叙也被人称为“意指性插叙短语”。

时间的变形：热奈特使用的术语是时距。热奈特指出，时距探讨的是事件或故事实际延续时间和叙述它们的文本的长度之间的关系，他把速度的性质划分成四种——停顿、场景、概要和省略。

在分析电影叙事时，叙事的速度可以分为三种方式：时间的膨胀，时间的省略和时间的复原。

“时间的膨胀”指的是叙事时间大于故事时间的情况。叙述者出于特殊的美学目的，在叙述中故意地延长时间，使叙事时间远远超过故事所需的时间，这个时候，时间被膨胀了。叙述者在影片里经常是以镜头速度的变化以及镜头角度的变化来进行膨胀的，电影中的高速摄影是一种常见的手段。

“时间的省略”当然指的是叙事时间少于故事时间的情况。由于故事时间的无限可能性，而叙事时间的有限性，叙述者的省略是不可避免的。“切”是电影中最常见的省略手法，用切的方法来进行时间上的跳跃，成为现在电影的常识性手段。

“时间的复原”是指叙事中叙事时间和故事时间的一一对应。电影作为媒介，由于它与现实的最大贴近性，接受者在接受影片过程中，有时会觉得故事在影片上是自在发生的，叙述者像是不存在的。时间遵从着它自身的流动，没有人在影响它，也没有人在控制它。所以巴赞才会说，电影是“给时间涂上香料，使时间免于自身的腐朽”。所以他强调，纳努克人在冰窟边等待海豹出现的镜头是同样的重要和有意义的。基于上面的理由，巴赞才提出保证时空统一性的景深镜头才是有意义的。“时间复原”的概念在中国电影中经常是以长镜头的说法出现，长镜头的定义从某种方面也是指它在时间上的延续性。这种镜头运用的目的就是让接受者意识到时间在这里是被尊重的，没有叙述者对时间进行的变形处理。但是其实这也是一种假象，只不过叙述者的影子躲在背后而已，叙述者还在那里操纵着时间，时间严格的被遵从在电影中是不可能的。

分析表明，对叙述者来说，时间是最可变的因素。叙述者对故事时间的处理总是显示出无穷无尽的可能性。

3. 叙事空间

电影是用二维平面来反映三维现实的。电影中的“三维”需要接受者的参与，因为在这里，三维空间只存在于接受者的想象之中。

与叙述者可以对影片中的时间进行处理一样，叙述者对空间的处理也具有同样的随意性。非常明显的是，叙述者在影片中重新构成了空间。在大多数情况下，空间成了故事人物活动的场所，但是在某些影片中，例如在安东尼奥尼的影片中，空间却成为了具有意指性的元素，人物活动的空间和人物心理的空间成为一种对称的关系。

关于电影空间的研究事实上涉及了物体和人物的运动、画面的构图、色彩与光线、景深等，有的人把对这一切的处理总称为“场面调度”。在这个过程中叙述者要对画面出现的内容进行意义上的控制。巴赞在谈及场面调度时，强烈支持奥逊·威尔斯《公民凯恩》里的镜头，认为该影片用景深镜头，既表现画面的前景，同时也不忽略画面的后景，这才是对现实的尊重。所以巴赞要求叙述者尽可能地保持现实中的多义性和暧昧性，让接受者在接受的过程中，自己对故事做出选择。

4. 叙事角度

叙事角度指叙述者对故事叙述的切入点。通过叙事角度，原来栖身本文的叙述者被揪出来，原形毕露。叙事角度问题也被称为“视点问题”。

在最初的电影(例如卢米埃尔兄弟的《火车进站》)中，电影还没有摆脱照相的影响，可以说不存在有意识的视点。到了梅里爱的戏剧电影时代，视点虽然有了安排，但也是被囿于乐队指挥的位置上。也就是说，在早期电影中，叙述者的视点是被等同于摄影机的视点的。当好莱坞发展起传统的情节电影时，摄影机已经开始被解放出来了。“谁在看”这个命题被故意忽略了，叙述者把故事强加给接受者，摄影机的视点似乎不存在了，但是叙述者的视点却是无所不在的，叙述者是埋伏在影片本文之中的。

在电影中，叙事角度的问题远比小说复杂，因为电影里存在着摄影机。摄影机直接代表着目光或视点的存在。摄影机的视点有时等同于叙述者的视点，有时又跟叙述者的视点迥异。

法国理论学家雅克·奥蒙对视点做了比较全面的阐述。奥蒙认为，视点包含四方面的内容：第一，视点首先是指注视的发源点或发源方位，因而也指与被注视的物体相关的摄影机的位置；第二，视点是指从某一特定位置捕捉到的影像本身；第三，叙事性电影中的画框总是或多或少地再现某一方(或是作者一方或是人物一方)的注视；第四，整体最终受某种思想态度(理智、道德、政治等方面的态度)的支配，它表达了叙事者对事件的判断。

热奈特把视点称为“聚焦”，若斯特把视点称为“目视化”，他们都有自己对视点的分类。在这里，我们把视点分为两大类：全知视点和限制性视点。

“全知视点”是指叙述者无所不在，他叙述出影片中任何一个人物所知和所未知的一切，他是一个全知全能的上帝。叙述者有绝对的自由，他可以在叙事的时空中自由地行走。用全知视点叙事，能让接受者知道故事的一切，但是接受者在接受这一切的同时，又有这样的疑问：“当时人物并不在场，他怎么会知道这一切?”一定是有一个无形的手在控制这一切。一旦接受者有这样的疑问的时候，叙述者就无法遁形了。所以，全知视点是一种简便的叙事角度，但也是一种最会让接受者起疑心的角度。为了不让接受者起疑，叙述者必须采取另外一种叙述角度——限制性视点。

“限制性视点”指的是叙述者在故事中只知道部分内容，有时候叙述者所知的和故事中的一个人物等同，叙述者像鬼魂附体一样的附在故事中的某个人物上。限制性视点主要有第一人称视点、第三人称视点和客观视点。

第一人称视点：在小说中常以“我”的形式出现，在电影中，画外音经常是第一人称的外在形式。当画面出现一个人物时，叙述者用画外音说“我”。叙述者这时想把声音上的“我”和画面上的“我”等同起来。但是叙述者的这个愿望并不一定能达到，因为电影和小说媒介形式的不同，银幕上出现的“我”永远是作为他者出现的。这个时候接受者面临的情况是，声音上是第一人称的“我”，但是形象上则是银幕上的“他”。所以用画外音强调的第一人称事实上并没有让接受者认同“我”的叙述，反而可能产生间离效果。

第三人称视点：叙述者是用他者的口吻叙述故事的，视点是附在影片中的某个人物之上的。接受者只知道人物身上所发生的事，人物心中所想的和人物没有经历过的事在影片中不被叙述。像《罗生门》这样的电影，故事是由几个第三人称视点叙述的。樵夫、女人、强盗都成了叙述的出发点，视点的出发者随着影片的发展而变化。

客观视点：影片中没有全知全能的上帝，也没有把视点附在影片中的某个人物身上。视点等同于摄影机的视点，似乎没有叙述者的存在，影片中的事物是对真实世界的一种反映。但是这其实是一种奢望，因为其实就是在足球转播里头，一样存在着叙述者。客观只是人类的一种幻想。

或许应该说，在电影里只有一种视点存在，那就是全知视点。所有限制性视点都只是叙述者的一种愿望，出现限制性视点，事实上是叙述者对全知视点的一种伪装，目的是为了回避接受者的疑问：我不在场，我怎么会知道这件事？当叙述者转向限制性视点时，叙述者事实上是想躲在故事中的人物或摄影机的背后，想把自己埋伏起来。所以研究影片中的视点，其实是在研究影片中视点的伪装以及叙述者是如何把全知的视点伪装成各种限制性视点的。

除了在整部影片中存在着叙述者的视点之外，就镜头而言，还存在着以故事中人物目光为联系点的视点镜头。视点镜头表现了主体的观看过程和观看到的景象，可以是一个静止镜头、一个具有时间流程的运动镜头、或是一组剪接在一起具有视线联系的镜头。视线上的联系可以通过明显的表演动作如眼神等来表现，也可以用上下镜头之间的关系来推算。并非所有的视点镜头都显示出观看和观看到的景象两方面内容，有时候只有一个方面，但是仍有对人物的视点控制存在，我们仍称之为视点镜头。

5. 叙事习惯与风格

叙事习惯是沟通叙述者和接受者的桥梁。故事中充斥的是对叙事习惯的重新描述。比如在影片中，叙述者描述了第一个镜头，所有的接受者都会有对下一个镜头的期待，这个期待来自叙事习惯。当叙述者叙述下一个镜头时，他会按照叙事习惯给出下一个镜头，这个镜头必定是符合接受者的期待的。叙事习惯也是在逐步地形成和不断地变化的。我们知道，电影在巴黎首次出现时，所有看电影的人都在躲避着银幕上迎面开来的列车。但是现在的观众，就是迎面飞来一个反坦克导弹，他们也是无动于衷地坐在自己的位置上，他们对此已经“习惯了”。很多的电影手段都存在着一个从不习惯到习惯的过程，如闪回在新浪潮电影里是一个全新的叙事手段，镜头不断进入人物的内心，被当时的观众视为一次叙事革命。但是到了现在，即使是在最常规的好莱坞电影中，我们也会看到这种当时是最时髦的叙事手段。

先锋电影的产生，在很多的情况下都是由于它们的创作者对于传统的叙事习惯的鄙视。例如戈达尔对好莱坞经典电影或者说对所有叙事电影的叙事习惯的反叛，成为他的电影的一个相当重要的目的。但需要指出的是，即使是他，也要在最起码的限度上遵循叙事习惯，没有一丝一毫叙事习惯的电影不但现在没有，将来也不会有。当然，影片的个人风格就是来自于对叙事习惯的鄙视，当叙述者在影片里表现出试图冲破叙事习惯的努力时，影片的风格也就有可能形成了。但让人感到可悲的是，习惯的力量总会战胜一切，无论多么先锋的叙事手段，最终都会变成叙事习惯。

6. 故事与情节

大卫·波德威尔在《故事片中的叙述》一书中，提到了故事与情节的关系。他认为叙事是一连串发生在一定时间和空间之中的具有因果关系的事件。在典型的情况下，一个叙事是由一个状态开始；然后根据因果关系的模式引起一系列的变化；最后，一个新的状态产生，使叙事结束。故事和情节是有区别的。波德威尔认为，故事是指按时间和因果顺序排列的故事事件，它往往建构于观众的理解之中；而情节则指文本中故事在观众面前的系统呈现。在其另一本著作《电影艺术——形式与风格》中，波德威尔对此作了更加清晰的阐释：叙事中的所有事件—直接显现的和观众推演的，共同组合成为故事。情节是用来形容所有在银幕上观众所视和所听到的一切事件。故事和情节在有些方面彼此重叠而在有些方面又彼此分离。情节明确显现了故事中的特定事件，因此事件是两个领域所共同拥有的。情节外的故事暗示出了我们在银幕上所看不到的事件，故事外的情节则用与剧情毫无关系的影像及声音影响了我们对故事的了解。波德威尔用故事与情节的关系作为新的符号建构重新审视了电影叙事学，为电影叙事学提供了一种崭新的研究思路。

(二)电影叙事学批评

电影叙事学改变了传统的、只把主题和人物性格变化过程作为叙事因素来研究的做法，也摆脱了过去那种把电影叙事作为一种靠主观想象和领悟的艺术和美学来研究的方式，而是对电影文本进行一种深入细致的定量分析和研究。这无疑是对电影批评理论的一个发展。但是电影叙事学同时也存在一个最大的问题，那就是它完全是沉浸在封闭的文本结构中，拒绝进入社会文化这个大的历史文本中去。

张一在《电影叙事学及其批评》一文中指出，电影叙事学是电影第一符号学的一种固执的发展。这就是说，它仍然没有解决或者说它根本不想解决电影的表意问题，它关注的仅仅是能指的组织结构，而把所指完全排除在外。它的方法论的基础就是能指和所指的截然对立。事实上，如果把电影的叙事本文看成是通过叙事语法规则组合的叙事语段，那么关键就在于找出叙事语法的规则，以及为何运用和如何运用这些规则。因为任何叙事语段在实际表达中，都具有言语性质，它们属于某一部影片。尽管它带有个性但是在它里面却存在着该社会文化中共同的语法规则，因为它是一种语言。我们所要研究的本来应该是通过对电影叙事言语的分析发现它深层的叙事语言结构，从而研究这种语言结构是如何形成并决定电影的叙事言语。电影叙事语言在根本上是社会文化的编码。所以，对电影本文的研究已经被置入社会泛本文(语境)的关系之中。事实上，任何语言语法规则(包括电影语法)都是由社会文化的语境所决定的。这样，语言虽然包括语法、句法和词汇等，但在不同的历史时期和社会文化语境下，语法规则本身也是不同的，因此，在更高层次上，某一语法规则也可能带有“言语”性质。这个逻辑原则是非常有意义的。

但是，电影叙事学没有进入社会文化层次，或者说，它拒绝进入泛本文，它只是在对电影叙事本文领域内进行单纯的语言学研究，而没有把整个社会文化系统也看成是一个语言学系统，并且这个系统决定着电影这个语言系统。❶

❶ 参见张一：《电影叙事学及其批评》，载《当代电影》，1991(5)。

九、意识形态电影理论

电影的意识形态批评兴起于20世纪60年代的后结构主义时期，1969年发表的《约翰福特的〈少年林肯〉》一文第一次通过影片与美国意识形态的关系去审视好莱坞经典电影，成为意识形态批评的经典文本，这种新的批评方法渐渐开始受到人们的重视。电影的意识形态批评认为电影不是一个再现系统，而是按照主体的观念对物质世界的重新构造。因此，许多西方学者提出，电影的出现成为巩固资产阶级世界观的方式，它把资产阶级世界观深深地铭刻在一个最值得信赖又最具有影响力的媒介之中。电影是艺术，也是工业，但从深层来审视它更是意识形态。法国的《电影手册》较早地提出了电影的意识形态批评理论，揭示了所谓的“主导意识形态”对社会意识和社会活动潜移默化的支配，以及电影与主导意识形态的“共谋”关系。

(一)西方电影意识形态批评的基本观点

1. 阿尔杜塞及其《意识形态与意识形态国家机器》。

在阿尔杜塞的代表性论著《意识形态与意识形态国家机器》建构的理论体系中，有一个名词异常关键——相对“国家机器”提出的“意识形态国家机器”。“国家机器”是指监狱等具有鲜明统治与暴力特征的国家机关；“意识形态国家机器”则指文化、宗教等形而上的观念层面的专门机构。它具有非暴力性，是通过提供“合法化”表述——想象性图景，使每一个人都能于社会中找到并接受属于自己的“宿命”位置，从而屈服于权威的意识形态“场”；也即它是将个体同化，以进行生产关系、社会形态再生产的精神软武器。意识形态将个体“询唤”为主体，“询唤”即是社会为个体提供一个位置的过程。此外，阿尔杜塞理论体系中的另一关键词为“症候阅读”，它是指透过文字的表层结构去发掘深层结构，将潜匿于正文之中的无意识症候发掘出来。

2. 法国《电影手册》编辑部及其《约翰·福特的〈少年林肯〉》。

法国重要电影刊物《电影手册》的编辑部曾集体撰写了一篇题为《约翰·福特的〈少年林肯〉》的论文，它标志着现代电影理论中意识形态批评的确立。该文提出，每部文本都脱胎于总的历史文本，对任何个别文本的考察都可在两个面向上展开：考察其和总的历史文本间的动力学关系；考察这个总的历史文本和特殊的历史事件间的动力学关系。也即“影片—社会政治状况—具体历史事件”模式。该文虽强调“历史文本”，但与传统的对电影文本时代背景、社会语境的分析有着本质区别：它强调了文本与社会间的“动力学”关系，强化了社会情境作为介入文本的一种建构性力量的本质特征。此外，指出意识形态批评不仅注重影片的“内容分析”，它也更注重影片的“形式分析”，也即相当明确地表明以不同的方式叙述故事，将产生不同的意识形态效果。意识形态批评是将文本自身封闭起来，去挖掘那些作为文本叙述的前提而存在、未曾说出却已然说出的元素。

3. 葛兰西及其霸权理论。

客观地说，葛兰西理论中的“霸权”更接近于中性词，它虽亦指统治阶级思想，但这思想却也同时是获得了被统治阶级认同的话语和理念，即霸权的确立不完全通过暴力，它也同时在吸纳被统治阶级的文化，呈现为一个动态过程。与阿尔杜塞对国家机器和意识形态国家机器间关系的论述异曲同工，葛兰西认为统治阶级只有在确立了文化霸权之后，才可能确立可以成功运行的国家机器，国家机器的顺利运转在相当程度上依赖意识形态国家机器提供某种令人信服的“合法化”表述。

4. 博德里、齐泽克、乌达尔、达扬及其相关理论。

博德里认为电影重构了视觉和眼睛的中心地位，意识形态效果已内在于对电影摄放的机器之中，因此，电影被视为一个可以不断地对意识形态进行复制和再生产的最佳装置。此外，博德里提出的“意识形态腹语术”和齐泽克关于“意识形态有效性”的阐述与乌达尔、达扬提出的被称为“意识形态隐身术”的“缝合系统”有着内在的一致性——对于意识形态言说机制与行为的隐蔽性的一致认同。博德里的“意识形态腹语术”概念认为意识形态是电影内部的某种不被感知的言说。齐泽克认为“意识形态有效性”须建立于隐蔽状态的基础之上，自我暴露了的意识形态机制是无效的。乌达尔、达扬的“意识形态隐身术”——“缝合系统”是利用电影镜头的组接术将受众对电影画面的读解方式事先安排好，从而使观众落入电影的形象性圈套。在主体与意识形态形成误识关系的基础上，叙事者成功地缝合了受众与电影世界的缝隙。

5. 对巴赞、克拉考尔电影理论的批判。

《电影手册》编委科莫里和纳尔波尼曾联合撰写了一篇社论《电影·意识形态·批评》发于该刊上。他们强调，电影批评应考虑意识形态因素，并且认清电影固有的意识形态性。科莫里还重点批评了以巴赞为代表的电影再现现实的理论，他指出：“如果说电影‘复制’现实，那么‘现实’只不过是占优势的意识形态的一种表现……事实上，摄影机所摄入的世界是主导意识形态一个模糊的、无形的、没有理论化的、未经深思熟虑的世界。”也即电影并非按事物的真实面目，而是按通过意识形态折射出来的面目进行复制的。英国的斯图亚特·霍尔亦于其《文化·传媒和“意识形态效果”》中对克拉考尔关于电影的“照相本性论”和“物质现实复原论”予以了批驳。他认为电影将自身虚构为无可挑剔的现实，很大程度上即为了更隐蔽地传达意识形态话语，而这又必然以牺牲电影揭示真实的功能为代价。[1]

[1] 李志敏：《电影意识形态批评：中国 vs 西方》，载《电影新作》，2007(4)。

(二)意识形态理论与电影的关系

关于意识形态与电影的关系，美国电影学者尼克·布朗来中国讲学时对意识形态电影理论进行了详细解读。

> 对电影理论产生作用的当代最有影响的西方马克思主义者，是法国哲学家路易·阿尔杜塞。阿尔杜塞是一位知名的政治人士和作家。他在法国知识界起到重要作用，具体地说，便是把马克思主义和弗洛伊德学说结合起来。在阿尔杜塞之前，法国共产党反对精神分析学说，把它看做是为适应资产阶级现存社会秩序的一种治疗方法。20世纪60年代初期，阿尔杜塞发表了对拉康精神分析著作的严肃认真的论述，扭转了上述传统看法。阿尔杜塞指出，拉康有关想象和象征的理论，有益于重新系统地形成关于意识形态的某些观点。阿尔杜塞继而详尽研究了马克思主义和弗洛伊德学说传统的综合体，特别是其中关于西方社会对于意识形态的界定和作用的认识。在这一综合体的研究成果中，最著名的一篇宣言是阿尔杜塞发表于1970年的题为《意识形态和意识形态国家机器(研究笔记)》的文章。该文首先提出的问题是社会如何保证生产力再生产所必须的条件。阿尔杜塞认为不是通过暴力或强制，而是通过意识形态国家机器。我们可以把意识形态国家机器设想为某一社会机制：家庭、教会、学校、媒介等。阿尔杜塞把“学校—家庭”的联合体看做是维持社会秩序的最重要的机构。那么个人与社会的关系，或者说某主体与这一套意识形态国家机器之间的关系又是怎样的呢？他的答案是：“通过意识形态机构把个体询唤为主体。”
>
> 阿尔杜塞在这一点上与拉康相结合。拉康的研究在儿童的成熟期与他进入语言的集体符号体系之间建立了一层联系。他认为语言只有几种正规的位置可供主体为着讲话的目的进入这个位置。用类推的方法，某个个体只能通过规定的功能和角色进入某一社会机构中去。“询唤”这一技术性用语，指的是一个个体按照社会机构提供给他的位置进入位置的步骤。当然，社会制度是先于个体而存在的，个体必须按照事先存在的位置进入社会制度中去。在社会机构中为主体设置的位置是维护这一社会秩序利益的。这些社会位置由一系列具体的实践(活动)组成，并嵌入这些实践之中。意识形态通过这些实践对处在社会位置之中的个体产生作用。电影理论中发展的“缀合”这一词汇，便是为着说明把观者纳入电影本文的形式设计中去的过程。它是对于普遍性概念“询唤”的具体应用。
>
> 这便启发阿尔杜塞对于意识形态的界定：“意识形态表现了个体与其实际生存状况的想象关系。”阿尔杜塞同时遵循西方马克思主义的阐述系统论述了作为蒙骗手段的意识形态。但是，这种特殊的阐述系统的语言衍生自拉康的精神分析教义。在阐释“想象”关系时，阿尔杜塞乞灵于拉康主体构造理论中关于想像的论述，特别是关于镜象阶段的论述(即个体如何通过其他客体的形象来确认自己)。根据这一理论，他认为想象关系是不由语言构成或受语言约束的一种主观关系，它事实上是以婴儿对自身的错会为基础的。在阿尔杜塞对意识形态所下的定义中，“想象”这一语汇带有误解或误认的含义。因此，意识形态便是一种误示或误现主体与生存状况真正关系的一种表现系统。主体被询唤的位置将导致对主体与社会进程关系的一种错会。这样，阿尔杜塞就将拉康的理论纳入了意识形态的

理论。

博德里的《基本电影机器的意识形态效果》一文，是阿尔杜塞概念在电影研究中的具体应用。文章标题中的“机器”一词出自“意识形态国家机器”。博德里所说的意识形态效果是与构想某一超验主体的幻象有关系的，这一主体生活于躯体以外，而且被阻隔使之无法理解再现的作用系统以及它在这一系统中间的位置。当代电影理论中的一个主要倾向，是从方法论上对于事物表象的怀疑，意识形态批评方法和写实主义批评方法均有这一倾向，而且按照这种假想运作。博德里的文章是针对总体的电影结构的，我们现在参照具体影片来研究意识形态问题。

在20世纪60年代末期，法国杂志《电影手册》是讨论意识形态与电影关系的中心。1968年的“五月事件”对法国电影文化产生了非常强烈的影响。这一事件导致了若干概念和理论的中断和重新取向。在这一阶段中，《电影手册》的文章开创了对电影政治思考的一整套崭新的界定。具体地说，《电影手册》提出了一系列命题，这些命题均与唯物主义的电影理论和电影史的发展有关。1969年，《手册》发表了一篇开创性的文章，题为《电影意识形态批评》，它开创了西方政治批评方法的新形态。它是围绕着电影与主导的意识形态关系来提出问题的。《电影手册》勾勒出一整套的可能性——从完全沉浸于主导的意识形态之中，到截然相对的状况。在这两个极端之间是一个特别令人感兴趣的领域，许多影片似乎是站在主导意识形态一面的，但经过仔细的考察它们才显露出内在的裂纹和矛盾。

历史上，《电影手册》于20世纪50年代以作者论导向了对美国电影的广泛研究，现在又重新开始，但方式与以往不同。《手册》开始从意识形态的角度开展对美国电影的重新读解。当然，就该刊的理论背景来讲这次的重新读解，要比过去广泛许多，其中包括当时法国知识界论争的那些观念，以及重新认识到的20年代苏联的主要理论本文。《手册》这次重新读解的主要影片共有四部：福特的《少年林肯》、格里菲斯的《党同伐异》、斯登堡的《摩洛哥》和顾柯的《西尔维亚·斯卡莱特》。这一系列重新读解的目的在于勾勒出对意识形态作用于不同的本文实践的方式的正确理解。

关于《少年林肯》的文章全面地展现了《电影手册》的研究方法。由于这是从制作的角度进行研究的范例，我还希望扼要地提一下从接受角度进行研究的范例，那就是美国人威尔·赖特的《六响枪与社会》一书，这是一本研究西部片的书。这就便于我们从制作角度和接受角度来认识意识形态批评方法。

现在让我们研究一下《电影手册》同仁集体撰写的关于《少年林肯》的文章。阿伯拉罕·林肯是美国历史上最受人崇敬的总统。他在南北战争各州交战的情势下担任总统，解放奴隶的战争结束后不久便被谋害。这是发生在他担任总统之前的故事。此时的林肯只有二十多岁，经营着一家乡村小店铺，他自学了法律之后，在伊利诺州的一座小镇上开始进行法律咨询。若干年后，林肯开设了自己的律师所，受理了一桩颇不寻常的案件。林肯凭借着自己广博的知识和过人的智慧，揭穿了证人指证被告“月夜犯案”的诬告，因为农历上标明案发的那一夜是朔月，是不会有月光的。两被告被无罪释放，凶手最终落网，林肯在一片画外的欢呼声中离开法庭。影片结尾时，似乎预示了林肯作为一个分裂国家的统一者的地位。

《电影手册》在这篇文章中指出需要一种与意识形态符码影片写作模式特点相

符的读解影片的方法。特别是，由于影片在写作时便具有意识形态方面的设想，它是掩盖它在这方面的实际运作的。那么，怎样的方法适用于分析意识形态性的本文呢？怎样才能把它揭开呢？《手册》是这样来说明它的方法的：要对照影片所没有讲述的，来认识它所讲述的。这种批评方法运用了一种本文中"所讲述的"与"未讲述的"之间的辩证关系。这种方法衍生自阿尔杜塞在此之前几年出版的一本书——《读解〈资本论〉》。该书认为辨认一部影片的政治意图的起点是对一个问题的思考：这部影片与它的社会背景之间的关系是什么？

《电影手册》描写了1939年，即《少年林肯》一片拍摄的那一年美国的政治经济形势。文章还描写了好莱坞当年的大制片公司的形势，即20世纪福斯公司以及导演约翰·福特的成就和兴趣所在。《手册》特别指出即将在1940年举行的一次大选，具体地说是20世纪福斯公司总裁在竞选中与共和党的联系。《手册》提出论据，说明《少年林肯》的本文与泛本文之间的关系与其说是直接的和线性的，不如说是间接的和复合的。从方法论上讲，《手册》认为重要的在于同时根据二者之间的关系注意政治和审美的限定。

这样，《手册》的目标便在于对这部影片作为历史性铭文的分析，即本片在历史的某一特定时刻写进社会泛本文的方式。影片的意识形态的目标的框架由两方面构成：其一，把林肯造就成一位理想的人物，从而再现作为神话的历史；其二，用对于故事的道德读解来抑制(影片中)政治的作用。这一意识形态目标为的是把林肯构成一位资本主义法律的卫士，这是它的总体目标，但《手册》的分析从方法论上使用的是详尽的一段接一段的读解方法，目的是揭示主要意义的产生过程。这种研究方法是抵制结构主义的方法。结构主义的哲学并不去过问作品是从哪里生成的，也不过问它是怎样生成的，而只过问各个部分之间的关系。因此从这一意义来讲它是抵制结构主义的，即所用的方法包括了对各部分的辨认和对规律的分析，但所有这些部分从整体美学上都是互相联系的。在20世纪60年代初期，马克思主义和结构主义曾是彼此对立的，列维-斯特劳斯和让·保罗·萨特之间关于历史对于结构的作用的论争，使这一对立更加戏剧化。《手册》的这篇文章是在"第二结构主义"即运动的结构主义的框架以内展开的。《手册》继而提出"这一能指性实践的动力是什么？"然后一场戏一场戏地逐段考察每场戏在含义上主要说明什么，以及这种含义是怎样创造出来的。这样，他们详尽地论证了在本文性的运作中，神话是如何取代了历史的，道德是怎样取代了政治的。这种方法的运作多少有些相似于对梦的运作的分析。《手册》展现了本文如何通过若干意识形态运作为它们所服务的社会带来社会利益。换言之，《手册》的分析发展了一种意识形态性错现的文法。

《手册》用这样的方式指明了影片制造出意识形态含义的主要策略。它通过这一案例的全景展现，表明林肯与经济"自然"法则的联系。影片并没有把资本主义作为某种历史现象加以表现，却用电影中的天然的社会结构与自然法则的联系把资本主义作为一种神话式的现象加以表现。林肯与自然法则之间有一种特别密切的关系，这种关系是靠那份农历在破案中的作用明白地表现出来的。《手册》的文章说明在影片的本文中，资本主义、金钱和法律是在有含义的(意识形态的)复合体中联系在一起的。《手册》文章的目的是揭开蒙骗的体系，这一揭示不是简单地靠否定本文的意识形态声明，而是通过分析制造含义的过程，去说明影片的意识形态构型。

文章的方法论的框架确定了影片的意识形态模式，指出读解意识形态必须仔细地审视制造含义的体系和结构。《手册》的分析不局限于影片的故事，而且揭示了影片是如何通过由声音和画面组成的各场戏来实现这一故事的。换言之，《手册》所重视的是故事在发展进程中电影语言的作用，以及观众对于影片的领会。影片的意识形态符码不只存在于对话中间，而且存在于镜头和场面调度中间。进行意识形态的读解要注意场面调度，注意剪辑及镜头构图。比如在一个镜头中，有被告的母亲，有林肯和一条河流，这个镜头对于确立林肯与自然法则的关系来说，便是重要的。只有通过这种综合性的分析，才能说明意识形态尽管是无形的，却会是有效果的。有一点是既可以假定又可以证实的，即意识形态并不以自身的名义发言，而是通过复合的叙事、主题性和电影性的语言的轮换交替来发言。这样，意识形态批评的构想便牵涉了电影语言与意识形态信息的联系。❶

(三)中国电影意识形态批评的现状

姚晓濛和胡克在《电影：潜藏着意识形态的神话》一文中，对意识形态电影批评进行了鞭辟入里的探讨和分析，他们指出意识形态批评本身就包含着意识形态性，强调进行意识形态电影批评必须要将学术性与意识形态性批评结合起来。

意识形态批评要求学术性和意识形态性的结合。要对别人进行意识形态分析，本身就是一种意识形态。它涉及了我们经常讲的立场问题、原则问题。事实上，任何一种批评都具有一个立场的问题，而意识形态批评只是比一般学术批评、美学批评更直接更大胆地表明自己的意识形态立场。学术性是意识形态批评不可偏废的另一方面。意识形态批评建立在语言学、精神分析学、马克思主义、结构人类学等学科的基础之上，有一整套完整的概念和范畴，有自己的分析方法。所以，意识形态批评是一种科学化的学术批评方式。学术性决定了意识形态批评不能随心所欲、想当然，不可能像姚文元批“三家村”和陶铸的两本书那样，爱怎么说就怎么说。❷

❶ ［美］尼克·布朗：《电影：意识形态的观点》，载《电影艺术》，1988(3)。

❷ 姚晓濛、胡克：《电影：潜藏着意识形态的神话》，载《电影艺术》，1988(8)。

十、女性主义电影批评

1949年，法国女作家西蒙·德·波伏瓦在《第二性》一书中指出："女人并非天生为女人，乃被创造为女人。"这种强调社会意识形态影响女性心理形成的观点进一步发展成生理性别和作为社会观念形态的性别之间对立的理论，为女性主义运动奠定了基础。女性电影实践和理论是承接着20世纪60年代末期欧美妇女解放运动展开的，女性主义电影理论和批评的目的在于力求瓦解电影中存在的对女性在创造力上的压制和形象上的歪曲。西方女性主义起初更多地受女权运动的影响，含有非常鲜明的政治色彩。到了70年代初，女权主义从具体的政治运动转向整体的文化批评。女性主义批评开始较多关注于电影的内容，如刻画真实的女性形象、表达女性的人生经验，但很快影像语言成了探索的重点。女性批评家力图揭示在女性形象中渗透的父权意识，即男性对女性形象的扭曲。女性主义批评的首要任务就是解构这类反女性本质的电影，改变以男性为主导的表意手段与传播方式，建构更接近于女性情感体验的新电影。在现代西方电影理论中，女性主义批评占有非常重要的地位。女性主义批评从心理学、符号学、结构主义等学科或学说中获取了大量的理论支持。法国的女性主义批评多受拉康的精神分析与德里达的解构论的影响，故热衷于话语的批评；而英美的女性批评家受女权主义运动的影响，更关往妇女的现实状况，反对过分理性化的倾向。从哲学的层面看，女性批评又可分为"本质论者"与"非本质论者"。前者认为女性代表着更为人道的生存模式，因此女性价值应成为一种批判残酷竞争与个人主义式男性价值的标准；后者则关注父系社会中女性主观构成的过程，即"性别认同"最初是如何形成的。

丘静美在《西方女权电影理论与批评：介绍与分析》一文中概述了西方女性主义电影的起源和发展：

> 女权电影理论和批评的目的，在于力求瓦解当时在电影中存在的对女性在创造力上的压制和在形象上的剥削(这情况也适用于电视的领域内)。以上的现象根源于男权社会中男女性别的不平等关系，这种关系实际上已自然化成为一种意识形态，并以不同的方式存在于文化和其表意系统之中。女权学者的批评，首先是让女性对其自身的不利情况产生醒觉，并作出反应，合力创造出更多以女性为主的文化现象，令旧的男权文化开始产生一种"断裂"，并由此变化出更有利于男女平等的情况来。这些理论和批评的发展，如前所述，可分为三个时期(或三个思

维模式：社会学、精神分析与文化分析）和三种政治观点（自由主义、马克思主义、激进主义）。它们对“女性在电影（或电视）本文中是什么？”这个问题提出了约四类的思考，即认为：第一，女性是被“典型化”了的；第二，女性是“符号”；第三，女性是“缺乏”的；第四，女性是“社会建构”的。这四类思考向学者提醒女性在现存的文化符号系统中消极和负性的存在形态。学者认为这些形态都需要被改变，而批评则是倡导女权意识的第一步。

20世纪70年代初期的女权批评，主要是证实女性是被“典型化”了的并找出这些不利女性形象的典型。这类电影批评主要是以直观式的方法进行的。女权学者从要求男女平等的角度出发，审视以往好莱坞以至欧洲电影作品中被包装好的女性典型。由于电影工业以男导女演的分工进行生产，因此传统好莱坞对女明星的种种包装术，实应归咎于“大男子主义”。因此女星之所以被创造成魅力四射，只是男导演和电影工作人员用以满足男性文化和男性观众的手法而已。

就这方面，马卓莉·罗森的《爆谷女神》一书作了较详细的历史研究。作者对好莱坞数十年来创造出的各种性典型加以生动的和带讽刺性的描写，从以下对两种不同典型的比较可以看出。罗森对默片女星萨特·芭拉这样写道：“齐腰的黑发，闪着乌亮的眼睛，一脸粗糙野蛮的化妆，萨特·芭拉的身体承我了原始的罪恶和不羁的淫念。可怜的男人在她的胜利的姿态前被诱至买醉，破产，奴役……”对另一个被称为“永远的小女孩”形象的玛丽·碧克馥，罗森这样写道：“有着金黄的小鬈头，小天使模样的身体和姣好的面容，她一开始就是天使般的甜蜜与女孩的天真的再生。”罗森不厌其详地指出这些典型与真实妇女的距离（海外观众往往忽略这点），并指出这些花样实在是非常商业化的，即使在20世纪六七十年代，妇女解放运动开始严肃地向这些传统典型挑战之时，这个梦幻工厂仍制造出一些似乎是较为解放的女性典型，来维持它的生存竞争。

马卓莉·罗森的研究，为女权电影批评提供了一个重要的方向。它集中于视觉现象或形象的分析，而非强调故事情节中的意识形态的分析。虽然罗氏的历史研究为后人提供了重要的参考线索，但这种只针对现象的分析，并未能解释现象的全部来源和它们为何能够延续不断地产生。而且，罗氏的研究似乎假定了只要消除了一些有害的妇女形象的典型和创造出正面的典型，文化的问题就已经解决了。这个假定是不能触及男权结构的。故此，在数年间的讨论中，这种研究方向虽然被认为是初步的、理论性不强的，然而却仍有社会性的价值，是初期女权电影研究的代表作。

在1973年，克莱尔·庄士敦撰写的《女性电影作为抗衡的电影》一文采用神话分析的观点，指出女性的形象在一个性偏见的意识形态中成为符号，而这个符号正好为神话所利用，然而，因为电影制造出近似真实的形态，所以它的符号功能不易被觉察。庄士敦还指出在不同的男导演手中，女性也成为不同的符号。如约翰·福特把女人制造成文明的代表，而霍华德·霍克斯则把女性塑造成一种消极和受打击的象征。此文所用的符号学观点，实属于较表面和初步的，只能对电影作品进行静态式的第一符号学研究，而未能解释这些符号的运作或构造过程。

全盘接纳心理学中弗洛伊德派和拉康派的精神分析法来发展女权电影研究，可以说是女权学者参与第二符号学讨论的贡献。这个时期（即自70年代中期始）

电影批评所采用的对电影本文的深层阅读法，由于法国《电影手册》对《少年林肯》一片的分析而得到较深入和全面的展开。女性学者的贡献在于他们不仅结合了拉康学说与意识形态的批判，而且加上女权的观点来对电影本文的深层结构作出有关性别差异与偏见的解读。劳拉·穆尔维的文章《视觉快感与叙事电影》在1974年与1975年间出现，并很快得到学术界的重视。这篇文章可说代表着女权电影研究由第一阶段进入了第二阶段的理论探索。另一方面，女权电影研究进入精神分析阶段时，女性学者也分成了两派，一派坚持社会学观点，对于男性们提出的精神分析模式提出疑问(这派也包括持马克思观点的学者)；另一派则是积极发展精神分析观点，以求适用于女权的研究。在学术界，后者很快取得了重视。

劳拉·穆尔维的文章曾于1986年由周传基老师译成中文。从该文的总结，可以一窥该文的主要观点，并且看出穆尔维欲将电影的构成过程而不是它的内容纳为精神分析的对象。兹引总结一段如下，供参考和作为讨论的根据："女人的形象，作为供男人看(主动的)的素材(被动的)，把这一论证进一步带入表象的结构，增添了父系秩序的意识形态所要求的层次，这种意识形态正是在它所最喜爱的电影形式——幻觉的叙事影片中得到最佳的实现。这一论证又再一次转向精神分析的背景，这一次是作为指称阉割的表现的女人诱发窥淫癖的和恋物癖的机制来胜过她的威胁。这些相互作用的层次都不是电影所固有的，但是它们唯有通过电影的形式才能达到完善而美丽的矛盾，这是由于电影能够转移看的重点。正是看的(中心)地位界定了电影，也是于此才可能变换它和暴露它……这远远超过突出女人的被看性，电影是把女人被看的途径融入了奇观本身。电影的编码利用作为控制时间维度的电影(剪辑、叙事)和作为空间维度的电影(距离的变化、剪辑)之间的张力，创造了一种目光、一个世界和一个对象，因而创造了一个按欲望剪裁的幻觉。必须打破这些电影编码及其造型外部结构的关系，才能对主流电影和它所提供的快感作出挑战。"

穆氏固然关注好莱坞商业电影所营造出的女性形象的不真实，但她却把分析的重点放在电影的内部构成过程，以及电影与观影者的心理关系上。换言之，早期批评制成品的固定特征的手法，已被穆氏否定了，而她所肯定的，是在美丽的幻觉之所以能在观众脑海中产生所涉及的潜在的心理因素和文化因素，而心理因素实际是支撑着电影特殊魅力的(特别是窥淫癖与恋物癖的)机制，昏暗的电影院是这种机制得到发挥的理想环境。但是要解释为何是女性，而不是男性被利用为诱发这些心理机制的客体，则必须要集合弗洛伊德和拉康对性心理的分析。按拉康的说法，女性的生理结构在这个男权社会中令她以一种缺乏或被阉割的形态下进入语言和文化的系统。因为掌阉割之权在父亲，因此女性的存在亦象征着父权压抑的存在和对其他男性产生的一种威胁，因此男性亦不断用象征性的手法去驱除这个威胁。因此，电影科技的开展，不只是基于纯科学的好奇与探究，这一个女人为被看者基础的庞大工业，本身是维护男权意识形态的文化表现。电影因此把女性不断塑造成为男性的"客体"，成为男性文化的依附品(作为负性符号的存在)，而不能把女性的真实的、在社会中受男性压抑的形象表现出来。女权对电影的批评，就必须先要揭露出这种以男性精神运作为主轴的符号产生过程，让观影者觉察到一直以来电影对女性所进行的象征式的虐待。由于看电影本身与窥淫的乐趣有分不开的关系，故此女权的电影亦不能完全消除这种机制的存在。然而，不同的电影符号构成方式亦可以为观影者与影像提供一些更开放的和更辩证的关系，令观影者不必被锁在影像的迷幻中而失掉知觉，这样便可以在男权的意识形态和文化中制造出一些断裂，从而夺得更多的反主流文化的新构成方式。

穆尔维对电影与男权社会意识形态关系的分析，奠立了第二阶段女权电影理论的理论基础，并且引发了女权学者对先锋派电影的拥护。因为假如主流电影必然反映主流意识形态，而主流意识形态必涉及男权结构为符号构成的主轴的话，唯一的出路是倡导更多非主流电影的制作。穆氏与其前夫合摄的《史芬克斯之谜》就是她身体力行的表现。

在1976年，克莱尔·庄士敦在穆氏的理论基础上开展了对“女权电影实践”的讨论。庄文的目的是结合理论与批评来提倡某一种实践。以下列举庄士敦的七项主要观点，从中可并看到女权电影研究与第一和第二符号学的一些关系：

第一，庄士敦援引麦茨在《历史表述》一文中的讨论，指出电影的本文故意装出观影者是不存在的而诱发出窥淫欲，成功地把观影者锁在一种与影像幻想性的联合关系之中。这种想象性的关系所涉及的心理机制，近似拉康所指的婴孩想象期中的错觉。第二，奥达的“缝合理论”解释了这种想象的关系在电影中是透过正反打的镜头组合法把观影者“缝合”在本文的意义生产过程中。本文意义生产时，更涉及观影者记忆力的运用，这种记忆更巩固了各个原来是分隔的能指的关系；第三，拉康指出，缝合过程是主体出现的过程，镜像(想象)阶段是出于初步自恋性的“缝合活动”(指婴儿认为镜中之像等同他自己，乃是“自我”与“镜像”的“缝合活动”)。这两种说法正适用于描述传统好莱坞本文的影像结构(即是说，好莱坞电影鼓励观影者延伸其自恋性和其欲望至银幕中)。第四，女精神分析家朱丽叶·米切尔认为拉康所指的女性是以负性形态进入语言和文化系统中的说法，可在列维-斯特劳斯的文化人类学研究关于“女人是亲属关系的交换品”的结论中得到证实。第五，将以上各项分析用于电影批评，就可以得出以下的结论：“女人”是在一种把整个表意系统分为男性与非男性的标准下产生出来的。无隙的镜头缝合，创造出更多的在这种意识形态内的主体来。(这即是说妇女在这种系统下往往也被赋予一种负性意识，丧失了作为女性主体的可能性，并解释了为何妇女往往以男性的标准来规范自己)。第六，女权电影必须寻找一种能够完全替代男权系统的表意方式，这种方式必然是革命的，它可能就是克里斯蒂娃所说的“诗的语言”。最后，庄士敦推崇法国女导演山桃·阿克曼的作品《尚·迪尔曼》，认为阿氏用一种静观式的拍摄手法(不采取缝合的剪辑和拍摄方式)表现了一个银幕上少有的故事：一个身兼中产家庭主妇、母亲和下午娼妓三职的女性在三天内的生活细节和崩溃的过程。庄氏认为这部电影无论在题材和视觉表达方式上，都提供了一个主流电影以外的可行的实践方式。它一方面揭露了中产道德观外表的虚伪性，同时亦显示了妇女生活的种种压抑现象，能令观影者与主流形态产生一种“非缝合”的关系。

庄士敦的讨论连接了理论、对好莱坞商业电影的意识形态批评和女权的观点，大有可取之处。但她对《尚·迪尔曼》一味推崇的态度，却受到另一个女权学者珍·罗德从另一角度的反对。罗德认为，阿克曼的选题和表现手法固然有其独特之处，然则有两点不能也不应轻易推崇。第一，迪尔曼这个女性扮演着保守的母亲和下午妓女的角色，这是维系和延续了男权社会对她和对其他妇女的压抑，并不是一个解放了的妇女；第二，在影片终结时迪尔曼挥剪刀杀掉了嫖客这种处理手法，并不能被接纳为女权解决压抑问题的方案。这个套子应被视为是一种运用死亡作为舞台剧中“神从箱降”的、适宜理解的戏剧问题的手法，毫无进步可言。女权学者对于《尚·迪尔曼》这部电影的两种意见，反映出运用两种分析模式得到的不同结论。前者着重表意的活动而忽略了社会行为的实践效果，后者则着重用社会典型而未触及观众的心理活动过程。两种批评皆具特别有力的论点而同时亦有偏颇和客观的盲点。在二者的长短比较中我们可看出女权电影研究的两种思维模式的差异和未能解决的问题。

此外，“新弗洛伊德主义”能否成为女权电影研究的基础，也是女权学者争议未休的课题之一。自朱丽叶·米切尔的《精神分析与女权主义》一书在1974年出版后，女权学者开始提出对弗氏精神分析模型的批评，主要是认为弗氏对男女性差异的描写与讨论主要以男性心理活动来界定女性心理活动，因此“阳具中心主义”的说法本身就有商榷的余地。其中女权学者南茜·曹德鲁的《母性的再生产》更抨击弗洛伊德的心理学是以否定女性能拥有真正的快感出发，并往往以只适用于描写男性心理的词汇来描写并解释女性的本性和心理活动，这种学说把女性界定为非男性，由于男性是以正面的词汇来描写，即“男性具有……”，故女性便只能成为负面，如“女性缺乏……”。如此一来，接受这种学说的妇女必自以为不如男性，亦无法享受自身生理构造的乐趣成为拥有快感的主体。例如，妇女会误信自己的母性只是一种把婴儿作为阳器的替代品的心理机制而已。因此，尽管精神分析仍有许多可取之处，但就性差异的描述而言，它是以极有力的男性思维来进一步否定女性的本性的极端学说。

与此同时，马克思女权主义者朱丽叶·拉沙治亦于1974年在《跳接》杂志上发表文章《人类主体——你，他抑或我》(或译作《失了阳具的个案》)，文章指出英国出版的电影理论权威期刊《银幕》上所刊登的那些用弗洛伊德精神分析讨论电影的文章，包括史蒂文·希斯和柯连·麦克比等理论家的讨论，证实他们仍然是延续假象的大男子主义者，尽管他们也来推崇布莱希特而贬斥传统好莱坞的叙事手法。拉沙治指出所谓“奥底帕斯情结”，并非唯一能解释本性发展的理论。拉氏指出，男女婴儿首要认同的对象是母亲而不是父亲，在襁褓中他们同是母亲宠爱的主体，故同时他们把愤怒和不快也发泄在母亲身上。至性别角色的发展期间，男孩并不是经历一个“阉割情结”(即以为女孩无阳器是被父亲阉割的结果)，而是经历一个把自己身上的“女性元素”压抑下去的过程。在这个过程中，男婴对母亲的反应开始成为一种复杂的、充满恐惧的、对“女性倾向”压制和抗拒的情感。女婴在这个期间亦对母亲产生抗拒，但这个原本是肯定自我存在的过程，却因女婴与母亲性别相同的缘故而形成了她对自我形象贬值的基础。女孩对父亲的认同，对她是一个残酷的心理压抑的过程。因此，这个社教化的过程，实应被看成一种能够改变和需要改变的现象。事实证明，一种特定的社教化令女性产生自卑感，而并非是由于她“缺乏”了什么，因为女性的构造同样能使其产生快感，故不是一定要找到什么缺乏的补足，所以男性不一定是女性的补足。这是一场女权学者同弗洛伊德学说和拉康学说进行的大辩论，问题涉及电影理论和批评如何看待一个重要的文化问题。这场辩论并未真正结束，也还未有最肯定或否定的答案。女心理学家和女权学者对欧美最流行的一派精神分析学说权威提出了重要的疑问，此举一方面鼓励着对精神分析做更深化的研究，另一方面则为女权研究的理论基础作出反省和评价。在这一个研究和讨论过程中可以看出，当代电影理论学者不能只就文化谈文化，而必须要涉及其他的社会学科来研究当时的文化观。欧美的女权电影研究亦没有因此便仓促地放弃精神分析的模式，而是更广泛地参照女性心理学权威的不同论点，来为“女性观影者到底具备什么心理机制”这一问题寻找更完满的解释。同时，亦有人研究欧美男或女同性恋观影者的心理机制和他们所摄制电影的不同之处等，这是就当前欧美社会中所存在的不同的主体探求广泛而详尽的各种心理而产生的各种观点。

女权电影研究之所以集中火力于精神分析模式上，亦因为她们要积极寻找并建立一种与传统主流电影不同的表意系统，亦即要为抗衡性的电影实践找出一条可行之途径。女权电影批评亦常常推崇某一类作品(特别是女性的先锋派作品)，目的也是要造成一种声势。劳拉·穆尔维甚至参与创作，与其夫合力拍摄了《史芬克斯之谜》，集中女性的经历作为叙事的重心。虽然有学者如庄士敦等希望以理论来指导实践，但女导演从女权主义和女权电影研究中所获得的更多的是一些启示和灵感，或者是对一些女性价值观念的肯定，而非详细的拍摄方案。由此而看，女权电影理论对女性电影实践并没有直接的指导作用，但彼此在价值观念上的肯定和鼓励，却是在男权社会中生存与竞争的必要的条件。当然，女权电影理论和批评的属性，在目前英美的学术、政治分家的情况下，仍然是作为一种学术理论而存在的。由于理论终极的那一刻总不会到临，所以女权理论亦不能为女性电影实践提供绝对的真理，这是女性学者和导演都互相理解的。

能全面地评估女权电影理论和批评在第一、二阶段的成就和难题的文章，主要有1978年姬丝汀·戈来哈尔在《电影研究》季刊发表的《女权电影批评的发展》。戈来哈尔一针见血地指出女权电影批评必须要与现实主义传统找出一个能对话的领域，这正是女权主义者的难题。因为女权学者假如不批评现实主义的叙事和构成方式，而只侧重女性形象的正面塑造的话，前者所承载的男权意识形态势必会继续下去。然而，即使反对了现实主义的表意方式，也不能全盘否定它能成为使观众产生激进反应的艺术形式这个可能性。事实上，任何一种表意方式是同时可被利用来作为制造传统意识形态和革命意识形态的本文的，因此任何一种表意方式都可以制造出不同的阅读效果。对戈来哈尔而言，女权电影学者坚决反主流写实主义的电影的偏激之处，可能是出于对“意识形态”这个观念的误用。原来阿尔杜塞引用拉康的“询唤”说来解释意识形态与主体的关系(或作意识形态询唤实在的个人成为主体)，它在女权电影研究引用的过程中，被等同于“资产阶级意识形态召唤个人成为主体”。从这个观点出发，一切原来表象性的美学被视为是由这个意识形态而来的东西，是巩固意识形态的。因此一切不是从语言和表意层面出发去抗衡主流意识形态的方式都不够彻底。例如《电影暗箱》的发起人之一庄士敦，就提倡建立反表象性的美学和“有反现存表意方式才是政治”的说法。因此一些为众多妇女认可有女权的意识的作品，在形式上也被否定了。这似乎是把马克思用唯物主义对抗理想主义的逻辑等同于用现代主义先锋派对媒介物质性的关注对抗传统主流形式对媒介物质性的压抑。这是有问题的，而且，在女权运动中，也有其他领域中斗争的女权主义者和非女权主义者的妇女。因此，女权电影理论和批评必须要能容纳女性本身的各种差异，而不是要求所有的人都去跟从一种模式。

戈来哈尔更指出，从形象性符号的分析观点出发，人们往往会得出“女性是非男性”“女性与语言有负性关系”等结论，这么说来，女性的影像岂不是无法为妇女代言？这种分析法本身亦未包括叙事分析，因此亦有破绽。此外，拉康对主体的描写是阶级性的，并不能处理社会中各种动力与关系。即使对西方一般妇女而言，一个解释主体的理论亦须包括对经济（资本主义）和其社会动力的种种考虑，假如只集中注意观影的位置的话，“本文”既然为观影者先定好“位置”，妇女就是否不能作出抗衡性的阅读位置而只有接受的份儿？女权式的阅读法是否也会与阶级差异的阅读法产生矛盾？由于阅读是必须经过认同和辨别两个过程，因此，女性在“本文”中的形象，对读者而言，不可能只是一个符号而已。这样看来，女权电影理论对电影本文的解释，应考虑到观众是可以在不同的讨论层面中，被分别理解为“观众”“读者”和“主体”，因此观影者与电影的关系，亦可被分别理解为“认同”“解释”与“精神活动”，这是不同的机制及它们的不断变更所产生的效果。戈拉哈尔提出的几个重要的问题，不独是女权电影研究需要考虑的。事实上，自《电影手册》对《少年林肯》的阅读文章刊登以后，电影理论对“观众、观影者、读者、主体”的理论发展还未及解释复杂的观影活动所涉及的各种问题。当代电影理论是较为全面，也可说是较为笼统地处理了一些抽象的概念，这些概念在更特殊的讨论（如女权讨论）中则被发觉是不够全面的。因此女权电影的研究，可说是间接地把一般的电影理论问题推至更复杂的考虑情况之中，亦只有如此，才能觉察到原先理论的疏漏之处。

西方当代电影理论是借着结构主义符号学的解释力量而有别于早期电影理论的。在这个建立新权威的研究竞争过程当中，一些大师的理论和学说，包括如列维-斯特劳斯对文化人类学的研究、弗洛伊德和拉康的精神分析法及阿尔杜塞对“意识形态”的新论点等成为新的经典“课文”。然而，作为独立的学术观点，它们内部亦各自有精辟之处以及盲目之点，它们原来所研究的对象亦不相同。因此，这些理论所探讨的文化问题和思考模式并不能完全套入讨论电影文化之内，若试图完全代入，亦必会产生各种逻辑上和细节上的问题。例如，根据巴特的符号分析法，“能指”与“所指”（符号与它所指的）之间的关系是非固定的，是在文化的产生与变化过程中不断变更的。这个观察与语言学认为意义的产生在于语音的差异有共通处，但主要是把差异这个概念用作描写文化系统内符号具有不稳定意义这个现象。女权批评虽然从符号学的原理中得到不少启发，但女权研究本身与符号学的原则不同。女权运动与其他政治运动有一个共通点：它们寻求开展更多“差异”，但首先要攻击“所指”的稳定意义才能展开斗争。换言之，女权电影理论必须要（可能是不自觉地）假定一些“能指”和符号在意义上是稳定的（如它们都是为“男权”“男性生殖器中心”服务）。这种把“能指”与“所指”的关系相对地固定化的活动，是一种政治的活动，因此在阅读文化时，也会趋向一个较封闭或单一的结论。就女权运动的兴趣与目的而言，必须要辨认出“男权意识”潜藏何处，才能实际去对症下药。故此，在分析时，往往要把文化符号的意义稳定在“男女不平等”或“性差异”这个命题上，大部分女权讨论是建立在此基础上的。况且，为要指出“女性意识”与“男权意识”的对抗性，女权主义电影理论和批评往往需要在立论时提出一些较突出的女性或男性的固有特点，这样，无论是分析的字眼还是辩论的逻辑就都围着这些固有特点打转，成为一种“特点主义”的立论。如此，女权主义对文化的批评就往往会趋于单一，即理论的框架亦难以容纳种种复杂的文化因素。所以第二阶段的女权电影研究所提出的“女性是缺乏”“女性是被分配到象征的负面”等结论，一方面是一系列重要的和有价值的女权讨论的结果；另一方面，女权主义电影理论和批评停留在这些结论上，受着“女性是什么?”这个命题规限，理论的探索也大致被圈在这个规划之中。

这种把文化分析固定在“性别差异”这个命题里的研究，在1982年德里莎·迪·罗拉蒂斯的《爱丽丝不：女权主义、符号学、电影》一书中得到最佳的发挥。罗拉蒂斯一方面继续其他女权电影学者对电影的“造象”与系统进行分析和批评，另一方面提供被其他学者所忽略了的叙事学的研究观点来说明，“性差异”也是故事人物叙事关系的编排标准之一。罗氏既对弗洛伊德学说提出质问，同时亦致力于解释精神分析对女权研究之可取之处。当然，她也认为列维-斯特劳斯与弗洛伊德的理论是从承认男权现状出发，而不是为革命性的改变而缔造空间。如“奥底帕斯情结”这个概念，它代表的神话原来有以男性为中心的意义(罗拉蒂斯认为弗洛伊德忽略了史芬克斯在神话中的角色，正好证明他的偏见)。因此弗洛伊德学派也未觉察到奥底帕斯这个神话对“性差异”的处理是有问题的。精神分析利用这个神话的中心部分来套入、解释、描绘西方中产家庭的伦理关系与社教关系，自然得出不利女性的结论来。

《爱丽丝不：女权主义、符号学、电影》采用了较新鲜的观点来讨论精神分析和叙事学在女权电影理论中的应用问题，并对大师学说那种似是客观的理论来进行女权式的深层阅读，有“以其人之道还治其人之身”之妙。它不但为女权电影理论建立了更巩固的学术地位，亦为罗拉蒂斯个人建立了更广阔的学术威望。《爱丽丝不：女权主义、符号学、电影》可说是女权电影研究第二阶段的经典著作之一，并引发了不少女性学者的灵感，开始对精神分析作种种批评式的讨论与运用，这大批著作一直至1986年左右，仍占女权电影研究的主要部分。甚至1987年出版的由玛利·安·托尼著的女性电影历史研究《欲望生欲望》亦仍以拉康的精神分析作为主要的理论框。❶

作为一个当代电影理论的流派，女性主义批评的独特文化背景，决定了它激烈的批判立场和高度综合的方法论基础。它从分析好莱坞经典影片入手，批判并试图颠覆发达资本主义社会的语言和意识形态结构，它对主流电影的解构和批判尖锐而深刻。作为一种纯粹的批评性理论，女性主义的理论活动在立场和方法上自觉地与电影创作实践相疏远，即不是建设性地、而是批判性地对好莱坞电影进行了详尽的解构分析，维护了理论形态自身的自足性和政治、美学批评的独立性。

---

❶ 丘静美：《西方女权电影理论与批评：介绍与分析》，载《当代电影》，1988(6)。

十一、后殖民主义电影批评

“后殖民主义理论”指当今一些西方理论家对殖民地写作话语的研究，是批评家通常使用的一种理论学术话语，专指“对欧洲帝国主义列强在文化上、政治上以及历史上不同于其旧有的殖民地的差别（也包括种族之间的差别）的十分复杂的一种理论研究”。后殖民主义理论并没有一个大致相同的批评方法，而是“采用各种不同的方法，因为它与另一些批评理论方法关系密切故很难将其予以区别”。总之，“后殖民理论批评本身的方法也可以划为解构主义的、女权主义的、精神分析的、马克思主义的、文化唯物主义的、新历史主义的，等等”。它在内容和形式上都有着打破学科界限之倾向，它使得文艺研究和文化研究融为一体，尤其在探讨与帝国和殖民化相关的课题方面显示出大体一致的倾向：权力、历史、主宰、文化、颠覆、教育、经济机遇、女性的作用、宣传媒介对殖民地主题的作用、区分、种族主义、压抑和反叛等。后殖民主义认为，西方的思想和文化模式以及其文学的价值与传统，始终贯穿着一种强烈的民族优越感，因而西方的思想文化总是居于主导地位。而非西方的第三世界或东方的文化传统则被排挤到了边缘地带，仅仅扮演一种“他者”的角色。由于长期以来对东方的偏见，在西方人眼中，东方人一方面有着“懒惰”“愚昧”的习性，另一方面，东方本身又不无某种“神秘”的色彩。

后殖民主义理论家主要有弗雷德里克·詹姆逊、爱德华·赛义德、佳亚特里·斯皮瓦克、霍米·巴巴等人。后殖民主义很快被译介到中国，其中以詹姆逊等在中国学界的影响最大。1985 年，詹姆逊访问中国大陆，并在北京大学讲演了一个学期；1986 年，讲演集《后现代主义与文化理论》中文译本出版；1989 年底，《处于跨国资本主义时代中的第三世界文学》一文，也在专业电影理论刊物《当代电影》中被译载。詹姆逊有关电影和“第二世界本文”的表述，也给中国电影批评带来了新鲜的概念、观点和方法。李道新认为，“1990 年代以来的中国后殖民主义电影批评，倾向于在全球文化的参照系中，把电影作为一种民族文化来讨论；同时，力图在西方后殖民主义的理论语境中，观照中国电影的“他者化”历史及现实；并以中国电影的运作经验如张艺谋、陈凯歌的电影创作实践为对象，对西方后殖民主义理论进行验证、质疑或重构”❶。

---

❶ 李道新：《后殖民主义与中国电影批评》，载《福建艺术》，2001(4)。

(一)后殖民主义电影批评

李道新在《后殖民主义与中国电影批评》一文中，对中国后殖民主义批评的历史和现状作了较为详尽的梳理，他认为：

> 进入20世纪90年代以后，较早从后殖民主义理论视角分析中国电影的尝试，始于姚晓濛的《中国电影：第三世界文化的一种文本》一文。该文的最大贡献在于，按照詹姆逊的思路，将同属"第三世界"的中国的电影，当成了一种民族文化文本，即一种"政治的、民族的寓言"。但是，作者对意识形态的有意强调，使文章不合时宜地沉湎在一种文化相对主义以及对第三世界国家电影的乐观情绪之中。文章表示，从民族文化的角度看，东西方文化并没有什么"优劣"的问题，中国电影有自己的"话语结构"，这个结构由中国的"文化条件"所决定。但在当今世界上，自从帝国主义瓜分完殖民地，它们就来解构这个世界的"符号秩序"，并加以"命名"，比如"第一世界"的电影是"发达"的，"第三世界"的电影是"落后"的，而现在，"第三世界"国家的电影，正是在作为"颠覆"殖民文化的帝国主义电影的意义上存在的。
>
> 显然，由于此时作为中国后殖民主义电影批评主要对象的"张艺谋电影"还没有在国际电影节上屡获殊荣，也没有引起电影批评界和文化批评界的普遍关注，姚晓濛的文章对中国电影的"后殖民语境"还缺乏基本的认识。
>
> 真正对中国电影的处境表示担忧，并对拆解中国电影的"后殖民语境"付出努力，是在1993年前后。张艺谋的电影作品《大红灯笼高高挂》与《秋菊打官司》，继《红高粱》与《菊豆》获得第35届西柏林国际电影节金熊奖与第63届奥斯卡金像奖最佳外语片提名后，再次获得包括第48届威尼斯国际电影节银狮奖与第49届威尼斯国际电影节金狮奖在内的各项国际国内大奖。"张艺谋电影"独特的民俗展示方式及其创造的获奖"奇迹"，激发了一些对后殖民主义理论已不觉陌生的电影批评工作者，尤其是文化、文学批评工作者深入探究其缘由的浓厚兴趣。王干表示，在《大红灯笼高高挂》中，张艺谋虚构了一个灯笼的神话，并通过点灯、封灯、灭灯、毁灯等民俗仪式，迎合了西方观众的阅读需求。戴锦华也指出，通过《红高粱》，张艺谋以"张扬而颇富神彩的民族神话"，取代了第五代寓言式自我缠绕的文化困境，在影片象征性的"成人式"中，在为第五代设定为缺席的"英雄的登场"中，一举以"东方(中国)文化主体"的形象出现在"西方世界"面前；他的《菊豆》《大红灯笼高高挂》则以万军之中长驱直入的气势，"极为成功"地切入欧洲，甚或美国文化视域，使其成为中国电影一个特殊的"边缘"，同时也成为西方文化边缘地带"中国电影主流"的指称。总之，在张艺谋的电影作品里，中国历史、文化均成为西方文化视域中"一只纤毫毕现的、钉死的蝴蝶"，并由此为中国电影提供了十分典型的"后殖民文化"的"范本"。引人注目的地方在于，对于"世界一体化的进程"导致的中国文化的"后殖民化倾向"，戴锦华并没有急迫地寻求解救的策略。
>
> 第一篇明确地从后殖民主义理论出发，拆解张艺谋电影的"后殖民语境"的文章，是张颐武的《全球性后殖民语境中的张艺谋》。文章首先解释了"后殖民语境"的含义，指出："所谓后殖民语境，就是指在经典殖民主义及其价值全面终结之

后，西方运用自身的知识或权力话语对'第三世界'所发挥的支配性作用，也就是依靠各种'软'性的意识形态策略和温和的对自身价值无可怀疑性的表述对在'现代性'基础上构成的'第三世界''民族国家'的影响与控制。"接着，文章表示，张艺谋是"第一世界"与"第三世界"大众传媒共同塑造的形象，他在"西方"所获得的声誉巩固了他在"中国大陆"的成功者的话语权力，而这种仿佛无往而不胜的成功又使得中国观众相信这些本文的魅力。随后，文章分析了张艺谋电影对"中国"与"中国文化"的独特表述，指出，张艺谋无意探究我们自己文化的"连续性"，而是把"中国"作为一个"特性的代码"加以表述；他不关心中国具体时间的变化和更替，而关心的是这个社会和民族"总体的隐喻"；张艺谋是一个追寻"空间化"的导演，他把中国的文化作为"表征"来加以处理；张艺谋是展示空间"奇观"的巨人，他的摄影机是在"后殖民主义时代"中对"特性"书写的机器，它提供着"他性"的消费，让"第一世界"奇迹般地看着一个令人眼花缭乱、目瞪口呆的世界，一个与他们自己完全不同的空间。"张艺谋电影"的"隐含读者"不是中国大陆处于汉语文化之中的观众，因为他们世世代代就生活在张艺谋用自己惊心动魄的虚构所要讲述的"中国"，他们对这个文化和民族的把握是具体的，他们并不需要张艺谋式的神秘的"空间"所提供的消费。相反，如王朔式的从具体的当代中国语境中引出的本文反而更受欢迎和理解，尽管它们也是消费文化的产品，但它们是"本土性"的。而张艺谋的本文，无论他本人怎样强调他自己与当代中国文化情势的联系，却是如横空出世般地书写着一个"抽象"的、"隐喻性"的"中国"。因此，毫不奇怪，接受和欢迎张艺谋的首先是西方的批评者。正是张艺谋为他们提供了"他性"的消费，一个陌生的、野蛮的东方，一个梦想中的奇异的社会和民族。[1]

李道新认为：

从王干、戴锦华到张颐武，大都受益于詹姆逊对"第三世界文化"的讨论及其基于西方的视角对作为一种"民族寓言"的"第三世界"文本的阅读，因此，大都无一例外地拆解了张艺谋电影的"后殖民语境"，令人心悸甚至无可奈何地昭示出"第一世界—第三世界""西方—东方""他者话语—本土文化"之间的二元对立。这种二元对立的思维模式，在王一川的《张艺谋神话与超寓言战略——面对西方"容纳"的90年代中国话语》一文中，不仅没有克服，反而以某种更为生动的方式得到有意的张扬。王文把"张艺谋电影"及其现象上升为"张艺谋神话"，把20世纪90年代中国话语"反抗"西方后殖民语境下的"战略"即"容纳中颠覆"的战略，概括为"超寓言战略"。显然，作者已经不再满足于仅仅被动地昭示张艺谋电影的"后殖民语境"，而是希图在西方"容纳"中国"话语"的"对抗"中，寻找一种"颠覆"西方权威话语的途径。在这里，"第一世界—第三世界""西方—东方""他者话语—本土文化"之间的二元对立及其冲突显得空前高涨。为了揭露"张艺谋神话"的生成语境，作者不惜篇幅，绕了一个很大的圈子，才从"张艺谋本人""其他偶然因素""西方权威们"到"历史""文化"，最后将对象锁定在"传统父亲"与"西方来客"

[1] 李道新：《后殖民主义与中国电影批评》，载《福建艺术》，2001(4)。

身上。为了说明“当代自我”与“传统父亲”和“西方来客”之间的关系，作者构筑了一个“三方会谈语境”，在此基础上绘出了一个“张艺谋神话战略模型”。

“寻根—弑父—原始情调”“求异—娱客—中国情调”与“他者独白—异调同声”共同构成张艺谋神话战略的基本内涵。接着，作者又将三方会谈语境中的“传统他者”归结为“西方他者”的代言人，这样，张艺谋本文就成为一个只是受“西方他者”引导的、无意识地满足西方“容纳”战略需要的“中国寓言”。这部“中国寓言”不是“中国民族性”的，而是“西方式”的，是“西方权威”所规定如此的“中国寓言”。面对这种中西文化交往中的“不平等”状况，作者设计了一种“容纳中颠覆”的“超寓言战略”。“超寓言战略”的要点是：既不是无条件“归顺”西方，也不是在实力不济时就匆忙拉开架势作“殊死决战”，而是“顺应”被西方“容纳”的情势，但却“伺机”向西方权威发出“挑战”，甚至在某些方面“颠覆”它。被西方“容纳”，不应被简单地视为一种屈辱，而可以被“化作”积极的、有利的反抗条件，因为能被西方“容纳”，说明其具有“可沟通性”，能够得到西方理解，从而就可能为在“反抗”的过程中起到积极作用奠定基础。容纳中颠覆，不可能立时就造成斗转星移式的沧海桑田巨变，而只能达成潜移默化的或缓慢的“影响”，这种“影响”将是今后的“直接颠覆”的准备。

按王一川观点，尽管“第一世界—第三世界”“西方—东方”“他者话语—本土文化”之间的二元对立不可避免，但采取“容纳中颠覆”的“超寓言战略”，“中国话语”还是可以有效地“反抗”，甚至“直接颠覆”西方权威的。专注于拆解张艺谋电影中的“后殖民语境”，以“中国话语”或“‘我性’的中国”身份向西方权威“争取”话语权利，成为王一川后殖民主义电影批评的主要目的。正因为如此，本土化和对抗性，也成为20世纪90年代以来中国后殖民主义电影批评的主要特征。

随着后殖民主义理论自身的发展及其对中国学术界的影响越来越深入、越来越全面，批评工作者开始主动从赛义德、斯皮瓦克和霍米·巴巴等人的著述中寻求理论资源，力图摆脱已经形成的“本土化”和“对抗性”姿态，为中国后殖民主义电影批评拓展新的空间。在这方面，王宁的《后殖民语境与中国当代电影》一文颇有代表性。

跟张颐武、王一川等人比较起来，王宁的后殖民主义电影批评正在努力消解“第一世界—第三世界”“西方—东方”“他者话语—本土文化”之间的二元对立以及“本土化”和“对抗性”的批评姿态，力图将“后殖民性”当作中国电影“走向世界”进程中一个“必不可少”而又“暂时性”的“中介性作用”。应该说，王宁的努力，对于纠正20世纪90年代以来中国后殖民主义电影批评中的“本土化”和“对抗性”偏颇，还是起到了一定的作用。但是，按王宁的表述，中国电影“走向世界”的进程，无非就是走向“西方”的进程——“中介论”中无意透露出来的“西方中心主义”，恰使该文本身也陷入到不可避免的“后殖民主义语境”之中。好在不久之后，作者便意识到了这一点。1998年，王宁将该文修改整理后。收入自己的学术专著《后现代主义之后》一书中，修改整理后的文章继续坚持了自己的“中介论”，放弃了中国电影“走向世界”的说法，代之以中国电影“自立于世界电影之林”的

表述。❶

李道新认为，20世纪90年代以来中国的后殖民主义电影批评，是以电影的本土化立场为批评标准的。这种电影的本土化立场，正是区分一部中国影片是否具有“后殖民语境”或“后殖民性”的主要标准。由此，李道新继续对中国后殖民主义批评展开分析：

“本土化”意味着对“第一世界—第三世界”“西方—东方”“他者话语—本土文化”之间“二元对立”的认同，而认同“二元对立”，意味着批评者自身也将被“嵌陷”在“后殖民语境”之中，与他们的批评对象面临同样的“困境”，因为他们所“操持”的这一套“语码”同样来自西方。对于这一点，中国的后殖民主义批评者很早便有清醒的认识，却始终无所作为。

在张颐武、孟繁华的对话录《陈凯歌/张艺谋：英雄或囚徒》里，对“二元对立”的质疑已经溢于言表，但电影的本土化立场，仍然是他们坚持使用并乐于展示的批评标准。张颐武继续发挥自己在《全球性后殖民语境中的张艺谋》一文中表述的观点，并将陈凯歌也纳入批评的视野。他认为，陈凯歌和张艺谋目前的电影都是以表现“中国”的“抽象性”为前提的，他们的电影“时间性”都很模糊，放在哪个时代都可以，张艺谋把“民俗”变成一种“奇观”的展示，是消费性的、供人观看的，让西方人看与他们不同的东西，这东西自己没有历史，只是一个“空间”，“民俗”成了给西方人展示中国的“他性”。现在，陈凯歌也“张艺谋化”了：《霸王别姬》把“民俗”即京剧化成了“奇观”，陈凯歌失去了原有的冲击力，也就被“后殖民语境”认同了，西方人给了他“说法”。同样，《霸王别姬》或《秋菊打官司》都把“东方”的故事描述得很“西方化”，所以陈凯歌、张艺谋的电影是在差异中认同“西方”的电影，是“西方文化消费”的产品。一句话，他们都让西方人觉得有“奇观”又有与西方故事相似的“情节剧”，于是“中国”就彻底地变成了西方的“他者”，失掉了自身的创造可能。以电影的本土化立场为批评标准，陈凯歌和张艺谋被批评者塑造成中国文化中兼具“英雄”或“囚徒”身份，却无法自行克服这种“尴尬”和“困境”的电影导演。因为这种“尴尬”和“困境”，也是中国文化与历史的“尴尬”和“困境”。

同样的思维方式，也出现在王一川的《我性的还是他性的“中国”——张艺谋影片的原始情调阐释》一文中。表面上看，文章是在通过对张艺谋的《红高粱》《菊豆》《大红灯笼高高挂》和《秋菊打官司》等影片的分析，揭露张艺谋电影通过“原始情调”“征服”中国观众的内在隐秘。为此，作者表示，张艺谋从“寻根”开始，经过“弑父”，奉献出“原始情调”，这是他给予当代中国观众的馈赠，也是他征服中国观众的成功的战略“诡计”。他顺应20世纪80年代后期至90年代初期中国的“寻根”热潮，不失时机地“烹制”出适合公众口味的“原始情调”。1987年的《红高粱》，以关于中华“民族精神”的乐观而激昂的“寓言”姿态，在当时复活“民族精神”的狂潮中推波助澜。而经过1989年的巨变，到1990年和1991年制成的《菊

❶ 李道新：《后殖民主义与中国电影批评》，载《福建艺术》，2001(4)。

豆》和《大红灯笼高高挂》，那种乐观而激昂的"民族精神"骤然萎缩、腐朽，而代之以愚昧、落后、封闭、残暴的"民族劣根性"，这时，张艺谋从"原始崇尚"的一极摆向了"原始厌恶"这对立的一极。或许是意识到这种"摇摆"会带来逻辑上的动荡不安，张艺谋在1992年以《秋菊打官司》形成上述对峙两极的"调和"，即不再是单纯的"原始崇尚"或"原始厌恶"，而是"原始困惑"。这样，张艺谋完成了对原始生活的"肯定——否定——调和"历程，而这一历程又正是"寻根"热潮本身的演化历程。因此，张艺谋在国内的成功，很大程度上与他善于追随时髦的"寻根"热潮的流程、"投其所好"地烹制"美味可口"的"原始情调"有关。

尽管文章从表面上揭示了张艺谋电影"迎合"中国观众的秘密，但实际上，文章的落脚点还在于以电影的本土化立场为批评标准，批判张艺谋电影"原始情调"的"边缘化""寓言化"和"他者化"策略。在作者看来，张艺谋电影的"原始情调"，经过"边缘化""寓言化"和"他者化"，那真实的"我性"的"中国"就被推远了，远不可及，从而无限期推迟出场；而虚幻的"他性"的"中国"却似乎相反令人熟悉、亲近，从而悄悄地转化为"我性"的中国。其实，这里的"原始情调"以及相应的"边缘化""寓言化"和"他者化"战略，在很大程度上就是按照"西方他者规范"而制订的，从而它们本身就是西方"他者引导"的产物。从《黄土地》意外地被西方"发现"时起，张艺谋就开始琢磨以怎样的"异国情调"去"征服"西方，对中国人来说是"原始情调"的东西，在西方人那里就成为"异国情调"。将电影的本土化立场作为批评标准，使后殖民主义电影批评毫不犹豫地把张艺谋放在了"臣服"西方权威、进而"伪造"民族文化的"他者"位置，同时也在一定程度上，使中国的后殖民主义电影批评者扮演了"我性中国"的维护者角色。❶

(二)后殖民主义电影批评之批评

从1990年代中期开始，跟张艺谋电影遭遇后殖民主义电影批评的无情"拆解"一样，后殖民主义电影批评本身及其"对抗性"的本土化立场，也开始遭遇电影批评界的质疑和抵抗。

在《经验复合与多元取向——兼论"后殖民语境"问题》一文里颜纯钧指出，一方面是民俗的"奇观性"构成西方观众对东方世界的好奇的窥视欲，另一方面又在电影观念、意识形态和读解传统上尽可能地去"迎合"西方的口味和习惯，这确实是张艺谋、陈凯歌们的电影"走向世界"所运用的成功策略，也是他们对"第一世界文化"的全球性支配地位所表现出来的"有意认同"。不管是"无奈的必须"，还是"自觉的臣服"，总之他们已经有意识地把西方的观众"包括"在自己的创作之中了，这种"包括"毫无疑问会在一定的程度上影响到他们的影片作为"中国民族电影"的特点，如被吊在梁上的杨金山(《菊豆》)、敲脚时如痴如醉的颂莲(《大红灯笼高高挂》)、从妓院耸身跳下的菊仙(《霸王别姬》)，他们的行为方式所包含的意趣，都显出更具"西方口味"的表达，而与"中国电影的传统"相去甚远。从这方面看，对"后殖民语境"的批评还是颇具"力度"和"深度"的。然而，它的"危险"也恰恰表现在这里：当某种中国电影的现象被纳入"全

❶ 李道新：《后殖民主义与中国电影批评》，载《福建艺术》，2001(5)。

球的文化全景"中去考察时，连续的抽象层次的上升，意味着人们只是去认同它越发显得有限的共性方面，在这种情况下，那些"生动的个别的"方面便被远远地抛到立论的根据外面了。按作者的观点，把对中国电影特别是中国艺术电影的发展所作的判断，建立在"后殖民语境"理论上的"危险"在于：这意味着用一种最多也只是提供某个方面"共性描述"的理论，来抹杀中国当代电影发展的许多特定的本民族的背景、条件和因素，也意味着把"中国"这个特定的对象偷换成"第三世界"这个"类"的对象，然后再以"类"的特征来规范"个体"。即便是詹姆逊，当他提出"第一世界从文化上奴役第三世界"的观点时，也没有忽视第三世界文化"在许多显著的地方处于同第一世界文化帝国主义进行的生死搏斗之中"。可见，没有理由把"第一世界"和"第三世界"之间的文化关系看成是"单向"的或看成是只有"奴役"与"被奴役"的关系，在考察中国电影的"后殖民语境"问题时，也不要忘记把中国电影作为"个体"的诸多"丰富性"和"复杂性"重新结合进去。詹姆逊投向"第三世界"的目光，本来就带着西方人"优越的怜悯"，而中国的评论家在运用他的理论来看待自己国家的电影时，又加进了东方的本民族的"自尊"。在"身份"的暗中替换之后，"后殖民语境"的话题无形中已夸大了"对立"的态势，进而把紧守"本民族的文化立场"，以及把电影打扮成"本民族的文化斗士"变成了毫不含糊的题中之意。从根本上说，"后殖民语境"的话题是一个把中国"孤立"于世界之外的话题，而不是致力于把中国"纳入"世界整体格局的话题。

李奕明在《世纪之末：社会的道德危机与第五代电影的寿终正寝》一文中也描述了"后殖民语境"文化批评所面临的显而易见的"困境"，并力图通过对"后殖民语境"文化批评的检讨，摆脱电影批评的"对抗性"和"本土化"姿态，呼唤"多元文化"的宽容和兼收并蓄。文章表示，"后殖民语境"文化的批评家们对第五代电影的"犀利解构"是有其独到之处的。他们通常被称为"激进"的文化批评家，其"激进"之处，显然是指他们不遗余力地要"粉碎"第五代电影在大陆民众中确立的"偶像地位"，尤其是针对"张艺谋神话"；其立论基础是"经典殖民主义及中心主义"的文明观对"第三世界"的文明采取了意识形态性的软性霸权控制和阐释权，这些批评家运用这柄利器，无情地解剖了第五代导演依托于"跨国投资"和"海外市场"，从而把西方文化的视点"内化"于他们的文化思考和创作之中，使他们的影片成为"迎合"西方视域内的知识价值体系的"民俗化""寓言性"文本的立场。这种批评有其"相当的"价值——它至少触及问题的一个重要方面，但"后殖民语境"文化批评的"困境"也是显而易见的，这种"困境"将导致他们除了"解构性"的批评之外，对中国目前的"文化价值建设"很难有所作为。第一，"后殖民语境"文化批评的理论本身，其实就来自于西方知识体系本身，连他们使用的理论框架、方法、概念都是真正"西方化"的，这样，当他们"言必称希腊"式地批判第五代电影本文的时候，就难免产生一种"以子之矛，攻子之盾"的现象；第二，"后殖民语境"文化批评家们最显著的理论目的似乎就在于从西方知识体系中"夺回"话语的霸权与阐释权，这种话语间的争斗颇有"文化冷战"的意味，但是问题在于，夺回了话语霸权和阐释权之后，他们自己又能说些什么？几年来，他们又说出了什么？第三，与上一个问题相联系，在这些批评家们"解构"了第五代影片的意义之后，他们又"建立"了什么新的价值体系呢？换句话说，面对今日信仰、道德危机，他们究竟主张建立什么形态

的“本土文化”呢？❶

李晓灵和王晓梅也在《中国后殖民主义电影批评之批评》一文中认为，“当中国电影进入新的世纪以后，中国电影却面临着更加复杂的文化语境，随着全球化的不断深入和中国现代化进程的加速，中国电影前所未有地置身于世界文化传播秩序的焦点区域，开始了对后殖民主义的重新评定，中国后殖民主义电影批评也逐步呈现出不可不察的先天贫血与水土不服，值得反思和省察。”在对张颐武、孟繁华、戴锦华、王一川等学者的后殖民主义电影批评分析之后，她们将后殖民主义批评的不足归结为“本质上的文化冷战思维色彩”“本土主义立场与西方中心化潜在观念的天然矛盾”和“文化民族主义色彩的制约”三点，并认为这些原因造成了后殖民主义电影批评在“全面解构后的失语与缺席”。她们引用了哈贝马斯的交往理论话语：“不同文化类型应当超越各自传统和生活形式的基本价值的局限，作为平等的对话伙伴互相尊重，并在一种和谐友好的气氛中消除误解，摒弃成见，以便共同探讨对于人类和世纪的未来有关的重大问题，寻找解决问题的途径。这应当作为国际交往的伦理原则得到普遍遵守”。只有这样，“才能冲破后殖民理论的阴霾，以极大的勇气和阔达的胸怀超越后殖民主义，扬弃地容纳外来文化，善意地鼓励民族电影的冲锋者及其各种有益的尝试，强化中国电影的内在民族文化蕴含和创新机能，快速提升民族电影的国际竞争力。这方是中国电影批评乃至中国电影的康庄大道”❷。

对后殖民主义电影批评的批评在一定程度上促使中国的后殖民主义电影批评开始认真反省“本土化”的电影批评标准，寻求一种豁达开放的价值评判方式。王宁在《中国当代电影的后殖民性》一文中指出，我们的当务之急应当是加强中国和西方乃至国际学术界的“交流”和“对话”，通过这种“交流”和“对话”而达到双方的“相互理解”，而不应当采取一种近似后殖民的“对抗”态度。从“对抗”到“对话”，从激进的本土化立场到中西双方相互理解的交流态势，20 世纪 90 年代以来中国的后殖民主义电影批评，在批评标准的选择和运用方面，终于摆脱保守的文化“本土主义”状态，变得更加自主和开放。

---

❶ 参见李道新：《后殖民主义与中国电影批评》，载《福建艺术》，2001(5)。

❷ 李晓灵、王晓梅：《中国后殖民主义电影批评之批评》，载《云南社会科学》，2009(2)。

十二、类型电影理论

(一)类型电影

“类型电影”是在风格、主题、结构，甚至角色形态上，表现出类似趣味的影片，如美国的西部片、警匪片、歌舞片。类型电影作为一种影片制作方式，20 世纪三四十年代在好莱坞曾占据统治地位，其他资本主义国家的商业电影也都是以类型观念作为影片制作的基础观念的。类型电影作为一种影片制作方式具有如下特点：公式化的情节、定型化的人物、图解式的视觉形象。类型电影的制作根据观众的心理特点，在一定时期内以某一类型作为制作重点，即采取所谓“热潮更替”方式。在人们厌烦了西部片之后，便换上恐怖片，然后再继之以其他类型影片，如此周转不息、反复轮换。在诸多的影片类型中，最有典型性的是四个类型，即喜剧片、西部片、犯罪片、幻想片。类型电影作为一种拍片方法，实质上是一种艺术产品标准化的规范。它的规定性和对影片创作者的强制力，只有在以制片人专权为特点的大制片厂制度下才有可能发生作用。因此，随着大制片厂制度在 50 年代以后的逐渐解体，类型电影也趋于衰落，各种类型之间的严格界线趋于模糊，愈来愈成为一般意义上的样式划分了。

对于类型电影观念，在电影发展史上曾有过不同的看法和分歧，20 世纪 60 年代前，电影史学家和艺术家们把好莱坞的“类型电影”看作是在电影工厂里按照固定的模式，成批量生产出来的相互雷同的娱乐品而不是艺术品。60 年代以后，“作者理论”则认为，在一部好的作品的背后必然隐藏着一个“作者”，并声称如果你没有看过某位导演的全部作品，你便不可能真正地看懂他的某部影片。这种极端的观点不过是对前一种理论的否定，目的是要显示美国电影类型观念的重要性。因为，在他们看来一部影片的成功往往得益于某种类型的传统，而不是导演的独特贡献。这与三四十年代的美国电影不是去追求艺术流派，而是为确立类型电影的观念之间，并没有什么本质的区别。

事实上，好莱坞的类型电影，是在主题和题材、图像和符号、人物和情节以及形式和技巧等方面所进行的雷同的比较。特别是那些明星，当他们所塑造的人物形象，被作为影片叙事欣赏的主体，吸引着观众视线，并因此而夸大了他们的才能的时候，人们的确是把他们理想化了。而他们不过是“静态的叙事媒介”，是图像符号和类型姿态的体现者，作为类型形式的一部分在起着作用。如若让西部牛仔——约翰·韦思、侦探——亨弗莱·鲍嘉、强盗——凯格尼去演音乐片，他们肯定不会具有弗莱德·阿斯泰尔的那种特有的类型本质。然而，好莱坞类型片的规范也并不是没有它的积极意义，它对于一些有才能的、好的制作者，在一定的叙事形式和叙事语言的表现上，是一种积累、提高、精益求精的过程。约翰·福特和希区柯克等就是这样。这也是好莱坞能够创作出一些精品的原因。因为观众被那些容易辨认的、熟悉的惯例的类型片所吸引，这些类型片本身对于观众就是一种快感。从某种意义上说，好莱坞把电影视为大众化艺术的一种传统，而类型电影在这方面则强调了艺术家与他的素材的关系，以及素材与观众的关系。

(二)类型电影的研究方法

当代电影类型批评参考了系统科学理论。系统科学是控制论、信息论和系统论的统称。它主张把事物、对象看作一个系统进行整体的研究，研究它的要素、结构和功能的相互联系，通过信息的传递和反馈，实现系统之间的联系来有目的地控制系统的发展，获得最优化的效果。

电影类型批评还借鉴了文学的原型批评研究方法。原型批评起源于20世纪初的英国，在“二战”后兴盛于北美，而统治文学批评多年的新批评派随即被其所取代。作为一个新派别，20世纪60年代以原型概念为核心的原型批评正式确立，这受益于以弗雷泽为代表的文化人类学、以荣格为代表的分析心理学和以卡西尔为代表的象征哲学。从影响和普及程度上，马克思主义批评、精神分析批评和原型批评被视为三种“仅有的真正具有国际性的文学批评”。

原型批评的特点突出地表现在对文学传统的高度重视上。不同于文献式批评和历史批评，原型批评主要考虑的既不是单个作品的意义，也不是作品与特定历史环境的直接关系，而是整个文学系统中作品与作品之间的内在联系，传统研究和文体研究是考察这种内在联系的两种具体方法。原型批评学者荣格和弗莱都曾强调，艺术作品不是某个艺术家个人的凭空创造，而是传统的产物，其特殊意义是超个人的。艺术表现的结构原则应该而且只能从艺术自身的内部相似性中推出。人文主义的批评只强调文学模仿生活，而原型批评宣称其实文学更直接地模仿文学。

电影的类型批评也强调传统的重要价值。“……类型传统是创意自由的基础。美国电影是一种古典艺术，但是我们为什么不去赞赏它最值得赞赏之处，例如，不止是赞赏这个或那个导演的天才，还有这个体系的特质。”

一旦我们把一部电影和其他电影联系起来考虑，把它们视为电影总系统的一个单位，我们就会认识到，类型研究是以对传统的研究作为出发点的。电影类型批评的系统化的建立有赖于把握电影本身的规律性因素。一部电影作品，它所体现的规律性因素不是艺术家个人天才创造发明的，而是在电影的历史发展中，在文化传统中形成的，这种规律性的因素便可称为原型——把个别作品相互联系起来的象征系统。

因袭原型批评中的文体研究方式，电影类型研究以形式的类似为基础，而文献式和历史的批评都无法探究这种类似。巴赞的“影像本体论”和真实美学强调电影再现事物原貌的本性，克拉考尔认为电影视为物质世界的复原，是对自然的一种模仿，其原则是把个别的电影作品孤立起来。类型批评不仅把一部电影视为对自然的模仿，更视电影为对其他电影的模仿。这就解释了为什么“艺术表现的结构原则应该而且只能从艺术自身的内部相似性中推出”。

类型研究主要有三个层次：第一，所有类型电影的一般特征和所有电影类型的一般特征；第二，某一类型电影的一般特征；第三，一部类型电影和其所属类型的其他电影之间的差异特征。

类型批评所探究的终极目标，不是作为对自然进行模仿的某一部作品，而是对自然秩序加以模仿的一个整体——相应的电影语言秩序。❶

(三)类型电影是惯例和经验系统

借鉴系统论的研究方法，吴琼在《电影类型：作为惯例和经验的系统》一文中认为，电影类型是一种惯例和经验系统，正是在这两种系统之上，类型电影批评才能够得以实现。

1. 类型是一种惯例系统

在任何的流行艺术形式中，惯例就意味着已经获得成功的形式，一项产品必须和惯例结合才能成功，只有成功的产品才可以引起更多的仿效，成为惯例。惯例只有和类型的意识形态价值、美学价值完美结合，变成一组传达特别的意识形态功能和美学效果的有效工具时，才会获得成功。控制论把反馈方法作为提高系统的稳定性并达到优化控制目的的有效方法。把控制论运用在电影类型理论研究中，我们研究观众作为反馈信息的发送者，在类型系统的惯例形成过程中的控制和调节能力。

首先，把类型视为一个孤立、自主的惯例系统，忽略或低估作用于惯例形成和参与类型变革发展的观众，往往是电影批评的一个误区。看电影是一次公众的和商业的行为，既是非常个人的，又是十分公开的活动。观众通过进电影院集体观看电影这一社会化的交际仪式，不仅实现了对于集体文化理想和价值观的一再检视，也集体表达了对一部电影的褒贬意见，从而对未来电影的变化，具备了可能的影响功能。观众的回馈也许不会对故事的面貌产生立即的影响，但它形成了一个累积的效果，逐渐使一个电影故事改良为一个故事公式，一个熟悉的叙事模式。

电影生产者只有建立了“生产—发行—放映”的垂直系统，才能获得及时、有效的回馈信息，使类型的“生产—观众回馈”具有良性循环作用。也就是说，当制片厂拍出来新的电影故事时，观众会通过票房或者观看人次等手段，集体表明这个故事里的某些变化是否可以经由重复使用再变成一种惯例。电影工作者可以根据观众的褒贬反应对每一个电影产品进行有效的评价，这样就确保了受观众欢迎的故事和技巧能够一再重复，变成惯例，获得商业的、美学的、社会意义上的成功。

类型元素在惯例化的形式、故事和主题文本里重复使用，具有重要意义。如

❶ 路春艳：《类型电影概念及特征》，载《北京社会科学》，2005(2)。

果一部影片一开始放映就受到普遍欢迎，那么基本的故事就会在后续拍摄的电影里不断重复，直至熟悉的人物、动作、人物关系和冲突变成一种模式。这一重复是由片厂和观众的互动衍生的，只要能满足观众的需求和期望，维持片厂的利润，保证电影的意识形态功能发挥作用，重复就能持续下去。

在好莱坞的经典时期，制片厂拥有生产基地，发行系统和放映院线，一个垄断的、组织庞大的垂直托拉斯体系确保了回馈的及时性和准确性。票房作为一个回馈机制，为商业电影建立了一种有效的交换循环，使片厂和观众建立起一个对话渠道，电影类型叙事的文法因此得以不断改良。也许我们可以想象并同意片厂和观众之间会有这样的对话，"类型电影问观众，'你们还相信这个吗?'观众若回答'是'，则结果是影片继续受欢迎；若观众回答'我们过去相信的这个形式太幼稚了，给我们看一些更复杂的。'那么类型就发生变化了。"

……

我们应该承认，电影生产者和观众之间存在着一种互相促进又互相制约的关系。观众会对千篇一律的东西感到厌烦，因此电影生产者必须根据观众对某些惯例的反应调整创作方向和进行创新。但所谓的"创新"却有一个重要的前提，那就是要建立在一个熟悉的叙事经验的文本中。也就是要让观众感受到一种局部的陌生化效果，呼吸到一丝清新的空气，但整体上的规则还是观众所熟悉的，没有超出他们的经验范畴之外。因此电影的惯例是通过生产、回馈的循环过程，在不断的重复和变化中获得渐变和改良，而绝不是突变和革命性的颠覆。

观众在进入电影院时不是白纸一张，带着一个空空如也的脑袋，相反，他们是满怀着明确的期待去看一部类型电影的。如果他们发现电影里的某些创新没有完全改变固有的期待，而是加强了期待的经验，那么他们才会接受这些创新。类型电影制作过程的惯例和观众的期待心理，都对创作人员的创意性质和范围产生深刻影响。一旦类型的重要特征和性质被人们普遍接受，电影工作者处理类型材料的自由也就被这一事实所限定了，他们不得不考虑观众的期待和理解。可以说，类型传统的权威性部分地(如果不是全部)独立于电影工作者之外。从实践上看，电影工作者对他们所处理的类型的完整性确实表现出了极大的尊重，他们总是倾向于同一个熟悉的类型惯例。

我们不能抹杀电影生产者在类型电影的制作中的确存在着艺术和美学的企图心，但电影生产的体制决定了电影不是某一个艺术家独立的个人创作，而是由一群去个人化的制作团队完成的。电影也不是被公众以个体的方式消费的，事实上公众通过集体观看电影的社会化交际行为，实现了对社会集体价值和理念的仪式化颂扬。电影生产者的"去个人化"本质，不是指他们在完全放弃自我的情况下被动消极地讨好观众，而是主动积极地和观众合作，为充满需求渴望的观众制造和再制造了流行的世俗神话，共同建立和加强了集体的价值与理念，并使得银幕的世俗神话得以维持下去，不断地生息繁衍。

在类型批评中，电影工作者的创造意识仅仅被视为他对其他电影工作者的借鉴或模仿，也就是他对传统的自觉利用。"富有创造性并不能使艺术家脱离传统，反而使他更加深入传统，服从艺术自身的规律性。艺术的不断探索在于从现有深度出发寻求艺术的改观；较少天赋的艺术家寻求艺术变更；真正天才的艺术家追

求艺术变形。”❶

2. 类型是一种经验系统

电影类型是一个观众熟悉的、有意义的、一致性的、负载价值的经验系统，是观众和电影生产者经过长时间的生产实践和观看体验之后，共同达成的一种默契、合约和双赢。

人类的经验是根据某些基本的知觉过程组织而成的。当我们不断经历相同的经验，我们便养成一种期待，随着期待的渐渐增强，经验最后转变为规则。

作为一个观众，当我们刚开始观看类型电影时，我们基本上是根据每一部影片自身的特点来进行欣赏和娱乐的，但当我们对类型电影的观看经验积累得越来越多以后，我们便较少关注单部影片的特点，而是依靠类型的深层结构，即这部电影被划定的某种类型的规则和惯例，来获得观赏的满足感。我们与类型电影的沟通比较多的是通过先前的观影经验去评估一部类型电影是否和该类型先决的、负载意义的叙事系统不同。

例如，在新中国的革命历史片中，五角星、五星红旗、党费、革命战士壮烈牺牲时站立的姿势、呼喊的口号，都表现出重要意义。使上述叙事元素产生意义的前提，是观众的类型经验，而不是现实经验。这就是所谓的“类型创造自己的参照域”。

类似于人类学习的一般过程，观众对类型的认知和熟悉也是通过“刺激—反应”这样一个不断反复积累的过程。由于类型的特殊逻辑和叙事形式的对应关系，观众初次观看类型电影时，也许会不得要领，但是，经过反复地观看同样类型的电影作品之后，经历了不断的同样的观影刺激之后，类型的叙事模式在观众的意识中变得简单明晰，相应地，某种观影期待也在观众的脑海中开始形成。

通过不断地观看不同的类型电影，观众逐渐熟悉了戏剧人物、环境和事件的特定样式，认知到了存在这样一个系统，以及这一系统的意义。更重要的是，观众积累了关于电影叙事方面的心理态度和情感认同，一种对电影类型的典型化行为、态度甚至台词的期待和想象。一个拥有观看特定类型电影丰富经验的观众，在观看该类型的一部新片时，会对故事中的人物的行为和态度系统产生一个立即的概念、完整的印象。也就是说，无论是类型电影的消费者，还是生产者，双方都能立即辨认出某一类型的重要特征。

“看电影→解释电影→发现相似之处→发展出熟悉系统的能力→关注、确认、欣赏和描述这些电影的差异处”，这一过程不仅是分析者研究类型电影的基本程序，也是观众积累类型经验的通途。

我们的整个电影经验，在任何特定的时间里都不是我们所看过的作品的记忆或印象的毫无联系的排列，而是一种想象的、有机的经验整体和系统。只有当我们开始有系统地检视类型电影并认为一部类型电影是借助电影类型的系统制造意

---

❶ 吴琼：《电影类型：作为惯例和经验的系统》，载《北京电影学院学报》，2004(6)。

义时，我们才能欣赏该部类型电影的与众不同和精彩之处。[1]

作为一种商业媒介，电影自发明之初就具有主题和影像上的不断重复性。因此可以说，类型电影在电影诞生之初便存在了，但是因为其商业性和通俗性，早期的电影批评家常常忽视甚至蔑视类型的存在。直到"二战"之后，电影理论界才开始对批评家注重作者电影而贬斥类型电影的一贯做法提出质疑。在法国《电影手册》的影响下，主流电影批评界逐渐开始认真地对待类型电影，但他们对单一类型电影的赞赏仍然体现出他们对导演个性视界的看重，而对影片类型的强调还远远不够。现在，类型电影理论已经作为一种电影理论为人们所普遍接受，类型电影更是成为与电影产业紧密联系在一起的电影理论。

[1] 吴琼：《电影类型：作为惯例和经验的系统》，载《北京电影学院学报》，2004(6)。

十三、民族电影理论

中国电影近百年的发展，基本处在西方理论与民族文化理论的交叉影响中，从模仿到适应文化土壤，从遵循共通艺术手法到逐渐找到民族特有表现规律，从外在技法理论借鉴到内在语言精神创造，从本体艺术把握到重视市场商业规律，中国电影理论也走过了多样化变迁的路途。周星在《关于中国电影理论构架的梳理》一文中认为：以有几十年历史的“影戏说”为基础，以现实主义创作理论为主导，以民族化讨论为核心，以意识形态内涵为指向，以艺术还是工业对峙探究为深入的中国电影理论研究，构成了中国电影理论的主要框架”。

(一)中国电影理论的主要框架

1.“影戏说”

迄今为止，为中国电影理论广为接受的是20世纪20年代开始呈现雏形的“影戏说”论述，尽管这一理论形态确认产生是在20世纪80年代(以陈犀禾1986年《当代电影》第1期的《中国电影美学的再认识》、钟大丰1986年《当代电影》第3期的《“影戏”理论历史回顾》等阐释而广为人知)，但早期的中国电影人在实践中遵循的一直是这一方向。对“影戏”观理论较为一致的认识包含了以下几方面内容：注重教化性；讲求戏剧性；强调情节性；突出场面性等。“影戏观”中包含的中国传统电影的理论内涵和艺术逻辑阐释还相当薄弱，从而不仅缺乏理论含量也缺少实践指导性。西方建立在技术基础上的电影来到已有深厚文化传统的中国，是假道茶楼、戏场而确立自己的文化地位的。在中国老百姓的眼里，电影的稀罕就在于电影是影像的戏，可以不在戏场却能看到活生生的“戏”。于是，有意无意地，西方的电影就成了东方的“影戏”，中国人很容易地接受了外来物，电影也就堂而皇之地变成了戏剧的变种。依循这种认识的百姓自然要求按照习惯的观戏传统看电影，电影创作者也确实把电影当成戏来再现。早期电影人张石川自述成为电影导演的经历时，谈到应约拍电影就是“为了一点兴趣，一点好奇的心理，差不多连电影都没有看过几场的我，却居然不假思索地答允下来了。因为是拍影‘戏’，自然很快地联想到中国固有的旧‘戏’上去”。这是电影创作初期最为典型的观念表现。

但对“影戏”真正从感性直觉到理性认同，还只是到20世纪20年代以后才基本实现。随着中国电影一定规模的实践积累和人们对电影的理性思考，“影戏”观成为较为普遍的认识。这不仅是指“影戏”名称的通用，而且是指对中国“影戏”基本内容的共有认识。大致而言，“影戏”观主要包含了下面内容：

(1)讲求戏剧性。中国电影注重戏剧性是明显的事实，所谓戏剧性即指在各种形态矛盾冲突中倚重悬念、误会、巧合等因素，产生矛盾冲突或推动矛盾变化发展，“戏”吸引人之处也就在出乎意料和偶然天成的魅力，所谓“无巧不成书”。以著名的《孤儿救祖记》(1923)为例，片中杨寿昌误信坏人挑唆，赶走了儿媳余蔚如。后来他偶遇未曾见过面的余璞，深感喜欢却不知是孙子。而坏人暗害于他时，又是余璞加以阻止，及至见到久别的余蔚如方知与余璞的血缘关系……影片中，误会、巧合对情节起了重要的作用，它使得观众饶有兴趣品尝巧合的效果，关注误会如何消解，达到最终的疏散效果。

任彭年导演的《爱国伞》(1923)讲述了爱国背景下“有情人终成眷属”的故事，而几对青年的情爱误会是重要细节，因而阴错阳差几乎乱套，期间围绕用伞无意间写下的名字成了巧合的因缘。侯曜编剧、李泽源导演的《一串珍珠》(1926)中丢失珍珠而致使家庭几遭破败的玉生，若干年后偶然拾到一张字条，寻踪而去，竟然救了当年偷盗珍珠的如龙，并使如龙羞愧难当幡然醒悟，说出了真相。

罗艺军先生曾提到的“传奇性”作为中国传统美学在叙事艺术中的突出表现，其实就是创作者择取富于戏剧性的生活内容加以表现，特别突出无奇不有的巧合、偶然造就的机趣。中国电影明显继承了这一传统，暗合了中国百姓的欣赏习惯，以至绵延了几十年而不见衰颓。

(2)强调情节性。电影的戏剧性和戏剧传统直接相关，戏剧在封闭的时空中演绎人生故事，必须高度集中浓缩剧情，在人物关系发展中就产生巧合与偶然。由此，电影的有意无意继承也是在情理之中的。但进一步论，中国电影更为突出的是注重情节性，胡仲特在《影戏与艺术》(1926)中认为影戏有自己的特点，“所以一般的影戏业者都利用这特点，摄起这影戏来，不是着眼于布景之壮丽，便是着眼于情节之奇突”。无论从中国叙事文学的传统还是戏剧传统都导向了电影对情节性的倚重。观众也喜欢情节曲折完整的故事。洪深在1926年的《〈四月里底蔷薇处处开〉之广告》中也引用西人的话，认为“戏院中的观众可分四等，大多数观众喜观曲折之故事、热闹的情节……”1925年郑正秋在《中国影戏的取材问题》中提到“最好取材要取得戏里面常常有风波、反反复复、高低起伏要来得多”的东西。他的影片就是例证。具体而言，中国电影对戏剧化的遵从是明显的，所谓戏剧化指以顺序方式展开矛盾冲突行动，讲究序幕、开端、发展、高潮、结局和尾声的统一。从最早的短故事片《难夫难妻》(1913)来看，“一对互不相识的男女由媒人撮合，经过婚礼上的种种繁文缛节，最后被送入洞房成为夫妻”。这就是顺序完整的一段故事。现存最早的故事片《掷果缘》(1922)，把相隔一条街互做生意而萌生爱意的一对青年男女如何从相恋、相帮、求婚不得、苦恼、到终成眷属的全过程表现得完整而富有情趣。《西厢记》(1927)故事更为曲折，张生本为入京赴考书生，在普济寺偶遇莺莺而搁下应举之事。几经试探彼此心心相牵时，又忽遇贼人孙飞虎重兵围困普济寺欲掠莺莺为压寨夫人，老夫人张皇中许下谁能退下贼兵即以莺莺相许的诺言。张生修书请来白马将军杀尽贼寇，不料老夫人又以莺莺早已许人不兑现承诺，张生愤激成病。老夫人察知张生和莺莺的私下恋情，要求张生入京得取功名方可迎娶莺莺，张生赴京赶考……在这个变化莫测的故事中，事件的来龙去脉清晰可见。当然，其时的一些电影人认为光有新奇剧情、曲折故事不足以使电影成为艺术，还要有思想，但在创作中都首先服从于情节的完整却是事实，这对中国电影的影响是深远的。

(3)注重教化性。中国文艺传统的"文以载道"观念源远流长，与戏剧有不解之缘的电影深受影响也是合乎自然的。事实上，注重电影教化的社会功能，成为20世纪20年代电影的基本观念。创作很有成绩的侯曜对电影的见解是："总而言之，影戏是表现人生、批评人生、调和人生、美化人生的艺术品"，"影戏是教育的工具"。较早介绍影戏知识的周剑云、汪煦昌在1924年的《影戏概论》中强调影戏的使命，号召人们："请莫忘影戏宣传之能力！请认清影戏所负之使命！"中国电影的开拓者郑正秋在发表于1925年的《我所希望于观众者》一文郑重宣布："我之作剧，十九为社会教育耳。"不难发现，视电影为特殊的教化工具，注重电影的社会宣传功能，是中国电影早期创作者比较明确的认识。

在创作上，郑正秋编剧、张石川导演的《孤儿救祖记》，显而易见地表现了劝善惩恶、倡导教育救人的思想，电影的社会意义和文化功能不难感悟。在侯曜编剧、李泽源导演的《一串珍珠》中，善恶有报、善良教育及丧失德行者幡然醒悟的意识如此明显，其教诲意义一目了然。而洪深编导的《冯大少爷》(1925)让富商之子冯家耀挥霍无度、声色犬马之后，尽尝自己酿成的恶果，终于懊悔不已、痛改前非，以此让世人警觉鉴戒。惩恶扬善是为了教育世人，教化人生是要改良社会，在简单化的因果关系的认识中，中国电影的影戏传统的核心就自觉确立下来。

(4)突出场面性。中国电影经历了初期的萌芽阶段，拍出了故事短片、长故事片，这标志着它进入初步发展的时期。就艺术发展而言，20世纪20年代以前，中国电影只是一个起步阶段，电影人只是从观看戏曲的角度去拍摄电影，用固定机位拍下故事即可，还谈不上对电影艺术的自觉研究探索，商业利益的驱动还没有转化为对艺术的渴望需求。虽然长短故事片已经诞生，但艺术发展的真正起步还有待随后的时光——20年代。

总之，影戏理论及其实际操作对于中国电影的特点形成具有重要作用，理论得失研究依然需要深入。

2. 以现实主义创作理论为主导

中国影视理论中的艺术和现实的关系问题具有举足轻重的地位。由于近代社会战乱频仍，政权更迭无常，外忧内患会聚，百姓生活难以正常，所以，电影反映现实成为无法回避的内容。现实主义创作理论源于20世纪30年代的"左翼电影"，该理论在40年代成为进步电影创作的理论基础。新中国建立以后它又形成适应新时代的意识形态社会学理论，主观的性状日渐明显。改革开放"新时期"是现实主义真正得到回归落实的阶段，也是现实主义理论最为纯正的时期，理论倡导成为推动创作的明显事实。80年代以后，现实主义理论在浑融多样现代理论的进程中似乎逐渐失去了理论的号召力，却依然在影响着电影创作的基本方向。一般而论，我们可以从有特别意义的中国式的现实主义传统的电影中寻找中国电影美学观念发展的主线。大体来说，梳理中国电影的现实主义发展可以表述为以下几个变迁阶段：20世纪30年代的苦难现实主义电影，描述人生疾苦，形成中国电影的悲剧美学色彩。40年代战后的批判现实主义电影，揭示造就苦难现实的缘由，对统治势力给予毫不留情的讽刺批判。较之战前的现实主义电影，这一阶段的同类影片有了明确的揭示现实本质、鞭挞统治政权、反对现实黑暗的意味，深究造就灾难根源的目的性日渐明确。在《一江春水向东流》(1947)等片中，现实主义的深度和悲剧美的深刻性都达到前所未有的高峰。五六十年代的浪漫现实主义，歌颂现实的欢跃气象、表现人民的安居乐业、颂扬现实英雄的伟大，造就了崭新而奇异的电影表现规范。70年代现实主义断流，中国电影隔绝于历史传统与世界潮流之外。80年代现实主义回归，是冷峻现实主义的时期。混杂着前述的现实主义多种形态的新现实主义蔚为大观。而第四代电影人历史性地承担了恢复传统、发展深化的重担。他们以优质的创作为现实主义电影观念打开通路，为现实主义电影创作铺垫厚实的基础，为建立在现实主义基础上的多种电影形式的探索做出了贡献！80年代中期，伴随第五代电影人的出现，现实主义有了一种转化，即不仅仅追求画面的如实和事件的真实，而是企求富有升华性的生活写照，表现文化味的现实生活韵味，不妨用写意现实主义来概括第五代电影人的一般创作。90年代的现实主义潮流呈现为滚涌起伏的时断时续的状态，纷乱嘈杂、幽默调侃、原生态展示和冷酷揭示是电影人看待现实的基本态度，展现了当代现实主义最为芜杂的状态，称之为现实表现主义可能更为合适。

3. 民族化艺术理论倡导

中国电影的民族化特色是显然的事实，从创作开始民族化传统就制约着创作内容。前述《孤儿救祖记》《天伦》《一串珍珠》《冯大少爷》等显而易见地表现劝善惩恶、教化等思想意识。惩恶扬善是为了教育世人，教化人生是要改良社会，在简单化的因果关系的认识中，中国电影的东方人伦传统自觉确立下来。20世纪40年代的《一江春水向东流》中也相当明显地融入了道德善恶判断的现实意义。五六十年代新中国电影不仅在《林则徐》《枯木逢春》为代表的影片中实践了民族化影像艺术，更在理论梳理上突出了民族电影理论的一些规则。80年代中期以“民族化”讨论为高潮的理论碰撞是具有相当规模的，对民族化、民族特色、民族风格关系的探讨，对“民族化是形式还是内容”，对中西文化差异和中外电影差异等重要问题的探讨，以及对中国电影民族形式的内涵表现等的研究都取得了重大的成果。相关的是否需要建立中国特色的电影理论的认识也成为争议的焦点。而90年代关于以张艺谋为代表的所谓“民族寓言”的理论争议，也从另一个侧面强化了对民族性电影的理论认识。

4. 电影艺术美学理论创新

电影理论研究难以离开对电影美学理论的探讨。实践证明，中国电影理论的发展需要把建立民族特色的电影美学体系作为目标。中华民族在几千年的文明历史发展中，不断锤炼自己的审美认识，并融汇、改造外来的艺术形式，逐渐确立了自己独特的审美方式、美感构成和审美价值取向，具有约定俗成的美学传统。无疑，这也深刻地体现在电影创作和观众审美评价中，形成中国民族化的电影美学传统。中国电影美学的研究重点之一是观照中国传统文化的影响和民族文化心理的构成与电影艺术形式的对接。因为从中国电影产生之始，民族文化的背景就渗透在银幕上，无论是《定军山》(1915)的戏剧内容还是观众的接受习惯，以及茶楼戏场的观赏方式，都是这块土地上黄皮肤子民特定的，从中探讨一以贯之的民族审美心态是自然的。20世纪二三十年代的银幕上，更为鲜明的是民族电影的表述方式，但电影的现代审美方式更需要认真研究。电影从某种角度看是相当“现代”的，和此前早已产生的其他艺术相比，电影是完全建立在现代生活和技术手段的基础上的，因此现代和外来的美学传统绝对影响甚至改变着一般传统的价值构成。辨别传统文化在现代条件下的创造性转化及美学传承，结合近百年以来的中国电影创作和几十年的电视创作，梳理传统审美心态在电影叙事特点、叙事母题、大众传媒时代的电影流向和现代传播方式对观赏艺术的改变等方面都有深入研究的必要。中国电影美学是现实化的，而非保守、排外的。我们当然要本着拓展电影表现形式的眼光，进一步开掘传统美学厚积深藏的巨大潜能，但绝不是画地为牢只重传统，这样建立的理论才有价值。

美学趣味和美感表现是民族在长期生存境地中形成和承传的，由于近代社会的剧烈变动，也由于电影是特别接近现实社会思潮的艺术，比起过去的古老艺术来，电影审美的重要转化是相当明显的。比如：在20世纪30年代以前的电影模仿摸索时期，是处在政治局势动荡、军事纷争、新旧文化相持不下的社会背景中，渴求生活和睦、躲避现实纷争、期求惩恶扬善就是明显的创作原由，我们从滑稽片、古装片、武侠片的潮起潮落中不难看到具有和谐美的古典化追求巧合。而三四十年代的中国电影更为激烈地卷入阶级抗争和民族抗战的硝烟烽火之中，国共的意识形态对峙使电影明确进入悲剧美学的表现范畴，对百姓灾难的再现、生离死别的凄惨、战争风云的血腥、阶级压迫的残酷，构成社会悲剧美的艺术画面。到了五六十年代，新中国巩固政权的社会政治背景，无形规定了电影“忆苦思甜”的套路、“弃旧迎新”的主体思想和歌咏英雄新人的趋向，中国电影的整体模样大大改变，浪漫化的英雄美学时期正式确立。80年代的社会思想改革，把中国电影推向还原人本身的现实主义之路，纪实美学(80年代前期)到生命美学(80年代中后期)的电影形态，为中国电影的巨大飞跃提供了可堪叹赏的许多出色作品，这里的理论概括也有相当丰富的资源可以采纳。90年代市场化改革和发行制作方式的变化，合作制片的时兴，大片引进的冲击，票房标尺的凸现，尤其是社会生活的极大改变和人们观念的迅疾转向，都为电影审美创作带来猛烈的冲击。关注平凡生命的价值，着重人的生存状态和心理状态表现，把芸芸众生的喜怒哀乐作为至高无上的艺术表现对象，就是看似散乱却生动的“生命—自由”美学的电影状况。研究中国电影创作的艺术形式规律，也是中国电影美学理论研究的必要内容。

中国民族化影视美学和本土化影视理论研究是一个重大课题，影视艺术“中国学派”的诞生，需要影视艺术家的努力，也需要影视理论家和研究者的深入研究。但创造出富有中国作风、中国气派的影视艺术精品则是人们的共同企求。

5. 以意识形态内涵为指向

中国文艺传统的“文以载道”观念源远流长，与戏剧有不解之缘的电影深受影响也是合乎自然的。事实上，注重电影教化的社会功能，是20世纪20年代电影的基本观念。前所引述郑正秋编剧为社会教育的目的，侯曜对电影是表现人生、批评人生和教育工具的认识，周剑云、汪熙昌强调影戏的使命是宣传之能力等可谓这种观念的早期代表。电影就是特殊的教化工具，强调电影社会宣传功能，确实是中国电影早期创作者比较明确的认识。所以，中国电影理论包含着浓重的政治社会意识形态色彩。20世纪前半叶在旧政权主宰下，中国电影强调正统与暗示反对统治政权的意识形态争斗，这构成了中国电影的政治色彩。其中，揭露现实为核心的电影艺术取得压倒性优势，强化了艺术的针对现实性。50年代新政权对政治意识形态表现的偏向成为创作不能违反的规则，逐渐形成"忆苦思甜"的政治守则。呼应时代政治的意识日渐明显。"文革"中极端化的"三突出"艺术要求实际上是极左政治强加于艺术的"紧箍咒"。改革开放新时期的电影艺术从反拨极左开始，确立了面向时代主题的趋向。

20世纪90年代，"主旋律问题"愈来愈成为电影理论的重要构件，主旋律与多样化的协和关系的倡导，注重思想性、艺术性、娱乐性的结合，成为理论要求。应当强调：我们需要有严肃深刻的思想内涵的主流影片，我们缺乏堂堂正气的正面英雄，艺术化强的主旋律影片是观众渴望的。但人们厌恶只有教化、只会附庸口号而没有实际艺术内容的庸俗影片，它们败坏了良好的教育含义，使观众疏离影院，本能抗拒观赏。相当一些影片思想超过了形象，教化目的超出了生活可信度，就使中国电影的艺术之味大大降低，最终损失了主流影片的价值。对于中国电影理论而言，必须注意对主旋律理论的认识。尽管"弘扬主旋律、提倡多样化"的明确创作方针和口号是90年代中期才大力倡导的，但主旋律的创作在80年代已经被实际操作，比如《孙中山》《开国大典》等，且主旋律精神的历史大事和主旋律人格的英雄人物传记片是这类影片内容的主要构成。艺术类型的多样化还有很大的余地。在近十年的电影创作中，弘扬主旋律的命题不断被人们提及，人们唯恐主旋律不够而倡导，其实主旋律的数量很多但实绩不足、感染力不够、艺术价值不高。正因为要倡导，因而需要提高。这样说，绝不意味着中国电影理论对主旋律有什么成见，恰恰相反，主旋律的艺术片是时代的需要，而存在的不足，是中国电影没有真正成熟的某种标志。主旋律的本意是创造一个时代令人激动的精神代表作品，它是宏伟的创造，而不仅仅是口号。如果有标杆，它就应当是标杆上的旗帜。这样理解就和肤泛的认识拉开了界限。既然主旋律艺术在实践中还不十分成功，那就应当在提出多样化的前提下来倡导主旋律，中国电影的多样化严重不足，因而托举出的主旋律没有更丰厚的根基。❶

(二)关于"影戏"美学

"影戏"作为中国电影的一个传统美学概念，在中国民族电影理论中占有举足轻重的地位。陈犀禾在《中国电影美学的再认识——评〈影戏剧本作法〉》一文中，对侯耀《影戏剧本作法》中的影戏美学体系进行了分析，他认为"影戏"这一美学概念已经超越了早期中国电影这一特定历史范畴，而是涵盖了80年来整个中国电影的历史，"影

❶ 周星：《关于中国电影理论构架的梳理》，载《当代电影》，2004(6)。

戏"美学已经成为中国电影美学的超稳定系统。他认为：

中国电影理论作为一种观念形态，是中国人灵魂和精神的一种表现。影戏美学从它最初提出，就在中国传统文化的土壤中深深地扎下了根。它在此后很长的一个时期里，统治了中国的电影观念和电影实践。它以"影戏"为核心概念，发展出一整套电影创作论、电影批评论、电影欣赏论，影响到艺术家、批评家、观众各个方面，成为中国电影理论和电影美学中笼罩一切、涵盖一切的巨大体系和网络。和蒙太奇、长镜头理论相比，它对中国电影理论和实践的影响要长久、广泛、深远得多。从20世纪20年代的《孤儿救祖记》《弃妇》，直到80年代的《西安事变》《人到中年》《牧马人》等一系列优秀影片，都是这样一种美学观念的产物，这种观念造就了中国独特的电影传统。

作为一个观念系统，中国美学传统以自己为主体，吸收和同化外来美学理论的成就作为生成和壮大自己的养料。其间虽经两次断裂——一次是30年代蒙太奇理论的普及和以"联华"为代表的新派创作实践的冲击，一次是70年代末80年代初长镜头纪实理论的传播和以学院派（广义）为代表的创作实践的冲击，但它仍顽强地把自己的传统保持下来。事实上，纵向的几千年文化历史中沉淀下来的思维模式，不仅不可能一夜之间在"横向移植"来势凶猛的冲击下瓦解，而且仍然在下意识里左右着我们对外来模式的取舍。外来电影美学思潮对影戏观念的冲击使中国的电影美学经历了一个"中学为体、西学为用"的过程：它把蒙太奇和长镜头只看作是手段，而对电影根本性质的看法，仍然是从戏剧、文学这样一种直观整体的角度去把握的。影戏美学作为一种具有独立品格的存在，它和西方各大电影理论体系是可以并肩而立的，而且和整个西方电影理论体系相对，它是一种具有浓厚东方色彩电影理论体系。❶

（三）"影戏"理论的扬弃

"影戏"说的出现具有特定的历史原因，因为中国电影初期的创作者大都是从没落的文明戏转向电影创作的，这就不可避免地使中国早期电影具有"影戏"的特征。同时，老百姓普遍把电影当戏来看，这也可以看做是"影戏"说的来源之一。钟大丰在《"影戏"理论历史溯源》一文中指出，左翼电影运动兴起之后，"影戏"电影创作便渐渐消逝了。在苏联蒙太奇和经典好莱坞电影的影响下，逐渐形成"一种有明确的社会政治功能目的，以对叙事内容的戏剧性要求为核心，以叙事蒙太奇为主要特征的理论体系"。

随着"左翼电影"运动的兴起，与电影创作实践一样，中国的电影理论发展也出现了一次明显的"断裂"。这种"断裂"表现为蒙太奇观念的引入对于"影戏"理论的冲击。早在1928年年底，洪深就曾翻译了爱森斯坦、普多夫金和亚历山大洛夫等人《关于有声电影未来》的宣言（中文译文的发表仅比原文晚约半年时间）。这

❶ 陈犀禾：《中国电影美学的再认识——评〈影戏剧本作法〉》，载《当代电影》，1986(1)。

篇文章中虽然有不少关于蒙太奇理论的精辟论述，但由于当时正处于“影戏”电影的鼎盛时期，它并没有引起电影工作者的广泛重视。进入20世纪30年代之后，形势发生了很大的变化。“影戏”电影越来越明显地表明它无法适应时代的飞速发展，新一代电影工作者开始有目的地把眼光转向世界，努力吸收国外电影艺术的最新经验，以求丰富自己的创作。这时，人们对先锋派的纯电影、印象主义电影、电影眼睛派，以及爱森斯坦、普多夫金等形形色色的电影主张都曾有所介绍。其中介绍得最为系统、并对中国电影的理论实践产生了较大影响的是普多夫金的理论。夏衍、郑伯奇、陈鲤庭等人分别翻译了普多夫金的《电影导演论》《电影脚本论》《电影演员论》及其他一些文章。与此同时，一些关于好莱坞叙事电影的技巧理论论述也被介绍到中国来，例如沈西等曾翻译一篇日本人写的《电影的Continuity(画面构成和剪接)的研究》便是介绍美国式的电影剪接技巧的。这些译文成了当时许多新电影工作者学习电影技巧的主要理论来源。面对这些新的理论，全盘照搬戏剧的“影戏”技巧理论明显地相形见绌，逐渐为人们所抛弃了。一套融合普多夫金和好莱坞经验的、以叙事蒙太奇为主要特征的电影技巧理论开始形成，并逐步取代了“影戏”的戏剧式技巧理论。洪深的《电影术语词典》《编剧二十八问》、孙瑜的《电影导演论》等书籍和论文便是这方面的最初成果。他们已经不仅一般性地论述叙事技巧，而且开始关注诸如“事实是否视觉化”“镜头运用是否恰到好处”“画面组合如何”一类的问题。

然而，这些理论工作并不是对“影戏”理论的全盘否定，而是有选择的扬弃。它蜕去了戏剧化技巧理论的外壳，却把深层的结构内核加以改造之后保留和延续了下来。20世纪30年代的电影理论没有抛弃“影戏”理论的功能目的论，而是给抽象的指导人生和教化社会的主张赋予了更具体的时代和阶级内容，努力使之成为宣传革命思想的斗争武器。在这种理论前提下，叙事本体论在中国电影理论中的核心地位丝毫没有动摇，只是在电影叙事的具体的时空观念上有所扩展和演变而已。人们不再拘泥于舞台戏剧的分幕分场方式，只以若干集中的段落场面进行叙事，而努力尝试以更广阔和丰富的时间和空间来展现生活。与此同时，关于电影区别于其他艺术的某些特点，以及对电影特殊媒介和技巧的理论探讨虽然数量越来越多、内容也越来越具体，并在不少领域取得了相当的成就，但是在整个中国电影理论框架中，它对叙事的从属地位也并没有改变。了解了这种情况，我们就不难理解，中国电影工作者为什么在众多的外来电影理论中没有接受爱森斯坦的理论，而选择了普多夫金和好莱坞技巧理论作为自己主要的学习对象。因为它最适合于以严谨、结实的情节链条为核心进行叙事的戏剧式电影。而这种样式又在很长时间内一直是中国电影的主流。从20世纪30年代开始，在对“影戏”理论的选择性扬弃中逐步形成和完善的这一整套电影理论，是一种有明确的社会政治功能目的，以对叙事内容的戏剧性要求为核心，以叙事蒙太奇为主要特征的理论体系。这种理论模式及其所代表的电影观念(对电影的基本把握方式)深深影响着中国的电影创作，成为中国传统电影美学的基础。❶

❶ 钟大丰：《“影戏”理论历史溯源》，载《当代电影》，1986(3)。

当前，自西方舶来的电影理论依然是中国电影批评的主要理论武器。事实上，完全套用在西方资本主义语境下产生的电影理论来研究中国电影是否得当，依然是一个众说纷纭的话题。因此，如何建立具有中国作风和中国气派的民族电影美学体系，在长时间内依然是当前国内电影制作者和电影理论家需要共同完成的重大课题。

电视部分

前言

1936年11月2日，英国广播公司建立电视台并率先定时播放电视节目，从此开启了电视传播时代。此后，作为一种影响力广泛的大众传播媒介，电视日渐成为传播学研究的重要领域。本书对于电视理论与批评的介绍汇评，是将其置放在宏观的传播学视野之中进行的，以便读者对于电视研究有一个比较整体的把握。

一直以来，国内将传播学划分为两大学派：经验学派和批判学派。近年来，随着媒介传播技术和媒介实践的发展，以及对传播学研究的进一步深入，国内学者开始将传播学划分为三大学派：陈卫星在《传播的观念》一书中，将传播学研究划分为“经验—功能”“控制论”“结构主义方法论”三个学派；胡翼青在《传播学：学科危机和范式革命》一书中将传播学研究划分为经验主义、技术主义、批判主义三种研究范式；陈力丹在《试论传播学方法论的三个学派》一文中将传播学研究从方法论的角度划分为“经验—功能”“技术控制论”“结构主义符号—权力”三个学派❶。这种对三个学派的划分虽然名称各异，但内容大致相同，几位学者不约而同地将技术主义控制论，即麦克卢汉学派的传播学研究单独列出来，作为传播学研究的第三个学派，给予了重视和肯定。在此之前，技术主义控制论的传播学研究有的被归入经验主义学派，有的则被归入了批判学派。事实上，这个学派的研究思路与一般意义上划分的经验主义学派和批判学派有很大的区别，因此，很有必要将这个学派单独列出给予应有的地位。何道宽在《异军突起的第三学派——媒介环境学评论之一》一文中，将技术控制论学派称为“媒介环境学派”❷，期望以此来破除国内对技术控制论学派的批评性偏见。

在此，我们参考以上三位学者的划分方式，将传播学划分为经验学派、批判学派和媒介环境学派，这样既凸显了媒介环境学派的独特地位，同时也是对传播学两大派别传统的继承，不至于造成知识链接上的突然断裂。当然，这样的划分也可能不是很科学，无论何种派别的划分，对于流派纷呈、言语繁杂的电视传播理论研究来说，都

❶ 参见陈力丹：《试论传播学方法论的三个学派》，载《新闻与传播研究》，2005(2)。

❷ 参见何道宽：《异军突起的第三学派——媒介环境学评论之一》，载《深圳大学学报(人文社会科学版)》，2006(6)。

是一种削足适履的行为。传播学门派命名之辩不是本书研究的重点，在此不想赘言，下面仅将传播学各派电视传播理论做一个粗线条的勾勒。

经验学派主要指以美国学者为代表的传统学派，他们在方法上坚持经验性的实证研究立场，在方向上坚持实用主义的研究目的，在指导思想上则坚持多元主义的社会观。受行为主义心理学说的影响，经验学派多以实验和调查的方法来研究传播及其过程与效果之间的因果关系。对于研究者来说，切实可靠的经验材料和客观真实的数据是非常重要的，那种从观念到观念的纯主观抽象式的说明是不科学的，这就开创了从行为科学角度研究人类传播的传统。经验学派主要代表学者有拉斯韦尔、拉扎斯菲尔德、霍夫兰、施拉姆等人。经验学派的主要研究领域和传播理论有：传播过程模式研究、说服与态度改变研究、“传播流”研究、先有倾向理论、选择性接触理论、补强理论、意见领袖与两级传播理论等。由于该学派的主要理论观点强调大众传播效果和影响的有限性，又被称为“有限效果论”。20 世纪 70 年代以后，该学派受到了批判学派的激烈批评，研究视角有所改变，提出了“议程设置功能”等较为强调传媒影响力的理论。

1941 年，拉扎斯菲尔德在《论行政式的和批判的传播研究》一文中最早把欧洲法兰克福学派及坚持反实证方法、反实证主义立场的传播学者称为“批判学者”，这就是欧洲“批判学派”名称的由来。批判学派萌芽于 20 世纪 60 年代，70 年代开始兴盛，80 年代成为传播学研究中的主流之一。批判学派的主要思想源自西方马克思主义理论、阿尔都塞的意识形态理论，以及葛兰西的霸权理论。自 20 世纪 30 年代法兰克福学派流亡美国、涉足传播研究开始，就产生了批判学派与经验学派的对立，他们难以认同美国的商业传播制度，坚守批判立场。阿多诺认为“把实验对象的反应看做是社会科学知识之最终源泉的研究方法是极为肤浅的”，数据只不过是证明社会理论正确性的附属对象而已。批判学派的理论出发点在于对资本主义制度本身的清醒认识和冷峻批判，他们从宏观的视角来看待大众传媒与外部世界以及现行体制的关系，认为大众传媒在本质上是少数垄断资本或强权意识对大多数人实行统治的意识形态工具。批判学派的主要流派有法兰克福学派、伯明翰学派、社会文化学派、女权主义学派等，其主要媒介理论有“文化工业”理论、“公共领域”理论、“新闻场”理论、“编码—解码”理论、“两种经济”论、受众研究、女性主义批评理论等。

作为崛起的传播学第三学派，媒介环境学是“媒介关于环境的研究”❶。加拿大多伦多学派和美国纽约学派是媒介环境研究的两个主要学派。这两个学派的理论源头是相同的，即纽约学派的理论宗师刘易斯·芒福德的学说，但是在理论发展却是有差别的。多伦多学派将媒介技术的发展作为其建构媒介理论的依据，认为媒介技术不仅是自然法则的表达，更是人类命运的改善者；纽约学派则认为技术的发展妨碍或阻碍了这种关系，需要人与媒介的共同发展。媒介环境学派的主要媒介理论有多伦多学派的传播偏向论、“媒介即讯息”论、文化肌肤论，纽约学派的“媒介即隐喻”论、媒介情境论、媒介进化论，以及其他支流学术种群的媒介依赖论、媒介失控论、媒介控制论，等等。

---

❶ 参见邵培仁、廖卫民：《思想·理论·趋势：对北美媒介生态学研究的一种历史考察》，载《浙江大学学报（人文社会科学版）》，2008(3)。

这三个学派的并不是截然分开、壁垒森严的，三者之间也是互有关联的，这也是最初将媒介环境学派的传播学理论划到传统两大学派的原因。拿批判学派和经验学派来说，两者在媒介传播的研究上，双方是曾经有过合作的。1938 年，为了躲避希特勒政权的迫害，法兰克福学派的学者阿多诺来到纽约，并接受了拉扎斯菲尔德为他提供的第一份工作——参加“广播研究项目”中的涉及广播音乐作用的研究，由此开始了他们之间的合作关系。尽管到了 1941 年，因为性格的差异，以及不能认可经验学派定量分析的研究方法与研究目的，阿多诺与拉扎斯菲尔德的合作结束了。虽然合作没有成功，阿多诺却接触到了大众传播研究的另一种方法，他从方法上和内容上都逐渐认可运用抽样调查和个别访谈等形式收集资料，并认可运用经验的方法对资料进行量化分析。拉扎斯菲尔德也提议在“美国传播研究”名下，不仅应有“行政的传播研究”，还应有批判的理论。

三大学派的研究对于当今的媒介传播研究都具有重要的指导意义，同时我们也应该看到它们各自的利弊：经验学派通过实证研究侧重于媒介的效果研究，忽视了人对媒介的影响，缺乏理性思辨和社会批判性；批判学派重视社会结构力量对媒介的控制力，但是过分夸大了媒介的作用，特别是媒介的消极性影响；媒介环境学派则过分强调媒介技术对人类社会的决定性影响，其态度或是过分乐观，或是过分悲观，缺乏一种冷静平和的心态。所以，对于这些媒介传播理论，我们要用历史的眼光、批判的态度和辩证的精神来看待。

在相关理论和批评资源的汇评上，本书主要选取了这些学派最有代表性的学者和理论，其他与之相关的理论也可能会有所遗漏，挂一漏万，是为遗珠之憾了。

一、经验学派

"经验学派"主要指以美国学者为代表的传统学派，这个学派主要是从行为科学的角度出发，采用经验性实证方法研究传播现象，因而称为"经验学派"。经验学派在方法上坚持经验性的实证研究立场，在方向上坚持实用主义的研究目的，在指导思想上则坚持多元主义的社会观。经验学派研究受行为主义心理学说的影响，多以实验和调查的方法来研究传播及其过程与效果之间的因果关系，这就开创了从行为科学角度研究人类传播的传统。

经验的方法就是获得可观察、可测定、可量化的经验材料并以这些材料来对社会现象、社会行为进行分析的方法。对于研究者来说，切实可靠的经验材料和客观真实的数据是非常重要的，那种从观念到观念的纯主观抽象式的说明是不科学的。经验性方法主张从环境或外部条件的变量出发来揭示社会现象和社会行为的原因和客观规律。这种方法自 19 世纪后期出现以来，广泛应用于现代社会科学。这种研究方法与当时社会所流行的哲学思潮紧密相连，追根溯源，传播学经验学派的方法论背景主要来自于 19 世纪的实证哲学，经过一系列的演变，实证主义在 20 世纪的美国发扬光大。

经验学派并不认为西方资本主义社会是某个阶级支配其他阶级的社会，而认为它是一个多元利益相互竞争、相互制衡的社会。他们对现行社会体制是否合理并不关心，而是力求维护与改进现存社会体制及其功能。他们把社会视为一个能够自我调节和平衡的有机生物体。因此，经验学派认为传播学研究的重要任务并非变革现有的社会基本制度，而是要以传播机制的改进来实现更好的社会管理，为现存的社会制度服务。这就是说，经验学派的研究体制采取的是一种行政导向。西欧的一些学者认为美国经验学派的研究是站在行政当局的立场上出发的，因而又把他们称为"行政学派"。

经验学派主要代表学者有拉斯韦尔、拉扎斯菲尔德、霍夫兰、施拉姆等。其中主要有以拉扎斯菲尔德为首的哥伦比亚大学应用社会科学研究所的一些学者，以及以霍夫兰为首的投身"说服研究"的一些学者。但是，并不是美国所有的传播学者都属于传统学派。经验学派的主要研究领域和理论有：传播过程模式研究、说服与态度改变研究、"传播流"研究、先有倾向理论、选择性接触理论、补强理论、意见领袖与两级传播理论等。由于该学派的主要理论观点强调大众传播效果和影响的有限性，又被称为"有限效果论"。20 世纪 70 年代以后，该学派受到了批判学派的激烈批评，研究视角有所改变，提出了“议程设置功能”等较为强调传媒影响力的理论。

作为传播学的发源地和目前世界上传播研究最发达的国家，美国在其几十年的传播学研究中积累了大量的研究成果。但是，美国的传播研究也存在着许多的缺陷与不足之处。例如，过分看重实证的定量研究。其实，社会现象非常复杂，其中变量复杂多变，单靠实证的数字与材料是不可能得出全面的结论的。而且每个人的思想都会对自身有所影响，所谓以“纯客观”的态度来进行研究也是不可能完全达到的。另外，美国的传播研究具有很强的商业性，其研究经常是为某个机构服务的。由于过度讲求实用价值，因而对一些有关社会责任的研究没有得到足够的重视。

(一)哈罗德·拉斯韦尔

拉斯韦尔(1902—1978)是美国著名政治学家，是美国现代科学的倡始人之一。他毕业于芝加哥大学，获博士学位后在母校和耶鲁大学任教，曾任美国政治学会主席。他一生致力于打破学科间人为划定的界限，在政治学、传播学和社会学等多个领域都成为奠基者。拉斯韦尔的主要论著有：《精神病理学与政治学》《政治学：谁得到什么？什么时候和如何得到？》《传播的结构和功能》《政治的语言：语义的定量研究》《世界历史上的宣传性传播》(与人合著)，以及《世界政治与个人不安定》《我们时代的世界革命》《政策科学》等。

拉斯韦尔最早在宣传研究领域拥有很大的影响，他对传播学的贡献主要表现在三个方面。第一，他首先用政治学观点对传播学进行系统的研究，是公认的“宣传和政治符号理论发展的先驱”；第二，他提出了著名的“5W 传播模式”和传播“三功能说”，前者比较完善地描述了传播的过程，并为当代传播学研究指明了方向，后者则为赖特、宣伟伯等学者以后对传播功能做出进一步的理论阐述奠定了基础；第三，他用定量语义学的方法，比较了有意义的政治符号在不同时间和地点在主要新闻机构的分布，为传播学研究运用内容分析的方法提供了有益的经验。

1927 年，在芝加哥大学政治系任教的拉斯韦尔正式出版了他的博士论文《世界大战时期的宣传技巧》，随即在学术界引起反响。该书描述和分析了第一次世界大战中各交战国之间的宣传战，断定宣传能产生很大的社会影响力。

1935 年，他又与人合编了《世界革命的宣传》和《宣传与推行》两本书，用科学的方法分析和研究宣传的功能及其社会控制，探讨宣传的本质和规律。

1946 年，拉斯韦尔和史密斯合著了《宣传、传播和舆论》一书，认为宣传只是信息传播的一种特殊形态，而大众传播研究的范围要广得多，包括报刊、广播、书籍、电影、告示以及歌曲、戏剧、演讲等。该书第一次明确使用了“大众传播学”的概念，并用四篇文章分别阐述了传播过程中的“渠道”“传播者”“内容”和“效果”等要素，从而显示出著者由宣传研究转向传播研究的思维轨迹和理论倾向的变化。

1948 年，拉斯韦尔发表了《社会传播的结构与功能》一文。论文一问世便受到了广泛的赞誉，成为早期传播学研究的经典成果之一。学界给予它极高的评价，认为它是一部纲领性的力作，一部传播学的独立宣言。甚至认为，所有的传播学研究都仿佛是对拉斯韦尔这一论文的注释，因为它涉及了传播学中的许多基本内容。总体看来，这篇论文的意义主要体现在两大方面：一是从内部结构上，分析了传播过程中的诸要素；二是从外部功能上，概括了传播活动的社会作用。在这篇文章中，拉斯韦尔明确提出了传播过程及其五个基本构成要素——“谁”“说些什么”“通过什么渠道”“对谁说”

“有什么效果”，这就是著名的拉斯韦尔“5W”模式。这个模式简明而清晰，是传播过程模式中的经典。后来的很多学者都对此进行过各种修订、补充和发展，但大都保留了它的本质特点。这一模式还奠定了传播学研究的五大基本内容，即“控制分析”“内容分析”“媒体分析”“受众分析”以及“效果分析”。这五种分析涵盖了传播研究的主要领域。另外，它还引起了传播学对于确定效果的重视。

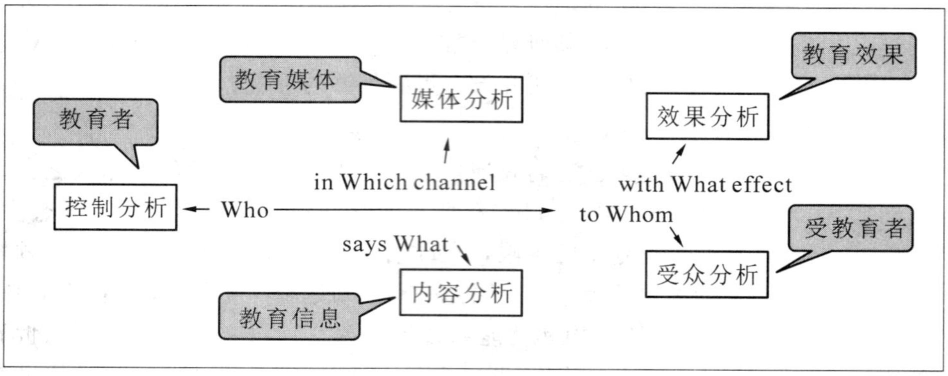

这篇文章同时提出了关于大众传播的三种基本功能，这三种功能是：监视环境、协调社会以及文化传承。这三种功能主要是从政治学角度着眼的。1959年，查尔斯·赖特又从社会学的角度，为其补充了“娱乐”功能，由此形成了传播学中经典的“大众传播四功能说”。作为人类社会的信息交流活动，传播具有多方面的社会功能。而拉斯韦尔的阐述，则为全面揭示大众传播的功能提供了一个基础。此后，许多学者都从不同的角度、不同的层面，对其进行了丰富和拓展。

除了“5W传播模式”和“大众传播三功能说”外，拉斯韦尔还在传播学领域做出了其他许多贡献。他开创了内容分析法，发明了定性和定量测度传播信息的方法论；他关于政治宣传和战时宣传的研究，则代表着一种重要的早期传播学类型，而宣传分析，已被纳入到了传播研究的一般体系中；他将弗洛伊德的精神分析理论引入到美国社会科学，并使其与政治分析相结合，从而在社会层面上运用了个体内部的弗氏理论；他还帮助创办了政策学，这是一门整合了社会科学知识与公共行为的交叉学科。

1979年，在拉斯韦尔逝世两周年的时候，他与勒纳、史皮尔合写的《宣传与传播世界史》三册巨著正式出版发行，从而将宣传与传播研究又推向了一个新的高度。

拉斯韦尔奠定了传播学研究的基本范围和层面，是当之无愧的传播学奠基人之一。

(二)保罗·F. 拉扎斯菲尔德

拉扎斯菲尔德(1901—1976)是美籍奥地利人，著名社会学家，毕业于维也纳大学，先后获哲学、人文学和法学博士学位。拉扎斯菲尔德是对后来的传播学研究方法影响最大的一位。拉扎斯菲尔德早年在维也纳大学获得应用数学博士学位，这种教育背景为他的方法论专长提供了基本的技能，为他后来创建新的大众传播研究领域提供了研究手段，并为他将统计的方法引用到传播研究中开辟了新的思路。1932年，他最早在维也纳运用实地调查法从事广播研究，后在美国哥伦比亚大学建立应用社会学研究中心，与著名社会学家默顿共事多年。他提出了“二级传播理论”(后发展为“多级传播”学说)，为传播效果、传播机制研究开辟了道路。他还提出了“既有政治倾向”“选择性接触机制”“意见领袖”等很有影响的概念。拉扎斯菲尔德对研究方法做出了重要贡献，被称为“传播学研究的工具制作者”。他通过不断改进抽样调查技术和量化分析方法，为传播学赢得了来自其他科学的尊重。其代表作有《传播研究》和《个人的影响力：个人在大众传播中的作用》等。他与助手合作完成的《人民的选择》，是“伊利调查”的结果，被称为“社会科学史上最复杂的调查研究之一”，其中提出了“两级传播现象”，是传播效果研究的经典著作。他与卡茨合著的《人际影响》是“迪凯特调查”的结果，进一步证实了“伊利调查”的发现。

1. 拉扎斯菲尔德对传播学的贡献

(1)创建“两级传播理论”，有力地破除了“魔弹论”，使深入探讨传播的效果及其机理成为可能。

20世纪初至30年代末，大众报刊、电影、广播等媒介迅速普及和发展，在两次世界大战之间的几十年里，人们对大众媒介的重视以及对其威力的恐惧可谓与日俱增。特别是希特勒为了征服世界，以持久的、危险的方式使用广播，还有1938年万圣节的一次广播节目《星球大战》，在一些社区引起了极大的恐慌。在这些情况下，人们将大众媒介比作“皮下注射器”和“子弹”，认为媒介拥有不可抵抗的强大力量，它们所传递的信息在受传者身上就像子弹击中躯体、药剂注入皮肤一样，可以引起直接速效的反应，它们能左右人们的态度和意见，甚至直接支配他们的行动。

由于当时大众传播媒介效果的“皮下注射器”模式在传播研究者当中非常盛行，因此，哥伦比亚大学应用社会研究所的一些研究者开始关注媒介对个人所具有的看起来无孔不入的直接结果，以及这些效果可能给民主进程带来的得失。1940年拉扎斯菲尔德对伊利县的研究设计就是想证明大众媒介在影响选民投票方面的力量，并调查大众媒介对政治活动的影响。

拉扎斯菲尔德等人从俄亥俄州伊利县的登记选民中挑出了4个小组，这是一个典型的县，因为直到这项研究时，伊利县参加了自美国实行总统选举以来每一次全国性投票。在整个竞选活动中，研究者定期访问这些选民，以确定哪些因素最大程度地影响了选民的投票决定。根据这项实验的设计，研究者在7个月的时间里每月访问固定样本组的那些选民，检查竞选运动可能产生的结果，并用3个控制组进行对照。1940年5月访问了所有的4组选民(每组有600位登记选民)。此后直至11月选举每个月都访问固定样本组，选举之后又立即访问。而3个控制组则在做完第一次访问之后，再访问一次。一个组在7月，一个组在8月，还有一个组在10月。但历时半年对600名对象进行的7次追踪调查的结果却表明在整个竞选宣传期间大部分人始终没有改变投票意向，改变了原来意向的人只有8%。也就是说，大众传播并没有直接左右选民投票的意向，它只是众多影响因素之一，而不是主要因素。这一结论显然和当时人们的认识和直观感觉大相径庭。这次调查还发现“在影响选民的投票决定方面，人际接触的影响似乎不仅比大众媒介更经常，而且更有效”。研究者认为，在人们做出投票决定的过程中，有一些对他们施加个人影响的人物，即“意见领袖”，来自媒介的消息首先抵达意见领袖，接着，意见领袖将其所见所闻传递给同事或接受其影响的追随者。据此，研究人员对传播过程做了这样一种推测：大众传播的影响并不是直接“流”向一般受众，而是要经过意见领袖这个中间环节，即“大众传播——意见领袖——一般受众”。这就是“两级传播”模式，它强调人际传播的绝对重要性。这一研究的价值击破了对传播媒介效果万能的迷信，即“魔弹论”，开创了传播效果研究的第二阶段——有限效果论。拉扎斯菲尔德明确指出，受众在媒介面前不是没有个性、消极被动的，而是积极活跃、被人际影响其态度的。

(2)对传播研究的方法论做出了突出贡献，促进传播研究的科学化。

拉扎斯菲尔德将他的数学背景和他终身所致力的社会研究工作结合起来，以便富有成效地创造出有关于大众传播、失业、高等教育、政治行为等的学术成果，并推动一系列重要的方法论取得进展。

拉扎斯菲尔德通过收集资料的方法提出了“调查方法论”。这种收集资料的方法包括收集不醒目的测度、“焦点访谈”、“三角策略”以及各种资料分析方法。他将民意测验的方法变成调查分析，即分析性地利用样本调查“来做出影响个人行为的、有因果关系的推论”。这样一种方法论风格与拉扎斯菲尔德一生对于个人行为的经验分析的重视是相吻合的。

拉扎斯菲尔德的社会研究传统试图将定性方法和定量方法、参与性观察和深度访谈、内容分析和个人传记、专题小组研究和焦点小组访谈结合起来。许多方法论的创新都是由拉扎斯菲尔德及其应用社会研究局的同事们开创的。例如，拉扎斯菲尔德引入了异常情况的分析，在此，个体案例得到分析，而这不适合于一般的统计模式。这种研究方法被用来对某些个人(他们的行为与研究中体现其他大部分人之特征的关系不相一致)进行较深层次的探讨。

拉扎斯菲尔德在“广播研究项目”中创造了“焦点小组访谈”。一个焦点访谈包括在特定情境之下(诸如听某个广播节目、观看一场演出等)收集调查对象有关他们的情景定义的资料。它侧重于调查对象的特殊经历，通常是以一种开放式的方式提问，以便得出有关待研究的媒体信息的高度自主的资料。焦点访谈将注意力集中在个人对于某个媒体信息的理解上，由深入细致的、自由型的访问所引起，以便帮助回忆。访谈可能以事前确定的假设为中心，这些假设然后被用作访谈焦点，但焦点小组通常被用来产生假设，后者然后用通过调查或实验而获得的更加量化的资料来检验。就拉扎斯菲尔德的“广播研究项目”所进行的媒体效果研究的情况而言，由焦点小组访谈所产生的假设是：一个特定的信息(诸如一个广播节目和一个广告插播)会产生某些特定的效果，诸如改变了购买美国战时公债的态度，或改变了那些教育层次较高的人的态度，其程度甚于那些教育层次较低的人的态度。

拉扎斯菲尔德还是“三角测量法”的一个早期提倡者，就是采用测量、收集资料和资料分析的多重方法以获得对研究对象的多侧面了解。这个方法认为任何现象都应该既以反省报告来测度，又以客观观察来测度；案例研究应与统计信息结合起来；资料收集应该与有关被研究的问题的历史信息结合起来；来自不引人注目的测量方法的资料应与问卷和其他自我报道的资料结合起来。早在这一方法普遍流行于社会科学家之中之前他就这么做了。

(3)拉扎斯菲尔德创造了以大学为基础的研究机构的原型，使传播学首次被引入了大学。

拉扎斯菲尔德于1927年在维也纳创办了“经济心理学研究所”。此后，他在美国又创办了两个大学研究机构，其中更著名的是位于哥伦比亚大学的“应用社会研究局”，它发挥着其他许多大学的研究机构模式的作用，如同今天的许多传播学研究机构。拉扎斯菲尔德将自己看做是一个“管理型的学者”，一个领导一个研究局的大学教授。与大学的各系相比，研究机构更加灵活，更有侧重点，也不大容易因采纳了创新方向而受到批评。这就是传播学学术领域之所以始于伊利诺伊、斯坦福和其他地方的研究机构的原因。拉扎斯菲尔德创造并通过某种组织形式，使传播学首次被引入了大学。他创造了作为美国研究型大学的一个重要组成部分的研究机构。在这一过程中，拉扎斯菲尔德促使传播理论具有行政研究的特色，更广泛地说，他使许多社会科学研究具有这种特色。[1]

2. 对拉扎斯菲尔德“两级传播理论”的批评

(1)许多研究表明，大部分新闻报道是直接由媒介传播开来的，其范围远比个人信源宽广。韦斯特利引证了支持这个论点的若干研究，并做出简要讨论。

(2)研究成果表明，对公共事务方面的舆论是互换的，或者说，情况往往是“与其说是给予意见，不如说是分享意见”。特罗达尔和范达姆认为，“给予意见者与寻求意见者相比，两者在有关媒介内容接触、全国性新闻知晓度、职业声望和在五个合群特征中的四个特征方面并无显著差异”。

(3)“划分‘意见领袖’和‘非意见领袖’的定义界限模糊，当采用不同的操作方法时，这个问题就变得更为混乱”。“意见领袖”既有自封的，也有提名的；它既应用于专门话题，也应用于一般活动。

(4)关于大众媒介的界定，在实际运用中会因不同情况而有所变化。在有些情况下，专业媒介(如专门公报、医学期刊、农业期刊)被用作大众媒介；在另外一些情况下，则不被认作大众媒介的一部分。

(5)意见领袖可以是积极主动的，也可以是消极被动的，而两级流动传播模式则属于一种简单的二分法：要么是积极寻求信息的意见领袖，要么是大批被动的依赖意见领袖指导行事的个人，非此即彼。

(6)最初的“两级流动传播模式”将传播划为两级，但实际的传播过程可能更多或更少。不过，哥伦比亚大学的研究者在迪凯特研究中已经发现有必要考察更长的影响链条，新药推广研究正是沿着这条思路研究的成果。

(7)“两级流动传播模式”隐含着这样一层意思：大众传播媒介是意见领袖的唯一信息渠道。但有时，尤其是在还没有广泛的大众媒介网络的发展中国家，与变化中介者的人际往来及谈话就肩负起通常由媒介担当的信息传播角色。

(8)同一信息的先知者和后知者的行为有差异。研究发现，信息先知者更多地依赖媒介信源，而信息后知者则通常依赖人际信源。

(9)在创新扩散中，研究者发现，大众媒介的功能主要是告知，而人际渠道

[1] 黄碧珊：《论拉扎斯菲尔德的传播学思想》，载《东南传播》，2009(1)。

则在劝服方面更为重要。罗杰斯和休梅克指出，这种差异对意见领袖和追随者均适用。❶

3. 拉扎斯菲尔德是欧美传播学派的桥梁

拉扎斯菲尔德的研究方法并不是纯经验主义的，他认为批判的学术思想对于经验研究者们来说是大有帮助的。他说："如果有可能按照批判的研究来制定一种能与经验的工作相结合的实际的研究工序，那么，涉及的人、要处理的问题，以及最终这项工作的实际效用都将极大获利。"拉扎斯菲尔德试图建立一座通向批判的学术思想的多元桥梁，希望它与美国式的经验主义研究相融合，将其作为"对于解释已知的事情与寻求新资料有用的那些挑战性问题和新概念"的一个源泉。在其自传中，拉扎斯菲尔德写道："当我的学术生涯开始时，欧洲的社会科学被哲学和思辨的思潮所支配……与此同时，美国行为主义和操作主义支配着知识界……在这种情况下，我成为一个连接的齿轮。一个欧洲的'实证主义者'是一个稀奇之物，受到那些对美国社会科学中的微妙趋势有所意识的人们的欢迎。"拉扎斯菲尔德试图将经验主义和批判主义结合在一起的尝试为传播学研究提供了一种新的视野，这种尝试和突破在传播学研究史上是影响深远的。

(三)威尔伯·施拉姆

威尔伯·施拉姆(1907—1987)是传播学科的集大成者和创始人。人们称他为"传播学鼻祖""传播学之父"。他建立了第一个大学的传播学研究机构，编撰了第一本传播学教科书，授予了第一个传播学博士学位，也是世界上第一个具有传播学教授头衔的人。他曾任衣阿华大学新闻学院院长，并先后创办了四个传播学研究机构：衣阿华大学舆论调查中心(1934)、伊利诺伊大学传播研究所(1948)、斯坦福大学传播研究所(1955)和夏威夷东西方中心传播研究所(1955)。他著述宏富，一生撰写、主编了近30部著作及大量学术论文，是美国传播学的主要奠基人和集大成者。施拉姆的学生、传播学者坦卡德曾经对施拉姆有过这样的评价："施拉姆对这门学科的最大贡献或许并不在于他自己的理论观点——尽管这些理论观点很重要，而在于他对传播的核心问题所勾勒的学说框架。也正是在这一点上，他使这门学科得以完善。"

1. 施拉姆的大众传播基本理论

(1)关于传播关系的双向性质。早在1952年，施拉姆在《传播如何进行》一文中就最先提出了传播即"分享"信息的观念。他认为，传播是一种关系，是一种分享的活动，而不是一个人对另一个人施加的行为。这种观点在某种意义上说，是对传统的大众传播理论的一次总体上的扬弃。20世纪50年代初期，机能心理学被广泛地应用于解释传播效果，人们对宣传效果的威力还心有余悸，这与传统的大众传播理论的影响是密切相关的。

传播研究最初始于20世纪20年代的"战争宣传效果分析"。在长达近40年的时间里，一种认为大众传播具有强大威力的理论始终占据着主导地位。这是研

❶ 黄碧珊：《论拉扎斯菲尔德的传播学思想》，载《东南传播》，2009(1)。

究者们根据第一次世界大战中的宣传威力而形成的理论。这种理论认为，受传者是一具固定的靶子，如果理论者能够击中目标，受传者就会受到影响。所以，大众媒介的宣传具有威力无比的蛊惑人心的力量，受传者一旦接触，就会受到影响和控制。大众媒介因此被视为是可怕的。施拉姆将这种理论称为“子弹论”，即把传播视为一种能够把思想、感情、知识、动机从一个人的头脑中自动输入到另一个人的头脑中的“魔弹”。这个概括形象地说明，早期传播理论把受传者看做是被动的和无拒绝力量的。

当然，“子弹论”的魔力说在40年代曾受到“有限效力论”观点的挑战。以拉扎斯菲尔德为代表的哥伦比亚学派的选举研究，动摇了“子弹论”在传播理论中的统治地位，使其日渐式微。然而，将传播研究的视角做了180度的转换，正确地揭示传播关系的双向性质的第一位研究者，正是施拉姆。他在《人际间传播原理》一文中称：“据我所知，《传播如何进行》是第一篇使用‘分享’信息这个概念全面论述传播的文章。”

施拉姆一反“被动受传者”的理论，提出了“主动受传者”的观点。他认为，应当把传播过程分作两个独立的行为，一部分由传播者承担，另一部分由受传者完成，二者绝非是传播者射中受传者的关系。传播双方是互为因果的，传播过程应当被作为一个整体来加以研究。

施拉姆的这个观点在后来的传播研究实践中被证实是正确的，它帮助人们认识和解释了许多传播活动的互动现象。比如说，大众传播媒介可以对改变时尚产生影响，反过来，受众的反馈又影响到节目制作方针的改变；政策可以引导舆论，舆论也能引导政策；经济的发展促进了传播事业的发展，而传播事业的发展又加速了经济的发展……

施拉姆依据传播是一种双向关系和相互作用的基本观点，为传播下了这样一个定义：“传播是对一组信息符号意向的分享”。这个定义把传播置于一种关系之中，这种关系的核心便是传播双方对同一信息性符号的“分享”。传播关系的核心要素通常被包容在一定的社会关系中，而信息的使用与解析正是借助于这种社会关系。因此，最典型和最常见的传播形式也都是一种扩大了的双向关系，很难设想人类传播会像早期传播理论所描述的那种单向关系。

施拉姆认为，传播关系涉及的“分享信息符号”的问题是十分重要的。他在晚年曾不无遗憾地表示：“如果我还有时间来建立一个系统理论的话，我相信，我应该从双向关系这个思想开始。”“我认为仅仅用‘传播者—接受者’这个模式来描述传播是不确切的，或者我也不认为应当把传播描述成是同样活跃的双方间的一种关系。双方是由社会环境所联结的，也是由他们个人的知识和价值观的共识部分所联系的。在这种关系中，双方才能共享信号。”施拉姆提出的双向性质的观点已为愈来愈多的研究者所首肯。随着传播研究的不断拓展，施拉姆这一卓有建树的观点将继续显示出其正确性。

(2)关于大众传播潜在的长期效果。大众传播潜在的长期效果研究在早期的传播研究中是一个真空地带，至今也是一个备受冷落的领域，这与美国传播研究中的实用主义和功利主义的指导思想是分不开的。

20世纪70年代初，施拉姆开始研究这个被忽视的重要课题。他在1971年再版的《大众传播的过程与效果》一书中强调指出："对我们影响最大的，也是最难研究的，是长期效果。"他认为，在长期效果中，最具潜在效果的可能都将是戏剧性最少的。

施拉姆对传播潜在的长期效果做了浅显而又精辟的论述，并提出了潜在的长期效果是大众媒介对于人类社会主要作用的理论观点。他说："我曾经把这个效果比作岩洞中的石笋，含有石灰质的水滴不断地滴在上边，每滴水中的沉淀物小得无法察觉。水滴经年累月地滴着，只有经过数百年后，探访者才能看到一长成的石笋或者是改变了形状的石笋。这种既非即时又非戏剧性的效果或许就是大众媒介对于人类社会的主要作用。"

1982 年，施拉姆在再版的《传播学概论》一书中，用了两个章节，以较为全面的定量分析论证了潜在的长期效果的理论观点，为这一重要的课题研究打下了基础。这两个章节分别阐述了大众媒介的潜在效果和大众媒介较少潜在的效果。施拉姆用多项统计数据证明，美国人每天花在大众媒介上的时间是相当可观的，仅看电视一项就占去了闲暇时间的 1/3，成了美国人自由支配时间中的主要部分。施拉姆断言，把如此之多的时间用于大众媒介，所产生的是一种无声的、但却是强有力的效果。

这种一分一秒积累下来的潜在效果，表现在对外界知识的汲取和对世界各地重大新闻的获悉上。可以说，当今人类社会的主要知识都要通过大众媒介来获取，人们也越来越倚重于电视来了解公共事务和重要的新闻，并要求大众媒介从整个世界为人们提供信息。

大众媒介的潜在效果还表现在它起到的社会化的作用上。施拉姆发现，人们是在不知不觉中利用大众媒介学习的。受众从这种偶然的、无意的、经常的、并非预期安排的学习中所得到的技巧、价值和信念，正是大众媒介对人类社会化所做出的贡献。

大众媒介在儿童和青少年的社会化过程中，所起的作用更是占据着主导地位，几乎所有青年的经验都是其社会化影响的产物。电视是各种媒介中最具影响力的，它不像父母和教师那样有意使儿童和青少年社会化，然而，其效果却比他们更为有力。儿童和青少年是在没有管束的情况下，不知不觉地从电视中学到了大量关于社会生活的知识，他们就是这样逐时、逐月地被社会化了。施拉姆认为，尽管现在的传播研究还无法确定特定时间中特定节目所有的特殊效果，但它的长期效果将存在于我们生命的所有时日之中。❶

2. 对施拉姆传播理论的批评

马歇尔·麦克卢汉在《媒介通论》一书中，以《我国儿童生活中的电视》为例，批评施拉姆只从印刷文字的角度去探讨电视的效果，而这种探讨将一事无成。在《媒介通论》公开发行后不久，施拉姆回应说，麦克卢汉是"现今最有趣的人才之一"。后来，他在再版的《大众传播的过程与效果》一书中，还特意选印了麦克卢汉在《媒介通论》中对他提出批评的那一章，这也显示了施拉姆在学术问题上的广阔胸襟。

❶ 何庆良：《施拉姆的传播理论》，载《新闻与传播研究》，1990(4)。

(四)卡尔·霍夫兰

霍夫兰(1912—1961)是美国心理学家，也是研究社会交往以及态度和信念改变的先驱。他1916年出生于美国芝加哥。1932年在美国西北大学获文学学士学位，一年后获硕士学位，1936年在耶鲁大学获哲学博士学位并留校任教。1942年至1945年应美国陆军部聘请，在美军中从事军事教育电影对新兵的影响等研究。他在“二战”后回到耶鲁大学任心理学教授，1961年在美国去世。霍夫兰的主要论著有：《大众传播实验》(与人合著)《传播与说服》(与人合著)《说服的表达次序》《个性与可说服性》(与人合著)《态度的形成和改变》(与人合著)。

霍夫兰是通过实验法测量态度改变的程度并以此验证传播效果的先驱者。“二战”期间，霍夫兰受聘于美国陆军新闻与教育署心理研究室担任主任，主持了一系列以鼓舞士气为宗旨的有关宣传效果的心理实验，这是采用心理实验方法进行大众传播研究的最早范例。战后，霍夫兰及同事们回到耶鲁大学，获得了洛克菲勒基金会的支持，设立了耶鲁传播研究项目，继续进行态度改变方面的研究。20世纪50年代初至60年代初，他和他的同事们的研究成果被录入两套丛书——《美国军人》和《耶鲁大学关于态度与传播的研究成果》，引起了学术界对传播在劝服方面的社会效果的关注，他将说服理论和实验方法引入传播学，使得他的研究非常实用，具有现实意义，也成为美国传播学经验学派的典型风格。

霍夫兰对传播学的贡献主要表现在三个方面：第一，他在彼得森、瑟斯顿等学者的基础上，较完善地把心理学控制试验的方法用于传播效果的研究。用这种方法得出的结论虽然与社会实践可能有一定的距离，但对传播的效果仍不失为一种有意义的预测。第二，他对军事教育电影的研究不仅从一个方面证明了坎特里尔的观点，而且为打破“魔弹论”的神话提供了更有价值的证据。第三，他注意到影响说服效果的多种因素，尤其是说服者及其发出的信息这两个因素，并提出了改善说服效果的一系列有价值的建议，为“可说服性”研究这个当代传播学的重要课题奠定了基础。

霍夫兰的研究大致可以分类为传播者、传播讯息、阅听人以及阅听人的反应四个方面。在传播者方面，其研究发现阅听人认为可信度低的消息来源较偏颇和不正常，但是，可信度的影响随着时间的消逝而消失，因为阅听人已经忘记了信息传播者的身份，除非其身份再次被强调。就整体而言，态度的改变多是短期的效果。态度不难在接受信息后立即改变，但是，经过一段时间后可能又回到原位。

霍夫兰关于态度改变的研究对于研究公众态度改变很有启发。霍夫兰认为人的态度的改变主要取决于说服者的条件、信息本身的说服力及问题的排列技巧。

1. 说服者的条件

为了验证说服者的作用，霍夫兰做了这样一个实验：将一群被试者分为三个级别，然后让三个人分别在各个小组就一个少年犯的题目进行演说。这三位演说人分别被主持人介绍为“法官”“普通听众”和“品行低劣之人”。演讲结束后，三组听众开始分别给演说者打分。结果，“法官”得了“正”分，“普通听众”得了“中”分，而“品行低劣之人”却得了“负”分。三种不同的身份和同一题目的演说，即形成了三种大不相同的影响力。这个实验结果表明：一个对某问题享有声誉的人总比无声誉的人更能引起人们的态度改变。

霍夫兰之后的研究者专门研究了说服者的“声誉”问题。他们认为声誉的最主要成分是专业知识（或专家身份）和超然的态度。如介绍中的“意见领袖”必须是一个身份明确的权威。另外，超然的态度也是劝服者的声誉之一。如同战争中的和平使者往往必须是一位与双方均无利害关系的人一样，公关传播者或广告劝服者也不能以一个为厂商的利益而急不可耐的形象出现在消费者面前。

2. 信息本身的说服力

在表达一个有争议的问题时，如某企业的产品对消费者有利又有弊，是用正面理由还是正反两方面理由都用？哪种方式更能够说服人？

霍夫兰认为，如果对方本来就赞同说服者的意见，只讲一方面理由可以坚定其原有的态度；如果对方原先或当时反对说服者的主张，把正反两方面的理由都说出来，比只讲一方面理由更好；如果对方教育程度高，说出两方面的理由更为有效；如果对方教育程度低，说一方面理由较好；如果对方的教育程度低，并且原来就赞同说服者的立场，则一定要用正面理由，若说出正反两方面的理由，反而可能导致他犹豫不定。

例如，在广告宣传中推广某种农用产品，如果是面对具有不同文化教育程度的农民消费者，应采用不同的宣传方式。对具有一定的农业科学技术知识的农民，因为他肯定会对各种农用产品的优劣进行过比较，因而应该对其既强调这种农用产品的优点，又介绍这种农用产品的不足之处（这样往往更会给人一种诚实的印象）。相反，如果是面对一直坚信该农用产品的优良品质和效能而又没有文化的农民，向他再介绍这种农用产品的不足之处，会使他对这种农用产品产生不必要的怀疑，从而影响到他的购买信心。

3. 问题的排列技巧

问题的排列秩序在改变公众的态度时也显得比较重要，哪些问题先说，哪些事情后讲，其顺序的安排也得讲究技巧。在霍夫兰看来，首先提出宣传论点，可以引起公众注意，易形成有利的气氛；最后提出的论点有利于公众记忆。如果传播内容是受众赞同的或可能接受的，那么，把它们首先提出比较有利；如果首先唤起公众的需求，然后再提出问题，则更易于被公众接受。例如，广告文案的开头往往要先声夺人，结尾之处则较多出现需要消费者记忆的内容。如果首先唤起消费者的需求，然后再推出其产品，这种阐发内容的排列秩序是易于被公众接受的。

霍夫兰的说服实验使传播研究朝着效果问题的研究方向发展，在此之后，他就将说服的结果看做是对传播效果的分析。说服基本上相当于态度改变，霍夫兰对于态度改变的研究实质上是一种学习理论或强化理论取向。他相信，态度是由学习得来的，并且态度的改变与学习同时进行。

霍夫兰的研究在传播学研究史上占有重要的地位。虽然研究焦点不在大众传播，但其发现有助于人们更了解说服的过程——这是大众传播研究中很重要的课题之一。研究中提出的一些概念，如“可信度”“对宣传的免疫力”“恐惧诉求”“睡眠效果”等，都是引导后来研究的起点。

罗杰斯认为：霍夫兰的研究直接影响了传播研究对传播社会效果(以态度改变的程度测量)的重视。说服研究由亚里士多德经卡特赖特至霍夫兰，成为一个直到现在仍非常受欢迎的传播研究课题。霍夫兰的追随者、当代说服研究的首领麦奎尔估计，每年约有 1000 种有关说服研究的出版物出现，从中仍时常看到霍夫兰的影子。总之，霍夫兰等人的研究项目既是现代态度改变研究的开端，又是大众传播理论若干重大贡献的渊源。

二、批判学派

1941年美国经验学派的著名学者拉扎斯菲尔德在美国《哲学社会科学研究》上发表了《论行政式的和批判的传播研究》一文，在这篇文章中他最早把欧洲法兰克福学派及坚持反实证方法、反实证主义立场的传播学者称为批判学者，这就是欧洲“批判学派”名称的由来。批判学派萌芽于20世纪60年代，70年代开始兴盛，80年代成为传播学研究中的主流之一。该学派起源于欧洲，欧洲至今仍是该学派发展的重要基地。批判学派之所以会出现在欧洲，一是因为欧洲的传播实践与美国有很大不同。欧洲的大众传播业大多是公营或公有，少部分私有，少部分国有，更强调其社会服务性；美国则基本上私营，商业化程度高，受利润支配。二是因为欧洲的社会科学和人文科学研究的传统不同于美国，更强调哲学、社会学等研究中的思辨研究和质化分析。批判学派的主要思想源自西方马克思主义理论、阿尔都塞的意识形态理论，以及葛兰西的霸权理论。批判学派的研究方法是反实证的、批判的。20世纪30年代后，法兰克福学派从流亡美国，涉足传播研究开始，就产生了与经验学派的对立，他们难以认同美国的商业传播制度，坚守批判立场。阿多诺认为“把实验对象的反应看做是社会科学知识之最终源泉的研究方法是极为肤浅的”，数据只不过是证明社会理论正确性的附属对象而已。批判学派的理论出发点在于对资本主义制度本身的清醒认识和冷峻批判，他们从宏观的视角来看待大众传媒与外部世界以及现行体制的关系，认为大众传媒在本质上是少数垄断资本或强权意识对大多数人实行统治的意识形态工具。批判学派的主要流派有法兰克福学派、伯明翰学派、政治经济学派、社会文化学派、女权主义学派等。

(一)法兰克福学派

法兰克福学派主张从哲学、社会学的角度研究和批判现代资本主义社会，对资本主义社会中的文化危机及现代西方文明进行批判，代表人物有霍克海默、阿多诺、马尔库塞、本雅明、哈贝马斯等。20世纪30年代，法兰克福学派的成员陆续流亡美国，并从四五十年代开始将美国大众社会作为自己的主要研究对象之一，从而与美国的传播学(尤其是大众传播研究)发生了直接关联。法兰克福学派之所以会出现向美国大众文化以及大众传播领域的主题转换，主要是基于这样几个原因：

(1)研究所的成员们认识到美国的社会环境、社会氛围为他们正在研究的问题提供了与先前不尽相同的题材、内容和契机。例如，同样是权威主义，它在美国的出现就具有与欧洲非常不同的形式——不是通过恐怖和高压统治，而是以一种更加缓和的方式，在相当大程度上通过以大众传媒为途径的大众文化来实现的。

(2)从黑格尔以及马克思主义的整体主义、辩证统一观出发，法兰克福理论家历来强调对于“否定的”力量的保护。霍克海默、阿多诺曾因一部《否定的辩证法》而名闻遐迩。这种否定性的力量从社会革命的角度来说来自无产阶级，从当代文化方面来说，则来源于受大众文化潮流威胁的艺术传统和“高级文化”传统。尤其是法兰克福学派迁到美国以后，工人阶级革命消退、无产阶级被大众文化“整合”的迹象日益明显。在这种情况下，将20世纪30年代发展起来的“批判理论”延伸到对社会进行“内在的”批判，即对美国的大众文化进行多方位的分析，便成为顺理成章的要务。

(3)对当时在美国占据主流地位的经验主义传播学研究方法，法兰克福学派的成员们持不满和批判的态度。在他们看来，大众传播和大众文化的传统的经验主义研究没有建立起一种致力于社会整体的研究，并且不恰当地把文化问题降低到经验主义可检验的范畴。洛文塔尔指出，经验主义社会科学“拒绝进入内涵的领域……它的社会研究在表面价值上抓住了现代生活的现象(包括大众传播)，却拒绝把它们放入历史的道德的总体之中”。为此，批判主义学者特别想把被经验主义传统所定义的大众媒介效果问题置于更加广泛的意识问题之中，亦即置于文化价值的问题之中。这样的立足点，有力地促成了法兰克福学派具有批判色彩的大众传播媒介和大众文化研究。❶

法兰克福学派对现代大众媒介社会的分析与批判体现在对“文化工业”这一概念的分析上。这个概念最早出现在霍克海默和阿多诺的著作《启蒙辩证法》中的一篇论文——《文化工业：作为大众欺骗的启蒙》中。围绕着这个概念，研究者们无情地抨击现代媒介，指出它怎样成为延伸政治统治和经济统治的工具，怎样使艺术贬值，以及怎样达到对个人的奴役。并指出它如何不动声色地把它的牺牲者引入被动接受的状态，而随着社会中介力量的减弱，形成社会否定机制的动力和机会越来越少：“从利益方面来看，人们是乐意把‘文化工业’解释为工艺学的。千百万人参与了文化工业强制性的再生产过程，而这种再生产过程，又总是在无数的地方为满足相同的需要提供标准的产品……文化工业的产品到处都被使用，甚至在娱乐消遣状况下，也会被灵活地消费。但是文化工业的产品到处都是经济上巨大机器的一个标本，所有的人从一开始起，在工作时，在休息时，只要他还进行呼吸，他就离不开这些产品。”大众文化凭借现代传媒客观上把持着文化主流，使大众丧失自由选择的空间和自我断决的秉资，审美原则和艺术理想屈从于交换原则和利益标准。

在大众传媒和技术的协同下，“文化工业”通过张扬戴有虚假光环的总体整合观念，一方面极力掩盖严重异化的社会中主客体间的尖锐矛盾，另一方面大批量生产千篇一律的文化产品，将情感纳入统一的形式，纳入一种经过包装的意识形态，最终将

❶ 殷晓蓉：《法兰克福学派与美国传播学》，载《学术月刊》，1999(2)。

个性无条件交出，淹没在平面化的生活方式、时尚化的消费行为，以及肤浅化的审美趣味中。阿多诺认为："文化工业的整体效果是反启蒙的效果……其间本应是进步的技术统治的启蒙，变成了一场大骗局，成为束缚意识的桎梏。它阻碍了自主的、独立的个性发展，这些个性本来是明智地为自己做出判断和决断的。"

法兰克福学派的研究是站在文化精英主义立场上的，他们沿着黑格尔和马克思的"异化"思路来批判和解析传媒文化。他们是在批判性的社会理论框架中完成对电视的研究的，他们在经验学派之外，为电视研究开创了一条崭新的道路。

1. 阿多诺

法兰克福学派成员阿多诺的媒介研究起步于与拉扎斯菲尔德的合作。1938年，为了躲避希特勒政权的迫害，法兰克福学派的学者阿多诺来到纽约并接受拉扎斯菲尔德为他提供的第一份工作——参加"广播研究项目"中的涉及广播音乐作用的研究，由此开始了他们之间的合作关系。1941年，因为性格的差异，以及不能认可经验学派定量分析的研究方法与研究目的，阿多诺与拉扎斯菲尔德的合作结束了，但是以此为契机，阿多诺却接触到了大众传播研究的另一种方法。

1947年，阿多诺与霍克海默合作的论著《启蒙的辩证法》完成，标志着法兰克福学派创立了具有自己特色的社会哲学理论，而其中的第二章《文化工业：作为欺骗群众的启蒙》则被奉为研究当代大众文化的开山之作，它奠定了法兰克福学派大众文化批判的基调。按照法兰克福学派的观点，"大众文化"是指借助于大众传播媒介而流行于大众之中的通俗文化，包括通俗小说、流行音乐、艺术广告等。它融合了艺术、音乐、政治、宗教和哲学等各方面，在闲暇时间操纵广大群众的思想和心理，培植支持统治和维护现状的顺从意识。阿多诺还进一步把"大众文化"引申为"文化工业"，并用"文化工业"来指称大众文化产品的"标准化"和"伪个性化"。阿多诺对大众文化抨击最甚的是其商品化倾向。他指出，文化产品的制造者之所以把文化产品商品化，无非是为了瞄准大众的钱袋。"就艺术迎合社会现存需求的程度而言，它在很大程度上已成为一种追求利润的商业。"大众文化把娱乐消遣作为主要价值加以实现，这便造成了快餐式的精神消费模式，不仅把文化推向了单调平庸，而且把大众也推向了单调平庸。文化与技术的结合所造成的恶果，不仅仅在于它伤害了艺术的欣赏者——人，而且也从根本上摧毁了艺术本身。

(1)阿多诺对电视的批判

1954年阿多诺写了一篇题为《电视与大众文化模式》的文章，以电视传媒为例对大众文化进行了激烈的批判。阿多诺认为电视传媒与他和霍克海默致力抨击和批判的大众文化的其他形式没有两样，他们在基本结构和意义层面上如出一辙。电视缺乏其独特的审美意义，只显示出一种被生产者操控的、"标准化"的审美模式，因此，观众并不能从中感受到艺术带来的真正的乐趣，却在欣赏电视节目的过程中潜移默化地丧失了自己的审美趣味甚至人格。用"文化工业"理论来分析电视，阿多诺发现，电视节目是经过精心设计而拥有多重结构的，目的就是从不同的心理层面上来麻醉观众，实现对观众的思想统治。比方说，一出电视节目表面上看是反专制主义的，可是表面之下总是有"潜在的信息"，不是观众个人的意识所能控制的。所以，专制性质的政治和社会趋势，总是在无意识层面上向观众灌输，使他们不知不觉之间中了毒害，还自鸣得意，甚至心甘情愿成为专制主义的帮凶。可见，电视和大众文化的其他形式一样，已经成为心理控制的意想不到的好工具。阿多诺发现，电视的欺骗手段主要是一种“伪现实主义”，让观众身不由己陷入其中，常常会身临其境自比为节目的主人公。比如说犯罪片，专制主义者摄制犯罪片的目的，是宣扬法制的力量，预防社会犯罪的发生，但是这类电视往往在展示侦破犯罪的过程中详细地创造出一种逼真的犯罪氛围，这样往往会产生相反的社会效应，与其说是在警戒犯罪，还不如说是在诱导犯罪。即使节目的主题很明显是惩恶扬善，电视在不知不觉中还是把犯罪的伎俩和过程演示给观众，把罪恶种进了观众心中，教会了观众怎样去钻法律的空子，怎样去犯罪，怎样去与警察周旋从而逃避追捕。情节过于细化、感情渲染处理不当，往往使罪犯成为受人崇拜的英雄，观众对犯罪片中的主角的兴趣远远高出电视本身所宣扬的惩恶扬善的社会主题。于是，电视中的犯罪活动会多次在现实生活中重演，这正好与专制者的动机背道而驰。阿多诺曾预测：电视的目的就是要把电影和广播综合在一起，它之所以还没有能够做到这一点，是因为各个利益集团还没有达成一致，不过，电视迟早要产生巨大的影响，它会使审美迅速陷入极端贫困的状态，以至于在将来，所有罩在工业文化产品上的厚重的面纱都将被打开，以嘲弄的方式实现瓦格纳的总体艺术作品之梦，所有艺术都会融入一件作品之中。❶

(2)对阿多诺电视理论的评价

在阿多诺时代，电视显然没有像今天一样在众多传播媒介中占有如此重要的地位，所以也就不能成为阿多诺对大众文化批判的中心所指。但是作为大众文化的重要组成部分，阿多诺的电视理论备受研究者重视。后来许多评论者认为阿多诺对电视的批判有失偏颇，约翰·道克尔就曾经指出：“在阿多诺看来，电视的目标就是一种伪现实主义。它让观众身不由己认同屏幕上的东西，束缚他们令其“婴儿般地寻求保护”，就像孩子那样，寻求和期盼精神分析可以解释的安全保障。”

阿多诺对电视的批判贯穿了他对大众文化的批判精神，阿多诺用他所宣扬的否定的辩证法指导他的批判精神，他的批判理论一直强调人的价值、情感、解放与自由，看起来十分重视人本身，但是却忽略了大众文化的受众在接受文化产品时的主动性与选择性，忽略了由于个人的经历不同、心境不同、修养不同、社会处境不同、审美趣味不同而产生的独特的审美感受和审美差异，忽视了个体在接受同一类作品时会有不同的审美想象、审美领悟、审美创造等方面的艺术创造性、审美意境等，而一味强调大众文化的均质化、平庸化、非个性化，这样带有偏见的研究和在此基础上形成的理论必然只讲对立，而忽视同一性。在这一点上，伯明翰学派代表人物菲斯克与阿多诺的理解正好相对立。菲斯克把电视作为消费模式灵活性、体现大众主动性、辨识力和创造性的典范媒体来分析。阿多诺

❶ 程红帅：《大众文化语境下的电视传媒——从阿多诺的电视理论谈起》，载《山西农业大学学报(社会科学版)》，2009(3)。

选择从社会学的角度研究文化艺术，忽视了艺术自身的特性和发展规律。他从意识形态入手，把艺术的社会作用夸大化，用文化批判来取代政治经济学批判。

虽然这样，阿多诺还是为后世的"电视操控"现象提前敲响了警钟。1980 年版的《传媒手册》中有这样的统计：1979 年春天，美国男人平均每周看电视超过 21 小时，而美国女人平均每周看电视的时间超过了 25 小时。如果说普通美国人每天看 4 小时电视，这意味着 65 岁时他已经在电视机前坐了 9 年。这并不是说这个人对屏幕上的电视情节多么地感兴趣，而是指他介入了这种传媒所构建和宣扬的思想体系当中。20 多年后的今天，电视技术高度发达，这个数字的增长幅度应该是很大的。据统计，目前我国已拥有各类电视台数千座，电视人口覆盖率达 90％以上，电视观众超过 10 亿人，各类电视台每年播出的节目总长度 200 多万小时！有数据表明，目前有近 1/4 的中国人每天要在电视机前度过全天 1/8 的时间，我国公众的日平均收视时间为 2.9 小时。不少人整天沉湎于电视节目之中，无所事事，对电视已经形成了一种习惯性的依赖，电视已经成为了一种"精神鸦片"。很多人起床以后的第一件事就是迫不及待地打开电视，如果有一天不看电视，就觉得生活缺少了什么，焦躁不安。❶

作为法兰克福学派的核心人物，阿多诺从文化工业理论出发对电视的批判是振聋发聩的，即便是在今天，他对电视的批判也没有完全过时。随着互联网的出现，网络在人们的生活中占据了越来越重要的地位，网络将人们尤其是年轻人的注意力从电视上吸引开，成为新的"精神鸦片"，网络开始取代电视成为人们习惯性的依赖。从阿多诺的电视批判理论中，我们可以对网络这种大众传播媒体产生更深刻的认识。

2. 于尔根·哈贝马斯

哈贝马斯属于第二代法兰克福学派的核心人物，曾被誉为"联邦德国具有最强大威力的哲学家""当代的黑格尔和后工业革命的最伟大的哲学家"，是当代罕有的百科全书式的大学者。哈贝马斯对"公共领域"的探讨，为危机丛生的现代社会找到一种解脱的途径和一种希冀。他提出"合理交往"的理念，质疑媒介商业化，并提出"公共领域"概念，从此"公共领域"成为欧洲主流政治话语的一部分，公共领域为以传播媒介类型区分媒介发挥作用的领域提供了启示性的思路。

(1)公共领域基本理论❷

哈贝马斯对公共领域的研究主要分两个阶段：第一阶段主要是着重从历史学角度分析市民社会特别是公共领域的发展演变过程及其后果，这个阶段的思想集中体现在《公共领域的结构转型》以及后来的《作为"意识形态"的技术与科学》《合法性危机》等早期著作中；第二阶段则主要是从"交往行为"和"生活世界"这两个规范的角度规约市民社会，着力探讨"理想的生活世界"的建构，这个阶段的思想重点集中在《交往行为理论》以及《事实与有效性》等后期的著作中。

---

❶ 程红帅：《大众文化语境下的电视传媒——从阿多诺的电视理论谈起》，载《山西农业大学学报(社会科学版)》，2009(3)。

❷ 参见敬海新、臧胜利：《哈贝马斯公共领域思想解读》，载《青海师范大学学报(哲学社会科学版)》，2008(6)。

哈贝马斯通过自己分析研究创建了一个由公共领域内涵、外延、要素、特征、功能等多个部分组成的理论体系。

公共领域概念界定。哈贝马斯的“公共领域”绝非以一种等同于国家和社会的、实体性的领域为依托的概念，它是国家与市民社会之间的一个张力场，这一领域并非实体，却同样客观存在，他指出：“所谓‘公共领域’，首先指我们的社会生活的一个领域，在这个领域中，像‘公共意见’这样的事物能够形成。公共领域原则上向所有公民开放。公共领域的一部分由各种对话构成，在这些对话中，作为私人的人们来到一起，形成了公众。那时，他们既不是作为商业或专业人士来处理私人行为，也不是作为合法团体接受国家官僚机构的法律规章的规约。当他们在非强制的情况下处理普遍利益问题时，公民们作为一个群体来行动，因此，这种行动具有这样的保障，即他们可以自由地集合和组合，可以自由地表达和公开他们的意见。当这个公众达到较大规模时，这种交往需要一定的传媒和影响的手段。今天，报刊、广播和电视就是这样的媒介。”

在美国汉学家黄宗智看来，哈贝马斯的公共领域有两种含义：含义之一指特定资产阶级公共领域，具体是指 17 世纪后期英国和 18 世纪法国开始出现的现象；含义之二较为宽泛，是指社会中的某类现象，而资产阶级公共领域只是这类现象中的一个变数类型。他把自由主义模式的资产阶级公共领域和平民公共领域看做资本主义社会里公共领域的两个变数。

公共领域的外延。哈贝马斯认为公共领域是一个社会文化体系，“包括教会、文化团体和学会，还包括了独立的传媒、运动和娱乐协会、辩论俱乐部、市民论坛和市民协会，此外还包括职业团体、政治党派、工会和其他组织等”。这又可以概括为公共领域的四种基本形态：物理空间、社团、传媒和社会运动。

公共领域的特点。按照哈贝马斯的理解，公共领域的特点是：一是普遍的公开、开放性。“公共领域原则上向所有公民开放。公共领域的一部分由各种对话构成，在这些对话中，作为私人的人们来到一起，形成了公众。”所有人都可以自由进入这个领域。二是理性批判性，即就本质而言，公共领域是一个理性交往网络，批判性是其本质特性。哈贝马斯认为，公共领域作为社会公众自由表达以及沟通意见、达成共识的公共舆论领域，它秉承的是自启蒙运动以来确立的理性批判精神和通过言语、对话、协商解决问题的宽容、妥协性格。三是公共利益性，即公共领域谋求的不是私利而是公益。

公共领域的要素。哈贝马斯归纳公共领域的三个要素：第一，参与成员的平等性。公共领域中的互动，是一种不管个人身份的社会交往，成员在此当中被视为是相同而平等的人。第二，讨论议题的开放性。“资产阶级公共领域的成败始终离不开普通开放的原则”，在公共领域的讨论中，成员可以依照兴趣选择讨论主题，公共领域之中不存在着“不能谈”与“不可批评”的禁忌。第三，参与成员的广泛性。“在原则上一切人都属于这一领域”。参与的群众越多，公共领域的可接近性相应也会得到提升。

公共领域的条件。首先，公共领域的参与者必须是具有独立人格、能够就普遍利益问题展开理性辩论的私人。他们既能够自由地进入或者离开公共领域，也可以自由地选择或更换议题、发表意见或保持沉默。其次，公共领域具备能够保障参与这种充分沟通的媒介。借助于媒介，公共领域中的交往主体实现信息沟通与交流。最后，由

"私人"组成的"公众"能够在充分的辩论的基础上达成共识。公共领域的参与者只有作为一个群体来行动才有可能限制现存权力的非法扩张，而能促使独立的参与者在非强制的情况下进行集体行动的唯一动力只能是在辩论中达成的共识。

公共领域的功能。在哈贝马斯的论述中，公共领域的基本功能主要表现为两个维度之中，维度之一为公共领域的解放功能——对市民社会和人性的解放；维度之二是公共领域的合法性功能，即为法律、民主以及政治统治提供合法性依据。他指出："资产阶级公共领域中形成了一种政治意识，针对专制统治，它提出了普遍而抽象的法律概念和要求，最终还认识到应当将公众舆论当做这种法律的唯一合法源泉。在整个18世纪，公众舆论都被当做是那些建立在争论、理性主义概念之上的规范的潜在立法资源。"

(2)公共领域与传媒❶

公共领域以公众舆论的形式来体现自己的价值。哈贝马斯认为传媒通过公众舆论的形式既鼓励和保障大众参与公众生活讨论、表达各自意见的自由权利，又对国家机器和民主进程行使批判和监督功能，它在公共领域的建构中起着不可替代的作用。

在自由资本主义时期，传媒为资产阶级提供了较为充分的意见表达的空间，传媒对公众舆论的形成起到了良好的推动作用。但是，随着资本主义的发展，资产阶级公共领域从结构到功能都发生了转型，不仅公私领域的二分结构趋于解体，而且公共领域本身已经被各种利益团体所侵占。19世纪后期以来，由于商业化以及经济、技术和组织上的一体化的影响，传媒变成了社会权利的综合体，由于它们保留在私人手中，致使公共领域的批判功能不断受到侵害。"与自由资本主义时代的报刊业相比，一方面，大众传媒的影响范围和力度达到了前所未有的程度，公共领域本身也相应地扩展了。另一方面，它们越来越远离这一领域，重新集中到过去商品交换的私人领域。它们的传播效率越高，它们也越容易受某些个人或集体的利益的影响。"商业力量对传媒的操控直接剥夺了公共原则的中立性特征。"大众传媒影响了公共领域的结构，同时又统领了公共领域。于是，公共领域发展成为了一个失去了权利的竞技场，其意旨在于通过各种讨论主题和文集既赢得影响，也以尽可能隐秘的策略性意图控制各种交往渠道"，通过对公共舆论的精心策划，批判的公共讨论功能不断遭到破坏，"公共领域变成了一座宫廷，公众可以瞻仰其所展示出来的声望，但不能对它本身做出判断"，公众关心的再也不是公众舆论，而是屈从声望的舆论。

哈贝马斯认为，按照自由主义公共领域模式，传媒作为具有批判精神的公众机构应当掌握在私人手中，不受公共权力机关的干涉。但是，如何防范过度市场化对公共领域的侵占，哈贝马斯没有回答，由此可以看出他对公共领域的态度是悲观的。

哈贝马斯敏锐地触及到公共领域与传媒的关系，或曰传媒在公共领域的角色问题。在《公共领域的结构转型》1990年版序言中，他指出"1989年的革命事件意想不到地证实了这一观点。民主德国、捷克斯洛伐克和罗马尼亚剧变成了链型事件，它们不仅是电视转播的历史事件，其本身也正是通过电视转播方式完成的。大众传媒不只是起到了世界范围内的传播作用。与19世纪和20世纪早期不同，电视使得有游行民众在广场和街道的真实在场转变成为无所不在的在场，因此，他们展现出了革命力量"。

---

❶ 参见高金萍：《西方电视传播理论评析》，140页，北京，中国传媒大学出版社，2008。

(3)公共领域与电视[1]

哈贝马斯分析的公共领域是以资产阶级公共领域为典型的分析蓝本的。在他看来，新闻媒体在资产阶级公共性的营造方面起着至关重要的作用，大众传媒在公共领域的形成过程中也经历了一个从积极促进到消极破坏的阶段。尤其是在大众传媒推动之下的文化商业化，使得市场成为文化创造的内在法则，消费主义粉墨登场，批判主义黯然失色，导致了公共领域的土崩瓦解。

相比较而言，20 世纪 90 年代前西欧各国实行的公共电视体制通过对管理体制和营运机制的设计，在信息传播方面更加逼近事件的真实，在分析上更加逼近事件的本质。公共电视台一般都是在《广播电视法》或《公共电视法》的要求下成立，作为社会公共财产，不以盈利为目的。公共电视台根据宪章规定从事传播活动，由政府或议会任命的理事会(董事会)管理，编辑独立，不代表任何党派、政治和盈利团体利益。这种体制设计对公共领域的建构起着良性促动作用。由于公共电视台远离权利中心和市场核心，因此它能够有效地建立起公共领域的维护机制，促进公共领域的繁荣和发展，为受众的相互沟通和公共领域的构建搭建一个理性的沟通平台。然而，这一理性平台在商业化力量的侵蚀下业已丧失，过度的市场化和舆论策划势必颠覆公共领域的空间，“在操控的公共领域里，随时准备欢呼的情绪，一种舆论氛围取代了公众舆论”。

(二)伯明翰学派

1964 年，理查德·霍加特在英国伯明翰大学创立了当代文化研究中心，霍加特担任该中心主任五年，1968 年斯图亚特·霍尔接任主任。该中心第三任主任是 1979 年接任的理查德·约翰逊，第四任主任是乔治·洛伦。20 世纪 80 年代末，当代文化研究中心扩展为文化研究系，担负了向本科生讲授文化研究课程的任务。当代文化研究中心的工作人员很少，据说同时期从来没有超过三个人，但其影响却是世界性的。“文化研究”自“二战”后在英国逐步兴起后，渐渐扩展到美国及其他国家，成为目前国际学术界最富有活力和创造性的学术思潮之一。在追溯“文化研究”的根源时，尽管霍尔认为并没有一个绝对的开端，但大多数学者认为，20 世纪五六十年代出版的几部著作堪为文化研究的奠基之作。这些著作是：霍加特的《文化的用途》、威廉斯的《文化与社会》《漫长的革命》、汤普逊的《英国工人阶级的形成》。

伯明翰大学当代文化研究中心宣称其成立宗旨是研究文化形式、文化实践和文化机构及其与社会和社会变迁的关系。其研究内容主要涉及大众文化及与大众文化密切相关的大众日常生活，分析和批评的对象广泛涉及电视、电影、广播、报刊、广告、畅销书、儿童漫画、流行歌曲，乃至室内装修、休闲方式等。伯明翰学派开启了对大众文化和诸多亚文化的广泛研究，它与西方学术界的女性主义及后现代思潮也有着千丝万缕的联系。它从一个崭新的角度出发，颠覆了美国经验学派传统的内容分析、效果研究和受众理论。伯明翰学派使法兰克福学派对“文化工业”的批判有了实践指向。在这些众多而分散的研究内容中，大众媒介始终是其研究焦点，他们尤其对电视的研究极为关注。其研究方法最初受美国传播学研究影响，但在霍尔领导时期，该学派吸收了阿尔都塞和葛兰西的观点，转向媒介的意识形态功能分析。

---

[1] 参见高金萍：《西方电视传播理论评析》，142 页，北京，中国传媒大学出版社，2008。

伯明翰学派电视研究纳入一种历史的、社会的、文化的语境来考察，他们广泛吸收了符号学、意识形态霸权理论及民族志等诸多理论资源及研究方法，立足马克思主义方法论和立场，透过电视文本、电视制度深入到了电视媒介的文化价值层面。伯明翰学派的研究范围覆盖电视技术、电视文本、电视文化，以及受众研究等各个领域；研究方法上既有文本解读，又有民族志研究；后期的电视受众研究更是对美国经验学派长期主导的效果研究的一个反拨。伯明翰学派从心理、社会和文化等多重语境肯定了受众的主动性，他们认为受众可以通过体验、分享、协商、思考、梦想以及其他多种多样的方式与媒介互动，肯定受众是作为一个独立的、积极的、主动的人对传播活动的参与，更加吻合网络传播时代的传播特性。伯明翰学派运用人种志方法，通过深入某个特殊群体的文化之中，试图"从其内部"把握有关意义与行为的特征，能够更为精准地描述这个群体的文化价值。莫利关于家庭收受电视的研究、伊恩·昂关于《达拉斯》的文化解读等研究个案，凭借对电视收受行为背后隐藏力量的揭示更为深入地剖析了电视的话语霸权以及意识形态的力量。

1. 伯明翰学派电视研究的关键术语

高金萍与孙利军在《伯明翰学派电视研究的关键概念》一文中，归纳整理出了伯明翰学派电视研究的五个关键性术语，这五个术语是"霸权、意识形态、话语、文本、受众"，这些术语点明了伯明翰学派的理论来源，同时也体现了文化研究者思考电视的深入历程。

(1)霸权

"霸权"概念来源于意大利西方马克思主义的先驱葛兰西，他是意大利共产党的创建人，西方马克思主义的先驱。他1921年组建意大利共产党，1926年被捕入狱，1937年因病保释，旋即去世。他在狱中写的书信，1947年以《狱中札记》为名结集出版，成为当代一部理论经典，产生了广泛影响。特别是他所论述的"霸权"思想，构成当代学术思潮包括文化研究、传播研究的核心观念。葛兰西认为，霸权"主要是指统治阶级在某些历史时期实施社会与文化领导权的能力，他们通过这种方式而不是对下层阶级的直接高压统治，保持他们在国家经济、政治与文化方面的权力"。这一思想深刻地影响了伯明翰学派。

伯明翰学派许多早期研究者，如霍加特、威廉斯等，都将注意力集中在电视的霸权作用方面，他们认为霸权与权力关系有关。霸权并不建立在强制性力量之上，它依赖于被统治的群体对其自然和正常的接受，并且使群体相信现状是符合最大利益的。在电视研究领域中，伯明翰学派认为这种霸权表现在电视能够在体现统治阶级利益的意识形态再生产过程中，将统治阶级的物质利益模糊化、自然化。霸权这个概念"力图表现的是日常的意义、表述与行为如何按照如下方式被组织被理解：把统治'集团'的阶级利益变成一种显然是自然的、不可避免的、永恒的、所以也是无可争辩的共同利益，而且说成是每个人的利益"。

在理查德·霍加特看来，电视向人们提供的是片面的、高度选择的社会现实。在这种事实的体系中，电视的限制性权力就成为分析的焦点：电视被认为能限制人们对观点和图像的获得，并且能限制人们对社会现实的反映，以便反映和再生产官方文化的规范和传统。

(2)意识形态

“意识形态”概念源于马克思主义经典理论。根据马克思的观点，物质生活的生产方式制约着整个社会生活、政治生活和精神生活的过程。不是人的意识决定人们的社会存在，相反，是人们的社会存在决定人们的意识。“构成统治阶级的个人也都具有意识，因而他们也思维。既然他们作为一个阶级进行统治，并且决定着某一历史时代的整个面貌，不言而喻，他们在这个历史时代的任何领域中都会这样做，也就是说，他们还作为思维着的人，作为思想的生产者而进行统治，他们调节着自己时代的思想的生产和分配。而这就意味着他们的思想是一个时代的占统治地位的思想。”意识形态并不只是一套关于社会及政治问题的观念和信仰，它还应该是统治阶级及其存在社会的一套通行方式，虽然它源于统治阶级，但是它已经渗透进这个社会的每个成员的思维之中。

在伯明翰学派眼中，意识形态“不是一组事物，而是一种能动的实践，这种实践或是致力于改变社会活动的环境，以再生产那种熟知而受控的意识，或是进行斗争以抵制既定的、自然化的意识，从而将意义生产方式转变为新的、另外的或相反的形式，这些形式将产生针对不同社会利益进行调整的意义”。大众传媒以及其文本信息中暗藏着意识形态。菲斯克曾经一针见血地指出了伯明翰学派文化研究的意义，他说：“文化这个术语，当被用于短语‘文化研究’之中时，既不是强调其美学也不是强调其人文主义意义，而是政治性的”。大众传媒是统治阶级使其意义自然化的有效渠道，它应被理解为是刻写在阶级成员的文化和社会实践中的意识形态产品。这意味着文化是意识形态的。

自霍尔始，伯明翰学派认同并接受了法国结构主义哲学家、西方马克思主义的代表人物阿尔都塞对意识形态的理解。阿尔都塞的思想包罗广泛，影响深远，诸如“症候式阅读”、意识形态理论等，均成为当代学术思想的重要来源。阿尔都塞认为意识形态“不是统治阶级施加于臣属阶级的一套静止观念，而是在实践中不断再生产和重构的动态过程。这种实践也就是人们思考、行动、理解他们自身及其和社会的关系的方式”。

莫利等人将人们收看电视的行为视为一种动态的社会实践，他们透过貌似单纯的收看行为来挖掘在实践中被自然化了的意识形态，追寻作为意识形态主体被构造的内在结构。由此可见，伯明翰学派并未局限于传统马克思主义将意识形态视为上层建筑、仅仅是经济基础的反映的结论，而是将其从一种社会关系与社会实践的概念化过程中组成一组观察实验法的事物。

(3)话语

“话语”的概念最早出现于语言学，指称比句子更重要的动词性言说，但是现在已经被广泛应用于许多学科和学派，特别是结构主义大师福柯也曾对“话语”做出了阐释。通过后结构主义的发展，“话语”同时指思想和传播的交互过程与最终结果。在符号学的视阈中，话语是制造与再造意义的社会化过程。在《关键概念：传播与文化研究辞典》中，菲斯克等人认为“话语是社会化、历史化与制度化形构的产物，而意义就是由这些制度化的话语所产生的”。话语体现着权力关系——这是伯明翰学派关于话语的理论基础。与早期伯明翰学派的认识不同，权力不再被视为对意义的限制或社会现实的隐瞒。在霍尔等人的眼中，这种观念已经被抛弃，权力被视为一种具有生产能力的规范化过程，它繁殖意义并产生文化实践的新领域和新形式。“正是通过指导和组织日常生活的意义，话语的规则构成了电视文化的本质。”话语代表的是一种独特、复杂、多面的权力关系领域。

美国传播学者隆·莱博认为，对伯明翰学派来说，“‘话语’指关于电视的社会言说，它是命名维持于文化中的重要言说行动的一种方式，即使这些行动经历了改变和变迁。话语不能轻易地或精确地在结构上等同于制度和电视，或等同于人们的信仰和实践。话语也不是意识形态，它并不仅仅来源于以群体为基础的实践，也不能仅仅或唯一地等同于群体或阶级利益的表现”。那么，电视的复杂性和多面性可以被理解为不同的话语在社会生活的不同领域同时产生作用以形成它们的权力效应。

(4)文本

“文本”一词源于符号学或语言学，在符号学中，它是“意义生成与交换的核心”，它在结构主义、精神分析学和后结构主义理论中也频频出现。文本分析也广泛应用于伯明翰学派诸多学者，如霍尔、布朗德森、莫利、西尔弗斯通、伊恩·昂、拉德威、阿伦、普雷斯等的电视研究中。对于文化研究学者来说，文本指的是“具有自身的物质形态、依赖其发送者或接收者、由表述性符码组成的一则讯息”。文本的界定十分宽泛，主要指的是媒介内容，如电视节目、广告等。文本具有意义，即受众可以从文本中得到解释。文本本身是多义的，因此不同的受众能够对同一文本进行不同的解释。通过把电视概念化为文本，伯明翰学派的学者界定了电视节目中权力的特殊性和多样性及广泛的解读反应。在客观形式上，“电视文本”被理解为能够以整合的、有意义的方式表达社会现实的框架，甚至有些时候这种整合的框架之间存在着相互的冲突。英国当代学者克里斯·纽博尔德指出：“在威廉斯以及斯图亚特·霍尔等人眼中，电视媒介不应该作为‘产生效果’的文化来研究，而应该作为社会价值观和意义的指示物、作为揭示和评价文化意义的文本来研究。”在菲斯克的研究中，电视分析方法的复杂性得到了最充分的展示，他对电视生产和观众的批判分析开辟了电视研究的新视野，因为他把话语作为文本来讨论，引申出话语的社会学意义，从而推动了研究的发展。使用“文本”这个概念，能使他们同时从不同方向进行分析，这些方向包括电视展示的生活与真实的生活、电视节目的模式化、电视生产中的经济、电视制度，等等。

(5)受众

“受众”指“大众传播所面对发言的无名个体与群体”，受众研究从来就是大众传播研究的核心，虽然在初期它被纳入到效果分析的框架中。有学者批评伯明翰学派，称他们的研究“从文本的分析退回到受众分析”。从另一个角度来看，伯明翰学派后期的研究重点确实转向了受众研究。他们提供了一种受众研究的新视角，显然这种视角更为“社会化”，受众被看做是各种各样潜在的冲突话语的“交叉点”，这些话语反过来又衍生出不同的社会定位和社会经验。早期大众传播研究认为，受众是分离的、消极的、非个人化的，由此凸显出大众媒介的受众在大媒介刺激下的软弱无力。而莫利、伊恩·昂、拉德威、霍奇和特里普等学者提出了“积极受众”的理论，他们采用民族志和定性的研究方法，力图在社会和文化的意义上全面深入地把握受众，强调对“人”的再发现。

在《受众分析》一书中，麦奎尔总结了“文化研究”视野中受众的主要特点：受众按照自己的理解对媒介文本进行“解读”，并从中建构意义，获取愉悦；受众感兴趣的正是媒介使用的过程及其在特定语境中的展现方式；受众从来就不是被动的，受众各不相同，其中一些人比其他人更有经验，更为积极主动；不同媒介内容的受众通常由不同的“解释团体”构成，“解释团体”中的成员大体分享相同的话语形式和理解媒介意义的框架。

对电视的文化批判研究，始自法兰克福学派的阿多诺，他的批判是从理念和理性出发的，富有思辨色彩和形而上学的魅力。而伯明翰学派的批判是从传统、从观察、从经验中出发的，注重实际权宜而非理论色彩。伯明翰学派发展了“文化研究”的方法，从社会学那里吸收了大众文化的制度分析，从文学批评那里借鉴了文本分析的方法，从政治经济学那里承接了文化意义的生产、分配和消费流通分析模式。它打破了各学科的自我封闭状态，为人文社会科学研究提供了更广阔的学术视野和研究模式。他们对电视研究的关注已经成为当代传媒研究的一个重要组成部分。❶

2. 伯明翰学派的主要学者及其研究成果

(1)雷蒙德·威廉斯

雷蒙德·威廉斯是20世纪英语世界重要的文化批评家，是英国“文化研究”的主要奠基人，是伯明翰学派的创始人之一。威廉斯关于文化的定义和分析是任何从事“文化研究”的学者所无法忽略的。他的著作对于我们理解文学、文化、戏剧、传媒做出了很大的贡献。他早期的作品《文化与社会》《漫长的革命》被认为是英国“文化研究”的奠基之作。雷蒙德·威廉斯对传媒文化研究，尤其是电视文化研究同样做出了重要的贡献。《传播学》是威廉斯早期的作品，他在该著作中阐述了一种大众传播的文化社会学理论。《电视：科技与文化形式》是威廉斯在美国加利福尼亚州写成的，书中提出了“流程”等重要概念，对电视作为一种文化技术进行了深入的研究。威廉斯对电视理论的贡献还体现在他的文章里，尤其是在1968到1972年期间他为英国BBC出版的周刊杂志《听众》撰写的文章中。1989年，阿兰·奥·康纳把这些文章整理成书《雷蒙德·威廉斯论电视》。

①威廉斯电视文化理论的核心思想

威廉斯提出了很多重要的电视文化理论，其中有三个概念较能代表他理论的核心思想，即戏剧化社会中的戏剧、流动的藏私和电视的流程。位迎苏在《时代的预言者——简论雷蒙德·威廉斯的电视文化研究》一文中，对威廉斯的这三个概念进行了详细的解读。

其一，戏剧化社会中的戏剧。

威廉斯之所以把社会称为“戏剧化社会”，首先是因为电视的产生。由于电视的出现，改变了以往只能在剧院看戏的传统，而且看戏的观众也发生了质的变

❶ 高金萍、孙利军：《伯明翰学派电视研究的关键概念》，载《湖南大学学报(社会科学版)》，2007(4)。

化。由于电视的出现，“一天之中，占人口大多数的观众看上三个小时的戏剧——当然观看的是各种各样的戏剧——是稀松平常的事情。而且不光一天如此，几乎天天如此”。这还不仅是数量的问题，更重要的是，“戏剧中各种新的方式被纳入日常生活的节奏之中”。因此，威廉斯说，我们生活在“戏剧化社会中”。这里的戏剧不仅指文学中的喜剧、悲剧、历史剧等，还有戏剧化的日常生活事件。“戏剧化社会”这个概念的提出，与他文学批评的传统和戏剧教授的身份分不开。

电视的出现，不仅仅应该被理解为技术上的进步，而且还是戏剧形式的延续：在剧场的舞台上，演员坐在一边，等候来自外界的消息，使戏剧延续；同样，现代人坐在家里，打开电视机，收看世界各地的消息。看电视已经成为生活的需要，是“对形象的需要”“对再现的需要”。于是，“生活的侧面，以前是在自然主义戏剧中生动表现的，现在成为一种自愿的、习惯性的、内在的节奏。情节和表演的流动，戏剧性再现和表演的流动，被提升为一种新的常规，一种基本需要的常规”。电视节目通过戏剧的形式、逼真的效果再现了节日欢庆的场面、体育比赛的盛况和与生活休戚相关的场景和事件。电视节目来源于生活。这就是威廉斯所说的“戏剧生活化”。

不管电视节目反映的是真实的事件，还是虚构的事件，其“仿真”效果是如此的好，以至于观众都“信以为真”，并且吸纳到日常生活中，即“回归生活”，造成“生活戏剧化”。“戏剧生活化”研究了大众传媒与戏剧文学的关系，“生活戏剧化”研究了“大众传媒戏剧化的仿真社会实践活动给日常生活带来的影响”。威廉斯较早地提出了传媒与生活和社会的关系，这个观点对媒体文化研究者产生了很大的影响。

其二，流动的藏私。

威廉斯早在20世纪60年代就开始研究一种看电视的体验，只是在《电视：科技与文化形式》这本书里才正式提出这个概念“流动的藏私”。人们坐在家里，打开电视机，虽然足不出户，却可以对世界任何角落发生的事情了如指掌。相对于“暴露的”外部世界，在家中看电视的人们是“隐藏的”；相对于瞬息千变万化的“流动的”外部世界，在家中观看电视的行为是“静止的”，威廉斯把这种体验叫做“流动的藏私”。然而，要想维持这种“藏私”行为，离不开“流动的”社会政治、经济和文化状况。威廉斯认为，这种既“流动”又“藏私”的生活方式，正是当代资本主义社会的写照。威廉斯的“流动的藏私”观念表明了他的文化唯物主义的立场，即把媒介产品放在产生它的社会、经济关系中，和社会制度、经济状况、阶级构成等因素综合起来考察。

威廉斯受葛兰西的启发，认为社会上占支配地位的阶级，为了维持自己的地位（藏私），必须关注“流动”的文化，即被支配阶级的文化，并且进行吸收和利用，以维护自己的“霸权”。同样，被支配阶级的文化以相同的“流动”方式进入到主流文化中。斯图亚特·霍尔受到威廉斯的影响，把葛兰西的理论应用到对撒切尔主义的分析和对大众传媒的社会功能的研究中，取得了很大的成功。

其三，电视的流程。

威廉斯分别对英美五家电视台的节目表、美国一家商业电视台的晚间新闻节目以及新闻中的片断进行考察和分析，提出了“电视的流程”概念。

威廉斯发现，新闻等简短节目和电影这样耗时较长的节目有意安排在一起，在连续剧之间插播运动、教育节目，严肃节目和娱乐节目交叉进行，这些都是“流程”的特征。这种强调差异性的方式在电视发展的初期阶段，由于频道较少、播时较短，为照顾不同的兴趣群体，起到了重要的作用。然而，随着电视频道的增多和专门化，同质性的节目也会连续出现。目前这种方法在综合频道应用较多。

威廉斯对美国一家商业电视台的晚间新闻节目进行分析，发现新闻播报的顺序安排大有文章，看似不相关联的新闻，其实有内在的联系：一则新闻批评的是药物广告的误导宣传，而另一则新闻后出现药物广告镜头；一则新闻播报地方抗议事件，另一则新闻中政府官员宣布没有市政危机。威廉斯把整个流程比喻为车道，“整个流程犹如车道，自有它的告示站牌与吸引注意力的内在结构”。

威廉斯抽取了以上新闻中的片断作为样本，从形式上分析节目的流程。电视媒介的特点，如转瞬即逝性、声像结合性，决定了其流程的特征——新闻种类繁多、片时很短，广告有条不紊，穿插其间。为了捕捉转瞬即逝的注意力，节目用了声调的高低、词汇的重复等特点，强调特定的意义与价值，构成意义与价值的流程。在观看过程中，“就好像是各种影像与各种感觉，在你面前肆无忌惮地流动”。威廉斯把节目制作的整个过程都看做流程的一部分，小到一个专题节目、一场电影、一部纪录片，大到一天、一周、一月的节目安排，都有流程的踪迹可循。

威廉斯对电视节目的流程做了细致的分析，这种把文化产品当做文学作品一样进行文本分析的方法，得益于利维斯文学批评的传统。这种文本分析方法曾流行一时。然而，这种方法的局限性在于完全忽视了受众的能动的接受作用，后来被霍尔和菲斯克予以纠正，以至于该研究在20世纪80年后期出现了向受众和接受研究的转向。但是，对受众研究过于强调，导致了一种新的教条主义，即是受众而不是文本创造了意义。为了纠正这种非此即彼的研究方式，道格拉斯·凯尔纳提出了一种“多元文化主义”的研究方法，关注“文化的生产、文本本身及其受众的接受”。然而，这种观点未免有折衷主义的嫌疑。[1]

②威廉斯关于电视技术的认识

传播技术与社会的关系如何？这是研究电视传播并将其视为现代社会重要文化现象的一个理论根基所在。“二战”结束后，电视对社会产生重大影响，“电视改变了世界”的说法不绝于耳，到底能否将电视作为一种科技从而认为它是引发社会变化的原因？在电视技术与社会发展之间是否存在一种因果关系？

威廉斯概括了社会上普遍存在的有关传播科技与社会孰因孰果的两种主要观点：一种是技术决定论，认为电视技术与历史上其他技术一样，是科学与技术进

[1] 位迎苏：《时代的预言者——简论雷蒙德·威廉斯的电视文化研究》，载《中国广播电视学刊》，2007(12)。

展到了一定程度之后，偶然被发明的，电视的出现对社会产生了巨大影响。有了电视之后，其他媒介拱手让出原有的新闻与娱乐功能。电视集影像声音于一身，改变了我们对社会实体的认知结构、人际关系，人与大自然的关系也彻底发生变化。电视所带来的冲击是我们无从预知或引导的，它不仅左右了人们获取新闻和娱乐的方式，而且波及整个家庭、文化与社会生活。技术引发了社会和文化的发展。概括地说，即科技发展过程决定了社会发展史。另一种观点认为是技术的应用诱导了社会和文化的变革，科技发展中虽然偶然产生了电视，但是电视的社会重要性全在于人们的使用，电视的使用过程凸显了现有的某些社会秩序、某种人性，但这些社会秩序与人性是由其他因素决定的。这一观点的实质在于它认为，社会本在变迁，科技是社会变迁的象征，是社会发展的副产品，社会发展的过程是其他因素决定的。因此，无论技术(电视)如何影响社会发展，都必须在既定的社会运转模式中进行。也就是说，社会因素是主流，科技变化则是支流，是个配角而已，而电视仅是整个科技发展链中的一环。

威廉斯认为，上述两种观点各有合理的内核，不过弊端同样显而易见，即研究者将科技完全从社会整体中抽离了出来。一方面，电视是多种技术的复合体(电学、电报、摄影、电影及无线电)，这些先行技术本身早已被人们发现、发明，各种技术在某个历史和社会动因形成之际被整合进社会系统中，电视技术的实现有赖于这些原本着眼其他目的、回应其他社会需要所获得的发明。因此，并非传播系统的历史创造了一个新的社会或新的社会状态，电视或传播系统是社会历史发展的结果。另一方面，仅有社会需要还不能导致电视技术的发明并被广泛应用，这种社会需要在现存社会构成中的地位才是决定电视技术产生与运用的核心。

在此基础上，威廉斯提出了一个基础性的概念，即“社会意向(社会需求)”。个人的意向得以汇整，形成社会的需求，预期了电视技术的出现。换句话说，人们在心中先有预期，才去找出、发展出电视这样的技术。社会意向才是社会发展的因，技术进步是果。在这一过程中，意向与需求固然是因为优势团体(如资本集团、政治势力)的塑造而变形，例如它是否与决策集团的考虑相一致，是否恰当地回应了社会生活趋势等，但是也要得到人们的首肯与接受，才能保证其顺利诞生及发展。

对电视作为一种特殊的文化技术与社会的复杂关系的分析是威廉斯最具见地的论述之一。在对这一关系的研究中，威廉斯揭示了美国实证主义研究的局限。他认为，如果媒介——不管是印刷媒介还是电视媒介——是原因，那么所有通常被人们视为历史的事物就立刻变成了效果。同样，与媒介传播直接相关的生理和心理效果相比，那些在其他地方被视为效果，并要接受社会、文化、心理及道德探究的事物，就会被认为是不相关的而被排除在外。❶

③威廉斯电视技术研究的影响

威廉斯的研究对西方电视研究影响巨大。他的电视文化研究直接促成了伯明翰学

❶ 高金萍：《西方电视传播理论评析》，144页，北京，中国传媒大学出版社，2008。

派传媒文化研究的转向。他的“戏剧生活化”和“生活戏剧化”的观点影响了后现代电视理论的发展。鲍德里亚提出的“模拟、仿真、超真实、内爆”，菲斯克认为后现代媒体“模仿和制造它们所传播的现实”，中国媒介学者提出的“传媒化生存”的概念，都是威廉斯“戏剧生活化”“生活戏剧化”电视理论的一脉相传。威廉斯不仅对电视理论研究做出了重大的贡献，他对电视节目的“流程”分析对电视业界也有很大的参考价值。如何捕捉受众的注意力、吸引受众的眼球、培养受众的“频道忠诚度”，威廉斯为我们提出了很有价值的建议，他认为电视制作者可以利用片头中的激情场面引起观众的好奇和兴趣以及对整部戏的期望，把节目预告片重复播放，维持观众对频道的“忠诚度”，等等。

(2)斯图亚特·霍尔

斯图亚特·霍尔(1932—)在文化与大众媒介、政治的研究方面做出了贡献。他毕业于牛津大学的默顿学院，曾在伯明翰大学工作并作为伯明翰文化研究学派的带领人。1979至1997年之间，他任职于开放大学。霍尔认为语言是在一种权力与制度、经济与政治的框架内被应用的。他把大众同时看做是文化的生产者与消费者。霍尔是接受理论的倡导者，其文本研究的方法关注的范畴是受众的协议谈判与反对，他认为，文本并不是被动地为受众所接受，而是有着受众的自主参与在里面，受众与文本进行对话，文本的意义很大程度上取决于受众自身的文化背景，文本的真正含义周旋于文本生产者与解读者之间的某一位置。他进一步指出，尽管文本生产者用一种特殊的方式给文本意义进行编码，解读者很有可能会以另一种思维方式对其进行解码，他的这种思想线性模式称为“社会构成主义”。霍尔最广为人知的学术贡献是他提出了有关编码和解码的理论。其著作有《马克思的处境：评估与违背》《电视话语的编码解码》《监控危机》《艰难的复兴之路》《仪式性抵抗》《现代性构成》《文化认同问题》《文化表象与意指实践》等。

①霍尔的编码解码理论

霍尔最大的学术贡献是提出了编码和解码的理论，他在1973年发表的论文《电视话语的编码与解码》中打破了美国传统传媒研究的对媒体过程经验与行动的经典解释模式，提出了符号学的范式。在这篇文章中，霍尔把电视话语的流通分成三个阶段。第一阶段是电视话语“意义”的生产(制码)，即电视制作人员对原材料的加工，这一阶段占主导地位的是加工者对世界的看法，如世界观、意识形态等。第二阶段是“成品”阶段，即电视作品一旦完成，“意义”被注入电视话语后，占主导地位的就是赋予电视作品意义的电视语言和话语规则。第三阶段是观众的“解码”阶段，这里占主导地位的，是观众对世界的看法，如世界观和意识形态等。

关于制码和解码的关系，霍尔提出了三种假设的解码立场，即著名的“霍尔模式”。

第一种是主导—霸权地位的解码立场。在这种解码条件下，电视观众直接从电视新闻广播或者时事节目中获取内涵的意义，并根据用以将信息编码的参照符码把信息解码，电视观众是在主导符码范围内进行操作的，这就是一种“完全明晰的传播”的理想情况。在这种情况下，我们可以区分由职业符码促成的位置。职业广播员在对一个已经以霸权的方式指涉的信息进行编码时，占据的就是职业符码这一位置。职业符码对于主导符码来说“相对独立”，因为它运用了自己的标准并进行自己的转换操作，尤其是那些带有技术—实践特性的标准和操作。然而，职业符码是在主导符码的“霸权”内部发挥作用的。如北爱尔兰政策、智利政变、《工业关系法》的权威阐释等，主要是由政治和军事精英们制定，他们通过他们的专业代码，选择播出的场合和样式，挑选职员、组织现场辩论，让观众在无意识中接受意识形态控制。

第二种是协调符码。大多数观众也许非常充分地理解了什么已被界定为主导的，什么已被指涉为职业的。在协调的看法内解码包含着相容因素与对抗因素的混合：它认可旨在形成宏大意义的霸权性界定的合法性，同时它又在一个有限的、情境的层次上制定自己的基本规则——依据背离规则的例外运作。它使自己的独特地位与对各种事件的主导界定相一致，同时它保留权力，以便使这种主导界定适合于“局部条件”、适合于它本身团体的地位。霍尔称，协商代码最简单的例子就是工人们对《工业关系法》的反应——法案限制罢工，提倡冻结工资——看电视新闻的工人也许会赞同新闻称增加工资会引起通货膨胀，同意“我们都必须少得一些，以抵制通货膨胀”，但这并不妨碍他们坚持自己拥有要求增加工资的罢工权利，或者让车间和工会组织出面来反对《工业关系法》。霍尔认为，媒介传播中大多数所谓的“误解”，就产生于主导—霸权代码和协商代码直接的冲突分歧。

第三种是对抗代码。电视观众有可能完全理解话语赋予的字面和内涵意义的曲折变化，但以一种全然相反的方式去解码信息。观众以自己选择的符码将信息非总体化，以便在某一个参照框架中将信息再次总体化。对抗式解读导致的是编码者的传播意图被颠覆，比如观众收看限制工资有无必要的电视辩论，每次都将“国家利益”解读成“阶级利益”。这就是观众利用“对抗代码”在为信息解码，“意义的政治策略”即话语的斗争，由此参入其中。在这三种解码立场中，对抗代码是最为激进的一种。

②霍尔电视理论评价

霍尔受众解读的模式改变了实证主义研究对信息传递者与受众关系的线性理解，认为意义不是传者“传递”的，而是受众“生产”的。这种视角的转变不仅仅意味着发现了积极“生产”意义的受众，而且把受众纳入到主体间传播关系之中，揭示了阐释过程中所隐含的社会经济关系。意识形态被传送不等于被接受，电视观众远不是呆头呆脑的“沙发上的土豆”。这样看来，“主导—霸权”意识形态要想把它自己一路推销下去，并不像它期望的那么简单，因为观众并不是被动接受。霍尔借鉴了阿尔都塞、葛兰西等人对传统马克思主义的修正，以及民族志、语言学、符号学等多种研究方法。他运用符号学和文化霸权理论对电视传播中的“编码”和“解码”的细致分析和探讨，详尽地揭示了承载着意识形态的电视话语的意义流通过程，以及在解读环节中受众与主导意义结构争夺霸权的实践。

(3)戴维·莫利

戴维·莫利(1949—)，英国伦敦大学戈德史密斯学院大众传播学系资深教授。他研究志趣广泛，多年以来除了从事受众研究、电视的文化消费研究、文化研究及新传播技术的家庭使用以外，还涉足媒介市场、文化身份及世界媒介新秩序等研究领域。1975年至1979年，莫利在伯明翰大学当代文化研究中心研究电视节目《全国》，20世纪80年代，他先后出版了《〈全国〉的受众：结构与解码》与《家庭电视：文化力量和家庭闲暇》，采用民族志研究方法将霍尔的受众解读模式应用于经验性研究。

民族志原本是人类学的一种研究方法，要求研究者亲身深入某一社群的文化，并在其中长期生活，通过参与观察和深度访谈，在一种比较自然的环境中了解并描述某一文化或族群中人们的日常生活，从其内部提供对该文化的意义和行为的描述。20世纪70年代后期，民族志方法开始将目光聚集于电视受众，成为一种典型的受众研究。民族志受众研究将文化人类学和受众研究相结合，用日常生活的叙事代替以往文化研究的宏大政治理论，既是文化实践也是社会实践。由于电视收看行为可以被认为是西方国家家庭生活中居于支配地位的活动，所以家庭环境通常是考察的基础，家庭内部的权利关系、决策规则，尤其是两性权利的不平均分配等，都是电视研究的重要话题。

莫利的电视观众研究分为三个阶段：第一个阶段是莫利将对受众收视语境的考察首先聚焦于受众个人的文化背景，他在1980年开始研究英国BBC的晚间新闻节目"举国上下"的观众，目标是理解和证明霍尔的"编码与解码"理论模式，即不同观众如何对同样的节目进行解码。第二个阶段的研究成果呈现在《家庭电视：文化力量和家庭闲暇》一书中，该研究将看电视的研究放置在家庭这个更为具体的社会环境之中进行参与性观察和采访，从家庭内部的性别权力关系的模式这个角度描述了观看电视的极端复杂性。到了20世纪90年代，莫利的研究思路再一次发生转变，既在一家一户的语境下理解电视，也在社会、政治和经济现实等更加广阔的语境下理解电视，将收视行为放置于整个家庭实践行为的广阔语境中来研究。

①《举国上下》：研究方法的确立

1975年至1979年，莫利完成了伯明翰大学当代文化研究中心研究项目——"举国上下"的电视观众研究。这项研究的目的是检验受众对电视讯息特定的诠释和其社会阶级或阶层的对应关系。也就是说，依据霍尔的观点，莫利通过"举国上下"的电视观众研究试图证明：意义产生的过程，有赖于电视讯息和观众的社会结构。

莫利把研究分成两个步骤进行：第一个步骤，是对BBC"举国上下"节目进行文本分析；第二个步骤，是运用民族志方法进行深度访问。访问根据职业划分的29组"举国上下"的电视观众，收集电视讯息被接收的资料以后进行分析。莫利这项经验性的受众研究的出发点是基于这样的认识：文本的存在决定了受众的解读不可能是无限制的，同样，受众的存在决定了文本并不是意义绝对主宰性的力量。

在文本分析阶段，莫利主要研究了"举国上下"节目的结构。这个电视节目的大多数制作人员认为"举国上下"节目主要是提供娱乐与人情味的杂志型新闻节目，但是莫利通过节目的结构研究以及对节目所传达的隐藏讯息的分析认为，这个节目如同法国社会学家阿芒·马特拉所分析的"唐老鸭"一样，包含着非常重要、整套隐设的讯息，传达了基本的态度与社会观，在传播过程中扮演了一个重要的意识形态角色。尽管电视节目文本有多义性，但是媒介从业人员的工作(编码)使其有所侧重。由此可见莫利的电视观众研究并没有就观众论观众，而是将电视观众研究与文本和意义的产生过程结合起来，这样使他的研究既不同于结构主义的决定论，又不同于"使用与满足"的研究取向。即他认为，观众的接收过程并不是根据解码者的心理状况，像"使用与满足"研究者所认为的那样，可以"任意"解读，也不像结构主义者将文本符号当做是具有固定意义的东西，电视讯息是一个复杂的符号系统。莫利接下来在第二步探索了这一个复杂的符号系统——不同的社会群体的解码过程。

莫利根据职业安排了29组观众，每组5—10人。29个组又分为四个类型：经理人员、学生、学徒和实习生、工会成员。莫利让他们观看两个BBC的晚间新闻。节目A是1976年5月10日的"举国上下"节目，节目B是1977年3月29日的同类节目，然后研究各组的解读。他在研究的过程中采用了"焦点访谈"和"团体访谈"的方法。所谓"焦点访谈"就是分析受访者的特定的一些传播情境，即了解受访者的主观经验，然后决定受访者对这些情境在观看节目时的反应。具体来说，"整个谈话的进行，由开放式的提问，比如，你觉得这个节目怎么样？转换至更为结构化的问题，比如，你觉得使用那个字眼描写x妥当吗?"莫利认为，采用焦点访谈的方法比较符合自然情境，这样使得探索更具结构意味的话题更为真实和自然。而之所以采取团体访谈的方法，原因有二：其一，许多的个别访谈，把个人从社会情境中抽离出来，个人变成了"社会原子"，不具代表性；其二，研究资源有限，无法兼顾个人与团体。

莫利通过分析访谈录音带发现，多数电视观众对"举国上下"电视节目的解读证实了"霍尔模式"的假设，即阶级立场决定解读。比如文科大学生和师范院校学生组，其解码处于"支配立场"和"协商立场"之间，而店员组则为"对立立场"。但是也有一些观众组的解读无法用"霍尔模式"解释，例如黑人继续教育群体和工会管事都使用了对抗性的思维方式，认为"举国上下"节目对工人阶级持有偏见。黑人学生非常内向，认为节目与他们关心的事情不相干；而工会管事则积极地评论，以工人阶级激进的眼光看待该节目。同样，在那些采取支配性方式的观众中，也有很大差异。如中产阶级的银行经理组与工人阶级的学徒组，他们的解码立场都处于"支配立场"，这种完全一致性的解码立场令人感到意外。莫利对此的解释是：受众的解码立场虽然由社会和阶级背景的结构性因素决定，但这种决定不是直截了当的。莫利认为银行经理组之所以采用"支配立场"来解读是因为他们的保守主义的政治立场正好和"举国上下"电视话语的保守立场不谋而合；而学徒组也采用了"支配立场"进行解读，这主要是因为他们受到毫无批判、全盘接受的"民粹主义"思维的支配。❶

莫利的电视观众研究在引起极大反响的同时也招致不少批评。有批评者指出，将观众分成四大类，显然将观众的社会结构过分简单化了。观众是莫利精心挑选出来的，其解读结果必然会受到小组环境和被选人的影响；莫利的解读环境脱离了典型的电视观看环境，因为电视通常是家庭在晚上收看的；另外，莫利提供给被访者的"举国上下"这个节目，并不一定就是观众所愿意观看的。莫利的家庭探视研究这一课题带有许多假定前提，并不能完全正确验证霍尔的编码—解码理论，但是这一研究方法无疑是具有启示意义的。

---

❶ 陈新民：《解读戴维·莫利民族志受众研究》，载《科学·经济·社会》，2004(2)。

②《家庭电视》：意识形态的转移

莫利第二个阶段的研究，始于1985年春，历时一年。这项名为"家庭电视"的对伦敦南区的18户家庭观看电视的研究，沿承了"举国上下"电视观众研究，并将研究成果于1986年在《家庭电视：文化力量和家庭闲暇》一书中发表。莫利认为"举国上下"的受众研究，是在受访团体的家庭之外的场所进行的，这样就没有将他们放置在"自然"的收看环境之中进行访问。同时，相同的人可能针对不同形态的节目材料，产生矛盾性质的"解读"，而这一点在"举国上下"受众研究中没能得到充分的研究。莫利受众研究关注点发生这种变迁表明，他的受众研究由"解码"发展到观看情境，从符号学转向对影响各种收视实践的诸多权力关系进行更具社会学意义的研究。

莫利考察了18户白人家庭，每个家庭有两个成人，并有两个或更多的孩子。莫利在研究收视语境时发现，几乎所有的家庭中都明显表现出了电视收视这一社会活动的性别特征。也就是说，在莫利的这项研究中电视与性别成为分析的框架。

莫利指出在家庭收视行为中造成男女在选择收视节目的权力、看电视的多少、看电视的风格以及选择特定的收看材料等方面强烈对比和差别的主要原因，并非是由于男女生而有别的生物性特征，而是男女在家庭中的社会角色的不同所致。

莫利的研究发现，在节目选择的权力方面，在大多数接受采访的家庭里，控制家庭其他成员收视方式的，是家庭里的成年男人。在受访家庭中，总是父亲控制着电视遥控器，许多主妇不时地抱怨她们的丈夫手握遥控器按来按去，常常使她们没有办法看那些想看的节目。

在看电视的风格方面，男人们喜欢默默地看电视，表现出一种男子气的沉迷，而女人和儿童在这种氛围中通常会感到压抑，于是妇女宁愿躲在厨房里看黑白电视。但在大多数情况下，妇女们很少有完整的闲暇时间观看电视，她们更有可能忙于至少是一种其他的社会活动。

就看电视的计划性而言，家庭中男人们习惯于事先做好看电视的计划，而许多妇女除了她们最爱看的连续剧外，基本上抱着"有就看，没有就算"的态度。

在与电视有关的谈话方面，莫利通过访问发现，男人们通常不愿意承认他们经常看电视，主要是担心这样会损害他们的阳刚之气，可他们还是喜欢谈论电视上的体育节目。相比之下，尽管家庭妇女们看电视的时间少一些，看的时候也没有那么专注，但她们却比男人们更加经常谈些关于电视的事情。

在录像机的使用方面，大多妇女，不论属于何种社会阶级，在一般情况下均不善于操作录像机。对此，一般人的认识是，妇女在这方面缺乏技能，是她们对技术的普遍性恐惧导致的。但是，莫利研究发现，家庭主妇在家中通常情况下能精通大多数男人所不具备的厨房技术，会使用其他的家用科技产品，显然这是家庭分工造成的，这也反映了收视这一社会活动的性别特征。

对所有的女人来说，享受电视的欲望以及观看电视时得到的快感，总是与负疚和义务等情感联系在一起的。当家庭中丈夫不在家时，妇女们往往会一个人独自收看电视，这时又在内心中充满了“罪恶的快乐感”。

至于在对节目类型的偏好以及全国性与地方性新闻节目的选择方面，莫利发现在家庭电视收视行为中，男性的观看喜好成了中心。男性一般偏好以事实为基础的节目，如新闻、体育、纪录片等，即使看电视剧也倾向于选择写实一类的节目。女性偏好的是家庭剧、肥皂剧、文艺爱情片等虚构性的节目。莫利认为尽管这个发现平淡无奇，但是这种偏好的一致性相当惊人，而且作为一种社会事实应当值得关注。同时，妇女们对国际经济新闻等节目根本不懂，觉得这些节目与自己的生活无关，但是家庭中的男性却对此类节目有极大的兴趣。

莫利在对电视的家庭收视进行社会学观察的基础上，分析了在普通的家庭环境里权力的性别化运作。在莫利看来，家庭中由社会所建构的性别不平等关系，对受众所采用的各种解码策略具有决定性的影响。尤其值得注意的是，在男权社会里，女性常常对男性的价值观加以内化和认同，反过来贬低自己的文化品位，在电视节目的收视行为方面表现为认同男性的收视控制权、观看偏好等，对自己的收视行为中总是怀有“罪恶的快乐感”。

可见，莫利的电视观众研究将各种私人家庭的休闲娱乐活动放置到性别关系起决定作用的社会学语境中去进行分析，意识形态在这一过程中不知不觉地发生了变化。从“举国上下”的电视观众研究到“家庭电视”的研究可以发现莫利的受众研究的这种立场的转变，莫利试图将观众对电视的解读与电视的社会用途综合起来，证明霍尔“编码与解码”模式的一个重大不足是对受众的社会语境关注太少，它不能解释家庭内的权力关系，因而也掩盖了年龄、性别、种族与民族的社会差异。所以莫利主张的受众研究是考察日常生活场景中的意义的框架与受众的亚文化群体类型之间的关系。❶

③90 年代以后莫利宏观视野下的家庭电视研究

《家庭电视》研究的语境毕竟具有很大的局限性，好在莫利很快就意识到了这个局限性。他开始重新调整他的电视收视研究语境，将其放置于整个家庭实践行为的广阔语境中，毕竟日常生活中许多具体现象和事务是由阶级、族群、意识形态和权力等因素所决定的。他说，“我们要寻找到一种研究取向，将电视的本质定义为是一种家庭的媒介，既在一家一户的语境下理解电视，也在社会、政治和经济现实等更加广阔的语境下理解电视”。莫利开始把电视研究置于日常生活的例行事务和家庭与公共领域交织而成的网络中进行观察。莫利是从以下四个方面来再次考察他的电视研究课题的。

第一，“想象共同体”的构建。

很显然，广播电视的出现将精确的时间测量引入家庭。莫利认为，“全国性”的时间能直接传递进入私人领域，这样一来就从时间上印证了所有受众都已成为同步“时区”或者国家共同体中的一分子。莫利在此借用了一个概念，即民族国家只是一个“想象的共同体”，这样的共同体是用一些特殊的话语构建而成，广播电

❶ 陈新民：《解读戴维·莫利民族志受众研究》，载《科学·经济·社会》，2004(2)。

视在把群众转变成人民和民族再演变成一个国家过程中起到了关键性的作用。广电技术使人们不仅有“时间的认同感”，而且有“空间的认同感”，不仅唤醒了共同的记忆，而且也唤醒了“相遇的体验及团结之情”。因此，国家不再是一个抽象的概念，而是一种生动的体验。广电技术的作用就在于“将国家的政治概念转化成人们的生命体验、情感和日常生活”。

莫利引用了鲍辛格尔对报纸——一个把家庭仪式、日常生活的安排及“想象共同体”构建这三者联系起来的机制——进行的相当有趣的阐释。如果某天早上，晨报没有按时出现，情况会怎样？他对这种“破例”主要关注的是：到底失去的是什么？是报纸的内容吗？或者，是一个人根本就是想念报纸本身？因为报纸已经成了他生活的一部分(对许多人来说，是早餐这个每天进行的仪式的行为的组成部分)，早餐时候阅读报纸，证明世界秩序正常。

莫利认为，观看电视把我们带入了意识的过程中，远离而又重返尘世，我们以一种想当然的状态，沉浸在屏幕的“想象世界”中，其重要意义在于：“每天晚上看新闻是一种仪式，我们沉浸在它的机械性重复之中……更重要的是，它播出了我们熟悉和陌生的事物，使人安心或使人感到威胁的事物”。很多人接触电视新闻是因为他们把新闻看做是与外面世界联系的方式或是生活中的一种固定方式，然而新闻的内容对他们来说无关紧要……因此新闻节目并没有完成传送信息的功能，它们为完全不同的目的服务，观众关注新闻成了一种仪式和习惯，从而维持一种安全感。对许多观众来讲，几亿人同时都在收看晚间新闻联播这样的共同仪式，其重要性至少与广播电视的资讯内容同等。

第二，客厅里的政治角力。

在莫利看来，普通的客厅不但是一些非常重要的政治冲突发生的场所，而且还是进行性别和年龄的政治角力的主要场所之一。如果我们想要理解那些“共同体”或“民族”这类抽象概念构成的原因，那么客厅正是切入点。中心议题便是电视所扮演的角色——比方说，在连接家庭、国家与国际领域的时候，电视扮演了什么角色，而在维持各种“国家家庭”和跨国“共同体”的形象和现实方面，电视又扮演了何种角色。

莫利分析了电视在构建“民族”这个概念时所起的作用。“民族”是一个非常抽象的集合体。它实在太大了，难以被个人直接体验到。在某种程度上，必须不断通过合适的认同才能引发共同体的“我们”的感受，这就如同民族的感觉是被制造出来的。由于所有的公民无法相互结识，因此就必须制造一种持久性的集体认同感，仪式也就成了一种构建“共同体”的模式。

莫利引用了达扬和卡茨的记述：“数量庞大的观众们，将公共典礼调换成一个亲密的聚会，典礼的空间已经在家中被重组了。参与仪式的单位是整个小团体，聚集在电视机周围，专注于一个象征性的核心，并且敏锐地意识到还有无数其他的团体，正以一种相似的方式，在相同的时间内做相似的事情。”因此达扬和卡茨暗示，电视观众作为散居各地的群体，可以说正是经由这种“流散仪式”定期地统合起来。它们通过两种方式构建了集体认同：一是制造了一种“参与”的感觉，二是制造了体验的共时性和“共享历史”的感觉。

第三，私人领域和公共领域的接合。

莫利认为，应当关注"家庭生活的私人空间是如何通过社会化的建构，从而和政治生活接合在一起的"。而"作为横跨私人和公共领域的电视，实际上是一种特殊的话语，将家庭和国家的生活接合起来"。莫利在研究中引用斯坎内尔在1987年有关英国广播发展进程的历史分析，斯坎内尔重点研究了广播扮演的角色，他认为广播铸造了分散在各地的、完全不同的听众与国民生活的象征性中心区域之间的联系，广播也在地区性及全国性的听众中推动了社群意识的认同和建立。BBC从事的主要工作就是向其彼此隔绝的听众提供一种他们失去的社群意识，并把这种意识从地方推向全国，甚至全球。在此，我们看到的是私人领域和公共领域之间的接合，即把家庭和国家联系起来。莫利认为，当前的时事和杂志型电视节目的中心形象正好是家庭以及由家庭组合而成的国家。在这类节目中，核心家庭是众多节目话语默认的前提：不但节目面对的都是"家庭受众"，而且这种以家庭为中心的话语聚焦于以下两个方面：其主流内容是人情味故事，其主要表达方式则是强调公众事件与日常生活的关系(如"究竟这条新通过的法律将对一般消费者产生什么样的影响")。在此，家庭生活经验被当做是把观众统一成一个"家庭或国家"的前提。

第四，"双重焦点"：既是仪式，又是意识形态的传递。

莫利认为自己的电视消费的家庭语境研究不是以微观层面的分析代替宏观层面的分析，而应该是如何把对意识形态、权力和政治这些"更为广泛的问题"的分析与对日常生活中电视的消费、使用及功能的分析整合起来。因此，我们必须以"双重焦点"来分析电视收视行为。这样一来，我们就能在分析中同时兼顾到以下两个方面：一方面把电视理解为一种仪式，其功能是构建家庭生活，并且提供参与到民族共同体中的符号模式及消费和生产的行动模式；另一方面，我们也应当把看电视当做在意识形态领域内运作的一个过程。收看电视不应该只被理解为一种"纯粹的仪式"，也不应该只是意识形态的传递，它应当是两个层面同时运作。我们的目标是在媒介消费及家庭仪式之间这样一个较为空泛的构架内，找出特定类型的媒介内容与特定受众之间的特定关系。❶

④莫利电视观众研究评析

莫利的最大贡献不是他的电视研究结论，而是他为电视研究提供了一种新的研究范式，即民族志受众研究。民族志的做法被应用到传播研究中，为传播学研究的发展提供了一些新的视角和理论成果，丰富了传播研究的手段与理论话语。事实上，文化研究派对受众的研究，早已是"媒介研究当中声势日渐浩大的观点"。霍尔的研究对于确立作为接受者的大众的主体地位是一个巨大贡献，但是霍尔更多地是从编码与文本生产者的角度考察了意识形态的对抗，而没有完全看到解码与文本接受者的主动性。完成这一转变的关键人物是莫利，在他看来，受众不再是文本的一部分，而是文本成为了受众的一部分。莫利以其独特的研究视角与功能而受到传播研究者的广泛重视。

莫利的民族志研究方法在受众研究上的运用给研究者带来了一些有益的启发，但

❶ 石长顺、方雪琴：《电视收视语境与文本意义的重构——评戴维·莫利的民族志受众研究》，载《当代传播》，2005(6)。

是他的理论和具体研究也存在着不容忽视的问题。英国学者尼克·史蒂文森在他的文章中详细地分析了莫利受众研究的种种不足之处❶：

第一，莫利的电视观众研究忽视了对宏观的社会权力关系的考察。莫利强调了对电视观众家庭收视的微观社会语境的描述，忽视了受众在市场上能够购买和出售的文化商品，大多是由商业机构生产出来这一事实。尽管受众对文化商品的消费可以不是被动的，他们可以拒绝购买一些特殊的产品，但是他们对可以享受到的各种文化形式没有直接的控制权。因此莫利的电视观众研究忽视了对宏观的社会权力关系的考察。

第二，莫利的电视观众研究忽视了意识形态的作用。任何涉及权力不平等分配的分析，总是不可避免地将我们引领到意识形态的领域。但是在莫利更具微观性质的受众研究中，没有顾及由新闻媒介传递的一种占主导地位的意识形态有利于形成关于政治论争的合法化的话语氛围这一事实。

第三，过分强调受众的阐释能力在意识形态上的作用性。尼克·史蒂文森认为对于这项研究最为重要的问题是，尽管人们收看电视，可他们并没有参加更加严肃的政治活动。这就是说“把大量的时间花在收视上，这在政治上并不是最为重要的作用于收视者的意识形态效应”。这就是说，虽然莫利的更具社会学意义的研究，密切注意了家庭环境，但是他的符号学倾向于言过其实地强调受众阐释能力在意识形态上的重要性。

第四，模糊性和主观性的问题。因为我们大多数的日常传播行为是具有一定的模糊性的，因此这就影响了研究者的评价能力，他们很难评价发生了什么和为什么发生，模糊性因此产生，并且不可避免。但是模糊性恰好是追求清晰和客观的解释的实证科学的大敌。模糊是日常社会互动模式的重要特点，因此，对于试图进入自然世界的研究者来说，在面临传播中的模糊不清和意义含蓄不明的情况时，如履薄冰的感觉是不可避免的。而且进入各家各户私人的领域，总有一个程度的问题，因为每个家庭都会有不许外人踏入的禁区。此外，家庭的某些社会行为在外来者在场的情况下永远不会表现出来。因此，民族志学者必须意识到在他的描述中肯定存在着不完整性、片面性的差异。

(4)约翰·菲斯克

约翰·菲斯克作为伯明翰学派的集大成者，其大众文化理论和电视文化理论密不可分，他在文化研究中引入并进一步挖掘媒介文化尤其是电视文化的理论意义，无疑为其研究开拓了更为广阔的视域，促进了其大众文化理论的深化和发展。他长年关注与批判大众文化和媒体事件，并且一向强调受众解读的主动性、文本的多义性以及大众文化所蕴含的社会抗争力，这些都使他在传播文化研究理论里占据了相当重要的地位。与多数的文化批判学者不同的是，菲斯克向来不认为资本主义制度下的文化工业会是得胜的一方，即使表面上看来的确如此。他始终对大众在使用和解读大众文化时所产生的反抗性意义抱着乐观态度。他认为，弱势的大众并非无声无思想的意识形态受难者，而是随时随地如游击队一般，在意义的战场上做抗争，这样的抗争也许看来微不足道，但其社会意义却不容忽视。在他看来大众媒体是受众和霸权之间进行文化

❶ 参见程洁：《论戴维·莫利民族志受众理论及其在我国学界与业界的研究现状和启示意义》，西北大学2008年传播学硕士论文。

对抗的一个重要领域。菲斯克的电视文化理论主要见于其专著《解读电视》和《电视文化》，另外则散见于《理解大众文化》《解读大众文化》《关键概念——传播与文化研究辞典》《传播符号学理论》等著作以及《英国文化研究和电视》《后现代主义与电视》等论文中。菲斯克主要电视理论贡献是他的“生产式文本”和“两种经济”理论。

①菲斯克的电视文本理论

作为人类创造的符号，语言是人类参与社会、制造现实的中介，电视作为一种视听语言则延伸了这项工作。在菲斯克看来，解读电视，首先要了解构成电视节目的视听语言符号及其组合方式与意义传播之间的关系。依据电视媒介的特有规则，对视听符号进行连贯性的组合就形成了一套有组织的符号系统。菲斯克认为，电视节目作为一个受规则制约的符号系统，由社会代码、技术代码(传播表现代码)、意识形态代码这样三级代码组成。社会代码作为一级代码，代表着一种电视中的“现实”，主要由外表、服装、化妆、环境、行为、言语、姿势、表情、声音等要素构成；二级代码作为电视媒介的“艺术表现”，是在一级代码加密的基础上进行的，它一方面通过摄像、照明、编剧、音乐、音响效果等媒介技术代码对屏幕事件进行电子编码，另一方面还以传播常规表现代码来规范，如叙事、冲突、人物、动作、对白、场景、角色选配等表现手法；在电视把以上内容组合成连贯的被社会接受的东西时，就要运用第三级代码，三级代码是一种意识形态代码，主要包括个人主义、男权制度、种族、阶级、唯物主义、资本主义等，它在电视符号代码系统中起着组织性的导向作用。

菲斯克还从文化消费的受众角度对电视文本的特性进行探讨。一些研究者认为，电视文化是一种“文化工业”，这种文化现象表明，资本主义已经把它的权力从工作世界扩展到休闲世界，观众看电视的行为也被直接纳入商品化进程。菲斯克认为，这种观点把大众文化放置在权力模式中，关注并强调大众文化中的宰制力量，固然精当而敏锐，但没有从电视文化的“流通”特点来阐释其文本意义的接受活动，这有可能陷入文化悲观主义而最终丧失批判力。对菲斯克来说，电视节目一般是在“金融经济”和“文化经济”这样两种平行的、半自主的经济中生产和销售的，因为演播室生产出来的商品(即电视节目)是一种文化商品，电视节目既有实用价值，也有文化价值。电视节目的流通过程并非仅仅是货币的周转，它也是文化意义和快感的生产和传播。观众其实已变成文本意义和快感的生产者，而原来的商品(电视节目)也变成了一个文本，“一种具有潜在意义和快感的话语结构，这一话语结构形成了大众文化的重要资源”。作为文化商品的电视节目只有在观众利用它所提供的资源以激发其潜能，即以特定的方式(菲斯克称之为“生产式阅读”)来解读它时，它才成为“真正的文本”。文化商品要想流行，必须满足各种社会力量相互抵牾的需要。一方面，它满足着金融经济的中心化、同质化的需要，为了赢得更多消费者，它必须诉诸大众的共同之处，并否定社会差异；另一方面，宰制性意识形态的要求显然不是大众的文化需要，大众的需要往往与宰制性力量相对抗。大众会将文化商品转变成一种文化资源加以利用，通过“生产式阅读”来规避或抵抗文化商品的规训努力。于是，电视就成了各种社会力量争夺意义和快感的斗争场域，其文本也由此获得了开放性。

罗兰·巴特在《S/Z》中对文学文本做了“读者式文本”和“作者式文本”的区分，前者相对封闭，易于阅读，它吸引的是一群本质上消极的、被规训了的读者，倾向于将文本的意义作为既成的意义来接受。“作者式文本”则要求读者具有较高的阅读能力，并不断地重新书写文本、创造出意义。菲斯克借鉴了巴特的这一论述，认为电视文本是一种“生产者式文本”。这种文本一方面像巴特所说的“读者式文本”一样容易理解，另一方面又具有“作者式文本”的开放性。电视文本是由一系列经过压缩和切割并快速移动的生动片段所组成，这一片段性既是电视节目与广告商业性相结合的表征，又是电视的家庭接受模式的体现。

从电视文本的系统构成来看，菲斯克认为，“电视节目”与“电视文本”应该是两个不同的概念，节目是电视输出的有明确界定与标识的部分，“节目是稳定的、也是固定的实体，是以商品形式生产和出售的，是由节目编排人员安排播出的”，因而它是由电视业生产的。电视文本则主要是观众对节目进行解读的产物，“文本体现了节目的生产能力与接受方式之间的冲突”。“节目话语”往往通过对节目类别的建构来试图限制或控制其潜在意义(这是“闭合力”的体现)，使之趋向宰制性的意识形态意义；可是，对电视话语符号进行“生产式阅读”的观众也许会抵制这种控制，从而使其话语文本呈现为开放性。另外，电视文本在生产过程中还借助于反语、暗语、玩笑、反驳、过度渲染等方法来建构其开放性。在菲斯克眼中，电视文本是由初级文本、次级文本和第三级文本组成的。初级文本即是“播出的图像”——电视业生产的各类节目，它是意义的潜在体；次级文本是由完整的媒体宣传产业所生产的诸如记者述评、明星传闻、电视迷杂志、电视剧本的“小说化”、广告、招贴画、节目宣传等，它们常常被观众带回到初级文本中进行解读；三级文本是指作为“社会主体”的人们对电视的解读、谈论和闲聊等，它是观众根据其对电视节目的解读来生产其他互文性文本的一部分，是电视文本实际构成的决定性因素。正是在以上各级文本之关系的空间中产生了电视文本的互文性。互文性不仅是电视文本的当代特性之一，也是其文本意义生成的关键。

菲斯克通过对“麦当娜”形象的分析，阐述了电视文化的互文性与文本意义生成之间的关系特点。从传统美学观来看，麦当娜作为一个典型的大众文本也许意义贫乏。但如果把她放在流通过程所形成的互文性关系中，她并不是完全没有意义的。当麦当娜在女性主义者中流通时，她被视为对父权制价值观的重新改写；当她在男性中间流通时，她是获得窥视快感的对象；而对为数众多的少女歌迷来说，她又成为赋予权力与获得解放的行为人。麦当娜作为一个初级文本是不完整的，除非她被放进社会流通之中。她的性别政治也不在于她的文本性，而在于她的功能性(或互文性)。她包含了父权制式的女性性征的意义，同时也包含与前者相对抗的意义，因为她的性征是她自己的，她可以用她所希望的方式来使用，而不需要男性的同意。因此，她实际上提供了父权制以及抵抗父权制的方式。作为大众文本的麦当娜也许是过度和浅白的，但她又超越了所有性感化的女性身体的规范，而且用她裸露上腹的服饰来揭露这些规范的浅白性。总之，麦当娜本身绝不是一个自足的文本，她只是意义的煽动者，她的文化效果只能在她众多的、经常相互冲突的意义流通中加以研究。其意义作为大众文本生成于“初级文本”(原初的文化商品即麦当娜本人)、与初级文本直接相关的“次级文本”(如广告、媒体故事和评论等）和持续存在于日常生活过程中的"第三级文本"之间的互动关系中。

对菲斯克来说，从文本的开放性特点来研究电视文本的互文性关系，可以使我们了解特定的社会文化（或亚文化）对这个大众文本所可能进行的生产式解读，以及文本意义生成的机制。"电视之所以在我们的社会文化中普遍存在，并不是因为它的播放很普及，也不是因为它是我们最普及的休闲活动，而是因为它已经遍及我们文化生活的其他方面——报纸、杂志、广告、谈话、无线电广播、服装时尚、化妆样式、舞步风格等。所有这些都与电视有着互文性关系。"菲斯克进而从"水平互文性"和"垂直互文性"这两个维度来分析电视文本置身其中的各种互文性关系及其对文本意义建构的重要作用。"水平互文性"是指那些有明显联系的初级文本之间的关系，这些初级文本通常是沿着文本类别、人物或剧情的水平轴发生联系。而"垂直互文性"指的是一个初级文本（如一个电视节目或系列剧）与直接提到它的其他不同类别文本之间的关系，这些不同文本也许是包括广告宣传、媒体故事和评论等在内的次级文本或由观众产生的第三级文本。就"水平互文性"而言，最有影响力的形式是电视节目类别，菲斯克认为，节目类别试图为范围广大的文本和意义建构起某种秩序，以方便制作者的生产和观众的解读。从这一意义上说，电视节目拥有界限分明的各种类别——警匪剧、肥皂剧、智力竞赛和游戏节目等。同一类别的节目或系列剧往往享有某个时代的常规，体现了那个时代重要的意识形态问题。"类别常规"对理解电视文本非常重要，因为它们是理解和构建制作者、文本和观众这个三角关系的主要方式。然而，在传统艺术理论中，电视的类别常规常常被贬低为"俗套"，在传统理论看来，常规与创造不仅反映了大众艺术与高雅艺术的区别，而且还包含着两种不同的价值判断。高雅艺术是一种创造性的艺术，其价值来自于它与众不同的质量，即它的独特性之中，而对类别化的电视的评估则主要看它们所共有的价值。菲斯克认为，"俗套艺术是文化产业的一个有机部分"，由类别所致的俗套"是常规的产业与经济的转化结果，对大众文化产品的生产至关重要"。因此，对它的理解，"不应当通过美学标准来评估"，而应该从它们所共享的类别意义上来分析。因为从大众文化的流通和意义解读的过程来看，电视类别的作用既是经济上的，它满足了文化商品的"标准化和熟悉度"与"产品的变异性"的双重需要，同时也是文化意义上的，它起到了提升和组织互文性关系的作用，电视正是通过这两种作用来调节其潜在的多义性的。从初级文本与次级文本或第三级文本的关系来说，电视文本的互文性又表现为一种"垂直互文性"关系，这种关系的作用，"不仅向分析家提供了电视多义性潜力是如何被具体调动起来的证据，而且还为观众充当了这种调动的代理人"。在这一互文性关系中，次级文本起到的作用是推动初级文本首选意义的流通，第三级文本则是电视文本意义生成和流通的最为关键的阶段，它是解读者根据自己的社会体验及权力关系进行"生产式阅读"而建构起来的。可见，"垂直互文性"不仅是读者对次级文本进行"生产式阅读"的表现，而且也是生成大众自己的意义和快感的关键性因素。

……

菲斯克指出了电视文本中声像符号结构的"非线性"和矛盾性特点，并把传统文学理论中的作品延伸到电视符码及其成规的层面，这些符码和成规运作于电视作品之中，将节目文本与其他文本和符号系统联结起来。于是，在他的文本理论中，电视文本就成了话语符号指意运作的复杂缠结的开放性的聚合点，而非封闭和独立自足的东西。传统文学理论中单一而自主性的作品成了当代文化理论中的“生产者式文本”。另外菲斯克还从文化商品的生产和流通的角度，揭示了当代电视的机构和经济的本质(显然这是传统理论所忽视的)，并深入分析了由此而带来的电视文本的开放性、互文性和多义性等特点。在电视文本意义的生成问题上，尽管菲斯克的研究重点从作者及其作品(初级文本)转向了观众的解读活动，强调观众解读活动和互文性关系的重要性，但他也注意到结构主义否认任何文本意义存在的偏激性。❶

②菲斯克的两种经济理论

根据马克思主义政治经济学的商品交换价值和使用价值理论，菲斯克提出了电视的两种经济理论，即“金融经济”和“文化经济”的理论。菲斯克认为，在资本主义社会里，电视节目作为一种文化商品，“流通于两种同时存在但并不相同的经济系统之中”。其中，金融经济注重的是电视的交换价值，流通的是金钱。文化经济注重的是电视的使用价值，流通的是意义、快感和社会身份。在《理解大众文化》一书中，菲斯克把这两种相互独立、相互作用的经济系统简化为以下的模式：

	金融经济		文化经济
	Ⅰ	Ⅱ	
生产者：	演播室	节目	观众
	↓	↓	↓
商品：	节目	观众	意义/快感
	↓	↓	↓
消费者：	销售商	广告商	观众自己

菲斯克对这一模式进行了解释，即电视台演播室作为生产者把某个节目当成一种商品卖给经销商，如广播公司或有线电视网，以谋求利润。对所有商品而言，这都是一种简单的金融交换。然而，电视节目作为一种文化商品，它的交换与微波炉或牛仔裤之类的物质商品有所不同。电视节目的经济功能并未在它售出之后即告完成。电视节目在被消费的时候又转变成了一个生产者。它产生出来的是一批观众，然后，这批观众又被卖给了广告商。电视台将电视观众作为“商品”卖给了广告商，广告商则成了最终的消费者。菲斯克认为，对许多人来说，文化工业最重要的产品就是出售给广告商的“商品化的受众”。很显然，电视台播放节目成了一种“生产者”的行为。电视台的“产品”其实早已不再是电视节目，而是广告的播放时间了。表面上看来，广告商是在购买电视广告的播放时间，但事实上

❶ 汪振城：《电视文本的特性——约翰·菲斯克电视文本理论解读》，载《文艺争鸣》，2007(5)。

他们所购买的却是“观众”。广告商希望从观众观看广告的过程中来谋求真正的利润。因为电视观众越多，广告价码越高，广告商的利润越大。所以，对于“金融经济”来说，电视产业的当务之急也就在于“生产”出商品化的观众和观众的利润。如果电视节目播出后没有观众，或者电视节目吸引不了观众的眼球，那么，它作为文化产品的功能就没有完成。

从电视商品被出售之时起，“金融经济”的流通即告完成。也就是说，商品已完成了它在经济发行中的角色，紧随而至的便是“文化经济”了。在“文化经济”中，流通过程并不是简单的货币周转，而是意义和快感的传播。于是，此处的观众就从一种商品转变成了现在的生产者，即意义、快感和社会身份的生产者。在这种文化经济中，原来的商品(无论是电视节目还是牛仔裤之类的物质商品)变成了一个文本，变成了具有潜在意义和快感的一种话语结构。在菲斯克看来，这一话语结构形成了大众文化的重要资源。因为，在这种文化经济里，没有消费者，只有意义的流通者，而且意义又是整个过程的唯一要素，它既不能被商品化，也无法被消费。用菲斯克的话来说就是，“只有在我们称之为文化的那一个持续的过程当中，意义才能被生产、再生产和流通”。

由于文化产品与其他产品的区别在于它的初始生产成本相对较高而再生产成本非常低，所以，传播能够带给投资者比生产更可靠的回报。在菲斯克看来，文化产品仅用金融术语来描述是不够的，“金融经济”的运作方式无法充分说明所有的文化因素，因为“文化经济”里交换和流通的不是财富，而是意义、快感和社会身份。菲斯克指出：“当然，以‘金融经济’为主要基础的商品也同样运作于‘文化经济’，消费者在相近的商品中加以选择，通常不是看重其在使用价值上的竞争力——尽管消费指导团体一再劝说他们这样做，而是看重其文化价值。在许多商品中选择特定的一种，对消费者来说，他们选的是意义、快感和社会身份。随着资本主义经济从生产转向销售，物质商品的文化价值在重要性上也大幅度地正比例增长，这只要看看时装产业或汽车工业就不难理解。虽然如此，这类商品却仍然流通在主要的‘金融经济’之中，它们的基础仍然是建立在使用价值之上的。”

既然如此，在电视文化商品面前，观众究竟是“消费者”还是“生产者”？早在菲斯克两种经济理论面世之前，大众传媒学者哈特莱就指出，观众在欣赏电视节目时同时扮演着消费者和生产者的双重角色。意义的消费与物质产品的消费不同，意义的消费不是一次性的，而是多重性的。在媒介再生产的流通过程中，意义的生产和再生产并不完全来自于电视台和制片人。哈特莱认为，由于传统的媒介研究只是把看电视当做一种消费行为，把观众看成是被动的消费者，所以他们把意义的生产过程视为是电视节目播出时既已完毕的过程。这样一来，电视台和制片人就把持了意义的生产权，观众失去了意义的生产权和自主的选择权。这好比食客上餐馆消费一样，电视台和制片人做好“大餐”献给观众，观众只管消费就可以了。但实际上，媒体所有者的焦点和兴趣所在并不能够带来直接的媒体所有权，市场的力量导致了观众不同的声音和口味。虽然，荧屏对观众来说，其效果是不言而喻的，但问题在于，这只能表明观众观看了某一个节目，却不能回答该节目对观众意味着什么，更难以解释观众为什么会选择观看(即消费)这个节目。因此，电视观众如何生产和消费意义，便成了理解文化和传媒的中心问题了。

作为电视文化商品的消费者和意义的生产者，电视观众和电视节目这个文化产品之间存在着一个“所有权”的问题。文化研究学者多萝西·赫伯森曾就英国20世纪80年代播出的电视连续剧《十字路口》在当时所引起的争论做了有趣的研究。她明确地探讨了制片人和观众的关系，以及观众对节目的“所有权”问题。《十字路口》是一部通俗肥皂剧。该剧因为“质量欠佳”受到某些“专家”的批评和指责，电视制片人打算将扮演该剧女主角梅姬的女演员撤下，并有意让梅姬中途意外“死亡”。不仅如此，制片人还把该剧转换到了另外一家电视台去播放。让制片人始料不及的是，这种做法引起了观众的愤愤不平。观众纷纷写信，要求制片人不要从中干涉，并怒斥这是制片商与电视台之间的一种同流合污。有的观众甚至质问道：这部电视剧到底是为谁制作的？是电视剧本身有毛病还是电视台的老板有毛病？

这场纷争引出了如下的问题，即谁才能够真正拥有《十字路口》这个节目？《十字路口》究竟是谁的电视剧？制片人有权力擅自改动电视剧吗？观众对节目和剧情能有多大的发言权？多萝西·赫伯森对此加以评论说：“电视节目是由作者、制片人和演员创作的，但节目只存在于它被观众观看或“消费”的交流过程之中。制片人和观众对节目内容的看法也许不同，但一个节目的“所有权”通常不会在制片人、播出台和观众之间发生冲突。《十字路口》正是在这个阶段产生了争论，争论的焦点是电视台和观众间的“所有权”问题。像《十字路口》这样长期播放的连续剧，观众自然会觉得节目属于他们。因此，电视台进行节目交换，观众却不同意，结果，引起了公愤也就不足为怪了。”

显然，是观众把《十字路口》当成了“自己”的电视剧，所以，“过错”自然不在观众方面，而在电视台的促销策略上。多萝西·赫伯森接着评论道：“电视台在跟它们的观众玩‘矛与盾’的游戏。电视台通过使用语言，告诉观众这是‘你们的电视台’‘你们的节目’‘独立电视台你们晚上的娱乐’等，故意造成所有权的错觉。它们能责备观众因此确信不疑自己同电视台和节目关系密切吗？观众坚持谈论‘我们的梅姬’‘我们的《十字路口》’‘我们的肥皂剧’和‘我们的节目’，并且对电视台老板说：‘别来告诉我们应当喜欢什么’。正是这类言论暗示出大众娱乐节目的一种集体所有权，这是许多其他节目看不到的。”多萝西·赫伯森的态度是很明确的，她得出的结论是：电视剧一旦播放，“所有权”即为制片人和观众共有，制片人无权单方面改动或停播。

受哈特莱和多萝西·赫伯森的启发，菲斯克以《希尔街布鲁士》为例来分析“金融经济”和“文化经济”之间连续不断的相互作用，并从另一个角度去探讨意义的生产与消费。《希尔街布鲁士》这个节目是由美国米高梅公司制作的电视连续剧。米高梅先把它出售给了美国的全国广播公司(NBC)，NBC公司再把观众卖给了该节目的赞助商奔驰公司。这一切都发生在“金融经济”之中。在“文化经济”中，这部连续剧从商品(卖给NBC)转变为生产者(为其观众制造意义)。以同样的方式，观众从商品(卖给奔驰公司)转变为生产者(获得意义与快乐)。对菲斯克来说，从“金融经济”向“文化经济”的转换意味着观众在角色上的转换，即观众从商品转为生产者，成为意义和快感的生产者。在“文化经济”中，观众作为生产者的权力是相当大的，部分原因在于，那些直接表明他们在“金融经济”中处于附属角色的标志都消失了。由于销售和消费环节中不存在现金交换，支付的价钱与消费的数量之间也没有直接的联系，人们可以想消费多少就消费多少，想消费什么就消费什么，不受能否支付的限制，所以，他们可以从商品的约束中解脱出来。在菲斯克看来，更重要的是，观众的权力源于以下这样一个事实："意义在'文化经济'中的流通方式与财产在'金融经济'中的流通方式有所不同。它们更难占有(也不让其他人来占有)，更难控制。意义和快感的生产不同于文化产品或其他产品的生产，因为在'文化经济'中，消费者的角色并不是作为经济交易链条的终结者而存在的，意义和快感在生产者与消费者之间流通着而没有任何实质性的差异。"

一般而言，看电视在工业社会中不是一种生产行为，观众也并不认为自己就是生产者，相反，看电视被认为是"工作"的"不在场"。然而，由于"文化经济"与"金融经济"不同，商品从生产到消费并非直线进行，意义和快感在流通中根本就没有生产和消费的区别，因此，观众是身兼二职的，既是消费者也是生产者。工作和休闲的界限变得模糊不清，比方说休闲时看电视实际上也是在"工作"，是在创造象征意义。正如传播学者曼西利指出的那样，"意义是由观众主动建构而非被动的接受或误认"。"文化经济"和"金融经济"之间的区别足够保证"文化经济"具有相当的自主权，同时又没有宽到不能跨越的程度。节目制作者和发行人只能够对观众施加一些有限的影响，对观众可获得的意义和快感也只能够施加一些有限的影响。然而，当生产者无法预测什么产品卖得出去时，消费者的权力就显示出来了。根据菲斯克的统计，"13张唱片中就有12张无利可图，电视连续剧成打成打地受到腰斩，价格不菲的电影制作很快就跌入财政赤字，《打捞泰坦尼克号》这部电影差点让Lew Grade电影公司沉没海底"。为了弥补损失，"文化工业"制造了商品的"保留节目"，希望以此来吸引观众。不幸的是，即便"文化工业"使尽浑身解数来吸引观众，观众依然是悠闲自得地流连于法国社会学家米歇尔·德塞图所谓的"符号游击战"里，并常常出于他们自己的目的来利用、解读"文化工业"制造出来的文化商品。菲斯克举了一个例子，澳大利亚土著观众把美国电影《第一滴血》中的男主角兰博看成是反抗和抵制的象征，把他推崇为一个民族抵抗的英雄人物，他们的这种解读自然不同于美国本土观众，这与他们自己的政治和文化斗争有关。菲斯克还分析了澳大利亚观众在观看美国电视剧《迈阿密罪恶》时所获得的意义、快感和社会身份。菲斯克认为，在文化领域，电视剧《迈阿密罪恶》比那些着手记录和宣扬澳大利亚历史上一次著名运动的小型系列片更带有"澳大利亚"色彩。《迈阿密罪恶》是后期资本主义社会、消费主义社会和以享乐为中心的社会的一种文化形式。在这样的社会里，毒品、性、太阳、感官享受、休闲、音乐和时尚等都成了时代的准则。影片所描述的社会宛如一个种族鸡尾酒会。酒会上，白种人的盎格鲁·萨克逊作为主角仅仅拥有其主导叙述的位置。与任何一部澳大利亚电视产业所喜爱的微型系列片相比，《迈阿密罪恶》所描述的世界可以为许多当代澳大利亚人提供更直接、更相关的意义和快感。他们从中看到了白人、男性的英国移民拓荒和建造家园的过程，并以此构建起他们自己的个性和民族性格。

菲斯克非常强调电视消费者也即观众的权力。他认为，在大众社会，虽然作为文化基础的物质和意义体系几乎不可避免地都是由文化产业生产出来的，然而，把这些物质转换为文化，也就是说转换为身份和社会关系的意义，并把这些物质与快感进行互换，这个过程只能由消费者或使用者而不是生产者来完成。正如《十字路口》电视节目的观众那样，他们情绪高涨，把这个节目看成是他们的文化资本，并从中生产出意义和快感，表达他们的关怀和社会身份。菲斯克强调，在工业化社会中，电视的产业生产模式必然使制作者与观众在文化、社会和意识形态上分离。在"金融经济"中，这一差距显然对产业有利，因为它当然不希望看到一系列流行的、低成本的社区电视台发展起来，因此，它通过更彻底地提高成本的生产价值来使差距拉到最大。但在"文化经济"中，这种差距则对产业不利，所以，它就努力地消除差距，强调其与观众在文化上的亲近。然而，在产业化文化中，以制造者或发行人为一方，以各种类型的民众为另一方，两者经常有利益上的冲突。"金融经济"和"文化经济"在其中处于相对立的两个方面。用菲斯克的话来说就是："'金融经济'试图把电视用作一元化的媒介代理。对它来说，电视是中心化的、功能单一的，处于'金融经济'的生产与传播中心。而在'文化经济'中，电视则完全不同了，它是解中心的，它是功能多样的。电视处于观众的收看方式和收看时间的多元性之中。电视是多样性的阅读实践，是获得快感的民主渠道，我们只能依据其碎片去理解。电视促进和激发一套与自身权力相对抗的体系，这种权力试图对意义和快感的不稳定性和多元性实行一元化和霸权性的控制。"

很显然，电视在"金融经济"中的成功每每取决于它如何满足和促进观众多样的而又对立的利益，就此意义而言，正是"文化经济"的意义和快感决定着"金融经济"利润的大小程度。"文化经济"用一种与资本权力相对抗的辩证力量推动着"金融经济"。作为一种大众媒介的流行艺术，电视必须在自身中包含资本与民众这两股对立而又相连的力量才能在"金融经济"和"文化经济"中有效地流通。电视绝非统治阶级的媒体代理人，而是统治阶级不得不认识到其自身权力摇摇欲坠的主要场所，统治阶级甚至不得不冒着自身地位受到威胁的潜在危险去鼓励文化的差异性。菲斯克认为，由电视所产生的"对抗性阅读"(与霍尔的对立性阅读不同)快感并不直接转换成对立的政治行动和社会行动。相对自治的文化领域并非依据简单的因果条件而相互关联。对抗性的阅读行为肯定了从属阶级在创造意义和快感的过程中所拥有的权力，并对资本主义生产意识形态主体的权力直接提出了挑战。因为控制社会关系的各个阶级也要试图对产生意义的社会关系基础进行控制。社会权力和符号权力实际上是同一枚硬币的两面。毫无疑问，挑战性意义和有权生产这些意义的社会群体对肯定亚文化身份及其所维持的社会差异都有着十分关键的作用。为此，菲斯克把电视的娱乐领域看成是快感、意义和社会身份的一个方面。菲斯克认为，电视节目"娱乐"的构成因素往往是"打破既定的规则"，呈现出一片新的天地，为观众提供各种各样的代言，观众自行从文本中寻找不同的意义，并从中获得了快感。观众在娱乐性的电视节目中，如庆典、综艺节目、知识竞赛节目、猜字游戏、舞台情景剧等节目中或讽刺、或调侃、或虚拟、或戏仿，掌握着现实生活中他们所没有的"文化权力"。在观看这类电视节目过程中，他们被赋予了一种"能力"，尽情发泄自己的怨恨、忧郁和欢乐，表达自己的愿望、理想和要求，成为"主动的参与者"，享受到"语义的民主"。这种大众参与式的“观看”和快感体验使“平民”阶层的日常生活技艺有机会在全国范围内的电视“屏幕”前亮相，而这对于无权无势的芸芸众生来说，不但带有一种高度的观众参与感，同时也有一种神秘的权力感。菲斯克强调指出，如果电视的娱乐领域不能保持和赋予从属阶级要求差异的权力，那么，政治领域中改革的动机就会严重削弱。保持亚文化的多样性本身不会产生任何直接的政治结果，在更普遍的影响层面上，亚文化所要求的权力则是至关重要的。

菲斯克认为，在西方社会中，那些从属阶级以符号形式和社会形式两种形式对统治阶级进行抵抗。第一种形式主要与意义快感和社会身份有关；第二种形式主要与社会经济制度的变革有关。对他来说“这两者是密切相关的，尽管两者又相对独立”。大众文化主要是在符号势力的范围内运作的。它涉及“调和与差别的斗争或赞同与冲突的斗争”。就此意义而言，大众文化是一个符号的战场，在这个战场中，冲突是在融合力量与抵抗力量之间展开的。当然，在外部强加的意义、快感和社会身份与象征性抵抗行动所产生的意义、快感和社会身份之间也发生冲突，而这种冲突的关系则表现为“同质的统治力量总是遭遇异质力量的抵抗”。在菲斯克提出的“符号战场”上，两种经济处于斗争的对立面：“金融经济”处于融合和同质化力量的一方，“文化经济”则处于抵抗与差异力量的一方。他认为，符号抵抗具有削弱资本主义意识形态统治企图的作用，当主流意义受到从属意义的挑战时，统治阶级的知识和道德领导地位也就受到了挑战。菲斯克理直气壮并且清楚无误地表明了他的立场：应该把大众文化看做是斗争的战场，看做是在对抗和规避统治阶级的权力过程中而存在的。在斗争的战场上，大众不断构想出“日常抵抗的相应战术”，所以在接受统治力量的权力时，我们应该更加注重大众的战术。在菲斯克看来，“大众正是凭借这样的战术，对付、规避或抵抗着那些统治性的力量”。为此，菲斯克倡议，我们应该更深入地探究大众的活力与创造力，因为正是这种活力和创造力才使得统治者总感觉到“收编”大众的持久性和必要性。不仅如此，我们还应该试图了解和掌握日常生活中的“抵抗”与“规避”，从而消解主流意识形态长期以来坚持不懈保留和维系着的价值观念。❶

③菲斯克电视理论评析

有人将菲斯克称为“伯明翰学派电视理论的集大成者”。他的电视理论深受伯明翰学派的影响，又吸纳了后结构主义与后现代主义，创建了饱满丰富的电视文化理论。首先，菲斯克的生产性受众观突破了原来的受众类型论的模式，格外重视受众作为社会实践的主体，突出了受众的意义生产功能，这一点是被以往的受众研究所忽略的。其次，菲斯克的受众研究采用了结构主义和符号学的研究方法，拓宽了受众研究的方法论视野。菲斯克的传播研究延伸了英国文化研究学派的思路，实现了“从媒体对受众做了什么”到“受众对媒体做了什么”的转变。这挑战了以往的受众观，也是菲斯克的突破之处。菲斯克强调快感的电视文化理论固然使人感到耳目一新，但是也受到了多方面的质疑。

❶ 陆道夫：《电视观众：意义和快感的生产者——试论约翰·菲斯克两种经济的电视文化理论》，载《广东技术师范学院学报》，2004(1)。

批评者认为，菲斯克的理论有着浓厚的主观设定和主观臆断，不断牺牲经济和技术的决定力量，把文化研究简化为冲突对抗的消费解释模式，成为一种纯粹的符号解释学版本，暗示了文化研究批判能力的萎缩，成为文化研究思潮中“新修正主义”的代表，代表着一个“从更具批判力的立场退却的阶段”。有的学者甚至认为，菲斯克这种不加批判的“文化民粹主义”转向，带来了文化研究中的范式危机，使得文化研究陷入一种“卡在正统学术话语的权威观点和民粹主义政治情感之间”的窘境。澳大利亚文化学者约翰·多克更是指责菲斯克的理论中“很不幸地具有一种危险的立场，把更加同情大众文化变得典籍化、公式化，渐渐成为正统观念”，菲斯克是在用“神学或教育学的语调”为人们设计了一个快乐的世界。在这个快乐世界里，“人们以一种轻松的、游牧的方式游移于各种主观属性和身份之间，享受了反抗和对抗的种种乐趣”。但事实上，就像米根·莫里斯对菲斯克的作品感到奇怪那样：“在这个快乐世界里，剥夺、丧失、痛苦、折磨、愤怒、恐惧、失败、死亡都到哪里去了?”因此，当阅读菲斯克的大众文化理论时，对于他所“坚持的乐趣居于文化中核心地位的立场，你很难不感到惶恐不安”。约翰·多克把菲斯克等人称为是“乐趣之外还是乐趣”的“快乐的后现代主义理论家”。虽然如此，菲斯克的电视经济理论和大众文化理论所折射出来的“平民主义”精神还是给人们带来了新的启发和思考。实际上，菲斯克的理论应该更具有方法论价值而不是其具体研究结论的价值。他对电视媒介所催生的大众文化的解读、对电视观众创造意义和快感的关注、对电视在日常生活中所扮演的“吟咏功能”的考察，改变了人们的知识视野和思维模式。通过这个改变，人们可以找到了一种途径和方法，把理论的触角伸向对普通大众和弱势者的人文关怀。❶

(三)政治经济学派

政治经济学派主要依据马克思关于“一个阶级是社会上占统治地位的物质力量，同时也是社会上占统治地位的精神力量；它们支配着物质生产资料的阶级，同时也支配着精神生产资料”的论断，通过对资本主义社会的媒介所有制关系的分析，揭示资本主义媒介为垄断资本服务的本质。20世纪60年代以来，政治经济学派对媒介集中垄断状况的考察、对“人民资本主义”和“所有权分散论”的批判在传播学研究中产生了较大反响。传播政治经济学是将传播活动作为一种经济活动，以生产、分配、流通、交换(消费)及其宏观决策活动这种政治经济学的思路来观察媒介及其传播行为的学科。它强调政治及经济力量对传播活动的影响。传播政治经济学的代表人物有加拿大的达拉斯·斯密塞、文森特·莫斯克，美国的赫伯特·席勒、乔姆斯基，英国的格雷厄姆·默多克和彼德·戈尔丁。

1. 达拉斯·斯密塞

达拉斯·斯密塞是传播学政治经学派的开创人，被誉为“传播政治经济学的批判领袖”。斯密塞以“受众商品论”著称于传播学界，他的名著《大众传播与美利坚帝国》

---

❶ 陆道夫：《电视观众：意义和快感的生产者——试论约翰·菲斯克两种经济的电视文化理论》，载《广东技术师范学院学报》，2004(1)。

在世界上反响甚大，在这本书中，他建立了传播、信息与政治经济的理论联系。斯密塞的主要贡献一个在学术理论方面，另一个在社会实践方面。在理论方面的贡献主要是他提出的“受众商品论”的观点、对加拿大依附状况的政治经济学分析和对传播研究方法论的批评。在实践方面，除了他对几代传播政治经济学学者的教育、培养、影响之外，则主要是他对建立更加公平的世界传播秩序国际运动的推动。

斯密塞最有代表性的理论观点是“受众商品论”。

资本主义社会是商品化的社会，由广告费支持的大众传播媒介是商业媒介。那么，这种大众媒介及其传播商业所提供的商品究竟是什么呢？一般人认为，商业广播电视的商品是标价出售的广告时段，这是从销售角度出发的；也有人认为，是电台播出的各种节目，这是从生产角度出发的。而斯密塞却认为，商业媒介的商品是受众。

斯密塞指出，广告时段的价值是传播产生的间接效果，而广播电视节目则是“钓饵”性质的“免费午餐”，它们都不是广播电视媒介生产的真正商品。早在1951年，他便提出，商营大众传播媒介的主要产品是受众的人力(注意力)，由此奠定了其受众商品理论的基础。1977年他发表《传播：西方马克思主义的盲点》一文，标志着受众商品理论的形成。该理论引起了批判传播学领域的热烈辩论，并成为批判传播学研究的一个主要分支。

斯密塞对广告驱动性大众传播商品形式的研究指出，节目在广播电视中也许是有趣的，甚至更多的是有用的部分，但大众媒介生产的消息、思想、形象、娱乐、言论和信息，却不是它最重要的产品。它们都像20世纪出售啤酒的小店通常采用的方法一样，是“免费午餐”。这种“免费午餐”是用以吸引顾客登门饮酒的。以广告费支持的电视媒介提供的“免费午餐”是喜剧、音乐、新闻、游戏和戏剧，目的是引诱受众来到生产现场，即电视机前。此时，测量受众的公司便能够计算观众的数量多寡，并划分各色人等的类别，然后将这些数据出售给广告者。媒介则根据“产品”(受众)数量的多寡和质量(年龄、性别、文化程度、收入等人口指标)的高低(也就是购买力的强弱)向广告客户收取费用。所以，媒介公司的使命其实是将受众集合并打包，以便出售。这便揭示了商业广播电视的真正商品(尽管是临时形成的商品)是受众群体。它解释了广播电视时段具有价值的原因、广告客户和媒介公司之间的关系以及商业受众测量机构存在的理由，从而将媒介行业的本质牢牢地置于经济基础上。毫无疑问，这是对马克思经济理论的具体运用。

这种与“常识”大相径庭的观点一经出现，有如空谷足音，立即引起了广泛的注意，触发了学者对受众的关注，并成为批判研究者研究媒介经济流行的思路。

斯密塞认为，在发达的资本主义社会，所有的时间都是劳动时间。由此，他得出了下面在常人眼中看来更加惊人的结论：“免费午餐”的享用者不仅仅是消磨时光，他们也是在工作——他们在创造价值。这种价值，最终是通过观众购买商品时付出的广告附加费来实现的。其不公平处在于：受众在闲暇时间付出了劳动，为媒介创造了价值，但没有得到经济补偿，反而需要承担其经济后果。这样的观点骇世惊俗。但这是对商业广播电视、尤其是资本主义社会美国的商业广播电视独特风景进行的极为醒目的分析。

然而，斯密塞的分析被批评为庸俗政治经济学，批评者说他的观点将意识形态降低为经济基础，同时将能动的人降低为无生命的被动商品，是经济决定论。一些持

“积极受众”观点的学者，特别是提出“使用与满足”理论的学者，更是以大量的实证研究，竭力证实受众是主动参与媒介传播和意义创造的生产者，而不是产品。

斯密塞的“受众商品论”深刻地揭示了广播电视媒介传播的某种本质，但仅仅是一个方面——经济的本质。尽管这种本质是最重要的方面，但是，对传播这种复杂的人类活动，学者是可以从不同的角度，以不同的范式进行不同的解释的。斯密塞的学生和后继者也发展了“受众商品论”。例如，有人提出，受众不仅仅是在工作，他们也在娱乐。他们在付出劳动（出场）和经济（购买）代价的同时，也确实得到了精神上的需要，特别是情感的慰藉、思想的交流、陪伴的作用等。

斯密塞与加拿大传播研究的先驱英尼斯一样，也认为经济制度和传播体系之间具有高度的相互依存关系。传播的流动对经济的发展是具有关键性的因素。传播是各种经济力量的核心。他“始终坚持、毫不动摇地倾全力于分析媒介制度及其与深层的经济结构和社会体系的联系”。斯密塞坚信传播在信息经济社会中的核心地位，他提出，“传播是世界所有矛盾聚集的焦点”。

他认为，对社会过程特别是对技术的考察，应该置于更大的政治经济背景中。对传播和媒介行为的考察，也应如此。传播是重要的却常常被学者忽略的盲点，是西方马克思主义批判架构中的盲点。此言既出，便在西方马克思主义学者中引起轩然大波，斯密塞因此受到责难。特别是，斯密塞还对传播学研究有自己的独特想法。1954年，斯密塞发表了《对传播理论的观察》一文。这篇文章是对传播研究方法论的探讨，1953年先是以意大利语发表在意大利刊物上，其后才以英文发表。在这篇文章中，他抨击了传播学研究中“逻辑实证科学理论的”方法，主张一种“制度历史理论的”途径，并指名道姓地批评了传播学实证主义研究的权威人物克拉珀。

所谓“逻辑实证科学理论”是以自然科学的知识论和方法论来要求社会科学，用经验观察来建立有规律的理论体系，其要素是由反证的命题组成的。在早期，斯密塞并不反对经验调查的方法，他自己还进行过一些实证调查。但是，20世纪40年代以后，传播学研究越来越多地采用政治学的民意调查方法，越来越趋向于行为主义的社会学、心理学研究，而放弃了历史哲学等思辨性的研究方法和对社会制度的宏观考察。随着这种研究越来越趋向数量化和微观化，斯密塞便越来越反感“对所观察的行为做简约的、证伪的陈述，从而使智力活动的丰富性降低”的经验主义。他认为，政治经济学的目标是对理论和行为之间的辩证关系做广阔的历史分析，将其置于政治经济学（特别是马克思主义理论）的较大框架中，进行批判、付诸实践。面对来自“科学”的挑战，他说：“在证实了我可以做逻辑实证科学理论式的‘科学’之后，我很高兴地永远抛弃了它。”❶

2. 赫伯特·席勒

赫伯特·席勒界定了美国大众传播媒介的种种政治经济特征，对世界范围批判思路的发展影响广泛。他的成名作是他出版的第一本书——《大众传播与美帝国》。此书揭露了一般传播研究忽略的重要事实：自从20世纪20年代以来，美国政府和军方便一直积极支持电子工业的巨头，使其获得利润丰厚的经济合同和有利的频率资源，国家与媒介在推动其本国资本进行全球经济扩张中也竭尽全力，从而揭示了大众媒介与

---

❶ 郭镇之：《席勒——传播政治经济学的批判领袖》，载《国际新闻界》，2002(1)。

美国政府、军事工业构成联合体，共同控制美国社会的传播实质。通过对传播的这种独具慧眼的分析，国家便处于资本主义社会互相联系的结构中了。

席勒的著作始终将传播研究置于广阔的政治经济背景中。席勒的第二本书《思想管理者》(1973)首次大量采用尼尔森公司、《读者文摘》杂志和《国家地理》杂志关于公司合并和跨国化的文件资料，持续、系统地批判了“信息社会”的思想，因为这些著名的公司是信息文化产业的主要政治文化代表。其后，他的《传播与文化统治》(1976)表述了他对文化帝国主义的见解，以及他对智利阿连德政府建立不同于传统资本主义管理方式的观察结果，成为“文化帝国主义”理论的代表作。席勒指出，几十年来，美国有意识地将它的“正确政治”标准强加给世界，主要采取了竭力推销“信息自由流通”观点的方法。

信息、传播、文化产业，是席勒学术研究坚持始终而不变的兴趣所在。他的第四本书《谁知道呢：在财富 500 强时代的信息》(1981)和第五本书《信息和危机经济》(1984)转向研究信息控制的问题。席勒检验了信息和传播系统对跨国资本总体活动的重要意义，揭穿了信息技术中立的神话。他指出，技术是社会构造的产物，既不是自治的，也不是中立的。跨国公司是信息产业的主要推动者，因为信息产业帮助跨国公司消灭了地理距离。特别是在《信息和危机经济》一书中，他提出，这种系统有助于发达资本主义克服持续性积累危机，危及发展中国家的民族和经济主权。在第六本书《文化有限公司：公司接管公共表达》(1989)中，席勒从学术流派发展的趋势探讨了文化产业的问题，并对当今社会“头脑的商业化和工业化”表示忧虑。席勒的第七本书是《信息的不平等：日益加深的美国社会危机》(1991)。

此外，席勒与积极推动世界信息传播新秩序的芬兰政治批判学者诺顿斯特恩一道合作主编了《国家主权与国际传播》(1979)。在这本书中，他们搜集了对建立世界传播新秩序大辩论的各种主要观点。在转向对信息经济的批判将近十年之后，1989 年，席勒重拾对国际传播转型的长期兴趣，又与另两名学者合作出版了《希望与白忙：美国与联合国教科文组织，1949—1985》一书，该书记录了联合国教科文组织呼吁世界信息传播新秩序的寿终正寝。1993 年，他与诺顿斯特恩再度合作，主编出版了《超越国家主权》一书，探讨的仍然是跨国传播与国家主权之间的关系。

席勒的后继者认为，总的说来，席勒的作品不具有很强的理论重载，而是充满经验信息的激情阐述。他专注于对传播结构和政策的分析，很少关注方法论的争论，也很少采用流行的实证主义研究方法。他认为，最重要的是站在弱势群体一边，改变不公正的社会，而不是维护那种不平等的制度。因此，在谈到研究思路的选择时，他说：“如果一个人非常幸运，足以对自己分析和探索的领域做出选择，或者至少拥有小小的选择机动的话，那么，对我来说，就将试着做那种可以为改变世界做出贡献的中肯而切题的研究。”

3. 文森特·莫斯克

1996 年，加拿大学者文森特·莫斯克《传播政治经济学》的问世为传播政治经济学的问世奠定了基础。政治经济学这一名称本身也暗示着政治经济学者对传播研究的两大逻辑：政治的与经济的。政治逻辑即权力逻辑，就是让经济决策的权力逐渐落入少数集团和个人的手中；而经济逻辑即生产的逻辑，它不可避免地支配全球的经济活动。

依照这种政治和经济的思路，莫斯克就提出了研究传播的三个切入点：商品化、空间化与结构化，这就是传播政治经济学最为核心的内容。

(1)商品化就是使用价值转化为交换价值的过程。那么，在传播领域当中，商品化也就是指媒介通过提供文化产品获得广告从而得到利润的过程。比如说新闻资讯、影视剧、电视纪录片、娱乐节目，这些产品首先是具有一种使用价值，受众可以从中获得信息、收获知识、满足感官刺激等，但政治经济学者认为，这并不是媒介的最终目标，他们的最终目标是要通过受众收看或者阅读这些产品来获得广告寻求利润。这就是传播的商品化过程，而针对这个过程，不同的学者又提出了四个不同的商品形式。

①媒体内容的商品化。套用经典的马克思式的政治经济学方法来进行分析，那么媒体内容的商品化过程是这样的：比如说一家报社，报纸记者作为赚取工资的被雇佣者，出卖自己的劳动力(也就是他们的撰稿能力)。而资本控制了印刷机、办公室之类的生产工具，将若干个记者的劳动力转化成为新闻稿，组合成一整套的产品，也就是一份报纸，拿到市场上销售。销售成功后，资本家得到利润，并将部分利润用于支付工资，扩大再生产。最后资本家获得剩余价值。媒体内容就成功地实现了商品化的过程。但这还只是媒体内容商品化的一个方向，还有一个方向就是媒体运用广告来完成整个传播活动的商品化过程。这是著名的传播学者加汉姆和斯密塞所提出来的一个研究方向，他们认为在研究媒体内容商品化的时候，不能仅仅强调产品的意义，因为强调产品的意义就是强调意识形态的意义，媒介产品本身生产的就是意识形态方面的产品，如果只是看到这个方面，就没有充分将大众媒介当成经济实体来研究，所以必须看到媒体内容的商品化，包括广告媒介在这个过程中的作用。

②受众的商品化。斯密塞提出来的“受众商品论”在传播政治经济学中别具一格。他将这种情况比作提供免费午餐的小酒店。电视台提供免费的节目以引诱受众来到生产现场——电视机前收看广告，我们看广告是要付出时间，而电视台正是将受众的这种时间或者称劳动卖给了广告商来获得价值。所以按照斯密塞的这个观点，受众实际上就是媒介的劳工，受众将自己的时间交给了媒介公司，媒介公司将免费的节目作为受众的报酬，同时受众又为媒介公司创造了剩余价值。

③控制论的商品化。另一种对商品化的考察被称为控制论的商品化，这个研究最重要的是提出了媒介生产的商品不是信息，也不是受众，而是收视率。米汉指出，广播电视生产的商品，并不是实际的受众(所谓受众的人头数)，而只是受众的信息(观众的多少、类别的构成、使用媒介的形态)。媒介与广告客户之间的交易，是通过收听收视率行业进行的商品交换，而由这种交换过程产生的商品，是收听收视率这种信息性、资料性商品，而不是有形的商品。

④传播劳动的商品化。劳动商品化，实际上这也是一个哲学观点，政治经济学者利用这个观点发现了两种与传播研究有关的过程。第一，传播系统和传播技术的应用扩展了所有的劳动商品化的过程，其中包括传播产业的劳动商品化；第二，就像政治经济学所描述的那样，这是一个双重的过程，劳动是在生产货物商品和劳务商品的过程中被商品化的。

(2)空间化是传播业中企业权力的制度延伸。空间化有两种形式，横向集中和纵向集中。比如默多克新闻集团，最开始鲁伯特·默多克只是澳大利亚一份发行不到10

万份的报业公司的老板，现在一跃成为当今世界上规模最大、国际化程度最高的综合性传媒公司之一，集团资产市值超过310亿美元。它的发展过程就是空间化的一个活生生的例子。比如该集团于1985年收购美国20世纪福克斯电影公司，这就是横向集中，就是指一家媒体公司购买另一家媒体公司的主要股份，这其中既有传统媒体行业购买新媒体，就像当年的默多克作为一家报业公司收购电影公司那样，也包括媒体企业涉足非媒体行业，像美国无线电公司购买一家出租汽车公司一样。纵向集中则是指相同产业生产线上的多家公司的集中，例如湖南电视台最初作为一家电视台发展到今天的湖南广电集团，就是旗下合并了多家媒体和相关产业的公司，总资产达30几个亿。

这种企业规模与企业集中的空间化发展趋势已经成为了现当代媒体行业发展的主要特征。除此之外，跨国经营企业与全球化是另一种新型的空间化的趋势，尤其是全球化，已经成为了当前传播政治经济学者关注的重要话题。少数发达国家尤其是美国控制和垄断着当今世界的信息生产和流通，西方的一些国家拥有世界上最权威的新闻机构，像BBC这些电视台，还有各大通讯社，很多关于世界新闻都是从这里传播出去的，包括我们经常看到的一些国际新闻，很多也都是购买的他们的新闻资源，而这样带来的后果是什么呢？它意味着在信息和传播上处于劣势地位的国家将在国际竞争中处于劣势，位于受控制和受支配的地位。因此，从20世纪70年代开始，有学者就发出了要建立一个“公平合理的新世界传播秩序”的强烈呼声。

(3)结构化强调社会能动力量和社会变革。结构化应该是传播政治经济学中一个最难理解的内容，莫斯克是从社会阶级、性别、种族、社会运动和霸权这几个方面来分析结构化的。他强调的主要是一种社会变革对于传播活动的影响。

首先，从阶级而言，传播政治经济学家的社会阶级研究主要揭示的是阶级权力的重要意义。阶级是在人与人之间的经济关系中形成的，可以由他们的财产和收入来衡量其经济地位，进而判断其社会地位，比如资产阶级和无产阶级的划分。而在社会中处于统治地位的阶级就可以通过他们的强大力量改变传播活动，比如他们可以改变传播政策等。另外，政治经济学家还讨论了传播资源享用权的分配关系。他们指出，传播资源在不同的阶级其享用权是不一样的。如网络传播就需要一定经济基础的人参与，而经济地位低的人在这一方面获得的资源就较少，于是形成差距，这是一种传播等级的差异。

其次，就性别而言，传播政治经济学强调的主要是一种女性被忽视的结构转变。在媒体传播过程中，女性往往被忽视，但是随着社会的不断进步，女权主义运动的出现等一些因素的作用，人们发现女性其实也是传播领域当中一个需要重视的群体，所以女性频道的开辟便是对原有的女性不被关注的一种旧结构、旧传统的颠覆。另外，性别对于结构化的影响还表现在女性在媒介组织中的权力掌握问题和政策决定过程的参与权问题等这些方面。

另外，种族分化在传播业中也造成了享有权的不平等，比如在美国黑人和白人享有传播资源的不平等。

我们可以看到，社会阶级、性别和种族共同构成了整个传播结构化过程的一个重要方面，但是传播政治经济学者认为要了解结构化过程，还必须关注社会运动这个因素，因为有些社会运动正推动着社会阶级、性别和种族发生着社会变革，从而影响到传播活动，如女权主义运动、黑人权利运动等。而有些社会运动则围绕着媒介生产与媒介政策本身进行，他们也影响着传播活动。例如，录像带的盗版、电脑黑客等，他们就是向传播工具控制权的集中化发起的挑战，还有围绕我们前面提到的为“建立世界信息与传播新秩序”而组织的运动，是直接针对传媒生产与分配的不平等状况所做出的国际性的努力。这些都表明社会运动正在影响着人类的传播活动。

最后，再来看霸权，传播政治经济学的霸权不是一种强制意义上的霸权，而是建立在同意的基础上、具体表现在人们广泛接受的一系列实际观念当中的霸权，比如，市场是生产型经济的支柱、投票选举是实行民主的主要手段、喝牛奶可以补钙等，这就是一种霸权。霸权(包括话语权)的力量是非常强大的，它深刻地影响着传播活动的内容同时又通过传播在社会中制造霸权。建立新的霸权可以把“非主流”的东西变成“主流”，从而实现一种传播领域的新秩序和新结构。

因此可以说传播政治经济学的结构化其实是对旧结构的颠覆和一种新结构的建立，以实现传播资源享用权的合理分配和平衡。

4. 莱斯特学派

莱斯特学派，与伯明翰学派在媒体、文化研究中双峰并立，加上格拉斯哥媒体研究小组则分别代表了传播学中马克思主义在英国的三支不同力量。莱斯特学派的主要人物是默多克和戈尔丁。1973 年，默多克与戈尔丁在《社会主义文摘》上发表了《呼唤大众传播的政治经济学》一文，此文后来被认为欧洲传播政治经济学的宣言性与纲领性文字。

1970 年，哈洛伦与默多克就英国媒体对 1968 年伦敦反对越战大游行所做的“歪曲”报道做了一项专题研究，出版了批判学派的经典之作——《示威游行与传播：一个个案研究》。他们指出，在传媒日趋垄断的时代，所谓民主社会的多元信息渠道正日益趋向非民主化。“商业竞争非但没有给媒体内容带来繁荣和多样，反而经常使它们呈现出千篇一律的面孔，其标新立异的也只能在类似的媒体诠释和观众预期的框架中进行”。“极其不公正的报道像滚雪球似的越滚越大，在缺乏其他说法的情况下，观众根本无法判断其真实性和全面性。”

他们认为，“自 18 世纪后期开始，英国出现了以盈利为目的的廉价商业报纸，并逐步取代了过去的政党报纸。在激烈的市场竞争中，商业报纸为了盈利而必须取悦尽可能多的读者，因此故意避免鲜明的政治立场，标榜价值中立和客观报道。久而久之，所谓的不加任何主观价值判断的事实报道，即缺乏背景介绍的硬新闻便成了报纸的主角。电视新闻不但继承报纸新闻这一实践规范，更将它推到极致，与电视作为视觉听觉媒体的技术特点相适应。突发事件成了新闻报道的主要对象，事实的过程往往被忽略了。就 27 日的大游行而言，记者们等待的突发事件就是这一过程中为数极少的暴力冲突事件，是视觉上刺激和精彩的镜头和照片，而不是事件的全部过程及其社会意义”。

《示威游行与传播：一个个案研究》这篇论文，无论是对于媒体研究与文化研究，还是默多克以及莱斯特学派都是一部具有里程碑性质的作品。这一研究采用了传统社会学的研究方法，通过量化和非量化的取样途径，剖析了英国的报刊和电视因受其行业自身利益和逻辑的局限而对学生反对越战游行示威报道的失实和歪曲。

默多克和戈尔丁力图将马克思主义的经济基础—上层建筑模式与经验研究相结

合，用于传播和媒体的研究。他们理论的一个出发点是马克思主义的阶级学说没有解决大众媒体的作用，没有认识到大众媒体在使得财富、权力的不平等对于被剥削者显得是必然的。统治阶级获取了对知识、信息和社会形象传播的控制权，因此他们要通过大众媒体来保障自己的利益和带来这种利益的社会制度。

默多克和戈尔丁认为，大众传媒是一种特殊的资本主义生产部门。它是以盈利为目的的企业，自然遵循20世纪资本的运作规律，即集中和垄断。他们通过追踪记录传媒公司之间的吞并联合，分析传播媒体的垄断趋势。同时，默多克和戈尔丁也强调，传媒产品，包括各类信息、文化娱乐和意识形态，与一般性生产与生活用品相比，具有其特殊性。这些软性产品，对消费者及受众的思想和精神文化生活能够产生深刻和广泛的影响，更可以形成公众舆论，干预社会的政治和文化过程。

在当代资本主义的经济学理论中，谈到所有权与控制权时通常是以"所有权分散论"与"管理革命论"来为媒体控制者做出解脱。在《大企业与传播产业的控制》一书中，默多克通过对英国八家主要私营电视台所做的所有权及控制现状的调查，针对"所有权分散"与"管理革命论"做了分析。他认为，所有权分散论不过是用表面现象掩蔽了问题的实质。当今包括传播媒体在内的资本主义企业几乎都采用了股份制，这种情况造成了企业所有权分散。事实上，小股东所持的股票只是零星少数，他们在股东大会上并无发言权，真正控制企业的还是少数拥有大宗股票的大股东。大股东凭借自己的势力支配着多数的小股东。所有权的表面分散并没有减弱资本家对企业的控制权，反而强化了这种权力。对于管理革命论，默多克指出，资方的拥有权与媒体从业人员相对独立的操作权，不仅在理论上，而且在实际中，都应该加以区分对待。

默多克还通过对美国电视连续剧的考察，谈到了广告对传播内容的影响。他通过对美国电视连续剧历史的考察发现，在"二战"后曾出现了不少描写下层人民和工人阶级生活的电视剧。这种节目深受观众欢迎，却触怒了广告商。广告商认为这种电视威胁了他们追求的社会形式。因而，广告大力扶助以上流社会生活为主的电视剧以及娱乐性的充满色情凶杀内容。因此，他认为媒体的收入大部分来自广告商而不是一般观众，因而对传播内容起决定作用的是广告商而不是受众，资本以广告的形式有力而且有效地对传播内容进行了干涉。

(四)社会学电视批评

运用社会学方法观察电视和社会的关系，是电视研究的一个重要的研究方法，电视社会学主要从节目内容、受众和生产分析来进行电视研究。对电视节目进行的内容分析是电视社会学的分析基础，它注重从宏观层面剖析电视节目的构成比例、形式变动和节目总量的增减等，同时从微观层面解读单个节目的符号意义和深层文化价值。电视受众分析从对不同观众群的收视习惯、收视倾向、受众群体特征、个体差异，以及受众的接受方式等方面的调查进行。电视生产分析从节目角度出发，运用统计方法分析电视从业人员的职业习惯和自我定位，解释节目制作过程中各种力量的关系及作用。皮埃尔·布尔迪厄、丹尼斯·麦奎尔、格拉斯哥大学媒介小组就是运用社会学进行电视研究的代表。

1. 皮埃尔·布尔迪厄

皮埃尔·布尔迪厄是当代法国最具国际性影响的思想大师之一，是著名哲学家和社会学家、当代社会批判学的主要代表、巴黎高等研究学校教授、法兰西学院院士。

在布尔迪厄社会学思想体系中占据最重要地位的是他的基本理论——“场域理论”。在布尔迪厄看来，社会科学真正的研究对象并不是单纯的个体，而是由无数个体所构筑的一种“场域”，以及无数“场域”构筑的一种更大场域的综合性结构，个体则是“场域”中最活跃的、为社会建构的、不断更新自己的一些要素。布尔迪厄的主要著作有《实践理论概要》《实践的逻辑》《反思与实践》《关于电视》《差异》《学术人》等。其中，《关于电视》是布尔迪厄1996年在巴黎电视一台两次讲座的内容。布尔迪厄认为，“电视的发展在新闻场并通过新闻场在其他文化场中所产生的影响，无论就其强度还是就其广度而言，都是其他文化场所无法相比的”。布尔迪厄采用的“参与性对象化”方法，从内部揭露媒介体制鲜为人知的那一面。《关于电视》一面世，便在法国传媒界和知识界引起轩然大波，论争持续数月之久，舆论称之为“电视解魅”。有学者将之与阿多诺式的媒介批判相比较，认为后者是在媒介体制之外展开的，而布尔迪厄的“参与性对象化”的方法具有更大的破坏性，它从内部揭露了媒介体制鲜为人知或为人们所忽略的一面。

《关于电视》的两个基本主题：

①电视的符号暴力

布尔迪厄认为，在当代社会，电视并不是一种民主的工具，而是带有压制民主的强暴性质和工具性质的工具。在这方面，他对电视的“去魅性分析”令人叹为观止。

一是电视导致同质化。敏锐的社会学注意力和深刻的哲学思辨力，使得布尔迪厄对电视行业内部一系列看似矛盾的现象做了深入的分析，他揭露出电视行业的职业眼光和内部循环必然导致同质化。比如说，电视本应该提供信息展现事物，但它却要么不展现，要么使事物变得微不足道或与现实毫不相关。究其根源是因为电视人有一种特殊的“眼镜”，他们透过这种特殊的“眼镜”去看世界，对某些事物视而不见，对另一些事物则片面夸大，这种选择原则有一个确定的目标——“对轰动的、耸人听闻的东西的追求”。为此，各家电视台争相抢新闻、占头条、制造轰动效应，以求区别于别的同行。从表面上看，这将导致不同电视机构之间的竞争和新闻业的多样化和多元化，但追求抢先导致了争相仿效，强调排他性的特色则形成了大同小异，最终结果是电视节目和内容的内在同质化，从报纸到电视，从一家电视台到另一家电视台，信息的内部封闭循环流动导致某种刻板性。

二是电视拒绝自由交流。布尔迪厄说：“电视是一种极少有独立自主性的交流工具。”因为，电视外部受制于收视率，内部则有一系列控制手段和程序对其产生影响，各种看得见或看不见的审查自不必多言，主持人角色行为的限制、时间分配的限制、谈话内容的限制、演播程序的限制，甚至主持人不经意的情感流露，都在行使电视的符号暴力，即拒绝自由交流。这个结论是合乎逻辑的，电视不利于表达思想，必须在“固有思维”的轨道上运作。由于电视需要一种“快思手”，所以电视只赋予一部分“快思手”以特权，于是出现了一批“媒介常客”，思想的颠覆性沉沦于老生常谈中。说到底，电视不过提供了一种消化过的食品和预先形成的想法。这种“去魅式”的分析发人深省。这样，布尔迪厄也就从电视节目参与者和电视人之间不可逾越的游戏规则角度，揭露了它压制自由交流的特征。

三是电视在“新闻场”中的优势。在后现代文化中影像文化的特殊优越地位，使电视在“新闻场中”的经济实力和符号表达力都占据上风，进而对其他媒介，比如印刷媒介和广播媒介，都构成了一种暴力和压制，甚至影响到它们的生存。所以在很多情况下，文字记者的主题只有得到电视的响应，才能够变得更加有力、更加有影响，于是，文字记者的地位、角色或是影响力与电视记者、主持人相比就或多或少地受到了质疑。

②电视的商业逻辑

布尔迪厄电视文化批判的又一个重要内容，就是研究电视与商业的关系。20世纪50年代，电视关心的是文化品，追求有文化意义的产品，并关注培养公众的文化趣味，提高整个社会的科学文化素质和思想道德素质。可是到了90年代，电视极尽媚俗来迎合观众，从脱口秀到生活纪录片，到现在风行的真实电视，最终不过是满足了人们的“偷窥癖”。道理很简单，这一切都受制于收视率，而收视率又是追求商业利益的必然结果。商业逻辑就是这样通过收视率的指挥棒来一步一步制约着电视的发展。

一是电视对政治领域的制约。布尔迪厄不但揭示了文化领域中的商业现象，更重要的是，他从社会学角度以其独特的“场”理论，从文化生产场与商业逻辑的相互关系中来思考电视。“场”是布氏社会学理论中的一个核心概念，在他看来，社会文化可以区分为不同领域，而不同领域的运作实际上就像物理学意义上的“力场”一样，是由内部和外部的各种力的作用构成的。“新闻场”与“政治场”、“经济场”一样，要比“科学场”“艺术场”甚至“司法场”更受制于市场的裁决，它始终经受着市场的考验。当电视把收视率作为基本目标，电视便逐渐开始走向非政治化或中立化。对于这个现象，哈贝马斯指出，公共领域的商业化必然导致非政治化、个人化和煽情主义。布尔迪厄觉得，收视率对电视的直接作用是对轰动的、耸人听闻的东西的追求，于是最有收视效果的社会新闻取代了电视的文化品格和政治功能。“社会新闻，这向来是追求轰动效应的传媒最钟爱的东西，血和性，惨剧和罪行总能畅销。”这样，商业化一方面导致了电视对现实事件的选择和排斥，另一方面又必然把各种信息依照社会新闻的模式来处理和表现。这一做法的直接后果，就是信息的垄断和排斥，因为大多数人是通过电视来接收信息的。“这样一来，便排斥了公众行使民主权利应该掌握的重要信息”，使受众的政治知识趋向于零，“社会新闻造成的后果就是政治的空白，就是非政治化，是将社会生活转化为轶闻趣事和流言蜚语，把公众的注意力集中并吸引到一些没有政治后果的事件上去”。但是，电视同时还具有强有力的煽动性和情绪效果。由于电视所拥有的影像手段远非其他媒介所能比拟，所以，电视可以控制受众对事件的理解，并达到特定的目标。电视的这种功能体现在对受众的煽情动员作用上，因为电视可以轻而易举地使社会新闻和日常琐事具有某种政治和伦理意义，进而激发起公众的负面感情，如种族歧视、排外主义、对异邦异族的恐惧和仇恨等。更重要的是，布尔迪厄注意到，通过哈贝马斯所说的“舆论管理技术”，电视可以反过来影响政治家及其决策行为，以及司法程序等。一方面，电视把一切事件都非政治化；另一方面，它又可以把非政治事件政治化，这种双重功能使得电视成为民主社会一个危险的“符号暴力”。

二是电视对科学领域和艺术领域的制约。首先，电视开始扮演“真理裁判者”的角色。由于电视似乎代表了公众的评价和舆论的认可，因此，电视频频侵入“科学场”和“艺术场”，并不断地以问卷调查公众投票等各种方式组织评选“年度十大知识分子”“20世纪影响最大的十位科学家”“观众心目中的十大艺术家”之类的活动，在一定程度上混淆了业界和公众不同评判标准上的科学理论和艺术品。这严重干扰了“科学场”和“艺术场”的固有的内在游戏规则，并在大多数外行的参与中也欺骗了他们。同时，很多谈话节目邀请了不少科学家和艺术家作为节目的嘉宾，随着时间的潜移默化，便在受众中形成了一种误导，好像电视邀请某个学者或艺术家，就代表了他是某个科学领域或艺术领域具有很高地位的学术权威。从这个角度上看，节目对嘉宾和话题的选择都不可避免地存在着这样或那样的倾向。其次，由于电视扮演的特殊角色，导致“科学场”和“艺术场”内的混乱。对于科学家和艺术家自身而言，也存在着媒介的误导问题。大众媒介在公众头脑中形成的力量同时也影响着科学家和艺术家自己，于是，一些人误以为自己在学术领域的成功与否取决于传媒的承认程度和评价，取决于在传媒上所获得的知名度的高低，而不取决于科学界和艺术界内部同行的评价。而且存在这样的现象，有些学术做得不好的科学家为了排遣失落和愤懑，千方百计地向媒体投降和献媚，热衷于在“科学场”和“艺术场”之外去寻找认可和象征资本，得到公众的“伪认同”。

三是媒体内外“互搭梯子”。布尔迪厄揭露了媒体内外一种隐秘的合作，亦即“互搭梯子”的把戏。电视通过其传播范围和无与伦比的社会影响力，以畅销书排行榜或是读书访谈节目一类的手法来暗中实施商业化的策略，结果使得作者和电视台互惠互利，在金钱的驱使下达到“双赢”，最终都是由观众和读者为他们的合作“买单”。媒体在很多情况下排斥了真正有价值的科学作品和文艺作品的传播。近几年，国内有的作家一旦“触电”，一夜之间名扬四海的例子太多了。不少作家，为了追求作品畅销，常常在创作小说的同时或完成创作之后，就立即着手将作品改编成电影或电视剧本。❶

布尔迪厄试图用“新闻场”的概念，来揭示新闻界内部复杂、多变的权利关系。布尔迪厄矛头所向，不是制作人，而是整个电视的制作和运作机制，是整个西方的商业化电视业。布尔迪厄大胆地将社会学的方法包括“场”、参与性对象化等方法引入媒介研究，创立了一种新的立体化的研究范式。但是布尔迪厄独特的“新闻场”理念也遭到了一些人的批评，包亚明在《作为压迫工具的电视》中认为“布尔迪厄对于电视的批判过于悲观，他并没有为他所描述的问题提供多少解决答案”。布尔迪厄的《关于电视》讲座，是在对电视进行批判还是在与电视共谋？这本身就是一个悖论。徐友渔也在《电视的两面性——评布尔迪厄〈关于电视〉》中认为，“我们必须承认电视的两面性：它既提供了信息，又可能遮蔽思想；它既体现了话语霸权，又提供了反思和批判的机会。如果没有电视，我们怎么知道布尔迪厄对电视的批判呢？”

❶ 程少华：《解读布尔迪厄的媒介批判理论》，载《今传媒》，2005(4)。

2. 丹尼斯·麦奎尔❶

丹尼斯·麦奎尔是享誉世界的著名传播学者，荷兰阿姆斯特丹大学传播学终身教授，“欧洲传媒研究小组”成员，《欧洲传播杂志》创始人之一。麦奎尔对20世纪40年代至70年代末的西方传播学做了全方位的总结，划分了大众传播理论和受众传播理论的主要类型和主要理论层次，在一个多元化的框架内给各种大众传播理论以科学定位，力图把大众传播研究中的人文主义与科学主义学术取向结合起来，由此进行了对大众传播理论的综合性创造。从学术定位与影响来看，麦奎尔是欧洲大众传播理论的承前启后者，他在大众传播学领域的综合性创造已成为当代欧洲传播理论研究发展的重要一环。其主要著作有《迈向大众传播社会学》《传播》《大众传播研究模式论》《大众传播理论》《媒介行为》《受众分析》《媒介政策》等。

(1)麦奎尔的电视研究思想

①麦奎尔早期的电视受众理论

1969年麦奎尔与布鲁勒、布朗共同完成了对英国电视受众的调查。这项研究严格按照社会学研究的程序，通过科学抽样，对利兹地区观众观看三档电视智力竞赛节目《挑战大学》《英国电视脑》和《家庭问答》的情况进行了量化分析，其研究结果问世于1972年出版的《电视受众：一个修正的视角》。有学者认为他们的这项研究是对20世纪40年代“使用与满足”研究的一个发展，在概念操作、受众样本抽选和数据分析上都采用了严格的调查分析程序。根据利兹观众对电视智力竞赛节目的接受认识，他们从中抽取了四种人们“使用媒介”并从中获取满足的基本类型：第一，心绪转换效用，指电视节目可以提供娱乐和消遣，帮助人们逃避日常生活的压力和负担，寻找情感上的释放；第二，人际关系效用，通过移情效应与媒介人物结成虚拟关系，获得人际交往的实际知识和手段等；第三，个人认同效用，指观众通过观看电视节目寻找知识、观念的坐标以确定自我的位置，学习具体的生活技能，强化预存的价值观和立场等；第四，环境监测效用，观众通过观看电视节目获得与自己的生活直接或间接相关的各种信息，及时把握环境的变化，以决定如何行动。研究者认为，环境监测效用是人们观看电视新闻节目的主要动机，但是其他类型的节目也可以在不同程度上满足人们的这种信息需求。从发表的研究结果来看，不是传播媒介在使用人，而是人在使用媒介，人们使用媒介只是为了满足其需要而已。

麦奎尔与他的合作者拒绝了视“媒介使用”为单一向度的观点，他们既反对那种认为媒介具有不可阻挡的力量，是控制人们的精神武器的说法，也反对将“媒介使用”视为逃避现实的麻醉剂观点，他们在功能主义的范畴内展开了对媒介使用更为丰富的研究。

②“新秩序”下的电视研究

20世纪80年代以后，随着商业与技术思潮的冲击，欧洲人引以为荣的公共广播电视系统逐渐被瓦解。1980年，西欧17个国家共有41个电视频道和61个广播站，绝大部分都是公有性质。到了1990年，17个国家涌现出36个商业频道，同时还有40个公共频道及其有线电视频道同时播出节目。变化了的电视传播环境对欧洲电视研究产生了深刻的影响，按麦奎尔等欧洲学者的说法，欧洲媒介研究开始进入由“旧秩

❶ 参见高金萍：《西方电视传播理论评析》，87页，北京，中国传媒大学出版社，2008。

序”向“新秩序”转变的过程，即以公共服务和政府控制为重要特点的“旧秩序”，受到新科技的冲击和跨国商业势力与欧洲情势变化的影响，电视传播进入抗拒、冲突及调适阶段，逐渐由新的媒介运作法规孕育出新的秩序，同时新秩序的基本规约再经过受众、市场的考验，导引出欧洲新的电视传播模式——商业和不同的市场机会构成的商业电视与公共电视的二元系统。一些欧洲学者认识到往昔以文化批判为目标的电视研究难以解析新的电视传播现象，从而开始整合市场研究模式和文化批判模式。麦奎尔也在这一研究路径上做了一些探索，提出了“媒介—文化”论、“媒介—唯物”论、“社会—文化”论和“社会—唯物”论四种不同的研究方向。在受众研究领域，麦奎尔集传统经验学派和文化研究学派受众研究的成就于一体，在 1997 年出版的《受众分析》一书中，回溯了西方受众的形成发展史，细分了 20 世纪后受众研究的三种传统——结构性、行为性和社会文化性的研究传统。

结构性研究传统的目的在于描述受众构成、统计数据、社会关系，通过对媒介统计数据、受众统计数据及使用时间统计获得对某些未知量——早期广播听众群规模和到达率，以及报刊等出版物的到达率——一种潜在的读者数量而非发行量或印数的可靠的测评数据。这些数据对于媒介经营，尤其是广告获取来说是必不可少的。

行为性研究传统的目的在于解释并预测受众的选择、反应和效果，通过对受众的问卷调查和心理测试来了解其使用媒介的动机、对节目的选择以及收听(阅、看)后的反应。

社会文化性研究传统的目的在于理解受众所接受内容的意义及其在社会文化语境中的应用，采用定性和民族志方法进行研究，分析不同社会结构和不同文化群体对信息多种多样、彼此互异的“解读”和“解码”。

麦奎尔还质疑了将受众视为由媒介操纵和影响的被动的“靶子”的观点，他反对将受众研究囿于传统的线形传播过程之中，认为受众“个人的价值观对于‘媒介使用’和内容选择的影响是复杂、含蓄而隐蔽的，研究者往往不易觉察”。在麦奎尔眼中，虽然我们很少意识到媒介的使用，但电视和其他媒介早已成为我们的生活背景之一，深深融入我们的日常生活当中，因此，有必要从文化存在的角度，在社会使用的框架中评判受众，探讨社会因素如何影响人们的媒介行为以及相互之间的互动。

至于“媒介使用”，其关键所在是到达率问题，麦奎尔以直接表明受众现实价值的“视听率”为例，分析了商业媒介体制下受众的意义——作为消费者存在，并认为它是市场和一切商业活动的基础。他指出，“在任何一种媒介的游戏规则中，即使不牵涉利润问题，视听率也为节目能够成功与否提供了主要标准……视听率成为受众这一术语的主要含义，也是唯一说明受众的直接现实意义和明确的市场价值的术语”。麦奎尔肯定了通过视听率掌握受众“外部信息”的必要性，同时也承认：“实际上，真正的受众从来都是不可测量的，只能事后进行重构或评估……广播和电视节目的受众也由这样一些个体组成：无论在媒介接触时间还是在关注程度方面，他们都差异颇大。”

(2)麦奎尔电视受众观研究评析

麦奎尔是在社会学范畴中开展其电视受众研究的，可贵的是，他并未局限于社会学视野，而是从多维视野中探索着电视受众的同质性和异质性。仅以视听率为例，他既能坦然接受实证主义研究中的视听率统计分析，坚持使用定量研究的概念和框架，肯定视听率统计的合理性，又能从社会文化的意义上全面深入地把握受众，将广播电视受众细分为可能受众、潜在受众、实际受众和目标受众四个层面，综合实证主义和文化研究对受众的多角度分析，策略性地指出受众的视听反应不仅受媒介信号覆盖和个人接受条件等结构性因素的影响，而且与媒介内容密切相关。

麦奎尔早期的电视受众研究曾遵循“使用与满足”研究的框架进行，基本上围绕着美国传播学者伊莱休·卡茨在20世纪70年代概括的“使用与满足”研究的基本逻辑，即四个关键要素进行：具有社会和心理根源的需求，引起期望，即大众媒介和其他信源(的期望)，它导致媒介披露的不同形式，结果是需求的满足和其他或许大都是无意的结果。这一研究模式旨在从受众需求动机的层面研究效果问题，把电视媒介由传播者意图的实现物，变为电视受众需求的替代物，从而在受众一极上，把媒介引入到同社会的广泛联系中来，毕竟受众的需求来源于社会环境。

20世纪70年代后，“使用与满足”研究遭到众多批评，其中关键性的指责在于：它过于功能主义化——媒介消费负载着某些功能，媒介在满足需求时具有恢复平衡的作用，在性质上是中立或积极的；并且这一研究过于强调个人主义的方法——通过个人的角度而不是通过与社会语境的联系，来分析媒介满足受众需要的角色。过度功能主义化，致使它集中关注媒介作为满足受众需要的角色，有可能阻碍了更为深入的研究——从心理、社会和文化语境意义上的研究；过度强调个人主义方法，导致它忽略了诸如社会经济地位、教育程度等变量，并且将受众描绘成相当主动的，过高地估计了受众的能力。尽管存在着众多的批评，“使用与满足”研究还是有非常多的拥护者，这一研究的重要意义在于，它“以研究人们如何处置媒介取代了研究媒介如何对付人们”。20世纪80年代后期，这一研究模式仍然在政治传播、儿童与媒介的研究和流行文化研究中得到较为广泛的使用。

20世纪90年代后，麦奎尔高屋建瓴地总结了过去半个世纪受众研究的诸多理论，《受众分析》一书集中展现了他对受众的主要类型、受众研究的理论流派以及受众研究的主要传统和领域的准确把握和认识。他积极肯定了大众传播研究由传者中心向受众中心的转向，肯定了电视研究中的人文主义取向。但是，麦奎尔多元、自由的学术风格不可能使他完全倒向人文主义，而是倾向于大众传播研究中人文主义与科学主义的综合。基于这一取向，麦奎尔分析了提供计算机互动服务和卫星电视频道的新媒介时代受众概念的未来。他认为，新媒介的互动性将给消费者带来更多不同的选择机会，受众参与传播的程度大大增加，与此同时，新媒介巩固传统受众的作用也借助其交互能力而增强。他援引纽曼的观点：“规模经济将传播推向追求公分母式的、单向的大众传播道路，而不是窄播和双向传播的发展。”他的结论是，“只要大众媒介依然存在，关于受众的传统含义和传统现实也将继续存在并且依然与时代相适宜”。也许不久会有全新的传播参与群体的出现，这意味着受众的角色也将出现多种转换，这有赖于受众对媒介的使用。

3. 格拉斯哥大学媒介小组❶

1974年，英国格拉斯哥大学社会学系教授约翰·埃尔德里奇、葛瑞格·费娄等获得了一项研究基金，以资助其完成关于媒体与社会的研究。以埃尔德里奇为首的媒介小组陆续吸引了凯文·威廉姆斯、大卫·米勒、霍华德·H. 威廉斯、布赖恩·麦克

---

❶ 参见高金萍：《西方电视传播理论评析》，95页，北京，中国传媒大学出版社，2008。

奈尔、布赖恩·温斯顿、简妮·凯金格、彼得·伯哈瑞尔、露辛达·布奥德班特等研究者加入，他们的研究领域并不相同，学术兴趣也有差异，但是媒介小组的研究主题都致力于对媒介信息“编码”和“译码”过程的理解和分析。在30多年中，这个媒介研究小组几乎每隔两三年就推出一部经典作品，其中包括著名的《坏新闻》《工会与媒体》《更多的坏新闻》《真正的坏新闻》《新闻：战争与和平》《眼见为实》《获取信息》《大众传媒的巡回》等，他们以社会学方法剖析西方当代媒体，特别是电视媒体，他们深厚的社会学、政治学底蕴和严谨的研究方法给西方媒介研究以强烈的冲击，其凌厉的锋芒横扫英、美、俄及非洲、南美等多个国家和地区的新闻媒体，又招致业界的强烈不满，几乎每一部作品问世，都引发一片喧哗。

埃尔德里奇说：“格拉斯哥大学媒介小组的研究工作长期探询的一个问题就是：在客观、公正和中立的名义下，英国电视新闻究竟表现怎样?”这一问题是媒介小组早期研究的焦点。

1973年英国议会通过《独立广播法》，明确规定在报道政治问题、行业纠纷或现行公共政策时，媒体要保持中立。也就是说，电视媒体不能在报道中发表有倾向性的评论。在这一点上，《独立广播法》旨在强化电视新闻报道的客观性。那么，英国电视机构在报道有争议的新闻时，是否坚持了客观、中立和公正的报道立场?以此为出发点，媒介小组对英国广播公司(BBC)和独立电视公司(INT)的电视节目进行了为期5个月的追踪，将所有新闻依次录像，并使用定量分析和定性研究相结合的方式检测了其新闻选择、新闻内容和播出频率。BBC是公共广播电视机构，素以客观、中立和公正的报道立场著称，INT是私营广播电视机构，创办宗旨是打破BBC在英国的独家垄断。研究结果颇让人出乎意料，他们发现，即使是在“公平报道”的口号下对工人罢工事件进行报道，英国媒体与当时工党政府的政策几乎是一致的。而这并不是媒体和政府阴谋的产物，而是报道者对官方信息的依赖导致了信息进入优先权的结果，新闻记者习惯上的偏见，包括社会、文化因素，个人对职业的把握和设想也参与其中。

BBC和INT的新闻节目在很多方面是相似的，如新闻价值、新闻选择、新闻来源、新闻语言、新闻编排等。研究结果表明：两家虽然经营体制不同，但是在制造新闻方面具有共同的原则。媒介小组认为这反映了二者处于同一种新闻文化之中，新闻是依据一定的文化构建的。身处特定文化之中的记者依据文化结构来选择新闻事实、发布新闻报道，那么，在这种结构中新闻可能并非中立地反映事实。

由此，埃尔德里奇认为，只要电视新闻试图确立以公正、中立和客观等主张为基础的职业信誉，他们就会时刻面临挑战。“客观”在实践中的意义是千变万化的，“客观性”的真正含义在实践中经常受到置疑。在他们看来，新闻是依据一定的文化建构的，对不同来源新闻的选择、不同新闻节目的安排、不同新闻语言和新闻频率的运用，都受到了新闻记者自身的文化过滤。因此，“眼见不一定为实”，在“真实”的背后需要追问这是“谁的真实”。媒介小组的结论是“电视的偏向性之强已违反了其应做不偏不倚报道的法律义务”。这种文体意识和研究方式与当时英国传媒文化研究的普遍方法和立场统构。

20世纪90年代以后，格拉斯哥媒介小组的研究者开始转向“受众如何接受和使用信息”。他们认为电视新闻的主要价值在于确定议事程序，“我们的观点是电视不能左右人们的思想或行为，不过，电视具有深刻的影响，因为它有能力告诉人们考虑事情或问题的思路。换句话说，它‘确定了议事程序’，决定什么是重要的，什么需要特写。更为关键的是，它很大程度上决定人们根据什么来思考：电视控制着我们认识世界的主要信息”。

为了验证这一观点，媒介小组设计了一种特殊的接受分析方法——新闻游戏。在新闻游戏中，按照隶属于社会群体的特点，受众被分成若干小组，每组得到一套选自媒体关于特定论题报道的照片，要求测试者以记者的身份写一段与论题相关的报道。通过这种方法来检测人们复制媒体的“事实”“语言”和“观点”的程度，检测他们在哪些地方接受或排斥了媒体的事实，从而发现他们的社会文化差异。这种研究方法首先由葛瑞格·费娄教授发展成为研究受众的一种独特方法，他使用新闻游戏法对1984—1985年菲尔德郡伊塞克斯矿工罢工报道的受众进行了研究。

设计新闻游戏的意义在于：首先，它揭示了受众的“事实”“理论”是由媒体提出来的。其次，新闻游戏检验了人们复制媒体语言的程度。测试实验证明：受众并非不加选择地接受了所有的新闻信息，媒体和受众都是更为广阔的文化和政治背景中的一部分，而文化和政治背景会促进或阻碍受众对报道的接受。

简妮·凯金格使用新闻游戏调查法对受众艾滋病认知情况做了研究，她明确表示：这项研究旨在“拓展那种传统观念——将受众作为‘积极’或‘消极’的观察者”。她的调查关注受众对媒体信息的有规律的误读，强调媒体和受众都不是单个的、同质的实体，他们共存于一个宽泛的文化或现实之中。

格拉斯哥媒介小组认为，了解媒体信息的影响，就需要考察媒体信息在进入社会受众的过程中发生了什么，要知道人们如何“理解”新信息。只有通过经验主义的调查，才能探寻信息传播成败的原因，确认媒体权利构建的精确方式，发现受众抵制主流声音对现实图解的方法。

格拉斯哥媒介小组又被人称为“格拉斯哥学派”，他们的研究独辟蹊径，开创了一条与传统媒介研究截然不同的路径。媒介小组的研究根植于意识形态范畴，对存在于新闻制作方面的偏见提供了经验性的例证，他们研究了彰显于媒介研究之中的传播控制形式，以及这些形式对文化内容和主观性的形成所发挥的作用。他们将媒介内容和偏见的分析与体制权利的分析结合起来，认为电视新闻在报道事件时有赖于极度有利于现状的一套“限制性代码”，即占主导地位的意识形态，与此相左的一切观点均被排斥在外，甚至电视记者自觉地将与上述观念不一致的事实从报道中剔除掉，因此衍生出一种强大的意识形态，歪曲事实，再次肯定占统治地位的各种社会关系。

媒介小组的主要研究均立足于媒介报道是否如其所言，是否秉持客观、中立和平衡立场的。他们的研究指明，媒体往往是为主流社会服务的，不管是自觉还是不自觉，它往往反映的是一种“精英意识”，它们并不总是像传统新闻学声称的那样客观，也并不总是站在与政府对立的立场上来反映真实。“记者被要求进行‘客观的报道’，然而‘客观’在实践中的意义却是千变万化的。”威廉姆斯指出，做到客观、中立和公正，“与获得新闻的方式尤其是新闻的来源紧密联系。记者很少观察他们所报道的事件，并不是所有新闻都是可以观察到的。他们通常从另一些人那里获得信息。从这种意义上说，新闻‘不是发生了什么，而是某人说发生了什么或某人说将要发生什么’”。现代社会中，新闻主要是一些重要人物的活动和观点，新闻采集的重点在政府机构，可以这么说，“硬新闻”是由当权者控制的，只有趣味性新闻以普通人为焦点。

媒介小组的研究也有不少纰漏：其一，他们对媒介文本意识形态编码特性的解读，是与文本的生产和接受相分离的，这导致他们没有能力解释媒介以何种方式进行革新，以何种方式继续日复一日的常规报道。从方法本身来说，“内容分析无法提供所分析文本的内容与生产该内容的社会结构之间的关系。”其二，正如尼克·斯蒂文森所指出的，媒介小组的意识形态分析认为所有的观众都能被文本成功锁定，而且观众会完全一致地接受媒介提供的与事件相关的立场，显然这只能是一种假设的状态。他们的研究缺乏对媒介体制、新闻报道体制的分析，忽略了所有制与媒介生产的文化内容之间的真正联系。

(五)女性主义电视批评

女性主义是近现代以来随着妇女争取参政和男女权利平等的妇女运动兴起而出现的思想潮流。女性主义理论的前提是：女性在全世界范围内是一个受压迫、受歧视的等级，即女性主义思想泰斗波伏瓦所说的“第二性”。在这样一个跨历史、跨文化普遍存在的社会结构当中，女性在政治、经济、文化、思想、认知、观念、伦理等各个领域中都处于与男性不平等的地位，即使在家庭这样的私人领域中，女性也处于与男性不平等的地位。女性主义认为，男尊女卑的性别秩序既不是普遍存在的，也不是永不改变的，因为它并不是“自然形成”的，而是由社会和文化人为建构起来的。女性主义理论的主要特征就是站在女性的立场，从权力的角度，对社会文化领域的诸多损害女性形象和权利的现象进行揭示和批判，解剖产生这种现象的背后原因和社会机制，促使社会停止对女性权利的侵害，恢复被遮蔽或被歪曲、损害的女性真实形象，从而达到解放女性、实现现存世界秩序的合理变革、促进社会进步的目的。

女性主义作为一种独特的社会批判理论介入媒介批评是从20世纪70年代开始的。西方第一本从女性视点来探讨传播现象的著作是《炉边与家：大众媒体中的妇女形象》，随后出现了《研究女性传播：理论与方法的观点》《女性制造意义：传播中新的女性主义方向》《媒介中的性别、种族和阶级》等重要论文集。比较著名的研究文章有塔奇曼的《大众媒介对妇女采取的符号灭绝》、安德烈·普雷斯的《霸权过程中的阶级与性别：女性理解电视现实和认同电视人物中的阶级差别》、艾伦·布朗的《女权主义文化电视批评——文化、理论与实践》、劳拉·斯·蒙福德的《午后的爱情与意识形态——肥皂剧、女性与电视剧种》、卡普兰的《女性主义批评与电视》、莱恩·昂的《〈达拉斯〉与大众文化意识形态》等。

1. 女性主义电视研究的几大议题

(1)媒体中的女性刻板形象的研究。女性主义者认为，美国有超过半数的妇女进入了就业市场，但电视节目中对女性却几乎未予着墨，这样，女性在电视的符号世界中消失了，在电视所呈现的世界里，女性变得并不重要，因为绝大多数的电视节目中都是以男性为主导，只有在肥皂剧中，女性才是主角。电视告诉人们：女性在家庭主妇和母亲以外的角色都不怎么重要，而且电视的符号世界中将女性描述成很低能、次要、对男人卑躬屈膝。女性主义媒介学者认为，电视的符号世界如此会危及社会发展，因为女孩和女人都缺乏正面积极的形象作为自己的模范。

(2)媒介中的色情议题。尽管在传播媒介研究的学术领域中，色情研究并不像刻板形象和意识形态分析那样受到重视，但随着西方“反色情的女性主义运动”的发起，许多激进女性媒介学者对媒介中的色情现象进行了研究。她们认为，色情媒介产品将女性物化为男性娱乐的客体，把权力和暴力遮上性欲的色彩，因此，建构了一套男性透过权利和暴力来寻欢作乐的性欲形式。色情是男性憎恨女性的最终文化表现，这是对付女性的性暴力方式，同时也是社会深层厌恶女性的来源和产品，因此色情不能只当做是性幻想的再现方式，它实际上是在歌颂男权控制女性的权利。在女性主义者看来，色情产品严重地影响社会对待女性的态度和行为，它鼓励并合法化了男性暴力，就如一句女性主义者的名言："色情是理论，强暴是实践。"

(3)媒介意识形态分析。女性主义者涉足意识形态分析始于激进女性主义和马克思主义的女性主义，尤其是社会主义的女性主义。社会主义女性主义者认为，资本主义不仅存在着资本家和劳工阶级的差别，而且有性别、种族、族群、年龄、性倾向和国家等特性的差异。因此，如何从历史、社会、经济等条件来解释这些差异，尤其是性别差异，就成了女性主义媒介研究的议题。根据阿尔都塞的"意识形态国家机器"理论和葛兰西的"霸权"理论，女性主义媒介研究主要研究媒介是如何产制女性特质的意识形态的，这些意识形态对谁有利这些问题。

(4)梵·祖能的"女性主义媒介理论的文化研究框架"。梵·祖能认为，媒介是传播有关女性和女性特质的刻板形象、父权结构和霸权价值的主要工具。基于拉斯韦尔的结构功能理论的"传送模式"，她提出了女性主义媒介理论的传播模式，见下表：

要素 研究主题	传播者	过程	讯息	过程	效果
刻板形象	男性	扭曲	刻板形象	社会化	性别歧视
色情	父权体制	扭曲	色情	模仿	压迫
意识形态	资本主义	扭曲	文化霸权	通俗化	常识

梵·祖能指出，媒介就是传送性别歧视、父权社会或资本主义的价值观，其结果就是维持现有的社会秩序，在这种模式中，媒介文本所传递的意义是前后一致、没有矛盾的。她提出了整合以往女性主义媒介研究的"文化研究构架"。首先，这一构架把性别视为话语，即一套有关性别交际的文化叙述和规范，它们彼此重叠且互相矛盾或冲突。其次，她认为媒介产制过程并不仅仅是一个反映的过程，它其实是一个复杂的协调、建构和再建构的过程。媒介阅听人也不是简单地接受或拒绝媒介的信息，而是会依照他们自己的逻辑和社会文化及个人背景来使用和解释。媒介物无法被指定去"反映"真实，而是再现我们集体的希望、恐惧、幻想，并执行着神话和仪式的功能。最后，真实本身也不仅只是事物或过程的客观呈现，而是在媒介产制的权利话语中建立起来的一种社会建构。

(5)卡普兰的"新女性主义"电视研究。她所谓的新女性主义电视研究是："不是去尽力研究电视节目中的性别角色，而是检视电视作为机制而发挥功用的方式。这种机制涉及一些复杂的因素，包括电视设备本身(它的技术特征——制作和塑造形象的方式)，它的各种各样的'文本'——广告、解说词及表演，电视节目制作与赞助商之间的主要关系，这些赞助商自己的文本——广告，是可以加以争辩的真正的电视文本，以及目前形形色色的接受场所，从起居室到浴室。"从事这种研究的学者们一方面把电视的制作机制和播出机制系统作为研究的对象，一方面把研究的焦点放在"叙事"上。

2. 女性主义电视理论的研究方法

第一是内容分析法。女性主义电视理论借鉴和运用了社会学、统计学的研究方法，把电视批评和社会批评结合起来，内容分析批评就是其代表。内容分析法是一种传播学的研究方法，以量化分析为主，通过对传媒中出现有关对象的种种“因素”(次数、频率、场所、情境等)加以统计与分析，作为往后解释的基础。这种方法是女性主义传媒理论中应用最广泛的一种基础性的研究方法，也是较早使用的研究理论。它广泛地运用于电视栏目、广告、电视剧等媒介文本的分析中，偶尔也在电影研究中使用，主要用于电视研究。其理论的代表作是塔奇曼的《大众媒介对妇女采取的符号灭绝》。

塔奇曼调查了从1950年代到1970年代美国通俗电视作品中的女性，“从儿童节目到商业节目，再到黄金时间的冒险节目以及情景喜剧，电视宣告女性没有多大价值。她们在电视的虚构生活中未被充分表示，她们遭到了‘符号性的灭绝’。从1954年(对电视内容进行系统分析的最初时期)到1975年，研究者已发现男性支配着电视屏幕。除了男性占虚构人物的‘仅大半’的肥皂剧外，电视节目中的男性人物已经是女性的两倍，并且仍在继续增长。在1952年，黄金时段的电视剧中68%的人物是男性。在1973年，74%的电视角色是男性”。塔奇曼的“符号性的灭绝”不仅指女性被遮蔽掩盖，更重要的是指女性被刻板模式化。她在文章中还引用了林达·巴斯比概括了四项电视广告研究的结论来加以论证：“我们在一个研究中发现：37.5%的广告将女性表现为男性的家庭助手；33.9%的广告将女性表现为依赖男性；24.3%的广告将女性表现为顺从的；16.7%的广告将女性表现为性对象；17.1%的广告将女性表现为愚蠢无知；42.6%的广告将女性表现为普通的职员……在它们对女性的刻画中，广告将女性放逐为家庭主妇、母亲、操持家务者或性对象，并限制女性在社会中发挥作用。”“无论是谴责、轻视还是缺席，都意味着符号灭绝。”

塔奇曼站在女性立场，运用内容分析的方法，通过对大众媒介(主要是电视)的实践领域进行20余年的考察，得出了这样的结论：媒体在对男女两性的“性别分工”中复制，甚至强化了一套由来已久的性别成规。在内容分析中，以塔奇曼为代表的女性主义者主张媒介应该反映出实际状况，从而通过这种媒介表现促使实现社会中的性别平等。内容分析这一社会学的研究方法很大程度上为男性所统治，因而实证主义的女性主义电视批评的兴起不仅具有学术意义，且其行为本身同样具有意义，即打破男性的社会学方法统治权威。其次，电视媒介传播特点——多种文本形态的节目流、日常性连续传播和巨量复制特性，与内容分析的量化统计的方法相一致。无怪乎塔奇曼在分析大众媒介关于妇女符号表述时，绝大多数是电视的实例。女性主义电视批评发展了一种具有电视媒体特征的批评模式，以区别于电影批评。

第二是精神分析法。对女性主义传媒批评来说，精神分析法的作用在于，它通过对父权制社会中“性”和“无意识”的建构过程的心理依据进行分析，以“心理快感”为中心议题，为女性主义解释媒介受众的“主体”建构了一个可行的途径。劳拉·穆尔维的《视觉快感和叙事性电影》被视为是精神分析批评运用于女性主义传媒批评中的经典之作。穆尔维将好莱坞电影叙事中女性角色的作用归结于给男性观众提供视觉愉悦。她采用了精神分析中两种基本的心理机制来解释男性观众这种视觉愉悦的生成：视淫快感和认同的心理结构。但这里的“主体位置”和“视觉愉悦”只是男性受众的，女性主义电影理论始终没能解决在男性把持的电影世界里女性受众如何获得“视觉愉悦”这一悬而未决的问题。女性主义电视理论在继承女性主义电影理论基础上，结合电视媒介和电视文本的特点，对电视领域的女性主体建构和心理快感问题做出新的阐释。许多女性主义批评者认为电视为女性主体的建构提供了一种新的方式，在某种程度上有积极的意义。电视剧(主要是肥皂剧)的文本特点，是专为女性设置的，为女性提供愉悦。但女性的心理和精神愉悦问题已不是单纯的心理机制问题，而是快感与电视文本、快感与支配性的意识形态的关系问题。劳拉·斯·蒙福德的《午后的爱情与意识形态——肥皂剧、女性与电视剧种》主要是围绕这一问题论述的。

劳拉·斯·蒙福德的《午后的爱情与意识形态——肥皂剧、女性与电视剧种》，从女性主义视角剖析了肥皂剧的特征以及女性愉悦和男权意识形态的矛盾问题。她认为，肥皂剧这种连续性的叙事结构很大程度上与家庭主妇们的日常生活节奏相吻合，这有利于观看者把自身的生活体验与屏幕中的文本叙事结合起来，使观看行为具有某种独特的“仪式”性质。这里的关键问题是“我既从这一剧种得到了愉悦，又认识到这种形式的情形就是复制资本主义父权制的压抑性的意识形态，这两个方面必须得到调和”。两者是怎样调和的呢？用作者的话说，就是“肥皂剧情节或许会容许女性幻想一个世界，她们在其中把握一定的权力，比如说由她们来定义家庭。但是那些情节的解决重申了主导的意识形态……并且强化着父权制”。

在分析肥皂剧中主导意识形态的同时，蒙福德从多种角度探讨了肥皂剧如何有利于女性观众愉悦的获得。首先，肥皂剧为女性观众设置了全知全能的位置。肥皂剧不断对隐私、秘密进行曝光的行为，将几乎全部的秘密都输送给了观众，与角色相比，观众成了知情最多的人，获得了最大限度的愉悦满足。其次，电视的家庭收视、肥皂剧所制造的虚拟社群让所有成员生活彼此相连，为观众带来归属感和满足感。再者，电视日常性的连续传播、调动观众参与、形成互动，使观众在“预测”中获得愉悦。“观众要想充分欣赏肥皂剧情节的错综复杂，就得逐步学会理解与预测剧情……观看的愉悦既牵涉到观众对下文的预测，又牵涉到他们对预测失误的期望……这种愉悦的心理机制不仅集中依赖于观众与肥皂剧文本之间的互动关系，在一定程度上，它也协助了肥皂剧文本的叙事。”由此可见，女性观众在观看肥皂剧获得的愉悦与其所传达的意识形态之间互相渗透，但“我们必须记住，在我们观看肥皂剧时，那种愉悦并不是唯一要紧的东西，因为肥皂剧剧种和组成剧种的单出节目，都在借助特别的方式，推波助澜地宣传与维护着父权制意识形态”。精神分析的引入，极大地丰富了女性主义电视批评。它结合电视文本和电视媒介的特点，如电视的叙事和电视观看的参与感等，形成了女性主义电视研究不同于女性主义电影研究的理论特色。

第三是文化研究。这里的文化研究主要指英国文化研究理论和方法，其主要特点，就是把文化看做是日常生活实践的一部分，不再局限于封闭的文本自身的理论分析。与传统研究不同，文化研究没有明确的学科界限与知识领域，它游走于各学科之间，运用各种知识话语，打破不同知识话语界限，批判性地介入社会生活，从权力错综复杂的关系的角度考察文化实践。文化研究的内容始终围绕着文化与权力、意识形态与霸权的关系，借用文本分析的方法，进一步挖掘文本构成方式本身的权力与意识形态，建立一种新的社会学研究范式。女性主义与电视文化研究相结合，产生的理论成果首推艾伦·布朗的《女权主义文化电视批评——文化、理论与实践》。

艾伦·布朗的《女权主义文化电视批评——文化、理论与实践》将女权主义电视批判视作文化研究的一部分。在这篇文章中，作者阐释了文化研究的基本立场，将"文化"定义为"我们所做的、所说的和所相信的一切，即日常生活实践……文化研究提供了关于意识形态如何被生产，并在电视产品和实践中发挥作用以及受众在生活中如何使用电视并与其相互作用的研究"。同样在这篇文章中，作者将女性受众提到一个很高的位置，女性受众成了女权主义理解电视文本的关键，因为"受众"是电视文化实践的"中轴"。"作为女权主义实践，这些方法——重新评价语言、话语、能指、所指以及不再将受众看做大众，而是作为单独的、变化的、受尊敬的群体……将受众看作是独特群体，这一思想考虑到这样的事实存在：男人与女人以及双方的亚群体由于其社会地位不同，对事物的看法也不同。他们可以根据阶级、性别、种族或其他各种变量来建构意义，也可以根据这些状况来建构文本。这种研究也试图将研究者与受众联系在一起，而不是在受众之上和(或)远离他们。"作者还阐释了"受众"在女权主义电视研究中的地位和作用，这主要就电视文本不同于电影、广播等论述的，用她的话说，"受众将电视纳入其生活中的方式不同于电影、无线广播或读物纳入其生活的方式。受众使用电视比使用其他媒介形式更自由。电视的单个节目、连续剧、系列剧不同于经典好莱坞叙事电影，二者的区别是什么以及这种区别是如何产生的对于女权主义文化学的电视批判很重要。因此，这类批评把对文本的形式和内容的符号学分析，与受众在观看电视并将其并入其他文化实践(如闲谈)的过程中对电视的使用和背景相结合。"

如果说艾伦·布朗《女权主义文化电视批评——文化、理论与实践》是女性主义文化电视批评理论的一个理论奠基作，那么，安德烈·普雷斯的《霸权过程中的阶级与性别：女性理解电视现实和认同电视人物中的阶级差别》就是对这一理论的具体运用。在这篇文章中，安德烈·普雷斯比较了美国工人阶级妇女和中产阶级妇女收看电视娱乐节目的不同方式、对电视人物的认同类型以及这两个群体的成员在判定电视内容为"现实的"方式上的差别来论证女性问题。用作者的话说，就是"我解释了尽管我们社会很多支配的价值观出现在电视节目中，但它们以一种特有的阶级方式影响不同阶级的妇女。工人阶级妇女更可能注意到电视所描绘的中产阶级的物质世界，并断定这个世界代表了现实世界。相比较而言，中产阶级妇女更有可能从个人方面来认同电视人物及其问题，特别是那些与家庭有关的、处于家庭背景下的人物……我的结论是霸权过程对中产阶级妇女和工人阶级妇女的作用十分不同"。在剖析了三个个案以后，作者总结说："在我的研究中，我论证了电视是一种复杂的媒介，它以特有的阶级方式和性别方式支持父权的霸权地位。电视娱乐节目可以被看做培养一种双刃的信仰和霸权，为社会的统治阶级和性别利益服务。"安德烈·普雷斯从阶级和女性相结合的视角，依据霸权理论，结合电视媒介的特点，阐释两个阶级女性在电视节目人物认同和理解电视与现实关系方面产生的差异。这种从女性内部的两个阶级观看电视所产生的认同差异角度来探讨父权的霸权地位，是女性主义文化电视理论典型的运用。❶

3. 卡普兰与新女性主义电视研究

(1)新女性主义电视研究的几个主要方面

①肥皂剧研究。肥皂剧源于西方，现在一般指啰里啰嗦讲述家长里短、主要为家庭主妇制作的长篇连续剧。卡罗尔·阿楚尔的文章《日间电视：你将永远不想离开家》以激进女性主义的立场剖析了肥皂剧中以家庭为中心的性别权力结构的方式。她认为肥皂剧虚拟了家庭中男女平等的理想模式，使女性误以为家庭是她理想实现的最佳场所而局限于她的家庭。莫德斯基则对阿楚尔的研究加以发展，把论题深入到家庭女性特殊的心理需求和女性的社会化技能需要，从而使肥皂剧的研究表现出新女性主义的一些特征。莫德斯基指出：肥皂剧有一种插曲式的多重叙述的结构，这种结构既很适应女性"为他人打扰的"需求(她必须接电话，跟邻居说话，接收邮件，照料孩子，注意清洁，熨衣，准备食物，等等)，又在宣扬"离开中心的艺术"的说教之中提供愉悦；既适应了女性在家庭中的工作性质，又制造令人愉快的消遣与休闲。美国女性主义学者劳拉·斯·蒙福德在《午后的爱情与意识形态——肥皂剧、女性与电视剧种》论著中这样说："在剧目的结构、风格和固定观众的观剧体验等诸多方面，肥皂剧这种'每天上映'的方式都产生了重要的影响。"肥皂剧这种连续性的叙事结构很大程度上与家庭主妇们的日常生活节奏相吻合，这有利于观看者把自身的生活体验与屏幕中的文本叙事结合起来，使观看行为具有某种独特的"仪式"性质。同时，这种近似于"生活流"的播放过程也使观众在一定程度上把肥皂剧看成是真实生活的模拟和再现。卡普兰说："肥皂剧的结构，是一种关于个人生活的无休止的对话，它将观众嵌入一种有关家庭的特殊的意识形态结构之中。这种定位与它在好莱坞影片中的定位有着很大的差异。"

②关于音乐电视(MTV)。新女性主义视野中的音乐电视研究，主要是从音乐电视对女性的表现入手来讨论电视机制的内涵。这种讨论主要集中在观众与屏幕的关系上，因为这种关系是在两种条件下产生的：一是个人唱片的视觉策略，二是包括其他的文本在内的彼此不同的几分钟固定文本的并列所构成的"全天节目"(赞助商的广告、音乐电视自身的广告、竞赛、采访、音乐新闻、主持人评论、音乐电视游戏节目和特殊的喜剧节目)如何影响观众，特别是影响到女性观众。这种观众被称为"碎片化"的观众，在系列化的"全天节目"中，他们的注意力常常转移到其他方面去，音乐电视和其他电视节目共同分享着这些碎片化观众的注意力。这是一种被称为"消解中心"的电视机制，这种机制在什么程度上给女性以特殊的定位？是否与好莱坞电影机制有根本性的不同？卡普兰说："包括音乐电视在内的电视机制所建构的不是好莱坞的男性视点，而是具有涵盖不同性别含义的一种宏阔的视野。"

音乐电视的研究还涉及"麦当娜现象"。卡普兰说："我想把我最近关于音乐

---

❶ 刘如文：《当代西方女性主义电视理论特点与方法探析》，载《当代电影》，2006(2)。

电视(MTV)和麦当娜的研究成果作为女性主义研究方法的一个例证。这一研究方法将对单部电视剧文本中的女性形象的分析与对她们"产生—表演"的语境的关注、对电视机制的关注、对将文本建构成文本并以特殊的方式塑造了像麦当娜这样的演员的逻辑的关注结合了起来。""麦当娜现象"运用到两种主要的女性主义方法：其一是女性主义的身份政治学，这种方法与英国文化研究及其受众研究相关；其二是其能指的女性主义政治学，这种方法来自于后结构主义女性主义，并与致力于将人体作为文本来研究的政治学相关。"麦当娜现象"同时涉及对"少女文化"的讨论。费斯克认为："(麦当娜)使少女们看到了女性的性魅力是能够为她们自己所控制的，是能够按她们自己的兴趣去塑造的，她们的主体未必完全是由统治性的父权制所决定的。"

③电视广告与女性躯体。这是女性主义批评的阵地，其主要的批评点有二：一是批评女性在电视广告中的刻板印象——传统的贤妻良母的家庭角色或助手形象；二是批评在消费文化中，女性躯体色情化和商业化的视觉呈现。如露丝·伊丽格瑞批评道，当女性"进入一种支配性的观睹经济，却再次表明她是被动型：她将是一种美的对象。她的身体因此而被色情化和妓女化，在展览和羞怯之间进行双重运动"。这也是新女性主义电视研究者的注视焦点。卡普兰说："我们需要了解任何一种电视类型中电视机制是如何被用来表达女性躯体的，去查看可能存在多少种不同种类的女性形象……还可以在广告中，在关于性别的话语和性别符号系统中找到例证。也就是说，与消费文化和大众社会相关的问题总是需要通过一个个文本表现出来。"除了电视广告，在其他电视文本中也涉及女性躯体的表现问题，如上文提到的"麦当娜现象"。麦当娜常常把她的躯体作为一个文本，以一种与众不同的方式"书写"自己，既重复着传统的男性、女性的性别符号，又通过混合它们的方式对这些符号提出了挑战——典型的麦当娜式的后现代主义的挑战，从而引起"关于崇拜她的追星族的话语，关于电视和表演的话语，关于麦当娜现象本身的商业机构的推销话语，以及将麦当娜现象的特殊文本与此前的文本相联系的话语"。麦当娜成为当下能指的女性主义政治学的经典标本。

(2)新女性主义电视研究与传统女性主义电视研究的区别

无论是英国还是美国，女性主义涉足电视研究大约是在20世纪70年代中后期。1977年《银幕》杂志刊登了《电视：行动中的世界》之文章，对英国电视节目进行了探讨。这是70年代以来最早运用英国理论方法所做的探讨之一，也是最早脱离好莱坞经典电影的研究而转向电视研究的一篇论文。卡罗尔·阿楚尔关于肥皂剧研究的文章——《日间电视：你将永远不想离开家》写于1976年。到了80年代，女性主义电视研究取得了戏剧性的进展。

卡普兰将女性主义电视研究分为五种类型：其一，资产阶级的女性主义（在资本主义制度中对妇女争取获得平等权利的自由予以关注。这种研究方法导致两种结果：家庭的女性主义和自由主义的女性主义）；其二，马克思主义的女性主义（将女性受到的特殊的压迫与资本主义更大的社会结构联系起来，与其他群体如同性恋者、少数民族、工人阶级等所受到的压迫联系起来）；其三，激进的女性主义（把女性设计成有别于男性、企图建立分离的女性社会以促进女性特有的要求和愿望的实现）；其四，后结构主义女性主义（主张妇女要反对在阳性和阴性之间进行形而上的或者生物学的二元划分，其目标是消除性别差异的超然性，或至少要认可它们的文化结构)；其五，“某种最使人感兴趣的新女性主义电视研究”。

“自由主义的女性主义导致了一种依赖于内容分析的电视批评。这种对电视节目的分析是根据它们所包含的女性角色的种类以及出现频率来进行的。这种研究也许可以测试出剧本反映妇女状况最新变化的程度、她们在家庭之外以及在工作环境中的活动、职业女性所具有的特征、家庭生活的质量以及男性对家务介入(或不介入)的情况。”马克思主义的女性主义“关注电视作为一种明确的资本主义体制所占据的位置并且如何影响到女性形象的塑造。他们强调对作为消费者的女性观众的研究，把她们的生产视为从电视的需要中出现的一个过程，电视作为一种商业化的、赢利性的体制，在销售商品的同时能够给观众提供娱乐和消费”。激进女性主义“关注电视中对传统家庭的描写并将其作为解决一切病症的方式，关注在大多数大众叙事中与被强迫的异性爱的结合或者大众文化与现实生活中婚姻形象的差异”。伴随着20世纪宏大的现代主义运动和紧随其后出现的后现代主义理论的崛起而出现的后结构主义女性主义学者们“对符号系统，包括电影机制和电视机制进行了分析，通过这种符号系统，我们进行交流和组建生活，以试图理解我们的文化告诉我们的所谓的‘女性’与‘男性’的对峙究竟是怎么一回事”。

如前所述，新女性主义电视研究主要是“检视电视作为机制而发挥功用的方式”，而“不是去尽力研究电视节目中的性别角色”。这是新女性主义电视研究与上述四种被理解为传统女性主义电视研究最为重要的区别。社会及其文化赋予性别角色的性别定位、性别特征、性别价值、社会分工，以及性别权力等是女性主义理论讨论的重要方面。哲学上的本质主义或非本质主义的女性定位，是女性主义各流派探讨的焦点。性与性别（有的学者称为社会性别)是女性主义要区别的两个重要概念，社会性别视点是女性主义理论的出发点。女性主义文学研究、文化研究(包括影视研究)都离不开这些基本的女性主义理论范畴。但是新女性主义电视研究的立意并不在此，而是更多地考虑到电视作为新的媒介所具有的传播特征，正如斯塔姆所说，电视“不是要人在里面呆上一个半小时的柏拉图洞穴，而是私有化的个人电子洞穴，是一种微型的声光表演，它吸引我们的目光，使我们摆脱内部或外部的压力”。

新女性主义电视研究将关注的焦点放在电视文本的叙事方式上(从电视机制的本体特征出发)，意在揭示出生产方式与接受方式之中所蕴涵的意识形态，或潜在的意识形态性。传统的女性主义电视研究主要依赖于内容分析，运用社会学、符号学、精神分析、文化批评等多种理论方法，其经典文本有盖耶·塔奇曼的《大众媒介对妇女采取的符号灭绝》、安德烈·普雷斯的《霸权过程中的阶级与性别：女性理解电视现实和认同电视人物中的阶级差别》、布朗的《女权主义文化电视批评——文化、理论与实践》、H. 莱斯利·斯蒂夫斯的《女权主义理论与媒介研究》等。❶

❶ 郑大群：《新女性主义电视研究概论》，载《求索》，2006(3)。

三、媒介环境学派

媒介环境学这个术语由麦克卢汉创造，但他没有公开使用。1968年，尼尔·波兹曼首次公开使用这个术语。1970年，他接受麦克卢汉的建议，在纽约大学创建媒介环境学的博士点。1998年9月4日，以他为精神领袖的“媒介环境学会”正式成立，如今这个学会在北美迅速发展，成功进入北美传播学的主流圈子，媒介环境学派成为与经验学派和批判学派鼎力的第三学派。什么是媒介环境学？波兹曼的两种定义颇具代表性：“媒介环境学研究人的交往、人交往的信息及信息系统。具体地说，媒介环境学研究传播媒介如何影响人的感知、感情、认识和价值，研究我们和媒介的互动如何促进或阻碍我们生存的机会。”“媒介环境学研究信息环境。它致力于理解传播技术如何控制信息的形式、数量、速度、分布和流动方向，致力于弄清这样的信息形貌或偏向又如何影响人们的感知、价值观和态度。”

关于 media ecology 这个术语的译法，国内传播学界有不同的意见。2003年，崔保国尝试给这个学派命名，他把北美的 media ecology 翻译成“媒介生态学”。但这个“媒介生态学”和国内学者首创的“媒介生态学”并不是一回事。于是，就有了对 media ecology 译法的争论。

何道宽认为：“我们用媒介环境学来翻译英语的 media ecology，主要是因为波兹曼(1970年)在首次公开就这门学科的定义和范式讲话时做了这样的表述：媒介环境学把环境当做媒介来研究。在这个意义上，媒介环境学至少有三个层次上的概念：符号环境、感知环境和社会环境。换句话说，媒介环境学的研究对象是作为符号环境的媒介、作为感知环境的媒介和作为社会环境的媒介(即传播媒介在社会里的角色)。这些概念显示，媒介环境学如何强调人在媒介研究中的作用，它又如何研究人与传播媒介的关系。”

“之所以选择媒介环境学来翻译英语的 media ecology，还有一个同样重要的原因。这个词本身体现并唤起环境保护主义的观念和实践；反过来，它使人看清媒介环境学人文关怀和身体力行的一面，说明它是一种实践哲学、一种社会思想学说……‘践行’媒介环境学和‘研究’媒介环境学，具有同等重要的意义。媒介环境学的天然使命是促使这个世界成为更加适合人生存的地方和环境。”“为了维持理念上的一致和清晰度，我建议把迄今为止我的一切中文著作里 media ecology 的译名从媒介生态学一词更名

为媒介环境学。”❶

对此，有学者提出了不同看法，邵培仁和廖卫民认为，“媒介作为环境”这一生态学思想正是媒介生态学之所以存在并发展至今的奠基石。所以，即便从“维持理念上的一致和清晰度”的角度而言，“媒介生态学”也比“媒介环境学”更佳，因为它把“生态”的理念放在了最核心的地位，而非“环境”这一具体的研究对象。退一步讲，即便“媒介环境学”的译名在某些意义和层面上更为妥帖，但如果更改译名的声明过晚，就不容易达到一呼百应的效果。如果只得到少数人的认可，而多数人依然故我，反而可能加剧它的混乱和不确定性。这就像当年对传播学的翻译，先入为主的译法最终变成了大家的约定俗成。❷

我们认为，但凡能以生态的眼光来“观照媒介传播之实质”的相关研究，其实统统可以纳入到广义的媒介生态学的学术圈中，所以，当今中国新闻与传播学界广泛讨论的“媒介生态”，即不同媒介之间生存、竞争、合作的生态问题，也都可以名正言顺地归置于“媒介生态学”的研究视野之内，这样就彻底解决了国内学界纷扰一时的“媒介生态学”的名实之辩。

我们此处采用何道宽的提法，暂且名之为媒介环境学。

加拿大多伦多学派和美国纽约学派是媒介环境研究的两个主要学派。这两个学派的理论源头是相同的，即纽约学派的理论宗师刘易斯·芒福德的学说，但是在理论发展却是有差别的。多伦多学派将媒介技术的发展作为其建构媒介理论的依据，认为媒介技术不仅是自然法则的表达，还是人类命运的改善者；纽约学派则认识到人类与外在的自然环境以及内在的本性、本能之间存在着更为“人文”和自然的关系，技术的发展妨碍或阻碍了这种关系，需要人和媒介的共同发展。

(一)加拿大多伦多学派

多伦多传播学派是20世纪60年代由加拿大多伦多大学学者哈罗德·英尼斯、艾瑞克·何乌络克和马歇尔·麦克卢汉共同创立的。后继工作由目前的多伦多大学麦克卢汉文化与技术研究所开展，代表人物是德瑞克·德克霍夫。多伦多学派提出了一种在人类文化结构和人类心智中传播居于首位的新理论和新的媒介分析技术，对后来的传播学发展产生了重大的影响。多伦多传播学派一向以大胆睿智和最具原创性的媒介理论而闻名。他们考察媒介与文明之间的关系，分析传播媒介的偏向性和基于虚拟现实的“赛博空间”和“赛博文化”给人们带来的媒介新体验，强调传播媒介的时间偏向和空间偏向之间的平衡对社会稳定的影响，提出了“媒介即信息”“媒介是人体的延伸”的新主张，研究新技术和新媒体的发展对文化和社会所产生的影响。多伦多学派又被称为“媒介决定论”派，该学派代表人物英尼斯和麦克卢汉将大众媒介的历史当做整个文明史的核心，美国哥伦比亚大学教授詹姆斯·凯利认为他们“不仅将媒介看做是社会的技术附属物，而且将它看做是组成社会结构至关重要的决定因素，甚至认为大众媒介的历史不仅是历史媒介的另一条途径，而且是书写西方文明史的另一种方法”。他

❶ 何道宽:《异军突起的第三学派——媒介环境学评论之一》,载《深圳大学学报(人文社会科学版)》,2006(6)。

❷ 参见邵培仁、廖卫民:《思想·理论·趋势:对北美媒介生态学研究的一种历史考察》,载《浙江大学学报(人文社会科学版)》,2008(3)。

们依据媒介技术的发展将世界历史进行了分期，英尼斯的分期粗细皆有，细则分成十个时期，粗则只分为两个时期：文字时期和印刷时期；麦克卢汉将历史划分为四个时期：口耳相传时期、拼音文字时期、机器印刷时期和电子媒介时期。总体上来说，多伦多传播学派的媒介文化理论可以分为三个阶段，即英尼斯提出的“传播偏向”论、核心人物麦克卢汉倡导的“媒介即信息”论和德克霍夫以新电子现实为研究框架所倡导的“文化肌肤”论。

1. 哈罗德·英尼斯

英尼斯(1894—1952)，生于加拿大安大略省，受业于加拿大麦克马斯特大学，获硕士学位，后转美国芝加哥大学，师从著名社会学家帕克，获博士学位。1920年起直至去世，执教于多伦多大学，任政治经济学教授、政治经济系系主任、研究生院院长。他在政治经济学、文明史和传播学诸领域的成就，使他成为世界级的著名学者、多伦多传播学派的先驱。他前期的代表作聚焦于加拿大经济史和文明史，主要著作有《加拿大的皮货贸易》《加拿大经济史》《鳕鱼业》。后期的两本代表作《传播的偏向》和《帝国与传播》，成为传播学的经典。英尼斯的传播研究范围广泛，充满了对未来研究和分析的启示，他的“传播偏向论”被认为开启了媒介分析之门。在他的影响下，以马歇尔·麦克卢汉、尼尔·波兹曼、约书亚·梅罗维茨和保罗·莱文森等人为主的一批北美传播学者继续关注媒介的特征，将媒介技术看做社会发展的重要动力，把媒介技术及其演变过程和社会变迁、文明的兴衰以及人类的感官联系起来思考。由于他们在研究范式和结论上相互继承，不断丰富，所取得的成果逐渐引起学界重视和承认，从而使媒介分析领域呈现出学派化的发展趋势。深圳大学文学院何道宽教授也指出，有了英尼斯的著作，麦克卢汉思想的来龙去脉就更加清晰了。

英尼斯认为凡是能够负载信息的物质都是媒介，如石头、泥版、黏土、金字塔、教堂、图书馆、货币、高楼大厦、莎草纸、羊皮纸、纸张、报纸、广播、电影等。同时，他把口语、字母表、诗歌、戏剧、文字、散文、漫画、法律、哲学、数字、广告等内容，也看做一种媒介，因为它们能够反映某些历史时期的文化和社会思潮。例如他说“欧洲的小国寡民在民族主义的宣传中，主要依靠的是诗歌选集，这是他们最好的自我保护媒介”。这也是媒介环境学派泛媒介论的一种具体体现。

他进一步强调媒介偏向、时间偏向和空间偏向的关系，指出了媒介与国家官僚体制的关系、媒介与宗教的关系。他说：“一个成功的帝国必须充分认识到空间问题，空间问题既是军事问题，也是政治问题。它还要认识到时间问题，时间问题既是朝代问题和人生寿限问题，也是宗教问题。”又说：“国家的官僚体制倚重空间，忽略时间；相反，宗教却倚重时间，忽略空间。”他把媒介分为两大类：倚重时间的媒介和倚重空间的媒介。前者是笨重、耐久、非集中化、有利于宗教的传承、倚重视觉、倚重口头传统的石刻象形文字、泥版楔形文字、汉字、羊皮纸、书籍；后者是轻便、难以保存、集中化、有利于帝国的扩张、倚重听觉、倚重书面传统的原始拼音文字、机器印刷的拼音文字、莎草纸、电报、广播。

(1)英尼斯的“传播偏向性”理论

英尼斯认为，无论是从各传播网络所负载的信息，还是从它们对各种社会组织形式所具有的更加广泛的影响角度来看，传播网络都是相当重要的。任何特定的传播媒介在时间和空间上均有其偏向性。也就是说，一种传播媒介对于知识在空间和时间中的传输会产生重要的影响，而这种知识在传播中对时间或空间因素的相对注重将意味着被植入其中的文化会出现意义的偏向。在印刷时代到来之前，诸如羊皮纸、陶土和石块等重型的材料是偏向于时间的主导性媒介，它们很难借助空间来传递，是一种能经得住时间销蚀的媒介。由于这类媒介能与具体地方的物质在场非常紧密地联系在一起，它们相对来说是稳定的社会现象，能将过去、现在和将来联结在一起。相反，那些轻便的莎草纸和纸张则属于"偏向空间的媒介"，它们更容易地被重新置放在其他地方，更喜欢通过跨越空间的各种行政关系的发展来促进世俗制度和政治权威朝着非集权化的方向发展。"偏向时间的媒介"有助于树立权威，便于形成等级森严的社会体制，有利于维系传统的集权化宗教形式。就文化的角度而言，时间意味着神圣、道德和历史，与历史、传统、宗教及等级制度的发展有着密切的关系；而空间则意味着现在和将来、技术和世俗，意味着帝国的兴起、扩张，它与现实的世俗政治权力有关。时间文化是信仰的、来世的、礼仪的和道德秩序的文化；空间文化是世俗的、科学的、物质的和扩展不受约束的文化。显然，在任何文化中，这两种价值观念都是起作用的，一种为显性，而另一种则为隐性。不难看出，英尼斯是以建立在时间偏向基础上或是建立在空间偏向基础上这两种对立的知识垄断之间的辩证观点来看待文明的，特别是帝国的兴起与衰落。

……

对于英尼斯来说，西方文明不仅打乱了时间和空间的平衡，而且还带来了严重的后果和危机。在他看来，如果一味地向时间倾斜或向空间倾斜就会造成社会的不稳定。事实上，一个稳定的社会应该在时间偏向和空间偏向之间保持着平衡的机制。然而，长期以来，西方文明对时间的延续问题总是缺乏兴趣。西方国家感兴趣的始终是领土的扩张，是将文化同一性强加于人民。英尼斯认为，真正的文明应该具有这样的特质："文化在时间上延续并在空间上延展。一切文化都要反映出自己在时间上和空间上的影响。"正因如此，他才特别推崇口语传统，尤其是古希腊的口头传统，他认为该传统达到了时间偏向和空间偏向相互平衡的理想境界。在他看来，希腊文明的成就反映了口语的力量，因为希腊口头传统中产生出来的《荷马史诗》表现出了对空间问题的强调。口头传统的灵活性使希腊人在城邦体制下求得了空间观念和时间观念上的平衡。英尼斯把印刷术和摄影术看成是向书面传统的回归，是"回归于眼睛占支配地位的文明，而不是耳朵占支配地位的文明"，是一种"视觉本位的传播"。英尼斯觉察到，这种传播所产生的垄断给西方文明构成了毁灭性的威胁，造成了民主、新闻自由和言论自由等标语口号的幻觉。于是，英尼斯设想，一种传播媒介的长期使用将在一定程度上决定着被传播知识的特性，这种传播的普及性影响终将创造出一种很难保存其活力和灵性的文明。一种新媒介的优势在于，它将导致一种新文明的诞生。很显然，英尼斯希望通过自己的"传播偏向论"来给倚重空间扩张的西方文明敲响警钟，希望西方人在考虑媒介对各种文明的意义时，能够更加清楚地看见他们自己文明的偏向，能够拥有更加谦虚的态度来认识他们自己文明的特征。因为在文明发展史上，达到媒介的空间偏向和时间偏向之间的平衡的历史时期并不多见。保持媒介的时间偏向和空间偏向的平衡无疑是克服西方文明危机的一剂良方。能否克服过分强调时空层面中的任何一个层面的媒介偏向是关系到大规模的政治结构能否继续存在的关键。英尼斯断言，大型政治结构“倾向于在这样的条件下繁荣昌盛：不止一种媒介的倾向在文明中得到反映，一种媒介的分散化偏向被另一种媒介的集中化偏向所抵消”。而就西方世界而言，“能否发展出这样一种政府体制依然是个问题，在这种体制中，传播的偏向性可以得到抑制，而对于空间和时间的重要性则可以得出评价”。

英尼斯的“传播偏向论”有着深厚的经济史学和政治经济学的跨学科背景。他所采用的历史“宏大叙事”和整体考察的文献研究方法明显不同于他同年代的学者所采用的那种分析性的和非整体性的媒介研究方式。以人类文明史和加拿大本土经济史为研究视角，英尼斯关注的焦点是文明发展进程中媒介技术的作用，他的媒介研究具有强烈的现实关怀和人文关怀。虽然有人对其“传播偏向论”提出过质疑，也有人认为他的理论存在着某种“技术决定论”的局限，但是，英尼斯关于传播的主导性媒介必然会影响历史性社会的发展的观点，特别是他对现代西方文明过于强调物质科技的力量而忽视道德力量的批判性思考仍然给后人以极大的启迪。❶

(2)英尼斯媒介理论评析

英尼斯高度重视传播媒介的研究价值，一反以内容研究和效果为中心的研究传统，强调媒介和传播本身对人类文明发展进程的影响，开创了一个以传播技术为焦点，以传播技术史为主线把文明发展史串联起来的研究传统。英尼斯在详细地研读古代文明的大量资料的基础上，以历史观点深入各种制度，创立了宏观的、历史的研究方法，这种方法强调将传播问题放到历史文化的经验和实践中进行多方位的阐释，开创了传播的文化研究传统。同时，英尼斯格外重视文化和人文层面，他对科技进步必将带来社会进步的观点持否定态度。他十分重视传播媒介在文明发展中的作用，但是并未在传播技术的进步中看到解决现代文明问题的希望。他抵制现代教育和科研体制，对科学技术的进步对文化发展的冲击始终持批判立场，对大型媒介集团、公关广告公司之类的机构对知识的垄断权深感忧虑。总而言之，英尼斯的媒介理论在传播学研究方法上具有无与伦比的开创性，他将传播学研究引领进入一个宏观的、历史的、人文的大视野中，这是以往的传播学研究所极度欠缺的。

2. 马歇尔·麦克卢汉

马歇尔·麦克卢汉(1911—1980)是20世纪媒介理论家和思想家。麦克卢汉1911年出生于加拿大艾伯塔省埃德蒙顿市，早年在曼托巴大学求学，后来到英国剑桥大学攻读英语文学博士学位，并在美国多所大学执教。1951年，麦克卢汉第一本专著《机器新娘》出版，这本书广泛分析了报纸、广播、电影和广告产生的社会冲击和心理影响，但没有引起多大的反响，但他接下来的《哥德堡群英》和《理解媒介》，在人文学科领域引起了强烈震撼，《旧金山记事报》将之称为“最为炙手可热的学术财富”。世人对他的评价毁誉参半，褒之者宣告他是“继牛顿、达尔文、弗洛伊德、爱因斯坦和巴甫

❶ 陆道夫：《多伦多传播学派媒介文化理论初探》，载《学术论坛》，2004(2)。

洛夫之后的最重要的思想家”，是“电子时代的代言人，革命思想的先知”。贬之者骂他是“通俗文化的江湖术士”“电视机上的教师爷”“攻击理性的暴君”“走火入魔的形而上巫师”“波普思想的高级祭司，在历史决定论的祭坛前为半拉子艺术家做黑弥撒的教士”。世界范围内的麦克卢汉热，一共有两次。第一次是20世纪60年代，时间不长。现在的麦克卢汉热，开始于20世纪90年代中后期。信息高速公路崛起、知识经济到来、虚拟现实的出现，让人们认识到麦克卢汉媒介理论的前瞻性。他所谓的“地球村”时代已然到来，他是电子时代的先驱和预言家！

(1)麦克卢汉的媒介理论主要有以下几个主要内容：

①媒介即信息

“所谓媒介即信息只不过是说：任何媒介(即人的任何延伸)对个人和社会的作用和影响，都是由于新的尺度的诞生产生的，我们的任何一种延伸(或曰任何一种新的技术)，都要在我们的事物中引起一种新的尺度。”麦克卢汉认为，每一种媒介发出的信息都代表着或是规模、或是速度、或是类型的变化，所有这些信息的形式变化都会介入到人类的生活中。因此，这里的信息也就是技术的特征，它甚至显得比内容更重要。比如说，在印刷媒介出现以前，人文交流的信息是直接的、及时的。然而，印刷媒介把复杂的现实生活用一系列语言符号加以表现，并迫使人们一行行地、按顺序地阅读和思考，而不能像现实生活中那样立体地、复合地认识和考察。在麦克卢汉看来，每一种新媒介一旦出现，无论它传递的具体内容如何，这种媒介的形式本身就会给人类社会带来某种信息，并引起社会的某种变革。“铁路的作用，并不是把运动、运输、轮子或道路引入人类社会，而是扩充了人们过去的功能，创造出新型的城市、新型的工作、新型的闲暇。无论铁路是在热带还是在北方寒冷的环境中运转，都发生了这样的变化。这一变化与铁路媒介运输的货物或内容是毫无关系的。”从这个意义上说，媒介本身就代表着某种时代的信息，媒介即是信息。

②媒介是人体的延伸

麦克卢汉说：“人体任何一部分的延伸，不论是手、脚或皮肤的延伸都会影响到整个心灵与社会。”他把一切媒介都看做是人的延伸，都会对人及其环境产生深刻而持久的影响，这样的延伸是人体功能的强化和放大。“所有的媒介都是人的某种心理和肉体能力的延伸”，如印刷品是人们眼睛的延伸，收音机是人们耳朵的延伸，电视机是耳朵和眼睛的共同延伸。他认为“一种文化就是一种感官爱好的秩序”。任何一种新媒介的产生都会使人的感觉器官的平衡状态发生变动，产生心理上和社会上的影响。他说：“任何一种感觉的延伸都改变着我们思想和行为的方式，即我们感知世界的方式。当这种比例改变的时候，人就随着改变了。”他的技术自然主义强调媒介是人的生物性延伸，而不是人的社会性伸延。实际上，任何一项技术工艺的产生背景和演变过程都不能脱离具体的社会环境，技术只是社会设想和社会利益的携带者。

③地球村

麦克卢汉认为，随着电子媒介的出现，传统的时空观念将受到冲击，人类跨越了以往的时间和空间的限制，信息在瞬间即可传遍世界。电子媒介的问世，废弃了空间的广度，抹去了时间的差异，信息运动的加速冲破了交通运输的限制，当速度快到一定程度，达到电力速度的时候，便摧毁了由印刷媒介所形成的中心，到处都形成了中心。全球化媒介重塑了世界生活的结构模式，改变了信息的本质和人们的视野。在麦克卢汉看来，“地球村”的主要含义不是指发达的传媒使地球变小了，而是指人们的交往方式以及人的社会和文化形态发生了重大变化。交通工具的发达曾经使地球上的原有村落都市化，人与人的直接交往被迫中断，由直接的、口语化的交往变成了非直接的、文字化的交往。而电子媒介又推动着反都市化，即“重新村落化”，消解城市的集权，使人在交往方式上重新回到个人对个人的交往。“城市不复存在，唯有作为吸引游客的文化幽灵。任何公路边的小饭店加上它的电视、报纸和杂志，都可以和纽约巴黎一样，具有天下在此的国际性。”麦克卢汉认为人类社会的发展经历了部落化、非部落化、重新部落化三个时期。在原始的部落世界，没有文字等其他传播媒介，人们只能通过语言、手势、表情等面对面地来交流和传达信息。文字的出现打破了感观的平衡，削弱了听觉和触觉，使人们用眼睛代替耳朵，用线性的视觉价值和分割意识取代了整体、深刻、公共的互动。电子媒介的问世，使人的感观重新恢复平衡，使人们和谐相处，结为一体。“重新部落化”的世界也由此摆脱了分离与割裂而走向“地球村”。“地球村”的出现不仅改变了人体感官的功能，还有效地改变了人类的观念和生活方式。传统的时空观念受到了冲击，个体的视野跨越了国界。人类在进一步相互了解的同时，依赖性也更强。如今只要通上电，信息就可以迅速地从世界各地流过来，并能被储存和检索。麦克卢汉的“地球村”理论，是全球化理论的萌芽，对后来研究全球化的学者产生了深远的影响。

④“冷媒体”与“热媒体”

麦克卢汉根据媒介在使用过程中的不同特点将媒介划分为“热媒介”与“冷媒介”。所谓“热媒介”是指只延伸一种感官的，高清晰的，并且信息内容丰富，观众参与度低，能被动地接受信息的媒介；“冷媒介”是指延伸感官整体，低清晰度的，并且信息强度低，观众参与度高的媒介。在麦克卢汉看来，感知媒介方式的不同，不仅影响着人们的感知方式、活动方式和思维方式，而且制约着获得信息的内容。他认为，“有一条基本原则把收音机之类的热媒介和电话之类的冷媒介区别开来，把电影之类的热媒介和电视之类的冷媒介区别开来。‘热媒介’只延伸一种感觉，并使之具有‘高清晰度’，高清晰度是充满数据的状态。照片从视觉上说具有高清晰度，卡通画却只有‘低清晰度’，原因很简单，因为它提供的信息非常之少。电视是一种‘冷媒介’，或者说低清晰度的媒介，因为它给耳朵提供的信息量少得可怜，大量的信息还得靠听话人自己去填补。相反，‘热媒介’并不留下这么多空白让接受者去填补或完成。因此，‘热媒介’要求的参与程度低，‘冷媒介’要求的参与程度高，要求接受者完成的信息多。自然，收音机之类的‘热媒介’对使用者的影响，与电话之类的‘冷媒介’对使用者的影响，是大不相同的。象形文字或会意文字之类的‘冷媒介’，与拼音文字之类的热烈而爆发性的媒介，亦具有大不一样的影响”。麦克卢汉还就此引申出对社会、历史的看法：发展中国家是“冷”的，发达国家是“热”的；农村是“冷”的，城市是“热”的；今天的电子时代是“冷”的，往昔的机械时代是“热”的。

(2)对麦克卢汉媒介思想评析

意大利著名学者艾柯认为“媒介即信息”这个观点在某种意义上混淆了传播通道、符码和信息这三者之间的关系。比如把道路和文字说成是媒介意味着把传播通道与信息混为一谈，说欧几里德几何学和服装是媒介，更是把符码(一种把经验形式化的方式)和信息(基于衣着习惯的一种能指方式)相混淆。

实际上，麦克卢汉感兴趣的不是信息的内容和形式，而是信息存在的技术表现可能性和工具性形态特征。这里的合理成分在于作为康德哲学中“先验主体”的人的思想都需要载体，需要工具，需要媒介如纸、笔、语言、文字、实验室、图书馆、数据库等作为自己“被隐藏”的伙伴。人类社会媒介发展的历史也就是传播工艺的社会使用的历史。正是在这个历史过程中，传播工艺的社会意义在技术与社会的相互作用中积淀下来。

要让一条信息成为信息，就意味着要有媒介——物质载体（如纸张、银幕）、物理管道（如声音、光线）、社会环境和能够分享同样符码的接受者。这种意义上的媒介是一个很宽泛的概念。从这里出发，我们可以考虑对“媒介即信息”这个观点提出的几点商榷意见。

第一，历史发展的逻辑不是技术决定论。技术工具的发展水平影响到信息的产生，但技术工具本身也只是合作产生信息的要素。如人们用画笔与用计算机做出同样的一幅画，信息的意义没有变，只是信息产生的技术方式和接触界面改变了，媒介在这里是产生信息的合作者。社会与科学技术的关系总是有实验和选择、发展和限制。对科学技术做出选择的不仅仅局限于专业人员，也包括消费者、投资者和政治家们。大众传播媒介并不是完全自主的，而是一个制度性的操作机构，要服从于各种规则、惯例，受到政治和经济的影响、正式和非正式的控制。媒介提供了一个信息传播的技术条件，但它却不能决定什么信息是应该被传播的。媒介本身并不能禁锢人的思想或者使社会文化自动走向民主，它只是整个社会、政治和经济生态中的一部分。从信息传播技术的发展史中我们可以看出，技术工具和社会应用的关系是一种适应关系，这种关系体现了社会和政治的选择。

第二，信息的效应或效用取决于信息本身所作用的社会环境，取决于作为信息携带者的社会主体和社会环境的互动关系。同样的信息在不同的信息携带者那里产生完全不同的结果。一个信息的贴切性是有边界条件的，这就是它在其所处的传播环境和传播网络当中的位置。也就是说，一个信息是否有意义和有什么性质的意义，要由具体的社会环境和这个环境中的社会主体来决定。由社会主体和社会环境所组成的媒介环境激活、培育和再生产这个信息。对个人来说是这样，对集体性的社会实践来说，也是同理。这就是人们所说的“历史的诡计”的悲喜剧。社会主体意义上的人对信息的完整把握不是一个自发反应或瞬间过程，它需要提示其所在的尺度，我们的认识工具支配我们的理性。

第三，社会的日益媒介化使人对媒介的依赖正在悄悄地变为人对信息的依赖。媒介尤其是大众传播媒介是一个社会关系的中介。对大多数人来说，大众传播媒介所提供的信息、形象和思想是认识社会和历史的主要依据，是集体记忆的再现，是自我认同的参照。在一个媒介化的社会，被分享的大众传播媒介成了人们形成个人认识的一个依赖，构成一种人与社会的中介关系。这种关系可能比直接的个人关系更加冷漠、更脆弱、更无人情味。也可能比直接的个人关系更有魅力、更有吸引力、更令人向往。当电视画面的直观性维护着观众观赏心理中的自恋栅栏时，它毫无疑问在起着调节社会心理张力的作用。而在通往信息高速公路的计算机网络世界中，信息接受者对影像和声音的信息操纵(因电视遥控器的使用而盛行的ZAPPING行为也属于类似的现象)使信息接受者自身成为“虚像现实”的制造者。媒介在此时已经不是信息，而是网络(包括频道和波段)世界中与我们有关的信息本身成为人与外界的媒介。❶

麦克卢汉对媒介研究和文化批评的贡献在于：他始终坚持媒介的各种形式和信息的生产及其对个体、社会和文化的影响；他富有启发性地揭示了新媒体技术，特别是电子媒介对重构人类社会生活的重要作用。当然，与此同时，他又将电子媒介的这种作用做了过分的渲染，具有明显的唯技术决定论倾向。麦克卢汉的媒介理论以风格晦涩、用词艰深、征引庞杂、思想深刻为主要特征。何道宽教授对其研究方法的概括是：“探索而不做结论，并置而不做分析，铺陈而不做归纳，发现而不做判断，定性而不做定量，形而上而不做实证。”

3. 德瑞克·德克霍夫

自20世纪70年代以来，作为麦克卢汉的译员、助手和合著者，德瑞克·德克霍夫与麦克卢汉的关系极为密切，这使他可以得天独厚地接触、了解、研究麦克卢汉这位20世纪杰出的媒体哲学家，从而使麦克卢汉的媒介理论得以继承和发扬光大。1980年麦克卢汉去世之后，德瑞克在诸多研究领域中显得异常活跃，成为西方学术界麦克卢汉研究和媒介文化研究的著名学者。德瑞克著作主要有：《理解1984》《字母文字与大脑》《大脑框架：技术、心智与贸易》《文化肌肤：调查新电子现实》《智能接驳》《智能建筑学》《管理者眼中的麦克卢汉》等。

《文化肌肤》一书是他所有著作中最为重要的一部，曾被列为加拿大第一畅销书，德瑞克因此而赢得“媒体预言家”的桂冠。德瑞克在这部著作中以麦克卢汉早先的研究为基础，扩展和深化了麦克卢汉的一些见解和思想，形成了他自己既富有创造性，又具有煽动性的理论。《文化肌肤》考察了电子媒介如何既扩展我们的神经系统和身体，又扩展我们的心理的过程，集中地反映了德瑞克的媒介文化观，主要表现为以下三方面的内容：电视是一种与身体而非与心智在对话的集体想象力；基于虚拟现实的“赛博空间”；新技术的设计是文化的肌肤，文化艺术和技术之间存在着一种亲和力。这里我们着重阐述的是德瑞克的电视理论：电视是一种与身体而非与心智在对话的集体想象力。

德瑞克通过自身在温哥华Simon Fraser University媒介分析实验室所做的关于电视以何种方式与人们的生存相关的实验而得出两个重要推论。第一，电视主要与我们的身体而不是心智在对话；第二，如果说电视屏幕对人们的神经系统和情感有十分直接的影响，那么它对人们的心智却影响甚微，因为大多数的信息处理实际上是由屏幕来执行的。为了论证自己的推论，德瑞克按照生物技术的模式杜撰了一个“心理技术”的术语，以此来界定那些模拟、延伸或放大人们心智的技术。比如说，虽然电视总体上仅被视为播放录音、录像材料的一种单向渠道，但是，如果我们把它视为是引导我们的眼睛和耳朵进入图像之来源地的一种延伸，

❶ 陈卫星：《麦克卢汉的传播思想》，载《新闻与传播研究》，1997(4)。

那么无论是现场直播的电视节目还是后来播放的录像节目都无关宏旨了。事实上，电话、收音机、电视、计算机与其他媒介的结合，可以创造出能建立信息处理的中间领域。这类视频技术不仅与我们的大脑相关，而且与我们的整个神经系统和感官系统休戚相关，它延伸了意识的可接收性和可发送性，渗入并修改其用户的意识。有了虚拟现实和远程存在的机器人，我们简直可以把我们的意识投射于身体之外并且“客观地”看上一番。这种新的视频技术提出了一种我们可实际消费之对象的集体想象力，保证我们在心理技术集体化的强大潮流中可以保持个人自主的一种力量。德瑞克认为，从这一优势来看，电视就成为伸出我们身体之外的集体想象力，并组合于一种同感的、电子化的远程民主之中。在他看来，电视不仅是一种远距离民主的集体喉舌，而且是一种“公共心智”。电视使用市场调查和民意测验的手段，像X射线一样去审视社会机体，它是我们无意识情感的一种投射。由于电视是一种大众媒介，所以电视是其观众心理的一种集体外化。作为这种反向心理之结果的电视，它把已是既成事实的一种新的政治制度作用在我们身上，只不过人们尚未充分意识到它已经多么深刻地改变了人们的社会进程。

参与式的民主，即电视民主可以直接让平民百姓受益。电视让观众有一种共同参与的感受，它创造一种统一意识，即让大家在同一时间里共享同样的画面和信息，这是电视真正区别于其他媒体的地方。德瑞克强调，电视是所有媒体中最讲民主的大众媒体，电视是稳定社会的动力，而不是引起社会骚乱的原因。它使生活有持续性，为人们提供判断的依据，通过提供各种信息使全球文化得以交流。在德瑞克看来，随着全球一体化的加速和人类交往的日益密切，以及广播、电视、计算机的快速发展，整个地球和人类将会有一种内爆的趋势。人类既需要一种强大的能量供其运作，同时又需要某种消遣方式以缓解由此产生的巨大压力。电视使人们的紧迫感得以松弛，使社会生活变得丰富多彩。最关键的是人们接纳了电视的内容，它使经济得到了难以想象的发展，它创造了一个消费社会。纽约的广告经理兼电视评论员托尼·施瓦茨说得好：“电视不是关于世界的一个窗口，而是关于消费者的一个窗口。”

电视到底以何种方式与人们的生存密切相关？人们对电视会有什么样的认知反应？如果仅就内容而言人类与电视的关系并不是十分紧密。然而，正如麦克卢汉一再重申的那样，电视的主要作用并不体现在内容层次上，而是体现在拥有电子束扫描设备的闪光媒介这一层次上。电视节目的变化或电视频道的切换诱发了电视观众连续的适应性反应和注意力。实际上，电视观众根本无法应付电视的初始刺激，因为电视所诱发的快速而又连续的适应性反应会让观众感到无所适从，电视留给观众对其所看到的内容做出反应的时间很少，电视观众根本没有足够的感觉和闭合的时间去充分地、有意识地整合信息。由于电视观众面对着快速变化的图像和速度被加快的姿势与动作时，简直是被逼从一幅图像切换到另一幅图像。这就不断地需要新的、意外的、适应性和可察觉性的刺激。结果，电视观众不再能够保持良好的状态，在内心里也停止了标识。当这种情况出现时，电视观众是用更兴奋的、被唤起的生理状态来行动并做出反应的，这反过来又会导致他们理解力的下降。于是，电视观众最终便成为一种外部力量的牺牲品，成为快速的视听节目编排的受害者。尽管如此，德瑞克坚持认为，电视更深刻的影响则会出现在“感受到的意义”这一层次上。观众感受到的意义是其肌肉下层作用的结果，而肌肉下层作用是由涉及全身的某种感觉运动拟态引起的运动和姿势表演。虽然感受到的意义很少是有意识的，但是，它在后台控制着和决定着人们对日常事件的总体反应。感受到的意义在顺序上先于逻辑，还可能比思维更全面。因为电视唤醒了人们的适应性反应，而它们又会被组合到我们的神经肌肉系统的结构之中。

德瑞克把“电视感觉”与“图书感觉”区别开来。在他看来，看书是一种真正的私人经验，因为看书时既可以自我控制，又可以轻松浏览。但看电视的情况则不同了，很明显，是电视的扫描设备在“读”我们。德瑞克认为“不是你在看电视，而是电视在看你”。由于我们的视网膜成了电子束的直接目标，当扫描与扫视相接并使我们的眼睛在人与机器之间建立联系时，机器的扫视效力会更强大。在电视机面前，我们的防御能力下降了，我们变得异常脆弱并很容易受到多种感觉诱惑的影响。所以，最佳时间的真正意思是“黄金时间”，也就是最易使电视观众的心智具有易感性的时段。

电视是用电子束来观察观众，因而它处在一种很具有公共性的观察位置。它需要人们在他们自己的心智之外去构建，即从外部接收全部指定的社会交谈的图像。毫无疑问，电视以一种影响力堪与音乐媲美的方式调制我们的感情和想象力，电视的声音、色彩和形状无疑都是我们集体感觉力的感官延伸，电视在某种程度上是个人参与集体沉思和进入公众领域的入口。正如麦克卢汉提出的“媒介即按摩”那句名言所暗含的意思那样，电视爱抚着我们，而且在我们的肌肤之下揉擦产生其意义。电视提供了一种外在于身体和心智的“精神”现实。我们在看电视时如果分心走神，如果不拿遥控器去换频道，那么屏幕图像就会取代我们自己。我们因此而分享着电视提供给自己的集体想象力和集体思考。在电视上，图像并不来自于个人体验，而是出自专业制作小组，他们常常强烈地受到民意测验和市场调查结果的影响。由于民意测验并不针对个别人的口味和选择，而是关心数字，因此，依靠数字说话的民意测验和电视节目所要针对的明显是集体的意识而非个人的意识。❶

德瑞克的电视理论从一个崭新的角度分析了电视对人们外在世界的构建作用。他的电视理论中既有麦克卢汉的精髓，又掺杂着李普曼“拟态约束”的影子，仿佛不是人在看电视，而是电视用电子束来观察人，人们从外部接受的信息全部是电视指定的社会图像。然而，由于德瑞克的理论出发点是媒介而不是传受主体，这无形之中强化了媒介的作用和社会影响力，而观众成为了没有意识和能力的婴儿。在他的视野中，电视观众是由电视制作者构建的电视文化中被动的、无奈的承受者，受众再次沦为“魔弹论”时期被动的接受者，这无疑又是电视传播理论的一种倒退。

(二)美国纽约学派

纽约学派并不像多伦多学派那样源自一所单独的学校，而是指整个纽约城中媒介

❶ 陆道夫：《德瑞克·德克霍夫媒介文化观述略》，载《广东技术师范学院学报》，2003(3)。

环境学派的群体。纽约学派第一代的代表人物有：刘易斯·芒福德、埃里克·哈弗洛克、路易斯·福斯戴尔和约翰·卡尔金。芒福德继承了老师帕特里克·格迪斯的百科全书思想，发展了人类生态和媒介环境的学说，晚期有意识地使用“媒介环境学”这个术语。埃里克·哈弗洛克是著名的经典学者，先后在美国和加拿大几所著名的大学执教，是多伦多学派和纽约学派的重要桥梁。约翰·卡尔金教授在纽约的福德姆大学执教，他自称麦克卢汉迷。纽约学派以福德姆大学和纽约大学为重镇。麦克卢汉在福德姆大学播种，卡尔金在此培育，莱文森在这里拓展，经过三代人的耕耘，媒介环境学在这里蔚为壮观。1970年，尼尔·波兹曼接受麦克卢汉的建议在纽约大学创建媒介环境学博士点，成为媒介环境学的精神领袖。这个博士点发挥了一个成熟学派的三大功能：思想领导、组织领导和制度构建。于是，这个博士点的“三驾马车”——尼尔·波兹曼、特伦斯·莫兰、克里斯汀·尼斯卓姆就成为媒介环境学第二代的核心人物。如今活跃在纽约学派里的第三代代表人物有保罗·莱文森、约书亚·梅罗维茨、兰斯·斯特雷特和凯萨·曼孔卢姆(他的中文名字是林文刚)等人。

1. 刘易斯·芒福德

刘易斯·芒福德(1895—1990)被认为是纽约学派的奠基人。芒福德是美国20世纪最著名的城市学家、社会哲学家、技术思想家，以及美国研究的鼻祖。他是一位全才作家，毕生出版了30多部著作，内容涉及城市建筑、城市规划、城市历史、生态学、社会学、文学评论、艺术批评、技术史与技术哲学等多个领域。早在20世纪初期，他就将媒介与传播、文化、科技和城市统合起来进行研究，他的研究领域涉及对整个科技文化体系的批判，形成了自己独特的史学观。但是在19世纪和20世纪初，大众传播和城市化还分别属于大众社会研究范畴中两个关联不大的组成部分，芒福德在媒介研究领域的先驱作用长期被人忽视。在麦克卢汉和英尼斯的论著中也提到，芒福德是最早介绍媒介环境概念和研究传播技术对人类影响的学者。媒介环境学派普遍倾向于将芒福德看做是媒介环境学派的奠基人。

早期的芒福德是一个技术乐观主义者、温和的技术决定论者，他认为技术可以不断创造新文化，可以给人类带来光明的未来。他在20世纪30年代美国经济大萧条时期写作的《技术与文明》一书是其研究的一个转折，他在此书中对从前的技术乐观主义有所反思，态度更加谨慎，温和的技术决定论转变为价值决定论。第二次世界大战使芒福德丧失了唯一的儿子，原子弹的使用、战后的核军备竞赛使他开始进一步反省技术的本质。他于60年代写作并陆续出版的两卷本《机器的神话》对30多年前写作的《技术与文明》进行了再诠释，表达了对现代技术的失望和担忧以及对科学技术的严厉批判态度。自始至终，芒福德把技术的问题与人的问题结合在一起进行思考，是人文主义的技术史与技术哲学的典范。不同的人文理念导致不同的技术哲学。“没有对人性的深刻洞察，我们就不能理解技术在人类发展中所扮演的角色。”在芒福德的人性理解之中，重视心灵胜过工具，重视有机体胜过机械。

西方的一些学者把媒介环境学奠基人这一称号赋予了刘易斯·芒福德。原因就在于，他第一个认识到技术对人类生活和文化产生的巨大影响。虽然在他的著作中，我们看不到具体的对媒介环境学的概念界定，但可以肯定的是他是第一位将媒介与环境联系在一起的媒介学者，这是非常具有前瞻性的。他的《科技与文明》至今仍是纽约大学文化与传播系学生的必读书目。刘易斯·芒福德是科技生态学的创始人，在对理论的建构过程中，他曾经受到他的老师——苏格兰生物学家帕特里克·戈德斯的强烈影响。正因为如此，芒福德从其老师那里继承到的是一种对技术、文化和城市的全面的环境学视角。

克里斯汀·尼斯卓姆曾经在他的博士论文《媒介环境理论：人类传播系统研究理论继承典范的规划化》中将刘易斯·芒福德的《科技与文明》中的论述作为其媒介环境理论的基础。波兹曼也认为"它是第一次尝试去证明由技术所带来的心理和社会的变化"。芒福德的研究涉及了对整个科技文化体系的批判，他将媒介与传播学、艺术、文化放在一起讨论，虽然他并没有明确提出"媒介环境"的概念，但是他在研究中却将媒介和环境联系在一起，将人类生物学和科技学上的一些习惯转化为了研究过程中具体、可行的方式。在《技术垄断》中，波兹曼提出了三个技术时期的划分：使用工具时期、技术统治时期和技术垄断时期，这种提法与芒福德的前科技时代、旧科技时代和新科技时代或多或少有着相似之处。

在《科技与文明》这本书中，芒福德根据科技及其发展，将历史划分为"三个连续的但是也相互交叉贯穿的时期"：前科技时代（约公元前 1000 年—1750 年）、旧科技时代（1750 年以后）和新科技时代（20 世纪至今）。划分这三个阶段的标准之一就是它们各自的能量、资源、原材料、生产方式等对自然环境（即人类生态）的改造程度。区分三个阶段的另一个重要方法就是看它们各自对人类生活和文化所造成的影响。他的这种划分方法已经具有一种环境学的观点，只不过他还没有将重点放在传播媒介上，或者说，他没有意识到媒介和技术的发展往往是联系在一起的。在这本书里，他还提出了技术延伸的思想，他认为"发明并使用工具的目的，是用增强和保持人体器官的劳动能力这样的一种方式，来改造世界，既是为了增强那些非手臂器官的能力，也是为了产生出获得平衡力和保证生存的有利条件"。于是技术可以增大人体的机能和感觉能力，进而对人类社会的进化产生巨大的影响。继而，芒福德提出了一种有机科技的观点，认为科技是生物有机现象和力量的一部分，要在有机力量、美学和技术之间保持一种平衡状态。他的这种观点并不是要消灭所有的机器，而是使这些机器重新回到人们的掌控之中，进入一种有机和谐与生态平衡的状态。在这种状态中，进步将是无限的，但所有的进步都会根据人类的情况而发展，而不是一种科技的扩张。在这种状态中，生态环境将适合所有人的发展，人类将永远不会面临被异化的情景。

芒福德也对一些具体的媒介形式进行了分析。在讨论到新的信息形式的强大塑造力时，芒福德认为望远镜和显微镜的发明破坏了中世纪人们的空间共有的观念。一项发明增加了宏观世界的范围，另一项发明展现了微观世界。在它们面前，一般人所持有的关于空间的最初的观念变成了完全悲观的认识。当然，芒福德的理论受到后来的英尼斯和麦克卢汉等媒介理论家所推崇，还在于芒福德曾经最早将媒介看做一个不可见的环境，在《历史上的城市》这本书中，他提出了信息传播系统组成了一个"看不见的城市"。因此，可以说，媒介环境的概念在芒福德那里已经产生了。

2. 尼尔·波兹曼

尼尔·波兹曼（1931—2003），世界著名的媒体文化研究者和批评家，生前一直在纽约大学任教。他在纽约大学首创了媒体环境学专业。直到 2003 年，他一直是该校文化传播系的系主任。2003 年 10 月波兹曼去世后，美国各大媒体发表多篇评论，高度评价波兹曼对后现代工业社会的深刻预见和尖锐批评。继 1967 年麦克卢汉在与人合著的《媒介即信息：效果一览》中提出“媒介环境”之后，波兹曼最早正式提出“媒介环境”概念，并将其建设成为一个媒介研究专业，从而成为媒介环境学派的领军人物。1970年，波兹曼在纽约大学首创媒介环境学硕士和博士点，这意味着媒介环境学研究的机构化。波兹曼的主要著作包括：《娱乐至死》《童年的消逝》《技术垄断》《教学：一种颠覆性的活动》（合作者：查尔斯·韦恩加特纳）《教学：一种保存性的活动》《诚心诚意的反对》《疯狂的谈话，愚蠢的谈话》《如何看电视》《建造通向18世纪的桥梁：过去怎样改变未来》。其中《教学：一种保存性的活动》《童年的消逝》和《娱乐至死》是波兹曼的三部代表性作品，可称为电视媒介分析的三部曲。

波兹曼的媒介环境理论：

①媒介即隐喻

《教学作为一种保存性的活动》《童年的消逝》《娱乐至死》三本著作是波兹曼关于电视媒介分析的三部曲。在《教学作为一种保存性的活动》中，他认为电视已然成了一种课程，一种与传统学校相抗争的课程，一种图像胜过文字的课程，它吸引注意的效果战胜了文化的连贯性。在这种环境下，学校需要改变体制以使自身适应被电视和其他电子媒介所统治的文化环境。《童年的消逝》指出电视揭开了我们原来努力想要向儿童保留的秘密，成人的世界被电视毫无保留地向儿童开放。波兹曼认为电视使得儿童原本拥有的三种重要的素质正在消失：文字、学校、羞耻心，这就直接造成了19世纪在印刷术的刺激下形成起来的儿童概念趋于消逝。

《娱乐至死》是波兹曼影响最大的一部著作，被翻译成多种文字在许多国家出版。在书中，他提出了“媒介即隐喻”的重要观点。所谓“媒介即隐喻”，是指“媒介用一种隐蔽但有利的暗示来定义现实世界”，其中媒介的形式极为重要，因为特定的形式会偏好某种特殊的内容，最终会塑造整个文化的特征。他把柯日布斯基的符号学分析和麦克卢汉、英尼斯等多伦多学派的媒介分析联系起来，认为“媒介并非一种通过其所处文化来处理自身事务的不偏不倚的机制。它是价值的塑造者、感觉的疗理者、意识形态的鼓吹者、社会形式的严格的组织者”。

波兹曼通过不同媒介时代隐喻方式的更迭，向我们揭示了新媒介对于旧媒介的竞争不仅仅表现在时间、注意力、金钱和权力方面，更重要的表现在对人们世界观的控制上，因为每一种媒介都包含着意识形态方面的因素。从这个角度考虑，波兹曼所钟情的印刷术在某种程度上也是计算机技术的盟友。因为印刷术虽然促进了人们关于个人的现代思想，却破坏了中世纪关于社区和社会团结的感觉。相对于印刷术对社会的改变，电子媒介带来的是一个缺乏精神或智力秩序的世界。数字传播和媒介对我们实行了“私营化”，它们孤立了个人，消灭了人类的社会感，人与人的关系几乎完全靠机器来调节，在这个世界里，人们普遍缺乏为信仰提供立足之处的一种整体的观念。波兹曼在一次访谈中把这种现象看做是“最高等级的毁灭”，令他感到惊奇的是“人们并没有认识到这一点也没有因此而感到烦恼”。在此基础上，波兹曼从媒介变迁史的角度，提出“当一种有很大影响力的媒介进入一个文化时，结果并不是旧文化和新媒介的简单混合，而是产生了一种新的文化”。

由于我们创造的每一种工具都蕴含着超越其自身的意义，电视作为重大的技术系统的一部分，它以其现代传媒技术的革新性完成了自己的隐喻方式——作为“第一课程”，它以超乎学校的巨大影响力操控了整个社会的言行、情感，甚至思想。但是电视只能提供信息的被动传递，而并非信息的相互作用（这一点在波兹曼看来是使学习达到最佳化所必需的），因此，波兹曼认为，电视并非一个提供教育的有效方法。继而，波兹曼批评了电视工业把那些严肃的事情和娱乐混淆在一起，对政治、法律、教育、宗教等方面表现出来极强的娱乐性，并由此对文化形成了强大的塑造功能。电视所主导的这种娱乐化氛围降低了公共话语的价值，削弱了集体的理性能力，总体上摧毁了许多文化的价值，也造成了整个社会文化智力的普遍下降，电视已经成了当代文化的指挥中心。波兹曼在一次接受《城市文化评论》的访谈时，坦言自己“看电视新闻只是为了获得某种娱乐”。沉浸在对印刷时代文明的深切缅怀中，波兹曼试图用一种生态学的观点、一种平衡的观点，指引我们摆脱电视媒介对文化无休止的侵扰与控制。

②技术垄断

在对电视媒介的分析中，波兹曼逐渐将他的关注点扩展到了信息技术。“技术垄断”一词源于他的自创，是指技术对我们今天的世界和生活所实行的独特控制。他在《技术垄断：文化向技术的屈服》一书中宣称我们已经超越了技术专业化，而走向了技术垄断。他认为文化应分为三类：使用工具的文化、技术专业化、技术垄断。在早期使用工具的文化中，工具被发明有两个用途：解决物质生活中那些特殊和紧迫的问题或是为象征世界，如艺术、政治、宗教等服务。工具并不会阻止人类相信自身的传统，事实上，是信仰在引导着工具的发明，并限制着对它的使用。但是，进入技术专业化阶段，工具开始在文化的思想界起到重要的作用，社会和象征世界也开始逐渐臣服于技术发展的需要。这一阶段，在日益发展的科学精神的帮助下，工具与文化的关系由融合转变成了入侵。但是技术专业化阶段还没有完全破坏社会和象征世界的传统，传统价值和惯例与刚刚兴起的科学和技术的世界观并存。而当这种并存的平衡关系受到破坏时，技术就取得了控制权，于是技术垄断形成。技术垄断是一种专制化的技术统治，是一种对技术的神化，意味着文化要改而寻求技术的认可，并且在技术的侵蚀中一步步让出自己的领地。

波兹曼提出“技术垄断”这个概念意在说明技术对文化的影响。他追溯了媒介的变迁，认为“在每一件工具里都隐藏了一个意识形态上的偏倚和它的独特价值观和世界观，因此，它会引导我们片面地使用我们的机能、感官和情操”。由此，每一次媒介技术的更迭，必然改变人们在旧有媒介时代所形成的思想传统。以阅读为特征的文化推广了一种不同以往的思维方式和性格品质，要求人具有更高的自制能力，具有关注历史和未来的能力。因为文字描述的抽象性决定了参与者必须对这种描述进行相关的思考，这种思考是和阅读联系在一起的。由此，阅读习惯培养了辨识、选择、判断的能力，也激发了公众参与社会事务的热情。而电子时代的阅读是忌讳思考的，它以现实为中心，直接用图像影响观众。作为瞬时和图像的二重奏，它使人们既失去了传统，又放弃了思考，把我们引向文化的反面——娱乐。因此，波兹曼把电视技术的引入与现代性的消亡联系起来。波兹曼关注的是技术与话语之间的关系。对他来说，印刷文字的修辞深深植根于阅读和谈话的平衡中。而电视话语打破了这种平衡，它把重点从传播的口头形式转移到了视觉形式。

波兹曼认识到，电视只是更为巨大的技术系统中的一部分，计算机才是今天技术文化的表现、工具以及象征。计算机是“我们这个时代的统治性隐喻，它暗示了一种新的与信息、工作、权力和自然本身之间的关系，并由此界定了我们这个时代”。计算机所代表的新的传播技术神奇般地增加了我们文化中信息传播的容量，削弱了那些通过印刷话语所建立起来的秘密和私人的观念，导致了信息过载和无法加工、控制，从而也就使得信息防御系统的崩溃成为技术垄断在电子媒介时代最为突出的表现。在信息技术落后的时代，每一种信息都会给人们的行动甚至思想带来指引，为人类控制世界提供帮助。但是，当信息量远远超出我们的消费限度，并且对我们解决自身的问题毫无帮助时，信息就变成了垃圾，而我们成了垃圾的收集者。最为严重的一点还在于，我们对技术所带来的信息过量毫无防御和控制之策，精神的安宁和社会意志面临崩溃。因此，波兹曼认为我们正在遭受一种文化 AIDS。

波兹曼抱怨技术垄断使人们失去了中世纪思考和理性的传统，因为技术把它的价值观强加于我们，改变了我们文化中最基本的思考模式，同时也改变了我们置身其中进行思考的人类精神传统——理性和历史。由此，他相信可以通过恢复人们关于家庭、宗教和西方文化的传统叙述，控制技术垄断。这样的建议虽然对于问题的解决缺乏有效性，但毕竟提供了一个可供努力的方向。

③教育

针对技术垄断和电视媒介给文化带来的各种影响，波兹曼一直在为一个非常重要的问题寻求答案，那就是对于“在 21 世纪做什么、思考什么，特别是对于我们与技术之间的关系，应该在哪里寻求指引”的疑问。对于起源于印刷时代的现代学校教育，波兹曼一直保持着很高的热情，他认为学校始终是我们试图理解和解决文化新趋势的焦点所在。正如前面所提到的，电视凭借其传播的形式、内容、思想等正在取代学校和课堂的位置，成为第一课程。它一方面是命令式的；一方面又在消解着权利。它展现的是一个碎裂的、没有组织性原则的、没有主题和逻辑顺序的叙述。总之，它在进行着一种与传统教育完全相反的教学。柏拉图认为在一种文化中，信息的占主导地位的形式塑造着它的公民智力的方向。目前的公共教育在电子媒介所塑造的信息环境的影响下正在进行关于疏离和分裂的叙述，疏离个人与社会，割裂历史与现实。公共教育应该是保护我们的文化免遭毫无控制的技术发展狂乱影响的一剂良药，但它现在却与技术展开了热情的对话。因此，波兹曼不无忧虑地提出教育无法明确自己的目标，因此已经面临终结，应该重新界定学校的价值。

由此，《在教学作为一种保存性的活动》这本书中，他提出了一种教育平衡的观点，其实就是关于教育的生态学观点。他认为，首先应该向学生提供一种探索性的学习方法，传统的教学环境强调学习就是被告知所发生的事情，而探索性的学习方法应该把学习本身作为一个事件来进行关注。要在这一事件中培养学生一种与众不同的批判视角，让他们学会如何思考，帮他们建立一种超然的态度和分析能力，以便他们能够利用自身的勇气、沉着、智慧去看待自身所处的文化。其次，对学生进行媒介教育，其主要目的——不管其关注的是媒介的历史、影响还是价值——是帮助学生把文化看成是信息的形式，而这种信息反映并塑造着关于生活的主导性方向。此外，还要对学生展开技术教育，它完全不同于那种教人们如何使用计算机加工信息的教育。“技术教育的目的是要学生理解技术会帮助我们做什么，又会阻碍我们做什么，它是传授关于技术如何利用我们，以及它在过去是如何利用人类的教育；它是关于揭示技术如何创造了新世界的教育。”总之，波兹曼是想要提供一种平衡的教育以对抗文化中信息结构的成见。❶

波兹曼的理论中充满了技术决定的论调，对于人之所以为人的独立的思维分析能力完全忽略不计，人成为技术控制的没有任何反抗能力的奴隶，所以他对印刷时代的古典精神传统表示了无限的怀恋，这就使得他在审视今天的电子媒介时代时，对科学技术和人类未来充满了悲观论调。这不免有所偏颇了，但是值得注意的是波兹曼给世人提供了一种警醒的思考，他指出电子媒介的缺陷以及对文化的潜在影响，应当引起足够的重视、深思与纠正。他的媒介环境理论强调的正是如何在这种重构和改造中保持文化的独立性，保持文化自身的协调、平衡和比例。

3. 约书亚·梅罗维茨

1985年，美国新罕布尔大学教授约书亚·梅罗维茨在他《消失的地平线：电子媒介对社会行为的影响》中提出了他的媒介理论——情境论。梅罗维茨认为，在现代社会，媒介的变化必然导致社会环境的变化，而社会环境的变化又必然导致人类行为的变化，其中尤其以电子传播媒介对社会变化所产生的巨大影响更令人瞩目，因为它能更有效地重新组织社会环境和削弱自然环境及物质(场所)间一贯密切的联系。因此，梅氏声称，他提出新的媒介理论的目的就在于提供一种“研究媒介影响和社会变化的新方法”，以解释和说明人类传播活动中过去的、现在的和未来的这类变化现象。梅罗维茨坦陈他的媒介情境论是对英尼斯、麦克卢汉的媒介理论和戈夫曼的“社会场景”理论的有机融合。

1. 梅罗维茨情境理论

田中初在《电子媒介如何影响社会行为——梅罗维茨传播理论述评》一文中对梅罗维茨的媒介情境理论进行了介绍和评析。

(1)理论基石

架构梅罗维茨传播理论的两块基石分别是麦克卢汉的传播媒介理论以及社会学家戈夫曼的“剧场”理论。

梅罗维茨继承了麦克卢汉和英尼斯的聚焦于传媒技术的理论。他认为媒介并非仅仅是两个或两个以上环境中的人们之间进行交流的手段，它们本身即是环境。虽然梅罗维茨参照麦克卢汉的媒介理论之处甚多，但在他看来，麦克卢汉理论却没有清楚地阐明电子传媒是通过何种机制引发广泛社会的变化的，而且，“麦氏将媒介描绘成感官的延伸，并且宣称新媒介进入某种文化后就会改变这种文化下的人们的感官平衡，并改变他们的意识。但是麦克卢汉没有给出具体的理

❶ 李晓云：《尼尔·波兹曼与媒介生态学》，载《新闻界》，2006(4)。

由来解释为什么具有不同感官平衡的人会有不同的行为。因此，梅罗维茨认为，麦克卢汉的理论难以为分析传播媒介对于人们社会行为的影响提供充分的解释。

媒介特别是电子媒介为何及如何导致社会结构或社会行为的根本性转变？在梅罗维茨看来，可运用“情境论”的视角，考察传播媒介情境与行为之间的关系，通过这种考察来审视新传媒的崛起造成的社会传播新模式。为此，他选择了美国社会学家戈夫曼的社会情境与社会角色关系理论作为他的媒介理论的又一源头。

戈夫曼的代表作是《日常生活中的自我表现》。在该书中，戈夫曼提出的一个主要概念就是“情境合宜”，即行动或概念的意义取决于它们产生的背景。简单说来，戈夫曼的理论将人们的社会互动、社会生活同表演戏剧进行类比，认为人人都在不同的社会舞台上扮演大量不同的社会角色。“当人们进入某种环境时，他们就得对这一社会环境及处于同一环境中的其他人有所了解。”戈夫曼“戏剧论”式的社会角色理论认为，在特定的情境中的任何个人的行为都可归于两个大的范畴：“后台区域”或后台行为（自己人之间的一种放松状态），以及“前台区域”或舞台表演区行为。

“戈夫曼和麦克卢汉为理解社会行为提供了不同的思路。戈夫曼提出了影响行为的一个因素——‘环境的限定’，它是由特定的交往地点以及观众所决定的。戈夫曼显然忽略了角色和社会秩序的变化。而另一方面，麦克卢汉指出了电子媒介的应用所产生的社会角色的普遍变化，但是没有清楚地解释电子媒介‘怎样’和‘为什么’会引起这些变化。”所以，梅罗维茨认为：“戈夫曼和麦克卢汉二人的优势和劣势是互补的。戈夫曼侧重研究了面对面的交往，却忽视了媒介对于他所描述变量的影响和作用。而麦克卢汉侧重媒介的效果，却忽略了面对面交往的结构特征。在此基础上，梅罗维茨将两者的理论糅合到一起并注入自己的见解，提出了自己的传媒社会影响力的逻辑思路：新媒介——新情境——新行动。

(2)理论框架

在梅罗维茨的以“情境论”为特征的传播理论推演中，首要的前提就是对“情境”进行拓展界定。因为在戈夫曼对情境的定义中，尚没有媒介这一要素，而梅罗维茨的逻辑推论要成立，势必要在情境的定义中导入媒介这一变量。

传统的情境决定论者大多以特定的地点场所中所发生的接触交往为焦点，但是梅罗维茨提出，决定人们互动的性质的并非自然环境（场所）本身，而是信息流通的形式。比如面对家中尚未读书识字的孩子，父母亲通过单词的拼写来相互交谈，从而避免孩子听懂他们的交流内容。在这种情况下，即使孩子在场，他们的交流也处于安全的后台区域。因此，在探讨情境定义时应以人们接触信息的机会为焦点，拓宽情境的概念。以这种拓宽了的情境概念来分析人们的行为，应把媒介环境（即媒介的运用所造成的信息环境）放在重要位置上来考虑，因为媒介信息环境如同地点场所一样，可以促成一定的信息流通形式。

有了对情境的新的界定，梅罗维茨就进入到对情境的变化造成行动者行为变化的分析环节。“真正不同的行为需要真正不同的情境”，行动者对于每一种情境都需要一种明确的界线，一旦发生两种或两种以上的情境重叠时，不同的社会角色就会产生混淆，使行动者同样产生这种重叠现象，从而导致新的情境产生。新情境的产生要求行动者采取新行动来适应。因此，媒介的变化与情境的变化相互关联，而情境的变化又直接影响着行动者的行为。至此，传媒与行动者行为取向的关联，即传媒的社会影响力就非常清楚了。

在疏通其理论逻辑之后，梅罗维茨用了大量的篇幅来阐述电子媒介到底如何促成情境的变化，从而在人们行为变化乃至社会变化的过程中扮演决定性的角色。梅罗维茨注意到，由于电子传播媒介的普及，情境形式正在发生变化。

首先，电子媒介，特别是电视，打破了不同群体信息系统的分离状态。电子传媒所用符码的简单性(如电视的声像)能将来自不同经验世界的视听形象显示给不同层次的受众群，从而打破印刷媒介所造成的不同阶层受众群之间的界线。

其次，由于电子传媒的传播效果具体生动且能展现事件过程，“公域”和“私域”的界线有时也难以界定。例如电视，人们可以通过它观察到别人的私人行为，梅罗维茨称之为“公共情境”合并“私人情境”现象。这正如后来的学者所言：“人们借助电视、视盘、电影可以窥视他人的生活，乃至某犯罪的过程、性与暴力的过程。人们的私有空间成了媒体的聚焦之所，整个世界方方面面的事不必要地展现在家里。”界限的消失意味着社会处于一种“透明”的状态。

此外，电子传媒引起社会场所对自然场所的分离。正如人们评价的那样，梅罗维茨传播理论的一个重要提示就是“电子媒介通过改变‘人类地理环境’对社会行为造成的冲击。……这些新媒介重新界定了社会‘位置’和‘地域’的概念，将人身体验和物质地点分离开来。”在这个基础上，梅罗维茨得出了这样的结论：旧有情境界限的打破，有关情境的一些旧有方式的联结、结合的消失和新的分离的产生，都使情境形式发生变化，出现了许多原本分开的旧情境、范畴合并的现象，导致了新情境的形成。与面对面交往融合的情形不同，电子媒介的混合场景持续时间相对要长，且不可避免，所以其对社会行为有更大的影响。

(3)理论延伸

在建立起自己的理论框架之后，梅罗维茨做了三个个案的研究，把电子媒介导致情境变化及其行为后果的研究具体化。

①男性气质和女性气质的融合

电视是面向全社会的动态画面的媒介，因而男性和女性在电视场景中的角色必须得到平衡，印刷环境造成的男性与女性获取信息的差异必须减少。梅罗维茨举了这样一个例子：“虽然《花花公子》杂志的订户几乎都是男性，但‘花花公子频道’是男女观众一起看的。而更令人吃惊的是，‘花花公子’电视观众的20%是单独观看的女性。”电视融合了男女的信息系统，男女气质的差异在减小，共通的成分在增多。随之而来的是女性的权利意识得到提升。“一旦男性和女性共享大量的信息，而这种共享是显而易见的，那么他们可能开始使用相同的语言，讨论相同的话题，并且期望相同的权力和特权。”

②成年和童年的模糊

印刷媒介倾向于将儿童与成人隔离开，通过书籍和印刷媒介，成年人可以隐藏许多不容孩子们目睹的残酷现实，或者至少可以对于他们何时获得这些知识实施某种控制。而电视则倾向于将成人与孩子的内容进行再度融合。对孩子们来说，电视成为一个强有力的“揭示秘密的武器”。梅罗维茨认为，由于电视节目，特别是访谈节目，开始公开讨论那些成年人过去试图躲避孩子们的话题，这种媒介就向孩子们暴露了“所有秘密中的最大秘密——保密的秘密，即成年人图谋对于孩子们应了解的知识实行检查的事实”。由此，梅罗维茨的观点是，目前的孩子之所以比他们的前一代缺少更多的天真童稚，其中的一个重要原因是他们过早地通过电视知道了成人秘密。

③政治英雄和普通百姓的融合

电子媒介时代给政治权威显示自身提供了非常重要的舞台，但同时也使其失去了印刷环境下神秘的光环，因为人们可以清晰地看到具体的人，尽管经过了公关专家的包装，非现场的报道还可以剪接，但是一旦政治权威的形象距离与普通人接近起来，任何完美就不存在了。于是，与之紧密相连的政治文化也不能不重新定位，政治生活中的“私人领域”和“公共领域”之间的界限淡化了。就像有人这样比喻：“广播就像《旧约全书》，能让人听到圣人教诲，却看不到圣人；电视就像《新约全书》，在电视里圣人变得栩栩如生，就像在我们中间一样。”由于电子媒介过分注重形式上的表现，梅罗维茨也担心这种电视政治民主可能产生的异化。他说，由于华盛顿的麻脸和假牙、林肯丑陋的相貌、罗斯福近视的斜眼和瘫痪的双脚，“如果三位最伟大的总统出现在当今社会并且参与初选，他们可能无法确保被提名”。

应该说，梅罗维茨在研究三个个案时，其分析基本上处于点到即止的层面。对于他所观察到的这些方面的变化，实际上也是一些学者已经关注的话题。比如成人与儿童边界消失的话题，美国纽约大学教授尼尔·波兹曼早在 1982 年出版的专著《童年的消失》一书中已经提出，童年的理念是否存在主要取决于当时社会的大众媒介形式，印刷媒介有效地把成人世界和儿童世界相隔离，而以电视为中心的媒介环境导致了两者之间界限的模糊。梅罗维茨和他的观点是一致的。再如电子媒介导致政治异化问题，梅罗维茨的忧虑和当时的很多学者是一样的。法国社会学家艾德加·莫兰也曾论道：“选举能否成功很大程度上有赖于选举者一些次要的、形式上的、公式化的特点。选举的成败要看你能不能成为明星。”他认为，这些次要的方面使人们越来越多关心政治家的私生活而非公共生活。由此，我们也可以推想梅罗维茨借鉴、融合了其他学者的一些观点，但是，他强调从电子媒介的视角来解释这些现象，这多少还是有些新意的一家之言。[1]

2. 梅罗维茨情境论评析

梅罗维茨的情境理论认为“电子媒介影响社会行为的原理并不是什么神秘的感官平衡，而是我们表演的社会舞台的重新组合，以及所带来的我们对‘恰当行为’认识的变化”。梅罗维茨把社会情境及其变迁作为迁入点，通过将媒介及其变化同社会环境及其变化联系起来加以分析，具体考察媒介、情境和行为变化，这提供了解释传媒作用社会的另一种方式。此外，梅罗维茨将受众的概念包含在情境之中，从而突出了受众在媒介、受众和社会关系中的重要性，同时又承认媒介具有强大的影响力，这是比较辩证的。需要指出的是，他分析传媒与社会环境变化的关系时，有过分夸大传媒的力量之嫌，具有“媒介本体论”的倾向。另外，梅

❶ 田中初：《电子媒介如何影响社会行为——梅罗维茨传播理论述评》，载《浙江师范大学学报(社会科学版)》，2006(1)。

罗维茨一味强调媒介本身的特点，将媒介同内容分割开来，这也是很不恰当的。

4. 保罗·莱文森

美国学者保罗·莱文森是北美媒介环境学研究的纽约派的第三代代表人物，他师从尼尔·波兹曼，被誉为“数字时代的麦克卢汉”。保罗·莱文森认为技术是人类为了生存而选择保留的最适合需求的东西，信息作为自然界的基本元素，受其影响而产生的信息技术以及媒介形态都是自然界动态进化后保留的东西。因此，莱文森认为“媒介进化是一种系统内的自我调节和自我组织，其机制就是补救媒介，即后生媒体对先生媒体有补救作用”。麦克卢汉曾致力于研究媒介发展的四定律，企图摸索出自人类社会产生以来媒介进化的规律，从而开启了媒介进化研究大门，但我们一般更强调保罗·莱文森的媒介进化论的研究意义。具体地说，保罗·莱文森的媒介进化论涵盖了三个主要理论，即“补救性媒介理论”“人性化趋势理论”和“软媒介决定论”。

(1)莱文森的媒介进化论❶

①补救性媒介理论

该理论是莱文森媒介进化论中的核心观点，他认为媒介进化体现了两个目的：第一是满足人的渴求和幻想，媒介作为人的感觉能力的延伸或扩展(麦克卢汉)，是由人自身的需求产生的，又是随着技术和社会进步在不断满足人的需求中发展演进的。即“我们借助发明媒介来拓展传播，使之超越耳闻目睹的生物极限，以此满足我们幻想中的渴求”。第二是弥补失去的东西。因此，整个媒介进化的过程都被莱文森看成是补救的过程，广播是对报纸的补救，电视是对广播的补救，互联网则综合了对报纸、书刊、广播、电视、通讯等媒介的补救，被莱文森称为“所有补救性媒介的补救媒介”。

②人性化趋势理论

莱文森在学术研究中非常尊重麦克卢汉和恩师波兹曼，但他更信奉“吾爱吾师，吾尤爱真理”。因此，他一方面积极继承麦克卢汉的媒介理论，同时又严厉批判了恩师波兹曼对电子媒介的责难。“积极驾驭媒介的主人，不是在媒介中被发送出去，而是在发号施令，创造媒介的内容。对于别人已经创造出来的内容，人拥有自主选择能力。”莱文森的媒介进化理论突出了人作为社会性动物的主观能动性，认为人在媒介进化中发挥了关键作用，该理论被莱文森自称为“人性化趋势”的理论。

③软媒介决定论

这个理论是莱文森对学术偶像麦克卢汉技术提出的决定论的修正，他将麦克卢汉的媒介进化理论称为“硬媒介决定论”，而把自己的进化理论称为“软媒介决定论”。他说：“有些媒介学家认为信息系统对社会具有必然的、不可抗拒的影响，他们称这种关系为‘硬媒介决定论’。理智地讲，媒介很少产生绝对不可避免的社会结果。相反，它们提供事件产生的可能性，事件的状态和影响是诸多因素共同作用的结果，而不仅仅是信息技术作用的结果。媒介学家称这种关系为‘软媒介决定论’。”

(2)莱文森对“地球村”理论的发展

莱文森把麦克卢汉的“经典地球村”分为广播地球村和电视地球村，广播地球村是“儿童的村落”，电视地球村是“窥视者的村落”：

---

❶ 参见杨陶玉：《媒介进化论——从保罗·莱文森说起》，载《东南传播》，2009(3)。

①广播地球村——儿童的村落

莱文森认为，广播媒介造成的媒介环境和传统的家庭关系极其相似。传统的家庭在亲子关系上，必须是权威主义的，孩子绝对不允许在重大问题上和父母作对，他们的耳朵要听话，嘴巴却要闭上。同样，广播在技术上体现的特点也是这样，它的传播渠道是单向的，只能听，不允许听众对它发问或者发表自己的观点，不仅如此，广播媒介应用与传播造成的后果也和家庭关系有着相似性。

莱文森举例说，20世纪广播时代产生的最伟大的四位政治领导人——斯大林、希特勒、丘吉尔和罗斯福都在历史的关键时刻通过广播对国人讲话，产生了极大的影响，从而改变了历史的进程。"他们凭借的广播手段，不能够记录任何相左的意见或反对的声音。听收音机的人，无论其年龄大小，都成为匍匐在父亲脚下的孩子。他们的国家没有成为'村落'——村民是可以争论、可以讲民主的，而是变成了家庭。在这样的'家庭'里，凡是能够听到广播的公民，都成了没有权威的家庭成员，成了孩子。"

的确，正是由于广播单向传播的技术特点，加上其信息传播在区域上的广泛性，它成了拥有巨大影响力的宣传工具，传播的权力中心从广播诞生的第一天起就被牢牢的掌控在拥有它的传播者手中，他们成为广播地球村的"家长"。相反，作为广大的受众，虽然人数众多，但是广播媒介缺乏互动机制的特点使得他们没有表达自己观点的通道，所以，只要有广播媒介的信息传播存在，他们就只能接收传播者的信息或者宣传，或被动或主动，都像是传统家庭中孩子对父母的唯命是从一般。所以说，在广播造就的地球村里，受众是"儿童"，相对掌握传播主动权的广播媒介的拥有者来说，他们是弱势的"村民"。在这个意义上，广播地球村距离真正的"地球村"是有差距的，其意义是不完整的，更像是"儿童的村落"。

②电视地球村——偷窥者的村落

莱文森认为"地球村"不会永远停留在"儿童的村落"阶段，它是成长的。广播媒介在经历了20世纪三四十年代的辉煌后，到了20世纪50年代"电视和它更加分离的图像处理方式已经要取代广播在娱乐和政治演讲中所占据的主导地位了"。地球村也发生了转向，通过电视，村里人从收听者变成收视者，"儿童"也长成了"偷窥者"，于是，电视地球村——"偷窥者的村落"开始形成了。

从广播到电视，从"儿童的村落"到"偷窥者的村落"，这是媒介演化导致的媒介环境改变的结果，这种变化进而导致地球村全体村民感知整个村落的方式发生了变化。"肯尼迪揭开了电视时代的总统任期和窥视时代的序幕。"——对于电视地球村，莱文森这样说道。

1960年，美国电视播出了肯尼迪和尼克松竞选总统的辩论，与此同时广播也转播了这场辩论会。但是同一场辩论，观众和听众对辩论输赢的判断却是截然相反的。大多数广播听众认为尼克松会获胜，但是电视观众们更多地认为肯尼迪表现得更好。众所周知，最后的事实是肯尼迪以微弱优势获得了竞选的胜利，一定意义上我们可以说，这也是拥有更多受众的电视对广播的胜利。莱文森对此认为，电视辩论中的肯尼迪之所以令人钦佩，"不仅是因为他说的漂亮，而且是因为他长的漂亮。这种钦佩不是孩子对父亲的钦佩，而是影迷对影星的钦佩"。显然，在莱文森看来，电视地球村的村民由于通过电视获得了信息传播的现场感，从而更加注意视觉上的冲击力，那种心理基础和"窥视者"如出一辙。

1992年，克林顿作为候选人竞选总统时，有媒体报道他与珍妮弗有染，对此他予以否认，但是他暗示自己有其他的婚外情。最终的事实显示，克林顿并没有因此影响到自己的参选，反而竞选成功。从媒介和政治的关系出发来分析其中的原因，有两种相互对立的解释："其一是尽管有婚外情，他还是获胜，因为村落的窥视者对这种热闹劲已经厌烦了；其二正是由于婚外情，他才当选总统，因为村落的窥视者(至少是大多数的窥视者)的关注焦点变为欣赏婚外情，而不是感到不满。于是，窥视的村民想确保这种形式的娱乐能够继续下去。"

莱文森虽然觉得第二种解释有一点"愤世嫉俗"，但是他依然偏向于认为两种解释都发生了作用。以上分析也再次证明了，在莱文森的电视地球村——"偷窥者的村落"中，广大村民那种窥视者心理在不断变化，而这种心理状态正是电视媒介传播对事实现场的再现和大规模传播造成的，所以在这个意义上莱文森把电视地球村恰当地比喻为"偷窥者的村落"。

③赛博空间——参与者的地球村

以上"儿童的村落"和"偷窥者的村落"，是麦克卢汉经典地球村的两个特征。但是如前所述，在莱文森看来，它们的意义都是不完整的，因为"在收音机和电视这种单向传媒的村子里，被它们召唤起来的村民，完全是偷听者和窥视人"。只有到了网络时代，赛博空间诞生，早期地球村的种种不足才不同程度地得到了纠正。随着传受双方权利的失衡得到极大地改善，对传播者和受传者的界定开始变得模糊起来，这个时候，真正意义上的地球村，即"赛博空间"——参与者的地球村出现了。

莱文森说："因特网完成了麦克卢汉的比喻，使地球村成为现实。网上地球村的村民，只要有一台电脑，一条电话线和一个浏览器，无论居住在任何一个地方，都可以和别人聊天，可以搜寻新闻，而不是被动地坐在电视机前接收新闻。而且一般地说，上网的人可以在全球范围内交换信息，很像小村庄里的村民和球场上的观众一样。"

"赛博空间"地球村的村民从"儿童的村落"里走出来，而今示人的面孔再也不是一个个"偷窥者"。网络媒介具有极强的互动能力，人人只要具备了必要的技术条件，便可以参与到其中，或发布信息，或接收新闻等，人人都是一个拥有自主选择权利的参与者。这也证明了麦克卢汉关于地球村的另一个判断：信息的散播正在创立一个新的权力结构，这个结构中"处处是中心，无处是边缘"。

"赛博空间"的地球村解放了个体的"村民"，同时它也给人类社会生活的主要方面之一——政治生活，带来了新的变化，"因特网将带来权力的分散和直接民主的兴起"。对此，莱文森充满了热情的呼唤，他说："虽然丘吉尔曾经说过，'最坏'的民主政治也比权威主义和极权主义的政治优越得多，但是，为什么不可以尝试更好的东西呢？为什么不尝试一下比福斯特在《两呼民主万岁》中提出的制度还要优越的制度——值得我们三呼万岁的制度呢？"

网络时代给我们提供了直接民主的技术基础，地球村的人们通过个人电脑和调制解调器(或者宽带网络等)不必再到投票站去投票，而是可以直接在网上通过一次轻轻的点击就完成自己的选择。不仅人们的选举权得到了更便捷地实现，网络还给地球村的村民参政议政提供了一个平等的平台和开放的空间。在网上，人人都有参政议政的权利，而且这种权利在人与人中间应该是没有什么差别的，只要符合参政议政的条件，人们就可以发表自己的政治观点。“对政治家来说，因特网为之提供了能直接与选民进行对话的新方式，它实际上不受空间、时间的限制，传递10000字的花费不会比传递100字多。渠道对每一个人或多或少都是开放的……”

总之，“赛博空间”的地球村绝不仅仅是一种传播信息的手段。正如莱文森强调的那样，“因特网本身就是一种治国机制”。网络在公众的广泛参与性、直接性、开放性等方面达到了现代政治所允许的最高程度，“计算机网络将改变现有政治形式的观点仅仅是一种猜测和理想设计”。“赛博空间”中地球村的政治民主变得越来越直接，同样，网络地球村的商务活动也在逐渐形成一个“虚拟的商务生物圈”。例如美国亚马逊图书在线公司凭借因特网这个开放的媒介，加上低廉的书价和出色的售书服务，在短短的几年中，便成长为世界第三大图书销售商和电子商务中最大的消费品零售商，给现实世界中的图书销售市场带来了很大的冲击。❶

综合以上三种地球村的区分与分析，莱文森把媒介演化及其对麦克卢汉地球村的不足之处进行了大量的分析和补充。他让我们对“地球村”有了一个动态的把握，而不是仅仅停留在一个静态的层面，地球村在成长，由此带给我们人类社会的影响也是一次比一次深刻。

(三)其他支流学术种群❷

1. 鲍尔·洛基奇的媒介依赖论

媒介依赖论认为，一个人越依赖于通过使用媒介来满足需求，媒介在这个人生活中所扮演的角色就越重要，媒介对这个人的影响力也就越大。这是美国大众传播社会学家桑德拉·鲍尔·洛基奇最先于1974年在其《信息观念》一文中提出，又于1976年在同美国传播学家梅尔文·德福勒合作的《大众传播媒介效果的依赖模式》一文和《大众传播学诸论》一书中对“依赖模式”及“媒介系统依赖论”进行详细阐述的“环境学”理论。他们认为，我们必须“把社会看做有机的结构……把媒介系统设想为现代社会结构的一个重要部分，它与个人、群体、组织和其他社会系统具有关系”。这种关系表现在大众传播中就是人们对媒介的依赖关系，它意味着“生活在一个社会的部分意义就在于个人、群体和大型组织为了达到个人和集体目标，必须依赖其他的人、群体或系统控制的资源，反之亦然”。

个人、群体、媒介和社会系统之间的相互作用、相互影响和相互依赖的互动关系，其实就是一种媒介环境关系。这种生态关系既是信息传播和媒介运作的客观存

❶ 杨先起：《数字时代的麦克卢汉：保罗·莱文森媒介思想研究》，兰州大学2006年传播学硕士论文。

❷ 参见邵培仁、廖卫民：《思想·理论·趋势：对北美媒介生态学研究的一种历史考察》，载《浙江大学学报(人文社会科学版)》，2008(3)。

在，也是用来描述及解释大众传播现象与规律的可靠途径。后来，鲍尔·洛基奇在他本人主持的一个大型研究项目《媒介转型：改变社区黏合纽带》中，将“媒介依赖论”推进到一个新的阶段，并提出了“传播基础结构论”。这种变化既可以看做是对媒介依赖论的逐步淡化，又可以看做是媒介依赖论向媒介生态论的时代转变。

2. 兹比格涅夫·布热津斯基的媒介失控论

布热津斯基先后任肯尼迪总统的外交政策顾问、约翰逊总统的科学顾问和美国前国家安全事务助理，是美国著名的政治家、战略家。布热津斯基在《失去控制：21世纪前夕的全球混乱》中指出：“美国独占鳌头的时期也许不会持续多久！”因为在整个美国乃至全球，都已经处于一种大失控和大混乱的境地。这反映在超级大国的四个特征和美国社会的各个方面，而媒介只是其中的一个方面。在媒介中，电视遭到了他的猛烈抨击：首先，电视“刺激了全球群众在物质上的攀比欲望”；其次，电视引发了“全球范围内的精神危机”；最后，“大众媒介所传播的价值观念一再表明，它完全有理由被认为是道德败坏和文化堕落的。在这方面，电视更是罪魁祸首”。但是，布热津斯基认为这些还不是最可怕的，最可怕的是电视煽动起来的“目前着力追求处于道德混乱中的物质享受的目标带来的风险”。布热津斯基最担心的是美国在21世纪的全球大失控、大混乱中失去作为超级大国的“催化作用”。

布热津斯基对媒介发展失控的论述，只是他对全球范围内的变化失控论述的一部分，他对媒介生态恶化的现实具有一种强烈的忧患意识，他发出的声音具有振聋发聩的警示作用。

3. 大卫·阿什德的媒介控制论

阿什德是美国亚利桑那州立大学司法研究院教授、国际知名的媒介研究权威，曾于1995—1996年担任美国符号互动研究会主席。体现其媒介环境学观点的主要著作是《传播环境学——控制的文化范式》，此书立足于研究信息技术和传播对社会活动的渗透与控制，关注媒介对受众观念、行为，包括工作和生活的影响，关注媒介及其信息是如何被维持、认识以及如何受到挑战的。阿什德认为，在信息技术和大众媒介全面渗透进社会生活的每一个角落的时代，人类的所有行为几乎都已经被信息技术和大众媒介控制和左右，它不仅决定着我们的所见所闻、所思所想，而且决定着我们的所作所为。传播环境作为一种以媒介控制为核心的系统，其传播形态已经远远超出它作为大众媒介的范围，并且同宗教、文化、政治、法律、商业、民间组织、战争、恐怖主义等产生频繁的符号互动，在其影响下，甚至连社会权力生活和组织生活中常见的一些仪式、惯例与观念等也发生了与时俱进的变化。

阿什德至今还活跃在学术舞台上，他在《传播环境学》中体现出的环境学思想具有我们这个时代的特色，他所展现的媒介控制渗透的图景如同现代生物科技中对物种基因的改变、移植一般无孔不入，他所描述的“媒介传播之实质”的确给人以强烈震撼。

下编

影视创作

电影部分

一、创作观念

(一)电影：艺术？还是商业？

电影到底是艺术还是商业？这是所有从事和电影有关的行业的人首先要想清楚的一个问题，这决定了你以后创作或者理论研究的倾向，这也是本书一开始把这一争论放在这里的原因。固然，我们也知道，类似于“电影是……”这样的定性讨论很难取得标准的答案，但讨论也并非就是毫无意义。这至少让我们了解到，电影本身所具有多重属性，而不是简单地拘于一元，而把问题简单化。在对于这个问题的讨论中，各家的观点并不一致，各种观点的碰撞，这种“百家争鸣”的现象对问题的研究是一次难得的深入。

这场争论是由邵牧君先生针对当时电影界关于电影的艺术性和商业性问题的讨论而引发的。他在 1995 年第 1 期的《世界电影》上为纪念电影诞生 100 周年而写的《电影万岁》一文中提出了自己的核心论点：没有现代科技也就不会有电影。电影首先是一门工业，其次才是一门艺术。同时还衍生出了一系列观点，如电影艺术不能是个人化的艺术、电影中不存在商业与艺术的矛盾等。他的主要观点如下：

> 众所周知，电影作为一门艺术与其他传统艺术有一个本质性的不同点，那就是它首先是一门工业，一门由光学摄录系统和洗印放映系统构成的工业，其次它才是一门艺术。没有人反对这一点，但在把它作为一门艺术来对待时，却有不少人偏偏忽略了这一点。他们的基本论辩方式通常是强调这一工业产品的文化性或意识形态性，以此来否定它的商品属性。排斥广大观众的沙龙电影，为政治服务的国营电影与满足大众娱乐需要的商业电影之间的对立即由此而生。如今国营电影已基本上转向市场经济，沙龙电影早成强弩之末，唯有备受攻击的商业电影仍然根深叶茂。电影的商品性和文化性的纠葛事实上已告平息。反对商业电影的人只剩下最后的一块阵地：拒不承认面向大众的电影作品是艺术作品。
>
> 从历史的角度来观察，电影从诞生之日起便是一种面向大众的娱乐商品。欧美国家在 19 世纪末 20 世纪初已经进入发达的资本主义时代，电影在发明之初便与商业活动紧密相连是天经地义的事情。后来随着电影制作工艺技术的进步，电

影从无声到有声、从黑白到彩色，它的表现能力也随之扩大，但始终没有离开其娱乐大众的原生目的，而娱乐大众也就无可争辩地成为电影的社会本性。我们完全可以断言，每一次重大技术进展，并不存在任何美学的动因。理论家可以在事后从艺术表现的角度分析出技术带给电影艺术的巨大可能性，我们也应当肯定艺术意识和探索精神在技术基础上的推动作用，但切不可离开电影艺术的发展必须在恪守电影的社会本性的前提之下这一根本性的制约原则，而去无限夸大艺术意识的作用。

在电影制作领域内曲解和夸大商业和艺术的矛盾便是一例。在电影的百年史上，种种曲折和混乱几乎都与这个“矛盾”有关。到底应当怎样来看待和解决这个“矛盾”呢？

在电影制作领域内，商业和艺术从根本上说并不存在矛盾。从电影的发展进化过程来看，商业实际上对艺术起着有益的促进作用。我们很难想象，如果没有商业竞争的动力，电影的艺术表现能力能拥有今天这样巨大的可能性。商业和艺术的矛盾只是在这样的情况下才存在：制片商为牟利而粗制滥造。能够解决这个矛盾的并不是艺术家而是观众，不是艺术规律而是优胜劣汰的市场法则。所以归根结底，主导的一面恰恰是商业而不是艺术。其实，电影作为文化商品，更主要的矛盾是商业与道德的矛盾。诲淫诲盗、引人堕落的影片在艺术上很可能是精致的，甚至完美的，在商业上是十分有利可图的，然而在道德上是异常有害的。但电影中商业与道德的矛盾唯有通过健全的、符合国情的法制，而不是某种“艺术改造”所能得到解决的。

在这里，我们必须着重指出，电影是一种与其他传统艺术极不相同的艺术。使电影与其他艺术发生分离的真正原因，在于上文已经强调指出的“电影首先是一门工业，其次才是一门艺术”。“首先”和“其次”这个次序至关重要，因为电影既然首先是一件工业产品，这就决定了它的商品属性是根本的，是第一性的，搞电影首先是一种商业行为也就是理所当然的了。电影既然其次才是一门艺术，电影需要的艺术就必然要服从商业的需要，即为数巨大的文化消费群体的需要，而不能是什么非世俗化的、“属而和者仅数十人”的艺术。质言之，电影的艺术是为商业服务的艺术，是使一件工业产品更乐于为群众所接受的艺术。电影与商业的关系一旦被切断，电影便无法生存，也就不存在什么艺术了。

对商业电影抱有偏见的人大抵是这样一些人，他们头脑里根深蒂固的传统的文化价值观使他们无端贱视世俗文化或消费文化，拒不承认人类社会进入机械复制时代之后由文化消费者群来衡定艺术的价值的合理性，拒不承认当代社会文化活动和文化产品的商业化大趋势。他们的艺术观念实际上仍停留在上世纪的时间隧道里，把大众视为艺术的敌人，强调艺术作品的“超凡脱俗”和观赏者的“精神贵族”身份。当这种人插手电影制作时，便希冀电影能像其他传统艺术那样由保护人豢养，成为摆脱市场羁绊的个人化艺术。他们自觉或不自觉地把天马行空式的主观随意性(个人化)和艺术家在作品中的个性显现(个人风格)混为一谈。他们否认客观的必然的制约对艺术创作的激励作用，相反地夸大商业化压制甚至扼杀电影天才的可能性，不切实际地幻想着所谓理想的创作环境。他们十分可笑地一方面抨击商业电影“沾满铜臭”，另一方面却又希冀找到满身铜臭的保护人来保护他们的电影不沾铜臭。为这种荒谬现象的存在制造合理根据的，便是把电影分成所谓“艺术电影”和“商业电影”两类。这种分类尽管在世界影坛已被普遍接受，但其不合理性和有害影响是不可否认的。在语义学的层面上，它必然造成艺术与商业绝对对立的假象，从而引发人们对商业电影的假性贱视。实际上，在西方发达国家里，只存在进入商业发行渠道和不进入商业发行渠道这样两类电影。这里并不存在一条所谓艺术与非艺术的界线。事实证明，这种分类已在中国大陆的电影创作人员的思想中造成混乱：明明是在市场上求售的影片却偏要自命为艺术片，或者明明是由于不合消费者要求而被冷落的失败之作，却偏要用“我拍的是艺术片”来遮羞。结果是电影的质量标准被严重搞乱了。❶

在讨论邵牧君先生的提法时，我们要考虑当时的电影企业改制的背景。当时中国电影工业正处于由计划向市场的转型期，很多导演和电影人受制于传统的电影计划生产的影响，并不能很好地适应市场，邵牧君先生所想要的，是中国电影能够形成一个健康的、合理有序的工业运作体系，这样才能保持中国电影的持续的发展，他的观点更多的是着眼于此。只有形成了一个结构清晰、运作健康的电影工业体系，这种良性循环的电影工业才能为电影的发展提供持续的动力支持，为电影艺术的创新提供支持，同时也为电影艺术院线的发展开拓出空间来。但如果我们否定电影的艺术性，那么电影就失去了区别于其他商品的独特本性，电影也不成为电影了。抛弃这一点就会出现一些不能带给观众审美感受、缺乏文化内涵的影片。这是我们所必须关注的，也是我们所必须坚持的。

与邵牧君先生相左的是尹鸿先生在其《商品拜物教与电影观念辨析》中就此提出的“电影首先是一门艺术，其次才是一门工业”的观点。他主要结合当时中国电影所处的现实语境，并以好莱坞电影为借鉴来讨论电影的商业属性与艺术属性之间的关系。

对于电影艺术家或者对于电影理论批评者来说——如果他还不是电影商人而是以传播知识、文化和进行教育为使命的知识分子——电影当然首先是一门艺术：它用光与影、声与像来表达对世界的体验、感受，表达人文关怀和人道远景，表达创造精神和美学理想。他们不以获得高额利润为最高奖赏，因为艺术价值并非经常——甚至恰恰相反——与它的接受者的数量成正比。他们认为通过对暴力、性关系和血腥场面的猎奇的展示，对俄狄浦斯情结等无意识原型的有意重写，刺激人的原始的生命本能，发泄那些根深蒂固的施虐和受虐欲望，宣泄那些被压抑的情绪和幻想，以满足人们的基本视觉/心理需求，是一种商业性的娱乐而并不是艺术的真正本质。因为这种满足往往是应对性的、消极的、被动的，它在导致心理宣泄的同时，也消除着人的激情和创造性。因此，尽管这种电影是电影工业的福音，但却也可能是电影美学的降格。而真正的电影艺术还应该满足人们的高级需要，这种满足在心理效果上是积极、主动、富于创造性的，它可以扩展人对世界的感受、理解和把握，增强人们的生活信念和热情，唤起人们的爱心、同情心和对于未来的希望，陶冶和净化人的心灵和人格，推动人的自我实现

❶ 邵牧君：《电影首先是一门工业，其次才是一门艺术》，载《电影艺术》，1996(2)。

和自我完善。这种满足所带来的愉快是丰富的、恒久的、生产性的。如果说，低级需要的满足趋向于造就一种消费性的享乐型人格，那么高级需要的满足则趋向于造就一种建设性的成长型人格。正是在这一点上，电影的艺术本位观念与电影商业本位观念存在着明显的区别。❶

针对邵牧君先生以好莱坞为例的分析，尹鸿指出好莱坞作为世界上最强大的电影工业体系“从总体上讲，是受商品生产规律制约和支配的。但是，好莱坞经验中也包括：‘它始终以开放的态度吸收电影的艺术经验和艺术探索，以宽容的态度对待具有艺术个性的电影艺术家和艺术作品。同时，好莱坞电影的成功也得益于它支持一些电影艺术家不放弃认为电影是一种艺术的观念。它通过种种运作机制将电影艺术家和电影商人各自的潜力充分利用起来，让艺术家借助于电影工业实现或者部分地实现其艺术理想，同时也让商人借助于电影艺术实现或部分地实现其经济效益。’”❷所以，他认为电影在首先是艺术、其次是工业的前提下，电影的商业和艺术可以互动，从而促进电影的发展。

一方面，电影艺术借助于电影的工业生产机制得到发展；另一方面，电影工业也借助于电影艺术的更新而不断推出新的产品。所以，好莱坞电影业招纳了来自世界各地的电影艺术家，包括一些几乎不拍摄商业电影的艺术家，它还从接受电影精英教育的电影学院中选择了像科波拉、斯通、斯皮尔伯格这样的高材生。正是由于好莱坞对电影艺术的重视，所以，它不仅生产了大量的缺乏艺术价值的商业化的喜剧片、动作片、歌舞片等类型影片，而且也生产了像《现代启示录》《生逢七月四日》《辛德勒的名单》这样的优秀影片，所以好莱坞电影才能最敏感最迅速地吸收世界电影艺术发展的成果和经验，它才能以不断的艺术发展推动观众电影文化水平和鉴赏能力的提高。从这个意义上说，好莱坞电影不仅是一种工业，也不仅是一种艺术，更重要的在于它是一种文化，它将商业和艺术巧妙地统一起来，它在生产着艺术水平不断提高的电影产品的同时，也不断地提高着电影观众的鉴赏水平。❸

因此，尹鸿理解即便是好莱坞也没有把电影仅看做是一般的商品和工业，而是把它看做一种需要像商品一样生产和销售的艺术产品。所以他认为一味地强调电影的商业属性以及唯利是图的商品拜物教观念“会助长电影的媚俗倾向和降低电影的文化和美学品味”，“对电影的艺术和文化探索也会产生负面影响”，“还可能使人们在电影评价中用物质生产的标准来代替文化创造的标准。”❹因此，他认为：

在电影观念上，对于一个电影艺术工作者来说，应该理直气壮地坚持电影首先是一门艺术。我们面对的是艺术创造而不是一般的商品生产，一切对于艺术的基本要求同样适用于电影。同时，我们也承认，电影艺术是以电影工业为基础

---

❶ 尹鸿：《商品拜物教与电影观念辨析》，载《电影艺术》，1996(2)。

❷❸❹ 同上。

的，因而它不可能脱离工业生产和商品流通的基本规律。所以，电影是工业与艺术、商品价值和美学价值的一种对立统一体。对于电影工业来说，这种统一是以经济利益为立足点的，但对于电影艺术来说，这种统一则是以艺术价值为支撑点的。只有在这样一种工业与艺术的张力中，电影才能继续创造出新的辉煌。

在电影实践中，对于电影艺术家来说，只要处在电影工业体制的允许范围之内，他应该努力表达一种积极的人文理想，不仅要使观众与影片认同，满足观众的娱乐需要，而且要以一种真善美的境界去陶冶和净化人的灵魂，以一种更加合乎人性的社会远景来关照现实，以一种精神的自由来支配物欲的获取。……此外，电影还应该努力创造一种审美价值，使电影以一种开放的品格，吸收世界艺术的优秀遗产，重视艺术创新的艺术探索，更新观众的审美体验和审美感觉。只有以这样一种参照作为电影的标准和理想，电影才能与它的工业/商业机制保持一定的"间离性"，以这种"间离"来维护电影的艺术品格，使人文主义理想贯注在生动、感性的声画元素中，使大众文化的逻辑得到美学理论的引导。

提倡一种以人文理想为终级价值的电影文化，反对以商品利润为最高标准。因此，我们不以那些艺术电影、实验电影和前卫电影在经济上的"失败"为耻，而以它们对于电影艺术的发展提供了丰富的可能性和现实性为荣。如果没有从早期技术主义电影到现在欧美大学学院电影的实验，世界电影不可能有今日的辉煌。如果没有欧洲艺术电影的经验，没有《党同伐异》《公民凯恩》《现代启示录》等背离好莱坞商业价值的影片出现，好莱坞主流电影也不可能达成现在这种雅与俗、商业性与艺术性的比较平衡的成熟。❶

强调电影首先是艺术，并不意味着要否定电影的工业属性。尹鸿在文中也特意指出，无论是从生产方式、生产过程还是从传播方式和接受过程来看，除少数实验电影、先锋电影或者地下电影以外，绝大多数主流电影确实是一种工业产品。

所以，对于电影艺术家来说，他当然必须理解和利用电影的工业生产规律，认识到电影是一种需要通过工业化方式得以实现的艺术样式。但是，如果说对于电影商人来说，艺术是手段而利润才是目的的话，那么对于电影艺术家来说，工业则是手段而美学才是目的。我们可以想象，如果电影艺术家们也同电影商人一样，把赚钱当做了主要的或者首要的目的，那么充斥我们电影银幕的将是些什么东西。三级片、庸俗的所谓喜剧片、类型化的动作片往往成为商业电影院线的支柱，难道它们代表的就是电影的本质？是电影百年的骄傲？

所以，我们尽可以承认电影的工业属性，但不能把电影的工业本位、商品本位作为一种理论、一种观念提出，并试图利用电影商业化进程占领电影理论的话语霸权地位，甚至嘲笑和否定电影的艺术本位观，用利润指标凌驾于电影的艺术指标之上，最终用电影商业观来取代电影艺术观、用电影商品性来支配电影艺术性。❷

❶ 尹鸿：《商品拜物教与电影观念辨析》，载《电影艺术》，1996(2)。

❷ 同上。

尹鸿站在人文知识分子的立场对将电影的商业性置于艺术性之上的观点提出了质疑。持此看法的电影家还有徐庄，他在《守望电影的精神家园——电影商业性问题的质疑》一文中指出电影是一门带有商品属性的艺术，电影首先需要遵循艺术的规律，其次才是商业的规律。“艺术规律和商品规律是两种不同的价值取向，二者同属于一个主体，岂能不产生矛盾？就艺术来说，这个矛盾就是艺术创造力受到金钱这只强有力的手的扭曲与掣肘。为了消解两者之间的矛盾，必须寻求妥协，于是才出现了‘首先’‘次之’，‘第一’‘第二’的排座次现象。邵先生认为将‘商业第一’‘艺术第二’的次序渐倒过来‘是错误的，有害的’，而我们则相反，认为在电影艺术规律与其他因素发生矛盾的时候，应当保证艺术创造的盟主地位，不如此，就不能保证艺术创作的完成和达到预期的社会效益，我们就将失去电影的精神家园，最终失去生活中这一不可缺少的艺术”。❶ 并不是一味地追求票房就能获得电影的发展，如果不注重艺术性的创造，电影就会失去其作为电影的特质，从而被淘汰。

与之相反，郑洞天对电影的商业属性给予了肯定，他认为“电影从它诞生之日，就带有鲜明的商品属性，而我们对政治经济学知识的一知半解，往往把商品视为不洁之物，沾了商字便有铜臭之皮。我们的电影历史研究也不够科学，注重了对好莱坞式的艺术商业化的鄙视，却忽略了电影作为商品生产的规律和传统。形而上学地把电影的意识形态性和商品性对立起来，更加导致了创作指导思想和作品评价标准上忌讳票房价位的偏差。”❷他认为从经济角度来认识电影是一种可以借鉴的方法，他引用乔治·萨杜尔在《世界电影史》绪论中写的话：“凡高一生不曾卖掉一张画就与世长辞，韩波留下了他唯一的诗稿而离开了人间，但他们的作品在他们故世以后却永垂不朽。这些作品在创作时物质上的花费很少，只要买些纸张和墨水或者画布和颜色，就可以产生出来。可是拍成一部现代大型影片，事先却需要花费几百万法郎。而且我们很难想象，一个电影导演会拍摄几部不拟公之于世的大型影片。因此，把电影作为一种艺术来研究它的历史，如果不涉及它的企业方面，那是不可能的，而这种企业又是与整个社会、社会的经济和技术状况分不开的。”从而郑洞天证明对电影的商业属性的重视是非常必要的，它与电影的特质有着密切的联系。同时他也认为讲电影的商业性，并不是就是否定电影的艺术性，也不是降低了电影的品格。

> 电影是电影艺术家对客观世界认识的再现，这种再现不管通过怎样的形式，目的是为了和观众交流。而电影作为商品的使用价值和交换价值，正是这种交流的物化。电影的历史上人们曾经尝试过不考虑交流的创作，这些作品由于交换价值的丧失导致生命是那样的短促；而那些为当时当地的观众所接受和喜爱的影片，它们的认识和审美的意义相对就要深长得多。❸

电影应该挣钱，而争取观众的手段还是依赖于电影的艺术性，只不过艺术性是一

❶ 徐庄：《守望电影的精神家园——电影“商业”性问题的质疑》，载《电影艺术》，1996(2)。

❷ 郑洞天：《关于电影商品性的再认识——在“电影导演艺术学术讨论会”上的发言》，载《电影艺术》，1984(10)。

❸ 同上。

个宽泛的概念，所以创作者要开阔视野，探索电影的表现技巧。电影是用来与观众交流的商品，而创作者与观众的协调不是消极的，而是一个相互提高的过程。当然，评价一部影片不能唯商品性至上，而讲了商品性，艺术性也不一定就是退而求其次。

“电影如同电视、建筑、报纸、出版、商业剧场，以及今天大部分的文学作品一样，是一种高成本的集体智慧的产业。在这种体制中，艺术自由发现自身所受到的经济手段的限制，因而造成了艺术与经济的频繁冲突。因此，电影所具有的艺术与经济的双重观念，在可以想象的各个方面——文化、经济、政治领域形成了对抗，导致在全世界范围内争夺观众的心灵、头脑和金钱的战争。”❶商业与艺术的冲突也贯穿在欧洲电影与美国电影之间，法国电影界认为电影是一种文化识别的手段，因而忽视电影的商业性；而好莱坞则是以利益为驱动，强调“观众永远是对的”，这在一定程度上是对电影商业性的较为偏颇的承认。这两种对电影的认识，可以拓宽对电影的重新认识的思路。

其实关于电影是艺术还是商业的讨论有一个基点，那就是电影无论如何都必须有艺术魅力，该论题的争论双方都无法回避电影本身的双重特质，那就是电影艺术的持续发展是依赖于健全的工业体系的，而电影工业体系的可持续性是基于电影能够凭借自己艺术上的创新不断地给观众提供独特的审美感受和艺术体悟，从而形成促进电影的良性发展。

余纪在《社会主义商品经济条件下有关电影的若干概念研究》中提出电影既是艺术，又是商品，商品和艺术这两个概念不但不是对立的，而且是相互包容的，准确地说，应该是“相切的”。他反对将艺术和商品对立起来的思维模式。

> 电影是一种科技含量极高、投资额度巨大、参与人数众多、制作工艺复杂、作用于人们心智的，并且对社会有着巨大影响的艺术商品。从它作用于人们心智并有着巨大社会影响力这一点来说，它必须与其所处的社会的总体发展目标保持高度的一致性。正因为此，各国政府对本国的电影事业都给予极大的关注。从制作与投资的角度看，电影是一个不能容忍失败的行业。因为任何一次失败对于其主要责任人来说，都同样意味着灭顶之灾。从其是众多艺术与技术部门共同参与协作完成的作品来说，电影比其他艺术门类都更强调协调行动和协作精神。在这个意义上，说电影的制作是一种工业生产，是完全正确的，在某些时候，电影的生产过程甚至如同大兵团的作战。如果没有高度的协作精神与协调行动，也同样意味着灭顶之灾。基于上述若干前提，笔者赞同邵牧君先生的说法，电影在其本质上是反对个人化和沙龙化的。但这并不意味着笔者反对电影艺术的创新。问题是，我们不能把电影的创新与商品经济的规则对立起来，也不能以牺牲电影业的生存和电影艺术家、投资人以及广大从业人员的饭碗为代价来谈创新。❷

余纪的讨论其实也就是强调了电影艺术的实现是以其商业的生存为前提的，邵牧

---

❶ ［英］D. 普特南：《美欧电影分歧的焦点——文化属性和商业属性间的冲突》，载《世界电影》，2000(4)。

❷ 余纪：《社会主义商品经济条件下有关电影的若干概念研究》，载《电影艺术》，1996(4)。

君提出的问题是基于当时特定的市场背景而做出来的论述。在贾磊磊的《电影的商品化及其"语境意义"》一文中，他指出关于电影本性的讨论，无论宣称电影是一种商品，还是说电影是一种艺术，抑或是一种文化工业、是大众传播媒介、是意识形态国家机器等，其实都是在重复前人的命题，没有任何新的理论价值。

> 应当说，前人诸多有关电影艺术的本质定义，已经作为"公理"载入了电影理论的史册之中。而真正的科学研究是从来不把已被人们确认的公理作为研究对象的——除非是要推翻它。现在当我们无意去推翻前人的关于电影的"经典定义"的时候，目前所展开的这场有关电影商品性的讨论，就没有必要再去追究"电影是什么?"这样一个经典电影理论时期的旧"说法"，也没有必要把它换成一种"电影首先是什么然后又是什么"的新争辩。我们所要追究的应当是这场理论论争的"前命题"是什么，即它的"逻辑前提"是什么。进而言之，尽管我们对有关"电影是什么"各种结论并不感兴趣，但我们却不能不关注这种结论所产生的文化语境。❶

"重要不是话语讲述的年代，而是讲述话语的年代"。关于电影是商业还是艺术的争论的一个现实语境就是中国电影已经进入市场化的年代。

> 毋庸讳言，在电影进入市场化的时代里，要想保证电影事业的总体发展，必须建立电影市场的良性循环，即必须要使电影将其在发行放映渠道所获得的经济利润重新回到电影的"再生产"过程中，这样才能维系整个电影业的生存发展。而要实现这样的战略目的，影片制作的题材和数量必将会向市场效益高的商业性影片倾斜，使艺术电影的产量低于商业影片的产量。世界上主要的电影生产国其实也都是这样(包括那些世界著名的电影艺术家，他们的创作也时常是游移于艺术影片与商业影片这两种不同的电影领域)。这种市场化的产品结构，是整个电影业生存发展的必然前提。如果我们无视电影生产的这种现实，一味地强调电影的艺术品格和审美价值，置目前这种严酷的市场环境于不顾，那么，这非但不能"拯救"电影精神品格，而且还可能断送整个电影事业的前程。❷

余纪认为电影艺术的市场化和影片的商业化解决的不仅是电影的生存问题，它同时还可以促进电影艺术的快速发展。当电影按照它特定的市场规律运作的时候，必将会出现相互的市场竞争，这种竞争的结果首先会是电影制作者必须根据市场的变化来调整影片的内容和形式，从而使影片的创作呈现出更为多元化的形势。

> 当今世界是一个坚冰消融、壁垒倾覆的时代。在人类的艺术领域内，古典美学所建构的那种艺术法则与商品法则的二元对立、现实世界和审美世界的尖锐冲突正在受到历史的挑战。特别是电影——这种艺术与商品的结合体，更越来越显示出它的多重本性。电影艺术的这种特征决定了我们对电影不能采取那种相斥性

❶ 贾磊磊：《电影的商品化及其"语境意义"》，载《电影艺术》，1996(3)。

❷ 同上。

的评价尺度：要么“金钱至上”，要么“艺术第一”——这种非此即彼的一元论，不仅不利于电影艺术的创作实践，而且也不利于我们在理论上对电影整体形态的把握。❶

从电影发展的历史逻辑来说，电影所具有的商品的属性应该是与生俱来的，而其艺术属性则是被明斯特伯格、卡努杜他们所追授的。卢米埃尔兄弟一开始就是将电影作为一个杂耍玩意，作为一个商品而对待，他们只是为了记录，满足大众的好奇心，而在实践的过程中，人们逐渐发现，电影不是简单的一个小玩意，它可以承载更多，于是，后来不断有艺术理论家发现其艺术的价值，电影在他们的理论的一再确认下才获得了艺术的正名。而这一正名给电影的属性以“质”的转变，在这一正名之后，经过世界各国几代人的努力，电影的艺术价值被一再开拓和提升，我们也无法否认电影所体现的这种艺术属性，但矫枉过正，我们在有些时候便把其商品性遮蔽了起来。

两种不同的观念决定着电影从业者迥异的整体创作倾向。对该问题的探讨既然是辩论，就不无偏执之处，其实，电影的艺术价值和工业属性是并行不悖的。邵牧君先生讲“电影首先是一门工业，其次才是一门艺术”，也是有指而发的，他针对的是世界电影在发展过程中产生的那种只重艺术而轻视工业的做法所造成的不尽如人意的后果。电影需要在艺术上有所创新，所以我们要支持那些进行艺术创新的导演和从业人员，但不能就此否定电影所具有的商业属性，或者仅仅规定出一种艺术电影的概念。如今，在电影创作中更有甚者借着艺术的名义拍了一些没有艺术追求和审美品格的电影，缺乏艺术的创新，在自己的个人经验中绕圈子，完全忽视电影所具有的商业的品质，满足自己的自恋情结。所以，对电影双重属性的认识是完全有必要的。

法国电影理论家马赛尔·马尔丹在他的《电影语言》一书的序言中说：“电影是一项企业，又是一门艺术；是一门艺术，又是一种语言。”以现代科学技术为基础产生的电影，比其他任何艺术形式都依附于企业生产和商品交换，承认电影的这一个商品属性，研究电影的商业性与娱乐性，研究观众心理学及电影市场信息，才能保证电影事业的健康发展。如今，“电影首先是一门工业，其次才是一门艺术”的观点是基于现实的电影发展困境而提出的，只有形成一个良性循环的工业，电影才能更好地发展。在电影的发展过程中，它的艺术属性和商品属性是同时并存的，时至今天，我们只是把电影被遮蔽的商品属性客观地呈现了出来，而现在讨论电影的商品和艺术谁是第一性的问题，其目的不仅仅是再给电影正名，而是着眼于电影现实生存的语境，探究怎样能够使得电影在商业与艺术上达到一种平衡，实现电影的良性发展。

这场争论的最大成果，我认为是让理论工作者、业界创作者等真正认识到电影的商业属性，在重视电影的艺术属性的同时，要对商业属性给予充分的重视，这也是21世纪以来，电影产业化之路得以加速发展，大片模式得以尝试的一个内在的原因，所以影片开始注重电影的发行与营销。商业的诉求是建立在艺术的基础之上，艺术的价值保证了商业的诉求。电影的艺术性与商业性是一个矛盾的统一体，只要二者能够保持平衡，则无论对艺术还是对商业都是一种有力的促进。

艺术的本质在于创新，而其基本的底线则是真(真实的)、善(有着提升人类的精

❶ 贾磊磊：《电影的商品化及其“语境意义”》，载《电影艺术》，1996(3)。

神品质的内涵，积极的)、美(给人审美的享受，创造出具有艺术魅力的形象)，给予人们审美品格的提升。这场辩论的一个成果，就是使大家开始注重电影的多重属性，电影的商业性研究也开始起步，尹鸿在国内较早地推广了电影的“商业美学”研究。

(二)电影：“技术”?“艺术”?

电影作为科技的产物，同时又具有着艺术属性，这使得它无法回避“技”与“艺”的问题。100 多年的电影发展史，电影技术的每一次革新，都对电影艺术的发展产生了根本性的变革，尤其是计算机等高科技对电影艺术的影响更为巨大。高科技手段的出现，改变了电影的创作方式和观念，也使得电影的审美方式和接受心理产生了巨大变化。无论是《一个国家的诞生》《爵士歌王》，还是《星球大战》《泰坦尼克号》，以致 2010 年在全世界引起巨大反响的《阿凡达》，技术，尤其是高科技的介入，对电影业的发展造成了空前的冲击，同时也向建立在“以摄影为基础的真实性概念”基础上的传统电影理论提出了挑战，电影艺术与技术的关系到底是怎样？高科技的发展到底会把电影艺术引向何方？《阿凡达》的上映为电影中技术与艺术的关系做了一个阐释。该电影在全球取得了 22 亿美元的票房，在中国也有超 1 亿美元的票房，它让观众感受到了 3DIMAX 所带来的终极视听享受。卡梅隆用《阿凡达》重新点燃观众对大银幕的热情，把观众再次带回到电影院里，而不仅仅是在手机或者其他手持设备上看电影，这也是电影的特质所在。正如卡梅隆所预言：“通过 3D 来制作电影，我们将进入电影界新的时代，观众将会看到数码时代前任何技术都达不到的特效画面。大场面、炫目的视觉效果、奇幻故事都将被拍摄为 3D 影片吸引众人的目光，而全 CG 动画电影也将可以轻易转换为 3D 影片，很快观众便可以欣赏好品质的 3D 电影，体验到前所未有的冲击感。”

科学技术尤其是电影技术的每一次革新都带来了电影美学、电影创作观念的变革，电影《阿凡达》的出现则将关于电影“技”与“艺”的争论推向了一个新的高潮。3D 电影的出现，能够为导演的想象力提供一个更为逼真和精美的影像，如同声音、色彩先后在电影中出现，电影的题材、故事、人物、场景、运动、场面调度等，都因为 3D 技术在电影中的运用而发生了明显的变化。《阿凡达》的巨大冲击和超强的视听享受，让人们开始以为这种以技术为主导的电影才是真正的电影，技术主义派终于有了扬眉吐气的机会，传统的电影观念开始动摇。那么在电影的创作过程中技术与艺术的关系到底如何，技术的底线到底在哪里？这是电影创作者所要首先确定的一个观念问题，也是在创作中非常实际的一个问题，所以本章主要是探讨电影的技术与艺术之间的关系。

高科技为扩展电影的想象力和感染力提供了广阔的技术和艺术潜力。在好莱坞历史上票房收入前 10 名的影片几乎都与数字技术的使用和数字虚拟空间的设计密切联系，高居榜首的就是全球票房收入超过 18 亿美元的《泰坦尼克号》，其中的 500 多个电脑特技为这个世纪末的灾难故事提供了一个辉煌的舞台。而《侏罗纪公园》《星球大战前传》《独立日》《星球大战》《狮子王》《外星人》《阿甘正传》《迷失的世界》等为中国观众所熟悉的影片，也大量采用了特技手段和电脑技术，奇观成为这些影片共同的商业卖点和艺术亮点。这种技术主义的趋势，不仅决定了电影成本的急剧提升，2000 年美国电影的平均制作成本已经达到了 5480 万美元，

2001年也高达4770万美元；而且也培养了一代赛博(cyber)化的电影观众，好莱坞靠那些用计算机制造出来的已经几乎毫无智慧、毫无灵性的电影奇观造型和视听冲击，创造了70—80亿美元的国内票房以及与之几乎相同数量的海外票房，还有更可观的音像及其他附属产品创造的价值。技术主义，伴随着计算机对当代人生活方式、情感方式的改变，将电影工业引向了一条远离人性世界、追求感官刺激的卡通化、低智化道路。任何经典的艺术原则对于当今好莱坞推出的那些只有明星没有演员、只有场面没有人物、只有刺激没有感动的所谓夏季大片几乎都失去了价值和意义。❶

毋庸置疑，电影艺术是技术与艺术的结合体。电影是科技的产物，电影开始发明的时候，只不过是一个杂耍的小玩意儿，没有谁把它当回事。只是在梅里爱等人的开发下，电影不再仅仅作为一个技术发明而存在，而开始有着艺术的魔力。正如周传基所说：

还需要明确一个十分重要的问题，那就是在电影的发明过程中，前前后后的许多发明者并非像发明一种新艺术形式，甚至没有预料到它会成为一种表达思想感情的语言工具。不论是爱迪生、卢米埃尔、格林，都只不过是想设计出一种能够记录客观世界的连续运动现象的机器。电影这个科学技术产物仅仅是作为一种视觉运动的记录玩具而问世的。难怪发明家卢米埃尔认为电影是没有发展前途的发明。但是，当它诞生之后，人们在摆弄这个玩具时，发现它不仅能记录一个简单的动作，而且可以记录有含义的事实、重大历史事件，还可以通过记录手段来叙事，由此就纳入人类交流思想感情的语言符号系统的范畴之中了。❷

电影一旦被纳入到人类思想情感的语言符号系统的范畴之中，它所具有技术优势就得以体现出来，本雅明认为照相术的发明和完善为电影的勃兴创造了条件，电影机械使它有可能无限地制造幻觉空间。蓝爱国认为电影本身就是一个工业技术不断发展的产物，没有技术就没有电影。电影天生就和技术不可分割。他引用美国学者刘易斯·雅各布斯在《美国电影的兴起》中的评论举出就如同有声电影刚出现时，人们的批评来说明人们对技术入侵影像世界的不屑一顾的态度。“评论家和大部分知识分子对它(声音)采取了敌对的态度。评论家们看了早期那些毫无特点的有声影片，他们醉心于默片的传统之中，不喜欢看到它这次改进的前景，都为此忧心忡忡。在1927年、1928年、1929年三年当中，报纸和刊物上充斥着他们关于有声片和无声片谁好谁坏的讨论。大部分评论家都用无声片的标准来衡量有声片……从而看不到有声片的光明前景”。蓝爱国希望以此来证明技术在电影发展过程中的重要性。“电影的发展就像一场接力赛，不断的技术积累终于为最后冲刺的到来做好准备”。他还指出电影是技术创新的产物，电影的发展更需要技术的不断推动。而且“电影在技术的不断推进下也

---

❶ 尹鸿：《技术主义时代的中国电影路线》，载《电影艺术》，2002(5)。

❷ 黄会林、彭吉象、张同道主编：《电影艺术导论》，1页，北京，中国计划出版社，2003。

不断改进着自己表现影像、塑造影像的生产制作方式。”❶他进而引用卢卡斯的话说明，技术对电影想象力拓展的支持：“当我写《星球大战》第一集时，我要时时收住我的想象力，因为我希望我所写的可以在电影中实现。即使这样，我还是写了不少我不敢肯定可以搬上银幕的东西。”而通过计算机技术的帮助，卢卡斯终于充分释放了自己的想象力，“通过现有的数字技术，我最终能够让那些外星人在场景中自由活动，进行更精彩、更富有戏剧性的表演。这对我一直是个挑战。在场景方面同样如此。过去我无法提供故事中所需的特殊场景或大场景，现在，我可以让环境足够大，大到放下我的故事”。斯皮尔伯格的《大白鲨》开创了高科技影片之先河。乔治·卢卡斯的《星球大战》，采用了360多种特技，特技镜头有545个之多，被看成新旧好莱坞前后两个时期的分水岭。科学技术的变革史也是电影的发展史，科技的革新不断拓宽电影的艺术表现力，使电影焕发出一次又一次的生机。蓝爱国还借此对人文主义者对技术主义者的批评也提出了自己的质疑。他指出“法兰克福学派为代表的经典人文主义科学技术观念总是将科学技术和丧失自我、丧失批判和反抗意识紧密挂钩，使科学技术成为反对资本主义制度的有效工具。……诸种事实证明，法兰克福学派为代表的人文主义者正成为现代美学乌托邦的制造者和痴迷者，他们在社会理性之外竭力为人们提供一个非理性而不是理性的人文王国”。❷ 所以，他认为针对人文主义的科学技术迷信，我们有理由改变我们的科学技术态度。因为只有这样，“影像技术的日趋更新不会是影像生产的灾难，而是它的福音。因为技术的使用可以使影像生产者更为自由地表达心灵中的思想，使各种不能表现的东西得到表现。尽管目前的影像生产中，科学技术的使用似乎还只是局限在各种技术效果的追求上，但技术的心灵化肯定是一种必然的趋势”。❸

这种对技术的看重是好莱坞的传统，也是他们所极力营造的视听奇观所要证明的。李一鸣在文中对针对《阿凡达》的现象，对好莱坞的技术主义的发展有一个粗略的勾勒，阐述了技术主义的叙事是建立在好莱坞强大的工业体系基础之上的。

> 百年好莱坞，是大众娱乐的制造者，是梦幻与现实的交融之地，也是世界电影技术发展的纪念碑。好莱坞电影创造了美国的神话，技术手段的不断更新则成为好莱坞神话的强力支撑。好莱坞不需要思想，因为他们相信观众需要梦幻。这个没有多少历史可以凭借的民族或许更相信人类所有新的发明，正如同他们孕育了比尔·盖茨。在好莱坞，技术主义传统的坚实支柱使他们坚信，精美制作的电影就是艺术的提升，并最终导致电影的进步。这是一个无法改变的事实，如果说，新好莱坞之前的技术还只是用于电影本体叙事之用的话，那么，进入新好莱坞以来，电影技术已经在逐渐脱离电影本身的内在价值。当旧有的体系在传统之中不断为叙事提供服务的时候，其技术主义传统的内在动力也在不断地扩大，这种扩大是与科学技术密切相连的。而这种联系恰恰正像文章开始所论述的那样，

❶ 蓝爱国：《好莱坞主义：影像民间及其工业化》，160～164页，广西，广西师范大学出版社，2003。

❷ 同上书，174页。

❸ 同上书，176页。

电影本身即是技术的产物，或者说，好莱坞电影本身就是某种现代科技的代言人。在经历了近代的百年发展以后，好莱坞电影已经从初期以技术辅助叙事的艺术形态，开始向纯技术的美学特征发生转变。可以佐证的是，新千年以来的好莱坞大片，更多的是某种技术的呈现，削弱的反而是电影的叙事。从《指环王》《黑客帝国》，到今天的《阿凡达》，虽然我们看到了复杂文本的讲述，但是，我们不能否认的是这种叙事要不来自于文本的横移(《指环王》)，要不来自于对高科技技术的恐惧(《黑客帝国》)，在完成讲述的同时，电影叙事已经严重地依托于现代技术的发展，直至《阿凡达》的出现，将技术主义推向了一个现阶段电影发展的极致。影片不仅在制作上依附于技术的发展，同时也表现了一个技术主义的叙事，即叙事的目的是为了创作更为宏大的视觉奇观，而视觉奇观创造的背后，则是以技术作为代价的。所以，叙事是为了技术展现而服务的。其实，这并不是什么不可告人的秘密。回到文章的起始，我们很清楚地看到鲍特在《火车大劫案》中的目的，即是以叙事服务技术为目的的，导演所展现的不是情节，而是电影的奇观，是对于没有技术知识准备的普通观众的感官刺激。而这正是好莱坞百年电影的传统根基之所在。在新好莱坞之前的光荣岁月中，现代科技还没有发展到可以与影像紧密结合的3D时代，所以在电影的表现形象上，电影因困于技术的因素，而未能实现理想中的技术主义。但是，随着时代与科技的发展，影像与技术的结合也越来越紧密，其技术的含量也越来越重。于是，电影，特别是好莱坞电影则开始转向技术的层面，或者说这本来就是一种对传统的回归，从叙事主义向技术主义的回归，并由此建立起了一个关于好莱坞电影的新的神话，这个神话不是讲述故事的神话，而是奇观的神话，或者说是一段技术的神话，而这个神话的代表就是今天卡梅隆的《阿凡达》。

……

上映40天即创下37亿美元票房纪录的《阿凡达》，显示了卡梅隆的新神话无法抗拒的魅力。而这一依赖于巨额投资和高新技术手段创造出的新的视觉奇观和票房奇迹，对于雄心勃勃的中国电影人来说，无疑有着致命的诱惑力。它似乎让人们看到了一种借助巨片意识和高科技手段，跨越与国外电影之间商业差距的鸿沟，甚至是超越传统和文化差异可能性；但纵观好莱坞电影所积累的强大技术手段和其深厚的商业电影文化传统，我们不能不意识到目前国产电影与到达“潘多拉星球”之间的真实距离。

这种真实的距离来自于对于传统的不同理解。正如前文所论述的那样，美国电影一直延续着由发明家爱迪生在电影初始阶段所确立的技术主义传统，好莱坞电影继承并不断深化了技术主义的内核，将技术主义从简单的技术层面，逐步延伸进对于人类的思考之中，不断反思技术为人类带来的利与弊，从而形成了一套在技术主义之下的叙事模式。而从早期的《终结者》一直到近年来的《泰坦尼克号》和《阿凡达》，卡梅隆的电影一直坚持制造着标准的好莱坞电影的技术型故事。这一故事尽管并不追求所谓艺术的原创性，甚至严重依赖于已经被公众接受和进入主流话语的叙事，但其主题的指向总是以人类所普遍认同的某一普世价值为核心，或表达某一为人类所共同关注的话题。尤其是近十几年来，越来越依赖于全球市场的好莱坞巨片，其故事题材和叙事更加注重切入覆盖及人类生存共通性的主题，不断反思现代社会中技术主义存在的价值。卡梅隆此前的巨片《泰坦尼克号》所激起的强烈共鸣不仅在于其场面的宏大，更隐含着新旧世纪之交，对于工业文明曾带给人类战胜自然的幻想的反思。《阿凡达》的主题更是以人类所面临的地球资源困境、环境污染和向外太空寻找生存空间为起点，形成全球性题材的诉求。

……

这是好莱坞技术主义发展的新阶段。技术主义已经从原有的视觉奇观中剥离出来，试图以叙事文本来超越单纯的技术主义，从而将技术主义的内涵不断丰富与扩大。而这一差距，迄今为止甚至无人可以撼动。❶

论者指出技术主义是电影发展的内在动力，也是好莱坞在全世界独领风骚的制胜法宝之一。而技术主义在好莱坞的发展也具有超越单纯的技术手段约束的冲动，即从“以叙事服务技术为目的，导演所展现的不是情节，而是电影的奇观，是对于没有技术知识准备的普通观众的感官刺激”。同时技术主义有着深入内化的趋势，从而“将技术主义从简单的技术层面，逐步延伸进对于人类的思考之中，不断反思技术为人类带来的利与弊，从而形成了一套在技术主义之下的叙事模式”。或者说将普世的人文价值内化到这种技术之中，这样技术本身就成为目的。这其实是对单纯的技术与艺术关系的超越。有学者更是直接指出技术正在成为审美要素，技术凭借其营造的视觉奇观，造成的审美享受，已经超越电影的艺术本身成为一种审美对象。

《阿凡达》是电影继默片时代、彩色时代后的立体时代出现的一个标志性作品。它的基本美学特色是“高技术与高情感”的成功融合，而且主要是以高技术为特色。在技术上，作品堪称完美，而在内容方面，虽然没有像形式那样完美，但也算是与高技术的特征相融合了。不过，我认为在内容层面上，这种大片无疑是在走“共同价值关怀”的老路子，并无新意。而且《阿凡达》的卖点也根本不在这里，而在于体现视觉奇观，那才是最大的成功所在。3D、电脑特技、巨幕，是我们必须正视的。从《阿凡达》也反映出，技术含量已经成为这类电影出奇制胜并且战无不胜的“独门武功”。在这个意义上可以说让技术成为审美要素，已经成为影响电影发展的最重要的因素。而技术美学，恰恰是我国电影的一大缺憾。❷

对于电影这种非常依赖技术的艺术来说，技术本身已经成为电影的一部分，技术不仅仅是手段的问题，有时候技术本身，不能仅仅用目的和手段、形式和内容这样二元的界定来判断，所以，我们必须重视技术在电影的艺术价值呈现过程中所起到的作用。但在创作过程中，技术是否就是必须的呢？也有人对技术在电影中的应用保有一种悲观的态度，K. 汤普森和 D. 波德威尔认为“就像斯皮尔伯格、卢卡斯、科波拉以夸大炫耀的视觉奇观使观众震惊一样，许多欧洲导演也赋予他们的影片让人神魂颠倒

❶ 李一鸣：《〈阿凡达〉的前世今生》，载《电影艺术》，2010(2)。

❷ 潘知常：《技术正在成为审美要素》，见杨永安主编：《〈阿凡达〉现象透视》，153 页，北京，北京出版集团公司，2010。

的视觉效果。好莱坞电影式的对高度追逐的动感画面、爆炸和特殊效果的‘奇观化’追求也为欧洲导演借用来极力创造绚丽而震慑人心的影像，以此吸引观众对于画面和影像的痴迷”。❶ 而这无非是要造成一种“强化镜头”，给予观众以视觉冲击，注重奇观效果。而造成的后果就是电影的美学观念不同于传统的依托于情节和人物来展现电影艺术的魅力。电影技术往往直接展现出无与伦比的视觉奇观，“影片中人物、情节则被整合到了扑面而来的强大景观中，成为其中的一个部分，而不再是电影表现的重心。这就使得电影叙事中造成的传统艺术的那种意味消失殆尽”。❷ 俄罗斯学者则进一步指出现代技术使得“电影的发展可能像杂技……但这只是一种纯娱乐现象，一种纯娱乐过程，它未必能有什么持久力，尽管电影本身的诱惑力尚未消耗殆尽”。❸

现代技术的泛滥使得电影的艺术创新的火种已经泯灭。但也有学者不认为技术的勃兴会造成电影艺术的死亡，他们认为“可以毫不怀疑地认为，符合时代要求并积极反映出时代的技术手段的产生，将是那些能够更好地适应艺术感知所要求的。是否应该因此而预言电影的死亡呢？重复那些老生常谈是可笑的”。❹

那面对来自技术主义的挑战，电影的天平是不是要倾向于技术的一边呢？是不是只有技术主义才能救电影？只有完全依赖于高科技特效的电影才是未来电影的发展方向呢？

周燕在《论高科技与电影艺术的真实性》一书中通过探讨技术与电影的真实性的关系来分析电影的艺术与技术之间到底有着怎样的联系。她列举了许多事实证明电脑技术不仅不存在使电影艺术丧失其艺术真实的现实基础的影响力，相反，电脑技术还通过发挥自身在创造视听效果方面的独特才能，极大地扩展了表现电影外部真实性的时空范围，丰富了电影的叙述方式。她还举出《阿甘正传》中阿甘与三位总统握手、交谈的镜头给人留下的深刻印象，以及《泰坦尼克号》《侏罗纪公园》的例子来证明：“电脑技术进入电影艺术的领域，不仅为观众展现了越来越多的新的空间形象，而且赋予了电影艺术更为自由灵活、可以穿越任何时空的叙述能力，最终为观众提供更多接近真实、看清真实的可能性。”进而说明“电脑技术根本没有也不会影响电影艺术的真实性”。因之，她认为：

> 在电影艺术内在真实性的领域，只有充满创造力的电影艺术家才是最重要的因素，没有他们对作品内涵的深入开掘，也就没有人的情感、人的意志和人的精神这些电影中最核心的东西，那么再精彩的电影世界又能给人的心灵留下些什么呢？电脑技术没有生命，也没有情感，这就决定它只能和摄影机一样展现事物的外部特征，而无法像语言文字那样细腻、生动地展现人的内在的精神世界。和电影艺术家的想象力相比，电脑技术是机械而苍白的，它在电影艺术内在真实性这片充满人情味的空间毫无立足之地，因此它也就不可能破坏电影艺术的内在真

❶ ［美］K. 汤普森、D. 波德威尔：《回到震慑人心的影像》，载《世界电影》，2001(4)。

❷ 周安华主编：《电影艺术理论》，511页，北京，中国广播电视出版社，2005。

❸ ［俄］科兹洛夫：《电影的迟暮之年》，载《世界电影》，1995(1)。

❹ ［法］让·吕·戈达尔等：《电影是否会有第二个一百年》，载《世界电影》，1995(1)。

实性。❶

同时周燕也反对滥用电脑技术的现象，因为这样很可能导致电影艺术逐渐沦落为一种仅仅靠刺激观众的视觉、听觉来满足他们娱乐性消费心理的游戏，她充分肯定了作为电影创作者的人才是电影艺术的核心，电脑技术都只是帮助艺术家去完善其艺术想象力。她的观点也是目前大家都较为认可的。

> 高科技给电影制作提供了前所未有的创作手段，同时它也为电影与现实世界的关系提供了某种新的可能性，传统的电影编制方法受到高新技术的严峻挑战。其实，这种挑战并非始自现在，电影诞生之日起就业已存在。电影不同于以往艺术的重要特点，就在于它是建立在科学与艺术的双驾马车之上的。世界电影史证明，每一次电影技术新进展，都大大拓展了电影的表现空间、丰富了电影的表现手段。艺术与科技相互依存，共同构筑了电影这一辉煌的艺术殿堂。高度的开放性和适应性是电影从业人员必备的素质，正因电影随着科技的进展不断更新，才保证了电影艺术始终充满活力，长盛不衰。……
>
> 法国著名文学家福楼拜曾说过这样一句发人深省的话："艺术愈来愈科学化，而科学愈来愈艺术化；两者在山麓分手，有朝一日将在山顶重逢。"事实证明了福楼拜的预言。当代社会，在现代科学技术革命的有力推动下，人类开始踏入一个"科学文化"的新时代。科学与技术在这个时代相互交流与融合，并在这种交流与融合中不断结出新的美学物类，聚敛出新的科学果实，放射出新的艺术光华，并产生了一种科学与技术融为一体的崭新的艺术创造机制。
>
> 但是，也应看到，在高科技日益渗透进人类社会生活的方方面面，技术主义倾向日趋左右时代发展的今天，电影的技术主义倾向已比较明显地表现出来。有一点需要明确，使电影成为艺术的决定因素并不是技术。电影艺术的本质精神应该是反映社会的、历史的、哲学的、心理的和人性的深度，而电影的百年发展也以无数流芳后世的杰作证明电影是可以达到如此深度的。正因为电影史有这样一批优秀的影片和执著的艺术家，电影才能继续保持其艺术品位，使其在艺术殿堂中占有一席之地。高科技在电影中的运用，将人与科技通过艺术的形式紧紧联系在一起，一定程度上顺应了当代社会中科技在人们物质和精神生活中的影响日益加深的倾向。但作为一种深刻影响大众的艺术，在这方面应掌握一定的限度，不可因对技术手段的追逐与迷恋，而湮没了艺术的真正本质：对人的关心。
>
> 与高科技势不可挡的发展情态相反，一些电影作者返璞归真，崇尚一种更为简洁本真的制作方式，突出代表便由丹麦著名编导拉斯·冯·特里耶(LARS VON TRIER)倡导的DOGME95制作群体，他们于1995年发布"丹麦95电影宣言"，主要内容有：必须实地(景)拍摄，不可另外搭外景或加道具，如果道具为必需品的话，选景时就必须找一处有该道具出现的地点；不可在影像之外加进额外的音响效果(也不允许加入配乐，除非该音乐在拍摄时同步播放)；必须采用手提摄影的方法；必须采用彩色的画面，不可制造特殊灯光效果；不可使用任何滤

❶ 张文俊主编：《数字时代的影视艺术》，32～36页，上海，学林出版社，2003。

镜；不可有表面化处理的场面如谋杀等；故事必须发生在现代的环境；不可拍类型电影；电影制式必须为35mm；导演名字不可在片首和片尾字幕中出现。这个以“戒条”(DOGMA)为名的小组，指出现今的电影太过讲求特技效果，却忽略了电影本身的精神，针对现代电影拍摄方式方法中的种种弊病和自己的影像原则，提出以上的电影戒律。一些电影史学家对此评价很高，认为这个电影小组所掀起了电影革新运动将是新浪潮以来最重要的电影运动，将会对21世纪的电影风格产生重要影响。

伊朗电影编导阿巴斯·基阿鲁斯达米(Abbas Kiarostami)也是一位崇尚简朴风格的代表，他的《穿越橄榄树林》(1994)《樱桃的滋味》(1997)等影片，将视点对准伊朗的儿童和普通民众，冷静客观地关注他们极其普通的生活，从中挖掘出深邃的情感世界。对普通人的深沉关怀，是阿巴斯影片的最大特点。在表现方法上，他采用纪录片式的框架，大量起用非职业演员，通过他们即兴式的表演，把握真实生活的节奏和现实主义的主题。阿巴斯的电影风格得到了许多著名导演的认同与赞赏，法国“新浪潮”的名宿戈达尔甚至宣称：“电影始于格里菲斯，止于基阿鲁斯达米。”❶

正如论者所指出的“使电影成为艺术的决定因素并不是技术”。我们应当注重电影作为艺术本身所具有的人文关怀。黄会林等在强调电影要有人文关怀、现实关注的同时，面对技术主义的强化倾向也指出，技术主义具有两面性。

电脑合成技术的成本是昂贵的，900多万美元的《星球大战》其电脑特技花去了250万，《泰坦尼克号》的特技预算几乎达到总成本的一半。同时，高科技、“大片”也不是万能的灵丹妙药，虽有创下极具诱惑力的18.354亿美元票房收入的《泰坦尼克号》，但也有像《水世界》《邮差》这样几乎血本无归的大制作影片，面对这种“成也萧何，败也萧何”的局面，好莱坞还是宿命般高举起了高科技、数字化这把“双刃剑”。于是，正如有的学者所言，它既可提升和还原人类的现实、想象经验，也可能脱离人类的现实经验和情感体验，变成一种强调表面刺激、强调奇观的技术游戏。乔治·卢卡斯1977年在拍摄《星球大战》时就坦言，眼花缭乱的特技效果成就不了一部影片，有着丰富内涵的故事永远是电影获得成功的前提，特技是手段而非目的。❷

面对技术主义可能带来的对艺术以及对电影本身的伤害，尹鸿也表露出了自己的忧思。他认为近年来的好莱坞电影越来越贪得无厌地追求视听奇观性，电影题材越来越变本加厉地脱离人们的现实体验和现实生存，无论是故事或是视听造型都越来越缺乏人文意蕴，越来越强调表象刺激，玩弄技术、玩弄奇观的倾向正在将电影带向一条远离真实、远离性情的道路，其结果是电影也在远离艺术的真正本质，彻底成为一种游戏。

---

❶ 黄会林、周星主编：《影视文学》，151～154页，北京，高等教育出版社，2003。

❷ 黄会林、彭吉象、张同道主编：《电影艺术导论》，235～236页，北京，中国计划出版社，2003。

因此，我们不应该也不可能盲目模仿好莱坞，尽管好莱坞依赖于其强势的政治、经济和文化力量，将全世界变成美国电影的超级市场，但近年来，欧洲艺术电影的坚守，日本新电影的崛起，东欧国家优秀电影的不断出现，伊朗电影的独树一帜，韩国电影的本土追求，也都对好莱坞电影帝国提出了挑战。好莱坞技术主义道路的电影，不是唯一的电影，特别是对于中国这个有着几千年东方文化历史和承受着浩大的现实磨难的民族来说，好莱坞电影更不可能替代我们对本土现实、本土文化和本土体验的殷切关怀。在我看来，与其说，国产电影的危机来自好莱坞技术主义的冲击，毋宁说更多地是来自艺术的想象力和创造力的缺乏或者对本土生活的热爱、体验、思考和真诚的缺失。

所以，虽然我们应该正视高科技对中国电影的挑战，但正如电影是人的电影一样，科技也是人的科技，高科技是诱惑也是陷阱，中国电影更重要的是充分利用自己的文化历史和社会现实资源，探询自己的技术创新、艺术创新、文化创新的路线，高科技必须与中国电影的政治、经济、文化和社会背景相结合，中国电影才能在好莱坞技术主义的冲击下，找到自己的生存与发展之途。当然，所有这一切创新都必须以电影的产业化改造为基础。❶

针对人们存在的“无所不能的高科技将改变电影的本性，成为电影的本体，最终导致一百多年来电影带给观众的真实历史经验随着这场视觉游戏的终结而终结”的担忧，有些专家指出，电影艺术家的创造力和想象力不仅是电影艺术的生命力，也是电脑技术发展的源泉，没有想象力，也就没有了一切。因此，电脑技术只可能是电影艺术创造者的工具，而永远不可能取代创造者的主体地位。张建亚认为：“运用传统特技和电脑三维动画，都是为了体现一种奇观，一种想象力，激起观众欣赏、投入的巨大兴趣和情感共鸣。但是，所有这些手段，最终还是为了表现人的道德精神、英雄主义和美好情感。只不过在我的电影里，这一切必须要通过惊险、奇观和快感表现出来。换句话说，我关注观众喜欢看、看得好、看得快乐。否则，再好的内涵他又怎么接受呢?!”❷

诚如斯言，应用高科技拍摄《泰坦尼克号》和《阿凡达》的詹姆斯·卡梅隆也认识到高科技只是一种手段：高科技不是用来炫耀地展示视觉奇观，为高科技而高科技，而是给人以心灵的震撼。电影人首先要思考自己的故事是什么样的故事，然后按照这个故事选择使用哪种工具，可能是完全实拍的模式，也有可能是纯粹的动画制作，也有可能像《阿凡达》一样应用部分表演捕捉技术，或者完全使用表演捕捉技术，所有这些都只不过是为电影人使用的巨大的工具箱又增加了一件好用的工具。面对好莱坞以及全球化背景，各国电影日益技术主义的趋势，为中国电影指出了一条可能的发展路径，电影作为科技的产物，新技术的发展是永不停步的，高科技是不可抗拒的必然趋势，面对这样的情势，技术与艺术的互动是要建立在电影艺术家不失掉其想象力和创造力的前提下，因为任何高科技都不能替代艺术创造本身，失掉人文精神，高科技只

❶ 尹鸿：《技术主义时代的中国电影路线》，载《电影艺术》，2002(5)。

❷ 张文俊主编：《数字时代的影视艺术》，32～36页，上海，学林出版社，2003。

会显得苍白和机械。

(三)电影与文学

电影与文学有着密切的关系是个毋庸置疑的问题。但电影文学是否存在？电影是否就是文学？这是电影创作者在进行创作过程中必须首先明确的基本的电影观念。当然，关于电影与文学关系的讨论是20世纪七八十年代中国电影创作理论界的一个热点问题，这次讨论理清了许多电影与文学的关系，以及一些本质特性的问题。现在虽然已经很少有人说电影就是文学了，但同为叙事性的艺术，它们之间还是有着一定的联系，尤其是现在电影创作过程中对剧本的强调，使得一些创作者以为只要有一个好的剧本就可以拍出好电影来，事实并非如此。有些电影创作者并不是真正意识到要充分发挥电影所具有的本性和特性，从而使得电影能够拍得好看、耐看。所以，本章就电影与文学的关系进行一次梳理，希望有助于创作者从理论层面认识这个问题，使电影的创作更加合乎电影的本性。

由于文学的传统非常悠久，作为新兴的艺术样式，电影向传统艺术借鉴本来是无可厚非的事情。但在实际创作过程中，创作者会经常出现观念模糊的问题，时间一长就有可能忽视了电影艺术本来的属性。我们经常看到许多导演喜欢改编文学名著，例如对《战争与和平》《骆驼祥子》《林家铺子》《祝福》《红高粱》《菊豆》等的改编，有人借此来证明电影只不过是文学的一个表现手段而已，这就有点本末倒置了。当然，为了重视电影本身作为一种艺术所具有的特质，是要强调其特性，但这并不是否定其他艺术样式对电影的影响。不同艺术样式之间的相互借鉴是很正常的事情，但不同的艺术样式之所以能够独立存在，肯定是有着其本身的特殊性质，所以，我们不能简单地将两种不同的艺术等同起来而忽视这种差异性。

关于电影与文学的关系，张骏祥在《用电影表现手段完成的文学》一文中明确指出“电影就是文学”，导演的任务就是要以电影的特殊表现手段体现影片的“文学内容”和“文学价值”。他还强调了“电影文学”这个概念。他认为对电影文学而言“印在纸上的剧本是基础，是必须要有的基础，但它还不是最后完成的电影艺术，也不是最后完成的电影文学”。❶真正的电影文学的完成形式是最后在银幕上放映出来的影片。而电影文学价值的呈现，就必须依靠导演，导演要更多地重视影片的文学价值。

张骏祥之所以强调电影的文学价值，是在于他看到很多电影创作在坚持“导演中心”的同时，忽视了编剧的作用。他针对有学者强调利用电影的技巧来提高其艺术质量的观点指出，要重视电影的技巧，但不要忽视电影的文学价值，因为“许多影片艺术水平不高，根本问题还不在于表现手法的陈旧，而在于作品的文学价值不高”。❷于是，他从作品的思想内容、典型人物塑造、文学的表现手段、节奏、气氛、风格和样式等方面来阐释什么是文学内容和文学价值。尤其是“关于文学表现手段”的问题，他指出“电影艺术当然要运用电影的表现手段。但电影既然又是文学，作为一个导演，就不能丢开文学的表现方法与技巧不管。电影导演要保持和发挥原剧本的文学价值，就必须学习和掌握各种文学的特有的技巧。电影文学对叙事文学、戏剧文学和抒情文

❶ 罗艺军主编：《20世纪中国电影理论文选(下)》，39页，北京，中国电影出版社，2003。

❷ 同上书，41页。

学的长处是应该而且能够兼收并蓄的”。❶ 他以影片《归心似箭》和《大河奔流》为例证明，电影并不一概排斥叙事手段，但有时更应该注重情绪的表现。同时他又强调“这些场面最后又必须变成‘电影的’，不是完全照搬文学手段”。其实，作者在论述时，存在一个内部的断裂，论者在以前写的《关于电影的特殊表现手段》一文中，指出电影的思维和文学一样需要“形象思维”，但与文学的思维又有差异性，电影要“善于运用蒙太奇思维”❷，这说明他也是注意到电影和文学两者之间的区别的。那么为何论者又要说“电影就是文学”呢？其实，正如论者在文中一再提到的“导演一方面不能只强调电影表现手段，不考虑作品的文学价值，另一方面，又必须要善于运用电影的特殊手段，把作品的文学价值体现出来。此外，还有节奏、气氛也是由剧本提供的，风格、样式也是由剧本决定的，这也是导演必须用电影特有的手段来体现来完成的文学价值”。作者的落脚点还是在“文学价值”。

> 电影的文学价值，思想性也好，人物典型形象也好，叙事文学、戏剧文学、抒情文学的不同表现技巧也好，最后都还得通过电影的特有的表现手段，才能体现出来。当然，一般地说，电影手段只能突出、丰富这些文学价值，不能创造它。如果剧本本身不提供这些文学价值，导演再有天大本领，也不能靠自己的蒙太奇和造型手段等无中生有地创造出来。但是一个导演如果对作品的文学价值不能充分领会，不把千方百计地去体现这些文学价值看做自己的最高任务，那所有的电影手段的运用就不免止于形式的卖弄。❸

这里的文学价值一定程度上可以理解为是电影本身所要表现出来的艺术价值，并不是说电影就是文学，论者在这里所要强调的是电影能塑造出典型性的人物，以反映出鲜明的主题的内蕴，而不仅仅就是剧本的文学价值，毕竟这些剧本的价值是通过电影的艺术表现手段来完成的，需要通过蒙太奇思维、摄影、镜头、用光、色彩等电影艺术手段，这样已经超越文学本身了，已经是属于电影艺术的层面了，应该说是一种“艺术价值”了。他提出的“电影就是文学”的说法，还是一种较为偏颇的说法，也引起了质疑。郑雪来在《电影文学与电影特性问题——兼与张骏祥同志商榷》一文中就对张骏祥的“电影就是文学”观点提出质疑：

> 电影与文学的紧密联系，文学家参加电影工作对提高电影质量所起的重要作用，电影文学剧本之作为影片的思想艺术基础，这些都已为世界各国电影创作经验所证实。但承认电影与文学的紧密联系，提醒电影“不要忘了文学”，这跟主张“电影就是文学”或“用电影表现手段完成的文学”，并不是同一回事。❹

郑雪来从张骏祥文章的核心概念“文学价值”出发，开始批评张文的观点，他认为

---

❶ 罗艺军主编：《20世纪中国电影理论文选(下)》，47页，北京，中国电影出版社，2003。

❷ 罗艺军主编：《20世纪中国电影理论文选(上)》，387页，北京，中国电影出版社，2003。

❸ 罗艺军主编：《20世纪中国电影理论文选(下)》，51页，北京，中国电影出版社，2003。

❹ 同上书，56页。

张骏祥所说的“文学价值”可以包括三点内容：作品的思想性、哲理性或主题思想；典型形象的塑造；文学表现手段。他怀疑“文学价值”作为一个严格的文艺学概念是否存在，是否适合这样来界定。因为任何艺术都有思想性等问题，任何艺术都有塑造典型形象的任务，而不仅仅限于文学。同时，并不是任何文学(比如唯美文学、现代派文学)都能塑造典型形象，或都有哲理性的。一切文学艺术都有思想内容和艺术形式、思想性和艺术性的问题，都有塑造形象的任务，至于塑造出来的形象能否被称为“典型的”，就要作具体分析了。所以他得出结论是：

> 如果一定要用“价值”这个字眼的话，那么，各种艺术所要体现的可说是“美学价值”，而未必是“文学价值”。将文学高踞于其他一切艺术之上，是既不符合艺术的客观规律，也不符合艺术的发展历史的。❶

郑雪来先生的论述是比较中肯的，他进一步谈到张骏祥同志虽然也承认电影是综合艺术，但他又说“电影又是文学”“电影就是文学”或“用电影表现手段完成的文学”，电影所要完成或体现的首先是“文学价值”，这种种论述会引起基本理论概念上的混乱。尤其是张骏祥甚至还把“电影特殊的表现手段”跟“文学价值”对立起来，认为前者“没有什么奥妙，不难掌握”，郑雪来分析这样造成的后果就是：“电影即文学论可说是发展到极端，电影变成为可以不依电影美学特性为转移的文学了。”他认为“电影不要忘了文学”和提倡“电影就是文学”完全是两码事。电影从它的起源和在它的发展过程中，总是和文学、戏剧、绘画、音乐等艺术有这样那样的联系。各种艺术(包括电影艺术在内)之间也一直在互相渗透，互相影响。但是，电影既不是文学，又不是戏剧，也不是绘画。这一点，已经被全世界电影艺术的发展过程所证实。他认为不可以脱离电影美学特性和电影特殊表现手段来谈论电影的本质。因为即便是“文学价值”的概念，也只是属于一切文学艺术共有的艺术作品内容的范畴，而无法用以区别各种不同艺术的美学和诗学特征。郑雪来进一步从电影的特性来讨论电影与文学的差异性。他认为：

> 电影的特性不在于镜头的结构，而在于镜头向镜头的运动，也就是在于蒙太奇。电影的叙述和表现的方法，是在它之前出现的各种艺术(文学、戏剧、绘画、音乐、建筑等)所无法做到的。所谓电影的综合性并不是把各种艺术元素机械地加以混合或拼凑，它是通过电影本身的美学特性来表现的。电影作为综合艺术的本质就在于此，电影并非文学的原因也就在于此。❷

郑雪来认为电影是具有自己美学特性的独立的艺术，与文学、戏剧等艺术门类并列。同时他深入论述了“文学性”和“电影性”的问题。他认为“电影的文学性”和“电影剧本的文学性”并不是同一种概念。他认为有些论者归纳的“电影的文学性”，即塑造典型形象、思想开掘要深、要有合理情节、性格化对话和完整结构五条，以及把“文

---

❶ 罗艺军主编：《20世纪中国电影理论文选(下)》，56页，北京，中国电影出版社，2003。

❷ 同上书，59页。

学性”和“思想内容”“思想性”“哲理性”之类直接等同起来的观念，都是沿袭了“文学价值”的概念，他们没有弄清楚电影、电影剧本、文学之间的区别，从而导致了概念的模糊。

> 电影剧本是一种文学(或“第四种文学”)，但电影并不就是文学；电影剧本要为未来的影片提供思想艺术基础，但并非电影倒要反过来体现电影剧本的“文学价值”，因而使电影从属于文学。我认为，这是我们讨论电影剧本的文学性和思想性问题的理论前提。❶

在这两个理论前提下，郑雪来探讨了电影剧本仅仅是一种文学，还是既是文学作品，又是电影作品的问题，以及“思想艺术基础”和“文学价值”在概念上的区别。他谈到，电影剧本是为了拍摄的，如果不拍电影，就没有必要去写剧本。承认电影剧本是独立的文学样式，或者称之为“第四种文学”，乃是由于电影剧本在诗学原则和写作方法上的确有别于叙事文学、抒情文学和戏剧文学。但是，电影剧本毕竟不像诗歌、小说、散文那样属于已经完成的作品，它还需要导演、演员、摄影、美工、作曲等创作人员的共同努力，通过电影所拥有的多种艺术表现手段，才能够最后得到完成。“电影剧本尽管是一种独立的作品，影片的剧作毕竟要在剪接台上最后完成”。而且，电影不仅仅通过人物对话或独白等文学手段来体现创作构思，还可以通过多种艺术表现手段(画面结构、演员表演、蒙太奇、音响、色彩等)来体现所要表达的内容，而这些东西在电影剧本中往往都只能看到某些有限的提示。同时，“电影剧本只能拍摄一次就永远‘死’在影片里了，它不能像戏剧剧本那样可以不断地由不同的导演去上演”。❷所以，电影剧本和电影作品是不一样的，电影剧本既是文学作品又是电影作品，但它首先应该是电影作品。电影剧本是按照电影艺术规律来写的，只有这样才能够给我们提供审美享受。因而他得出结论：“电影剧本如果不是为了拍摄影片而存在，如果脱离了电影艺术的基本要求，它就不具有美学价值，甚至它作为一种独立的文学样式也都不具有什么美学意义。”❸在此基础上，郑雪来又进一步阐明，电影剧本是作为未来影片的思想艺术基础，并不是要体现电影的“文学价值”和“文学性”。因为，电影剧本首先必须符合电影艺术的规律，即要符合电影蒙太奇思维的规律。电影剧本有文学性和电影性，但电影剧本并不就是电影，它只是为电影提供了一个基础，所以，以电影剧本具有文学性来推定电影的文学性，在逻辑和实践中都是行不通的。

> “电影剧本的文学性”和“电影的文学性”，这两个概念之所以不能加以等同，就由于电影剧本作为一种文学样式必须具有文学性，而电影本身(影片)却可以或以文学性，或以戏剧性、音乐性、绘画性等而见长，或偏重某“性”，或各“性”兼备。这在很大程度上取决于影片的体裁样式和艺术风格。如惊险片不一定讲求文学性，喜剧片则非注重戏剧性和喜剧效果不可，音乐片多半以其音乐性取胜，在

---

❶ 罗艺军主编：《20世纪中国电影理论文选(下)》，60页，北京，中国电影出版社，2003。

❷ 同上书，61页。

❸ 同上书，62页。

类似《少林寺》《武松》这样一些武打片中，观众想看的主要是演员们的武打真功夫，等等。任何样式风格的影片当然都应具备主题思想，但如上所述，这并不属于“电影的文学性”概念的范畴。❶

郑雪来的论述厘清了电影与文学的关系，电影与文学建立起联系，主要是以剧本为纽带，而在实际创作过程中，剧本只是电影的一个基础，剧本的创作过程一定程度上依赖文学的形象思维，虽然电影的创造过程也依赖形象思维，但统率电影创作的思维还是蒙太奇思维，必须以其来统率创作过程。正如郑雪来所说，“剧本是基础，导演是关键”，这句话确实反映了电影艺术生产的客观规律。但这并不等于说，剧本似乎只要提供了“文学价值”，就算起了思想艺术基础的作用，而导演的任务似乎就只在于用电影表现手段去体现这种价值。换言之，不能认为把“文学性”留给编剧，而把“电影性”留给导演就算是解决电影剧本的文学性和电影性问题的妥善办法。郑的论述并没有完全否定电影与文学的联系，他只是提出了“文学性”和“电影性”这两个平行的概念，因为他还是承认电影剧本的文学性可以为电影的文学性提供基础，这与有些论者提出的电影就是电影还是有一定的区别。

余倩在《电影的文学性和文学的电影性》一文中指出“电影之所以需要文学，就是要用文学的方式提供未来电影的形象蓝图。这种蓝图是文学的特殊形式，有文学性，但必须有电影性”❷。他认为从电影剧本到银幕等于从文学形式到电影形式的转化，并不是由未完成的文学形式向最后完成的文学形式的发展。

他首先从先锋派艺术家的“纯电影”在理论和实践上的失败指出，不受其他艺术影响的电影曾经有过，但那只是一种电影的原始形态，而这个阶段的电影还只是一种技艺，不能称为艺术。从而余倩证明电影是在科学基础之上受到其他艺术的影响，才逐步成为一种“独立的拥有艺术可能性的艺术”。他尤其强调了，电影在从技艺性质的东西发展成为一种形象地反映社会生活的艺术的过程中，所受文学的影响超过了其他艺术的影响。

电影从文学获得了反映复杂的社会生活的叙事性，获得了用叙事手段从现实关系、现实的社会矛盾及其发展变化中，通过持续的动作的叙述和描写，多方面展示人物的命运，展示个性鲜明的性格的可能性。

……

电影是在技术基础之上拥有多种艺术可能性的艺术，它要用叙事手段反映现实关系和创造性格，就不能没有一个形象的蓝图。这种蓝图正是电影文学即电影剧作提供的。从电影的创作过程、摄制过程说，电影的多种艺术可能性之所以能够达到统一、实现综合，也正是由于有了电影剧作这个形象的蓝图作为依据。❸

余倩认为，如果没有文学作为基础，电影的其他艺术可能性便会丧失意义，至少

❶ 罗艺军主编：《20世纪中国电影理论文选(下)》，63～64页，北京，中国电影出版社，2003。

❷ 同上书，67页。

❸ 同上书，68页。

难于发挥其应有的作用。电影文学是电影的思想和艺术基础的最主要的依据。但余倩同时还强调即便“电影的文学性、文学基础是这样不容忽视，电影还是不能和文学相等同”。他看到文学在电影中的重要意义，针对电影创作忽视文学基础的现象，他认为电影导演的任务就是要体现剧作的文学价值，电影是“用电影表现手段完成的文学”，“电影就是文学”，这是可以理解的，但作为对电影和文学关系的阐述，对电影艺术性质的理论表达，则是不够准确的。

> 电影从文学获得了叙事性，获得用叙事手段在复杂的现实关系和现实矛盾中展示人的命运、人的性格的可能性，这并不是说电影的叙事手段和文学的叙事手段就是相同的。文学的叙事手段不能离开语言文字，电影的叙事手段则是由以画面为主的多种艺术可能性形成的。在电影中，字幕、画外音和人物语言的叙事性并不是主要的。文学的叙事性在电影中已经起了变化。因而电影文学，这和一般文学也不能没有区别。用语言文字创造的文学形象要转化为银幕形象，便须适应银幕表现的规律，具有转化为银幕形象的可能性。匈牙利电影理论家贝拉·巴拉兹早就指出过：“电影剧本是在电影停止追求文学效果、开始坚定地寻求视觉效果的日子里逐渐发展成一种文学形式的。”电影之所以需要文学，就是要用文学的方式提供未来电影的形象蓝图。这种蓝图是文学的一种特殊形式，有文学性，但必须有电影性，即转化为银幕形象的可能性；它有文学价值，但必须要有电影价值，即具有创造电影艺术的美学价值的可能性。因而并不是任何文学都可以成为电影的基础，也并不是任何文学都可以用电影手段去表现的。可以用电影手段表现的，只是具有电影性即可以转化为银幕形象的文学。❶

余倩认为电影艺术从文学艺术获取的“叙事性”只是提供了推动剧情发展的可能性，它与文学中的叙事性存在着一定的差异。如果要把文学形象转化为银幕形象，必须符合电影追求“视觉效果”的规律。文学只是提供了一个“形象蓝图”。而把电影文学剧本提供的文学形象转化为银幕形象，是一个创造性的艰苦的过程，而且正是电影的多种艺术可能性发挥作用的结果。所以，电影文学只是为电影艺术形式即影片的完成提供基础。就电影文学说，它的完成形式只能是电影剧本。由电影剧本到银幕，这是由文学形式向电影形式的转化，并不是由未完成的文学形式向最后完成的文学形式的发展。

> 不同的艺术有不同的表现手段和表现形式。用绘画手段完成的艺术形式是绘画，用文学手段完成的艺术形式是文学，用电影手段完成的艺术形式自然是电影。不同的艺术之间自然存在着相互的影响，也必然要相互吸收表现和认识现实的可能性，但吸收不是照搬而是转化，因而不同艺术的最后界限总是分明的。一部影片和一部文学作品（包括电影文学剧本），在形式上的区别难道不是明显的么？

❶ 罗艺军主编：《20世纪中国电影理论文选（下）》，71页，北京，中国电影出版社，2003。

余倩指出，把影片看做是电影文学最后完成的形式，认为“电影就是文学”，对于电影艺术创作来说并非有利。因为如果把电影看做文学，就有可能以文学性去代替电影艺术的特殊性，而电影导演的任务也就只是为了用电影手段去体现作品的文学价值，而不是依据文学剧本去创造电影艺术特有的美学价值。所以，电影的任务是要创造自己独特的美学价值。

电影导演应当尊重剧作(自然必须是真正优秀的剧作)，应当把握剧作的基本精神，但主要任务并不是在银幕上亦步亦趋地体现剧作的文学价值，而是根据既有文学价值、又有电影可能性的剧作去创造电影艺术的美学价值。所谓文学价值，就是用文学手段去形象地反映现实而创造的美学价值。而文学手段是和电影手段不能等同的，如前所说，文学形象不能直接搬上银幕，即便是有电影可能性的文学形象也是如此。因而银幕形象的美学价值就不只是文学价值，也不可能只是文学价值。用电影手段去体现剧作的文学价值，这也不是电影的长处。世界上有多少功力深厚的电影导演，面对那些文学价值极高的世界文学名著而慨叹电影手段的无能为力！那些已经上了银幕的文学巨著(如《战争与和平》之类)的文学价值远远不能和原著相比，这不都是有目共睹的吗？电影如果只去体现文学价值，那么，用文学手段不是更好吗？又何必要用电影手段，何必进行银幕形象的创造呢？❶

这里余倩提出了“电影就是文学”这个观念是用“文学价值”对电影本身“艺术价值”的否定。虽然否定了“电影就是文学”这个观点，但他和郑雪来一样承认电影有文学基础，并强调电影不会也不可能排除文学。余倩的观点似乎在对电影与文学的关系进行调和。邵牧君先生则是从理论层面结合电影和文学之间的关系，阐明电影与文学并不是一回事。

在论述艺术的特性问题时，通常最容易犯的毛病是把一种艺术的特殊问题同作为一种特殊社会意识形态的艺术的特性问题混为一谈；尤其不好的是，干脆用后一种一般美学问题来替代对一种特定艺术的认真细密的分析。这种用艺术的共同规律来顶替各种艺术本身的特殊规律的现象，在电影研究方面更是常见……这就使我们的电影创作实践在很大程度上处于缺乏理论引导的不正常状态。在电影界，比较常见的状况是：在谈论影片创作问题时，往往只强调要塑造鲜明生动的典型形象，要有深刻的思想内涵，要有合理动人的故事情节，要有性格化的语言等，仿佛解决了这些实际上是适用于一切叙事艺术的一般美学问题之后，便可以坐等优秀影片问世了。人们还很少认真研究，例如说，作为电影形象的典型形象与小说或戏剧中的典型形象有什么不同；银幕上对语言和音响的使用与小说或戏剧有什么不同；同样是构图，绘画和电影区别何在，等等。事实上，应当吸引我们注意的正是这些“不同”和“区别”。我们也有不少同志谈论电影的综合性，从电影能借用一切其他艺术的表现手段这一点出发，强调电影和其他艺术的紧密联

❶ 罗艺军主编：《20 世纪中国电影理论文选(下)》，74 页，北京，中国电影出版社，2003。

系，但在这种联系中却有时又抹杀了电影本身的特点。不是没有人记得电影还有其特殊的手段——蒙太奇，而是只把蒙太奇视为一种与借自其他艺术的表现手段相并列的东西。这种错误的"综合"观念是使我们的影片往往舞台味十足或文学性过浓的重要原因。❶

邵牧君先生指出这些人用一般艺术思维的特性研究来替代电影思维的特性研究，一谈电影，就非要给它寻找一个可资依附的对象不可，常常还会有意无意地否认电影艺术的独立性。如果电影从属于文学，只是文学的一种新形式，那么也就谈不上两者之间的互影响了。而百年的电影发展历史说明，电影和文学的相互影响贯穿始终。格里菲斯承认他的技巧是来自狄更斯的小说，爱森斯坦把蒙太奇说成是19世纪现实主义小说的赐予。尽管文学家对电影多有鄙视，但他们也还是对电影手段的巨大潜力表示称赏，甚至羡慕。托马斯·曼也不能不承认，"电影具有回忆、进行心理启示的本领，善于表现人和物的细节，这些是小说家(虽然戏剧家未必)大可学习的"。两者的互相联系使得贝耶不得不指出，"现在人们强调的是现代文学和现代电影的互相渗透……如今人们已分不清哪种艺术'首创'了一个观念或一种技巧，哪种艺术是立刻拿过来用于自己的目的"。邵牧君先生指出虽然好莱坞对文学有着很强的依赖性，不仅请文学家去写剧本，而且还改编很多经典作品，但好莱坞更强调电影的故事因素和叙述形式。他还谈到："就世界范围来说，'电影文学'还不是一个被普遍接受的概念。特别是在西方国家，电影剧本作为一种独立的文学形式无论在理论上和实践上都还没有得到普遍一致的承认。"❷

邵牧君先生从电影的创作过程来说明，电影创作的过程具有连续性，主要是由剧作、导演和剪辑三个阶段组成。但不管是分工进行还是导演独揽，这三个阶段实际上总是不同程度地互相重叠的，其间很难划出明确的界线。正是这种"互相重叠"，使剧作阶段不能成为一个独立的文学阶段。因为，创作者在制作过程中经常有所发现，而这些发现一般要求对原来的构思或剧本进行修改。他举例说像费里尼这样的影片制作者，经常在拍摄期间或在其后对台词做一些改变，因为只有来到现场，听见演员念词之后，他才能决定在几个月前所写的东西究竟是否合适。特吕弗则倾向于不让他的演员背台词而只是把他们分内的话说出来。而安东尼奥尼把电影剧本仅仅看做一份"思想备忘录"。

周传基先生在一文中，则是通过对电影的媒介材料和技术特性的分析，阐明电影作为一种独立的艺术形态，和别的艺术样式有着完全不同的特点。

任何艺术的规律首先取决于它的媒介材料。……各种艺术的特点正是媒介材料所带来的局限性和可能性决定的。……电影确实是20世纪出现的一种机器复制媒介，是20世纪科学技术的产物。……传播的媒介是否机械并不影响某一种艺术的艺术性，如果它是艺术的话。……新出现的技术为电影的表现手段提供了新的可能，但它总是威胁着原先的一些艺术成就，而这些艺术成就又往往是以前

❶ 邵牧君：《电影、文学和电影文学》，载《文学评论》，1984(1)。

❷ 同上。

一阶段技术的局限为前提的……有人为了否掉机器给这一全新的艺术带来了根本性的特征——亦即记录性，就硬说文学也是记录。文学使作家用文字把自己的构思记录下来。但是文学是用抽象的文字系统来进行思维的线性记录，而电影却是对摄录对象从光波和声波上直接进行半自动化的、精确的四维记录(一维——线，光；二维——平面；三维——立体；四维——时间。声音被某些人认为是第五维)。它所记录下的影像和声音是直接诉诸人的视听神经的，就像生活中的感知那样。我们不能否认或忽视这个特点。传统艺术家似乎不愿提到这一点，因为艺术似乎既不应和复制机器，也不应和生理特征联系在一起。但事实就是事实。……由此可见，用两种截然不同的符号体系创造出来的艺术形象的特点是不一样的，而接受者(观众或读者)的接受方式也完全不同。……使用抽象的文字符号的文学作品从发生到接受的过程是——从作品的抽象到读者在自己脑海中的具象；而那使用具体可闻可见的短路符号的视听作品从发生到接受的过程却是——从银幕的具象到观众脑海中的抽象，是创作者创造出具体的视听形象，然后由接受者自己得出抽象的结论。这也就是说，在视听媒介的作品中，创作者必须，甚至不应该把自己的结论告诉观众：这块地方“风景秀丽”，观众心里会想：“我也不是瞎子，要你告诉我干什么？除非你是个白痴。”马克·吐温有一个故事。有一次在音乐会上，坐在他旁边的一位“贵妇人”转过身来对他说：“你听这音乐多美。”马克·吐温按捺不住对这位似乎很有修养的“贵妇人”说：“夫人，当你听见一支优美的曲子时，你是不说话的。”这句话应当赠送给那些爱写满堂灌的解说词的编辑们。❶

周传基先生通过分析电影对技术的依赖、文学的相对独立性，以及电影作用于受众和文学作用于受众的两种不同的路径和效果来说明，电影和文学是两种不同的符号体系，它们创造出来的艺术形象也不一样。电影是从“具象”到“抽象”，文学是从“抽象”到“具象”的过程。电影和文学的思维方式是不一样的，电影需要强调的是视听思维。

电影是以相对时空为结构，以光波和声波为材料的媒介(广播也是相对的时空结构，但是媒介材料只有声音，没有视觉因素)。它的思维方式是可闻可见的四维的思维方式(立体的空间＋时间＝视听的运动)。这就是这一新的视听媒介和传统文艺形式所使用的那些媒介材料之间的主要差别。

……

并不意味着小说作家不能写电影剧本，但是他必须明白他自己不是在写小说，他必须学会视听思维，并且必须明确，电影剧本和小说不是等值的。小说是一个完整的艺术作品，而电影剧本只是一个半成品。……强调电影的视听思维并不意味着排斥向其他姊妹艺术借鉴。但是借鉴与属性(恒定的)不同。在借鉴时，首先需要考虑的就是由不同的媒介材料所带来的差别。电影中过分强调文字(解说词、字幕、对话)的作用是违反瞬息的、运动的媒介的规律的。❷

❶ 黄会林、彭吉象、张同道主编：《电影艺术导论》，6页，北京，中国计划出版社，2003。

❷ 同上书，16页。

电影需要以声、光、电为媒介通过具体的影像的传递来产生独特的艺术魅力，给观众以审美享受；而文学则是通过文字符号的抽象表达，使受众运用抽象思维去感受其带来的美感体悟。周先生从传播的媒介角度来分析电影和文学的差异，给人以更加直观的感性认识，从技术的层面来说明“电影就是电影”。

电影是一门独立的艺术，我们不能否定它会受到其他艺术形态的影响，但这都不能决定它作为电影的本性特质。电影与文学毕竟是属于两种不同的艺术形态。讨论电影的文学性要求我们首先认识到电影是一种叙事艺术，在此基础上把它和同为叙事艺术的文学相比，才具有可借鉴性。

(四)电影与戏剧

如同电影与文学的关系一样，电影与戏剧的关系也是让人纠缠不清，而且侯曜在《影戏剧本作法》中明确指出“影戏是戏剧之一种，凡戏剧所有的价值它都具备。……而且比其他各种戏剧之影响，更来得大”。[1] 这似乎就是为电影定性了。在中国电影发展的很长一段时间内，电影都是作为戏剧的一个种类而存在的，有的人即使承认电影艺术在形式上具有其独特性，但认为其本性还是戏剧艺术，他们说“影戏虽是一种独立的兴行物，然而从表现的艺术看来，无论如何是戏剧”。

陈犀禾更是在《中国电影美学的再认识——评〈影戏剧本作法〉》中指出，“把电影看做是戏剧，可以说是当时电影观念的核心”。而且作为一个“美学概念”，“影戏”超越了中国早期电影这一特定的历史范畴，成为概括整个中国传统电影观念的基本概念，涵盖了80年来整个中国电影的历史。这中间电影形态的技术因素虽然有所变化，然而中国人把握电影的基本观念却没有改变，其余脉一直延伸到20世纪80年代的戏剧电影观念。[2] 而正是这种执著的电影观念在20世纪70年代开始遭到一次来势汹涌的批评。首先对电影和戏剧的关系提出质疑的就是白景晟提出要“丢掉戏剧的拐杖”，这标志着新时期电影意识最初的觉醒。紧接着，钟惦棐又提出了“电影与戏剧离婚”之说。当然，这只是中国电影界对电影与戏剧关系的一次彻底的辨析，而国外早在20世纪20年代为了确立电影作为一门独立的艺术的地位，一些先锋派电影实践者和理论家就开始大声疾呼“电影不是戏剧”“电影是独立的艺术”。电影艺术性的形成源自梅里爱将许多戏剧引入到电影中，将电影这个原本只是记录现实生活的戏耍的小玩意的身份一下提升到艺术的殿堂，而电影要再度成为独立的艺术，则又必须和起初帮助它确立身份的戏剧“离婚”，正是这种电影和戏剧的复杂关系，使得电影与戏剧的观念之争变得纠缠不清。但这同时也说明了对于电影创作者来说辨析清楚电影和戏剧的关系的必须和必要性。

最早支持电影“非戏剧化”的是电影先锋派的理论家卡努杜，他认为电影不是戏剧，并极力将电影这个刚刚诞生不久的小玩意从其他艺术门类中独立出来，给其正名，让电影获得“第七艺术”的身份。

---

[1] 罗艺军主编：《20世纪中国电影理论文选(上)》，49页，北京，中国电影出版社，2003。

[2] 参见陈犀禾：《中国电影美学的再认识——评〈影戏剧本作法〉》，载《当代电影》，1986(1)。

不要在电影和戏剧之间寻找相同点。除非你把舞台上出现的、市集的木棚中表演的、活脚灯前展示的一切都名之为“演出”，否则电影和戏剧史不存在任何相同点的。没有任何本质上的相同点，在电影的固定的非现实和舞台剧的变化的现实之间，不论在精神上、形式上、启示方式上和表演手段上，都没有共同点。

……

如果戏剧和电影存在着相近之点的话，那就是上述的使电影侧身于其他演出行列中的那一点。此外便没有了。因为，第七艺术——电影——首先是表现生活的一种本质的视像。但是，在许多情况下，电影却只是平铺直叙地、干巴巴地去图解一个文学作品。它过分简单地沿用了拉丁民族的哑剧传统，包括自奥古斯都时代流传至今、以手势演出的戏剧，和其他以表情动作为主的戏剧传统，而这正是一种可怕的或者愚蠢的错误。电影不应当是任何作品的图解，它既不应当是一系列由画幅来阐明的话语，也不是一系列由话语来说明的画幅。电影是从现代人的意愿、科学和艺术中诞生的，为的是更强烈地表现生活，通过各种空间和时间来阐明永远是新的生活的意义。❶

卡努杜认为“电影是运动着的造型艺术，按照节奏艺术的标准展开”。他把电影编剧称作“银幕形象幻视者”，他认为电影导演就是以光为画笔的画家，把“银幕形象幻视者”幻觉中的一幅幅形象在银幕上画出来。所以，“幻视者”和“光的画家”应该有一些共同服从的规律，这就是电影艺术的规则。他在寻找电影艺术的创作规律，他反对复制现实和戏剧搬演这两种电影观点。他认为电影既是艺术，就不只是现实的翻版。摄影机固然有纪实的功能，但艺术家应该利用这种功能来营造环境、营造气氛。在影片中客观的自然景色应该由艺术家创造出来的“充满人性的氛围”所替代，正如影片中的人物，既不同于日常生活中的人，也不同于舞台上的人。他特别强调光在电影表现中的头等重要作用，因为电影是一种以视觉手段来讲故事的艺术。❷

雨果·明斯特伯格也是通过分析电影与戏剧的区别来论证电影是独立的艺术。他在《电影：一次心理学的研究》一文中从对电影经验的感知入手，论证电影是一门艺术。他分别研究了电影的“现象领域”和“本体领域”。他从心理学研究中得出一般性结论，又把结论在他的美学研究中推导和扩展。他有两个参照维度：戏剧与现象。通过电影和戏剧的比较，他证明电影是一门独立的艺术；通过现象与主体感知的比较，他证明电影不因其机械记录的特点而远离艺术的殿堂。明斯特伯格从电影的观影机制入手，考察了电影影像感知的各个方面，指出“电影不存在于银幕，只存在于观众的头脑里”。他通过对感知过程中深度感和运动感、注意力、记忆和想象、情感等因素的分析，由心理学向审美过渡。明斯特伯格的理论强调了观众的主动参与，认为导演只是提供了一个让观众思考的素材，完成影片的是主体自己。这使得电影和戏剧、文学等艺术形式一样也需要主体的参与以真正实现电影意义的表达。❸

---

❶ 李恒基、杨远婴主编：《外国电影理论文选(上)》(修订本)，48～49页，北京，三联书店，2006。

❷ 同上书，45页。

❸ 参见李恒基、杨远婴主编：《外国电影理论文选(上)》(修订本)，3～4页，北京，三联书店，2006。

巴拉兹也是最早区别电影与戏剧的理论家之一，他认为电影不仅是一门独立的艺术，而且已成为一种新的文化。作为艺术，电影是唯一的同传统艺术观背道而驰的艺术，因为它打破了自亚里士多德以来存在于艺术客体与鉴赏主体间不可逾越的鸿沟，由此，巴拉兹首先提出了“认同论”。他认为电影的出现是如同文字出现一样重要的事件，作为一种文化，使“可见的思想变成可读的思想，视觉的文化变成概念的文化”，电影的出现使得人的性格感情、情绪重新成为可见的东西。❶巴拉兹还进一步指出“电影的对象和本质与戏剧完全不同”，这主要表现在两个方面：一是戏剧由剧本和表演两部分组成，而电影离开表演就无法考察和判断，导演和演员才是电影的创造者；二是电影的动作语言与戏剧的语言动作不同，舞台演员是借助表情和手势补充对白中无法表达的意思，而电影的内涵就是从演员的表情与手势中表现出来。他告诫电影工作者，不要以为电影只是技巧问题，有经验的电影工作者一方面要勇于创作饰演，另一方面更应掌握理论。他指出：电影艺术的诞生不仅创造了新的艺术作品，而且使人类获得了一种新的能力，用以感受和理解这种新的艺术。

如果说上面三位理论家都是从电影属性的层面首先确定了电影作为独立艺术的观念，从而提出创作者在创作过程中必须要注重电影与戏剧作为两种艺术形式的差距的话，那么中国的几位理论家就是立足于电影创作的具体过程来阐明电影与戏剧的区别。

早在20世纪50年代中期钟惦棐就指出，我们的电影文学至今还大半踏步在所谓电影小说的状况，我们的电影导演，还踏步在所谓舞台场景和舞台手法方面，许多演员还不善于在镜头前面做戏，还不能预期他的表演将来放映在银幕上的效果，导演、摄影师们还不十分善于运用镜头去思考，灯光还停留在舞台照明的方法。钟惦棐反思“我们搞了二十年的电影，长期的状况是把注意力放在内容方面，因此很少可能分开精力来研究电影本身”，于是钟惦棐在《一张病假条儿》中“挑拨”电影与戏剧“离婚”。电影与戏剧“离婚”是“研究电影本身”的成果。钟惦棐在《一张病假条儿》中指出：“任何一种艺术形式，只有当它足以和邻近的形式相区别的时候，它的造型运动才算告一段落……因为这种分开，既是艺术形式发展的必然，又在总体上符合各方面对电影的要求。”❷此后他又在一系列文章中阐述“离婚”说：电影作为一门独立的艺术而存在，“它就和戏剧相区别了，而且非区别不可”。“作为电影艺术家的修养，它必须是综合的”，但“作为感光在胶片上的成果，它必须是电影的”。钟惦棐多次辨析电影与戏剧、银幕艺术与舞台表演的异同，他认为同一内容在不同艺术门类中出现，必然有不同的取舍，并采用不同的角度，运用不同的手法，操不同的语言。在舞台上是真实的设计在电影上则未必真实，甚至很不真实。这是因为舞台具有它的假定性，而电影更接近现实生活。当然，电影与戏剧“离婚”并不是丢弃“戏剧性”，因此钟惦棐认同这里的“戏剧”实际上是指“舞台”，这也代表了大多数中国电影创作者的态度，即电影作为一种艺术形式是必须与戏剧分开的，但电影作为一种叙事艺术，对“戏剧性”的借鉴还是必须的。

❶ 参见李恒基、杨远婴主编：《外国电影理论文选(上)》(修订本)，29页，北京，三联书店，2006。

❷ 钟惦棐：《钟惦棐文集(上)》，561页，北京，华夏出版社，1994。

改革开放以来，面对电影创作的新形势，白景晟在《丢掉戏曲的拐杖》一文首先对电影与戏剧的关系开始发难：

> 长期以来，人们总是习惯于从戏剧角度、沿用戏剧的概念，来谈论电影；电影剧作家也常常是运用戏剧构思来编写电影剧本。不可否认，电影艺术在形成过程中，确实是从戏剧中吸取了不少有益的东西，电影依靠戏剧，迈出了自己的第一步，然而当电影成长成为一种独立的艺术之后，它是否还要永远依靠戏剧这条拐杖走路呢？❶

他指出电影所谓的综合性艺术并不是以戏剧为基础的综合，也不是各种艺术的机械综合，而是该艺术在综合各种艺术之后，成为一种不同于任何艺术的新艺术。白景晟剖析了电影和戏剧两种艺术美学基础之差异，他认为戏剧的基础是人物的冲突，没有人物冲突便不能形成戏剧纠葛，推动戏剧情节的发展。但是电影则不一样。

> 电影中有情节的故事片，当然也要表现人物冲突，但它也无须像戏剧那样紧紧围绕人物冲突展开，也可以不完全采用戏剧冲突的直接表现形式。它可以凭借无人的画面来抒情、叙景。戏剧中人物所处的环境（布景），使用的物件（道具），是不能脱离人物独立存在的，不能设想一场戏中出现一堂布景或一个道具，而没有人物出现。但在电影中，自然景色、物件，却可以单独出现在一个或一系列画面中，而不必出现人物（这一点显然又受到造型艺术的影响）。电影中的自然景色、物件，虽然也是用来直接地表达人物的情绪的，但显然这不是直接地展示人物冲突的。❷

白景晟还举《枯木逢春》中景色描写以及《林家铺子》中河上泼洒的一盆污水的例子，来证明这些能够直接地表现时代、环境的特征，产生特殊的含义的景物都是电影独特的表现方式。他指出电影中依靠对列产生的比喻、联系和对比的镜头，常常能造成景物间的联系，但这并不是依靠人物的冲突。除此之外，他认为电影和戏剧的最明显的区别，表现在时间、空间的形式方面。戏剧的分幕分场，划出一个有限的时空范围。电影却不受舞台的时间、空间限制，它可以不断地变换空间。在此基础上他又指出，电影不像戏剧那样完全依赖对话，电影中的对话要精练，要用形象说话。电影的构思不能建立在“对话”的基础上，而应该建立在“综合性”的基础上。电影创作者要改变戏剧的构思，学会用“声画结合的蒙太奇构思”。白景晟的“丢掉戏剧的拐杖”的论述标志着新时期电影意识最初的觉醒。推动创作者对电影本体的认识，开拓电影本身所具有的视听特点，有利于电影创作者形成真正的电影思维。

张暖忻、李陀的《谈电影语言的现代化》从电影艺术的表现形式角度出发，探讨中国电影落后于时代的原因。文章回顾世界电影史上几次重大的电影语言的变革，认为当今电影的趋势之一表现为它在叙事方式上“越来越摆脱戏剧化的影响，而从多种途

---

❶ 罗艺军主编：《20世纪中国电影理论文选（上）》，3页，北京，中国电影出版社，2003。

❷ 同上书，5页。

径更加电影化”。他们指出中国电影在形态上之症结，在于“还都基本上遵循所谓戏剧式电影这一程式”。

> 由于我们前边所述戏剧对电影发展的深刻影响，电影的结构方式多年来主要是戏剧的，即依赖于戏剧冲突推动和发展故事。这种结构电影的方式，一直延续到五十年代(例如三十年代至五十年代所谓“好莱坞”的黄金时代所里产的“征服世界”的大量电影作品，都是以戏剧冲突来贯穿故事的)。几十年来，这种结构方式，从来没有受到过怀疑。许多电影理论家在谈到电影结构问题时，毫不犹豫地袭用许多戏剧的结构规律。例如美国电影和戏剧理论家劳逊，在他的《戏剧与电影的剧作理论与技巧》一书中，在谈到电影剧本结构问题时，就毫不迟疑地说：“由于我们在讨论戏剧时已比较详尽地谈过冲突律，并且前边所谈的一般说来也适用于电影剧本的结构，因此这里就不需要再详谈冲突律。”似乎这是不言自明的事情。因此，有人曾尖锐地讽刺电影是“装在盒子里的舞台剧”。❶

张、李二人认为与戏剧化对应的是蒙太奇的理论，为了挣脱电影的戏剧化倾向，就势必要对蒙太奇理论进行扬弃，于是文章中指出，现代电影语言发展的另一个非常值得注意的趋势是镜头运用的理论和实践不断取得新的突破。他们借用巴赞的理论指出：蒙太奇理论过于强调了电影创作中剪辑的作用，把剪辑的作用绝对化了；其实，在影片创作过程中，剪辑只是一个因素，此外还有演员的动作、场面调度、场景的设计、摄影机的运动、光和影调的变化等，而这些因素的变化既发生在镜头与镜头之间，又出现在单独的镜头之内。因此，单个的一个镜头，就具有十分丰富的艺术概括能力，它本身就是一个强大的表现手段。因此，在巴赞看来，只要充分调动镜头中其他各种因素，就完全可以用一个个比较长的镜头组织起一部影片，而不必依靠蒙太奇。

文章在评述电影语言的发展的时候，在探讨现代电影语言发展的一些新趋势的时候，都有意地着重从戏剧对电影的影响，以及电影怎样逐步摆脱戏剧的影响成为独立的艺术这个角度着眼。这是有针对性的。

> 因为，在我们的一些电影工作者当中，一想到电影，一谈到电影，就离不开“戏”“戏剧矛盾”“戏剧冲突”“戏剧情节”这些东西。似乎一旦没有了戏剧这根拐棍，电影就寸步难行。因此，写剧本的就拼命“找戏”，导演就全力以赴地“拍戏”，演员就努力地“演戏”。结果是什么呢？那就是我们拍出的往往都是“戏”，而不是那种自然逼真地、生动朴实地反映现实生活的电影。广大观众对我们的影片的批评，最常见的意见就是“假”。这除了反映的内容虚假之外，在表现形式上那种强烈的戏剧化色彩，不也是造成影片虚假的一个重要原因吗？❷

张、李二人批评戏剧化的一个原因在于过去的电影创作由于强调戏剧化，造成了一些虚假的、回避现实的问题，其实这并不是电影的戏剧性所导致的问题，这个以后

---

❶ 罗艺军主编：《20世纪中国电影理论文选(下)》，19页，北京，中国电影出版社，2003。

❷ 同上书，30页。

论者的论述也有涉及。当然，他们也注意到不能绝对地说戏剧式的电影就根本不是电影，只是不能只承认戏剧化的电影而否认别的电影，而应该支持电影的多元发展。批评电影戏剧性的实质是要变革电影创作过程，解决电影语言单一化的问题，他们关于现代化的电影语言的论述，能够拓宽电影创作者创作思路，促进电影的多元发展。

郑雪来在《电影美学问题论辩》一文中支持张、李的说法，反对电影剧作结构中的戏剧化，要求电影摆脱戏剧化的影响。他认为长期以来我国许多影片，的确比较普遍地存在以戏剧剧作结构来代替电影剧作结构的问题，电影创作的舞台化倾向严重。他从电影剧作与戏剧剧作的区别来说明电影与戏剧的差别。他提到电影剧作中情节不仅通过对话来表达，而且也通过丰富多样的无言的造型动作来表达。电影中演员的话语可以用丰富的哑剧动作来补充，动作的蒙太奇结构与舞台动作结构之间有根本的不同，电影所独有而为戏剧所达不到的音画对列、音画分立等造成音画结合形象的表现手段等，也都使电影剧作有别于戏剧剧作。他进一步探究了造成这种情况的原因在于，我国不少电影工作者深受三四十年代美国剧作法特别是其中的“戏剧冲突律”的影响，认为“戏剧化”应该成为电影非有不可的剧作结构形式。郑雪来谈到根据戏剧冲突律构成的戏剧式的电影，并不是电影的唯一样式。吸取了各种艺术和各种文学样式的综合性电影艺术，有可能或是较接近这些样式当中的这一种或是那一种。戏剧化固然要讲求提炼和集中，但它并不是典型化的同义语，或者说，并不是任何的戏剧化都一定能达到典型化的要求。郑雪来认为只要在坚持真实反映生活的现实主义原则的前提下，实现电影的风格和结构形式多样化可以采用非戏剧化的剧作结构方式。但他也不是完全否定了电影的“戏剧化”。在《现代电影观念探讨》中郑雪来先生提出对“戏剧电影”也不要一概加以反对，“戏剧电影”在反映五六十年代甚至八十年代的作品中都还有其存在的价值，特别是在处理重大的历史题材时，严谨的戏剧结构恐怕要比情节松散的“散文化”处理更能奏效。何况许多“戏剧电影”的名作至今仍然没有失去其审美价值，各国电影观众的欣赏习惯也远非一致。“丢掉戏剧拐杖”等，如果是指克服话剧化、舞台化等现象而言，那是符合现代电影发展趋向的，但如果旨在完全排斥戏剧成分，那就未免近乎绝对化了。

针对论者指出的“非戏剧化是电影成熟程度的标志”“非戏剧化”是电影意识的觉醒等观点，也有论者指出“戏剧化是不应该丢掉的电影本性”“非戏剧化不符合中国观众的接受心理和审美习惯”。邵牧君反对不做辨析地反对“戏剧化”。他首先将“戏剧化”“戏剧冲突”“戏”这几个概念进行了辨析。“戏剧化”是一个有既定含义的艺术学术语。在这里，戏剧是一个广义的概念，不是指作为一种文学体裁的戏剧，而是指通过在观众面前直接完成动作，展开矛盾、冲突和事件而再现生活的一种艺术。因此，戏剧化作为以戏剧冲突来推动故事发展的剧作结构形式，是舞台剧和电影所共有的。不能一说戏剧化(在我们的口语中就是“戏”)，就仿佛专指舞台剧，把戏剧化同舞台化搞成了同义语。

> 张、李两同志在他们的文章里花了相当的篇幅来反对我们的电影中的戏剧化影响。因为“他们是把电影语言的现代化同反对电影剧作结构的戏剧化联系在一起的”，因此不能不给人如下的印象，即电影语言的现代化标准，就是电影的非戏剧化，或者叫做终于摆脱戏剧冲突律的影响，不再依赖戏剧冲突来推动和发展

故事。这种“电影化”结构似乎就是我国电影艺术在时代的伟大历史变革面前应该出现的大发展和大变化。

之所以得出这种结论，似乎是基于这样一个前提：凡是经过电影创作者提炼加工成为比较集中的戏剧冲突的，就必然是虚假的。只有大量、甚至从头到尾采取纪实的手法，不给人任何预先设计的痕迹，才是真实的。在这里，电影创作者本人对待生活的立场和观点，都完全不起作用，虚假竟成了戏剧化的必然结果。于是编剧找“戏”，导演拍“戏”，演员演“戏”也都成了罪过。为了论证这种说法，文章把“电影越来越摆脱戏剧化的影响”说成是“世界电影艺术在现代发展的一个趋势”，似乎非戏剧化真的已经成为世界电影艺术的主流了。❶

戏剧冲突作为电影艺术塑造人物、推动情节发展的手段，是叙事性艺术的一个核心。每个专家都说反对电影的戏剧化，但层面和角度是不一样的。邵牧君分析了“非戏剧化”作为一种艺术主张，其产生的历史原因和背景，以及艺术特点。他认为非戏剧化来源于欧洲戏剧界的创作，欧洲戏剧界的一小批剧作家，鉴于当时剧院中商业化的现象日益严重，便对充斥于舞台的虚假的冲突、捏造的情节和恶俗的表演发起了一场攻击。他们强调，主要是这些人一方面错误地把商业化戏剧同戏剧化结构混为一谈，竭力奉行戏剧冲突律的创作手法，另一方面则提出用更加脱离现实的抽象形式来代替所说的“传统的程式”。要求在戏剧中“不再存在时间和空间……用想象力把各种回忆、经历、漫无边际的遐想、荒诞愚昧和即兴剧作等，编制成新的图形”。因此出现在舞台上的已不再是传统的有头有尾的戏剧动作，而是“直观性、无逻辑性、不连续性和对生活现象和意识活动的模仿了”。这一先锋运动，立即在电影中引起了回响。然而“同先锋戏剧运动一样，先锋电影运动也是从否认艺术反映现实生活的功能的立场出发，在反对商业化、反对文学化和舞台化的口号下，把情节纠葛、性格刻画一概加以否定，把‘戏’视为电影艺术的‘敌对元素’，要求走非戏剧化的道路，力图以唯美的形式和内心的梦幻的世界作为电影表现的内容”。邵牧君指出他们反对戏剧化与我们反对戏剧在现实原因（反对商业化）和理论基础（现代主义：对电影和现实的认识不同）上都有着很大的不同。

我们有些同志之所以“害怕”戏剧化，我想是出于这样两个原因：一是他们把戏剧化所要求的对现实生活中的冲突矛盾加以提炼集中的做法，同造成虚假的概念化、公式化等同了起来。二是他们把通过戏剧冲突来推动故事的剧作结构同舞台化绝对地联系在一起，似乎这种剧作结构必然会损害电影化。其实这些都是毫无根据的。❷

邵牧君先生指出所谓电影化，就是充分发挥电影特有的表现潜力。电影特有的表现潜力主要是摄影机在时间和空间中的相对自由的运动。所以当我们探讨戏剧化的剧作结构是否会导向非电影化时，主要是看这种剧作结构会不会束缚摄影机的运动。他

---

❶ 邵牧君：《现代化与现代派》，载《电影艺术》，1979(5)。

❷ 同上。

举出美国文艺理论家劳逊在其《戏剧与电影的剧作理论与技巧》一书中提到的：问题不在于冲突律能否运用于电影，重要的是电影在应用这一定律时“必须注意一些重要的特殊条件”。劳逊还指出电影剧作家在展开戏剧冲突时应注意发挥摄影机的运动能力，用戏剧冲突来推动故事同电影化的表现是完全不矛盾的。

其实，电影与戏剧“离婚”并不是说电影要丢掉“戏剧化”“戏剧冲突”，而是指将电影和戏剧作为两种不同的独立的艺术形式，应重视各自的特点，从而进行适合其本身的创作。而现代主义所提出的“非戏剧化”是针对有些电影在创作过程中粉饰现实，过于注重偶然性等行为提出来的，其实那是基于对电影和现实生活的不同理解的基础上产生的，这和我们常规的创作则属于两个不同层面的问题了。

钟大丰和邵牧君对电影与戏剧的分析有着相似之处，他从电影接受学和电影作为叙事艺术两个角度来分析电影与戏剧。钟大丰认为近年来我国电影界也开始谈论电影与戏剧分家的问题，电影人们在谈论一段成功的艺术处理时，经常讲它是“富于戏剧性的”“造成了戏剧性的效果”。即使在论及一些公认的所谓“非戏剧”“反戏剧”的现代派电影时，我们也会见到这种说法。在电影中，“戏剧性”是一个借用来的概念。它之所以被借用到电影中来是因为电影与戏剧的基本出发点相一致，在某些组成部分上也有共同之处。“戏剧性”既被移到电影中，那么电影在内容上就必然有所取舍和变化。在这种情况下，我们就更有必要探讨一下电影中的戏剧性问题了。

钟大丰从观众接受的角度阐释，电影需要有戏剧性是因为“观众是戏剧性追求的出发点”，即观众看电影是为了看“戏”，而“戏剧性应该是综合概括戏剧艺术的本质和特性的审美概念，是创作者把生活戏剧化必须遵守的法则”。他提出创作的实践和理论可以千变万化，但其基本出发点却不会变。戏剧演出的目的就是要通过戏把创作者对生活的感受和理解传达给观众，以期与观众在心理上产生共鸣。他指出电影和戏剧有着紧密的联系是由于电影的欣赏方式和戏剧相似。它们同样都面临着吸引观众，带给观众特殊审美感受的任务。虽然电影抛弃了舞台假定性这一戏剧的基本特征，但在通过舞台和银幕形象对观众产生直接刺激的欣赏方式方面，电影与戏剧是相似的，它不必经过读小说那种由文字引发想象的思维活动进行感受和领悟的过程。因此我们可以说：“作为适用于电影的广义范畴，戏剧性的原则就是一种特殊的艺术欣赏的审美心理快感的原则。只要能够以戏剧艺术的手段吸引观众，激起观众关心、期待、惊奇、联想以及各种情绪、情感和思想上的共鸣等特殊的心理感受，从而使观众在这种审美快感中有效地接受和理解作者所传达的含义，这样的内容就是有戏剧性的。也只有这样才是有戏剧性的。这种对观众的独特而有效的吸引和引导是戏剧性的核心和关键。”❶接着钟大丰还从电影作为一门叙事艺术，戏剧性是不可缺少的因素，电影的戏剧性最关键的就是“戏剧冲突”等方面，来说明戏剧性对于电影的必要性。

> 电影是叙事的艺术。戏剧需要有戏剧情境，电影则需要有电影故事。不管电影故事是多么松散或无始无终，由于叙述故事才提供了在九十分钟银幕时间流程中展开一系列事件和动作的理由。一切戏剧性效果只有通过叙事过程才能体现出来。通过一系列具有因果联系的戏剧冲突及其解决推进情节的结构方式是传统戏

---

❶ 钟大丰：《现代电影中的戏剧性问题》，载《电影新作》，1985(2)。

剧和电影常用的方式，在这里戏剧性主要是通过冲突来实现的。把冲突作为认识戏剧性的核心，从黑格尔就已经开始了。此后布伦退尔等人做了进一步的阐述和发挥，甚至将其重要性提高到“没有冲突就没有戏剧”的高度。在很长一段时间里，这种以冲突律为中心的创作方法几乎被认为是唯一正确的、可行的。不仅大量舞台戏剧是按此原则创作的，而且在二次大战前以好莱坞为主的大量电影创作也遵循着这一原则。在我国几十年来也一直重复着这种理论。当然，冲突能成为造成戏剧性的有力手段，正在于它容易给观众造成直接、强烈的冲击和刺激。十九世纪末，欧洲现代戏剧兴起时，人们就开始注意从日常生活中挖掘戏剧性的问题。❶

钟大丰先生通过电影百年的发展历史来说明，电影只是以其他方式代替了戏剧性强烈的外在冲突表现形式，而不是就此否定了戏剧冲突。现代电影比戏剧更注重电影反映生活的“真实性”。它可以用更接近生活本来面目的艺术形象来传达作者的思想，而不必只靠那些人为色彩很浓的外在冲突手段。钟大丰先生认为：戏剧冲突在一定条件下仍然是取得戏剧性效果的一个有效的方法。传统的戏剧式电影作为一种电影样式仍会长期存在下去。就是在现代电影中也并不排斥冲突，各种形式的外在或内在的冲突仍会或多或少地加以应用。同时，他也意识到冲突再也不是电影中唯一的，甚至也不一定是主要的规律了。例如一些比较散文化的、纪实性风格的现代电影并不等于不要戏剧性，只不过它们的戏剧性主要不是通过冲突、危机和突变等手段把影片一步步推向高潮来实现的，而是把外在的、强烈的冲突化为较小的内在冲突或一系列未爆发为冲突的抵触，通过渐变的积累来实现的。其实现形式只不过是从“突变的戏剧性”变为了“渐变的戏剧性”，他认为这样的目的就是为了吸引观众的参与。钟大丰还通过戏剧性在现代主义电影和其他电影中的不同表现，证明电影的戏剧冲突是电影的关键。

如果说传统的戏剧式电影较多的是通过动作、悬念和冲突等的直接刺激造成外在戏剧性的话，现代电影更着重于以纪实性的叙述表现人物细致的内心活动的内在戏剧性。但由于每个个别事件不那么强烈，这更需要通过观众在叙述的联系积累中引起各种有意识的和下意识的联想活动，以达到打动观众的效果。在这种纪实性叙事中，观众得到的往往不是紧张的快感，而是思考的快感。这种思考就是观众在叙事过程引导下进行的发现。这种戏剧性满足的是那些到电影院并非单纯寻求娱乐性刺激的观众的审美要求。❷

钟大丰认为纪实性的叙事方法与“戏剧性”不是冲突的，而要求更高的是概括、选择和提炼生活的能力，并不是随便把一段生活搬上银幕就有戏剧性，就能吸引观众。要想不使影片平淡肤浅，就要求作者把戏剧性根植于对生活的更深刻挖掘的基础上；要求作者更加深入人物的内心世界，发现和设计看似平常的生活中的戏剧性内容。有些不太成功的影片虽然努力拍得非常接近生活，但缺乏吸引力和表现力。原因就在于

❶ 钟大丰：《现代电影中的戏剧性问题》，载《电影新作》，1985(2)。

❷ 同上。

没有能从生活中发掘出富有戏剧性的因素，也就不能抓住和引导观众。所以，他认为运用什么样的叙事方法，在一定程度上取决于作品所要表现的内容。他谈到《血，总是热的》，要揭示的就是生活中的深刻矛盾，如果不运用冲突的方式就不容易达到强烈的戏剧性效果。而《城南旧事》要表现的是那种具有“淡淡的哀伤”的怀旧和离别之情，因此就有可能运用较为含蓄的表现方法。他还同时提醒创作者，电影必须通过人物的活动及其与周围的关系表现出人物的思想感情和精神面貌，而这总是离不开“戏剧冲突”。钟先生的分析比较中肯的论述了“戏剧性”和“戏剧化”以及“舞台化”的区别，他通过分析现代主义电影对“戏剧性”和“冲突”的淡化处理的原因，指出并不是不要“戏剧性”就是“电影”，而讲究“戏剧性”也并不是就是要使电影等同于“戏剧”。张骏祥先生也同样反对“舞台化”，要求“戏剧性”。他认为舞台化一定要反对，要反对对话多，反对表演上的夸大甚至程式化，反对三面墙的舞台框框。

> 钟惦棐同志讲得好，不要把电影观众绑在第几排第几座上。这就是说，导演要善于运用不同距离、不同角度、不同动作的镜头。这就是说，导演要善于运用电影的时空变化自如的结构方法、蒙太奇技巧。但是我们不能为了反对“舞台化”就连“戏剧性”也反对掉，那岂不是倒洗澡水连盆里的孩子也一起倒掉了？目前，电影还是在剧场里向一群观众放映的，你不能不讲剧场效果。因此，“戏剧性”这个拐棍恐怕就还不能不戳一个时候。❶

其实，他们讨论电影和戏剧，主要是从电影的戏剧性层面来说的，他们认为戏剧性是电影的核心，无论是传统电影还是现代电影都需要注重戏剧性，只不过是戏剧性在不同电影中显示的程度不一样。上面两章通过对电影与文学、电影与戏剧的区别的论述，主要是要从创作观念的层面让创作者充分意识到，电影是作为一种独立的艺术形态而存在的，它可以借鉴其他艺术形式的一些特点，但电影就是电影。所有的这些讨论主要还是建立在电影是一种叙事艺术的基础上的，并没有完全就电影的本体特性展开论述，而这其实是另一个层面的问题了。正如邵牧君先生所说，电影观念是多样的，不应该只有一种占主导地位。电影创作者的创作不在于他持有什么样的电影观念，而在于他有没有深入观察和把握现实生活本质的能力。

(五)民族化与全球化

全球化是历史的发展趋势，是我们毋庸置疑的事实，但全球化不可避免地会招来本土化的反弹，这种反弹包括很多方面，通常理论界会祭出民族性的大旗。如何看待民族化和全球化问题其实很复杂。尤其对于电影来说，其创作过程中的民族化的问题是否如一些专家所说是一个伪命题呢？电影在全球化的过程中，面对的一个很重要的现象就是好莱坞的冲击，世界各国对此的应对手段也很不相同，欧洲坚持其艺术电影的传统，亚洲一些国家则极力把握本民族的文化特质，力图使其在电影中呈现，以提升电影的创作。这些是否就属于民族化呢？民族化是作为一种文化观念，电影的理论基础，还是作为一种电影风格，抑或是作为一种电影创作的策略而存在呢？它和全球

❶ 罗艺军主编：《20世纪中国电影理论文选(下)》，49页，北京，中国电影出版社，2003。

化的关系到底是怎样的？其实关于两者关系探讨的文章非常多，我们选择一些比较有代表性的观点来分析，以求为电影创作者提供一个视角，促进电影的创作。

罗艺军先生在《电影民族风格初探》一文中提出电影民族化的问题，他认为“电影的民族风格既以民族生活为内容也包括艺术形式，中国电影民族化途径在于继承和发展中国传统的美学思想和艺术观”。❶ 他论述中国传统美学与西方传统美学之差异在于“写意”和“写实”，并由此来阐释建立在不同美学基础上的电影创作的差异。罗艺军在文中针对人们提出的“电影是一种国际性的艺术，无所谓民族化的问题”的观点指出每一个民族在漫长的历史发展中，形成自己独特的生活方式、文化和心理状态，形成自己的民族精神、民族语言和风俗习惯。生活土壤培育的并以不同形式呈现生活形象的文学艺术，不能不在艺术形象上留下民族性的印记。这为电影的民族化提供了一个可能。他同时提出：“民族化的含义不等同于民族性、民族特色或民族风格。‘化’是以吸收外来东西为前提的。‘化’正是为了要吸收。”❷电影作为一种外来的形式，从来就离不开移植、吸收和借鉴，否定了这一点，就否定了电影艺术本身。他还列举了中国电影向好莱坞和苏联电影学习，日本电影运用许多西方电影的表现技巧，却又有鲜明的日本特色的例子来说明这一点。

有人认为，一部影片的民族特色，取决于是否反映了民族生活，表现了民族的精神、心理、感情和风俗习惯。“只要内容是民族的，作品必然有民族特色。至于艺术形式上，无所谓民族化的问题”。针对这一点，罗艺军先生提出艺术形式上也存在民族化的问题。他谈到“电影的艺术形式不同于电影的技巧，而是包括艺术构思、人物描写、情节结构、叙述方法、细节刻画以及蒙太奇手法等，而这些都受每个民族的精神发展过程中的制约，形成自己特有的在艺术中对现实进行艺术加工的原则和方法，形成自己特有的美学趣味和欣赏习惯”。❸ 于是他从内容和形式统一的方面来谈电影民族化的问题。

在谈到如何使得电影民族化的问题时，罗艺军指出要继承和发展中国传统的美学。因为，中西方在艺术中处理主客观的关系上有着区别。他认为“西方传统的美学原则比较强调对客观对象的认识和忠实模拟，在艺术方法上比较要求具体、细致、真实，创作的艺术形象近似或逼真于生活(自然)形态。中国传统的美学原则，更侧重于主观对客观的感受和在客体中的寓托、抒发，而不侧重于认识模拟。在艺术方法上要求更提炼、概括、凝练；不以艺术形象的外在逼真为胜，而追求内在精神实质的把握。中国传统艺术形象，往往具有更多的假定性，更重视客观形象中渗透主观的精神意趣”。❹ 这也就是传统所说的中国的“写意”与西方的“写实”的区别，他进而阐释了这种美学传统在电影艺术的时空观念、情节结构、虚实意境等方面的差异体现，从而认为“电影作为一种写实的艺术，可以说是最符合西方传统的美学精神”，“电影与中国传统的写意美学思想是矛盾的”。❺ 他结合戏曲片——这种将戏曲和电影结合起来

---

❶ 罗艺军主编：《20世纪中国电影理论文选(下)》，245页，北京，中国电影出版社，2003。

❷ 同上书，247页。

❸ 同上书，249页。

❹ 同上书，251页。

❺ 同上书，257页。

的电影片种，来证明电影本性和中国传统美学思想之间的矛盾和结合的关系，从而指出中国电影必须要探索一条合乎电影特性的民族化的道路。同时，他也举出一些电影创作中民族化比较好的例子，如《林则徐》《早春二月》中借用电影的蒙太奇功能对深邃意境的营造，并指出《林家铺子》是结合传统美学的一个典范，其中含蓄、洗练的笔触，虚实相济的艺术手法，是中国传统艺术的精粹。

罗艺军先生的文章没有注意到，在全球化的今天对于民族的理解应该是动态的，不要一提起民族的总是韵味、情景交融这些宽泛的理论，无可否认这些都是民族的特质所具备的，但我们要认识到民族的不是过去时，而在一定程度上是现在时。虽然在全球化的今天，民族性有些式微，但由于历史的文化积淀所沉浸到整个民族中的历史集体无意识是无从磨灭的，这种在传统与现代的互相碰撞下所产生的当下的状态，也必然是民族的当下呈现，我们无法回避。所以在某种意义层面来说，民族性就是当下性。

罗艺军的文章关于不同民族艺术传统、审美心理、欣赏习惯的差异造成电影在创作过程中要有所区别的论述有一定的合理性，但是它在实际创作过程中，则面临着被夸大的危险，表现在电影中便是用民族化的差异性取代各个民族之间存在的普世性的审美艺术标准，甚至会出现以民族化反对外来文化，从而走向保守主义的可能。罗的文章出来以后，有不少文章对此文基本观点提出异议，概括起来主要有几个方面：有人认为民族化是内容问题，不存在电影艺术形式问题；也有人谈到罗先生的文章侧重鼓励对美学传统的继承，而当下重要的是以现代观点对传统美学观念的改造；还有人从电影本性的角度谈到继承和发展民族美学传统应以突出电影的本性为基础。

但也有不少人赞同罗艺军的观点，李少白先生在《电影民族化琐议》一文中就指出电影具有民族形式，电影需要民族化。他把民族化界定为，使作品从内容到形式都具有自己的民族特色。他认为“每一个民族的电影艺术家在进行具体创作时，都不可避免地、自觉不自觉地、或多或少地把本民族的艺术传统糅进来”。❶ 他还提到电影艺术形式同电影的民族形式并不是截然对立的。电影的民族化既在内容，又在形式，更在内容和形式的有机统一中。他指出中国电影中那些受观众欢迎的影片，都是最具有民族特点的、最合乎群众欣赏习惯的影片，如《孤儿救祖记》《一江春水向东流》《林家铺子》《早春二月》《林则徐》等。

彭吉象先生在《民族美学传统与世界文化背景——电影自身的文化品格》一文中指出，“电影的民族特色，除了需要真正地把握和表现本民族的生活，对民族的现实和历史进行深刻反思，自觉地继承和超越民族的传统之外，还有一个重要方面，就是在世界文化的背景下，在历史性与时代性的辩证统一中，继承和借鉴民族优秀的美学传统。如果说前者表现为电影追求的文化价值，也就是影片内容应当体现民族的生活，以及电影艺术家对民族历史和现实的文化反思；那么后者则表现为电影自身的文化品格，也就是影片的艺术形式应当具有浓郁的民族气派和民族风格”。❷ 他还特意强调艺术形式绝对不是指电影语言或电影技法，而是指电影作品在整体上体现出来的一种

❶ 黄会林主编：《民风化境——中国影视与民族文化》，61页，北京，北京师范大学出版社，1999。

❷ 同上书，87页。

独特的艺术格调、气派和风格。

当然，这种艺术形式来源于中国民族传统美学的滋养。彭先生也认为中国传统美学的独特的体系是迥异于西方美学的。西方电影理论强调“美”与“真”的统一，是从电影的物质媒介和技术手段出发来探究电影的本性，使得“西方电影理论成为以科学精神为核心的本体美学”；而中国电影理论则强调“善”与“美”的统一，注重电影的戏剧性和社会功能，使得“中国电影理论成为以伦理精神为核心的实践美学”。“这就使中国传统电影理论形成了一个以伦理教化为内核，以蒙太奇手段和戏剧式叙述为工具的结构形态，并且在实际上长期支配着中国电影的创作实践”。❶ 所以中国电影忽视了自身艺术的表现潜能和多元化功能。彭先生还指出五六十代中国电影继承和借鉴民族美学传统，呈现出从外在民族形式的追求过渡到内在民族气质的发掘的趋势。他举例说电影《林则徐》中，在林则徐江畔送别奉调远行的邓廷桢的一场戏里，更主要的是通过电影画面的可视形象传达出内在的意蕴和情绪，江边握别后穿插进几个江水滔滔的远景镜头，将李白“孤帆远影碧空尽，唯见长江天际流”的著名诗句融入画面，韵味深长，富有意境。他还举影片《枯木逢春》为例指出电影创作者有意识地借鉴中国古典长幅画卷的创作方法，运用宋朝画家张择端在《清明上河图》中使用过的表现手法来处理电影构图和场面，通过视点的移动，把形形色色的景象有机交织成一股不断的流，展现出荒村、枯树、断壁、残垣和“万户萧疏归唱歌”的凄凉情境。

彭先生还注意到要使中国电影在世界影上独树一帜，形成有影响的民族电影流派，创作出具有国际水平的优秀影片，就必须在世界文化背景下继承和借鉴民族优秀美学传统，使自己的影片既有鲜明的时代意识和创新的电影语言，又有浓郁的民族特色和民族风格。他指出新时期中国电影要注意将纵向继承和横向借鉴结合起来，在纵横的交叉点上把民族美学传统和现代电影语言融会起来，吸收和借鉴外国电影艺术中各种思潮和流派的成果，融会和运用外国电影中富有表现力的艺术手法和电影语言。“电影语言是一种最富有国际性的艺术语言，只有置身于世界电影文化之林，才能真正显示出中国电影自身的美学特色”。❷ 他以《红高粱》为例，指出它传达出“强大的民族生命力和深沉的民族历史情绪”，“自觉吸取了世界电影文化的丰富养料”，但又“明显借鉴了中国古典艺术的传统”如戏曲和话本中的传奇色彩、章回小说中的白描手法。正因为如此，《红高粱》做到了既广泛借鉴世界电影文化精华，又具有鲜明的民族气质和民族风格。

但也有很多学者不同意民族化的观点。在《文艺报》关于电影民族化问题座谈会上的发言中，韩小磊指出，“电影艺术的表现形式，是各个国家从事电影创作的人员在探索和创作中共同积累的成果，不是哪一个国家所独有的民族表现形式。各国电影只有学派、流派、风格之分，未有民族之分。电影的艺术形式没有特定的民族的表现形式”。杨延晋也认为：“对于电影来说，内容上要强调民族精神、民族特点，形式上并不存在民族化的问题。”❸邵牧君也提出“我是以影片中反映民族生活内容的真实性和

---

❶ 黄会林主编：《民风化境——中国影视与民族文化》，90页，北京，北京师范大学出版社，1999。

❷ 同上书，96页。

❸ 郭青：《近年来关于电影民族化的探讨与争论》，载《电影艺术》，1985(11)。

深刻性作为衡量其民族特性的鲜明性的唯一尺度，至于艺术形式，我不认为存在民族特色的问题”，“电影作为一种艺术手段在其表现形式上不可能存在民族的界限”。❶而且邵牧君先生还在《“异中有同”辩》中对民族化的问题提出了质疑，反对电影民族化的提法。他认为“民族化”是一个针对外来文化的口号。它要求把外来文化的影响置于民族文化传统的管辖之下，把外来文化改造（化）成符合民族传统特点的形态，在文化问题上鼓吹走“民族化”的道路，这必然意味着今随古制，崇尚国粹。“就艺术文化的范围来说，中、西方文化的差异是历史性的、相对的，共同性是根本的、绝对的。重要的是探究中、西美学思想的‘共同’之处，‘异中求同，同为根本’；所谓‘创造意境’、‘写意’之类，绝非中国艺术的特产。西方电影艺术史，并非以再现主义为起点，因而以‘写实’与‘写意’作为中、西电影艺术形式的分野之说是不能成立的；在强调中国电影理论有‘中国特色’的背后，潜藏着‘民族化’的要求，即把对传统的依附程度作为衡量理论的价值的标准”。❷ 根据实际情况，邵先生认为中国当前的主要任务是解决现代化问题，而现代化的核心是思想观念的革新，这就意味着要对落后于时代的文化进行改造，而“民族化”的口号实际上有可能颠倒了矛盾双方的关系，与现代化步伐是不合拍的。而且他指出在人类文化中有高度美学价值的艺术，必将是建立在广泛吸收世界文化的基础之上。

> 现在大家都讲这么一句格言：愈是富于民族性的东西就愈有国际性。主张民族化表现在民族生活内容上的人如是说犹可，因为愈有民族特色和地方风采的内容确实愈容易引起其他民族的兴趣，这符合人们要求了解异国人民生活的现代心理。但主张民族化表现在审美方式和审美趣味的民族特点上的人也如是说，那就奇了。所谓国际性就是可以通行世界各国之意，愈有国际性，就是在世界各国受欢迎的普遍程度愈高，不论哪个民族的观众都爱看。如果各民族在审美方式和审美趣味上各有不同，并从而造成了造型方法、叙事结构以至典型化的方法和手段上的差异，那么愈有民族性就意味着愈不同于其他民族的审美理想，何以反而愈有国际性，愈为其他民族所喜闻乐见呢？反过来说，如果在审美方式和审美趣味上民族特点愈显著、愈为本民族所喜闻乐见，就愈有国际性、愈为他民族所欢迎，那么不同民族在审美方式和审美趣味上的差异又上哪里去了呢？如果差异愈大愈为他民族所欣赏，为什么又口口声声强调这也不符合我国民族的“欣赏习惯”、那也不符合我国民族的“审美趣味”呢？
>
> ……
>
> 依我看在审美问题上还是不去讲究民族特点为好。所谓审美经验和审美趣味之类，并不是受文化传统的制约，而是随物质生活的发展而变化的。不同民族在精神气质上的差异是一份历史的遗产，不宜抱残守缺。例如常常受到赞美的中国人在思想感情的抒发方式上的“含蓄”“内抑”“温厚”“凝重”等，其实在很大程度上是几千年封建礼教和专制政治造成的“明哲保身”“口是心非”“表里不一”“假仁假义”等虚伪作风和谨小慎微的处世态度的遗毒。这里值得保留的成分不多，而有

❶ 邵牧君：《〈被爱情遗忘的角落〉四题》，载《电影艺术》，1982(4)。

❷ 邵牧君：《“异中有同”辩》，载《电影艺术》，1985(11)。

碍于民族进步的成分极大。不客气地说，我们有些侈谈“民族特点”的文章，其实是在卫护封建意识的残余。为什么我们的影片一到表现爱情的场面就令人好不自在，“含蓄”“内抑”到如此“温厚”“凝重”的地步，甚至干脆隔着桌子谈判起爱情来，“生活里是这样的吗?”事实上，我们如果愿意正视一下生活现实的话，就不难发现中国人的审美趣味已处在剧烈变化的过程之中。大而言之，在不同代的人们中间，审美趣味就大相径庭，甚至针锋相对。现代世界信息传递的数量和速度在不断飞跃上升，地球正愈变愈小，自成一体的民族的审美标准我认为已经没有存在的基础了。❶

所以，邵牧君先生主张在电影创作上要勇于抛弃本民族历史遗产中的糟粕，正确认识已成历史的伟大，勇于吸收世界上一切有利于本民族发展进步的东西，改造一切有碍于本民族奋进自强的“古风”积习，这不仅不是自我菲薄，反而是消除民族自卑心理的良方。我始终认为，电影是一种国际性的现代艺术，在探索其艺术规律与特性方面，并无本国特色可言。各国电影界固然会面临不同的创作实际以及由电影实践提出的理论向题，但这个“不同”只是一个“当时性”的问题，并不涉及理论问题本身。

从另一个层面上来说，电影民族化是涉及创作者的文化观念的一个问题，正如邵牧君先生所分析的那样，民族化有时会成为故步自封、复古的一个借口。尤其在当下全球化的现实语境下，在好莱坞电影横扫全球的情况下，过分地强调民族化，将好莱坞拒之门外其实是不可能的。面对好莱坞的“文化霸权”，电影的民族化是否就是一剂良方呢？好莱坞借全球化之力，在世界范围内横扫各国的电影，为什么好莱坞受到了全球观众的欢迎呢？难道是它们在创作上奉行了民族化的方法吗？事实并非如此。正如克罗夫斯所观察到的：

民族电影“一般是相对于好莱坞而定义的”。事实上，“在西方世界的讨论中，绝少有人将好莱坞说成是一种民族电影，这一点也许是暗指它的国际号召力”。而且“任何民族电影文化中也多少隐含有‘好莱坞’的东西”以至于“有时好莱坞看上去……不再是一种民族电影而就是电影(巴斯科姆布书，1981，第 141 页)。在这种观点看来，电影的国际性和好莱坞的国际性不啻是同义词。好莱坞的畅销性是以全球性或国际性的观点为基础的。好莱坞从未局限于美国本土观众，因为早期的美国电影观众就是国际性的，他们本身就是“地地道道的移民”；而且好莱坞通过将许多电影的情节设定在其他国家和其他文化背景中，从而“皆大欢喜地一统天下”加宽泛地将好莱坞的国际号召力看做是电影国际化的一种范式。诺维尔·史密斯坚持认为“无论从文化还是从经济的角度讲，电影始终就是国际化的”，因为观众始终就是“极为世界性的”。❷

好莱坞的电影创作没有局限于民族化之说，而是具有世界性的眼光，因为它知道电影本身就是全球化的。现在所提的民族化创作方法只能将自己限制在一个小圈子

---

❶ 邵牧君：《电影美学随想纪要》，载《电影艺术》，1984(11)。

❷ ［美］萨马蒂、索特林：《好莱坞霸权与民族电影》，载《世界电影》，2000(3)。

里，正如颜纯均先生所说，“电影创作狭窄的民族视野妨碍着民族电影不断扩大自己的交流范围，也局限了对所表现的题材去做更为深广的审美涵盖。到目前为止，还没有一部中国影片有意识地对全球性、全人类性的问题表达自己的关注”。❶ 他认为农村教育、婚姻爱情、市场经济、反腐倡廉这些题材的电影，大都是对本民族国家才关注的问题就事论事，很少能以小见大，从独特的社会问题中揭示全球性、全人类性的普遍本质，这从文化层面就局限了中国电影的创作。他举例指出《我的父亲母亲》虽然拍得很好看，但“母亲”还是那种古老而美丽的情感符号，还是表现中国女性独有的传统美德和含蓄而执著的爱情追求。而《洗澡》中，民族文化的层面和全球文化的层面是共生的，传统和现代虽然存在着冲突，但发展的趋势则表现在大明最终决定不顾妻子的反对把弱智的弟弟带往南方的都市。因此，颜纯均先生认为：

> 文化的生命力就在于它持续建构的可能性。如果不能发展自己新的文化层面，仍然仅限于把民族的传统文化视为电影文化的全部，势必很难适应不断变化的文化环境。对中国民族电影来说，在全球化的进程中所缺少的正是这个崭新的更有超越性的层面。❷

其实，颜纯均先生在文章中指出的民族电影不在于艺术形式或民族内容，而在于民族文化，这种民族文化则必须要有着超越性，不是传统的民族的东西。这才有可能成为中国电影创作的一个动力。他指出无论是在政治、经济、科技、艺术还是市场等方面，中国民族电影都没有什么优势可言，唯独可以一搏的只有自己的文化资本。即便不采取奇观式的迎合态度，民族文化资本的运作仍然大有可为。他认为，中国电影要把自己的影片推向国际并不能采取冯小刚使用的一种策略，即尽可能抹平文化的地域差异，以更具同质化的形态去扩大文化认同的范围，像《大腕》这样的影片，其人物构架和故事框架本身就是一个特定民族文化的产物。冯小刚想要减少地域性，但实际上这种做法的效果是极其有限的，而且是极其表面的。颜先生进而分析到表面看来文化差异似乎是进入全球化语境的障碍，因为任何一种交流都需要有相应的共同文化背景。然而，事实上，民族电影，特别是东方的民族电影要做到在文化上完全去差异化，几乎是不可想象的。电影的文化表述包括了肤色、服饰、饮食、语言、建筑、人际关系、生活习性、价值观念等诸多方面。……相反的，一些文化地域性并不明显的影片(如一大批都市电影和儿童电影)，虽然在艺术上颇有可取之处，却未能顺利获得国际的承认与推广。所以，他认为民族电影要想走向国际，采取去差异化的策略并非是明智的。“关键并不在于如何把文化的地域性看做必须克服的障碍，并把它减少到最低程度，而在于如何去发掘民族电影的文化资本，拓展电影文化的丰富层次”。❸他认为如果一部影片只剩下可以容纳国际受众的那些电影文化因素，那它恰恰失去了其文化的稀缺性，电影的文化资本也随之失去它作为信息资本的条件。

立足于全球化的视野，民族化只是一个不太适合的说法，我们可以提倡民族电

---

❶ 颜纯均：《民族电影：面对全球化的语境》，载《福建艺术》，2002(1)。

❷ 同上。

❸ 同上。

影，但不提倡电影民族化。民族电影是一种利用本土文化资源，具有国际文化视野的电影创作。如同颜纯均先生所提到的一样，要充分地利用民族文化资源，他不反对将民族影像的奇观性作为可交换的文化资本，而是反对把民族的东方奇观制作看成是"他性"文化消费的"后殖民的批评"。因为，从世界电影史上看，把影像的奇观性作为可交换的文化资本，并非自中国的第五代导演始。好莱坞的西部片，欧洲大量的民族风情电影，日本黑泽明、大岛渚、今村昌平的电影，都无不在发掘民族的文化资源，利用本民族的影像奇观来作为可交换的文化资本。影像奇观之所以能成为一种文化资本，就在于它相对于其他民族或国家的观众而言所具有的稀缺性。颜先生提出"也许其他民族/国家的观众会有误读的情况，但更重要的是吸引西方观众的并不是所谓的'异国情调'，反倒是相同或相似的处境、问题和情感反应。郑晓龙的《刮痧》在美国观众那里遭遇到的情况就是一例。导演的原意是通过'刮痧'这种充满东方文化色彩的治疗方法在美国引起的冲突来表现东西方文化的差异，但美国观众看到和被打动的是剧中人亲情的一面"。❶

这不能不说明文化的共同性在电影的传播过程具有更强的、更具有本性的力量。所以并不是"想抵御好莱坞，自己必须首先要变成好莱坞"，从根本上说，"好莱坞"作为一个全球化的代表，作为一种文化现象，它并不仅仅是美国的。好莱坞从开始就是面向世界的，"好莱坞的产生与繁荣，本来就是全世界电影精英整体的功绩"。❷ 就是在美国本土的电影艺术家的艺术品格中，也表现出对世界各国电影艺术的借鉴与融汇。在某种程度上可以说，美国好莱坞电影文化是世界文化的有机显影或缩写。它吸收世界各国先进的文化成果。论者指出，在全球化的背景下，借鉴好莱坞的创作经验，首先创作者要有一个全球的文化观念，从其他民族的文化中吸取自身所缺的健康的、积极的因素。落实到具体的创作观念上，"中国电影界应讨论的不是怎样防范好莱坞的文化侵略，不是怎样抵制文化帝国主义，甚至也不应是怎样'与狼共舞'，而是应认真研究怎样使中国文化在保持自身特色的同时，在现代人类文明的基础上，与世界文化接轨，通过良性的互动交流、取长补短、荟萃融合，进而推动全球文化更快地进入新的历史纪元"。具体到中国电影创作上，就是"以中国故事体现全世界共通精神的战略，应坚定不移"。论者指出这里的"中国故事"，既指中国题材的故事，也指中国神韵的故事，它具有鲜明的民族特色与风格。只有这样，它才能为中国广大观众所喜闻乐见，同时，也因某种"距离感"而生的"陌生化原则"(但不是专为屈从西方霸权话语的"东方奇观")，使世界他国他民族的观众感到兴味。而全世界共通的精神，则指影片故事文化底蕴的本土化与全球化的融会贯通。各国影片尽管形态各异，但其所体现的人文内涵，则必须都建立在当代人类与社会文明的基础上。反现代文明、逆社会历史、悖健康人性的任何艺术叙事，不管怎样具有民族的独特的影像奇观，也会遭到厌弃。上述两者，相与为一。真正的真实的民族的，必定也会是世界的。人类文化本来一体，民族与世界犹如株干与根基，不可分开。不伦不类绝非出路。近年，一些国内影视作品，或以国人演绎洋故事，非驴非马；或造作、编排乃至虚假地"表现"民

---

❶ 颜纯均：《民族电影：面对全球化的语境》，载《福建艺术》，2002(1)。

❷ 桂青山：《"好莱坞"是否需要抵御——从一些学者的"文化马其诺防线"谈起》，载《电影创作》，2002(1)。

族、民俗，纯然“国粹”……这些创作思路均非正路，也定难成正果。而这方面，印度、伊朗、日本近年民族电影的兴起并被世界所接受，可资我国电影界借鉴。

在创作过程中处理民族和全球关系的问题上，尹鸿也在文章中指出好莱坞电影对于全世界的民族电影和本土电影来说都是一种威胁，但是全球化的好莱坞并不一定就能够成为所有民族电影的掘墓人，特别对于中国这样一个有着几千年东方文化历史和承受着浩大的现实磨难的民族来说更是如此。事实上好莱坞电影不可能也不应该替代中国人自己对本土现实、本土文化和本土体验的殷切关怀。而且尹鸿也谈到，面对全球化的浪潮，欧洲艺术电影的坚守，日本新电影的崛起，东欧国家优秀电影的不断出现，伊朗电影、韩国电影不同的本土追求，也都对好莱坞电影提出了挑战。中国的本土电影也许应该成为一种艺术力量，与亚洲、西欧、东欧、美洲的所有“民族电影”一起，形成与好莱坞电影不同的世界性多元电影思潮，为全球化提供一种多元的而不是一元的格局。同时他也清楚地指出“在全球化的语境下，保持这种多元，当然不是根源于一种复活传统文化符号、推广民族神话、创造保守的国族一体的狭隘民族主义，也不是用‘文化帝国主义’的借口来自我封闭，而是试图维护一种能够相互补充、相互借鉴、相互影响的世界格局，全球化的未来也许不应该是霸权化同质化而是意味着更多的选择，更多的边缘和弱势享受到相对平等的权利。从一定程度上说，文化的多元，是文化活力的前提”。❶

尹鸿认为在处理民族化和全球化的关系时，鲁迅先生“越是民族的就越是世界的”的名言强调的是差异性的重要，在全球市场的流通中，人们还应该重视某种对需求的同一性的认识，强调民族的应该是世界的。他举例指出独立电影制片人阿瑟·科恩在对中国电影如何走向世界发表看法时，曾经提到，他所看到的中国导演的作品都非常优秀，但中国电影由于过于本土化，不利于世界其他地区的观众理解和交流，所以往往不能被国外观众认可。所以他强调“走向世界的中国电影仅仅强调民族性是不够的，还必须强调普遍性、共同性，开掘人类永恒的主题，进一步展示和挖掘丰富的人性，表现出使世界各民族观众都能产生强烈共鸣的价值观。从这个意义上说，中国的电影走出去，首先必须让自己成为世界文化，中国文化的差异性是世界文化普世性格局中的一种差异性。否则，中国文化很难真正走出去。在今天的文化背景下，文化要用差异性的内容表达人类的普遍感情，创造普世价值，与世界各种优秀文化一起，用一种‘差异’与‘普世’的结合，创造一种‘熟悉的陌生’，内外互动，才能既影响本民族的接受者，也能向世界传播民族文化”。❷

韦菁在《论电影的民族性显现》一文中指出，电影民族化是一种以电影媒介实现民族性的显现和创造的艺术主张。其核心在于以民族的文化，即心理模式为主体和前提的民族性的显现和创造。韦菁认为内容与形式是密不可分的，是辩证地统一在一起的，电影民族化不在内容，不在形式，而在艺术的有机整体之中。只有当中国电影捕捉到了这种中国民族的“中心精神”，并以电影视听语言显现出来，从而成为民族精神、民族性的创造者和改造者时，才成为真正的民族电影，才有可能成为“学派”。韦

❶ 尹鸿：《全球化、好莱坞与民族电影》，载《文艺研究》，2000(6)。

❷ 尹鸿、唐建英：《走得出去才能站得起来——全球化背景下的中国电影软实力》，载《当代电影》，2008(2)。

的论述和夏衍先生有着相似的地方，夏衍先生在《关于中国电影问题——答香港中国电影学会问》(《文艺研究》1984年第1期)中就中国电影民族化问题指出：“我冒昧地说：电影艺术本身是国际性的，而很难看出有独特的民族性。”“我以为电影民族化，最根本的一点是用电影这种‘成套’引进的外国形式，来塑造出具有中国特色(包括特定的时代、特定的环境)的人物性格。也就是力求让观众在银幕上看到典型的中国环境中的典型的中国人物”。❶ 诚如夏衍先生所说，从创作理论的层面来说，很难说存在民族化的创作方法。扎根民族现实，体现民族审美特质，展示民族精神，这样的电影不等于说就是民族化的。就像不同的艺术家有不同的艺术风格一样，不同的民族在创作电影作品中肯定会形成自己的民族印记，但关键问题是在怎么处理好民族印记和外来文化影响的关系，而其实质也就是民族化和全球化争辩的问题所在。

其实在具体的创作方法上并没有什么民族化可言，但就具体到电影创作中，电影的民族化凸显为带有民族特点的思维方式和审美特点，而不是说用民族化为借口，拒绝吸收外来文化。从创作的层面来说，不是要立足本土，而是要放眼全球，要把全球先进的理念融到创造中。《阿凡达》中将中国传统文化的“天人合一”“和谐”“意境”等概念都完美地呈现了出来，但它从没有民族化的提法。我们不要提民族化，而是要注意民族性，民族化是把外来的一切化为无形，而民族性则是一个开放的概念，好莱坞的全球化发展过程中也注意“全球本土化的策略”这样既有全球的、普世性的视野，但又有本土的、民族性的审美享受和独特体悟，这其实未尝不是电影创作的一条路径，抑或是一种全球化的创作方法。

正如钟惦棐所说“电影是强调真实好还是强调民族化好？我倾向于强调真实”。“真实地反映中国人民的现实生活，就必然是民族的。电影与其他艺术形式不同，过分强调民族化有副作用”。❷ 中国电影的创作必须既要能够深入地把握中国传统艺术精神的实质，又要具备我们这个时代所具有的现实感、时代感和精神力度。形式的模仿只能招来大家的诟病，关键是寻找艺术的灵魂，如同中国电影的大片，只是一味地模仿国外大片形式的“大”，而脱离了中国的时代背景和现实人生，与人们的生活格格不入。

❶ 郭青：《近年来关于电影民族化的探讨与争论》，载《电影艺术》，1985(11)。

❷ 同上。

二、创作过程

(一)结构布局

1. 什么是结构?

影视剧必须在有限的篇幅(时间和空间)里展现一段故事，塑造几个生动的人物形象，表现尽可能丰富和深刻的生活内容。所以，作者有无熟练运用结构技巧的能力至关重要。一般来说影视创作在确定好主题和题材之后，如何构成就是一个非常紧迫的问题，如果说前面在于“表现什么”的话，那么接下来就是“如何表现”的问题了，也就是“结构”。

什么是结构？结构是影视剧创作过程中很关键的部分，影视剧创作是否成功在很大程度上依赖于结构。如果影视剧的内核是一个故事的话，那么结构就是“用来讲故事的方式”，有人指出“讲述故事的任何艺术形式都要求某种戏剧结构”。也有人说“结构就是对创作素材的布局和裁剪，也就是对情节的安排。这犹如日常生活中的裁剪衣服，布料即为创作素材，裁剪即为结构。所以情节和素材是内容，结构是形式、手段”。❶ 结构“就是通过一定的组织结构把所描写的生活现象做适当的安排，使它成为有机的统一体，并借助于这一统一体去表现人物性格、揭示主题思想、反映社会生活”。❷

有论者提出“将戏剧核通过横向、纵向的立体展开，即通过时间、空间的延展，所形成的具体表现影视内容的艺术框架，变成结构体。他认为结构体是‘表现’阶段关键的一环，影视剧作成功与否，在很大程度上取决于结构体设计的优劣”。❸ 这里的“结构体”基本上也就是“结构”的意思，不过论者是把影视剧作为一个整体。也有论者提出“如果情节是内容，那么结构就是内容的载体。剧作者只有通过适合的结构才能把情节表现出来，影视剧作的结构是对情节的组织和安排”。❹ 悉德·菲尔德认为：“结构就是把故事按照一定位置安排好的东西。它也是编排每个部分和整个电影剧本

❶ 汪流：《电影编剧学》，181页，北京，北京广播学院出版社，2000。

❷ 赵风：《谈戏剧结构》，载《戏剧文学》，1988(6)。

❸ 桂青山：《影视剧本创作教程》，118页，北京，北京师范大学出版社，2004。

❹ 黄会林、周星主编：《影视文学》，212页，北京，高等教育出版社，2002。

的关系的东西，使之成为一个整体。”❶

虽然，各家说法不太一样，大致可把“结构”看做是用来讲故事的方式，是在时空层面上对戏剧情节的呈现。

2. 结构的种类及分析

以前的戏剧理论家曾做过戏剧结构的种类分析，把戏剧结构分成开放式、锁闭式和人像展览式三种结构。

对于剧作的结构郑雪来先生认为：“在世界各国电影中，结构的形式是多种多样的，但从结构的原则来看，基本上可分为两大类，即戏剧式的结构和非戏剧式的结构。”❷所谓戏剧式结构他认为也就是常说的“传统的电影结构”，或称以戏剧冲突律为基础的剧作结构原则。他指出人们较为熟悉的20世纪三四十年代美国、苏联的许多影片，以及迄今为止我国电影中占主导地位的作品，所采用的多是这种结构原则。在戏剧式的结构方面，最常见的是这样两种结构方法：

> 一是使两个或几个由统一的思想概念联结起来的情节平行发展；一是使动作的发展集中地围绕一个基本的中心事件进行。格里菲斯的《党同伐异》和《赖婚》为头一种结构方法提供了最早的范例。普多夫金的《成吉思汗的后代》和《圣彼得堡的末日》也是用几个连续发展或平行发展的情节来构成影片的。❸

整体来说，电影中运用得最广泛的还是以统一的情节为基础的戏剧式结构。平行发展的线索或需要长时间来进行的事件过多，会使观众厌倦，并分散他们的注意。在运用电影手段来体现由很多独立的情节组成的结构时，如果不是预先取得处理以统一情节为基础的影片的丰富经验，就容易以片断性和无情节性来代替复杂的情节。

郑雪来先生认为所谓非传统的结构，是相对传统的戏剧式结构而言的，它所包含的内容比较复杂，为叙述简便起见，我们姑且把它分为三类：

> 一是基于对电影的叙事本性(叙述性)的理解而产生的结构原则。
>
> 二是在传统的戏剧式结构的基础上，大量运用艺术散文因素，从而使戏剧性与叙事性获致较好结合的结构形式，具体表现为“长篇小说式电影”“中篇小说式电影”等。
>
> 三是各种各样的实验电影，六十年代以来风行一时的“意识流”“生活流”影片，其结构特征与其说是非传统的，毋宁说是“非结构化”的。❹

郑雪来提到一般认为，奥逊·威尔斯于1941年拍摄的《公民凯恩》是最早采用非传统的剧作和形象结构原则的影片。20世纪40年代中期崛起于意大利的新现实主义电影中，有不少作品都是一反好莱坞的传统的戏剧式结构原则，而采用了较为强调叙

---

❶ [美]悉德·菲尔德：《电影剧本写作基础》，载《电影艺术》，2002(1)。
❷ 郑雪来：《银海遐思录(之十九)——电影结构问题不可忽视》，载《电影评介》，2009(2)。
❸ 同上。
❹ 同上。

事性的形式。例如《偷自行车的人》《罗马十一时》等。

李超认为影视剧的结构可以分为四类❶：

> 1.“线性因果式结构”：所谓“线性因果式结构”，指的是影片的部分与部分之间的联系方式，是一种直线式的（一般是按时间顺序发展的）因果联系。这种形式的结构，是一种有着悠久历史渊源的、传统的结构方法。这种方法从古希腊亚里士多德时代开始，经过莎士比亚、易卜生，直到今天，一直被广泛沿用着。特别是20世纪三四十年代美国好莱坞电影鼎盛时期，这种结构方法更趋完整和定型，成为在世界影坛上占统治地位的结构模式。由于这种结构形式与传统的戏剧结构极为相似，人们又称之为戏剧式结构。
>
> 2. 主题变奏式结构：“主题变奏”是个从音乐学中借用过来的术语。其本来的含义是指音乐主题的重复和变化以及二者的辩证统一。作为一种乐曲形式，其曲式原则为先奏出一自成段落的主题，然后继以一系列的主题变形（变奏），使主题通过不同的变奏而得到多方面的展示和发展。他认为《战舰波将金号》《偷自行车的人》《城南旧事》等都是这种结构。
>
> 3. 整体对列式结构：所谓“整体对列”，是与爱森斯坦蒙太奇理论中的“局部对列”，即“镜头与镜头的对列”相对而言的。整体对列则在隐喻、对比等关系的基础上，将段落与段落之间的对列关系，扩大到不同的时间、空间以及不同的心理层面。这样更有利于故事的表现，他认为《公民凯恩》是第一部采取这个结构的影片，而且他又将其分为“框架故事”与“内含故事”的整体对列；以及现实部分与回忆、幻想、梦境部分的整体对列。前者代表影片如：《罗生门》《士兵之歌》、《法国中尉的女人》等，后者则有《广岛之恋》《人到中年》等。
>
> 4. 立体网络式结构：主要是就各种不同结构类型的混合或融合而言的。他指出如《战舰波将金号》就是线性因果式结构与主题变奏式结构的统一体。

宋家玲认为影视剧的结构方式“从剧作方式上可分为戏剧式结构和散文式结构；从时空安排方式上看，可分为顺序式结构、倒叙式结构、时空交错式结构；从人与事关系的设计上来看可分为一人一事、一人多事、多人一事、多人多事四种类型的结构形式；从创作观念上看，可分为闭锁式结构、开放式结构”。❷ 以上两位学者对戏剧结构的分类过于细化，他们主要是从理论研究的角度而做出的划分，其实对于影视剧本的创作而言，没有太多的指导意义。

有论者指出：对于剧作结构的美学特征，结构可分为：戏剧结构、散文式结构、意识流结构等。

> 戏剧结构是影视剧中最常见的结构，包括开端、发展、高潮和结局。散文式结构的影视剧作段落和段落之间缺乏必然的依存关系，淡化了常规影视剧的高潮和结局，充分利用各种细节和风格化的手段来渲染感情、表达哲理。如影片《城

---

❶ 李超：《电影结构类型新探》，载《电影艺术》，1985(5)。

❷ 宋家玲：《影视文学创作论》，119页，北京，北京广播学院出版社，1997。

南旧事》。

意识流结构是依据人物的心理活动来结构影视剧作的，它着力表现人物的内心世界和对人物内在感情的剖析，追求叙述上的主观性和心理性，并依据人物心理的变化，用回忆倒叙的“闪回”形式，把过去的事情交织到现实的动作中来，如影片《天云山传奇》。

交错式时空结构就是不按照动作的时间顺序依次叙述，而是打破场面发生的时间，并以某种逻辑再把它们组织起来，闪回、梦境、幻觉等场面的穿插来结构叙事。包括多视点和主观视点的交错式时空结构。前者如《天云山传奇》，后者如《野草莓》，所有的回忆和心理幻觉场面都是从主人公老教授出发的。❶

其实，关于影视剧结构的分类还有很多，从不同角度分，可以有着不同的结果。笔者认为将结构分为“戏剧性”和“非戏剧性”有一定的合理性，但如果将结构分为“戏剧性”和“非戏剧性”较为不妥，因为就影视剧创作来说，其本质就是要“写戏”，那些看似“意识流”“生活流”的作品，其实并不是没有“戏”，比如《偷自行车的人》等新现实主义影片以及《城南旧事》这些比较注重情绪的影片，其实也还是有“戏”，只不过其呈现的方式和手段不一样而已，它们是力图营造出一个“开放式的时空”让观众去感受，更能引发观众的主动性。我个人认为可以把结构大致分为“开放式结构”和“封闭式结构”两种。“封闭式结构”和传统“戏剧式结构”较为类似，整个故事比较单一，观众是在影视剧所营造的时空中封闭式地去感受的。

封闭式的结构是指从事件的开端写起，把事件发展的过程比较完整地呈现出来，有头有尾，情节是封闭的，不具有向头或尾以外延伸的可能。这是影视剧创作过程常规的结构，绝大部分影视剧都会采用这样的结构，好莱坞的电影更是这方面的代表，因为这样的结构线索比较清楚，观众看起来也不是很费劲，所以受到欢迎。

开放式结构是打乱事件的固有顺序，截取一段生活或一段人的心理、情绪活动呈现给观众。情节具有向外延展的可能性。比如《广岛之恋》《野草莓》等现代主义的电影，还有中国的《城南旧事》等都是这样的结构，开放式的结构在影视剧的创作中不是很多。

3. 结构的基本原则和设计

对于结构的基本原则的问题，人们经常讲“文无定法”。有论者指出，影视剧的创作其实没有一个具体一成不变的规定，因为，影视剧是反映生活的，而生活是千变万化的，不可能将生活定于一律。当然，结构的设计还是有基本的原则的，如果随意编写的话，那么也不会有成功的作品出现的。那具体来说是怎样的呢？论者大体上指出了以下几个原则：

1. 结构体的设计要正确反映客观事物的发展规律，内在逻辑与人们的认识规律。结构规范的目的是要让影视作品能够被人们所接受、理解和欣赏。他指出强调影视作品要遵循客观规律等因素，但不等于影视剧作的结构死板、平直、让人一览无余，而是在此原则下，完全可以丰富多彩，他指出影片《人到中年》《罗生

❶ 黄会林、周星主编：《影视文学》，214页，北京，高等教育出版社，2002。

门》等都是在看似杂乱无章的结构下，但实质上都是经过精心设计的，充分表现了艺术的审美魅力。

2. 结构体应为表现影视剧的既定题旨服务。视不同的主题采用不同的结构。《罗生门》不同于一般的凶杀案，因其主旨要从哲学层面上表现人性的复杂和客观真实的不可把握，所以它就不可能再有常规的结构安排了。

3. 不同品种、风格剧作的结构体，应有所不同。他指出就电影和电视而言，由于其载体容量的大小不同，叙述节奏的要求不同，艺术手段的调动不同等，其结构必然要有所不同。

4. 影片题材不同、观众层面不同，其结构也要有所不同。❶

也有论者对结构的原则提出自己不同的看法：

1. 结构必须适应主题的需要。李渔在谈到戏剧结构时，很强调“立主脑”。他认为：不从主题出发，结构容易散乱，从局部看，也可能个别情节很精彩，但纵观全局不是多骨头多肉，就是不知所云。我们不论刻画主人公的哪个侧面，或插进某一个补叙的情节，都应清楚地想到用这个事件或这个人物将要表现主题思想的哪一个方面。因此，作者在选择和组织生活材料的时候，必须根据主题需要做适当剪裁，精心计划，该长必须长，该短必须短，可用可不用的情节和人物，坚决不用。繁简不当，既影响内容，也有损于形式。

2. 结构必须服从人物性格要求。刻画人物形象不是作者的唯一目的。从主题与人物之间的关系看，主题思想是从人物形象中流露出来的，结构必须通过更好地表现人物性格来突出主题思想。所以，作品的结构应服从于人物性格的要求。人物的设置和安排，是戏剧文学结构艺术的重要环节。一部作品，准备写多少人物，人物怎样出场，人物之间有什么样的联系和矛盾冲突，人物性格如何互相对照和补充，都属于结构艺术的范畴。

3. 组织结构要把握节奏。在戏剧情节的安排上还要讲究节奏，不能一个劲地紧张，也不能一个劲地松弛，要有冷有热、疏密相间，只有这样才能适应观众心理，让人愿意看。在这方面，前人也摸索了不少的规律。亚里士多德主张一出戏可分“头、身、尾”三段。中国戏曲理论家没有单独的提法，而是沿用写文章的规律，讲究“起、承、转、合”。实际上就是我们现代戏剧理论家常说的，戏剧结构分为开端、进展、高潮、结局四部分。❷

应该说，上面论者所述的都有一定的道理，只不过是从不同的侧面来反映了结构的基本原则，前者比较宏观一些，后者的论述就更加具体一些，涉及具体的结构技巧层面的问题了。但不管如何，影视剧作的结构是要为表现影视的主题服务，这是最关键的一点，在这个大的原则下才能决定具体的结构设计技巧。其次，结构的设计要有人物的塑造。除了这些之外影视剧创作总体上的结构方式要完整，要和谐统一。电视

❶ 桂青山：《影视剧本创作教程》，122～129页，北京，北京师范大学出版社，2004。

❷ 赵风：《谈戏剧结构》，载《戏剧文学》，1988(6)。

剧集数很多，不能每集都采取不同的结构方式，这有悖于观众的观赏习惯。有论者指出影视创作要将剧作结构看成一个系统。除了情节的结构之外，还要注意意念的结构、时空的结构、人物关系的结构、场景的结构等。这都是非常有指导意义的。

4. 结构的基本构成及创作要点

影视作品结构的具体构成是怎样的呢？侯曜在《影戏剧本作法》中从结构的形式上将全剧分为三段：起头（Begining）、中段（Midway）、结局（End）。“起头把剧中重要人物和剧中的着眼点先叙述一下，使观者明了剧中问题之所在，然后慢慢把剧情向上发展到了最高点，剧情已到登峰造极。等到剧中问题渐渐解决，再慢慢地向上收束，到一个论理的结局。亦有剧情发展到最高点即结局的。”❶他认为，在日常生活里，无起头、中段与结局之分。但是在戏剧中，就非此不可，因为戏剧史选择人生之一部分来表现的。在千头万绪的人生中，戏剧非使变为简单，不能表演。悉德·菲尔德也说，电影剧本也毫无例外。它有自己明确的开端、中段和结尾。而戏剧结构是影视剧中最为常见的形态。戏剧结构包含一下几个重要因素，“也就是开端、发展、高潮和结局四个部分”。❷ 其实，在有些影视剧中发展和高潮，或者说高潮和结局是融合在一起的，所以把戏剧结构分为四个部分稍微有些细。也有论者认为影视作品与其他叙述类文艺作品的结构态势基本是相同的，无论是所谓的“封闭式”结构也好，“开放式”结构也好，就其总体而言，大多可以划分为三个部分，即“开头、主体与结尾（不一定是结局）”。❸ 我个人也倾向于这个分法。传统的关于文艺作品“凤头”“猪肚”“豹尾”的说法还是非常有道理的。

关于具体的结构设计和技巧，夏衍先生曾经说过：“用造房子来比喻，那么首先要明确这座房子的目的性。就是这座房子盖了做什么用？是花园洋房，是宿舍，是工厂，是大礼堂，这是首先要搞明白的。目的性就决定了体裁、结构，也就决定了风格。电影剧本的结构，也要先从目的性来设计和考虑。如什么目的，写什么主题，用什么题材，采用什么风格，这都是和剧本的结构密切相关的问题。我一再讲过，写电影剧本一定要有一个明确的目的性，这个目的性也就规定了和这个目的相关的一系列问题。为了这个目的，最好是通过什么样的故事题材，写哪些人物，选择哪些场景，采用什么样的风格。我认为是内容决定形式，而不是形式决定内容。电影剧本的内容也就是目的性，所以也可以由貌似不同的目的性决定不同的结构、不同的形式。……因为剧本的结构是由剧本的主题和题材所规定的，所以考虑一个剧本的结构，先要仔细地研究一下这个剧本的主题思想、人物、事件等，然后才能根据‘看菜吃饭，量体裁衣’的原则来做整个剧本的布局与设计。一个电影剧本究竟需要多少登场人物，按照剧本规定的情景，剧中人要经历多长的岁月，要涉及多少地区，这都是决定结构的先决条件。……写电影剧本，也是要先想定几章几节，幕和章，然后是大段落，大段落决定了，然后才能考虑整个情节故事如何在这些段落里妥善地安排。幕和场决定了，章和节决定了，才能考虑到材料和细节的问题，正像建筑房子的时候，一定要等

---

❶ 罗艺军主编：《20世纪中国电影理论文选（上）》，58页，北京，中国电影出版社，2003。

❷ 黄会林、周星主编：《影视文学》，213页，北京，高等教育出版社，2002。

❸ 桂青山：《影视剧本创作教程》，119页，北京，北京师范大学出版社，2004。

‘何处建厅，何方开户’决定了，才能考虑用什么材料，用怎样的装饰和布置。”❶夏衍先生用很形象的比喻谈到要由剧本的主题、人物和事件来决定具体的结构的设计，而主题这些因素的表现也依赖于结构的支撑，这也说明了结构的重要性。

周剑云、程步高在《编剧学——昌明电影函授学校讲义之三》中提出了剧本在实际创作过程中的要求，结构是整个电影剧本的骨架，如果结构出现了问题，剧本也很难完美。周剑云、程步高指出“做文章忌平，编剧也要忌平，什么地方要伏线，什么地方要掐合，什么地方要明写，什么地方要暗写，什么地方要衬托，这些都要通盘打算，规划全局，此只为结构。但结构虽然曲折，段落却要分明，叙事虽然复杂，线索必须一贯，如果稍涉隐晦，就要使观者莫名其妙。结构之外，有时还要加穿插，穿插要自然吻合，不可牵强生硬，要入情入理，不可违背剧情”。❷

夏衍先生他们说的这些都是我们在编剧过程中所要认真注意和学习的。那么影视创作过程中到底有哪些技巧呢？

(1)开头

万事开头难。影视剧的开头，首先要体现全篇的风格、基调。其次，影视的开头应是全部内容展开的最好的契机，即是说，它是最恰当、最自然的序幕，也是最精巧、最准确的起点。

夏衍在《写剧本的几个问题》一文中就曾指出：“中国有句话叫‘头难’，一个文艺作品的开头也很难，小说也好，戏剧、电影也好，开头好坏，对作品整个结构的影响很大。……电影和戏剧的观众开头都是一张白纸，所以电影的第一本顶重要。在第一本里，有很多东西要从头告诉观众，假如开演了十分钟，头绪还没有搞清楚，那以后就很难搞清楚了。”❸他指出电影的开头一定要交代得清清楚楚，如时间、地点、社会、人物。那些凡和剧情有关而非正文的旁枝，应当用最少的景与说明，把它表示清楚。因为观众大都不喜欢看那些无关紧要的，如流水账的剧中人过去的历史，而要求看一种不先不后，不繁不简，恰到好处的开始。悉德·菲尔德也指出：“今后看电影时，请注意一下，你需要多长时间做出你是否喜欢这部影片的决定。一般大约需要10分钟，也就相当于你写的电影剧本的头10页，你应该及时抓住你的读者。”❹

那么影视作品如何开头呢？洪深在《编剧二十八问》中也提到了剧本的开场是否醒豁的问题：“剧本的开场，有迂缓的方法，有急迫的方法，视故事的需要而异。但不论用何种方法，总得醒豁而自然，容易引到题目。”而“故事的收结，应当一完即了，大忌拖泥带水，如果稍有微波，应是简短而隽永”。❺

侯曜的《影戏剧本作法》一书中也就电影剧本的开头、高潮、结局提出了自己的观点，他认为：“一开始就要用极聪明的、极经济的方法把剧中问题之所在和重要剧中人的历史、性格、遭遇介绍出来，不要使得观众坠入云里雾中。一开始就给观众一个极明了的概念。于是观众兴趣横生，渐入佳境，期待剧情发展。”对于怎样起头，他认

❶ 罗艺军主编：《20世纪中国电影理论文选(上)》，449页，北京，中国电影出版社，2003。
❷ 同上书，39页。
❸ 同上书，437页。
❹ [美]悉德·菲尔德：《电影剧本写作基础》，3页，北京，中国文联出版社，1985。
❺ 罗艺军主编：《20世纪中国电影理论文选(上)》，154页，北京，中国电影出版社，2003。

为有三个要点："用极经济、极灵活的法子，略略使观者知道剧中重要人物之过去历史和平素的主张，以助观者明白剧情；一开始就要引起观者的兴趣和好奇心，而期待剧情的发展；使观者明了剧中问题的所在。他还具体指出有些戏，在起头之前，可以加一些序景。这些序景，和剧情没有关系，不过用来做一个楔子，使观众看了之后，能够格外了解剧旨。"[1]

悉德·菲尔德把开头称之为"建置"，他认为开头的作用在于电影剧作家要建置这个故事、人物、戏剧性前提、故事的情境(即动作周围的环境)等，并且建立起主要人物和其他的围绕主要人物并在其周围活动的人物的关系。

也有论者指出开头大体有两种常见类型即"悬念式"与"进行式"。[2] 所谓悬念式就是通过简洁的形象画面，在介绍主要人物与剧情背景的同时，提出一个问题，使观众产生强烈的悬念，热切关心起主人公或剧情的下一步情况，进而被影片吸引。而"进行式"则是开头并不注重矛盾冲突的强烈、火爆，而是以较舒缓又简洁的笔触，将人物或事件的"现在状态"生动形象的展现在观众的面前，使观众能够进入影片所要表现的"境界"，进而随着剧情"未来走向"的渐次演进，终入佳境。

不管论者如何论述，在影视创作的开头，创作者都要利用较短的时间把影视剧中故事发生的时间、地点、人物交代清楚，引出剧中的主要人物和主要矛盾，为作品的情节发展奠定基础。最关键的是要能让观众"入戏"，要不为"情节"所吸引，要不为"情绪"所打动。我认为可以从以下几个方面来设计开头部分的结构：其一，设置悬念，这在希区柯克的电影中经常采用，如《后窗》等；其二，以离奇事件做引子。如电视剧《大宅门》的开篇：百草厅的大宅门里白二媳妇生了儿子，但这孩子一生出来就笑，非常怪异，这就让人产生观看的兴趣。

(2)主体部分

侯曜将这一部分称为影视剧的"最高点"。他认为，"起头已经把剧中重要的主人的性格和剧中问题之所在，使观者明了之后，接着就要把剧情一步一步地发展。剧情发展到了一极度，就是最高点。在未到最高点之前，选择最经济的、必要的动作，用直接或间接的方法，向着最高点进行。起先好像敲敲边，后来慢慢地擂到鼓心。又好像暗中安排许多线索，渐渐结成一个大网。起先是'轻拢慢捻抹复挑'的样子，到了最高点，就如'银瓶乍破水浆迸，铁骑突出刀枪鸣'。最高点是剧中所有线索汇集之处，是剧情的中心。作者在此处最要用力，把观众领到'山穷水复疑无路'的境界。剧中的最高点，就是剧中人与困难竞争最烈之点。在一个剧本里，不要写两件并重的事实。如写爱情剧，就完全偏重爱情；写宗教剧，就完全偏重宗教。如果两者不分轻重的尽写在一个剧本里面，最高点就无从找出。没有最高点的戏剧，就是'其直如失，其平如砥'索然无味的东西。写最高点的时候，应注意之点如下：1. 剧情要有变化。这种变化须合论理的。2. 意外的情节，不可使观众预先知道；但是同时又要使他料到一点。3. 剧中人的特性，或剧中应有的特殊事实，突然显露"[3]。

也有论者指出影视剧的发展部分主要是将开端中引起的矛盾冲突不断地深化。创

---

[1] 罗艺军主编：《20世纪中国电影理论文选(上)》，59页，北京，中国电影出版社，2003。

[2] 参见桂青山：《影视剧本创作教程》，120页，北京，北京师范大学出版社，2004。

[3] 罗艺军主编：《20世纪中国电影理论文选(上)》，62页，北京，中国电影出版社，2003。

作者要按照冲突律的法则，仔细地设计和安排，错落有致地把各个部分组织起来，以达到深化矛盾冲突的目的。而且，矛盾的不断升华造就了影视艺术必须具备的那种紧张感。“创作者必须清楚发展部分中的每一次戏在总结构中所肩负的任务，它既要发展前几部分的剧情，又要为往后冲突的深化做好准备，使人物关系和思想感情的变化不偏离冲突的动作线，把剧情一步步推向高潮”。❶ 论者指出高潮是结构的顶点，是冲突从量变达到质变的时刻。“它既是作品中人物性格最鲜明的体现，也是创作者感情最浓烈的显示”。❷ 所以对于创作者来说，必须要调动一切可能的艺术元素和艺术手段来加强高潮带来的巨大的震撼效果，使观众的期待心理达到顶点。

结构的主体部分是影视剧的剧情展开、人物塑造、情绪铺陈最为关键的部分，这部分对于结构的要求非常关键。而这也就是影视剧的时空展开部分，是影视剧的戏剧核之所在，所以有论者指出“结构体对戏剧核的扩展，主要体现在时间与空间的设计安排上。完全可以这么说——影视的结构艺术就是时间与空间展开、呈示的艺术”。❸ 结构的主体部分是创作者必须花费重要精力去营造和设计的。

影视是反映生活的，但观众欣赏影视剧是不希望看到生活内容原封不动的照搬在其中的，而且由于影视剧的时间的限制，影视剧在创作的过程中必须有所取舍，这就体现在结构的设计上了。有论者指出要注意以下几个方面：

> “首先要注意时空角度的选择，角度设计可以从方面、视野、焦点、层次等几个角度考虑”；方面表现在正面、侧面、反面，这是从价值判断的层面来说。
>
> “视野”：包括整体描摹、以小见大、典型化等，整体描摹即体现在对题材进行“全方位、全层面”的整体表现，使观众获得全面关照，如《阿甘正传》；以小见大，则是以小故事、小冲突来反映大主旨，如《黑炮事件》；典型化，即要求艺术具象(人物或事件、场景、情境)既要有一定的某方面的代表性，又要有自己的鲜明特点(或曰个性)，在创作中有较多的体现。
>
> “焦点考虑”这主要是指表现外在世界，还是表现内在心理世界；如《广岛之恋》《野草莓》。
>
> “层次考虑”则是指进入人物或事物的内质解剖了。任何一个事物，其内质都是不同层次的有机组合；任何一个人物，其性格或思想也必然是多层次的汇集。比如根据许地山先生小说改编，由凌子风导演的影片《春桃》，就是以当代更具生命本体意义的人文观念为指导，强烈表现主人公既不受传统道德意识的规范、也不能容忍两个男人把自己当做“礼物”而推来让去。结果，既不为社会大环境所允许、也不为两个男人所接受，她陷入了更大的痛苦之中，使影片获得了时代新意，体现了更为健康的人文精神。❹
>
> 除了时空角度的选择之外，其次，就是时空含量的截取，“影视作品只能反映生活的某一方面，不可能是生活的全部搬演，而只能反映某一方面、某一局

---

❶ 黄会林、周星主编：《影视文学》，213页，北京，高等教育出版社，2002。

❷ 同上。

❸ 桂青山：《影视剧本创作教程》，130页，北京，北京师范大学出版社，2004。

❹ 同上书，130～138页。

部、某一点，所以必须对生活做艺术时空的截取”❶，这样才能有集中的戏。

再次，就是时空线索的设计，“这里指广义的线索，即指将作品内容、生活时空统摄为一个有机整体的纽带或曰灵髓，它可以呈现出为有形的‘线条’，也完全可以体现为无形的某种‘品格’‘规范’乃至‘氛围’”❷，主要是包括结构线索的品质和形式。

“线索的品质即指影视结构体在时间与空间展开时，内在依据的品类、性质。”主要是指“以人物经历或性格为轴心，展开时空”，如《我这一辈子》《阿甘正传》等；“以事件的发展过程为依据展开时空”，如《黑炮事件》《三十九级台阶》等；“以某种既定情感氛围为基础”，如《城南旧事》等；“以人物的情绪飘动或意识流动为影片结构的线索依凭”，如《人到中年》等；“还有以某种思想观念或某种事物性质为线索，结构篇章”，如《群鸟》《黄土地》等；线索的形式是指线索的具体呈现方式。如单线索；双线索；辐射式与攒射式；散点透视等；❸

论者较为全面地把主体部分结构的技巧阐释了出来，是值得影视创作参考的。当然在具体的影视创作过程中必须依据实际情况来应用。

(3)结尾

对于第三部分大家习惯地称为结局。但论者指出之所以不说“结局”而讲“结尾”是由于在具体的影视作品的最后，其对人与事“叙述”的处理有所不同，也就是有“封闭式”与“开放式”的不同。封闭式的结尾，一般就是“结局”——或人物经过曲折坎坷后终有定格(或生、或死、或成、或败、或英雄、或邪恶……)，或事件经过错综复杂后终有了结果。而开放式的结尾，一般则“言有尽而意无穷”，人物的命运或性格也好，事件的结果或趋向也好，往往不做结论，而留给观众去思考与判断。论者指出虽然结尾的具体形式是不拘一格的，但也有一条必须遵循的原则——无论运用怎样的方式与类型，任何剧作的结尾都必须是自然合理，不可有人为拼凑、主观归拢的痕迹，而要力求做到“瓜熟蒂落”与“水到渠成”。

侯曜认为对于结局应该注意如下：“1. 剧情已经发展到了极点，剧旨已经发挥透彻，就应从事结束，不要再画蛇添足。2. 结束时，宜曲折有趣，不徐不疾。3. 结束时，应根据剧情的论理的次序，把事所必至，理所当然的事实做结局。4. 结束时，不能过于刻板，千篇一律，非死亡则团圆的结局，是毫无兴趣的。5. 无结局的结局，是最好的结局。6.‘善恶分明，报应照章’的观念，千万不要勉强用作结局。”❹

也有论者认为，结局承担的是矛盾冲突的解决，解决的方式必须符合重要人物性格发展的必然逻辑，只能如此，别无他路。“高潮过后，问题已经解决，影片就应该收，要收的有力，不易拖沓，不能画蛇添足，而要做到画龙点睛，为全剧的思想、人物拓展新的空间”。❺ 应该说，对于结尾的问题，这些论者在电影剧本创作的基本技

---

❶ 桂青山：《影视剧本创作教程》，第139页，北京，北京师范大学出版社，2004年11月。

❷ 同上书，144页。

❸ 同上书，145～147页。

❹ 罗艺军主编：《20世纪中国电影理论文选》，63页，北京，中国电影出版社，2003。

❺ 黄会林、周星主编：《影视文学》，214页，北京，高等教育出版社，2002。

巧的观点上都有相似的地方，就是要简练、简洁、有力，同时也要有新意，不要落入俗套。

夏衍先生也指出影视剧的结构要讲究“起”“承”“转”“合”，“起”要起得经济、精炼，不能冗长拖沓，拖沓冗长就是人物不入戏，矛盾不发展；结尾更是如此，一定要收得有力，留有余味。电影《姨妈的后现代生活》就明显地存在这方面的失误，电影中斯琴高娃饰演的姨妈，分为在上海的生活和在东北的生活两个部分，而实际上上海的生活表现完以后整个故事就应该可以结束了，但是又加上东北的生活，使得影片本身呈现出分裂的状况，而且人物的形象也不完整，观众看起来觉得非常的拖沓。

结构，是创作环节中尤为重要的一个环节，就如同人体骨骼一样，它完全支撑起来了人的血肉，如果骨骼出了问题，人就无法立起来了。所以，在影视创作过程中一定要注意结构的设计和安排。

(二)情节设计

说到“情节”，人们自然就会想起“故事”，而且还经常把故事和情节连在一起说。那么“故事”和“情节”之间的关系是怎样的呢？有论者指出故事与情节的几种关系：

> 之一：故事是情节之基石，是剧作的骨骼，它需要根据主题、感受进行填补；而情节是故事的最后完成形态，人们所读到的已经不是单纯的故事，而是通过情节加工的故事，是情节。一个故事到底好不好看其故事核应当起到很重要的作用，但是情节的力量更是不可忽视。
>
> 之二：故事可以袭用，而情节不能抄袭，情节的变化可以造成一个全新的故事。
>
> 之三：故事讲述只是为了满足人们的好奇心，它只是在回答人们“然后呢，再然后呢”的问题；而情节的发展则开始注重这连接之间的逻辑关系，这种连接里有必然与可然的辩证，有情感与理性的融合，有对于“然后”里发生的事件的陈述，也有对于这一事件之所以发生的解释。[1]

汪流先生也对“故事”与“情节”之间的关系做了详细的分辨：

> 其一，故事——生活中的事实，是未经作者加工的。
>
> 情节——经作者加工过的故事(事实)，或在生活的基础上编撰出来的。
>
> 其二，故事——只有一个，它自身是不变化的。
>
> 情节——根据同一个故事(事实)，不同的作者可以创作出不同的情节，如《莺莺传》《董西厢》《西厢记》等。
>
> 其三，故事——不一定有认识价值，如鲁迅的《狂人日记》和果戈理的《外套》所依据的原型故事。
>
> 情节——一定有认识价值，如鲁迅的《狂人日记》、果戈理的《外套》、托尔斯泰的《复活》等。

[1] 倪学礼：《电视剧剧作人物论》，119～121页，北京，中国广播电视出版社，2005。

其四，故事——通常都没有性格鲜明的人物……在故事里，性格对观众来说还不是清楚的。

情节——要求人物性格鲜明、心理活动丰富。

其五，故事——总是按照事情发生的经过，按照事情进展的顺序来叙述的。

情节——按照最有效地影响读者或者观众的方式来表现，即可以正叙，也可以倒叙，将时空交错起来叙述也行。❶

对汪先生的提法，有学者也提出了自己的看法，他认为汪先生所提出的故事一定是真实的，未免太拘泥于故事的本义，无论在生活还是在艺术中，故事往往多属编撰。而且故事中人物的性格也不一定就是模糊，“故事”也不一定等于“创作素材”。所以他提出：

故事与情节，两者是该有所区别或曰界定，但它们之间却又绝不是相互对立、彼此无关的——故事，应该是情节的大框架、总轮廓，情节则是故事的具体体现，细致的发展变化过程。也就是说：凡故事(注意，这里不是“本义”的过去发生、存在的真事)必有情节，凡情节必定体现某种故事。❷

以上三位对“故事”与“情节”的关系大体地做了一个说明，我们粗略地对二者之间的关系做一个了解。

1. 什么是情节

对情节的定义有着许多种提法，亚里士多德在《诗学》中十分强调情节在悲剧中的重要性，他说“情节乃是悲剧的基础，又是悲剧的灵魂”。他又说“情节，即事件的安排”。而且情节必须是完整的。所谓情节的完整性，他认为：“指事之有头、有身、有尾。所谓‘头’指事之不必然上承他事，但自然引起他事发生者；所谓‘尾’，恰恰相反，指事之按照必然律或常规自然的上承某事者，但无它事继其后；所谓‘身’指事之承前启后者。所以结构完美的布局不能随便起讫，而必须遵照此处所说的方式。”❸而高尔基对于情节的定义则是：“情节，即人物之间的联系、矛盾、同情、反感和一般的相互关系——某种性格、典型的成长和构成的历史。”❹亚里士多德强调，情节是事件；高尔基强调情节是人物性格的发展史。汪流先生赞成高尔基对情节的定义，“在一切优秀的艺术作品中，我们都可以看到，性格决定情节发展，情节是人物性格的发展史这样一个道理。当然，在那些胡编乱造的‘情节戏’里，恰恰相反，我们所看到的正是脱离人物性格发展的必然而编造出来的‘情节’”。❺

而对于“情节”进行了比较直观的阐述的是20世纪英国作家福斯特，他将“故事”

❶ 汪流：《电影剧作概论》，见桂青山：《影视剧本创作教程》，159页，北京，北京师范大学出版社，2004。

❷ 桂青山：《影视剧本创作教程》，159页，北京，北京师范大学出版社，2004。

❸ 伍蠡甫主编：《西方文论选(上)》，59、60、62页，北京，人民文学出版社，1964。

❹ [苏联]高尔基：《论文学》，335页，北京，人民文学出版社，1978。

❺ 汪流：《电影编剧学》，150页，北京，北京广播学院出版社，2000。

和“情节”放在一起比较，从而让人更能理解“情节”的含义。“(故事)它是按照时间顺序来叙述事件的。情节同样要叙述事件，只不过特别强调因果关系罢了。如‘国王死了，不久王后也死去’便是故事；而‘国王死了，不久王后也因伤心而死’则是情节。虽然情节中也有时间顺序，但却被因果关系所掩盖。又例如‘王后死了，原因不详，后来才发现她是因国王去世而悲伤过度致死的’这也是情节，不过带点神秘色彩而已。这种形式还可以再加以发展。这句话不仅涉及时间顺序，而且尽量将不同故事连在一起。对于王后已死这件事，如果我们再问：‘以后呢?’便是故事。要是问：‘什么原因?’则是情节。”❶

彭吉象先生在总结情节的几种定义后认为：“情节的定义往往在很大程度上界定着对于情节功能或作用的认识。关于情节的定义，历来有重事件和重人物的区分，从而形成了情节的不同作用和功能。”此外，由于情节要凭智慧和记忆力才能鉴赏，所以，故事“成为情节的基础，而情节属于一种更高形式的有机体”。按照这样一种定义，情节无非是一系列具有因果关系的事件，情节的功能则主要表现为组织事件和讲述故事。

情节的另一个定义，是高尔基关于情节是人物性格发展历史的著名论断。这一论断使情节的功能从组织事件和叙述故事上升到塑造人物形象和刻画人物性格的高度。这就是说，电影情节性也具有塑造人物性格的功能。自然，艺术作品中人物的肖像描写、语言动作也都是性格刻画的重要手段，但是，从根本上讲，人物性格应当是生活的折光。只有当人物同社会生活发生多侧面、多层次、多角度的广泛联系时，才能塑造出丰富复杂的人物性格来。电影的情节性，正是把人物放到五光十色的大千世界之中，通过人物在一系列生活事件中的行为和思想，来描绘出人物鲜明的个性特征。❷

也有试图将“事件”和“性格”融合在一起的定义，如除此之外还有论者指出“情节不仅是按照因果逻辑组织起来的一系列事件，而且要求在事件的发展中表现出人物行为的矛盾冲突，由此而揭示人物命运的变化过程”。❸

凡此种种，对情节的阐述是比较明确的，桂青山先生强调“情节只是某种‘关系’或某种‘发展历史’的体现，它不一定像传统观点所说——一定要极具戏剧性、出人意料的曲折变化——而只要艺术地反映了某种人物关系、生活逻辑的线性联络与演进过程。……至于这种关系与进程是否复杂、剧烈，还是简单、和缓，都不影响它们作为情节的一种体现：因为情节本身，就应该是多种类型、品格的”。❹

在影视剧创作过程中，情节的设计是非常重要的。对情节我们要予以重视，首先，影视作品反映社会、人生，而社会、人生总是要通过形形色色的人物经历或事件过程来具体体现。这经历、这过程，在某种意义上，就是情节。其次，影视作品不同于其他文艺篇章，它是通过让观众“一次性”观看来展示其内容的。它必须紧紧抓住观众的注意力，使之从头到尾看下去，这就必须靠情节了。有人会讲，观众因为有特

❶ [英]福斯特：《小说面面观》，75页，北京，花城出版社，1984。

❷ 彭吉象：《试论现代电影的情节性》，载《当代电影》，1986(5)。

❸ 童庆炳主编：《文学理论教程》，213页，北京，高等教育出版社，2002。

❹ 桂青山：《影视剧本创作教程》，160页，北京，北京师范大学出版社，2004。

色、有性格的人物，也可以兴致盎然地看下去。但他忽略了一点，有特色、有性格的人物，也正是通过情节(各种类型、品格的情节)来展示的。

对电影情节的作用，论者指出是不能随便否定的，甚至连轻视也不可以，他指出20世纪二三十年代，以爱森斯坦为首的理论家曾提倡"理性电影"，强调在影片中要表现抽象思想，但他们进行的"理性电影"实验，结果均遭失败。因此，对情节必须予以重视。

2. 情节的不同类型和设计方法

对于情节的类型有论者将其概括为两大类，四种品格❶：

强化型情节，指具有较强烈浓缩性的情节，包括传统戏剧型情节和现代怪诞型情节。

传统戏剧型情节，是指那种侧重于故事的完整性、生动性及趣味性表现的情节。这种情节中，既要用细针密线展示人事过程，使观众获得清晰的时间感与空间感，又要注意将必然性放到偶然性之中显示，使观众产生入乎情理之中又出乎意料的艺术吸引力。这种情节一般具有较强烈的矛盾冲突与曲折变幻、起伏跌宕的人事过程，讲究叙事的节奏、悬念的设计等。传统戏剧型情节，一般体现在一个完整的"封闭式"的叙事结构中。基本上分为开头、主体和结尾三个部分。而这其中悬念的制造、保持与释放贯穿始终。具体的设计则是：

开头——制造悬念。这类剧的开头，除要具备精彩简洁的特性外，必须迅速地产生悬念。给观众提出一个"问题"。具体情节可以多种多样，一是，"怎么办"型，即提出特定的生活冲突或问题，使观众急于知道剧作中人物如何处理或解答，以产生悬念。如美国影片《致命的诱惑》，一开始就快速地描述了一个有着温馨家庭的男子与一个单身女人邂逅便发生了性关系，男人以为"一时冲动，不过如此"，却不料女人定要破坏他的家庭与之结合而死缠不放。二是"为什么"型，即作品开端便呈现出一个令人不解的场面，以此来吸引观众。

主体——保持悬念。对强情节型作品而言，"成功"之后失败的可能性是很大的，常有开头引人入胜，却不能使观众看到终场的情景。于是，如何在悬念制造出来后，善于保持悬念，更生悬念，使观众的悬念感一直保持到影片结束。悬念的保持可以有以下几种方法：

一是通过增减人物、调换场景、编织情节，不断展开原来矛盾冲突的深广度与复杂性。使观众不自觉地沉入矛盾的层层画面之中，身临其境、产生"同情"，进而越来越增加原悬念的强度。比如经典影片《卡萨布兰卡》，影片一开始就出现了矛盾：民主战士拉斯罗能否脱离法西斯的魔掌。接下来通过对里克、雷诺，以及拉斯罗的妻子依尔莎之间的关系的编织而把观众的情绪深深吸引住。

二是通过不断增加新的矛盾冲突，使一波未平，一波又起，进而引导观众兴致盎然地看下去。如《三十九级台阶》。在电视剧中，尤其是长篇电视连续剧中，靠一个"扣子"接一个"扣子"来连接剧情的篇章，比如《西游记》就是通过描述师徒四人去西天取经经历的九九八十一难，作为"扣子"来吸引观众。

❶ 参见桂青山：《影视剧本创作教程》，161～170页，北京，北京师范大学出版社，2004。

保持悬念的这两种方法可以同时使用。但在主体部分要避免两种弊端：一种是进展过于缓慢、滞重。主要是横向，尤其是静态的横向描述过多造成的——往往局限在一两个场面内，只让人物大量地对话，而且对话的内容没有什么戏剧内涵，使影视片成了话剧的记录；或是虽然情节在不断发展，但节奏过于缓慢，对所描述的人事过程缺乏剪裁、毫无匠心，像流水账。另一种则相反：节奏过快或一味紧张。情节过程节奏过快，往往是作品成为戏剧(故事)梗概，纵向进展迅速然而横向描述粗糙——这就难能以使观众真正“入境”，不易产生“同情”，自然也就难以产生预期的艺术效果；而情节内容过于一味紧张，根本不考虑张弛相间，使观众处于一种极度紧张中，势必“物极必反”——过分紧张就会疲劳、累倦，见惯不惊的后果就是失去引力。

结尾——悬念的释放。悬念的释放一般有两种方式。其一，一次性终结型释放：往往在前面设置各种疑团，并使其错综复杂地纠缠在一起……直到最后，再将悬念释放而真相大白。如美国影片《迷魂记》《亡命天涯》，以及与《亡命天涯》异曲同工的日本影片《追捕》。其二，在大悬念的展开过程中，又包含一系列小悬念的产生与释放(或采用层放层生、波澜不断的方式)，以保持住观众的观片兴趣。比如《大决战》，总悬念是国民党与共产党谁胜谁负，而在情节进程中，又分别连缀着许多小的悬念。

现代怪诞型情节，则极尽人为编排之能事，大胆打破生活原型的自然状态，以致将它们变形、甚至变态地“表现”，使其凸显出作者的主观杜撰——借此，使观众从一个新异的层面对社会生活作重新的认知与觉悟。

论者指出怪诞与变形难能分开，是有机并存的。变形是怪诞的表现手段，怪诞则是变形的艺术效果。怪诞型情节，可由两种方式营构。

第一种，通过“夸张变形”以造成怪诞。即极力夸大客观事物的特定品质与形态，以造成异乎寻常的形象体现。论者举影片《摩登时代》中人物拧螺丝钉的机械动作的夸张呈现，表面上看，荒诞不经，但正由于对那种违背人性的强度机械劳动作了夸张的反映，便真实地表现了一种深沉内涵：人，已异化为机械。

第二种，通过“幻化变形”以造成荒诞情节。即指作者的主观意识将客观世界加以幻化处理，而形成一种具有“虚幻真实”的情节。论者指出这种方式产生的情节与“夸张变形”产生的情节有所不同：后者毕竟有着客观世界的“面目”，而前者则连“面目”也丢掉，直接呈现给观众一个“编造的实体”。如卡夫卡的《变形记》等。

通过变形以造成怪诞化情节，要注意两点：

一是无论怎么变形，必须在整体上再现生活的内在联系与本质真实。若一味怪诞、随便变形，把手段万能化、甚至把手段当作“目的本身”，必将弄巧成拙。

二是抽象的义理必须与具体的经得住观众“真实感”审视的鲜明形象结合起来。若把变形所造成的怪诞只作为某种概念的演绎或装饰，而无尽管“变形”但却“真实可感”的形象体现，作品亦会失败。

对于**淡化型情节**，论者指出淡化情节绝不是不要情节。只不过有意将传统意义上的“情节性”较淡化地体现而已。情节既是叙事性“艺术篇章”的组成要素，它就不可能完全依照原生态生活，而必须对客观生活有某种或某一层次的“艺术升华”。淡化情节大体可以分为两类：散文化式情节与生活流式情节。

散文化式情节，是指那种不注重人事进程的紧凑、连贯及起伏变幻，而有意将生活片段“散漫”地呈现的那种情节。它常见于散点透视的结构中，但两者不属于同一范畴：散点透视是指整体的结构格局由几个“点”(板块)组合而成，而情节的散文化则是指在每个“点”(或曰“板块”)内人事叙述的一种品格。他指出散文化的一个最大特点就是“形散而神不散”，也就是不特别注重情节的紧凑连贯、环环相扣，而讲求在貌似散漫的人事叙述间，内蕴着某种总体情致、氛围或精神。影片《城南旧事》的体现就更为典型：三个故事已经各不相连，而且每个故事内部的表述，也不是很连贯、很紧凑的顺序展示，都是通过小英子的眼睛，一个片段、一个片段拼凑而成。《广岛之恋》《野草莓》都属此类。

其另外一个特点是：一般情况下，它所表述的内容大体都属于日常生活中的普通人物与事件，甚至是较为平庸、琐碎的人事，以求达到某一层面的等同观众、贴近生活的艺术品格。如《饮食男女》《克莱默夫妇》《人到中年》等。

生活流式情节，就是随着日常生活的流程，移步换形，通过对人物的举止言行、经历体验、感觉心态的一次“记录”，无人为痕迹地完成反映生活、表现人物的叙事体现。生活流情节体现为：

一是生活流注重“返璞归真”“最高的技巧是无技巧”。而这“无技巧”却恰恰是更高一层技巧的体现。它追求质朴、自然、真实、随便，使人丝毫看不出作者的编织痕迹，而犹如进入生活实境，没有“看戏”的感觉。

二是生活流式情节，必定要有一定长度的时空流程。

三是生活流式情节所表述的生活内容，一般而言，应该是专指那种“非英雄化”的小人物行止以及日常生活“近乎琐碎”的场景、事件：既无重大场面，也无奇特事件，更无怪异人物，力求“贴近生活本原”。

四是意识流注重对人物内心世界情感流动的跳跃、闪回、变幻无定特点的表述；而生活流则将表述重心放在对现实生活中人物的外在的顺序连贯的行为表现上。

论者指出生活流的影片有《温别尔托·D》《一地鸡毛》《本命年》等，他指出生活流式情节要避免两种毛病：

一是，毫无选择地如实记录，真成了“流水账”。

二是，既然可以用“流水账”来形容，则情节进程要天然自在，虽路转峰回而绝无人为痕迹的特点。而且，所展现的生活图景还应有一定的长度，即是：不能只是一两个孤零零的场面，而要有“一段生活流程”。

在这些情节设计方法的基础上，论者又提出了一些具体的情节设计的技巧，如：“转折”“抑扬”“张弛”“蓄放”“延宕”“伏应(藏露)”“倒勾(反弹)”❶七种，都是可以供我们参考的。

当然对情节的分类和设计方法，汪流先生也提出了自己的看法，他认为有些影视剧的理论书籍经常认为情节的基础是冲突，这对戏剧艺术来说无疑是正确的，因为戏

❶ 桂青山：《影视剧本创作教程》，176～187页，北京，北京师范大学出版社，2004。

剧冲突情节是以冲突律来构成情节的，必然会有一条由冲突所引起的，包括开端、发展、高潮和结局在内的情节线索。但是他也注意到，“如果说，影视剧的情节基础也全是冲突，这就是有失偏颇或不够准确了。这是因为不同风格样式的影视剧，它们的情节基础是不一样的”。❶ 所以，他依据不同的情节基础把影视剧分为几种样式：

> 以人物与人物之间的外部冲突构成情节（如戏剧式电影），它依据冲突的发生、发展、顶点和解决来展示情节，大部分影视剧都会采用这种情节。
>
> 以人物之间的性格差异或抵触的情境构成情节（如散文式电影），包括线状的散文电影，没有强烈的矛盾冲突，而只有差异和抵触，如《克莱默夫妇》，还有块状的散文电影，它们各自独立成为一个故事，拥有各自的情节，更难找到强烈的矛盾，甚至连一条由冲突所引起的、必要有的、贯穿首尾的情节线索也很难找到，这类电影找不到由戏剧冲突所形成的那种紧张发展过程，也没有矛盾激化后必然要出现的高潮形势；它以匀称、平衡的画面，从容不迫地展示着生活中发生的一个个事件，如《城南旧事》。
>
> 以剖析主人公的内心世界来构成情节的（如中国的心理电影及西方的意识流电影）。他指出虽然这种影片也有冲突，但它不属于戏剧冲突，而是表现为人物的内心冲突。而更应加以区别的是，在这种表现人物内心冲突的影视剧中，情节的表现形式与戏剧冲突的情节表现形式迥异，它并不呈现出一条包括开端、发展、高潮和结局的情节线索，而是运用闪回，将现在、过去和未来交织起来，形成时空交错，用以剖析主人公的内心世界。影片包括《小花》《天云山传奇》《广岛之恋》《野草莓》《八部半》。❷

对于如何设计情节的问题，汪流先生强调，两种不同的情节具体的设计方法也是不一样的。在以冲突为基础的情节中，要注意“情节点”的设置，他借用美国电影理论家悉德·菲尔德的理论指出情节点就是，第一，它是一个事件；第二，它把故事转向另一方向；第三，它把故事推向前进，直到结局。汪先生认为“情节点”的理论是有一定道理的，因为，自从在开端部分里点出矛盾之后，必须在发展部分里不断深化矛盾，才能奔赴高潮；而没有不断地出现新的事件、新的转折、或新的推进力，矛盾冲突是很难有足够的力量推至高潮的。

他把《魂断蓝桥》归纳出七个情节点：“1. 罗依与玛拉相遇在滑铁卢桥上；2. 罗依推迟奔赴前线，欲与玛拉结婚；3. 罗依又提前奔赴前线，玛拉屡犯团规被开除；4. 开除后生活陷入贫困，加上误传罗依阵亡，玛拉沦落；5. 罗依生还；6. 舞会上贵族们窃窃私议玛拉出生贫寒，玛拉出走；7. 沦落扩大到等价差距，玛拉自杀。正是‘相遇’‘结婚’‘开除’‘沦落’‘生还’‘出走’‘自杀’这一系列的‘情节点’成为新的事件、新的转折、新的推进力，将情节推向高潮，直到结局。”❸

汪流先生认为与以冲突为基础的情节不同的是，有些影片着力去表现人物思想感

---

❶ 汪流：《电影编剧学》，163 页，北京，北京广播学院出版社，2000。

❷ 同上书，164～166 页。

❸ 同上书，167 页。

情的细微变化。而为了达到这种转变，它往往要依靠细节的前后照应所造成的场面的有效积累。它将人物和人物之间的关系转变过来，并达到将情节推向前进的目的。《克莱默夫妇》中克莱默先生和儿子之间的思想感情的转变就是通过一系列前后照应的细节得以体现的，如早上做饭的细节等。

第三种情节以剖析主人公内在心理为情节线索，推动它前进的是主人公的意识流动或心理变化。这类影片的情节往往由两个部分交错组成，即现实时空和过去时空(指回忆、联想或梦幻)。而过去的时空，又往往是因现实时空触发而产生的对往事的回忆、联想或梦幻。如《广岛之恋》《天云山传奇》等。汪先生指出“越是那种不以冲突所造成的情节为重的影视作品，越应该注意对人物心理的细微刻画，以及细节的运用，用以造成场面的有效积累”。❶

应该说，冲突并不是情节的唯一基础，应该依据其要表达的主题内蕴来设计其情节。以上几位论者的论述，其实也就指出了，影片中存在常规的“以冲突为基础情节”和“不以冲突为基础的情节”，而后者人们则习惯于称之为“非情节”。对于“情节”与“非情节”这种划分，有些论者是持不同的看法，他们认为除了一些极端的先锋电影的实验，很少存在“非情节”的电影。在他们看来这只不过是“非戏剧化”的一种表现方式，抑或可以称为是一种新的“情节”。彭吉象先生的分析则具有代表性，他认为：

> 情节的核心是事件和人物。当然，这里所说的事件，应当符合生活的客观规律性，而不是那种完全随心所欲的、无逻辑组合的事件；这里所说的人物，应当具有理性的意识活动，虽然也允许潜意识或意识流，但它们都应当被纳入情节发展和性格形式的逻辑。用这种标准来衡量，欧洲“先锋派”电影如《对角线交响乐》，根本没有事件和人物，自然属于“非情节电影”；而法国“新浪潮”电影如《去年在马里昂巴德》，虽然有事件和人物，但这部影片中的事件是采用非理性的心理连续性代替了叙事的逻辑有序性，人物则是处于迷离恍惚的超现实梦幻世界之中，因此，这类影片也可以称作“非情节性”或“反情节性”的。至于《黄土地》和《城南旧事》这一类中国式的诗电影散文诗电影，不但哲学基础和上述电影有本质的区别，在美学方法上也有根本的不同，虽然它们采用了有别于传统戏剧性情节结构的方式，但情节发展和人物性格仍然具有内在的逻辑，符合现实生活的客观规律，因而不能把它们划为“非情节”或“反情节”的电影。它们的出现，正说明情节性的美学观念在现代电影中已有了发展和更新，需要我们从理论上加以探讨。
>
> 意大利新现实主义并不一般地拒绝或否定情节，他们反对的只是好莱坞式的情节公式和人工编造情节的创作方法，新现实主义电影艺术家们，强调从社会现实生活中去发掘情节，他们反对戏剧化的情节，追求生活化的情节，柴伐梯尼认为：“任何地点，任何人都可以成为情节的题材，只要编写情节的人善于观察、善于探索所有这些题材的内在价值，以阐明它们的含义。”
>
> 不过，六十年代的西方现代派电影并不像“先锋派”电影那样完全拒绝或排斥情节，他们的影片中实际上仍然多多少少存在着某种经过变形的情节。除了哲学思想以外，他们对传统电影情节的反叛常常突出表现在情节的结构方式上。事实

❶　汪流：《电影编剧学》，166页，北京，北京广播学院出版社，2000。

上，无逻辑或不连贯的情节结构方式，恰恰是他们结构电影情节的一种新的公式或模式。

在电影情节性问题上，长期以来，我们存在着两种彼此对立的倾向，一些赞成电影情节性的同志，常常要求按照戏剧冲突律的原则去安排影片的故事情节，而另一些主张电影“非情节化”的同志，又往往是把“非戏剧化”和“非情节化”混为一谈，实际上，这两种对立的倾向具有共同的错误实质——它们都是把情节性和戏剧性等同起来。毋庸讳言，戏剧性的情节结构方式，曾经是三四十年代世界各国电影的主潮，直到今天，世界各国“绝大多数的影片仍然是按照传统的情节结构进行构思的”。但是，电影的情节性和戏剧性却是两个完全不同的概念，情节性是种概念，而戏剧性情节是属概念，电影情节性中包含着戏剧性情节，同时，也包含着非戏剧性情节。所谓戏剧性情节，是指按照戏剧冲突律法则来结构的情节，它建立在戏剧美学的基础上，情节内蕴上往往具有强烈的冲突和曲折的故事；情节结构上往往采用开端—发展—高潮—结局的线性因果式结构，有头有尾，层次分明；情节处理上常常运用偶然、巧合、悬念等艺术技巧。所谓非戏剧性情节，是指“电影能够用人对环境的一系列反应来代替戏剧性事件。在格里菲斯的影响下，电影界已普遍采用这种方法”。非戏剧性影片的情节不以激烈突变的形式发展，它建立在纪实性美学的基础上，情节内蕴上主要不是靠人工编造故事而是致力于从生活中发掘情节注重挖掘人物内心的情感冲突，注重情绪的表现和意境的创造；它在情节结构上不是采用单线因果式，而是更多采用心理结构、情绪结构、立体式结构等方式；它在情节处理上更多地注意主要情节之外的次要情节和细节的描绘，使故事情节更接近于生活事件发生发展的自然进程。❶

事实上正如彭先生所认为的一样，并不存在“非情节”电影，只是由于传统情节性电影过分注重事件因果联系，把因果关系看做是一种僵死的关系，使得情节的发展不符合生活的本来面目，所以现代电影希望能够突破这样对现实的认识，使得电影情节更能符合真实。所以所谓的“非情节”准确地说应该叫做“非戏剧性”，这样相对来说更加符合生活的真实。

3. 情节设计的原则

情节设计固然要讲究方法和技巧，但这并不意味着可以随心所欲，为情节而情节。须知，情节毕竟是生活的产物，而且由具体的人物来实现。因此，它就必须遵循一些基本原则，有论者将其概括为：

1. 情节设计必须符合生活真实。
2. 情节要符合人物性格。
3. 情节设计不能表象地敷衍生活，更要避免俗套。❷

亦有论者指出情节要遵循真实性的原则，一是情节发展本身不能违背艺术真实性

---

❶ 彭吉象：《试论现代电影的情节性》，载《当代电影》，1986(5)。

❷ 桂青山：《影视剧本创作教程》，188～190页，北京，北京师范大学出版社，2004。

原则，二是人物在特定情境之中的表现必须符合人物性格的内在逻辑。当然也有论者将其归纳为五个基本规律：

1. 情节的真实性。影视剧作是由故事支撑的，而故事又是由许多大小的事件组成，这些事件的一步步的发展构成了情节的发展，事件之间的发展必然具有相互的合理的逻辑联系，符合生活中的基本逻辑，观众也是在认同生活中的逻辑的前提下来接受影视作品叙事的，反之，观众对之，将难以接受。

2. 情节的因果性。情节的发展有着内在的逻辑性，这样既有利于故事合理的起、承、转、合的发展，也有利于观众对故事的理解和创作者的意图的表达。

3. 情节的完整性。

4. 情节的依附性。就是指影视创作者在安排故事情节时，不能离开影视艺术的中心——人物形象去片面追求情节的曲折离奇。如果情节脱离开人物形象的塑造，观众则难于认同作品。

5. 情节的独特性。❶

王迪先生提出情节要合情合理：

所谓合情合理，包含这样两层意思，一是人物发出的动作必须符合人物的性格和心理；其次是，只有符合人物性格、心理的动作，才会被观众认为是合乎情理的。但是，由于种种原因，剧作者有时无法使情节既合乎情又合乎理。碰到了这种情况，有经验的作者往往更重视“情”的表现，或者说，用“合情”遮掩了“不合理”。这在我们的传统戏曲中是常常见到的。如杂剧《感天动地窦娥冤》，关汉卿为了充分表现出这冤情的震撼人心的控诉的力量，他竟让窦娥被斩时，“血溅丈二白练”，让三伏天下大雪——我们都知道故事发生在当时的楚州(即今日之江苏淮安)，不是在海拔七千公尺的高山上，六月下雪极不合理，可是观众被剧中的情深深感动，便不过问三伏天下雪是否合理了，甚至会感激剧作家做了如此奇妙的情节安排，因为它给观众带来了审美心理的极大满足。❷

对于情节设计的方法，彭吉象先生认为对电影情节结构的选择决不是随心所欲或任意选择的结果，它受影片内容和样式的内在制约。必须要依据电影所要表达的主题内蕴来设计情节。因为：

社会生活本身就是丰富多彩、千姿百态，现实生活中既有激烈冲突的重大事件，更有貌似平淡的日常生活；既有大悲大喜的时刻和惊心动魄的场面，也有诗情画意的境界和琐细平凡的情景，这就要求我们的电影艺术家们，从客观现实生活出发，采用多种多样的艺术表现方式来进行创作。像《西安事变》这一类影片，生活与题材本身就充满了戏剧性，张学良与杨虎城之间，张杨与共产党之间、张

❶ 黄会林、周星主编：《影视文学》，211页，北京，高等教育出版社，2002。

❷ 王迪：《电影剧作中的情节与情理》，载《电影新作》。1984(2)。

杨与蒋介石之间的纠葛错综复杂，这种种政治性冲突表现为人物的性格冲突，构成了引人入胜的戏剧性情节，特别是张杨试探、骊山捉蒋、国防会议这几场戏本身就具有强烈的戏剧性，因而这一类题材只能选用传统戏剧性结构方式，使矛盾冲突充分激化和展开，才能把这样一个风云变幻、波澜壮阔的时代如实地再现在银幕上。……至于《黄土地》这一类影片，由于它饱含着电影创作者们对于民族生活的历史的沉思，以及对于养育了我们的大地和人民的赤子之爱，需要以这样一种情绪为线索来结构全片，因而影片中求雨和腰鼓两场戏虽然也是充满戏剧性，但它们与全片的关系并不是通常意义上的情节联系，而是一种内在的情绪上的沟通，使得这两场戏在影片中不是成为情节高潮而是成为情绪高潮。❶

以上种种论述说明，我们要注意到影视剧的情节设计最根本的一个原则就是要合乎艺术真实，合乎人物性格的内在逻辑，合乎电影所要表达的主题内蕴和对社会人生的思考。把握这个基本规则，再以上述阐述的各种情节设计方法作为参考，对情节的设计也大体能够明白清楚了。

(三)人物塑造

高尔基说，文学是人学，影视作品虽然是为拍摄而创作的，在艺术上有一些特殊的要求；但它和其他艺术一样，也是围绕着人为中心展开叙事的，仍然要通过对人物命运和人物性格的描写来表现生活和反映历史。好的影视作品往往能运用影视艺术的独特技巧和手段，写出人性的深度和复杂性，由此折射和反映出时代与社会对人性变异的影响，从而给人以启迪和感悟。

影视剧作是反映社会与人生生活的，所以一般影片都会要塑造一个真实可感的人物。但是在影视创作过程中(尤其是电影)也曾出现过不以人物为中心的影片。当然那是一种艺术探索，其在电影史上有其本身的价值，我们姑且不论。导演谢晋曾说过：“我觉得对于电影来说，只是画面好、音乐好，是远远不够的，最重要的还是要看它人物刻画得怎么样。人物留在了观众心里，这是对一部电影的最高评价。”

人物形象在影视剧中的作用是非常重要的。黑格尔曾说，人是艺术描写的中心领域。在影视作品中，没有脱离开人物的纯粹事件，没有脱离开人物的空洞的环境描写，人物是影视剧中戏剧冲突的核心。霍华德·劳逊说：“一次戏剧冲突必须是一次社会冲突。我们能够想象人和人之间的，或者人和他的环境——包括社会力量或自然力量——之间的戏剧性斗争。但我们要设想一出只有各种自然力量互相抵抗的戏可就很困难了。”❷

有论者指出：“影视文学的剧作情节，也无非是对剧中人物言行的表现。剧中人物的活动及各种人物之间的关系构成了作品的基本情节元素，剧中人物命运的跌宕起伏形成了作品的叙事框架和情节走向，而作者对生活的感触、对社会的认识及对人生诸多命题的理解也主要通过剧中人物来表述。”❸

---

❶ 彭吉象：《试论现代电影的情节性》，载《当代电影》，1986(5)。

❷ [美]约翰·劳逊：《戏剧与电影的剧作理论与技巧》，邵牧君、齐宙译，207页，北京，中国电影出版社，1978。

❸ 黄会林、周星主编：《影视文学》，219页，北京，高等教育出版社，2002。

可见，塑造富有审美个性和价值的人物形象，可以说是影视创作的最重要的任务。人物是电影剧本的基础，是影视剧的心脏、灵魂和神经系统。那么怎样才能塑造好人物呢？

1. 性格：人物塑造的基础

人物是通过其独立的性格呈现在人们的面前的。高尔基曾指出“艺术是创造性格的工作”。所以说创造人物就是要以创造人物性格为核心。“一切与性格无关的东西，作家都可以置之不顾。对于作家来说，只有性格是神圣的，加强性格，鲜明地表现性格，是作家在表现人物特征过程中最当着力用笔之处”。❶

什么是性格？性格就是人的精神特质和心理特质的总和，作家在人物性格中概括了他所理解的人的特征和品质。性格是文学作品的基础，没有深刻的，在艺术上真实的以及充满思想的、动人的性格，就没有真正的艺术。人物性格是人物能立起来的关键。

影视作品都会注重人物的塑造，尽量把人物塑造得与众不同，呈现出人物的特色。这确实非常具有吸引力。那这是不是就是完美了呢？有论者指出“若将人物塑造局限于此，或者说这样就已经塑造出成功的人物形象，则未免肤浅、幼稚了——因为这些人物充其量只有某种类型化的表象，尚缺乏人物性格赖以存在、生发的基础，或者说这些人物还没有‘根’——只是为性格而性格，而尚没有表现出性格之所以如此的内在依据。比如《聊斋志异》中婴宁的爱笑、《快嘴李翠莲》中李翠莲的爱说，曾大受论者赞赏。一些影视人物的或彪悍、或冷酷、或视死如归、或胆小如鼠……虽引人注目，但若以艺术形象的标准衡量，他们均只停止在人物表象的漫画式描摹层面，尚没有达到真正艺术地塑造人物的境界。真正现实中的人物性格，总是在与生活里方方面面的矛盾冲突的碰撞中表现出来的。艺术形象的性格也要如此”。❷ 也就是说性格是建立在矛盾冲突的基础上的。

正如另一位美国学者所说：“情节和人物，何者更重要？我们不能问何者更为重要，是结构还是人物，因为结构即是人物，人物即是结构。它们是一回事，因此并不存在二者何者更为重要的问题。然而，争论之所以还会继续，是因为世人对虚构人物的两个重要方面大都混淆不清——即人物和人物塑造之间的差别。人物塑造是一个人的一切可以观察到的素质的总和，一切通过仔细考察可以获知的东西，年龄和智商；性别和性向；语言和手势风格；房子、汽车和服饰的选择；教育和职业；个性和气质；价值和态度——我们可以通过日复一日地记录某人的生活而获知的关于人性的所有方面。这一切的特征的总和使得每一个人都是独一无二的，因为我们每一个人都是遗传给予和经验积累组合而成的仅此一个的个体。这种各种特质的独一无二的组合便是人物塑造……但这不是人物。人物真相只有当一个人在压力之下做出选择时才能获得揭示——压力越大，揭示越深，该选择便越真实地表达了人物的本性。在人物塑造的表面之下，无论其面貌如何，这一个人到底是谁？在他的人性的最深处，我们将会发现什么？他是充满爱心还是残酷无情？……得知真相的唯一办法就是看他在压力之下做出的选择，在对其欲望的追求中是采取这样的行动还是那样的行动。他做出什么

---

❶ ［德］莱辛：《汉堡剧评》，125页，上海，上海译文出版社，1981。

❷ 桂青山：《影视剧本创作教程》，209页，北京，北京师范大学出版社，2004。

样的选择，他便是什么样的人。”[1]

人物的塑造只有在冲突中(压力下)人物的性格才有存在的前提和基础，所以，首先要确立从哪一方面的冲突中来塑造人物的性格。生活中能够让人物性格凸显出来的主要有三个方面：

首先，当然就是性格与环境的冲突。在环境中去凸显人物性格是非常直观的一种选择。汪流先生认为，“在生活中，如果是一个孤零零的人，我们恐怕就很难了解到他的性格和个性特征，因为他没有表现，没有语言和行动。但如果让他和别人发生关系，也就是说，把这个人放到一定的人物关系中去，特别是放到包含着矛盾冲突的人物关系当中去，那就不一样了，我们能看到他的反应；从他的行动和语言中，从他和他人的关系中，看到他的性格特征。所以，要想塑造好人物性格，必须写好人和人的关系，将人物放到矛盾冲突中去表现他们的性格”。[2] 而这种人与人之间错综复杂的社会关系、人际关系就是“环境”，这种环境主要是指特定的社会环境。人物性格在与周围环境的矛盾冲突中能够得以表现出来。如《本命年》里的李慧泉，《我这一辈子》里的巡警福海，以及《牯岭街少年杀人事件》中的小四、小明等，对他们的性格塑造都是这样。

其次，性格与性格的冲突。如果上一种冲突是基于人与社会关系的冲突的话，这一种主要是呈现人与人之间的矛盾冲突，这是一种比较常见的冲突模式。电视剧《铁齿铜牙纪晓岚》中纪晓岚与和珅的直接碰撞，使两个人物的性格都得以凸显出来。

最后，人物性格的内部冲突。即通过人物性格内部两种品质趋向或思想情感的自相矛盾及矛盾定向解决来表现立体的人物形象。这种对人物的内部的性格冲突的表现，能够将人物比较真实地呈现出来，而不是塑造那种类型化的、脸谱化的人物。也有论者用圆形人物和扁平人物来对影片塑造的形象进行划分。有时这种内部的性格冲突是推动故事情节发展的关键动力。《哈姆雷特》就是由于这种性格冲突，造成了其悲剧的境遇。

2. 人物的性格呈现

人物性格是在故事矛盾冲突的发展中完成的。人物性格从根本上来说，还是凝聚着创作者对生活的理解的。创作者在刻画人物性格的时候，是把自己对生活的感触和思考，对社会关系的剖析以及炽热而深沉的感情，渗透于性格的艺术描绘中。这就涉及怎样处理好创作者与人物性格的关系。要注意恩格斯所说的反对“席勒式”的人物，避免人物性格成为一种简单的思想的传声筒。正如有论者所指出：

> 人物性格，渗透着创作者自己的思想、爱憎和对于生活的独特发现与思考。……当然，作者对现实的思考或倾向性，不是毫无理性的，也不是赤裸裸的简单说教。但是他们通常把自己隐藏起来。一般认为，作者的见解、态度愈加隐蔽，对于在人物与环境相统一的基础上展开的性格刻画来说就愈好。[3]

---

[1] ［美］罗伯特·麦基：《故事——材质、结构、风格和银幕剧作的原理》，周铁东译，117～118页，北京，中国电影出版社，2001。

[2] 汪流：《电影编剧学》，131页，北京，北京广播学院出版社，2000。

[3] 黄会林、周星主编：《影视文学》，221页，北京，高等教育出版社，2002。

所以说人物的性格应该具有真实性、生动性和典型性。所谓真实性，就是人物性格不能违背生活的逻辑和自然规律，要符合艺术真实。生动性就是人物性格要通过丰富的、生动的细节和语言来表现。典型性就是人物具有一定的代表性，能够引起人们的共鸣。对这一点有论者有同样的看法：

> 只有让人物成为一个独立而真实的存在，让人物拥有自身的生发性，作者才能更好地按照性格和思维的合理化趋势塑造出合乎逻辑、合乎人情、合乎常理的艺术形象；同时剧作者还必须准确地把握主人公身上的典型的性格特征，这个人物才能成为有血有肉、生动具体的"这一个"，发生在这个人物身上的故事以及他在故事过程中所表现出来的状态，才是有根可寻、有理可依的。"这一个"是芸芸众生中的现实一员，也是一个绝无仅有、唯一性质的个体。❶

那么人物性格本身呈现出怎样的特点呢？有论者将其定义为"动态中的定位：各种诱惑中的'一根筋'""稳定中发展：类型化中的个性化"。❷ 前者是指性格的相对稳定性，后者则是指性格的发展。有论者指出"最优秀的作品不但揭示人物真相，而且还在讲述过程中表现人物本性的发展轨迹或变化，无论是变好还是变坏"。❸ 有论者将其归纳为三种方式：

> 第一种可称为"定型展现"。在这种方式中，人物的性格形象是既定的。就是说人物一出场，已经具备了定型的人物性格形象，之后，只是在不同环境的人事冲突中，做一次又一次的"亮相"而已。这种方式在影视作品中是比较多的，如《007 系列》中主人公的形象，《三国演义》中张飞、《水浒》中李逵的形象都是如此。
>
> 第二种可称为"发展成长"方式。这种方式中，人物的性格不是一出场就定型，而是有一个从小到大、从弱到强、从不成熟到成熟、从简单到丰富的"定向的"发展成长过程。《潜伏》中翠平的形象具有这方面的代表性。翠平从开始的大大咧咧、鲁莽冲动，到后来的冷静从容，充分地体现了人物性格发展的轨迹。
>
> 第三种可称为"异向转变"方式。这种方式人物的性格形象也发生变化，但它的变化不是"顺变"而是"转变"。是朝相反的方向或从一种性质向另外一种性质转变。如《辛德勒名单》中主人公性格的转变，使影片更加呈现出震撼的力量，更加具有艺术魅力。❹

应该说，这基本上是影视作品中人物性格呈现出的集中方式。在影片创作中三种方式都可以运用，但就对塑造典型的具有魅力的人物形象来说，"定型展现"的人物形

---

❶ 倪学礼：《电视剧剧作人物论》，60 页，北京，中国广播电视出版社，2005。

❷ 同上书，107、109 页。

❸ [美]罗伯特·麦基：《故事——材质、结构、风格和银幕剧作的原理》，周铁东译，122 页，北京，中国电影出版社，2001。

❹ 桂青山：《影视剧本创作教程》，224～226 页，北京，北京师范大学出版社，2004。

象往往显得比较单薄，没有性格的发展过程，缺乏震撼力，而“发展成长”和“异向转变”的人物性格则由于其性格的变化发展，充分地体现出人物的复杂性和深刻性，从而具有典型性的魅力，更能引起观众的情感关注，让观众获得审美享受。

3. 人物塑造的具体方法

虽然影视人物的塑造和其他的叙事艺术有相类似的地方，但是由于影视作为视听艺术的特点，影视作品的人物塑造有其本身的特点。有人认为：

> 影视人物的塑造最终是通过各种造型手段来完成的。所以创作者在刻画人物时必须遵循影视艺术的造型规律，调动各种艺术技巧，发挥造型优势，同时还要避免影视艺术手段自身的一些局限，如难以细致展示人物心理过程，难以进行直接的抒情议论等。❶

就这一点，汪流先生也提出了自己的看法：

> 影视剧主要依靠视觉形象作用于观众，因此，影视剧中的人物必须具有视觉造型的特点。他认为影视剧中的人物塑造归根到底，是以这种描写能否展现在银幕的画面上为准则。虽然影视是通过声画结合的银幕形象诉诸观众的视觉和听觉，但视觉应是构成银幕形象的主要因素，所以影视剧作家往往把“沉默是黄金”作为创作的座右铭。因而，直观的造型动作，包括人物的脸部表情和形体动作，就成为影视剧塑造人物形象的极为重要的手段。❷

具体来说，在塑造人物形象时，必须要注意到外在和内在两个方面，毕竟影视首先是“视觉艺术”，所以首先要注意以下几个方面：

(1)人物的外形设计

人物的外形特征包括外形和神情。人物的外形设计要求全面、准确地描绘出人物的身材、容貌、表情、姿态和音调等特征，通过外表反映出人物的身份、地位、性格。有论者指出：有些人反对在剧本中进行外形和神情描写，因为导演确定演员的过程并非按图索骥。其实，“适当的外形和神情描写还是有必要的，它有助于读者、导演和演员把握人物性格，揣摩人物心理”。❸

这种说法是有一定道理的，只不过影视创作者不能太具体地描写，要为导演和演员留下一定的发挥空间。

(2)人物的动作

动作，是人们思想、感情、性格在行为上的具体表现。通过行动表现人物是非常重要的一个手段。人物的实质就是动作。黑格尔指出：“能把个人的性格、思想和目的最清楚地表现出来的是动作，人的最深刻方面只有通过动作才见诸现实。”❹罗伯特·

❶ 黄会林、周星主编：《影视文学》，226页，北京，高等教育出版社，2002。

❷ 汪流：《电影编剧学》，137页，北京，北京广播学院出版社，2000。

❸ 陈吉德：《影视编剧艺术》，75页，北京，中国广播电视出版社，2006。

❹ [德]黑格尔：《美学》，第1卷，278页，北京，商务印书馆，1979。

麦基指出：“人物真相只能通过两难选择来表现。这个人在压力之下的选择的行动，会表明他到底是一个什么样的人——压力愈大，选择愈能深刻而真实地揭示其性格真相。”❶

这种说法正如有论者所指出的一样，人物的举止动作在矛盾冲突处于紧张尖锐、尤其是发展到高潮时刻常起到关键性的作用。这种动作往往具有强烈鲜明的个性特征，能使人物产生某种类似于“亮相”的效果。

比较典型的例子是夏衍改编的《祝福》中为了解释祥林嫂最后一次上福礼被喝止而走向精神崩溃，增加了“砍门槛”这一场戏，这就是以人物与环境对抗的尖锐形式，使祥林嫂的性格得到进一步深化。

当然，除了这种集中冲突性的动作，也可以通过平常的个人的细节性的动作来表现人物的性格。有论者指出电影中人物的一个微妙手势所取得的效果，小说家可能要重复二三十次才能取得。例如，《阿Q正传》中，阿Q被判死刑时，认认真真地唯恐画不圆地在判决书上画圆的动作，就鲜明地显示了其性格特征，并使“哀其不幸，怒其不争”的主题入木三分。

关于动作，也有论者将其划分为“外部动作”和“内部动作”，我们可以作为一种参考。他认为，“外部动作主要包括形态动作和人物语言。外部动作易于理解，因为它是可以为人所亲见的身体运动或者身体某部位的运动，外部动作可以定义为‘行为’的大动作和‘细节化’的小动作来表现；内部动作比较抽象，它是一种精神活动，如果非要为它寻找一种存在形式的话，那么人的面部表情和精神状态或许能够具备一定的说服力，人物的内心独白也是内部动作的一种表现形式”。❷

（3）人物的语言

语言是人物内心的直接表达，选择个性化的语言对表现人物形象、塑造人物性格非常关键。有论者指出塑造表现人物的个性化语言可以通过“正面的单一语言”，即与性格相一致的语言内容，如李逵鲁莽的语言风格；“双向的正方语言”，即自己前后矛盾的语言，如《铁齿铜牙纪晓岚》中和珅经常在皇上面前逢迎的话语，“多层面的复杂语言”，即人物在不同的环境与不同的对象的不同语言或者其在不同情绪下的不同的内心独白的多方面、多层次的组合，来表现人物的复杂的立体的性格。

常规的人物语言主要是指对白、旁白和独白。旁白和独白在一定程度上可以说是通过人物心理描述来塑造人物的，先姑且不说。

对话是人物之间的交谈，能直接传递出对话人物的心理、情绪、思想，又能直接引发、激化人物之间的矛盾冲突。

在利用人物语言塑造人物的时候，怎样把握语言的度的问题是很重要的。有论者指出：

> 从整体上讲，电影由于节奏快、镜头转换迅速、场景多，一般不能有太多的对话，更多的是依靠动作、表情来刻画人物。但是在电视剧尤其是连续剧中，对

❶ ［美］麦基：《故事——材质、结构、风格和银幕剧作的原理》，周铁东译，441页，北京，中国电影出版社，2001。

❷ 倪学礼：《电视剧剧作人物论》，89页，北京，中国广播电视出版社，2005。

话的比重较大。一般地，对话在影视作品中，起着交代说明、推进剧情和塑造人物性格的作用。具体而言，对白要服从人物的性格，遵照生活中的习惯，区别说话时的不同对象和不同的场景。❶

麦基指出“展示，不要告诉”是处理语言问题的技巧所在。他说：“千万不要将话语强行塞入人物的口中，令他们告诉观众有关世界、历史和人物的一切。而是要向我们展示出诚实而自然的场景，其中的人物以诚实而自然的方式动作言谈……而与此同时却间接地将必要的事实传递给观众。”❷

这其实还只是说明语言内容的一个方面，还有就是关于怎样让人物语言个性化，也是要予以注意的，有论者指出：

对人物语言个性化的理解与落实，除尽可能真实地表现人物在语言上的区别外，主要应从语言的内在本质上去把握。即是说，通过语言的内质去表现个性，而不止在语言表象（声调的高低缓急，语词的雅俗繁简等）上花工夫。否则，这种徒有其表的“个性化语言”只能制造出几个商店橱窗中的模特儿，而很难成为现实生活中有血有肉的活人。❸

这确实是说出了在用语言塑造人物性格时必须要注意的问题。人物语言的个性化要符合人物的最本质的性格特征。电影《高山下的花环》中有个片段，写“我”即指导员临战之前急于调离连队，他走到窗前，听见两个人的对话，一个人猜测部队要往前开，另一个追问消息的来源：

甲：“那，你是……”

乙：“我是从指导员母亲那里得来的消息。”

甲：“活见鬼，那老娘们能给你啥消息！”

乙：“你真是个直肠子。你就没想想，为啥她对指导员的调动抓得那么急？我听团里的干事说，这些天指导员的母亲几乎天天往师里打电话……”

甲：“嗯。有道理！听说那老娘们神通广大，她知道消息要比师长、军长还早呢！”

乙：“这不就得啦。我看部队在十天、八天之后要上前线！这事你千万要保密，决不能瞎嚷嚷。”

甲：“奶奶的！只要是共产党坐天下，那老娘们胆敢在部队上前线时把她儿子调回去，看我靳开来不自费告状到北京！”

从这段对话中，可以明显感到两个人物个性的差异，甲是靳开来，乙是梁三喜，

❶ 黄会林、周星主编：《影视文学》，226页，北京，高等教育出版社，2002。

❷ [美]罗伯特·麦基：《故事——材质、结构、风格和银幕剧作的原理》，周铁东译，389页，北京，中国电影出版社，2001。

❸ 桂青山：《影视剧本创作教程》，216页，北京，北京师范大学出版社，2004。

两人同样很正直，但梁相对要活一些，所以他的话比较绕，而靳开来则比较直，话也比较冲。这种的人物语言对塑造人物来说是相当成功的。

当然除了上面说的几种方法，在用语言塑造人物性格时，还可以运用一些细节语言。例如口头禅。《疯狂的石头》中黄渤饰演的黑皮的口头禅“费那事干嘛，抢了就走”表现出其好激动、鲁莽的性格。

(4)通过心理描写来塑造人物

前面说，影视人物塑造要注意的视觉性特征，那么是不是说心理描写与人物的视觉造型性有抵触呢？柯灵先生曾这样说过：

> 在电影里，如果要观众了解片子里的人物是什么性格，抱有什么样的思想，那只有请人物用自己的行动和语言(主要是行动)来表现，让观众从他们的行动和语言中得出明确的印象。……小说里对人物的心理描写部分，也是电影所不能胜任的。❶

汪流先生则认为：

> 随着电影表现手段的不断丰富和发展，电影像小说那样，可以直接去描写人物的心灵。它用直接的视像去表现，形成一种电影独具的心理描写手段，我们称之为“内心的时空”。比如在影片《天云山传奇》中，罗群被错划成右派，特区党委运动办公室主任吴遥要宋薇和罗群划清界线，他向宋薇做思想工作，讲述罗群是如何“反党”。这时，影片切入一个过去宋薇和罗群相处的美好的、朝气蓬勃的镜头……影片就是以这种用直接视像来揭示心灵的手法，体现了宋薇此时此刻复杂矛盾的内心感情：罗群是这样一个好干部，他能是一个反党反社会主义的右派分子吗？这里，电影用声画对位蒙太奇，以及现实和回忆的组合达到了解释人物内心世界的目的。……所以，影视剧作者在注意到电影造型的同时，还必须认识到，影视的造型性不仅仅不与展示人物内在的心理活动相抵触，而且，它恰恰适用于对人物内在思想感情的刻画和表现。❷

其实在现代主义电影的许多作品中都是用视觉的形象呈现出这种内心的时空，如幻觉、梦境等技巧。如伯格曼的《野草莓》、费里尼的《八部半》等。

通过心理描述塑造人物，可以运用“旁白”和“独白”的方式，旁白即是以画外音形式出现的解说性语言。如《我这一辈子》的开始就是“北京啊！北京啊！这是咱们的古城……”然后再把转到“北京的老百姓，真苦啊！”为全剧的发展做一个情绪上的铺垫。独白就是剧中人物的“自说自话”，内心独白是人物内心的所思所想所感借助语言表示出来的，它是从内部来揭示人物性格的手段。如《广岛之恋》在盥洗室里，主人公一边洗脸，一边说的那段独白。

其实，如果对心理描写把握得很好的话，对于立体地呈现出人物的性格是非常有

---

❶ 柯灵：《电影文学纵横谈》，22页，北京，中国电影出版社，1979。

❷ 汪流：《电影编剧学》，141～145页，北京，北京广播学院出版社，2000。

帮助的，但是在运用的时候，必须要把握好一个度，如果过多地依赖这种方式，也会使影片显得比较沉闷。

4. 人物的关系设置及展示

(1)人物关系的设置原则

人物的形象是在人物关系中得以呈现出来的，所以，对于影视剧作者来说，人物关系的设置非常的重要。

第一，人物设置要能表达创作者的意图。

首先要确定的就是要设置多少个人物，每个人物的功能定位怎样，他们之间的关系如何设计。一般来说，影视剧中的人物不能太多，太多了会分散中心，不利于集中矛盾冲突。当然，人物的多少还是决定于作品真正需要涉及多大的生活面，像《红楼梦》的人物就有很多，但这些人物又多是必需的，对于呈现创作的主题是非常有用的。按常规功能的分类，影视作品主要有主要人物、次要人物。

主要人物是故事的中心，也是观众关注的重点，对故事的情节发展有着主导的作用，主要人物并不一定就是正面人物，也可以是反面人物。对于主要人物的确立有论者指出不是随意的：

> 作品构思中主要人物的确立，主要包括两个元素。其一是创作者以广博而坚实的生活积累为基础，对生活形象的发现。其二，主要人物必然处于作品所描绘的诸多矛盾冲突的焦点上，是艺术提炼生活的结晶。❶

也就是说，主要人物是作品所要表现的主旨的体现，所以主要人物的确立不是一厢情愿的，有的作者在创作过程发现，刚开始确立的主要人物会变得不是很重要了，有论者指出这主要是在于创作者没有把握住题旨和主要人物性格的性质之间的关系。主要人物(尤其是主人公)性格的性质：

> 通俗地说就是——“什么戏由什么人来演”(一定的戏要由一定的人物演)。所谓性质，就是指人物在具体矛盾中的“质”的形象。在这方面，许多编剧往往忽视或过于草率地确定——结果，不是题材、题旨受到人物性格的局限不能充分展开，就是人物性格因题材、题旨的制约而受到压抑。❷

论者举托尔斯泰创作《安娜·卡列尼娜》对人物性格性质的构思过程来说明，托尔斯泰初稿中的女主人公从外貌到心灵都是一个叫人厌恶的女人，二稿中的主人公还是比较令人不屑的，这主要在于作者的创作初衷是反映上流社会常见的家庭危机和道德风波，而到第三稿时安娜的形象则发生了根本的变化，成为不满上流社会的虚伪与压抑，追求真正的爱情的正面形象，而这样的主要人物性质的设置就有利于表现更为广阔的社会，揭示深刻的生活了。所以说主要人物的确立是与作品的主题密切联系在一起的。

---

❶ 黄会林、周星主编：《影视文学》，224页，北京，高等教育出版社，2002。

❷ 桂青山：《影视剧本创作教程》，223页，北京，北京师范大学出版社，2004。

第二，要处理好主要人物和次要人物之间的关系，次要人物为主要人物服务。

次要人物的作用也是非常关键的。就如有人所说，主要也是相对于次要而言的，所以对次要人物的塑造也要非常注意。

次要人物“他们支持故事的结构及其主要人物。从某种意义上说，他们是背景和场景的一部分，同时他们必须是同样的扎实。好莱坞早就学会一条经验，那就是对仅仅是露一下的那些人物也必须下工夫使他们真实可信”。❶

罗伯特·麦基也强调“从本质上而言，是主人公创造了其他人物。其他人物之所以能在故事中出现，首先是因为他们与主人公的关系以及他们每一个人在帮助刻画主人公复杂性格方面所起的作用。把影片的全体人物想象为太阳系，主人公就是太阳，配角就是环绕太阳的行星，小角色就是环绕行星的卫星——所有这一切都是由位于中心的明星的引力固定在其各自的轨道上，他们每一个人都对其他人的性格潮汐起着推波助澜的作用”。❷

所以正如大家所说，每一个人物在剧中都有特定的作用，都与揭示作品的主题思想密切相关。次要人物在整个剧作中并不是消极地作为构成主人公生活环境的点缀，而是积极地参与到情节的运动中去。次要人物在剧中所占篇幅有限，往往借助于细节的提炼，几笔勾勒，神形俱绝，因而显示出自身性格的相对完整性和独立的审美价值。次要人物塑造的成功与否，会直接影响到主要人物塑造的成败。在塑造次要人物时，如同塑造主要人物一样，也要注意人物的概念化、类型化问题。

(2)人物关系的展示

人物关系展示的目的是为了刻画人物性格。用对比或反衬人物塑造来揭示真正的人物性格，这是所有优秀的故事讲述手法中最基本的因素。

第一，对比。对比是人物塑造中非常常见的一种方式，这样能最直观地让观众感受到不同人物的性格特点。如《红楼梦》中林黛玉和薛宝钗的人物性格，就完全是从对比中呈现出来的。恩格斯在《致斐拉萨尔》中说过“我觉得一个人物的性格不仅表现在他做什么，而且表现在他怎样做。从这个方面看来，我相信，如果把各个人物用更加独立的方式彼此区别得更加鲜明些，剧本的思想内容是不会受到损害的”。❸

第二，衬托。分为正面衬托和反面衬托。如《阿甘正传》中黑人士兵质朴的生命形象对阿甘正面形象的衬托就属于正面衬托。而《潜伏》中李崖、陆桥山的形象对于余则成来说就是反衬了，把余则成的人物非常伟岸地呈现了出来。

当然，对于人物塑造来说，没有一个固定的方法，各家的论述也都是一种参考意见，但是，一些不同的研究者所提供的一些相似性的提法还是很有价值的，也适合于影视创作者研究学习。

---

❶ [美]沃尔夫·里拉：《电影电视创作与技巧》，周传基译，92页，河北，河北教育出版社，1991。

❷ [美]罗伯特·麦基：《故事——材质、结构、风格和银幕剧作的原理》，周铁东译，445页，北京，中国电影出版社，2001。

❸ 《马克思恩格斯选集》，第4卷，344页，北京，人民出版社，1972。

三、创作方法

(一)现实主义

现实主义作为一种创作方法和原则对中国电影的发展产生了深远的影响。中国的文艺创作中有着深厚的现实主义传统。一方面是《诗经》以来的历史传统，另一方面则是来源于西方的现实主义传统。“现实主义”来源于亚里士多德《诗学》中的“摹仿说”，该学说认为现实世界是艺术的蓝本，文艺是对现实世界的摹仿。但摹仿并不是消极地抄袭，而是通过观察和认识，来反映现实世界中最具普遍意义的事物。文艺与现实“真正的差别在于历史家描述已经发生的事，而诗人却描述可能发生的事，因此，诗比历史是更哲学的、更严肃的：因为诗所说的多半带有普遍性，而历史所说的则是个别的事”(《诗学》第九章)。也就是说，“诗”(文艺)不能只是摹仿偶然性的现象，而要揭示现象的本质和规律，要在个别人物事迹中体现出必然性与普遍性。这便是现实主义关于典型化的最精微，也是最早的释义了。

巴尔扎克在谈及现实主义的创作方法时，指出：“作者需要做的事情主要是用分析求得综合，刻画和搜集我们生活的各种成分，提出一种主题并且对它们全体加以论证，最后，描写一个时代的主要人物以绘写出这个时代的广阔的面貌。”高尔基对现实主义的论述则更为充分。他认为现实主义“简略地说，是客观地描写现实，这种描写是从纷乱的生活事件、人们的相互关系和性格中，攫取那些最具一般意义、最常复演的东西，组织那些在事件和性格中最常遇到的特点和事实，并且以之创造成生活画面和人物典型”。

在发展过程中，由于受到不同理论的影响和政治原因的嵌入，中国文艺理论逐步接受了马克思文艺理论，于是恩格斯对现实主义创作方法的理论定义，在中国的文艺创作实践中最终被奉为圭臬。在他看来，“现实主义是除了细节的真实外，还要真实地再现典型环境中的典型人物”。

然而，理论界对现实主义的认识也有不尽相同的看法，“现实主义(Realism)在文艺方面指绘画、小说、戏剧和电影对当代生活和问题的准确而详尽的描述。直到19世纪中叶，现实主义才在法国作为一种美学原则被提出。法国的现实主义的倡导者反对古典主义和浪漫主义在这两方面的学院主义风气，认为必须在文艺作品中表现现代生活，使作品更加生动有力，还主张把过去认为在高级艺术中不应有立足之地的某些社会阶级和题材作为创作素材。……在哲学方面，现实主义是一种信念，即认为物质

现象的存在不以人类对它的观察为转移，科学的目的是解释物质世界本身，不涉及任何观点”。❶

现实主义的基本主张是：文学作品以反映社会生活的真实为核心。它应该具备三个基本特点：其一，以人道主义关怀为现实；其二，按照生活的本来样式，以科学——理性精神真实地表现典型环境中的典型人物；其三，建立在上述两个特点之上对现实具有强烈的批判精神。

现实主义的要旨包括以下几个方面：“1. 它可以虚构，但必须真实地反映客观世界、现实生活；2. 它不能机械地对客观世界进行‘照相’，而是展示出生活的本质或带有必然规律性的东西；3. 它应该具有高度的艺术形象性，包括宏观的艺术形象与微观(细节)的艺术形象；4. 它的形象必须是典型化的艺术形象。简言之，以典型化的艺术形象，真实地反映现实生活中某一层面的本质。”❷

现实主义作为一种影响最大、生命力最强的创作方法，毋庸置疑地始终居于艺术创作的积极主导位置，但有论者也指出在不同时期，因不同的背景原因与自身潜存的原因，也曾发生过内部的理论论争和实践方面的偏颇。“一是自然主义对现实主义的反对”，“另一个就是社会主义现实主义”。❸

自然主义对现实主义的反对，主要是它不满“浪漫主义文学的矫揉造作”，也摒弃“批判现实主义的典型归纳”，其要点有三：“其一是否认典型化原则，认为那样不真实、不客观，因而反对艺术家对生活进行选择与概括；其二是把遗传作为人性的根本原因，只承认生物学意义上的人；其三是主张文艺脱离政治和道德，认为文学只应是一种科学实验。”❹应该说在特定的情况下，自然主义的出现有一定的意义，但它过分强调“自然”，这就从本质上违背了艺术之所以成为艺术的最起码的品格。自然主义的文学创作没能长久地保持强大的活力，主要就是这个原因。

另一个就是社会主义现实主义，20 世纪 30 年代《苏联作家协会章程》中提出：“社会主义的现实主义，作为苏联文学与苏联文学批评的基本方法，要求艺术家从现实的革命发展中真实地、历史具体地去描写现实。同时，艺术描写的真实性和历史具体性必须与用社会主义精神从思想上改造和教育劳动人民的任务结合起来。”周扬曾撰文指出：“社会主义现实主义，现在已成为全世界一切进步作家的旗帜。中国人民的文学正在这个旗帜之下前进。”于是，不经意间社会主义现实主义创作方法就成为了唯一的原则。

社会主义现实主义在理论上特别强调：作品虽然要反映现实，但其目的必须十分明确——用社会主义精神从思想上改造和教育劳动人民。而要达到这种效果，就必须以“肯定”的态度表现社会主义的“革命发展”。社会主义现实主义作为一种指导文艺创作和批评的理论观念，在特定历史背景下有“即时”的政治作用，但本身也存在着偏颇。

社会主义现实主义用“教育”作用与“导向”要求制约、改善现实主义的结果，势必

---

❶ 《简明不列颠百科全书》，第 8 卷，532 页，北京，中国大百科全书出版社，1986。

❷ 桂青山：《影视剧本创作教程》，237～238 页，北京，北京师范大学出版社，2004。

❸ 同上书，238 页。

❹ 同上书，238 页。

产生“人为的现实”，其实质则无异于对真正现实主义的“反动”，从而适得其反，比如要强调社会主义的光明积极，因而要求文艺只能歌颂，而不能“批判”；要求任何作品起到对劳动人民的教育和改造作用，有可能将文艺等同于政治宣传要塑造“典型环境中典型人物”，所以工农兵必须“高、大、全”，从而产生了一批虚假的人物形象，这些创作的后果，最终，反而使艺术创作受到损害。

1.“现实主义”电影创作辨析

中国的电影创作是在马克思主义文艺思潮的影响下和左翼文艺工作者以及苏联电影意识形态的指导下逐渐壮大起来的。中国的电影创作也有着深厚的现实主义传统，自20世纪二三十年代起，社会问题片、救亡主题片、家庭伦理片等类型几乎都反映着现实生活之中的道德、伦理、善恶，40年代更是达到了现实主义创作的高潮。《姐妹花》《渔光曲》《神女》《十字街头》《八千里路云和月》《一江春水向东流》《万家灯火》《乌鸦和麻雀》《我这辈子》等电影，均体现出对底层平民的深切关怀和对现实社会严肃的批判态度，呈现出中国民族电影的现实主义精神和独特的中国民族电影艺术。左翼进步电影的创作对三四十年代的中国社会现实面貌进行了深刻地展现和剖析，对当时挣扎着生存的底层人民以及触目惊心的社会矛盾做了真实记录和真切反思，体现出强烈的批判意识和悲悯情怀。然而有论者指出，“从1949年到1979年前后，中国电影中的‘现实主义’以‘无产阶级的电影’‘中国的社会主义的民族的新电影’‘革命现实主义电影’‘社会主义现实主义电影’和‘电影现实主义’等名目，出现在权威电影管理者和电影评论家的语汇之中，并使电影里的‘现实主义’依凭政治威势，逐渐演变成一种唯我独尊的美学原则或创作方法；但是从1979年至今，‘现实主义’概念无论在电影的主流话语还是在电影的边缘话语中，已经越来越少地被提及”。❶

然而，我们也要看到虽然现实主义创作方法在其发展过程中存在着这样和那样的问题，但现实主义作为一种创作方法还是有着很顽强的生命力。对于当代中国电影来说，现实主义不仅仅是一种创作方法，更重要的它是一种审美的意识形态。

沈义贞在《“现实主义电影美学”再认识》一文中对“现实主义”进行了阐释。沈义贞教授认为在传统的文艺理论中，现实主义是一个与浪漫主义、自然主义、象征主义、唯美主义以及现代主义、后现代主义等相对立的美学范畴，它包含创作原则与创作方法两个层面。

> 就创作原则而言，它要求创作主体必须追踪现实的流动，把握时代的总体精神状况，及时反映现实生活中的矛盾或社会心理中普遍关注的问题(在过去常常被表述为“人民大众的愿望、要求与呼声”)，揭示现实本身所蕴含的逻辑性与可能的走向，含蓄或隐蔽地表达主体对所反映的现实的理解与评判，并且特别强调主体的这种理解与评判即人们常说的作者的创作意图或作品主题必须具有某种创新性。在创作方法上，现实主义所倡导的是“真实论”与“典型论”，所谓“真实论”要求创作主体不仅要按照现实生活的本来面目呈现和反映生活，而且要尽量摆脱对现实生活的自然主义的实录，创造出既符合生活的原貌又“高于生活”的“艺术真实”；所谓“典型论”即要求创作主体遵循典型化原则，塑造“典型环境中的典型

❶ 李道新：《当代中国电影：现实主义50年》(上)，载《电影艺术》，1999(5)。

人物”。❶

论者对现实主义这两个层面的论述是电影创作过程中大家相对来说比较认同的，作为一种创作原则，我们首先要明确什么是现实主义的精神。比起细节的真实来，作品中更应该表现时代的精神，表现时代最本质、最特征的东西。在创作中要确立一种关注现实的精神，要把目光落在民间的土地上、以平民心态来写平民之事，要在电影中感受到我们自己的真实脉动。钟惦棐在《电影〈南征北战〉所达到和没有达到的方面》一文中写道：“就我理解，社会主义现实主义的基本精神，不外乎这样两个方面：一方面要求艺术家真实地、历史地、具体地去描写现实；另一方面要求以社会主义的精神教育人民。这就是说，艺术家应该忠实地告诉人民：现实是怎么样和它应该是怎样。”❷当然，受制于特定的历史环境，钟惦棐先生的观念并没有在创作中得到很好的应用。

少舟的《论中国40年代电影的现实主义品格》一文也提到现实主义作为一种品格，从对待社会和现实的态度及倾向上看，是一种创作精神；从艺术表现特点来看，是一种创作方法。即“具有现实主义品格的艺术作品，必然是由现实主义创作精神和现实主义创作方法二者相结合所产生的。前者体现的是一种价值判断，后者体现的是一种审美判断”。❸ 他认为只有具备较高认识价值和较高审美价值的艺术作品，才称得上具有现实主义品格，这是一个较高的艺术判断标准。他认为：

> 所谓现实主义精神，主要指艺术家要忠于现实、忠于生活、敢于直面社会现实及人生，并真实深刻地揭示、剖析社会现实的矛盾及其本质。具备这种精神是不容易的，它由艺术家的世界观、艺术观及其理性自觉精神所决定。那些回避现实、粉饰现实、淡化人生，或一味宣泄自我，以及反理性的自然主义倾向，都是与现实主义精神不相干的。❹

少舟在《论中国40年代电影的现实主义品格》中还提到现实主义方法的定义：

> 所谓现实主义方法，是艺术地把握现实的一种方法、一种原则，是最充分地体现现实主义审美特征及艺术品格的表现手段。这一创作方法本身限制它表现的题材应着眼于现实社会生活，所反映的内容应是现实社会生活的重大矛盾，及最广大的普通人的生活命运的本来面貌，塑造的人物形象应是具有社会个性的典型性格。❺

---

❶ 沈义贞：《“现实主义电影美学”再认识》，载《福建论坛》（人文社会科学版），2006(3)。

❷ 钟惦棐：《电影〈南征北战〉所达到和没有达到的方面》，载《文艺报》，1953(3)。

❸ 中国电影家协会：《历史与现状—第三届中国金鸡百花电影节学术研讨会文集》，118页，北京，中国电影出版社，1995。

❹ 同上书，118页。

❺ 同上书，119页。

论者也提到恩格斯对现实主义的“典型环境中的典型人物”的论断。他进而论述了如何反映现实的问题：现实生活的丰富性，决定了表现手段的多样性。只有相适应的艺术表现手段，才能达到真实地反映现实的目的。而且，作品的现实主义体现程度，又由艺术家的修养、功力的成熟程度所决定。他指出“对于现实主义创作方法，不能简单地同哲学上的反映论等同起来，也不能简单地和革命及进步等同起来”。❶ 他特意提到将20世纪40年代电影称作“进步电影”是不精确的，因为它只体现了一种精神及政治的价值判断，而未能体现出现实主义的审美特征及其艺术品格。他同时也谈到他不认同现实主义电影主要体现在现实主义精神方面的说法。这种观点实际上不认为我国的现实主义电影具备真正意义上的现实主义审美特征的艺术品格。而他认为我国40年代电影艺术全面成熟的标志，恰恰正体现在现实主义美学品格上。这些现实主义的品格主要表现“题材内容的现实性与丰富性”“艺术表现的真实性与典型性”“表现手段的多样性和创造性”。❷

少舟尤其深入地谈到“艺术表现的真实性与典型性”是现实主义美学品格的核心所在。真实是艺术的生命，但现实主义的真实不同于自然主义的自然形态的事实本身、浪漫主义的诗意的真实和现代主义的自我内心的尽情表现。现实主义的真实不同于生活的真实事实，而是有待于对生活事实内在本质的揭示，只有形象地再现，真正把生活本身的内在本质反映出来，才可以说揭示了生活的真实。而要达到本质的真实，就必须对真实的生活事实进行典型化概括。《一江春水向东流》之所以是现实主义的代表作品，一定程度上是因为它塑造了张忠良这一个典型环境中的典型人物，同时展现了时代中国社会现实生活的历史图景。它以高度的现实主义典型化概括，通过一个家庭的变化，浓缩了从战时到胜利、从沦陷区到大后方、从城市到农村，整个中国社会一幅广阔的历史画卷。该影片生动逼真地再现了沦陷区老百姓在日本侵略者烧杀抢掠暴行下的悲惨境遇、大后方官僚资产阶级纸醉金迷的腐化生活及其战后“劫收”的丑恶嘴脸，也隐晦地暗示了游击区人民的抗日斗争，真实地展现了特定历史时代丰富的生活内容和错综复杂的社会关系，成功地塑造了张忠良、素芬、王丽珍、何文艳、庞浩公等诸多具有不同典型意义的人物形象。特别是这部影片把人物性格的发展与社会历史的变迁结合起来，富有层次地揭示了张忠良由热血青年堕落为大资产阶级帮凶的性格发展变化历程。

2.“典型化”的讨论

由于在现实主义的人物塑造过程中，一些作者对恩格斯的至理名言“典型环境中的典型性格”的认识的不同，或者说有意地误读，他们在具体的创作中也出现过以类似“三突出”原则的手法塑造出的“假”“大”“空”的人物形象。陈荒煤在《创造伟大的人民解放军的英雄典型》中，第一次提出“新英雄主义”概念，并颇有见地地指出：“表现新英雄主义，必须是这样来表现英雄的思想情感，方能把英雄写成一个有血有肉、生动活泼、情感丰富的真正的人。”“创造我们时代的英雄的形象，必须在斗争中深刻地

❶ 中国电影家协会：《历史与现状—第三届中国金鸡百花电影节学术研讨会文集》，119页，北京，中国电影出版社，1995。

❷ 同上。

描写正面人物的丰富的精神面貌，发掘出正面人物的内心世界”。[1] 由于这时候社会主义现实主义更多的是与政治宣传纠结在一起的，政治话语与学术话语互相缠绕，前者注重新英雄人物的塑造，它建构的“新英雄人物”论并不能真正为新中国的电影创作带来应有的深刻改革。事实也证明了这一点，“新英雄主义”形象在中国电影人物形象谱系中也是不多见的。

桂青山先生在文中提到要对“典型化”的创作原则有正确的理解，首先要科学认识典型环境与典型人物。他对“表现一段历史时期内的社会生活及塑造人物形象，是否就只能基于主流环境与主流人物”这一问题进行了深入地探讨，认为“同一历史时期，既有大的典型环境，也应有不同层面小的典型环境，大环境与小环境只要都是真实的生活反映，就可以相辅相成、互为彼此。所以，真实反映一个时代，以英雄人物为主人公可以，以普通老百姓为核心形象也未尝不可。须知——任何社会都不可能只是一种人物，而对任何人物真实的艺术展示，都能从不同方面、层面呈示整体的社会历史进程”。[2] 其次，他还提出典型人物塑造不能是对纯理论概念的机械图解，或绝对标准的阶级模特，尤其不等于“高、大、全”的神话偶像。这种极端的创作倾向，虽然在现在的电影中不像五六十年代那样的明显，但也或多或少的存在着，尤其是在主旋律影片中表现比较明显。

如胡谱忠先生所言，应该说中国电影的现实主义理论是一个马克思主义文论的移用，而很少有如欧洲电影现实主义理论那样对电影本体的关切。恩格斯“典型环境中的典型人物”的这个非严格定义一直在中国现实主义的阐述史上占据不可动摇的基础地位。然而“这一定义在中国的‘本土化’过程中，渐渐地被意识形态化。现实主义不仅是一种风格论，同时也是社会功能论。理论上，现实主义创作方法要求电影按照现实生活的本来面貌来再现形象。现实主义风格的电影特别强调生活的逼真性。恩格斯强调除细节的真实外，还要刻画典型环境中的典型人物，以免堕入自然主义的泥淖。但在中国电影的现实主义高潮，20 世纪 80 年代前期，现实主义的真正意义是从理论和实践两方面对“文革”电影进行拨乱反正。现实主义电影制作仍然暗含着政治实用主义的社会机制。现实主义的理论阐释以恩格斯的定义为基准，‘典型’仍是一个弹性很大的核心概念，它过于哲学化的内涵在电影创作实践中并没有显著的意义”。[3]

同时，我们也要认识到“典型化”的原则是电影在创作过程遭受政治影响而产生的后果，而恩格斯的现实主义的创作方法还是有一定的指导意义的。王人殷认为，“关于现实主义的人物塑造，恩格斯的至理名言‘典型环境中的典型性格’，不仅在理论上不过时，在创作实践中更显示出它长久的生命力。现实主义的审美核心是对人类生存的体察，对人性的探寻，对人的精神情感世界的剖析，唯有塑造出丰富、复杂、生气淋漓的人物形象，才能达到现实主义的审美境界。人物性格走向立体化、陌生化，走向深邃和艺术的完整是现实主义创作的最大成功。塑造血肉丰满、富于时代精神和思想厚度的人物。现实主义的基本要求是对环境的真实描写和对人内心与精神世界的忠

---

[1] 陈荒煤：《解放集》，17 页，上海，上海文艺出版社，1980。

[2] 桂青山：《影视剧本创作教程》，246～258 页，北京，北京师范大学出版社，2004。

[3] 胡谱忠：《中国电影现实主义理论资源的流变》，载《贵州大学学报·艺术版》，2003(2)。

实表达”。❶ 他举例指出电影《本命年》把曾经失足的青年李慧泉放到当代社会的大背景中来表现他的精神痛苦。影片中李慧泉希望重新做人，可却难于认同社会主流的道德观念，又不甘心就范恶势力，于是他陷于精神的迷茫，没有战胜自己的勇气。他的悲剧是社会环境与个人性格双重挤压下的必然结果。李慧泉的苦涩命运揭示了“文革”灾难造成的精神迷茫和理想丢失。

3.“真现实”和“假现实”的争论

梅朵提出现实主义“它的核心思想，它的艺术生命，是对人类生存状态的热烈关注，那么它的关照对象自然包括着人类生活的方方面面，也包括着与其密切相关的政治生活方面。我们说的对人类生存状态的关注，它的核心是对人的关注，现实主义的审美追求就是以创造人的艺术形象为其最高目标，把创造独富个性、具有深刻内涵的艺术形象放在首位”。❷

张艺谋电影中的人物形象，从《秋菊打官司》开始大多是普普通通的人。与以前一些影片中的人物形象相比，他们不仅不是英雄，甚至远离政治、经济和社会生活的中心。张艺谋所选择的秋菊、福贵、魏敏芝等普通人的形象，使张艺谋显示出强烈的平等意识和平民化倾向，这也是以前的现实主义电影创作中所缺少的。李道新认为“从更高的要求来看，由于对影片中的人物寄托了过于宽厚的爱心，张艺谋这一时期的电影与《菊豆》时期的电影相比，反而缺少了一种整体上干预和批判现实的深刻力量。而且从《秋菊打官司》开始，张艺谋电影追求着一种返璞归真的叙事方式。尽管情节的虚构是不可或缺的，但是，自然、朴实而单纯的故事情节是张艺谋的最爱。同样，他尽力避免主观化的镜头运动和阐释性的画面造型，而是让故事和画面里的真实细节本身来说话。相对于成荫、水华和谢晋等人的电影叙事，张艺谋的探索，无疑为现实主义电影创作和理论展示了一种新的可能性”。❸ 然而，对于张艺谋的这种现实主义的创作，有人也持有不同的意见，认为这其实是一种虚假的现实主义，即“伪现实主义”。

胡谱忠在《中国电影现实主义理论资源的流变》一文中指出，在商业电影渐成主流之外，现实主义话语在主旋律电影中仍被国家征用，而它的历史资源又被带有先锋意味的青年电影以特有方式分割。不论对于国家主流艺术，还是边缘先锋艺术，现实主义都面临新的叙述。而对国家电影而言，直面“现实”，必然意味着有所针砭，唤起对“现实”的注目，可能引发“不平之鸣”。因而“现实”成了某些电影人习惯性地无限趋近又绕道而行的东西，《一个都不能少》堪称这方面的代表作。“这种电影在技法上令人艳羡，一些对‘现实’的趋近表象也达到极限。非职业演员、实名制出演、同期录音、偷拍技术……但影片的叙事内核却偏离‘现实’，先让矛盾的核心昙花一现，后随意遗落，然后大步幅地向主旋律情节剧靠拢。‘纪实’成了一个绝妙的幌子。这部电影对迷信‘现实主义风格’的人而言，不失为一个提醒：‘现实主义风格’在社会文化生产的机制里，也可以以扭曲现实为基础，精细而巧妙地制作出来”。❹

而出现这样的深层次的原因在于，“中国电影的现实主义一直未能形成一个独立

❶ 王人殷：《永不凋谢的现实主义》，载《当代电影》，2008(11)。

❷ 梅朵：《现实主义电影的新崛起》，见《历史与现状》，39页，北京，中国电影出版社，1995。

❸ 李道新：《当代中国电影：现实主义50年(下)》，载《电影艺术》，1999(6)。

❹ 胡谱忠：《中国电影现实主义理论资源的流变》，载《贵州大学学报·艺术版》，2003(2)。

自足的美学体系，‘艺术真实’、‘典型’、‘现实主义风格’等是现实主义美学的组成要素，这些要素在实践的过程中受意识形态的影响，对它们的阐释自然受制于具体意识形态，最终，现实主义连同它的组成要素没能成为艺术创作的原则和方法，而可能成为主流意识形态服务的原则和方法”。❶ 而这就需要在现实的创作中注意到什么才是真正的现实主义以及真实性与现实主义的关系。

真实性与现实主义的关系，应该是现实主义创作要关注的问题，这涉及现实主义创作的一个关键问题。夏衍虽然在《写电影剧本的几个问题》中强调要注意“描写的真实性和历史的具体性”，但社会主义现实主义更突出的是其政治层面的意义，对创作有着更多的限制，指导意义是很有限的。其实，真实性只是现实主义的起点，并不等于现实主义。有论者指出“现实主义不应停留于对生活的真实再现，它不是简单的描摹生活。现实主义要求艺术比生活更深刻。这种深刻性源自艺术家对客观世界的反映带着主观的认识和思考，是艺术家个人对生活的独具发现和见解，甚而是还未被一般人所认识，有了这样的认识才可能挖掘出深刻的思想。这也最能体现艺术家的才智”。❷ 他举例指出《老井》在再现农村严酷的自然环境里，通过农村青年孙旺泉和老井村村民的生存境遇，极为深刻地传达出中国农民在传统与现实的冲撞中一种难能的坚忍力量和乡土恋情。影片在一个山村打井的故事里，发掘出中华民族永不止息的生命力和历史重负。它既是对现实生活的真切关照，又是一部饱含历史深意的寓言。而在现实的创作过程中经常出现背离现实的情况。

桂青山在《现实主义电影与当代中国》中对当今现实主义创作中出现的一些偏离，做了详尽的论述。他认为当代中国电影尽管有着种种的成功探索与努力追求，但整体上说，仍然没能真正艺术地对当代生活的时代特色有现实与真实的表现，许多有着现实主义表征的影片，其实并非完全彻底地体现现实主义的品质，起码在现实主义的演绎中，存在着不同程度与层面的缺憾、弱症乃至癌变。主要表现为以下几种：

1. 平浅扫描的现实主义，对社会生活做表层的“现实扫描”缺乏深度，回避主流。它们有着一定的认知价值，但却缺少当代必要的思考价值，难以使观众获得“应有的觉悟”。但对于时代生活的深层内容与层面本质，则无暇顾及，甚或有意回避了。

2. 疏离现实的现实主义，人文精神与当代的中国社会生活有所疏离，缺少关联甚或产生误导。

3. 人文滞后的现实主义，这类作品能够真实典型地再现当今时代的人事景象，但其表现出来的人文观念与时代认知，则明显滞后于当代中国应有的文化态势与历史趋向。

4. 边缘记录的现实主义，此类影片，以“照相”的方式，原生态地记录着处于边缘的社会生活与人间状态，这固然不失为一种路径，甚至是种开拓。平浅有余，厚度不足。

5. 片内真实的伪现实主义，影片内的“典型化人物与典型化社会环境”与影片

---

❶ 胡谱忠：《中国电影现实主义理论资源的流变》，44页，载《贵州大学学报·艺术版》，2003(2)。

❷ 王人殷：《永不凋谢的现实主义》，载《当代电影》，2008(11)。

外的实际状况却有着明显的差异，乃至恰恰相反，只是种编导者"艺术营构"、"主观概括"出来的"伪现实"。此类影片在我国电影史的相当时期曾占据主要位置，在"文革"期间更是登峰造极。那些"莺歌燕舞"的歌颂片且不论，那些严肃认真制作出来的诸如《春苗》《决裂》《创业》等作品，无不在观片时使观众感动，但因其从根本上歪曲了当时社会的实际状态，也便有着更大的欺骗性与毒害性。

6. 编排造作的反现实主义，现实主义的根基是真实，其表现手段则是自然而然的典型化。如果明显地编排造作、刻意为之，便违反了它的"基本原则"，也便是对"现实主义"的反叛了。❶

针对这样的现象，我们在创作过程中，应该注意到现实题材电影需要和现实接触，和现实对话，甚至与现实交锋，需要从生活的深处提炼出生活的原汁原味；但和现实接近决不是目的，也不是终极的召唤，如果不能通过艺术方式把现实生活的复杂性、文化内涵和饱满的情感表达出来的话，现实题材的电影就可能成为对生活的简单模仿，充其量是一种"匍匐在地"的现实主义。❷ 陆绍阳认为在处理现实题材作品时，创作者面对大量鲜活的材料，往往拿来就用，这是一种取巧的办法，实践证明，其成功的几率并不高。电影的影像世界跟社会外在的客观真实之间具有质的差异，想通过模仿达到写真的目的，多少有些一厢情愿，有时非但不能触及"现实"，反倒会削弱电影的想象力和心灵深度，妨碍审美形式的多元发展，就不可能出现有灵魂活力的艺术家，也不可能真正起到弘扬时代先进文化和社会主流价值的目的。可行的办法是，艺术家先要摆脱"现实主体的角色羁绊而以艺术主体的身份进入创作，这才会有不可重复与不可替代的个性"。也就是说，艺术家要把自己的思想、情感、艺术发现推向极至，而不是一味地"描红"。

随着社会的变迁，社会多层级构成的形成，社会的现实本身也呈现出多元的景象，如同张颐武所说："目前对于现实的"现世性"想象有三种模式，一是由贾樟柯电影或者《盲井》《铁西区》这类电影表现的现实，一个从底层在全球化时代面临的冲击和问题着眼，试图从中表现一种对于当下的投射的电影。二是一种如《阿司匹林》《无穷动》这样的着眼于都市中等收入者的日常生活的困扰和危机的电影。三是如《任长霞》《天狗》等以戏剧性的表述守护社会赖以存在的基本价值的电影。可以说，第一种模式接近"自然主义"传统，第二种模式接近"心理现实主义"传统，第三种模式接近"革命现实主义"传统。"❸然而这都是表层的真实，那么是否还存在本质真实这个概念呢？正如郝建所说，要做到"将镜语的真实感和社会关系的真实呈现完善地、有趣味地（即富有美感地）结合起来"。

陈晓云在《当代中国电影中的"另一种现实"》中也指出："素有关注现实传统的中国电影，如何重建对于现实的更多关注，已然摆在电影创作者面前。另一方面，所谓对于现实的关注，并非狭隘地单指"现实题材"的作品，而是指更宽泛的意义上真正关注现代人生活/生存姿态、精神/情感姿态。在整个意义上，无论是对于'现实'的表

---

❶ 桂青山：《现实主义电影与当代中国》，载《当代电影》，2006(5)。

❷ 陆绍阳：《现实关注与艺术表达》，载《当代电影》，2008(6)。

❸ 张颐武：《电影与"现实"》，载《当代电影》，2006(5)。

现，还是对于‘历史’的重构，都是可以真正关注‘现实’的。”❶他认为在现实主义创作中只关注个人表达的边缘叙事，而不能将个人化的经验升华为人群/人类的共通体验，这种边缘就不仅仅是题材意义上的。面对如此的景象，现实主义作为一种创作手法该如何应对，是无法回避的问题。对此我们也就很难断定哪些是真正现实主义，哪些是伪现实主义了。

在当下商业语境下的现实创作过程中，现实主义往往被商业和政治所俘虏，以表象的现实、扭曲现实为基础，精细而巧妙地制作出来。现实是多层面的、多元的，而基于对现实，对真实的不同理解，现实主义创作日趋多元化。而新一代的导演群体，基于巴赞和克拉考尔的理论对现实的认识，更加趋向于现实主义是一种边缘的写实的手法，而这源自于另外一种理论的传统。正如田卉群所说：“当下文学界流行的‘底层写作’和‘经验写作’，最初的动机固然是为了贴近生活、表现生活，然而，却逐渐转化成为一剂速成的‘成功学配方’。‘底层写作’就是现实主义。电影也没能摆脱这一剂‘成功学配方’的诱惑，不可否认，拍摄底层生活、边缘人物的努力，离不开一定的人文关注。然而，当频繁出现在银幕上的‘底层’和‘边缘’逐渐被模式化和概念化之后，具有讽刺意义的是，‘底层’‘边缘’就转变成为‘奇观’，转变成为与真实的现实关注和人文关怀所对立的内容了。这一类以‘底层’‘边缘’人物为主人公的影片有的甚至放弃了结构，呈现出简单堆砌素材的倾向：将主人公所面临的苦难以火车车厢的方式一截截地拼贴起来，而作为动力的火车头，就是无望和悲苦。力图贴近现实生活而进行的‘底层拍摄’，反而使它的主人公丧失了从‘底层’突围的希望和动力，这不能不说是一种悲哀。”❷

正是因为“现实”的这种复杂性，使得其不能够简单地呈现出来，所以创作者要注意到什么是真正的“真实”，要分清楚“真实”不仅仅是将现实“照相式”地记录下来。郝建先生认为现实主义的一些根本性质在于：对生活的非戏剧化片段的截取、对事物原生态的忠实态度、在题材选择上不回避下层人的生活境况、按照生活本来的样子去呈现。其实，他所提出的“非戏剧化片段的截取”在某种程度上有着意大利新现实主义的影子。虽然，这在中国的现实主义创作中出现过，但和传统的现实主义的创作方法还是不太一致的。现实主义不反对“戏剧化的叙事”，而且典型环境和典型人物的塑造，在一定程度上，还需要依赖“戏剧化”。沈义贞先生对现实主义影片与写实主义影片做了区分，他认为二者的区别主要表现在对真实的态度上。“现实主义所反映的‘艺术真实’在很大程度上必须貌似现实生活的表象，而电影的‘照相本性’决定了其很多时候所摄取的正是现实生活的原生态”，比如意大利新现实主义电影中的很多镜头就是现实生活的实录，这种相似性导致了在电影的理论语境中，现实主义与写实主义常常被混为一谈，而实质上，两者的区别仍然是很明显的。

> 电影中所提倡的写实主义理论更多地接近于一种纪录片美学，即强调作者主体应尽量避免对所摄取的现实表象的主观编排、搬演，而把主要精力放在对现实表象的追踪、实录上。……写实主义的所谓实录，说到底也无非是最大可能地实

❶ 陈晓云：《当代中国电影中的“另一种现实”》，载《当代电影》，2006(5)。

❷ 田卉群：《现实关注与现实突围》，载《电影艺术》，2008(2)。

出现实表象的客观性，以及淡化作者主体的主观干预的痕迹罢了。现实主义则不然。现实主义当然也强调要尽量隐去作者主体的主观干预的痕迹，但现实主义文本中所呈示的现实表象之所以来自生活又高于生活，就在于其大多已是经过典型化之后的‘艺术真实’，即便像意大利新现实主义电影中某些类似纪录片的镜头，其实也是因为其能够服务于影片所要表达的主题仍然是经过了作者的主观筛选才被纳入的。这也就是美国电影理论家路易斯·贾内梯曾经精辟指出的，“现实主义和形式主义的叙述都是模仿和巧妙地处理过去，但是现实主义的说书人试图掩盖这种模仿，把这种模仿隐藏在‘杂乱无章’和貌似偶然发生的戏剧性事件的表面下。换句话说，现实主义叙述‘不经巧妙处理’或‘像生活样’的说法恰恰是一种托词，是种美学上的欺骗”。也正是在这个意义上，我们说，写实主义影片基本上是具有现实主义精神的影片，但现实主义不同于写实主义，写实主义在现实主义那里，仅仅是其典型化过程中的一种艺术手段。❶

现实主义表现生活，表现生活真实，但它不同于纪实性，现实主义电影的镜头，显然不能仅仅停留于对日常生活的记录，它要深向生活的各个方面，深入到生活的本质中去，可以以戏剧性的形态表现出生活的现象。因此，在电影创作的过程中，一定要超越表象的真实，“底层”“边缘”都可以表现，但关键还在于以一种真诚关照的精神去表现它，要抓住生活的本质，力图呈现出本质的真实。

4.“现实主义”的表现方法

王人殷认为现实主义可以采用多元的表达方式，“在影片的风格样式、形式技巧上大胆借鉴、吸纳西方电影语言的精华，突破陈规旧习，发挥出创作者的艺术个性，蔚然成风”。❷ 他指出谢晋在《天云山传奇》里运用人物的心理线索结构影片，成功地将现代电影的意识流手法和人物内心的戏剧性冲突交织起来，生动又深刻地揭示了生活的复杂与人物内心的波澜。水华在《伤逝》里突破一贯的写实手法，运用意识流、闪回、幻觉、变焦等现代电影技巧，来开掘原著的思想内涵。

郑雪来在《现代电影观念探讨》一文中指出，从一般美学意义上说，艺术与现实的关系是基本的、不会变化的，在电影中就是艺术家如何以电影手段反映现实的问题。这当然是一个永恒性的问题。他说电影是最讲究真实的艺术，电影要反映现实的变化、反映时代。当然也不能对此看得太机械，现实主义在形式上可以有独立的探索。他认为：

现实主义这个问题，近年来我们电影界已经谈论得很多了。有人主张用“写实主义”来代替现实主义，认为“白描式”是现实主义的同义语。这种理解显然是比较狭隘的。应该说，现代的现实主义即二十世纪的现实主义，既不同于十九世纪的批判现实主义，也不同于文艺复兴时期的现实主义，更不同于古希腊罗马时期、亚里士多德时代的现实主义。现代的现实主义总的来讲都是比较注意现代生活新的、多方面的、复杂的社会现象和伦理现象，透过各种不同人物命运的折射

❶ 沈义贞：《“现实主义电影美学”再认识》，载《福建论坛（人文社会科学版）》，2006(3)。

❷ 王人殷：《永不凋谢的现实主义》，载《当代电影》，2008(11)。

来反映极其广阔的生活事实和事件，力图分析人的心理深层。这样就需要更广阔的造型表现幅度，需要在选择表现手段上享有更大的自由，因而并不排斥运用一些假定性的手法，甚至还从各种非现实主义流派中大量吸取各种适用的表现手段。❶

李道新认为，20 世纪 90 年代以来的中国电影有着重构现实主义的倾向。他谈到成荫、水华和谢晋等在坚持传统现实主义创作手法的同时有所超越，尤其是水华的《伤逝》，尽管是改编自鲁迅“按严格的现实主义”方法创作的作品，但“在尊重人物心理真实的基础上，水华大力张扬了自己的创作个性，写实与写意风格相交织的民族化诗情展露，并取得了相当的成功，虽然由于过分拘泥于原作，看起来不是很理想”。❷而谢晋的现实主义手法中带有浪漫主义的精神，在他 1979 年后创作的一系列影片中，“我们发现了一种占主导性地位的，并令谢晋影片获得‘感人’力量或曰‘煽情’效果的镜头组合方式：在需要重点强调的场合，大胆中断叙事，用各种手段铺陈抒情段落”。❸ 李道新举例指出在《天云山传奇》中冯晴岚以仅有的 5 块钱把被打入社会底层并正处于贫病之中的罗群接到了自己的住所。在“板车之歌”一段，谢晋用 17 个镜头，将近 200 英尺胶片的长度，尽情渲染冯晴岚风雪中拉着罗群前行的艰难处境与执著精神。在深情的“板车之歌”歌声中，不断叠印的画面把观众放置到情感震撼的中心。

对于张艺谋从拍《秋菊打官司》《活着》《一个都不能少》时候开始的转向，李道新认为现实主义在他的前三部影片里被推到了一个虚化的背景上；但在他的后面三部影片里，现实主义不再缺席，而是以一种实在的姿态询唤着人们，使人们对当代中国的现实主义电影作出新的理解和阐释。

张艺谋《秋菊打官司》以后的创作，用细节高度真实的类似纪录影片的手段，与成荫、水华和谢晋等人的现实主义电影作品在处理细节问题上，拉开了一定的距离。导演的概念、个性和激情，在张艺谋那里，不再明显地表露出来，而是深深地隐藏在作品背后。在影片《活着》中，即便两个孩子死去，故事处在最高潮时，葛优和巩俐的表演也得到了很好的控制；镜头仍然保持着惯常的角度和节奏；音乐也没有煽情，带有一种客观冷静的格调。而医院一段，由于严格遵循生活的真实，竟流露出一种与时代整体氛围相契合的荒诞感。显然，细节的高度真实，使张艺谋电影禀赋了一种传统现实主义电影中所没有的、以理性和反思为特征的现代意识。❹

桂青山先生也提出在创作方法层面，要允许与鼓励多样化。现实主义的创作方法、类型与手段，写实的、纪实的，外在现实的、心理现实的，典型情节的、生活流情节的，歌颂的、批判的……均应被允许。当前，应尤其鼓励与发扬“批判现实主

---

❶ 罗艺军主编：《20 世纪中国电影理论文选(下)》，130 页，北京，中国电影出版社，2003。

❷ 李道新：《当代中国电影：现实主义 50 年(下)》，载《电影艺术》，35 页，1999(6)。

❸ 同上书，36～37 页。

❹ 同上书，36～37 页。

义”。而且他更是提到在美学层面，正剧、喜剧、悲剧都可以作为现实主义的载体。《黑炮事件》运用黑色幽默的超现实性结合中国社会实际存在的荒诞性，达到了针砭现实的思想力度。《小巷名流》对于“文化大革命”的反思，采取了讽刺、揶揄、夸张的手法，在荒唐当中呈现出疯狂年代的真实情境和人性被扭曲的悲哀。这里喜剧样式成了一种发掘手段，包含着批判精神。

现实主义并不是一个一成不变的模式，它有一定的审美原则，但在创作过程中也会呈现出不同的个性语言，在叙事方式、艺术风格上可以不尽相同。现实主义强调的是对现实的一种忠实、客观的态度。如同梅朵所说“我要指出作为审美原则的现实主义就是现实主义。我们不必在它的前面冠以种种定词。虽然在现实主义的历史发展中，在不同的时代，不同的国家，主客体都在发生变化，但现实主义作为一种审美原则并没有改变它贯穿始终的基本审美特征”。[1]

现实主义作为一种影响最大、生命力最强的创作方法，始终或显或潜地居于艺术创作的积极主导位置。现实主义在我国电影创作中很长一段时间是唯我独尊的美学原则和创作手法。但它在发展过程中，基于各方面的原因，也曾出现过理论上的争论和实践上的偏颇。现实主义作为一种创作方法区别于其他的创作方法的是它的批判精神。对于现实主义电影创作来说，最需要的还是以一种现实主义的精神和现代意识，关注当下的社会变迁和人际命运。

(二)新现实主义

新现实主义的电影创作是世界电影史上很重要的一支力量，虽然它和现实主义有着千丝万缕的联系，如都以真实的“再现”为基础，但是它和现实主义在创作美学和创作手法上还是有着很多的不同，它比较倾向于追求“真实自然地反映生活”，讲究客观记录，尽量避免明显的人为编织与艺术加工的典型化痕迹。

新现实主义作为一种创作风格，在电影史有着悠久的传统。英国的“勃列顿学派”、法国的“芳森学派”、德国“新电影运动”中的纪实化倾向、意大利的“新现实主义电影”虽各自有着不同的艺术主张，但整体上都是遵循着“真实自然地反映生活”的原则，其中以意大利“新现实主义电影”的创作影响最为巨大，它不仅有着理论上的总结，还出现了许多具有代表性的作品，而且安德烈·巴赞对其的总结和批评，使得意大利的“新现实主义电影”几乎成为新现实主义电影创作的范例。当然，由于研究的内容不同，各学派对于这一创作手法的称谓也各不相同，如“新写实主义”“写实主义”等，提法比较多，但整体来说都与现实主义有着较为密切的联系，是一种较为宽泛的概念。

新现实主义最初是针对好莱坞电影明显人为编排、刻意“典型化”的创作风气而提出来的。它首先肯定电影要反映现实生活，而且是普通人的日常生活和命运；反对拍虚假造作的和豪华场景、离奇人事的影片；非常重视自然景观，强调外景的真实意蕴，但也不绝对反对利用人造内景，意大利“新现实主义”甚至提出“把摄影机扛到大街上去”，所用演员都尽可能从街上找。桂青山认为写实主义创作方法的基本要点是：“追求自然的美学风格，避免人为加工痕迹；将普通人物，尤其是寻常百姓的日常生

[1] 梅朵：《现实主义之歌——澄清对现实主义的误解》，载《电影艺术》，1991(4)。

活，作为艺术展示的主要对象；注重对社会生活反映的真实性、客观性，尽量减少主观因素的过分渗透，而让观众自己体味与评价。”❶

新现实主义的创作要求被其代表人物、理论家柴伐梯尼发展成更为完整的“九点原则”，那就是：

> 一、不要虚构，不要典型化，如实表现真实生活中的人和事；二、重细节，不重情节，要完整地再现现实，由观众自己去体会解释事件之间的因果关系；三、重视日常性，反对离奇曲折的故事，真正的戏剧性事件是你我都能遇上的普通事件，任何普通事件，只要善于挖掘，都是一个“金矿”；四、不要给观众准备现成的答案，让观众自己去想象事件的最后结局或人物的出路；五、走出摄影棚，到街头去拍摄；六、编导合一，不应该有专门负责写剧本的人；七、不要演员，不要由一个人来扮演另一个人；八、不要塑造英雄人物，因为每一个普通人都是英雄；九、要使用自然语言，特别是方言。❷

作为一个整体的原则，“新现实主义”的这些创作原则是被遵守的，但它在实践中也确实存在有一些差异。所以有人提出“新现实主义”只是一种要求反映生活真实的“精神”，不存在有一种作为创作方法的统一的新现实主义。邵牧君认为：“如果把新现实主义看成只是一种‘精神’，那就未免失之空泛。”邵牧君也指出欣赏现实主义的导演们在具体的创作中还有着这样那样的细微差别，如阿里斯泰哥曾主张把全盛时期的新现实主义电影运动分为两派，即“以德·西卡和柴伐梯尼为代表的‘记录派’(或称新左拉派)，和以维斯康蒂为代表的‘故事派’(或称新巴尔扎克派)。但是，他们总体上的纪录电影观念还是相互一致的”。❸ 但他也提到不能因为“新现实主义”导演们在思想与艺术倾向上存在着不同就否定“统一的新现实主义”的存在，不能说新现实主义只是一个空泛的名义。

1.“新现实主义”的创作原则

意大利新现实主义的诞生有其客观原因也有其主观美学追求的推动，此前意大利电影在整个欧洲都是以它们富丽堂皇的片场布景而著称的。但是战争期间政府的影片基地和制片厂被严重破坏，无法支撑豪华的电影制作。这只是经济上的原因，写实主义电影所拥有的美学上的优势使得其作为一种创作方法，超越了欧洲，在世界各地的电影中产生了深远的影响。

波德维尔认为“新现实主义作为一种创作潮流，形成系统的创作流派和理论是从意大利开始的，意大利新现实主义电影在第二次世界大战之后兴起，其之所以如此‘写实’，原因之一是在于与之前的富丽堂皇的片场布景不同，电影工作者走向街头、走入农村；另一方面在于其对晚近代历史的批判性审视”。❹

---

❶ 桂青山：《影视剧本创作教程》，253 页，北京，北京师范大学出版社，2004。

❷ 邵牧君：《西方电影流派论评》，载《世界电影》，1983(2)。

❸ 邵牧君：《西方电影史概论》，123 页，北京，中国电影出版社，1984。

❹ [美]克莉丝汀·汤普森、大卫·波德维尔：《世界电影史》，326 页，北京，北京大学出版社，2004。

张亚彬认为“如果说意大利新现实主义带着一种对法西斯统治时期的宣传影片、白色电话片、书法派电影等脱离生活、粉饰太平、欺骗民众的创作倾向的反动及对战后意大利现实民众生活的一种真切关注而意欲真实客观地再现之的话，那么，意大利新现实主义作为一次艺术运动，它的伟大首先是表现在它是一种现实主义精神的复兴与光大。意大利新现实主义表现出一种对现实生活形态的尽可能真实、客观地记录的特征”。❶

而这种审视的态度、批判的精神、直观记录的手法等后来就成为“新现实主义”创作方法的一些基本的特征。陆绍阳认为“新现实主义最突出的特征及其最重要的新意就在于……它不是故事，而是一种实录，一种记录精神”。

> 这一精神他认为体现在具体影片的创作中，便有了实景拍摄、非职业演员的大量使用、自然光效的呈现、即兴创作的拍片方式等特点；体现在电影观念上，便表现为一种纪录电影观。记录在现实中无法掌握自己命运的小人物为叙事主体，描写他们在日常生活中所突然遭遇的困境，普通人所不可避免的人生问题——尴尬、困窘、创伤、苦难。在写实作品中，我们看到了普通人的生存空间和普通人的生存境遇，从而感受到一种独特的电影美学：对个体命运的关注、对现实人生的表述，对普通人的日常生活体验的展示来代替典型化、寓言化和传奇化。❷

巴赞特别赞赏“新现实主义”对现实生存的关注，他在《电影语言的演进》一文中谈到电影的形式和内容的关系时不禁反问道：“‘新现实主义’首先不就是一种人道主义，其次才是一种导演的风格吗?”❸作为一种创作方法的新现实主义包括几个层面的含义，首先是一种人道主义的精神，其次才是一种具体的创作方法。

罗西里尼也说：“在我看来，新现实主义这个名词只是一个标记，它主要是我们观察世界的道德立场，这立场后来就变成一种美学的立场，但是还是以道德立场作为出发点的。”❹他们认为道义性或道德性是新现实主义的试金石。

在具体创作方法上，巴赞认为，意大利“新现实主义”用一种新的现实主义替代了内容上是小说的自然主义、结构上是戏剧化的那种“现实主义”。简言之，这是一种不按心理或者戏剧性的要求修改现实的“现象学”的现实主义。表象始终作为一种独特的发现，作为一种几乎是记录下来的新事物展示在我们眼前，保持着自己生动的和细节的力量。巴赞强调电影艺术的总体性，主张保持现实中的多义性和暧昧性。

罗慧生认为，“新现实主义”继承了克拉考尔的理论，即电影的“目的在于揭示，而不在于把对事物的主观理解强加给观众”。“创作者的作用应尽可能局限于把现实材

---

❶ 张亚彬、姜永环：《纪录与影戏：电影观念上的差异——意大利新现实主义电影与中国1949年以前现实主义电影比较》，载《当代电影》，1990(4)。

❷ 陆绍阳：《20世纪中国电影的写实传统》，载《北京电影学院学报》，2001(4)。

❸ ［法］安德烈·巴赞：《电影是什么》，64页，北京，文化艺术出版社，2008。

❹ ［意］罗西里尼：《关于我的影片》，见中国电影工作者协会：《意大利新现实主义电影问题》，第三辑，15页，1961。

料无动于衷地摄录在胶片上，而不要对现实进行解释”。❶ 这其实也就是在强调“非结构”或“无结构”。邵牧君指出“新现实主义”创作理论认为理想的电影题材是“找到的故事”，是“被发现的而不是构造出来的”。“新现实主义”者所呼吁和极力弘扬的新现实主义美学理念，就是柴伐梯尼所说的：“追求一种得以表现隐藏在日常生活中的戏剧性的电影，就像去买鞋或寻找一间公寓。”他坚持在所有反复出现的平凡性中呈现事件。

关于这一点，波德威尔举了一个例子：曾有一个美国制片人告诉柴伐梯尼，同样的内容一部好莱坞电影会这样表现：一架飞机穿越头顶上空，接着机关枪开火，然后这架飞机从天而坠；然而一部新现实主义的电影却会这样表现：这架飞机一次、二次、三次飞过。然而柴伐梯尼回答道：“让这架飞机飞过三次还远远不够，它必须飞过二十次。”他们企图创造出一种极端的“非戏剧化”(dedramatized)电影。❷

2.“非戏剧化”的创作手法辨析

“非戏剧化”是新现实主义创作过程中，一个非常重要的概念。它表现在具体的创作中就是按照生活中原有事件的原貌及发展进程进行叙述，尽量避免“虚构的故事”和人为地激化生活中的矛盾冲突，专注于真实的故事和“平凡的日常的事件”。柴伐梯尼认为电影应该不惜一切代价避免惊人的事件和特殊人物，理想的电影就是拍摄一个人连续 90 分钟的生活。

新现实主义电影注重“事件”而不是“情节”，新现实主义电影用大量的生活细节和背景细节代替曲折离奇的故事，它尽量使讲述的“故事”更接近生活的原貌，更能给观众现实感。例如《罗马十一时》，如果按照戏剧化的美学原则，这里完全可以编织出一个有激烈矛盾冲突和复杂情节的故事，但是影片只是按事件发生的自然顺序，选择大量真实生活细节，基本按照生活的原貌加以组织。影片只有事件和细节，而没有传统意义的“情节”和“故事”，影片把这些事件和细节如同生活本身一样被记录下来。而这种纪实化的叙事方式和叙事结构，使得新现实主义电影呈现朴实自然的风格特点，没有矫揉造作和人工雕琢的痕迹。正如柴伐梯尼所说：“问题不在于设法把虚构的事件变为‘现实’(亦即竭力使虚构的事件形似真正的事件)，问题在于尽力使真正的事件具有最伟大的表现力和意义，照原来面貌加以叙述，几乎不加进任何东西。生活决不是像各种虚构‘故事’中所描绘的那个样子。”❸这就是新现实主义在编剧上“尊重客观存在”态度的写照，即“去戏剧化”手法。实际上，新现实主义不是不要戏剧性，他们要的是在普通人的真实生活中所发现的戏剧性，而不是制造出来的令人震惊的情节，不是把创造、虚构的情节强加给真实的生活素材，而是要不屈不挠从那些总是存在而被人们忽视的事实中“发掘”戏剧性的含义。

罗慧生认为“非戏剧化”以纪实美学突破了戏剧式再现性的局限性，确立了电影反映生活的纪实式再现性，这主要表现在再现生活的内容、方法、结构与手段四个

❶ 罗慧生：《“总体现实主义”剖析——关于巴赞的电影美学思想》，载《文艺研究》，1984(1)。

❷ [美]克莉丝汀·汤普森、大卫·波德威尔：《世界电影史》，陈旭光、何一薇译，329 页，北京，北京大学出版社，2004。

❸ 张亚彬、姜永环：《纪录与影戏：电影观念上的差异——意大利新现实主义电影与中国 1949 年以前现实主义电影比较》，载《当代电影》，1990(4)。

方面：

> 第一，在内容上，新现实主义提出“还我普通人”这一口号，强调现代电影不能只拍权贵与富人，而首先要再现普通平民的生活与斗争，力求扩大再现的广度。第二，在剧作方法上，贯彻纪实性原则，提出“把摄影机扛到大街上”的口号，要求尽可能从生活本身去发掘冲突与情节，最好根据真人真事，少做艺术虚构，以加强再现生活的真实度。第三，在结构上突破戏剧化的封闭系统，加强开放性，重视人物与社会背景的交流，情节不复杂，多用顺时式单线结构，人物不多，人际关系较简单。第四，在表现手段上力图摆脱戏剧手段的束缚，而借鉴纪实样式(包括纪实文学、纪录电影等)，如多用非职业演员，提倡拍外景、实景，不重视人工光效等。❶

“去戏剧化”的原则是“新现实主义”创作的根本所在。而这表现为新现实主义在叙事上，只注意事件之间线性的时间顺序，而忽视其逻辑上的必然的因果联系。然而，波德威尔认为“新现实主义电影呈现出了一些由可能并无因果关系的事件所组成的情节，致使观众无法分清哪些是‘重要场面’，哪些只是‘补充材料’。其电影的故事叙述倾向于把所有的事件削平到一个相同的层次上，低调处理高潮戏，并特别关注世俗化的场景设置和人物举止。例如《风烛泪》(英文)中有一场戏是细致地描绘一名女佣从早上起床到开始她一天的厨房事务的过程。巴赞称赞这类对于琐碎的‘细微举止’(micro-actions)的深入刻画，是传统电影从来没有呈现给我们过的。”❷但是波德威尔也认为，这种偏离正统的剧情结构的叙述取向，使得新现实主义的电影工作者把观众的注意力吸引到构成日常生活的一些“不相关联”的细节上来。

而且，在“新现实主义”的实际创作过程中，柴伐梯尼所说的九条原则并没有得到很好的坚持。典型的新现实主义电影，一般总是被认为是实景拍摄、使用非职业演员、粗糙随意的摄制组合。但大卫·波德威尔认为新现实主义对人工的依赖绝不亚于其他风格的电影。他认为新现实主义的电影“大都是依据好莱坞风格进行常规剪辑。在叙事上，有时也大量地借助于偶然与巧合。例如《偷自行车的人》中奇和布鲁诺在他们造访过的教堂附近碰巧发现偷车贼。这种情节的发展打断了好莱坞经典电影中精心设计的事件动力链条，反映出日常生活中发生的偶然机遇，显得更为客观真实。新现实主义电影常常略过影片中我们所看到的事件发生的重要动因。这种线性情节发展的松散化处理能够很好地表现影片之没有答案的结局。虽然新现实主义电影使用好莱坞式的最终期限，约定俗成和对话钩套(dialogue hook)等手段连接各个场面，但结果似乎只是一连串的事件罗列”。❸

有论者指出，新现实主义影片的结构产生自题材，而不是外部强加给它的一种格式，而且其拍摄计划从来都不是一成不变，致使场景和演员没有可能在拍片过程中发

---

❶ 罗慧生：《现实主义电影表现派的历史源流(下)》，载《电影艺术》，1987(12)。

❷ [美]克莉丝汀·汤普森、大卫·波德威尔：《世界电影史》，陈旭光、何一薇译，332页，北京，北京大学出版社，2004。

❸ 同上书，331页。

挥相当大的影响。维斯康蒂也主张在一部影片中必须给人以"即兴表演的印象"。但是新现实主义的手法绝不是作为许多纪录性作品和柴伐梯尼理论所概括的对现实的简单记录。正如弗朗索瓦·德勃伦雷尼所指出的"新现实主义影片制作的基本原则是现实的再创造"。❶ 其实，这也是"新现实主义"创作过程中普遍存在的一个问题。

"新现实主义"在理论主张和创作方面的绝对化，使得其电影创作观念和创作实践会处于一种内在的断裂的情况，这确实也是导致后来新现实主义的创作方法不能长久的一个内在原因。

3."新现实主义"与"真实"

在处理"新现实主义"与真实的关系上，安德烈·巴赞认为"传统的典型化破坏了生活的真实，首先，把完整的客体加以分解，就是破坏生活的整体性；其实，生活客体本身是'多义的'，而经分解后，人工合成的'客体'却成'单义性'的，因而失去了事物本身复杂多样的内容。最后，导演分解客体后再概括出'典型'，势必加入自己的主观意识并将观众引入自己的思想框架，而不能使观众有独立的判断和体会"。❷ 于是，巴赞认为，电影艺术家的任务，只在于原封不动地保存客体的外部完整性，保全事物原来的"时空连续体"，只有这样才是真实地反映了生活。

柴伐梯尼曾为意大利新现实主义提出这样的创作原则：表现事物的真实面目，而不是表面看上去的样子；使用事实而不用虚构；描绘普通人而不是那些油头粉面的英雄；揭示每天的事件而不是例外的事件；表现人与他的真实社会关系而不是他的浪漫主义的梦幻。柴伐梯尼曾批评好莱坞电影是种"经过过滤的现实"，是一种"虚构的假定性情境"。他说："我更感兴趣的是自己在周围生活中亲眼看见的事物中所蕴含的戏剧性，而不是虚构的戏剧性。"他认为，诗意应该到生活中去寻找。柴伐梯尼的这些主张，对于新现实主义的电影创作具有极其深刻的影响。"新现实主义"在创作过程中是选择现实，而不是改变事实，"新现实主义"认为只有这样才是对现实的真实反映。

然而有学者认为柴伐梯尼的理论强调对现实的简单复写，他提出电影与现实的关系是："艺术是现实的反映，但绝不能只是现实的复写。作品的现实性，跟他对现实的解释评价不可分，二者的统一是艺术高下的标尺。艺术家不应该只是淡漠地像镜子那样反映自然或社会现象，他既要表达现实的外貌，又要通过它来表达他所体会认识的现实的意义和本质。就这意义来说，艺术的本务在表现，艺术家的本位知识是如何运用技术手段的性能，对所要反映的实际事象进行创造性的改造，以表现他对现实的观感、态度或理想。"❸

张亚彬也认为"新现实主义"创作在其纪录电影观念及"纪实性"艺术倾向的支配下，其主题机制建构尊重现实生活现象的多义性、模糊性、多解性，不人为突出主题内涵，也不有意升华主题思想，让主题内涵融于叙事过程中，融于人物与环境的关系里，让观众在观影过程中，去自己分析、感受，从而调动观众审美创造的主观能动

---

❶ [英]罗伊·阿米斯：《二十年后回顾意大利新现实主义》，载《世界电影》，1980(4)。

❷ 桂青山：《影视剧本创作教程》，251页，北京，北京师范大学出版社，2004。

❸ 陈鲤庭编著：《电影轨范》，3～4页，北京，中国电影出版社，1984；转引自张亚彬、姜永环：《纪录与影戏：电影观念上的差异——意大利新现实主义电影与中国1949年以前现实主义电影比较》，载《当代电影》，1990(4)。

性。所以这些影片往往不在叙事过程中，直接暗示或道出答案，其结尾也往往呈现出含糊的、模棱两可的多种可能性。正如柴伐梯尼所说："至于指出出路，那可不是艺术家本身的事：艺术家只要让观众感到有必要甚至迫切需要找出答案也就够了——这种作用已经不小了。"

因此，有论者指出"从主题机制建构的特点来说，意大利影片侧重于展现问题、提出问题而避免直接回答问题或暗示答案。强调'再现生活'的能力，使人能真切地感受到浓厚的生活气息，但由于其对生活现象的偏爱超过对生活本质的把握，往往又流于表面化、一般化和自然主义的倾向上，达不到艺术感染力的应有水平"。❶ 巴赞指出摄影机使"外部世界的影像第一次按照严格的决定论自动生成，不用人加以干预"。

然而"不用人加以干预"这其实是一种误解。"新现实主义"不是绝对摒弃作者一定程度的主观介入。这使得"写实主义"与"自然主义"有着本质的区别。在艺术、现实主义与真实之间关系的阐述中，巴赞意识到，"忠实再现现实不是艺术"，"艺术的真实显然只能通过人为的方法去实现。任何一种美学形式都必然进行选择：什么值得保留，什么应当删除或摒弃"，"选择是必不可少的，因为只有通过选择，艺术才能存在"。❷ 巴赞表达了这样的观点："电影一如所有艺术，不可能实现对客观现实的完整摹写，需要一定的选择、组织和阐释，失真和变形不可避免，电影导演的价值观也必然会影响感知现实的方式，而且为了艺术的一致性必然需要牺牲若干真实性。""《偷自行车的人》的出类拔萃之处就在于异于常规地调和了截然相反的价值标准：一方面是撷取事件的随意性，一方面是叙事的严谨性"。❸

柴伐梯尼也说："我从自然几乎取得所有的东西。我走上街头，捕捉单字和句子进行争论。我的最得力的助手是记忆和速记员。我运用这些词汇和我的想象力进行创作。我加以选择，我对已收集的材料加以删节，赋予它正确的节奏，抓住本质，抓住真实。不论我对想象、对离群索居有多大的信心，但我更相信现实，更相信人民。我对无意碰到的戏剧性事件而不是事先计划好的那些事物感兴趣。"❹

陆绍阳也指出"新现实主义电影"绝不是对生活简单模仿，艺术家有着积极的参与意识，艺术家正是通过这种独特的审美方式来表达他对现实世界的感知与态度，对一部影片来说最主要的是这种技巧中包含的人生态度，或者说人文精神，这才是艺术的精魂，"所谓写实精神，主要指艺术家要忠于现实，忠于生活，敢于直面社会现实及人生，并真实、深刻地揭示、剖析社会现实的矛盾及其本质"。❺

4."新现实主义"的不足

对于写实主义创作方法，我们对意大利新现实主义电影要看到它在当时所起的进步作用，也看到它作为一种创作方法、一种艺术主张是有重大缺陷的。

邵牧君先生首先提到对新现实主义创作有着理论指导意义的巴赞和克拉考尔的理

---

❶ 张亚彬、姜永环：《纪录与影戏：电影观念上的差异——意大利新现实主义电影与中国1949年以前现实主义电影比较》，载《当代电影》，1990(4)。

❷ [法]安德烈·巴赞：《真实美学》，见邵牧君：《电影美学随想纪要》，载《电影艺术》，1984(11)。

❸ [法]安德烈·巴赞：《电影是什么》，崔君衍译，8页，北京，文化艺术出版社，2008。

❹ 桂青山：《影视剧本创作教程》，251页，北京，北京师范大学出版社，2004。

❺ 陆绍阳：《20世纪中国电影的写实传统》，载《北京电影学院学报》，2001(4)。

论的缺陷主要在于他们都不加区分地反对创作者的一切“主观意图”，把旨在逃避或歪曲现实的虚构同揭示生活本质的典型化努力混为一谈，结果就不可避免地阻塞了电影在反映生活真实上从表面走向深入、从现象触及本质的道路。也就是说，“这种强调外部真实的努力到头来反而成为达到最大限度的真实的阻力”。❶ 而其落实到具体的创作层面则表现为：

> 首先，新现实主义电影把表现对象局限于普通人，特别是贫民的日常生活。鼓吹不要对事件进行集中概括，所谓每一个事件都是“一个挖掘不尽的金矿”。我们要做的工作只是发掘出这一经历的全部要素，并按照它们的平凡的“日常性”来表现它们。事实上，在战后初期，一些意大利新现实主义影片情节十分简单，同经济条件有密切关系。一旦这种作法被奉为艺术原则，其结果必然会使作品流于表面、肤浅。这种影片对观众的吸引力肯定难以持久。安东尼奥尼曾指出新写实主义缺乏深度，他说：“今天制作一部关于一个自行车被偷的人的影片似乎不再重要了……重要的事情是要了解这个自行车被偷的人现在心里和脑子里在想些什么，他自己怎样去适应战时和战后时期的经验，以及我们国家里新发生的一切在他内心留下什么痕迹。”
>
> 其次，新现实主义承袭了写实主义的传统，发展出一整套最大限度地追求真实的拍片方式。它取消了依赖明星、不自然的招募和搭建布景等一套做法，在叙述故事时强调按时间顺序展开，拒绝采用闪回之类的手法。其极端之处在于贬低编剧和表演的作用，把构成一部影片的艺术性的主要元素——情节结构和表演技巧，同商业电影的胡编乱造和明星制度完全混为一谈。柴伐梯尼曾表示他很“怀疑”编剧的作用，不加分辨地把这种作用斥之为一种在不知不觉中掩盖起人类逆境的方法，而编剧技巧无非是一种把死板公式硬套在活生生的社会事实上面的技巧，并宣传他只对无意碰上的戏剧性事件而不是事先计划好的那些事物感兴趣。这些都不免过于极端。❷

罗慧生先生也提到“新现实主义者片面强调再现性，忽视甚至曲解表现性，因而使他们的影片流于简单肤浅，主要反映表层真实(如失业、贫穷等)，而不善于发掘深层真实(如复杂隐蔽的政治斗争与思想斗争)，更不能揭示人的内心活动，因此不能满足战后观众渴望从电影中看到深层生活真实的审美要求。忽视表现性，甚至把它与再现性对立起来而加以贬低与排斥，这是新现实主义电影的根本缺陷，也是它在20世纪50年代中期衰落的重要原因”。❸

桂青山先生认为新现实主义“首先在理论上，过于片面地强调经验的直观性，而忽略理性的分析性，仿佛只有直观的感性的事物才是真实的，而正确、科学的理性分析只会破坏真实。这就必然使‘新现实主义电影’往往重视表象层面的如实扫描，而缺少对社会生活深层本质的挖掘、探讨。其次，新现实主义电影理论家虽然极为重视电

---

❶ 邵牧君：《西方电影史概论》，120页，北京，中国电影出版社，1984。

❷ 同上书，125～126页。

❸ 罗慧生：《现实主义电影表现派的历史源流(下)》，载《电影艺术》，1987(2)。

影高度的逼真性，但是，他们却又忽略了电影的高度逼真性恰恰得力于电影艺术表现上的高度概括性——打破时空连续性、运用蒙太奇的思维和手段将不同时空的片段进行自然而艺术的组合等。因而，他们的影片大多平铺直叙、很少时空跳跃，蒙太奇也被降低为只是一种技术手法……于是，这样的影片难免缺乏艺术吸引力，极易拍成平淡松散的'流水账'。另外，新现实主义电影把'纪实性'理解得过于狭窄，只将普通人的外部生活作为'纪实'的对象，而不重视人物的内在世界反映”。❶

新现实主义作为一种创作理论，其价值一方面是体现在其对独立精神的坚守上。中国的第六代体制外的导演更多地继承了这种精神。他们面临着与意大利新现实主义兴起相似的环境：缺乏资金、不能请大明星、没有豪华的布景等，只能是采用直面现实，近似记录的方法来创作，但他们更加注重在对生活观察的基础上来提炼出剧本，并将其作为自己创作的指导。但是对新现实主义的创作而言，电影创作者在以后的电影创作中必须把握好一个度，过犹不及，要重视电影的本性，直面现实，具有批判精神是对的，如果只是“记录事实”，那就无异于纪录片了，对电影的创作也是毫无益处的。中国第六代导演的一些创作上也存在这样的倾向，而且在创作过程中，更走向了极端，这就导致了以后新现实主义的路越走越窄，起初的时候其残酷的直面现实的真实感会让人很感动，但随着社会的变迁，现实的变异，观众不能获得情感的满足，其千篇一律的叙事模式和影像语言会让观众产生倦意，新现实主义电影不久也就退潮了，更大程度上被纪录片所替代。事实上对于新现实主义的创作者来说，选择当代生活的题材作为拍摄对象只是最基本、最浅层的一步。而更应该记录下当代人是怎样生存的，并体验到当下现实与我们的生存盼望之间的冲突所造成的切肤之痛，真正的当代性总是与人类生存中永恒的命题相连。

(三)现代主义

现代主义作为一种创作手法，它的起源在学界也是一个有争论的问题。有论者指出一般认为现代主义电影应该是从“新浪潮”“左岸派”电影开始算起。❷ 但也有学者对此持有不同的观点，提出了现代主义电影的两阶段论，他认为“在电影艺术中具体实践现代主义创作原则并形成有较大声势的运动，是发生在20世纪二十年代以法国和德国为中心的先锋派电影。西方现代主义电影继'先锋派'电影之后，再次勃兴并产生了较大影响的是五六十年代出现的以法国'新浪潮'为主体的现代主义电影运动。它包括产生在这前后的法国'左岸派'电影、瑞典伯格曼的影片、意大利安东尼奥尼、费里尼等人的影片在内，形成了一个复杂的电影潮流。理论界有人用'新浪潮'来概括。其所表现的内涵，都深受存在主义、弗洛伊德主义、实证主义和现象学等现代主义哲学思潮和文艺思潮的影响”。❸

我个人认为具体在电影中的创作过程有两个阶段，第一阶段是电影初期，为了确定电影作为艺术的身份，一批电影创作者力图充分利用电影影像本身的特质，凸显出电影与其他艺术的不同，如画面感、节奏感等，这就是早期的印象派、表现主义(《卡里加里博士》)、超现实主义(《贝壳与僧侣》)等电影，这些都可以归为现代主义的创作

---

❶ 桂青山：《影视剧本创作教程》，254页，北京，北京师范大学出版社，2004。

❷ 参见金丹元：《电影美学导论》，188页，上海，复旦大学出版社，2008。

❸ 孙钦华：《西方现代主义电影的两次浪潮》，载《思想战线》，1988(2)。

手法；第二阶段，可大致认为是以伯格曼、黑泽明、费里尼、安东尼奥尼等为代表的以及新浪潮和左岸派的创作。现代主义的创作手法在许多流派的电影创作中得到了实践。现代主义电影创作，拓展了电影作为艺术的种种可能，增强了电影的表现力，将电影作为一种艺术手段，更加地深入到人的内心。

但对20世纪20年代的电影的“先锋派”创作也要具体分析。如早期的印象派电影，以夸张失实、扭曲变形的构图和奇特失真的色彩等手法表现人的主观现实与心理感受。德吕克的印象派电影，认为电影对现实生活的表现，应该以人们的“初始印象”为基础，才可以准确地传达，他认为只有这种“印象”才具有可靠的真实性。德吕克提倡电影艺术家大胆探索新的电影语言，去表现人物的心理活动，把现在、过去和将来相穿插，把现实与幻想相交融，对社会人生的反映，重视神似。例如在《沉默》(1920年)中，他试图以视觉性画面体现出主人公的内心世界、痛苦情绪。这里面有必要说明的是，针对有人将这一时期的印象派电影视为“现代主义”的组成部分的观点，有论者提出不同意见，认为“这一时期的印象派电影的人文内蕴并不是建立在‘现代主义’的基础上，而是遵循着传统的社会意识、哲学观念”。❶ 早期的现代主义创作从反对舞台化、文学性出发，主张非情节化、反对叙事，主要通过电影本身的光、画面、色彩等强调电影的绘画本性，试图为电影作为艺术的正名阶段，是一种纯电影的理论和创作，在一定意义上宣告电影艺术从自发走向了自觉，但这一时期有些先锋派的电影还未能完全达到现代主义的高度。除此之外，现代主义的电影创作基本上还是呈现出基本相似的创造特质的。

1. 现代主义电影创作的理论基础

现代主义的电影创作是受当时兴起的现代主义思潮的影响。邵牧君先生认为现代主义是“以非理性主义为创作原则”的。❷ 他指出现代主义主张在文艺创作过程中摆脱理性的“束缚”，用非理性的直觉、本能、潜意识活动、意志等“原始力量”在作品中体现出创作者的真正的“自我”。它强调创作者要在作品中表达出自己对事物的直接的原始的感受，不要经过理性的综合概括，所以作品的含义应当“因人而异”“自行求解”。为了达到这个目的，电影创作在发展过程中便逐步地、最后是彻底地否定了情节结构、人物行为动机、性格发展逻辑、形象的比例尺度、色彩的合理配置等一切“旧文艺”的“程式”。

邵牧君先生认为：“总的来说，现代主义文艺的基本特点就是在拒绝理性的前提下，造型艺术走向抽象化，即强调艺术家要记录下自己对现实事物的内心感受，并且主要是要反映出在观察事物对象时本人的主观情绪状态；叙事艺术则走向意识化，即强调创作家要记录下人物的意识的自然流动。这样，文艺作品就不再是客观存在事物的如实再现，而成为个人化的情绪反应的原始记录。”“现代主义的唯我主义的非理性倾向在其产生初期是从当时流行的主观唯心主义哲学(柏格森、詹姆士等)那里吸取了思想养料的。但是从20世纪20年代开始，现代主义从造型艺术蔓延向叙事艺术(小说、戏剧、电影)之后，弗洛伊德学说和作为一种人生剖析哲学的存在主义的影响便愈来愈明显，甚至可以不用‘影响’二字，而干脆把现代主义的叙事作品称之为弗洛伊

---

❶ 桂青山：《影视剧本创作教程》，283页，北京，北京师范大学出版社，2004。

❷ 参见邵牧君：《西方电影史论》，149页，北京，高等教育出版社，2005。

德学说和存在主义人生哲学的艺术体现也不为过”。❶ 这一点在西方电影中尤其属实。金丹元先生也认为如果说弗洛伊德学说为现代主义文艺的非理性主义提供了“科学根据”的话，那么，存在主义则是为它提供了哲学基础。

弗洛伊德宣称，梦是表达某种潜在的希望或动机的象征方式。他认为艺术是人在得不到原始的满足时的一种补偿。而存在主义则对现实和历史持悲观主义的态度，它认为人在世界上是孤独的、不自由的，人与人之间没有沟通的可能，“他人即地狱”是存在主义的一个基本命题，这就从本质上否定了人类彼此了解的必要性。它还认为生活中多发生的一切过程都失去了规律性、连贯性和因果关系，一切都是荒诞不经的，而人无力改变混乱的秩序，只能无希望地接受它。在这两种非理性哲学的影响下，现代主义的电影创作呈现出深邃和不可解的特点。

有论者也指出，现代主义电影创作，整体来说是受反理性思潮的影响，当具体到电影的早期和晚期创作中也不尽相同，早期先锋派的创作，“一些电影编导直接受弗洛伊德的精神分析学，叔本华、尼采的唯意志论以及柏格森的直觉主义等西方现代主义哲学思潮的影响，表现了对理性和传统艺术创作原则的否定，对本能、直觉、潜意识等非理性的肯定和强调，主张不受任何规律约束的自我表现和创新”。❷ 而 20 世纪五十年代的广义上面的“新浪潮”所表现的内涵，“都深受存在主义、弗洛伊德主义、实证主义和现象学等现代主义哲学思潮和文艺思潮的影响。具体表现为存在是荒谬的，生活的发展是无秩序、无规律的，否决因果关系，强调个人主观因素的作用，强调人的直觉、本能、潜意识，否认理性的能动作用和认识功能，认为理性是不可靠的。只有表现人的性本能才是真实的。并且认为人与人之间无法了解和交流，只有冷漠和隔膜、勾心斗角、尔虞我诈。影片热衷于表现人性丑的方面，宣扬个人与社会的对立，认为是社会的利益和道德规范压抑了人的本性，人和社会的对立是无法调和的。这些成为‘新浪潮’影片的共同思想追求，也是其现代主义风格的本质所在”。❸ 正是这种差异性，使得不同时期的现代主义电影创作呈现出不同的特点。

具体来说，“新浪潮”电影与先锋派电影都以表现主义为美学基础，但也有一系列区别，如先锋派电影受现代主义绘画影响最深，追求奇异的构图，要在银幕上创造“活的图画”；而“新浪潮”电影则主要受现代主义文学(如意识流文学)影响，强调意识流手法，重视内心独白。前者主要在下意识与反常心理方面进行探索，而后者却全面研究现代人的一切意识活动(包括有意识的与下意识的，正常的与变态的)的银幕化。

但不管怎样，应该说弗洛伊德学说和存在主义是现代主义电影创作的基石，现代主义电影的产生与现代主义哲学和思潮的兴起直接相关，而现代主义中的非理性思潮色彩又相当浓厚，所以人们在谈及现代电影时也总是强调它的非理性特征。金丹元认为，尽管现代主义电影有淡化情节，甚至反情节、否定人物性格的倾向，但有两点值得注意：

> 一是不惟非理性，即除了非理性之外，它还特别强调重视人的独立主体、张

---

❶ 邵牧君：《略论西方电影中的现代主义(续)》，载《电影艺术》，1980(12)。

❷ 孙钦华：《西方现代主义电影的两次浪潮》，载《思想战线》，1988(2)。

❸ 同上。

扬自我、表现内心等；二是就现代主义电影的发展变化而言，相对现实主义来说它是非理性的，但比起后现代主义，它仍具有一定的现代主义的理性。而且从具体的现代电影作品的演变来看，它有时又有与现实主义相交叉、相融合的一面。❶

所以，金丹元认为从美哲学思想的维度来看，精神分析学说和存在主义是对现代西方电影影响最大的两个思潮，尤其是两个思潮的合流，即精神分析学与存在主义的互渗(中间又掺和着现实主义)对其影响更为深远。

邵牧君在文中借用美国新电影运动的主将约纳斯·梅卡斯对新浪潮的回顾和总结，指出了“新浪潮电影运动的现代主义本质，不是在于具体的技巧层面，而是在于创造出‘新人’的人生观和世界观。新浪潮电影给‘电影创作带来的剧烈变化’时，也特别强调了这种电影的存在主义思想”。❷ 他认为我们往往会容易只从形式上、从一些打破传统的手法上去认识现代主义，而忽略了这些东西是同创作者的认识世界的方法相联系的。现代主义电影之所以表现为某种蔑视传统章法的“新的叙述方式”，是因为这种方式最适合于表现那种极度“自然”“纯真”的“新人”。正如戈达尔所说，《精疲力尽》里的那个莫名其妙乱开枪的匪徒是一个走上一步时还不知道将会如何走下一步的人，所以他作为导演同样在拍上一个镜头时还不知道下一个镜头将拍什么。

罗慧生认为：“‘新浪潮’电影背离了现实主义的传统，而形成了一套现代主义的电影美学观点。它把表现矛盾、狂乱的内心活动特别是下意识活动，看做崇高的美学境界，把灰暗、伤感、颓废以至绝望作为最感人的美学基调。它提倡“自我表现”“自由联想”，采取便于主观想象随意奔驰的“非结构”“非情节”模式，热衷于运用“意识流”、闪回等表现手段，以利于体现非理性主义内容。”❸

而这些具体手法的应用是基于对其非理性的哲学观念的理解的。现代主义电影的流派诸多，现代主义作为一种总的创作手法有着共同的特点，但同时也有着各自的特点。创作方法和技巧也比较多样，我想从几个关键词入手可以对电影现代主义的创作手法窥一“斑”而知“全豹”。邵牧君先生认为用事件的无逻辑组合(生活流手法)或非理性的意识活动(意识流手法)来代替或打乱逻辑的情节结构是现代主义电影创作的一个标志性特点。他认为“情节是作品所表现的生活的客观规律性的反映，而否定情节当然就意味着否定生活的客观规律性。对传统的情节结构的否定，向来被认为是现代主义电影最基本的形式特征”。❹这里面涉及现代主义电影创作在非理性原则指导下的两个具体的方法，即“生活流”和“意识流”。

2. 生活流

“生活流”的表现手法在以戈达尔和特吕弗为代表的“法国新浪潮”的电影创作中较为明显。其目的就是要否定传统的情节，透视生活的本质。传统电影的叙事结构是电影在商业化过程中参照戏剧与小说的模式定型的。这一结构以冲突为中心。特吕弗有

---

❶ 金丹元：《电影美学导论》，188、189页，上海，复旦大学出版社，2008。

❷ 邵牧君：《略论西方电影中的现代主义》，载《电影艺术》，1980(11)。

❸ 罗慧生：《西方电影哲理化的几个问题》，载《文艺研究》，1981(6)。

❹ 孙钦华：《西方现代主义电影的两次浪潮》，载《思想战线》，1988(2)。

意拒绝以连接戏剧性事件进行叙事的方式，转而通过一连串日常琐碎的积累来反映人的精神状态。这在一定程度上来源于存在主义“存在先于本质”的观点，而且表现出现代主义认为存在是荒谬的，生活的发展是无秩序、无规律的，否决因果关系的创作态度。特吕弗的《四百下》，就是用“生活流”手法创作的一部影片，在里面我们找不到任何符合传统观念的情节。影片对安托万的生活方式的描述，只是通过逛马路、逃学、撒谎、逛市场、漫步沙滩等一系列毫无戏剧性可言的事件表现出来。邵牧君指出“整个影片就平淡得像日常生活中无数平淡的一天一样。当安托万最后从拘留所逃出，向大海飞奔而去时，镜头一直跟拍他那无休无止的奔跑达数分钟之久。在这里，与其说是在表现一个事件，不如说是在表达安托万终于逃脱了肉体和精神折磨后的极度喜悦的心情。技巧在这里显然已不是为了叙事了”。❶ 这种叙事其实体现了现代主义电影创作的态度，即人生没有结构可言，所以表现某些有趣的现代人生活中的现代精神的影片也是无结构的。

安东尼奥尼的影片则显示出另一种风格，它们是“生活流”电影的代表。然而安东尼奥尼的影片又不是“生活流”中对生活的纯客观琐屑记录的一派，在他的电影创作中渗透着导演的观念意识活动的外部投影和物化，因此其影片是生活流中偏于心理真实派的代表，安东尼奥尼将“生活流”和个人化风格统一在一起。邵牧君认为安东尼奥尼把现代主义的“生活流”技巧发展到了极致。“其影片内涵主要表现人与社会的对立、人与人之间相互隔膜、个人内心的孤独苦闷、爱情的飘忽不定等。在艺术表现上的突出特点是无传统的故事情节和人物的矛盾冲突，而往往是摘取生活流程中的一瞬间或一个片段来加以表现，其中往往蕴含着某种深刻的生活哲理”。❷ 邵牧君指出安东尼奥尼的影片对故事情节和人物性格都不十分在意，主要是细腻地展示人物的某种心理活动。其实安东尼奥尼的《奇遇》并没有什么情节，“女人失踪”只是一个虚假的悬念，只是让观众跟着电影中的人物一起游荡，观察剧中男女的感情变化。除了平淡无奇的旅游见闻和日常事件之外，观众所期望的矛盾、冲突或转折都没有出现。导演要表达的是既然桑德洛已经对失踪的安娜不感兴趣，为什么还非要去追究她的下落呢？这种创作手法对于观众的冲击是巨大的，影片作者只关心他的人物而不理会观众的习惯心理，这无异是摧毁了2000多年来的剧作传统。而这也和传统的“生活流”的创作手法有着本质的差异。

斯坦利·梭罗门认为“一种当代艺术形式的特点，通常总是更多地取决于艺术家对待材料的态度，而不是取决于他所处理的特定主题”。❸ 他认为现代主义电影试图让一系列的事件代替统一的结构。情节减少的原因，在于电影创作者认为，把情节动作减少到最低限度，可以有助于创造可以看见大量运动的场面。在现代电影中，运动或活动部分取代了程式化的情节。这种情况有时导致电影创作者把事件作为主要结构手段。

对于现代主义的创作者来说，他们打破了传统的情节和事件之间的关系，以事件取代情节，舍弃那种有着因果逻辑关系的情节。对于绝大多数新一些的电影创作者来

---

❶ 邵牧君：《略论西方电影中的现代主义(续)》，载《电影艺术》，1980(12)。

❷ 同上。

❸ [美]斯坦利·梭罗门：《电影的观念》，齐宇译，236页，北京，中国电影出版社，1983。

说，那种老式的、合乎逻辑的和按部就班展开故事的做法，已经没有多少意义。现代主义主张采取一种适应现代生活观的方式来讲述电影故事，在他们看来生活本身就缺乏结构，所以也就会产生没有结构的影片，他们的创作在于探索某些有趣的现代人物的生活所表现的现代精神。如同《精疲力尽》中表现出的随着生活的流动而产生的率性所为。

3. 意识流、潜意识、幻梦

“意识流”是现代主义创作中的另外一个关键词，有论者认为它在“左岸派”的电影创作中体现得非常明显。不同于戈达尔和特吕弗“生活流”的现代主义电影创作，“左岸派”着重表现人物的内心活动，特别是表现人的非理性的直觉和下意识活动；他们在表现手法上比较注重精雕细琢，特别注意艺术技巧；而且“左岸派”电影被公认比“新浪潮”电影更具现代主义电影特色。例如多次在国际电影节获奖的《广岛之恋》围绕女主人公复杂的内心世界，把法国女演员和日本建筑师爱恋的现实时空，和女演员来日本见到过的医院、博物馆、广场、原子弹爆炸给人留下的种种残迹、再生的生命、女演员对过去初恋的法国士兵的回忆等多种过去时空彼此穿插交替连接在一起。影片把现实性和意识性，特别是潜意识、幻觉等渗透交织在一起，表现了爱情的复杂心理，成为现代主义意识流电影的代表作之一。

但要注意到作为艺术手法的“意识流”是不同于纯心理学意义上的“意识流”的。论者认为“前者只是借用后者的‘流动特色’以更真实自然地体现人物。它尽管具有灵动自然、无所羁系的‘表面’，却仍不失既定主旨与大致流向所规定的‘内质’。而不是过于强调意识的非理性与无逻辑，乃至不加选择与节制地一味展示猥琐、颓废、堕落、色情、变态、神经错乱等心理”。[1] 有些创作者在这方面的过分强调，是导致现代主义后来走下坡路的一个重要原因。

伯格曼主张“电影应当走出现实主义，走出对人们周围的现实的一般描写”，认为制作影片就是“自我燃烧”和“自我宣泄”，宣称“我则以制作影片来表现自己”。他把镜头深入到人物的内心世界和潜意识领域。影片《野草莓》通过老人伊萨克驱车前往某地参加接受荣誉博士学衔典礼途中的梦境、回忆、似梦非梦的幻觉，表现了伊萨克对自己一生中爱情生活的内省和负罪心理。梦幻、梦魇成为影片的主要内容部分，影片把现在和过去，客观叙述和人物内心独白，理性和梦境、幻觉交织在一起，完全打破时空的限制，把弗洛伊德式的潜意识呈现在直观的画面中，而且老年伊萨克和青年伊萨克同处在一个画面中。费里尼的自传式影片《八又二分之一》也同样是把现实、联想、幻想、错觉等混杂在一起，表现了创作者的非理性主义、反电影传统的倾向，通过银幕的画面直观地呈现出了导演本人内心精神状态和潜意识活动。阿仑·雷乃、伯格曼、费里尼的影片都是属于现代主义电影中意识流电影的代表。

梦幻是现代主义意识流电影的一个重要元素，先锋派导演杜拉克宣传“幻梦的境界——这是最‘崇高’的电影领域”。桂青山先生认为现代主义将幻梦境界作为美学的最高境界。梦、昏迷状态、一直神经错乱或酒后迷醉状态，都是非逻辑的意识活动，属于自由联想与无端幻想的天地。作为现代主义电影的一支，“超现实主义电影”从形体转向内心，并着重展示内心的变态活动，表现那些作为内心活动“物化”的奇异怪诞

---

[1] 桂青山：《影视剧本创作教程》，266页，北京，北京师范大学出版社，2004。

的景色和人物。如《贝壳与僧侣》，以反映主人公的梦幻世界为主，表现弗洛伊德式的性压抑。有论者指出，“超现实主义电影受佛洛依德精神分析学说的影响，试图把梦境、心理变化、无意识或潜意识过程搬上银幕，把表现**幻觉**和**梦境**，展示人的潜意识当作电影艺术的根本任务”。“‘超现实主义’电影没有完整的故事，创作主旨在于形象化地表现梦境和潜意识活动，现实的场面和令人费解的怪诞场面常常交织在一起，借以表现主观世界的混乱、幽暗、痛苦和严重的失落感”。❶ 布努埃尔指出影片《一条安达鲁狗》出自两个梦的结合，他创作的原则是“不要可能得出任何理性的、心理的和文化的解释的任何思想和任何形象。除了震惊的画面，别的都不要，也不打算知道为什么”。❷ 影片不是从理性和逻辑基础出发，而是追求一种非理性、非常规的写作模式，将现实与幻想等诸多意象内涵在特定时空下，富有诗意地融为一体。而关于梦幻，黑泽明的《梦》则堪称典范，影片由八个梦组成，看似杂乱无章、迷离破碎，内容涉及童心、道德、爱情、生死、战争、污染、核扩散等，但整体上却“引导我们对人生态势有一个全程的哲学认知，对我们寄生于斯的世界危难有一种迫切的现实惕觉”。❸

但也要注意到这种创作，隐喻过于艰涩、隐晦，蒙太奇过于离奇古怪，乃至影片从整体上就有一种“强迫观众”“超离观众”的架势，便难免有生硬造作之嫌。❹

4. 非情节化、跳接、多余镜头

邵牧君说现代主义的电影创作者在使用电影手法上很少是以“有效地叙说故事”为目的，而“大多偏重于把技巧作为一种思维的工具，作为影片表达的意义的一部分。他力图打破或打乱类型化的电影文法给观众造成的心理型式，使他们不断地处于不知所从的状态。当影片眼看是朝着某一方向前进时，他总喜欢让它突然转向其他的方向”。❺

阿仑·雷乃在谈到他的电影《去年在马里昂巴德》时曾说过：“我希望观众看这部影片时，不要按过去的习惯去寻找故事，去找戏剧性事件。你不要为那种编得非常巧妙的对话所吸引。你应该像读一本书那样去看一部影片，就是说，不要被动地让剧情、画面形象、音响强加给耳朵和眼睛，应该去思考。要求观众一个人去看、去思考究竟发生了什么事。”❻

特吕弗也说他希望“以类型的混合来粉碎类型”。体现在现代主义电影中的用非理性的意识活动来代替或打乱逻辑的情节结构，是现代主义电影的另一种非情节化手段，通常表现为跳接(指在人们以为会有多少是连续不断的可见动作的地方被省却了一部分真实的时间)。而使用这种手段最为明显的一个人物就是戈达尔。戈达尔说过：“对于电影语言的问题，我不再去理会它。……在我拍《精疲力尽》或其他早期短片的时候，我会以纯粹的‘电影化’观点来处理人物的镜头。如今我拍片时，已经不再考虑是否合乎电影化的原则了。”❼他在影片中常常使用“跳接”来抵制传统的蒙太奇方法，

❶ 黄会林、周星主编：《影视文学》，101、102页，北京，高等教育出版社，2002。
❷ [西班牙]路·布努埃尔：《关于一条安达鲁狗》，载《世界电影》，1988(3)。
❸ 桂青山：《影视剧本创作教程》，327页，北京，北京师范大学出版社，2004。
❹ 同上书，300页。
❺ 邵牧君：《略论西方电影中的现代主义(续)》，载《电影艺术》，1980(12)。
❻ 同上。
❼ 同上。

有意制造特殊的“不连贯”“不流畅感”的影片风格。如在《精疲力尽》里自右向左的汽车会突然变成自左向右，被追逐的卡车会突然消失。而且戈达尔还经常加入一些“多余镜头”，就是在一个连续性动作中插入一些毫不相干的镜头，破坏叙事的完整性。

邵牧君认为戈达尔似乎企图在影片创作上搬用布莱希特的“间离效果”理论，即力求使观众在情绪上同剧中人保持距离，避免陷入心醉神迷的认同状态。但“戈达尔显然是把‘间离效果’理论推到了极端，结果被破坏的不是观众的幻觉，而是艺术本身了”❶。他认为跳接、多余镜头、“自我介入”和“乱发议论”等破坏性技巧是戈达尔用来更彻底地破坏电影艺术的极端手段。

美国学者所罗门认为现代电影的重要倾向之一就是“脱离事先计划好的情节结构”。而且他认为“就现代电影而言，可以把故事的定义说成包括一切事件，而不问其联系或重要性，只要这些事件能使观众对随后将发生的事情产生好奇心”。❷

孙钦华则认为这种极端个人化的倾向是对当时充斥影坛的好莱坞式的一味迎合观众口味、泯灭导演创作个性的制片制度及影片类型化原则和规范的一种反驳。“通过这种手法的运用，导演通过影片不再是去引导观众欣赏，而只是去表现他自己；观众去看电影不再是单纯为了娱乐，而是去理解导演表达的自我，去积极参与和思考影片表现的内涵。这标志着一种全新的艺术观念和创作原则的出现”。❸

有学者认为，现代主义的电影创作者在叙事结构上的变革，在于他们对世界和人生的看法和存在主义的观点相一致。他认为：“传统艺术的理性结构已经不能反映混乱怪诞和非理性的现实世界，传统叙事主体的完整性和统一性已经被现代社会中的自我丧失、扭曲和变形所取代，因而他们要探求一种新的艺术表达方式，既然现实世界就像一场噩梦，它的存在本身就是荒诞的、无理性的，那么，怎么能再从理性的结构出发去反映它呢?”❹

当然任何技巧的应用都必须要与表现电影的内涵相符合，如果过度的使用，其实也会造成影片的断裂，这是必须注意的一个问题。孙钦华认为现代主义创作手法也存在流变的问题：

> 五六十年代以“新浪潮”为主干的现代主义电影，吸收了他们之前的先锋电影和实验电影的教训，他们比较注重影片的娱乐性，摈弃了那种纯抽象的图案和线条的表现，以及在银幕上以物取代人的作法，也废弃了莫名其妙的弗洛伊德式的象征、隐喻和混沌、迷蒙的梦幻表现。银幕上是真实具体的人物，而且不排斥虚构故事情节。他们在艺术处理上依然坚持反传统，追求艺术的创新，但在突破传统的叙述方式、表现手段、进行创新的同时，也注意了观众的欣赏水平和习惯，一般不用任意颠倒事件的时空顺序的现代派手法，不任意打乱和歪曲生活的原貌。这些显然都是出于商业方面的考虑，也是“新浪潮”电影以及伯格曼、安东尼

❶ 邵牧君：《略论西方电影中的现代主义(续)》，载《电影艺术》，1980(12)。

❷ [美]斯坦利·所罗门：《电影的观念》，齐宇译，383，384页，北京，中国电影出版社，1993。

❸ 孙钦华：《西方现代主义电影的两次浪潮》，载《思想战线》，1988(2)。

❹ 黄会林、周星主编：《影视文学》，130页，北京，高等教育出版社，2002。

奥尼、费里尼等人的一些现代主义电影能打入商业电影之中的一个重要原因。❶

当然，这也说明现代主义电影创作作为一种创作手法，本身存在的多样性。现代主义作为电影的一种创作方法，学界对其的评价是多方面的。邵牧君认为现代主义电影同一切现代派文艺一样，强调内心的真实、艺术的想象和形式上的出奇制胜。他认为“这三条作为抽象的原则，颇能对我们电影创作的时弊起点针砭的作用。我们反对非理性化，但是在艺术创作上过于理智以至感情失真，也绝非可取。我们反对主观随意的荒诞联想，但希望在真实反映生活的影片中看到有个人特色的诗意的想象的虹彩。至于为独特的内容刻意寻求最适当的独特形式，更是我们当前最需要提倡的”。❷

罗慧生先生认为“新浪潮”电影“为加强电影的表现性，为丰富电影语言做出了不容忽视的贡献”。❸他举例指出，“新浪潮”电影提出了“内心的现实主义”，提倡“作家电影”，要求把电影变成形象化的“自来水笔”。他们最先进行一系列电影实验，探索如何表现各种不同的心理活动，如何实现“意识银幕化”。他们发现，内心活动与形象活动有一系列区别，尤其是超时空性、非连续性、非因果性、虚幻性、模糊性、颠倒性等，为此他们探索一系列相应的新表现手段，如意识流镜头、内心独白、声画分立、主观镜头，摄影方面的虚焦点、逆光、摇晃、变速、停格等手法。

这也确实如一些学者所说的，先锋派的电影创作使电影成为纯粹表达创作主体思想与心理的艺术形式，探索出一条用视觉语言来打破戏剧时空束缚的道路，有助于电影摆脱平铺直叙的刻板手法和对生活的单纯复制，而它在表现人物的精神状态和意识活动、使内心世界“视觉化”方面所做的努力，丰富和扩大了电影的表现力和范围。❹桂青山先生也指出“现代主义创作在电影结构总体上有着创新”，❺ 例如突破传统电影的一元化结构模式，探索出各种多元结构形式，如双线索以致多线索交叉、明线暗线穿插、蚀刻机大幅度的颠倒转换、声画同步于对位等多种复合形式。

但现代主义在创作过程中由于受本身理论的一些制约，也存在着不足。孙钦华先生认为先锋派电影运动前后延续了大约十年。“这个电影运动由于是以‘精选的观众’上层知识分子为对象，广大观众无法欣赏他们所表现的一切，其自我表现和创新是脱离群众的，这是它的致命伤，尤其对电影这种对观众依赖性很大的艺术。这就限制了这个运动的影响。”❻他指出 20 世纪 20 年代末有声电影的出现，动摇了“纯视觉艺术”的根基，先锋派电影随之衰落。法国“新浪潮”电影为时不长，1961 年开始迅速衰落。因为它们影片的性内涵开始时可能使观众感到兴趣和新鲜，但时间一长则引起腻烦和反感；同时一些青年导演毕竟缺乏专门训练，艺术上显得粗糙，廉价拍摄限制了某些内容的表现。这也凸显出现代主义在创作中存在的问题。但是现代主义创作手法对于丰富艺术对人生与世界的表现手段，无疑有重大的积极意义。当然，也有论者指出

---

❶ 孙钦华：《西方现代主义电影的两次浪潮》，载《思想战线》，1988(2)。

❷ 邵牧君：《略论西方电影中的现代主义(续)》，载《电影艺术》，1980(12)。

❸ 罗慧生：《西方电影哲理化的几个问题》，载《文艺研究》，1981(6)。

❹ 参见黄会林、周星主编：《影视文学》，103 页，北京，高等教育出版社，2002。

❺ 桂青山：《影视剧本创作教程》，270 页，北京，北京师范大学出版社，2004。

❻ 孙钦华：《西方现代主义电影的两次浪潮》，载《思想战线》，1988(2)。

“任何艺术表现手段都要在本质上符合人们对客观世界的认知规律与思维逻辑。过分追奇求怪、以手段代替目的、因形式牺牲内容，便会适得其反”。❶

但整体而言现代主义电影重视艺术规律，强调电影视觉语言的独特表现力，提倡要表现电影家的艺术个性，要求摆脱戏剧的束缚，它反对好莱坞电影的程式化传统，对于打破好莱坞虚构模式一统天下的局面具有积极意义。它使电影从明显杜撰的“戏剧化”转向面对现实的“纪实化”，使电影更加贴近自然生活本身，并深入展现人的内心深处，使电影向更加电影化的方向发展，这是现代主义创作方法的价值所在。

(四)“后现代”与“后现代主义”

后现代曾经是学术界讨论的一个热点话题，学者对什么是“后现代”“后现代主义”“后现代性”以及它们之间的关系也是众说纷纭，不一而足。当然，不管怎样争论，随着西方商品社会的发展，“后现代”作为一种社会文化现象确实产生了巨大的影响，它不可避免地在电影艺术上得到了呈现。1981 年，英国导演阿伦·派克执导的电影《迷墙》被认为是后现代主义电影的开山之作。美国当代思想家、著名的西方马克思主义批评家弗雷德里克·詹姆逊在 20 世纪 80 年代中期访问中国大陆并在北京大学做了演讲，对电影作为一种“文化工业”所具备的特征，以及 80 年代欧美所出现的电影的后现代性进行了细致的阐述。到 20 世纪 90 年代后现代电影趋向成熟化。1994 年被视为后现代电影发展的重要里程碑，这一年中后现代代表性的作品纷纷问世，如《暴雨将至》《天生杀人狂》《阿甘正传》《低俗小说》《东邪西毒》等，引起了人们的重视。后现代主义思潮在中国大陆也产生了影响。1992 年，张建业拍摄了《三毛从军记》这样一部具有典型后现代特征的电影。那么“后现代电影”的特征和内涵是什么？将其看做一种创作方法，它是如何的“存在”呢？

1. 后现代的人文内涵及艺术特征

詹姆逊认为，西方资本主义经历了三个主要阶段：“第一阶段是市场资本主义时期，文化上以现实主义为典型特征。第二阶段是垄断资本主义时期，文化上以现代主义为典型特征。第三阶段通常则被称为后期资本主义，或者媒介资本主义、后工业化资本主义、多国化资本主义时期，文化上则以后现代主义为其典型特征。”❷詹姆逊是从社会层面对“后现代”做出的文化界定，他将后现代作为媒介资本主义社会的一种文化现象看待，这一论断基本上被学界所接受。

然而到底什么是“后现代”呢？利奥塔从知识的状态提出一个言简意赅的定义：“后现代是对元叙事或大叙事采取的一种怀疑、不信任及拒绝的态度。”❸尹鸿先生认为，正如已经有人开始意识到的那样，后现代文化其实应该包括两个部分：

> 一部分，可以称之为**后现代性**(Postmodernity)文化，如美国好莱坞式的商业电影、家庭肥皂剧、通俗小说，还有各种社会新闻、娱乐报刊、读者文摘、谋杀迷案、明星传记，甚至包括各种亚文化形式，如卡拉 OK、MTV、时装表演、游戏机等，这与杰姆逊所谓的后现代文化概念比较接近。而如利奥塔德、哈桑

---

❶ 桂青山：《影视剧本创作教程》，291 页，北京，北京师范大学出版社，2004。

❷ [美]詹姆逊：《后现代主义与文化理论》，158～163 页，北京，北京大学出版社，1997。

❸ 刘云舟：《后现代电影》，载《福建艺术》，2004(4)。

(Ihab Hassan)等人所经常关注的后结构主义、新阐释学、女权主义、意识形态批评等解构理论，以及各种自省性的或“元叙事”的艺术品和准艺术品(如建筑等)则可称之为**后现代主义**(Postmodernism)文化。如果说后现代性文化是一种大众性的世俗文化的话，那么后现代主义文化就是一种知识分子的哲学性的文化；如果说后现代性文化是一种消费性文化的话，那么后现代主义就是一种消解性文化；如果说后现代性文化是后现代商品社会的表现形态的话，那么后现代主义文化就是后现代社会的价值反思体系。后现代性文化是后现代文化的主体，也是后现代社会文化市场的主要商品，因而它必须满足消费者直接的实用目的，必须以批量生产的方式来迎合消费者的需要。而后现代主义文化，正如利奥塔德所说，则是一种精神，一套价值模式。它表现为：消解、去中心、非同一性、多元论、解“元话语”、解“元叙事”。❶

诚如斯言，因为“后现代”文化中包括“后现代性”与“后现代主义”所呈现的双重含义，所以“后现代”的文化呈现出复杂的内涵，而且也正是内部这种双重性使得后现代的影视创作呈现出不同景观。按照尹鸿先生的解释，后现代文化是与当代社会的高度商品化和高度媒介化联系在一起的。

陈默先生指出后现代的状况是向“总体性”的宣战，提倡是宽容和多元。他认同利奥塔的观点：这个“我们”正是一种语法的强暴，旨在通过一种虚假的普遍人性的承诺，把“你”和“他”的文化的特殊性消解得一干二净。因此，我们必须和这个“我们”相分离，必须充分注意到和警惕这种侵略性的、压迫性的“我们”的“神话”的合法化，进而坚持我们自己的多样性和异质特征。陈默认为“利奥塔提供了一个现代主义美学和后现代主义美学区分最明确的对立二分——话语的和形象的。也就是说现代主义文化的特征是强调话语，以及理性(次发过程)和语言的功能；而后现代主义正好相反，其基本特征是强调对象，解放欲望，唤起无意识过程，不再压抑感性而是解放感性”。他进而总结出后现代美学的特征是“仿像与超现实”，也就是说这个社会完全是按照模拟和仿像的原则建立起来的，各种符号不停地重复循环，文化不再有现代社会那种自律的发展可能性，它无法逃避模拟的控制。他指出“后现代的‘文化逻辑’是从深度时间模式转向平面空间模式，从中心化的自我焦虑转向非中心化的主体零散化”。❷

虽然各家的观点各异，但后现代整体呈现出一种共同的人文特征。对于后现代人文内涵，桂青山先生认为：

尽管各家之说不无差异，但对“后现代”人文内涵的总体认知却是相同的。这就是：反对总体、消解深度、抵制解释、拒绝意义、否定价值、打倒权威、摆脱理念、强调感性、重视形象、无视本质等的融会与综合。在这基础上所体现的现实态度，自然就是不要逻辑、反对秩序，强调即时享受、不问终极归宿，我行我素而又无是无非、无可无不可，不要思想、只要游戏，满足平面、平浅、平庸与复制，及时行乐而又乐不起来等。

❶ 尹鸿：《告别了普罗米修斯之后——后现代语境中的中国电影》，载《当代电影》，1994(2)。

❷ 陈默：《影视文化学》，138、142页，北京，北京广播学院出版社，2001。

> 在艺术展示方面，如果说现实主义是以典型概括做集体性现实层面的扫描，现代主义是以极端方式做个体生命哲学层面的拷问，而后现代主义则是对前两者的全方位颠覆——不要问我从哪里来，不要问我到哪里去，也不要问我“现在”是什么、为什么与怎么样：一切均不必说、也说不清楚，只自然而然地“活着”就是。❶

他认同美国学者杰姆逊所总结的：“就情绪而言，现代与后现代的区别是：焦虑与耗尽。是对后现代亦为确切而简洁的一种概括。”❷如果从整体人文内涵来说，“耗尽”是后现代的特征的话，那么就具体到电影的创作，詹姆逊在《后现代主义与文化理论》之《艺术与文化中的后现代》中指出，后现代电影作为一种玩世不恭的影像游戏，其独特的游戏规则和审美标准从总体上说即是能指的游戏与视像的狂欢。而具体到每一个的后现代电影文本，他们则呈现出纷繁复杂的审美特征：消解权威、颠覆权威理念、摒弃宏大叙事、放逐传统政治和道德话语、影像的拼贴挪用、类型的嫁接、风格杂糅等。

2.“后现代”电影创作

后现代电影作为后现代文化在具体的创作过程中呈现，受到后现代的解构、去中心等观念的影响，呈现出以下的特点：

消解，戏仿

现代主义在瓦解了占据中心地位的现实主义创作原则以后，仍试图创造出一个假想的中心。而后现代主义则要试图消除和瓦解现代主义者所精心建构起来的“中心”。反叛传统，对传统价值体系的颠覆，这在以王朔小说改编的一些电影中表现非常明显。“消解”是后现代影视创作中的一个关键词，消解的目的并非要建构一个新的中心，消解本身便是目的。

> 这些人物幽默机智而又无所事事，调侃着别人又嘲笑着自己，消解着一切严肃的事物而又不付诸于行动，生活中处处不顺而又不悲天悯人，处处显得高人一筹而又常常露出马脚，他们用游戏化的方式消解着现实的挫折与无奈，消解着生命的激情和对个体/民族/国家的责任，消解着一切对真、善、美的追求；同时，他们将庄严神圣的革命话语挪用于九十年代的世俗化语境中，消解了话语本身的崇高与神圣，造成了一种喜剧效果，同时也释放了观众压抑已久的破坏颠覆本能。❸

论者举例指出《顽主》中开“三T”公司的于观等人、《甲方乙方》中开“好梦一日游”公司的杨仲等、《大撒把》中的顾彦、《编辑部的故事》中的李冬宝、《不见不散》中的刘元都是这样的人物。论者还指出其更为彻底的含义是对“卡里斯马人物”及其所负载的意识形态的解构或消解。论者认为“《有话好好说》中‘活雷锋’张秋生所想拯救的对象

---

❶ 桂青山：《影视剧本创作教程》，359页，北京，北京师范大学出版社，2004。

❷ 同上。

❸ 何建平：《试论九十年代中国电影的后现代特征》，载《北京电影学院学报》，2001(2)。

却是一个拒绝被拯救的人，而且对于拯救者来说，他所拯救的对象在智谋、勇气、胆识等方面甚至超过了他，拯救者与被拯救者之间在观念、修养、德行等方面存在着巨大差异，双方几乎很难沟通(这也是影片喜剧性的主要来源)，而拯救者却按照惯常的逻辑采取行动，最终成为被拯救者。这里，'英雄'—'对手'、'拯救者'—'被拯救者'二元关系的缺失，不仅再次证明英雄已丧失了振臂一呼、应者云集的魔力，而且英雄本身是否存在也遭到了质疑。英雄自身魅力的播散，也直接解构了先前影片完整的叙事结构"。❶

尹鸿也指出《大撒把》《上一当》等影片对种种人们习以为常的价值观念、伦理观念、社会观念和历史观念作了调侃式的嘲讽，好几部影片甚至都故意让人物在天安门广场和天安门城楼开着世俗的玩笑，消解着人们观念中庄与谐的界限。而《三毛从军记》则大量采用了反讽、戏拟、类型混杂、滑稽模仿和"元叙事"等解构手法，不仅对历史、战争、英雄做了重新解释，而且也对电影做了重新解释，从而暴露了这些解释的"非必然性"和其意义的"非真实性"。一切意义都是由人提供给世界的，并不是世界提供给我们的，正是从这个意义上讲，后现代电影消解着世界的意义。对于采用消解的手法，尹鸿认为：

> 它用价值颠倒、视点位移、规范瓦解、种类混淆等修辞手段来消解一切恒定的常规、秩序，来表明它自身的不确定性；它用反讽和玩笑来揭示所有既成的对世界的解释的人为性和虚假性，但它却并不想用新的阐释系统来取而代之，它把自己塑造成了一个浪迹天涯的自由的流浪者，没有家园的快乐的单身汉。……
>
> 无论是后现代性文化对深度的放弃，或是后现代主义文化对深度的拆解，尽管前者来自于一种商业动机，后者则出自于一种哲学动机，但它们都有一个共同点，即对崇高感、悲剧感、使命感、责任感的怀疑和疏离，在过去文化中那些引以自豪的神圣的东西，如深度、焦虑、恐惧、永恒的情感等都消失殆尽，而被那些世俗梦想和文化游戏所代替。一方面它怀疑一切、消解一切，但另一方面，它又与它怀疑的一切和平共处、相安无事：这正是后现代文化的两重性。后现代文化脱离了以二元对立为基础的历时性的发展模式，以一种共时的平面性创造了一种开放的文化游戏。❷

有论者指出就后现代而言，艺术创作"首先不是一种个性的表达(就像现代主义者所推崇的那样)，而是受着商业性文化消费规律的制约：它必须按照商业化的要求投观众所好，把观众当作上帝，按照快乐(娱乐)的原则而不是自我表现的原则来进行操作。这里，艺术及其创作的神圣感、崇高感也就消失了。既然艺术是可以拼凑的、组合的、加进广告的，那么艺术及其创作的深度模式也就不复存在了"。❸ 这无形中就达到了一种消解的效果。

而这种消解，往往是通过"戏仿"的手段来完成的。戏仿经典，主要是为了获得一

---

❶ 何建平：《试论九十年代中国电影的后现代特征》，载《北京电影学院学报》，2001(2)。

❷ 尹鸿：《告别了普罗米修斯之后——后现代语境中的中国电影》，载《当代电影》，1994(2)。

❸ 饶曙光：《后现代主义文化与当代中国电影电视》，载《当代电影》，1994(2)。

种游戏化的效果，如《国产凌凌漆》对007系列影片的戏仿。《大话西游》就是对《西游记》的戏仿。它有意打破雅俗之间的界限，使得人们通过戏仿可以获得挑战权威的快感，并带来宣泄被压抑的畅快和胜利的幻觉。

> 为表达文本的中心主题服务。而后现代文化作为一种多元化历史时期的解构性文化，它以对中心的消解与颠覆为目的。当然，正如前面的论述，这种消解的目的不是为了建构，不是想以另一个中心取而代之，消解本身便是其目的，其骨子里透露出来的是对“现代性神话”的怀疑与不信任。因而，这种解构性的美学追求必然反映到具有后现代特征的电影文本的叙述层面上，并对中心化的“神话”式叙述进行全方位颠覆。❶

何建平认为，“通过对英雄人物、英雄言行的滑稽式模仿，从而使美与丑、卑琐与正义、低下与崇高产生直接对接，这种对接不是以丑来衬托美，以低下来衬托崇高，而是使崇高、正义离开它所产生的文化语境，直接被移植进卑琐的、低俗的环境中，使卑琐的行为涂上了崇高的色彩，并产生了乖谬感、喜剧感，从而消解着英雄人物原有的悲剧精神和崇高感”。❷ 他列举了影片《顽主》中有这样几则对话：“他老是八路军打鬼子那一套破路，诱歼化装奇袭什么的，一点拿上台面的本事都没有”，“几十年来，我们是怎么取得一个个成就从胜利走向胜利？那就是始终如一地坚持玩文学的创作方针”。第一则对话是把八路军打鬼子的那套游击战术（严肃的事情）直接挪用来形容于观对付女人的办法，由此，当年那套颇带英雄主义与神秘色彩的“游击”战术仅仅是“顽主”们对付女人的下三滥的手段；而第二段对话是于观在开公司职工大会的场合下讲的。何建平指出“当年那种鼓舞人心、鼓舞斗志可以说已成为经典的语录被嵌入了玩生活、玩文学的语境中，并且企图用经典语录来证实‘玩文学’的合理性，由此其对经典话语神圣性的消解也就顺理成章”。❸

论者指出，“后现代主义影视是一种边缘影视文本，它一方面使影视本身极度分化，其内部出现多元化、分层化的格局，另一方面又消除了传统的影视边界和影视规则，使普通百姓均可参与、享受和消费影视”。❹ 他指出奥立弗·斯通在《天生杀人狂》中综合运用了动画、纪录片、MTV、新闻片等影像媒体，其中男女主人公相识的一场戏，就戏仿了美国流行室内剧《我爱梅乐》，质疑了媒体面对现实时伪装出来的透明与公正，同时模糊了各媒体叙事框架的界限，使电影真正成为“综合艺术”。昆廷·塔伦蒂诺执导的《通俗小说》则通过《金表》《邦妮的处境》《文森特·维加和华莱士夫人》三个小故事，巧妙地叙述了发生在20世纪90年代美国社会中的抢劫、吸毒、同性恋等现象。影片摆脱了黑色片原有的拼杀和格斗模式，增加了调侃与幽默成分，充满趣味与浪漫。

---

❶ 何建平：《试论九十年代中国电影的后现代特征》，载《北京电影学院学报》，2001(2)。

❷ 同上书，5页。

❸ 同上书，6页。

❹ 曾耀农：《后现代主义语境下的中国影视研究》，载《郑州轻工业学院学报(社会科学版)》，2005(10)。

这类通过“戏仿”达到的“消解”，在一定程度上是抹平了精英和世俗之间的距离，使每一个个体都位于一个平面上，对于消解虚伪的假崇高、伪精英有着一定的意义。但它也有可能造成一种虚假的“自我满足”和“自我陶醉”，进而有可能变成一种犬儒。有论者指出，对这种消解不可无视。“此类影片，对人们习以为常的种种价值观念、伦理观念、社会观念和历史观念做了调侃式的嘲讽，以对平居里巷的小人物的嘲弄与自我嘲弄为基，不与传统价值观念与权力势力做正面冲突，而是用‘不正经的’、‘调侃式的’态度，以边缘的文化状态，绝不要求怎样的终极拷问，只满足‘过一把瘾就死’，大大咧咧地在‘我是你爸爸’的‘顽主’情境中，宣泄着不知所以、不求所终的某种大众性集体潜意识。”❶论者认为这基调就是“戏笑释一切”或“一切皆戏笑”。后现代电影认为世界的意义本无所谓有无，只有“存在”而无须“本质”，所以影片也就远离对信念的表达、对某种永恒正义的执著。于是就会造成“虽然世界荒谬、规范虚伪、意义不存，它们却决不将这种矛盾演化为一种悲剧性的对立——因为它们也不相信这种对立的意义。于是，平静地、轻松地、近乎无所用心地嘲笑、戏谑、反讽、调侃着这个世界，但并不企图去改变这个世界，就是上述后现代影片的共同基因——即使是悲剧题材，也采取喜剧叙述，进而使大众在戏笑的快感中，在感官的愉悦里，在集体的无意识内，颠覆、瓦解那些既定的价值、意义与规范”。❷ 而这种消解的后果，也最终使得其本身也被消解。

叙事的片段化、平面化

“后现代作家怀疑任何一种连续性，认为现代主义那种意义的连贯、人物行动的连贯、情节的连贯是一种‘封闭体’的写作，以形成一种充满错位式的‘开放体’写作。即竭力打破它的连续性，使现实时间和历史时间随意颠倒，使现实空间不断地分割切断”。❸正是因为如此，后现代的电影在叙事上呈现出与传统电影叙事很不同的一面。后现代电影在电影叙事结构上开创了分段叙述、时空交错、游戏解构的后现代主义叙述方式。

有论者指出“传统叙事理论同现代叙事理论的重大差异之一就在于后者提供了关于故事与叙述的区分。‘故事’一般被认为是一系列按时间顺序排列的事件，‘叙述’则是对故事的讲述，或称表述、话语、叙事等”。❹ “后现代作者有意违背线性次序，故事的情节顺序颠三倒四，由结尾重又生发成开端，暗示着某个无穷无尽的循环往复特性。”❺后现代电影在创作中，抛弃了传统的叙事理论，其叙述是对“故事”原来秩序的重新建构与特殊展示，往往通过无序的拼贴、无逻辑的并置与无法构成意义的“后蒙太奇”等，表述某种极度混沌、纷繁复杂、莫衷一是、不可捉摸、难能确定的人文意蕴。这种后现代叙事的最具代表性的作品，是由曼彻夫斯基导演的《暴雨将至》。导演将三个故事拼贴在一起，观众可以从任何一个开始，但是却无法让三个故事形成必然的联系和得到一致的结果。导演放弃了自圆其说，而有意建构一种不求圆满的后现代

❶ 桂青山：《影视剧本创作教程》，364 页，北京，北京师范大学出版社，2004。
❷ 同上书，365 页。
❸ 王岳川：《后现代主义文化研究》，329 页，北京，北京大学出版社，1992。
❹ 桂青山：《影视剧本创作教程》，360 页，北京，北京师范大学出版社，2004。
❺ [美]波林·罗斯诺：《后现代主义与社会科学》，104 页，上海，上海译文出版社，1998。

性叙述，以“反叙事”的极端方式，对传统秩序化的叙事进行了有意的颠覆。

如《罗拉快跑》有三个结局，三种可能，电影的实际时间和故事所讲述的时间吻合在一起，开放式的三种结局，其实是无数种可能在有限的时间内的呈现，这种叙事的后现代性凸显出后现代的多元的、不确定性的人文内涵。《两杆大烟枪》是后现代经典作品，多线索的破碎叙事，使得影片解构了传统的犯罪影片。曾耀农认为“1981年，英国后现代主义导演阿伦·帕克执导的《迷墙》没有传统的线性情节链，也没有板块情节链，基本没有对话，主要由音乐、歌曲和画面组成整个作品。后现代主义影视已经步入了一个由平面化影像汇成的海洋，它已经迅速向外扩张，向影视领域延伸，继而又爬上了文化杂志的版面、唱片封套甚至服饰表演”。❶

在后现代的创作中，平面化、片段化是一种主要的手段。有论者指出在20世纪90年代的一大批影片文本中，“传统意义上的那种连续性的叙事系统，清楚的叙事线，动因和人物因果发展都一一明了的总体叙事或大叙事已经消解了，取而代之的是片段化的叙事，非因果、非逻辑的片段式情节，打破了现实时空观念的错位时空，以及缺乏立体感的人物”。❷ 论者指出在《网络时代的爱情》中，大概有三个片段化的故事：滨子对毛毛的单相思，毛毛与“高才生”的婚姻生活及其破裂，滨子与毛毛的再相逢、再分手。可以看出，三个段落中，只有毛毛是一个贯穿始终的人物，但她并没有把其他几个人物笼络起来，影片几乎没有任何情节化的交代，因而，叙事空间由大学校园转向胡同小院，再由胡同小院转向电脑公司，便仅仅是一种缺乏明确逻辑的跳接。同样，在影片的叙事时间上，我们也可以进行重新的组合，而不会有损于影片的逻辑（因为影片本身就是一种非逻辑的组接）。所以论者认为“叙事的片段化与碎片化，这不仅在于叙事技巧的差异，而在于后现代主义的创作者对世界的认识的改变。而究其原因在于到了90年代，伴随着社会的整体转型，人们先前那种相对整合的生存秩序遭到了破坏，由此也破坏了人们对时间的连续感、对空间的统一感”。❸

拼贴、反讽

拼贴这种创作方法体现了后现代的文化特质，《阿甘正传》就普遍用拼贴的手法，形成戏谑反讽的效果。“‘无害的反讽’被认为是后现代对传统和经典进行消解与放逐的主要策略。”❹弗里德里克·詹姆逊这样表述道：“后现代主义的作品中的美学形式仍然可以用电影蒙太奇的逻辑加以解释，正如爱森斯坦在理论上所做的总结那样，把毫无关系的意象并列仍然是寻求某种理想形式所必需的，后现代主义那种杂乱的意象堆积却不要这种统一，因此不可能获得任何新的形式。我们可以归纳说，从现代主义到后现代主义的这种转变，就是从‘蒙太奇’（Montage）向‘东拼西凑的大杂烩’（collage）的过渡。”❺

后现代主义有着多民族、无中心、反权威、零散化、无深度的特征，其表现在创

---

❶ 曾耀农：《后现代主义语境下的中国影视研究》，载《郑州轻工业学院学报（社会科学版）》，2005（10）。

❷ 何建平：《试论九十年代中国电影的后现代特征》，载《北京电影学院学报》，2001（2）。

❸ 同上。

❹ 李简瑷：《后现代电影——后现代消费社会的文化奇观》，367页，成都，四川人民出版社，2009。

❺ ［美］詹明信：《晚期资本主义的文化逻辑》，292页，北京，三联书店，1997。

作上就是游戏化、戏拟化的叙事特点。戏拟、反讽、调侃等成为后现代的一种突出的风格特征。林达·哈奇认为，这些手法正是后现代主义表现手法的“核心”。拼凑体现在后现代电影中，便是无法构成既定意义的“后蒙太奇”了，而这种“后蒙太奇”其实也就类似于詹姆逊所说的“东拼西凑的大杂烩”，其形态就是“极度的混杂，闪电般的切换，莫名其妙的转接，毫无逻辑的替代。这种影视剪接切换技术使观众没有了时空障碍，舍去了日常的繁琐与平淡无奇，最大限度地满足了观众平浅的视觉消费需求。同时，也使得人们心中的时空尺度发生了变化，对琐碎缓慢的现实越来越没有耐心，而对快速疾变的生活又懒得思考——在满足片刻的感官消费中，无所用心、‘顺其自然’”。❶ 论者指出最具有代表性的后现代电影作品莫过于王家卫的电影系列，王家卫甚至开玩笑说：他的电影是“超市”上摆放的货物，你想取什么就是什么。从《旺角卡门》《阿飞正传》《东邪西毒》到《重庆森林》《堕落天使》《春光乍泄》《花样年华》，其中都充斥着光怪陆离的画面、不规则的构图以呈现出零散化、无中心化的碎片。

阿尔莫多瓦说过：“在我的影片中出现了其他的电影类型，不是因为我是一位电影爱好者，也不是因为我是那种善于引证其他创作者的人，我认为我的影片是极为独立的。其实也可以说我是一个贼，我借用了某些影片的片段来活跃我的作品。当在我的影片中出现了别人的影片的片段时，这并不是对其尊崇，而是一种剽窃。我偷了它，让它融入到我写的故事中，因而出现了一种活跃的方式。”❷其实，这种思维方式是后现代主义电影对后现代主义“怎么都行”的理论呈现，各种传统的影像资源成了后现代主义电影的“拼凑”，拼贴、戏仿、借用，后现代电影将它们运用自如。阿尔莫多瓦的影片如《斗牛士》《欲望的法则》《高跟鞋》等都充满了与纯商业片相似的情节，却与一般纯商业片的差异很大，他的影片借鉴了美国类型片，但又无法归入任何类型。除了对其他电影的“模仿”外，阿尔莫多瓦的影片更是当代风尚的汇集，广告、MTV、新闻报道、摇滚乐、色情画等媒体文化都能在他的影片中寻到影子，其影片形成一个五花八门、光怪陆离的后现代影像世界。

昆廷·塔伦蒂诺也说过：“其实我每部戏都是这儿抄点，那儿抄点，然后把它们混在一起……我就是到处抄袭桥段的，伟大的艺术家总要偷桥段。”❸他的《低俗小说》中约翰·屈夫塔和乌玛·瑟曼在夜总会跳扭摆舞的一场戏，塔伦蒂诺回顾了美国的电影史、音乐史和舞蹈诗，加上黑色电影和硬汉小说中对待暴力和罪恶的冷漠态度、强盗片的人物设计和格局、香港电影的激烈动作。魔幻现实主义的奇迹与现实的混淆，是后现代大拼接的狂欢。

有论者指出这种拼贴就是后现代式游戏写作的表现，它具有两方面的含义：“一是指不同艺术形式的拼盘，比如把漫画与电影拼在一起，把电影与电视不加融合地拼在一起，最典型的便是张建亚的《三毛从军记》。二是同一艺术样式内部不同艺术类型的拼盘，比如悲剧与喜剧/闹剧的拼接；古代戏与现代戏的拼接；还有就是不同美学风格的拼接，比如纪实与虚拟等。这里的拼接，或者说拼盘，完全不同于我们常说的

---

❶ 桂青山：《影视剧本创作教程》，361页，北京，北京师范大学出版社，2004。

❷ [德]弗里德里克·施特劳斯：《佩德罗·阿尔莫多瓦：一种发自内心的电影》，载《当代电影》，2000(3)。

❸ [美]爱斯特：《脱缰野马昆廷·塔伦蒂诺》，载《电影双周刊》，1995(3)。

综合，因为综合是有机的，是水乳交融的；而拼盘是随意的，是并列杂陈的。其次，游戏式写作表现在对经典电影段落(包括场景、人物、情节、音乐等)的戏拟，或者称滑稽式模仿，从而构成了对经典段落本身及其所隐含的意识形态的解构，而在游戏型人物的电影文本中，这种戏拟则更多是通过对经典革命话语的滑稽模仿来完成，从而构成了对元叙述、元话语的解构。”❶而刘镇伟的电影《越光宝盒》则是把以前的电影《月光宝盒》《大圣娶亲》中的各种元素、桥段拼接到其中，形成了一种电影的大杂烩。

饶曙光先生也认为：“在当代中国小说、戏剧、电影和电视中，这种反讽、戏拟和调侃已随处可见，构成了一种共同的后现代风格特征。它首先是一种艺术手法，同时也是一种人生态度，体现了对世界的一种新的体验和认知。启蒙理想、自我个性都不过是梦想中的一种神话、一种理想。人们不再天真，不再有理想，也不再有为理想献身的精神，不再有崇高感和悲剧感。于是，天真和理想本身成了嘲讽的对象，人生的悲剧感被转化为了人生的喜剧感，甚至没有愤怒只有麻木。这是人对自身现实处境的一种表达，体现了对工业化环境和人性自身衰弱无可奈何的心态：既不唱挽歌，也不想唱赞歌，于是采取了戏拟和反讽。”❷这无疑是后现代对人的当下生存状态的一种消极的呈现，拥有着复杂的原因。

3.“后现代”与“后现代主义”创作的批判

对于后现代电影的创作，我们要注意到尹鸿先生所提到的“后现代文化应该包括两个部分，即后现代性和后现代主义，后现代性文化是一种以商品形态出现的，迎合消费者的大众世俗文化，而后现代主义文化则是反映出一套当代社会价值反思体系的精英哲学文化，与利奥塔、哈桑等人关注的后结构主义、意识形态理论有关”。❸ 其实两种后现代的电影创作导致的结果也是不一样的。后现代电影最显著的区别于现代主义电影的美学特征就是“风格”和“焦虑”的消失。现代主义电影中的“作者”和“自我”在后现代电影中已经死亡，取而代之的是可以无限复制的商业产品。现代主义电影多注重人物的深度精神体验，杰姆逊曾说：“现代主义是关于焦虑的艺术，包含了各种剧烈的感情、焦虑、孤独、无法言语的绝望等等。”而后现代电影的创作却更注重商业性文化消费的规律，在现实的后现代电影创作中，前一种具有后现代性的后现代电影创作则往往成为主角。而这样按照娱乐而不是个性表达的原则来进行创作，消解了艺术的深度模式，代之以后现代的平面模式，会使得一些应有的价值也被消解。

金丹元先生认为“所谓平面模式、凸显生命本能，以及深度意义、历史记忆、主体意识的消失等，都是从解构的视角去看待当今的影视文化的。众所周知，解构是对原有结构的一种反叛，它的直接冲动来自于人们要求开放和民主的呼声、来自于突破垄断式的思想专制和语言权力的霸权主义。所以强调人的差异性、文化的差异性，反对权威和中心主义。而后工业时代的一切商品化和大肆消费，尤其是一次性消费又加剧了零散化的倾向，并使零散化和嘲弄‘正宗’变得合法化。……如是，影像审美中的流行‘英雄’取代了现实中非动作化的真实英雄，传统意义的崇高和悲剧似乎都遭到了冷落，或者可以说许多人的注意力已从崇高、悲剧转向了世俗的日常生活、介入主

❶ 何建平：《试论九十年代中国电影的后现代特征》，载《北京电影学院学报》，2001(2)。

❷ 饶曙光：《后现代主义文化与当代中国电影电视》，载《当代电影》，1994(2)。

❸ 尹鸿：《告别了普罗米修斯之后——后现代语境中的中国电影》，载《当代电影》，1994(2)。

义、享乐主义”。❶

尹鸿认为：“电影的这种后现代性，使这些影片放弃了对终极意义、绝对价值、生命本质的孜孜以求，也不再把电影当做济世救民、普渡众生的神赐的法宝，不再用电影来显示知识分子的精神优越和智力优越，来张扬那种普罗米修斯的人格力量和悲剧精神。它们仅仅只是一些无深度无景深但却轻松流畅的故事、情节和场景，一种令人兴奋而又晕眩的视听时空。这种电影是供人消费而不是供人阐释的，是供人娱乐而不是供人判断的。它缤纷炫目，但又一无所有。”❷

何建平更是结合中国后现代电影的创作谈到，后现代电影更为严重的是它直接消解了中国电影中的“启蒙”与“救亡”主题，从而消除了影片原有的深度模式，消除了影片所负载的意义、信念和价值。“它以‘胜利者’的姿态，采用戏拟反讽等叙述手法，做着后现代式的拼贴游戏，从而为观众提供了一个欢乐的游戏舞台，一个填平了雅与俗、新与旧、个体与民族、历史与未来等鸿沟的享乐的世界。在这个世界中，没有道德教化所带来的‘超我’的压抑，没有现实苦难所带来的‘自我’的焦虑；只有‘本我’‘自由’的狂欢与舞蹈。因此，九十年代带有后现代特征的电影文本为我们提供了一份新鲜的经验，一份摆脱了政治/道德教化，摆脱任何审美痛苦的经验，那是一种不需要思考，不需要判断，只需要‘参与’的快乐的承诺。然而，这种快乐，是以对中心价值的消解换来的，是以对现实、历史的表象式攫取，而不是深层次关照所换来的，这对于本来就缺乏超越性价值引导的中国文化来说，无异于雪上加霜。”❸

有论者指出，“在文化内涵上，后现代电影尽管由于其各自作者的民族、文化背景、创作动机不尽相同而有时大相径庭，但它们有一个共同点，就是反文化，反理性、反秩序，消除精英文化与大众文化，高雅文化与通俗文化之间的界限，使电影走上流行性、娱乐性的道路。同时，它们嘲笑一切，包括崇高和经典，由此消解人文价值深度和美学体验深度。但在反文化、反秩序的度上，中国电影与那些以性、暴力为核心的西方后现代电影还有很大的差异。美国后现代影片《邦尼和克莱德》《天生杀人狂》中那种对社会制度、人伦常理的彻底反叛精神从来没有在中国的电影中留下痕迹，中国电影中的后现代因素总是戴着喜剧表演的面具，与主流话语愉快地共存着”。❹

而这种喜剧性的效果在于对“反讽的游戏”的运用，而与主流话语的并存也主要是因为它有可能让人变得更加犬儒。有论者指出“后现代语境中的反讽极易成为一种无伤大雅的游戏，甚至油滑。反讽使艺术家获得了艺术表达的自由。但自由从来都是一把双刃剑。它解除了艺术传统与规范的武装，同时将庄严与神圣也拒之门外，由反讽而来的喜剧与后现代的‘躲避崇高’‘拒绝责任’的‘比矮’（平庸主义）心理结合在一起，就成为了一剂迎合大众的媚俗良方。影片的深刻内涵有可能因过于浓厚的喜剧性被观众忽略乃至削平，进而成为一部庸常的影片。正如《没事偷着乐》《贫嘴张大民的幸福生活》一样，喜剧与幽默掩盖了生活的窘迫与酸楚，‘幸福’的判断在反讽策略（肯定中的否定与否定中的肯定）中模棱两可。生存痛苦的尖锐在嬉笑中不可察觉地钝化了。这在一定程度上成为了媚俗的萌生前提”。❺

---

❶ 金丹元：《“后现代语境”与影视审美文化》，51页，上海，学林出版社，2003。

❷ 尹鸿：《告别了普罗米修斯之后——后现代语境中的中国电影》，载《当代电影》，1994(2)。

❸ 何建平：《试论九十年代中国电影的后现代特征》，载《北京电影学院学报》，2001(2)。

❹ 陈捷：《后现代思潮与当代中国电影》，载《南京艺术学院学报(音乐及表演版)》，2002(2)。

❺ 陈林侠：《论后现代语境中电影叙事的先锋困境》，载《北京电影学院学报》，2004(2)。

对这一问题，桂青山也注意到，他认为，当代中国的上述几类电影，与国外的后现代电影有一种基调上的不同。“国外的影片，大都为正剧、悲剧，而我国的影片则基本为喜剧。之所以如此，既有上述后现代文化本身的原因，毋庸置疑，更因中国特定的文化机制与审美意识：因难以或不宜正面、直接地表达，也便只好采取侧面的、迂回的、‘不正经’的方式了。”❶

那么怎样看待后现代电影的创作呢？桂青山在对后现代文化讨论的基础上对后现代电影创作的分析是其中比较有代表性的一种意见。他认为：

> 首先，它们的出现，是一种具有强烈反拨意义的极端化文化体现，是一种对“主流文化状态”的“极端反动”、是一种“反文化”。“负负得正”。因而确有一定的必然性和积极意义，后现代文化的流行，绝非无本之木，无穴之风。正是由于十九世纪和二十世纪的那种压抑人性、窒息社会的“整一”使大众受到太多的苦楚，才有逆反的坚决否定乃至彻底打倒“总体性”的后现代主义的滥觞。而这种现象，完全符合事物进展变化的天然规律。从这种意义上说，对后现代主义，我们应该持历史意义层面上的肯定态度，充分理解与认知它，乃至在一定程度及时空范畴内支持、鼓励它所具有的，对极端性旧文化体制与观念的强烈反抗。……从另一角度说：它毕竟是极端化的。矫枉过正于一时，可以。长久如之，不行。无论理论逻辑还是社会实际，均不可容忍。❷

所以，他提出从后现代文化中获得的启示：

> 后现代文化只是一种过渡文化，它绝不是、也不应是一种终极文化。对后现代文化，反对不错，拒绝也可，消解应当，散漫准许——但所有这些，都是在具有强烈的正当的针对性前提下，才有即时的意义与价值。过度的长时期的散漫混沌，到头来只能适得其反，终归要被历史的文化大势所驱逐。对学界而言，既要理解后现代产生的背景及现时的状态与意义，又要有历史主义的宏观审视与时代把握。一味宣扬、恣意展览而不加节制与必要的把握，无异饮鸩止渴。就社会现实而论，以其极端而矫枉过正，可以有适逢其时的“一时”；但也要注意“过犹不及”的弊端：猛药治恶疾，本是不得已而为之的一时权变；若不能审时度势地一味地长久地恶治，以“后现代主义”的极端性反叛、否定、打倒、推翻一切维系世界、社会与人间的道理、规则与理念，唯求大破，不思新立；只要瓦解，不思整合；只要混沌的天然，弃绝清明的理念……那也绝非济世良方，只会成为虎狼之药的。❸

具体到后现代电影上他认为：

> 我国的后现代电影，在一定层面上，确有着某种“时代写生”、“生活记录”的

❶ 桂青山：《影视剧本创作教程》，365 页，北京，北京师范大学出版社，2004。

❷❸ 同上书，368～369 页。

意义，因而含有某种“认识”价值，因为，它们毕竟是在与时代列车同速的平行轨道上，对社会生活做着客观的“跟拍”。因其真实地体现着时代文化的律动、脉搏，因其不造作，不伪饰，自然存在的本性，因它不想怎样而反具有的真实的“怎样”状态……而具有较为确切的时代认识价值。当代中国的后现代电影，应在一种新的“意义基础”与“价值准则”及“历史引领”的潜蕴中，去展示“社会状态的无意义、无价值与无历史”。或曰：在“无意义”的形象系统的艺术展示中，使观众或读者获得某种反思后的意义的重新定位与价值的新层面的奠基。❶

诚如斯言，正是由于后现代所包含的这种多义性，所以在影视创作的过程，往往精英式的批判精神由一种游戏性的形式呈现出来，所以其正面的价值在观众接受的过程中便会逐渐消解，到最后影片本身也被消解，一切都毫无意义，那么这个世界也就没有价值了，这是后现代影视在创作中必须要引起注意的一个问题。

(五)影视改编

影视改编，即运用电影、电视思维，遵循影视艺术规律和特点，将他种文艺形式的作品再创作为影视剧作艺术。改编过程要注意几个问题，一就是遵循影视的艺术规律和特点，还有就是要再创作。改编，是影视创作的一条重要途径，有相当多的优秀作品是经过改编而产生的。国际上《战争与和平》《复活》《乱》《哈姆雷特》等，我们很多在国际上获奖的影片，如《红高粱》《大红灯笼高高挂》《菊豆》……以及国内公认的优秀影视作品如《人到中年》《本命年》《湘女潇潇》《春桃》《红楼梦》《四世同堂》《围城》等，也都是由优秀小说改编而成的。

影视改编的历史是非常长的，其实电影艺术地位的确认也是源于电影对戏剧的改编，1902 年梅里爱的《月球旅行记》就是根据儒勒·凡尔勒和 H.G. 威尔斯的同名小说改编的。中国最早的改编电影可以追溯到张石川将当时盛行的文明戏《黑籍冤魂》搬上银幕。而后来，又出现了一大批改编自鸳鸯蝴蝶派的作品，如《空谷兰》《玉梨魂》等。据资料统计，“在世界影片的年产量中，改编影片约占 40%”。❷

美国研究者西格尔就曾说道，改编是影视业的命根子，获得奥斯卡奖和艾美奖的影视作品绝大多数是改编的。他列举了一些统计数字：“获奥斯卡最佳影片奖的影片有百分之八十五是改编的；电视台每周播放的电视影片，百分之四十五是改编的，而获得艾美奖的电视影片有百分之七十选自这些影片；百分之八十三的电视系列剧是改编的，而获得艾美奖的电视系列剧有百分之九十五选自这些作品。”❸

我国近年来根据文学作品改编成的影片也不胜枚举。如《夜宴》改编自《哈姆雷特》，《满城尽带黄金甲》改编自《雷雨》，电视剧《奋斗》改编自石康的同名小说《奋斗》，《潜伏》改编自龙一的同名小说《潜伏》等，这些都是比较成功的改编。为什么影视创作者喜欢从小说、戏剧等艺术样式来改编作品呢？一方面是原作中的艺术形象已经在人们心目中形成了深刻的印象，观众对此有期待，这样影视改编的作品比较容易被观众关注，自然市场的预期比较好；另一方面，被改编的作品一般都是本身艺术价值比较

---

❶ 桂青山：《影视剧本创作教程》，368～369 页，北京，北京师范大学出版社，2004。

❷ 汪流：《电影编剧学》，342 页，北京，北京广播学院出版社，2000。

❸ [美]L·西格尔：《影视艺术改编教程》，苏汉译，载《世界电影》，1996(1)。

高的，将其改编过来，其艺术的魅力有所保证，这样能对作品的质量有一个基本的保证。当然这也不是绝对的，有些改编就不是很成功。那么在改编过程中，改编什么？改编是否具有可能性？又怎样改编呢？

1. 改编什么

改编什么的问题，其实涉及改编的条件的问题，一方面是在于准备被改编的文本的价值和可能性；另一方面是指影视改编者的能力的问题。有论者就这两个方面的问题的一般原则有过阐释：

> 什么样的其他的文艺作品可以改编为影视作品呢？可以从两方面衡量：就小说(或戏剧、或其他品类的篇章)而言，它自己首先要有被改编的价值，具体说——它应该有好的“故事”(广义的故事)；这个故事应该有某种不俗的(最好能体现或者融进某种时代感的)内涵；这个故事还具有较强的“可视性”。
>
> 就改编者而言，则要考虑自己对要改编的篇章所反映的生活是否熟悉，有没有驾驭“素材”的能力以及改编的必要性(文化内涵方面或艺术创造方面)与可能性(社会环境的可能性与经济条件的可能性)。❶

具体的我们可以从以下几个方面介绍一下：

(1)文本的价值

首先，被改编的文学作品或其他艺术样式的文本必须有着深厚的文化内涵、精神内蕴，或者能够给人以独特审美体验和艺术享受，已经产生了巨大艺术魅力，对人们有着很强的吸引力，如《战争与和平》《红楼梦》《三国演义》等。其次，文本有着较强的视觉造型特征，也就是说有画面感，具备“可视性”。因为影视作品是以镜头画面表现生活的，是视听的艺术。最后，就是文本本身的故事情节非常具有吸引力。因为，就一般的影视剧来说，其还是以故事性来吸引观众的，当然不是说别的因素不重要。文本故事性比较强的、情节曲折动人的就能够吸引观众看下去。《潜伏》的成功在很大程度上，就是依赖于原著的故事情节设置非常精致、悬念迭起、跌宕起伏、构思巧妙，因而具备了很强的被改编的可能性。

(2)改编者的因素

首先，要了解影视作品和其他艺术形式的区别，要有影像思维，按照影视的艺术规律来改编。正如论者所说：“从前，我以为电影创作者只要有生活，有一支笔，有一摞稿纸就能写好剧本；后来我渐渐明白，电影编剧除了要有生活，还必须掌握电影剧作的理论与技巧，才能使写出来的电影文学剧本具有更高的专业水平。”❷

其次，要具有对作品本身的把握能力。改编者要有深厚的生活底蕴，对要改编的文体所反映的生活能够熟悉，如果你不了解，那么在改编的过程中就不能抓住问题的关键，对原著的精神吃不透的话，改编出来的作品不可能会成功。正如夏衍先生所说“我要改编《祝福》或者《林家铺子》就比较容易，因为我是浙江人，这两篇小说所叙说和描写的规定情景、风俗习惯，我是比较熟悉的，小说中叙述的那个时代，我都亲身

❶ 桂青山：《影视剧本创作教程》，370页，北京，北京师范大学出版社，2004。
❷ 王迪：《电影剧作家的探索》，123页，北京，中国电影出版社，1985。

经历过来，所以我接受这个任务后就不需要再到当地考察和了解……”[1]

最后，就是考察这部作品是否与时代氛围契合。也就是说要彰显真正的时代气质，这方面如张艺谋对《红高粱》的改编就凸显出那种昂扬的生命力和充沛健康的精神，这很符合那个激情四溢的时代。

这里要强调一下改编的可行性的问题，并不是所有的作品都适合改编。鲁迅就曾说《阿Q正传》“实无改编剧本及电影的要素”。有论者指出根据影视的文体特征，有相当一部分文学作品不适合转化成影视视觉表现。例如一些主观性非常强的作品：意识流小说、现代小说和戏剧。这些作品情节性不强，动作性和造型能力差，改编效果不好。“《阿Q正传》的改编就不成功，阿Q性格塑造，主要是靠语言，靠叙述者的叙述，叙述者身份是阿Q的同乡，叙述来自他对阿Q的回忆，叙述者的特殊语气和风格如果不用画外音，恐怕无法传达。因为小说主要靠叙述来揭示阿Q，而不是靠外在动作。看电影《阿Q正传》绝没有看小说的那种悲凉和深刻性。因为去掉了叙述者的声音之后，人物呈现出简单化的倾向，失去了人性的复杂和悲剧性，观众看到的阿Q就只有滑稽，原作的批判力度也大大降低了。”[2]

2. 怎么改编

怎么改编是改编过程最为关键的部分。首先，就要涉及改编方式、方法的问题，其次，就是改编原则，还有就是改编技巧的问题。

(1)改编方式

对此各家观点不一，美国电影理论家杰·瓦格拉将改编的方式分为三种：移植式、注视式、近似式。[3] 美国学者杜德莱·安德鲁在其《改编》一文中将其分为“借用”“复现”“转换”三种。也有论者将改编的方式分为：再现式、切割式、重写式、摹仿式等。[4]

汪流先生认为影视改编也没有一成不变的方式。何况，改编的方式要依据改编者对原材料取舍运用的情况来定。这个过程是最富有创造性的，不宜规定出某几种方式去加以限制。但是大致可以归纳出几种类型，以做参考。

> 1. 移植，此法一般是以容量相近的中篇小说为改编对象。中篇本身比较符合电影的容量和具有改编电影的较大可能性。因此，改编中篇，对原作中的人物、情节、主题均可少做明显的改动，大多是直接挪移过来即可。如《早春二月》《天云山传奇》和《人到中年》的改编；
>
> 2. 节选，从一部作品中选出相对完整的一段，节选部分往往是人物、事件、场景较为集中的段落。如故事片《林冲》则是从古典小说《水浒》中节选有关林冲的所有回目，集中组织而成的。
>
> 3. 浓缩，此种方法抓住与主题有关的人物事件，以主人公的思想情绪脉络为贯穿线，对原作删繁就简，去枝砍蔓，以适应电影结构单纯、集中、简捷、明了

---

[1] 沈嵩生：《电影学原理》，134页，北京，文化艺术出版社，1989。

[2] 黄会林、周星主编：《影视文学》，251页，北京，高等教育出版社，2002。

[3] 参见[美]杰·瓦格拉：《改编的三种方式》，载《世界电影》，1982(1)。

[4] 参见王晓玉、杨海燕、崔彩梅：《影视文学写作》，146页，上海，上海外语教育出版社，2006。

等特点。如影片《青春之歌》《基督山伯爵》《悲惨世界》等的改编均采用这种方式。

4. 取意，从某一作品中得到某种启示，重新构思，但仍保留原作中的人物和情景，《小花》和《幸福的黄手帕》等属于此类。

5. 变通取意，日本导演黑泽明等多用此法去改编世界名著。他们将外国作品本国化，造成一系列风格内容独特的电影作品，而绝少忠于原著的思想。如将陀思妥耶夫斯基的小说《白痴》日本化，把莎士比亚的《马克白斯》改编为日本古装片《蛛网宫堡》，把莎士比亚的《李尔王》拍成场面宏伟的16世纪古装影片《乱》。

6. 复合，这是指将两部作品合二为一，用来表达改编的某种设想。如电影《罗生门》是把芥川龙之介的两篇小说合并改编，以小说《罗生门》做影片的框架，以《筱竹丛中》的故事做影片的中心事件。❶

其实，无论上面的三分法、四分法还是六分法，主要都是从改编的作品与原作的关系的角度展开的，有一定的道理，但做太多的细分只是理论研究者为了研究方便，对于改编者来说，没有太多必要，这些都只是给改编者作为一种参考之用。如果非要划分的话，我想改编大体可以分为以下三种方式——

第一种：照编。

把原著内容不大变动地用影视方式体现出来即是。其中，可以是整体照编。如影片《祝福》对原著小说的《祝福》的搬演，影片《哈姆雷特》对同名戏剧的搬演，影片《菊豆》对小说《伏羲伏羲》的搬演等；可以是缩编，如著名影片《简爱》对数十万字的原著小说的缩写，影片《青春之歌》对同名长篇小说的缩写等；也可以是节选，如电影《红楼梦》对原著小说片段的表现，影片《林冲》只节选《水浒传》中一个叙事单元加以表现，影片《小花》节选自长篇小说《桐柏英雄》的一条副线等。

第二种：改编。

即在原著、原作的基础上，加入改编者自己某些方面的创作性改写——

或者特意强调原作的某一方面或层面的故事情节或人文内涵，使之“发扬光大”而减略其他，如《大红灯笼高高挂》对小说《妻妾成群》的改编，《天云山传奇》的改编者(也是原小说的作者)对原作小说所进行的在原来基础上的更新创作；

或者改编原作的表述风格，对位换一套新的艺术包装，如日本的黑泽明将莎士比亚的名剧《麦克白》改做由日本古装人物表演的具有本国风格的影片《蛛网宫堡》；

或者将两部(或多部)原作的情节故事经删削、挪移、拼接、组合，形成一部影视新作，如日本电影《生死恋》脱胎于《爱与死》和《友情》两部小说的合并组接，《罗生门》来源于芥川龙之介的两篇小说《筱竹丛中》和《罗生门》等。

第三种，曰“创编”。

不过借原作的基本轮廓、大体框架，甚至只凭借原作中某一局部人事场景，而“借题发挥”，几乎(或根本)不顾及原作的既定题旨或故事的具体内容，而进行充满改编者新异发现的再创作。此类方式，属于“非常格”的、追求“延伸意义”的

❶ 汪流：《电影编剧学》，359～361页，北京，北京广播学院出版社，2000。

改编，在一定意义上，已经不能属于人们约定俗成的“改编”范畴，但由于它毕竟在某种程度上“源于”原作，所以还是宽容地将其归纳进来为妥。❶

(2)改编原则

①尊重影视艺术的规律

首先要明确改编是从一种艺术形式转化成另外一种艺术形式，所以必须要看到不同的艺术的特质，要按照影视艺术的创作规律来呈现。

正如米歇尔·奥尔梅曾经说的，你不能将一个人物从纸上搬到银幕上，而又把他表现得完全符合小说家笔下的他，或者小说的读者们心目中的他。这就决定了绝对的重现将是一种不明智的行为。两种艺术形式采用的材料不同，造成了修辞手法上的不同，小说的修辞手法是描写、议论、叙述、比喻、象征，而影像则靠动作、造型、色彩、景别等。

就文学来说，它是以文本的形式出现的，影视是一种视听的艺术，而且它呈现出一次过的特点，这就需要影视作品的情节、线索、语言、镜头等尽量简明。《红高粱》的改编就是把原来小说中的错综复杂的人物关系简化，只保留着“我爷爷”和“我奶奶”这条主要线索。而且，作为视听艺术的电影，要非常注意视觉造型。《红高粱》之所以能够给观众强烈冲击，就在于它给观众呈现的视听上的感受，它把原作中关于生命力的激情，通过一些具有震撼力的视听影像呈现出来，如“颠轿”“野合”“祭酒神”等。

②改编不等于再现

再现原著是一种错误的说法，文学作品与影视创作是两种不同的艺术形式，绝对的重现是不可能的。这里要注意的一点，也是在现实改编过程中争议最大的一点，这就是应该“忠实原著”还是“改造创新”的问题。

“忠实派”强调要“忠实原著”，他们认为对一部文学名著的改编“从总体讲，应该强调用电影这种艺术样式努力忠实地再现原著。……因为既然是名著，它的思想、艺术水准都是比较高的，达到它的水准不大容易。再加上它影响广泛，改编时采取尽量忠实的再现的态度是比较妥当的”。❷所以，他们认为“忠实于原著”的改编是指改编影片一定要忠实于原作的精髓，或叫做“神韵”和“实质”，不能走样。改编所进行的创造也只是创造出新的银幕形象来。如夏衍改编《祝福》，还有对《红楼梦》《西游记》《三国演义》《水浒传》四大名著的改编。这是对中国影视改编的探讨的主流态度，即认为改编名著就应该忠于原著，不能随意改造和任意发挥。在国外也有类似的看法，法国的著名导演布莱松就曾说过“一部真正伟大的小说的实质是不能够从体现它的文字中抽取出来的，忠于原著就应该忠于它的文字”。这其实是一种比较极端的做法，不能得到大家的认可。

对此，汪流先生指出，对待名著，还应在重视原作精神的基础上以电影的方式进行创造，这是一种比较妥当的观点。其理由是：

一是原作已经具有了反映生活的深刻程度和思想高度，有的已经达到当时历

❶ 桂青山：《影视剧本创作教程》，371页，北京，北京师范大学，2004。

❷ 李振潼：《论文学名著的电影改编》，载《电影艺术》，1983(10)。

史条件下的顶点。如果改编者违背历史真实，任意篡改，或拔高原作，其结果必然会损坏原作真实完美的艺术形象。这种情况，在电影改编中屡屡发生，似不少见。如原作《伤逝》写的是个人奋斗、爱情至上的失败，改编后的主题成为“通过一对年轻人恋爱的悲剧来反对封建势力，抨击旧社会”，反而破坏了原作形象的完整性。

二是原作中的人物形象已经活跃在读者心中形成较固定的印象。如果改编者任意改动，变化他们在整个艺术形象中的位置，使原作中的人物形象或被抬高、或被压低，也都会引起观众的反感。

三是原作中的风格、情调和意境，是成功之作所独具的重要方面，并为读者所欣赏和熟悉，若加破坏，更会使观众感到不可容忍。

所以，改编经典作品，不如多强调一些“忠实”，不要再在内容、情调和意境上作什么创造，这样反而容易受到观众的肯定。❶

他的这种对名著改编的提法，谈到因为名著具有特殊性，所以要予以特殊对待。但他同时也提到“忠实于原作”并不是要使电影成为原作的附庸，丧失自身的美学价值，而是要能创造出全新的电影艺术形式来。因此，所谓“忠实”，主要是指忠实于原作的精髓(或叫做“神韵”或“实质”)，绝非是指要受原作形式的束缚。

但也有论者指出不改变原著风貌指改编的影视作品能够呈现原著的意蕴。但仅仅有这些还不够，“当一部名著要搬上银幕或荧屏，观众会期待看到影像是如何既超过他本人的期待视野，又不失掉原作的风貌的。电视连续剧《西游记》令人满意的原因在于他既保留了原作的趣味，又增添了原作所没有的内容——人情味。人情味是导演的思想风度折射进作品中去的，与原作思想适当融合产生了新的意义。忠实也有高低之分，很多失败的例子说明了一味地忠实，不加考虑的照抄照搬是低层次的改编”。❷

对于是否要忠于原著，仲呈祥先生提出了要“忠实于电影艺术自身”的电影改编观点。他认为：

所谓“忠实于原著”其内涵的界定是：改编不仅应忠实于原著的主题和灵魂，而且不得对原著主要的人物设置、情节安排乃至细节描写进行改动，以维护原著在思想、艺术上的完整性，换言之，就是要求电影艺术家只消也只能把原小说中用文字语言塑造、通过读者想象才能把握的文学形象，运用电影手段翻译、图解为通过观众的视听感官直接感受的银幕形象。与这种改编观念相对应的评价改编是否成功的标准，则是从文学的立场出发来衡量电影，看电影艺术家是否堪称小说家的“成功的翻译”。……现在好了，有了银幕上的《红高粱》这样的作品作为研究对象，我们完全有理由拓展、更新那种传统的电影改编观念。把小说搬上银幕，除有如前所述的在事实上恐怕很难成立的“忠实于原著”的改编原则外，还有没有比这一原则更科学、更重要的“忠实于”呢？电影《红高粱》以成功的艺术实践，雄辩地告诉我们：有的，这便是：“忠实于电影艺术自身。”

---

❶ 汪流：《电影编剧学》，359～361页，北京，北京广播学院出版社，2000。

❷ 黄会林、周星主编：《影视文学》，245页，北京，高等教育出版社，2002。

……

乔治·布鲁斯东在论述改编原则时，说过一句很精辟的话："重要的不是影片摄制者是否尊重他所根据的蓝本，而是他是否尊重自己的视觉想象。"张艺谋亦有言："电影首先必须是电影自身，拍电影要多想想怎么拍得好看。"在我看来，小说是一种语言艺术，电影是一种视听艺术。小说的基本结构原则是时间，而电影的基本结构原则是空间。小说通常采用假定的空间，通过错综的时间顺序来形成它的叙述，并通过时间的演变来造成读者心理上的空间幻觉；而电影通常采用假定的时间，通过空间的调度来形成它的叙述，并通过空间的演进来造成观众心理上的时间幻觉。因此，根据小说改编的电影，已"是一件不同的东西"。还是乔治·布鲁斯东说得对："说某部影片比某本小说好或者坏，这就等于说瑞特的约翰生腊厂大楼比柴可夫斯基的《天鹅湖》好或者坏一样，都是毫无意义的。它们归根结底各自都是独立的，都有着各自的独特本性。"

……

第一，改编者应首先忠实于自己作为有独立意志的电影艺术家的全部生命人格和审美理想，忠实于自己对人生和社会的独特体验和思考，忠实于自己独特的艺术个性、艺术风格和艺术气质。因为"一位电影工作者并不是一位有成就的作家的翻译者，他是另外一位有自己的意志的作家，而且是一位不折不扣的作家"。电影创作无疑是一种饱含着创作主体的生命情感、人格力量以及对人生的体验、想象、憧憬的审美创造活动。它要求电影艺术家超越自身那种相对静态的理性认知结构，超越那种理性认知结构所规定的对人生、对社会的政治的、伦理的、经济的抽象认识和思维，而从自身对人生、对社会的感性冲动和真切体验出发，调动自己的全部人格力量和审美理想，融会自身的感受、情感、想象、欲望乃至无意识，以形成一股充满创作生机和活力的"流"。

……

对此，张艺谋是很有自知之明的。他执导《红高粱》，一开始就极忠实于自己的人格力量和艺术个性。他说："应该说，这部影片表达了现阶段我对生活、对电影的思考，是我情感和心态的一次真切流露。……人创造艺术，就是想对世界、对人生发言。现实生活中得不到的，就到艺术里去寻求。《红高粱》实际上是我创造的一个理想的精神世界。我之所以把它拍得轰轰烈烈、张张扬扬，就是想展示一种痛快淋漓的人生态度。……只有这样，民性才会激扬发展，国力才会强盛不衰。"很清楚，无须多加说明，诱发张艺谋执导电影《红高粱》的，不是别的，正是与他自身的人格力量和艺术气质相对应的那股蕴藏在莫言小说《红高粱》中的"魂儿"——一种源于人的生命活力的冲动和对人的精神自由的讴歌。正是在这个共鸣点和兴奋点上，讲张艺谋忠实于原著的"魂儿"，是对的；讲张艺谋更忠实于自身的人格力量和艺术气质，更是对的。因为"一位电影工作者并不是一位有成就的作家的翻译者，他是另外一位有自己的意志的作家，而且是一位不折不扣的作家"。(乔治·布鲁斯东：《从小说到电影》第 68 页)

……

第二，改编者在创造性地把文学形象转化为银幕形象时，应始终忠实于电影艺术自身的特性，忠实于电影语言的特殊表现形式，忠实于视觉形象的造型思维规律。乔治·布鲁斯东在论述改编原则时，说过一句很精辟的话："重要的不是影片摄制者是否尊重他所根据的蓝本，而是他是否尊重自己的视觉想象。"张艺谋："电影首先必须是电影自身，拍电影要多想想怎么拍得好看。"为此，他"只把小说看成一堆未经加工的素材"，在他看来，大致相同的生活素材，可以被纳入小说形式，也可以被纳入电影形式。但一经"被纳入"，即被创作主体加工提炼而形成一定艺术形式的一定的艺术内容，这内容已不再是素材了。❶

"忠于电影艺术本身"确实是应该作为影视改编的一个重要原则而存在。巴拉兹·贝拉的《电影美学》有一段引人注目的话："如果一位艺术家是真正名副其实的艺术家而不是个劣等工匠的话，那么他在改编小说为舞台剧或改编舞台剧为电影时，就会把原著仅仅当成未经加工的素材，从自己的艺术形式的特殊角度来对这段未经加工的现实生活进行观察，而根本不注意素材所已具有的形式。"❷电影改编应把原著看成一个支点和灵感的诞生地。其实，"忠实"原著与否不是一部影片是否具有艺术成就的衡量标准。正如有论者指出"理论界对一部作品改编争论不已——不是争论它的文化价值与艺术价值，而只在是否'忠于原著'上大动干戈，实属不必"。❸ 关键的问题是在于你所创作出来的新的影视作品是否能够把握住时代的文化脉动，呈现出独特的艺术魅力，给观众以审美体悟。也就是说对于电影改编来说，原著小说只是一个契机或者一个原型，而电影更多的是创作者对小说的再次创造，必须有着主创者的想法，有些可能是对原著的颠覆性创作。

近几年，众多电影大片也纷纷改编自小说，电影《英雄》改编自《荆轲刺秦王》；《夜宴》改编自《哈姆雷特》的结构关系；《满城尽带黄金甲》改编自《雷雨》；《风声》改编自麦加的小说《暗算》。对《满城尽带黄金甲》改编的批评更多的不是在于它不符合原著，关键在于改编后电影所持有的价值观念和艺术审美标准不符合当下时代要求，这是创作者的审美趣味的问题。

③改编要表现艺术家自己的想法

改编归根到底是导演的再创造，是导演在对原著充分理解的基础上，通过影像赋予作品新的解释。正如论者指出"如果把改编的最高原则视为再现、忠实的话，这句话本身在一定程度上就不是忠实的。再现只是改编的一种风格，今天还采用电视剧《红楼梦》的再现化风格只能招致较多的批评和不满"。❹ 如果改编作品不能赋予作品新意义，改编将很可能是失败的。这就需要赋予传统作品以现代的意义，即新的人物关系、新价值观念、符合现代口味的审美要求，让观众有新鲜感。《大话西游》之所以被现代年轻人所喜欢，就在于它赋予改编的作品以新的时代意义，契合了现代年轻人的心理需求。当然原著的文本并非没有意义，作者所要表达的思想仍然会被读者所理解，而怎样理解则应该结合时代的背景。这也正如有论者所指出的：

❶ 仲呈祥：《〈红高粱〉：新的电影改编观念》，载《文学评论》，1988(4)。

❷ [匈]巴拉兹·贝拉：《电影美学》，何力译，279页，北京，中国电影出版社，2003。

❸ 桂青山：《影视剧本创作教程》，371页，北京，北京师范大学出版社，2004。

❹ 黄会林、周星主编：《影视文学》，258页，北京，高等教育出版社，2002。

文学名著的改编，实质上就是影视编导运用特定的视听语言对文学名著进行的一次新的解释。这种解释不是对其固有原意的求知和认同，不是把原著译成影视连环画，而是再创作，是渗透了改编者独特理念和情思的再创作。改编后的作品，包含着改编者对名著的独特理解和阐释，打上了改编者个人的印记，是独特的"这一个"。而决定"这一个"独特改编的，正是海德格尔所说的"解释的预结构"，我们称之为改编者的"创作心理定势"。❶

比较有影响力的改编影片是由刘镇伟导演，周星驰主演的改编自经典小说《西游记》的《大话西游》。虽然该电影在当时没有产生什么效果，而且被影评者所不屑，但后来却在网络上产生了极大的反响，形成了"大话西游"现象，并开启了后来电影改编的"大话"系列，而且也引起了人们对"后现代主义"风格电影的讨论。应该说《大话西游》是对古典名著的一次颠覆性的改编，在一定程度上已经和原著没有什么关系，只是在人物关系和人物性格上有所依托。整部电影是导演等人的二度创作，加上周星驰的夸张表演，充满了解构的色彩，完全是对原著经典色彩的消解。我们无法再拿原著来与之比较，但就影片本身来说，《大话西游》确实是为电影类型拓宽了一条路径。电影改编的价值不一定在于呈现原有的作品的内涵和内蕴，而在于它有可能开拓出一种成功的电影类型，《大话西游》的意义，就在于它创造了一个新的类型，即"电影大话"系列。

改编的过程其实是一次再度创作的过程，两种艺术形式的互相转化有其内在的相似性，也有不可改变的本体特性。越是贯彻影视特性的作品，越能借用原作的魅力创新影视艺术。

④改编要有现代意义

改编必须赋予作品以新的意义，不然就有可能失败。戴锦华在论及电影的改编时曾指出，"'重要的是讲述神话的年代，而非神话所讲述的年代'。即，阐释改编选取的依据，不仅是原作自身的审美或社会意义，而且是改编片自身所提供的不同审美趣味与社会意涵"。❷她指出每次文学作品的电影改编，不仅意味着一次再创造，而且意味着一次后结构主义意义上的"重述"。犹如任何一部文学或艺术的经典、名作之常新之处不仅在于它们有着"永恒的"审美价值，更在于它在不同时代、不同社会语境下的重读，或曰再阐释。而文学名著的众多电影改编本，便是这类重读/再阐释的可见形式。

文学名著的影视改编，实质上也是改编者用当代眼光对已成"历史"的文学名著进行的一次新的阐释，改编后的影视作品或多或少都会打上改编时代的烙印，体现出当下的时代精神和当代人的审美情趣。影视改编的这种当代性，无论从文学名著本身的价值属性和影视艺术作品的大众文化属性来看，还是从作品的改编者和广大的影视观众来看，都是十分必要和必须的。电视剧《水浒传》的导演曾说："20 世纪 90 年代拍《水浒》也必然有今人对它独特的阐释。电视剧《水浒传》是给当代人看的，必须注入创

---

❶ 秦俊香：《从改编的四要素看文学名著影视改编的当代性》，载《北京电影学院学报》，2003(6)。

❷ 戴锦华：《写在前面》，见罗伯特·斯塔姆、亚历桑德拉·雷恩格：《文学和电影——电影改编理论与实践指南》，3 页，北京，北京大学出版社，2006。

作者对名著新的见解、新的感悟。故事还是那个故事，人物还是那个人物，立在今人观众面前的，不再是施耐庵的水浒，而是电视剧的'水浒'，产生于当代艺术家手中的'水浒'。"潘金莲多了几分美丽贤惠和无奈，少了几分蛮横歹毒和凶恶；女人不再是"祸水"，而是拿自己没有办法的尤物。❶

美国动画片《花木兰》选择了花木兰故事中最有发挥余地的一段——从军十载的经历，原作中一笔带过，而在动画片里，则成了重点展示的部分。从好莱坞的角度来讲，这是改编各个民族的神话、民间故事或传奇惯用的策略。最终这些原创的故事都会具有某些现代观念，它们在本质上就是现代人对传统的解释。这里的解释具有本体意识，它说明对历史的先入之见是我们理解一切的基础。这些改编的作品某种意义上说都是"当代史"。改编者既不能忽略或歪曲原著固有的思想和艺术价值，又要努力地沟通原著精神与当代人的精神世界。

所以说作者在改编的过程中，首先必须注意到不同艺术形式的差异，在尊重影视艺术创作规律的基础上，改编者要进行主动的创作，积极建构，融入现代的意识，只有努力贯彻影视的本体特性，才能借助原作的魅力创造出更具有艺术价值的新作品来。对于影片创作来说，改编只是一种手段，评价改编是否成功应该只有一个原则，那就是改编后的影视作品本身是否具有艺术价值。

❶ 秦俊香：《从改编的四要素看文学名著影视改编的当代性》，载《北京电影学院学报》，2003(6)。

四、产业运作

(一)产业化的生存之路

在影视越来越产业化的今天，我们不能不考虑到整个影视的运作全过程。影视的理解不仅仅是静态的，而且也是动态的。影视的整个生产过程当然包括了制作、发行、放映这一整个流程。影视的创作当然也必须面对市场的选择，要实现策略上的调整。创意贯穿于影视剧创作的全过程。影视作品是艺术，但影视作品所具有的另一种商业属性，使得在当下的影视作品创作过程中不得不把影视作品放在一个产业化的背景下来考虑、运作，从而要注意到影视作品的创意与营销。影视作品的运作是一个专业化的过程，尤其是在影视作品被置于文化产业的背景之下，它涉及从初期的策划、制作，中期的宣传、发行、放映，到后期开发。在当下，只有注重影视的创意与营销才能保证影视作品的可持续发展，这对影视产业来说至关重要。

1. 影视作为“文化创意产业”的定位

“创意”一词，来源于英语单词“creativity”，它还可以翻译为“创造”“创造力”或者“艺术创新”。“这个词原本意义上是指艺术作品所体现出来的区别于其他类似作品的独特性和想象力，是艺术作品价值的最重要的考量标准之一。”❶这个概念起初与经济并没有联系，但是随着英国率先提出“创意产业”，这个词后来逐渐普及并被大家所认同。

“创意产业”概念于 1998 年在《英国创意产业路径文件》中被首次正式提出，“英国创意产业特别工作组还对其进行定义，界定为‘源自个人创意、技巧及才华，通过知识产权的开发和运用，具有创造财富和就业潜力的行业’。根据这个定义，英国将广告、建筑、艺术和文物交易、工艺品、设计、时装设计、电影、互动休闲软件、音乐、表演艺术、出版、软件、电视广播 13 个行业确认为创意产业。这一定义后来被许多国家和地区所沿用。‘创意工业’与传统工业最大的区别在于创意为产品或者服务提供了实用价值之外的文化附加值，最终提升了产品的经济价值”。❷

其实，在“创意产业”的概念之前，影视作品的商业属性还被称作为“文化工业”或“文化产业”。文化产业概念最早是由法兰克福学派的阿多诺和霍克海默在《启蒙的辩

---

❶ 金冠军、钟瑾：《电影创意产业》，2 页，上海，东方出版中心，2009。

❷ 《创意产业与中国电影》，编者按，载《电影艺术》，2006(3)。

证法》一书中提出的，他们认为资本主义社会的发展已经使“电影和广播不再需要被作为艺术”，而转变成工业。当然他们提出这个概念是对文化与娱乐的融合造成的艺术光晕消失的批判，然而发展到后来，“文化产业”说法已经失去其批判的意义，只是表示一部分生产体系。“文化产业建立在以构思、制作和传播的分工为特征的组织和方法上。必要的技术投入和流动资本投入的重要性导致了产权的集中化和对生产与发行方式的控制。由此而来的是一种卖方寡头垄断的结构，其特征为大公司在传播和投资上的优势，而生产经营是相对原子化的。”❶

“文化创意产业”的提法在一定程度上弥补了“文化产业”只强调商业属性的偏颇，强调“文化创意”就再一次确认了影视作为文化产品不同于其他商品的属性特征。影视不同于其他文化商品的特点，就是它具有艺术属性，它给人们带来的是不同于其他商品的情感体验和审美享受，而这很大一部分体现在影视作品的“创意”上面，这就使得影视“文化创意产业”的定位得以被关注。

2. 影视的产业化生存

影视行业是大工业文明的产物，它本身所具有的商品属性，使得它必须按照经济的规律运行，产业化的生产是其运作的基本模式。影视产业是一个完整的流程，它包括制作、发行、放映等环节。要使整个产业能够良性地循环运行，就必须注重每个环节。

(1)生产制作

这是影视创作的开始，在这个环节必须要重视创意和策划，如果没有好的剧本、好的导演、认真的制作，那么整个的后续生产肯定不会取得预期的效果。

丹麦未来学家沃尔夫·伦森认为，人类在工业社会和信息社会之后，将进入一个以关注梦想、历险、精神及情感生活为特征的梦幻社会。在商品世界中，不仅娱乐业，而且日用品行业也在产品中加入想象、故事和情感。人们从商品中购买的主要是故事、传奇、感情及生活方式。而这一切的实现则依托于文化创意产业的存在，电影则是文化创意产业中最具代表性的。

有论者指出所谓电影创意，“是指依据个人或一个群体的认知和情感倾向，按照电影可以实现的规律，在一部影片的整个制作、推介过程中，对未来的作品(成片)所进行的创造性的设想和预期，并使作品能够吸引更多的潜在观众的关注与兴趣”。❷可以说，电影创意实际上涵盖了影片从策划到推介、放映的全过程。大到题材的选择、故事情节走向、人物设置、演员选择、摄制组构成、首映活动安排、上映档期安排等，小到光线效果、画面构成、道具运用等，处处都可以体现出电影创意的重要性。

文化创意产业的落脚点在产业，但根本在文化，关键是创意，核心则是想象力。电影的文化创意在于两个方面：一是一个好故事和创意，能够给观众带来快感；二是电影本身可以多层面开发。基于此，主流商业电影就必须要在文化内蕴和创意美学方面进行开发。电影的文化内蕴必须要简单但具有普世性。冯小刚说《阿凡达》是一个秀，确实如此，文化创意就必须是注意力经济。电影作为视听艺术，追求奇观、视听

---

❶ ［法］洛朗·克勒通：《电影经济学》，刘云舟译，61页，北京，中国电影出版社，2008。

❷ 金冠军、钟瑾编著：《电影创意产业》，7页，上海，东方出版中心，2009。

快感、惊奇体验，这些则是文化创意的想象力所要提供的。而《阿凡达》恰恰在这个层面使观众的要求得到满足。《阿凡达》具备了一部主流商业电影的要素：简单的故事情节、质朴的文化内蕴、奇观的视听体验、强烈的情感冲击。最简单的往往是最具有力量的，而且是最打动人心的。

《潜伏》之所以受到如此高的评价，在于编导有一个非常好的策划，而且他为这个拍摄等了好几年。同样引起轰动的是电影《阿凡达》的上映，当然卡梅隆为了拍这部影片也足足等了十几年，自《泰坦尼克号》之后，就一直没有什么影片上映。然而他的等待是值得的。全球 22 亿美元的票房，中国也有超 1 亿美元的票房，当然这是建立在影片创意的基础上的。《阿凡达》将一个用电影讲述了千万次的主题，再次讲述得如此动人，具有吸引力。它的成功再一次说明电影作为文化创意产业，想象力是其核心。卡梅隆不仅创造了一个世界，一个充满着玄幻魅力的“潘多拉星球”，创制了纳威语，更是将人与自然的和谐，天人合一，通过一条辫子呈现出来。20 世纪 90 年代初，当好莱坞开始向海外转移电影的部分或全部生产流程时，美国人就认定，任何东西都可以转移出去，唯独创意机构不行，只要留下创意，好莱坞就将永远立于不败之地。这足以说明影视产业在运作过程中首先必须注意到影视产品的策划，好的策划、剧本，是影视作品获得成功的基础。而获得足够创意的途径主要有以下几点：

第一，利用本土传统文化。有学者认为“中国文化传统源远流长，资源丰厚，但是，正如任何历史都是当代史一样，任何传统如果要被今天的观众所接受，都必须成为当代文化的组成部分，与当代人对话，满足当代人的需要。文化传统本身也是特定时代中华民族应对当时的社会现实所积累的文化智慧和艺术想象。而我们今天，并不生存在那样一个时代，因此，简单的传统还原既不可能，也不必要，我们需要的是将传统变成现代的一面镜子，一种参照，一种框架，让传统与今天对话，否则，‘传统’元素不仅不能征服其他国家、其他地区、其他民族的观众，实际上也不能征服中国观众。无论是‘女子十二乐坊’，或是《卧虎藏龙》，它们的成功，都证明了传统只有在作为现代的组成部分的时候，才具有文化的魅力。实际上，美国文化在国际输出的时候，常常借用其他国家、民族的各种文化元素来包装自己，甚至故意隐匿自己的‘国家身份’，将自己打扮成为世界文化，取得了很好的效果”。❶

第二，拿来主义，借用外来资源。这一点好莱坞做得非常好。正如有论者指出，如果说好莱坞只有模仿与抄袭的低等智商，那它就绝不可能称霸世界影坛多年。其成功不仅在对类型片的移植，更是因为它在移植的过程中注入了本国文化的内涵。因而被翻拍的影片往往要根据本国观众的审美趣味和观影习惯，进行适当的改编与增添，调整东西方文化差异较大的地方，使之更适合本国观众，看起来更像“Made in America”，从而再以一副新鲜面孔出现在全球观众面前。《花木兰》《功夫熊猫》《阿凡达》都是好莱坞在文化创意方面的独特创造。《功夫熊猫》的成功让我们不禁感叹在电影中表现中国文化最好的竟然是两个好莱坞影人。当然，这不是简单的抄袭，而是要有着自己文化的创意、构思在影视作品中体现。所以，制作阶段创意是非常关键的，有了好的作品是成功的开始。

---

❶ 尹鸿、唐建英：《走得出去才能站得起来—全球化背景下的中国电影软实力》，载《当代电影》，2008(2)。

同时，在制作环节，还要确立制片人中心制。导演中心制的弊端在于，太多的任务集中在了导演一个人身上，不利于其创作。而且多数导演对于电影的成本控制、商业运作并不是十分了解。不少人认为，制片人中心制下的电影将会完全受商业利益的控制，这样会影响电影的艺术水准。其实，这是一种误解，好莱坞就是以制片人为中心的，它也创作了很多具有艺术价值的电影作品，毕竟电影的投资是要保证能够有回报的，而商业利益的实现是以电影的好看为前提的，而好看在一定意义上就包括了对艺术价值的重视。成功的制片人都会用其成本能负担的最好的导演并在成本许可的条件下尊重其艺术追求。如果想要创造不错的商业成绩，影视作品就必须吸引足够多的观众。出于商业利益的考虑，即使电影在艺术性上有所妥协，也必须让尽可能多的观众都觉得好看，而能够经得起大众挑剔眼光的电影不可能是一部艺术水准低下的、粗制滥造的电影。制片人中心制的确立，有利于保证懂得经济运营管理的专业人士运作电影项目，而导演可以完全用心在艺术的创造方面，保证影视作品的质量。目前在中国国内，张伟平、王中军都是比较好的制片人。他们能够和导演配合得很默契，其制作的《英雄》《集结号》《风声》等影片都取得了不俗的成绩。当然在好莱坞，斯皮尔伯格和卢卡斯是既懂艺术又深谙市场运作之道的明星制片人，他们是在产业化运作多年的磨练下成长起来的。

(2)发行环节

人们经常将电影经济学局限于制片和影厅，其实，发行在电影产业链中占据一个关键的位置，与此相关的是营销发挥着越来越具有决定性的影响。对于一部影片来说，主要的挑战不是摄制，而是它是否能够对大众放映，能够被看到，能够通过评论，通过口头传播，通过海报，获得某种存在。发行商的首要职能是使他手中的影片发挥价值，“突出影片的象征价值以使影片能够存在和得到承认，调动自己的手段以有利于影片和观众见面。在选定影片和与制片人商定版权以后，他寻求实现影片的发布和在影院上映的最佳方式”。❶ 发行对于一部影片的存在具有根本性的作用。对于电影产业来说，制作是头，市场是腿，发行则是腰。好莱坞六大公司在市场上具有决定性地位，不是因为它们的制作能力，而在于其投资发行的能力。发行环节一个非常重要的任务就是营销，当然从大的产业层面来说，营销是贯穿在影视产业链条中前后所有环节的，只不过在发行环节体现尤其明显。当今影视产业已经进入了一个营销的时代，营销的技巧决定着媒介产品能否被消费者接受。

影视产业是注意力经济，所以要注意吸引观众的注意力，此时营销非常关键。“应说电影不仅是制作出来的，而且是营销出来的，在某种意义上，营销甚至比制作还要重要，营销学所谓的 AID(aattention/关注、interesting/兴趣、desire/愿望、action/行动)理念，也成为电影营销的策略选择”。❷《十面埋伏》不仅在中国首次用异地同步大型晚会的形式制造开幕庆典，设置娱乐议程，而且整个推广营销费用高达3 000万元人民币，超过制作投资 2.9 亿元的 10%，最终取得了超过 1.5 亿元国内票房。从这以后，首映式庆典便成为影视商品营销的一个重要手段，而且形式也越来越多样化。

---

❶ [法]洛朗·克勒通：《电影经济学》，61 页，北京，中国电影出版社，2008。

❷ 尹鸿、王晓丰：《中国电影产业年度备忘》，载《当代电影》，2005(2)。

要从传统意义上的营销向整合营销转变。20世纪90年代，以美国西北大学教授唐舒尔茨为代表的诸多专家提出了整合营销理论(Intergrated Marketing Services)(IMC)，“IMC从理论上脱离了传统营销理论中占中心地位的4P理论，强调4C理论，企业营销传播思考的重心从‘消费者请注意’转变为‘请注意消费者’倡导真正的‘以消费者为中心’。整合营销以分析消费者为起点，以消费者为核心重组企业和市场行为，综合协调地使用各种沟通方式，与消费者建立良好的双向沟通关系”。❶ 菲利浦·科特勒对整合营销作了这样的定义：企业所有部门为服务于顾客利益而共同工作时，其结果就是整合营销。它包含了两方面的要求：一是不同营销的功能(广告、销售力量、产品管理、市场调研等)必须从顾客利益出发而共同努力；二是营销部门必须和公司其他部门很好地协调。这种营销理念强调的是各种营销要素的关联性和统一性，即必须共同合力为企业的营销目标服务。

这种以消费者为核心的营销模式的确立，使得影视商品的生产首先要确立自己的观众群，也就是通常所说的影视商品的定位。所以在影视制作的阶段就要确立这个观念，好莱坞就经常在制作之前对观众的欣赏爱好、需求进行调查，研究观众的收视习惯。《阿凡达》在拍摄之前，曾经在全球范围里调查观众的审美期待。到了营销阶段后，一是要注意你的观众群体的定位，这样你才可以集中宣传攻势去赢得你的核心观众群；二是选择、安排好档期。这样你就能取得良好的票房和收视。影片《杜拉拉升职记》就是将收视群体定位在年轻的白领，它的制作内容也是有关白领生活的，而且它还通过网络和高档写字楼等做广告，目标定位非常准确，所以取得了过亿的票房收入。还有《奋斗》《我的青春谁做主》等青春偶像片，目标收视群体也很明确，所以都能取得不错的效果。

①档期的选择

一部影片在影厅上映的时刻是决定性的时刻。“影片推出的周期在很大程度上决定影片在影厅里以及将来通过其他传播渠道的进展，这证明了用于扩大影片知名度的营销投资的重要性。面对大量的影片，重点在于证明一种身份、一种特色和一种新颖性，使影片能够脱颖而出，激发观看的欲望，能够留在人们的记忆中。”❷

档期也是在营销过程要充分注意的。现在发展比较成熟的档期有贺岁档、暑期档，不同的影片要有针对性地选择档期，不能一窝蜂地都冲着暑期档或贺岁档去，这样只能造成撞车现象，不能显示出影片本身的优势，必须要针对影片本身的内容来选择档期。

然而，我们也应该清醒地认识到，正如学者所提出的“档期是一种与大众生活方式、消费方式相关的电影营销概念，政治活动往往难以与消费行为产生直接联系。重视档期固然应该，但是滥用档期，就像滥用宣传和推广一样，很可能对电影消费方式产生负面影响。特别值得提出的是，目前中国电影的档期营销基本上还是一种后期推广方式，中国电影的制作、类型、产品的多样性、差异性、连续性等都还没有自觉地与档期概念结合起来。实际上，档期对电影的影响不仅在于何时用何种方式投放什么

❶ 俞剑红：《中国电影企业运营模式研究》，228页，北京，中国电影出版社，2009。

❷ [法]洛朗·克勒通：《电影经济学》，刘云舟译，61页，北京，中国电影出版社，2008。

电影，而且也在于何时用何种方式生产什么电影”。❶

②宣传方式选择

营销已经成为影片存在的一种基本条件。而大规模的广告攻势是比较有效果的，一切营销战略都是为了使爆发的效能最大化，提高影片的卖座力。“对于具有商业雄心的高预算影片，重要的是为他们创造一个大事件，使他们占领阵地。在供给膨胀的背景下，操作者要投入越来越多的资金以求使自己的影片从眼花缭乱的影片中突显出来”。❷

当然宣传方式也要适合于影片的特点。《集结号》虽然没有明星大腕，但它在艺术与商业方面取得的成功是有目共睹的，可以被称为创意与营销的一个典型范例。《集结号》首先在创意阶段，在剧本的选择和打磨上非常着力。刘恒的编剧，为《集结号》设计了一个有着情感爆发力的内核，一个感人的故事，同时又有着哲理的思考。其次是冯小刚积攒多年的品牌效应。《集结号》的首映式上，着重打出“冯小刚贺岁十年诚意之作”之牌。在《焦点访谈》《面对面》《艺术人生》《新闻会客厅》等央视的重要栏目中做宣传，把《集结号》的放映作为了一个“新闻事件”来报道，从而极大地吸引了观众的眼球，取得了很好的营销效果。

(3)放映环节：院线制的设立

院线的英文是 theater chain，它以几个影院为依托，以资本和供片为纽带，由一个发行主体和若干影院组合形成，实行统一品牌、统一排片、统一经营、统一管理的发行放映机制。由于院线制度是电影市场竞争中的自然产物，是片商和影院共同利益的保证，所以基本成为了国际上的通行惯例。例如美国的美国多功能院线、联美院线、索尼院线；香港的嘉禾院线、丽声院线；中国大陆的东方院线、中华院线等。

“院线制”意味着一个城市或地区的电影院可以分属不同的几家电影公司或者几家电影放映系统。它们有各自不同的进片渠道和影片在本城的放映权。论者指出“院线制”有几个好处：“其一是在一个城市里因为有不同的院线，可供观众选择的影片无形中便多了起来。每个院线有各自不同的选片标准和排片计划，这就不会出现国内目前这种一座城市看同一部影片的情况。而对于那些热衷于看好影片的观众来说，多跑几步路去追逐好影片是不成问题的。其二是由于只局限于为数有限的几家电影院放映，便很容易形成有如进口大片那种‘物以稀为贵’的状况。其三是‘院线制’还有利于形成一种竞争的机制。不同的院线为了争取观众、吸引观众，便必须在影片的质量上、服务的态度上、宣传广告上更多地投入人力、物力和财力。这对于商业电影来说也就成了争夺票房的一个重要的环节。”❸

正如有论者所指出“院线作为放映的终端，是直接和观众见面的，而电影的发展在一定程度上则受制于院线的规模。影院建设直接带动了票房的增长。影院的增加也为票价下降提供了可能，而市场容量的扩大又为差异化放映提供了可能”。❹ 所以，对于院线的开发是电影产业链顺利运行的一个关键。

---

❶ 尹鸿、王晓丰：《中国电影产业年度备忘》，载《当代电影》，2005(2)。

❷ [法]洛朗·克勒通：《电影经济学》，刘云舟译，76页，北京，中国电影出版社，2008。

❸ 颜纯均：《院线制——话说“最后一个暴利领域”(之五)》，载《管理与财富》，2002(4)。

❹ 尹鸿、詹庆生：《2007中国电影产业备忘》，载《电影艺术》，2008(2)。

①整体营销

通常意义上，电影产业链大致可分为五个阶段：一是策划、生产阶段；二是宣传发行阶段；三是影院放映阶段；四是后电影产品的开发阶段，也是高层次的资金回收阶段，该阶段反映了继票房之后影片的商业与文化价值的进一步延伸；五是电影衍生产品的开发。而电影营销自始自终贯穿在电影产业链的每个阶段。当前比较专业化的电影产业运作是好莱坞的运作模式，“美国电影市场有着显著的特点：一是电影的总收入来自电影票房的只占35％左右；二是其余的收入，则来自收费电影频道、有线电视、录像和普通电视台和后电影产品开发等。好莱坞以‘营销大于影片’的理念和以大预算、大发行网络回收投资的生产方式，在其电影帝国的扩张过程中，深深地影响了世界各国的电影制作和发行。使得它们的电影创作从一开始就以企划市场为主，配合银幕营销与非银幕营销有条不紊地推出影片，最终全方位地收取着票房收入和后电影产品的开发收入”。❶ 正如论者所指出的好莱坞电影业营销的主要内容是：

> 电影业以电影为“火车头”，带领相关产品和产业的综合开发，这种模式称之为电影营销的宇宙系统模式。如由电影衍生的相关商品(玩具等)，家庭录像带；通过有线、网络电视(来播放电影)，电影音乐；电影的出版物(电影报纸、杂志)，主题公园的运营，百老汇歌剧(以电影故事为基础)，电子游戏，电影的国际发行等。这种宇宙系统模式，常常是在影片拍摄的同时这些相关产品和产业的部门已开始进行倒计时的综合开发工作。在影片发行前，在有线与网络电视上播出该片预告，在出版物上刊登该片广告；在影片发行时，相关商品如玩具、影片的录像带、影片音乐的磁带及ＣＤ、电子游戏等一同推出。电影与其相关产品交叉销售，相互促进，既创出了影片的品牌，又提高了制片公司的整体效益。❷

产业链也需要延伸和拓展，这就需要有战略部署。通过不同门类的活动的组合，可以实现有能力产生协同作用的新型整合。重要的是抢先投入一些新的补充活动，以便进行一些产业的、商业的、技术的新组合，从而创造更大的使用价值。信息和传播产业是这些战略最具代表性的领域之一。2000年美国“在线—时代华纳集团”和业内霸主环球集团就实施了整合战略，通过结合内容、载体和网络的新模式，将出版、电话、互联网、视听、电视和电影加以整合。这次整合有力的提升了整体的运营能力。

②衍生产品的开发

有论者指出，“电影的产业化要求建立以销售为基点，以资本市场融资为手段，以可行性分析与成本核算为依据，以制片人为中心的有利于电影生产进入良性循环的生产体系。电影产业从整体来看，是一个复杂、庞大的社会系统工程。电影生产过程是一个以电影制作为中心，带动相关后产品、衍生产品及其他辐射产业综合开发的系列过程”。❸

《指环王3·王者归来》在美国放映不久，有的旅行社就已推出新西兰的旅游项

---

❶ 唐榕：《电影产业国际竞争力：国内现状·国际比较·提升策略》，载《当代电影》，2006(6)。

❷ 唐榕：《中国电影的产业化问题》，载《南开管理评论》，2002(2)。

❸ 彭祝斌、刘凌：《中国电影产业投资风险防范的基本策略》，载《电影艺术》，2006(5)。

目——“魔戒之旅”。据新西兰有关部门介绍，当时到新西兰旅游的游客十分之一是受《指环王3》的影响。在全球化的时代语境中，《英雄》《天地英雄》《无极》等国内大片也越来越普遍采用国际化的经济、文化、艺术策略，如果能抓住这样的时机，以电影带动我国的旅游业，未尝不是一条可行的道路。如此一来，电影后产品的开发不仅延长了电影产业链，从一定程度上保证了电影投入的资金收益，也促进了中国包括电影在内的文化产业的整体发展。2006年《夜宴》就与淘宝网开展了战略合作，包括邀请中奖用户和片中明星见面，赠送电影中的拍摄道具以及买电影票即获60元购物红包。其中每一个环节，都有机会吸引新的观众。“《夜宴》上映结束后，国内权威调查机构的报告显示与《夜宴》合作营销的2006年第3季度，淘宝网会员数达到2 670万，和前一年同期相比增幅170%。在线商品数达到3 900万件，和前一年同期相比增幅260%，总成交额达到43.5亿元，人均购物金额为572元，增长109%。电影《夜宴》既获得了额外的一笔后产品收益，又炒热了舆论关注度，对票房也起到了刺激作用。可以说这样的营销方式是有利于整个影视作品的良性运营的。”❶

好莱坞电影正是因为这样的营销系统，才形成强大的经济纽带，使电影经济良性循环发展。未来的电影市场将是多种市场的集合，是影院电影、网络、电视、商品开发共处一体又各自为政的综合市场网络。因此，正如论者所指出的，“电影业是大电影产业，电影经济是大电影经济。电影经济早已超越票房经济，成为真正意义上的大电影产业。与此同时，电影还是整个文化工业的创意核心，它为明星经济、唱片产业、广告业、演艺业、服务业、游戏娱乐业等提供内容资源和经济动力。所以，今天的电影产业，国内影院只是市场链条的第一环节，国内票房只是电影的第一笔收入。在某种程度上，国内影院票房是电影市场效益的前提，但是国内影院以外的收入才是电影获利的保证”。❷ 论者举例指出2003年美国国内影院的票房是94.9亿美元，而在海外的票房是108亿美元，影院票房一共200多亿美元，但整个电影产业的产值则达到了600亿美元，即电影收入的六分之五是由国内票房以外的版权交易、影院后市场收入构成的。因此，现代电影产业都在努力扩展、延长市场链条，形成多元、多层的盈利模式，摆脱单纯依靠国内影院票房的营销模式。过去，中国电影的票房外收入比例很低，而且主要是国内电影票房收入，最多可以有电影频道用相对低的价格购买播映权作为补充，盈利模式单一，影片效益低下。

所以，影视的产业运作必须建立起整合营销的观念，在大产业的背景下来为促进影视作品的生产提供一个良好的产业环境。

3. 品牌：影视生存的根本

如何建立自己的品牌，是电影营销策略的灵魂。“品牌”英文(Brand)的本义就是烙印，引申出来的意思就是给人留下深刻的影响，是美誉度和知名度的综合体。在当今影视生产、销售中，品牌战略尤为关键。品牌的确立需要很长时间的营造，一旦产品形成品牌之后，就会取得可观的回报。品牌和观众之间存在着一种潜在的协议，谁拥有品牌谁就拥有市场，谁就能实现商业价值和艺术价值的双丰收，品牌是影视产品持续发展的保证。

---

❶ 俞剑红：《中国电影企业运营模式研究》，234页，北京，中国电影出版社，2009。

❷ 尹鸿、王晓丰：《中国电影产业年度备忘》，载《当代电影》，2005(2)。

在影视产品中，品牌则包括导演品牌、演员品牌、电影公司的品牌、影片的品牌。如《星球大战》和《指环王》系列，冯小刚品牌，赵宝刚品牌，以及诸多的明星演员，品牌影视公司等。

在一个全球化的商业时代，打造知名品牌已成为公认的竞争策略。它不仅以较优的质量带来稳定忠诚的消费群体，同时也带来巨大的经济效应和社会效应。创建自己的电影品牌，已成为各国电影争夺市场的一大法宝。中国电影界无疑已意识到这一点并将其运用于实践，这从近年来商业大片的宣传、营销可窥一斑。但是，中国国内对品牌的认知和行动往往还局限在导演品牌、明星品牌的概念上，很少意识到电影类型本身也是品牌之一。拍何种类型片更多是凭借导演自身的兴趣，而并非根据市场需求和观众反响来有意识地创建类型品牌，更不要说品牌的延伸与后续发展。而比较健全的电影工业机制则非常注重这一点，如好莱坞《星球大战》就形成了一个品牌电影，还有《哈利·波特》已经成为一个系列，观众只要听到片名就会去影院看，这也是影片在前期形成的影片品牌效应。

当然，我们也必须注意到，如论者所说“品牌对于影视产品来说其美誉度和知名度则是依靠其对影视艺术价值的追求”。❶ 只有具有高品位及深层次艺术内涵的电影才可能建立起自己的强势品牌，并能够推广到全世界，实现产业链的可持续发展，忽视艺术价值的电影最终将丧失观众。有论者指出：

> 一个正常的消费市场，是由不同的品牌商品来带动的。每种品牌都有特定的功能定位、价格定位、消费者定位，各种品牌的组合构成了一个丰富多样的消费市场，电影市场也不例外。不同的档期、不同的受众、不同的观影需求都需要不同的电影消费对象和不同的电影品牌。没有丰富的、多层次的品牌构成，就没有电影市场，没有电影市场就没有电影工业，没有电影工业就没有电影的前途。美国电影市场的繁荣，在很大程度上就是电影品牌的繁荣。根据不同的档期，美国各大电影制作公司会定出一个生产规划，而这个生产规划是根据发行公司的发行计划制定的，发行计划则是根据市场预测来确定的。在“以销售决定生产”“以市场决定产品”的生产和发行计划中，各种电影品牌的组合构成了基本结构，这些品牌包括导演品牌、明星品牌、大制作品牌、类型品牌等，都必须与整个电影市场规划相一致，从而形成一个立体的、互动的电影市场。所以，中国电影的繁荣，也需要按照一定的市场规划来培育电影的品牌，将来不仅要有冯小刚电影，还要有像王家卫电影、吴宇森电影、斯皮尔伯格电影、卢卡斯电影那样的张艺谋电影、陈凯歌电影、黄建新电影等品牌导演，以针对不同的电影市场和观影需求。对于品牌的构建，首先要求在媒介市场调查的前提下做出准确的产品定位，如电影生产的目的是什么？它作用于电影观众的什么需要？其次，要做出目标受众的定位，因为受众因自身因素的差异性，任何一部电影已经越来越不可能面对“所有”的受众，也不可能同时实现电影“所有”的功能，所以创立品牌的前提只能是针对特定的受众，达到特定的效果，获得特定的市场。第三，要进行市场定位，电影市场的空间在哪里？竞争性产品的状况如何？品牌是否可以持续发展？

---

❶ 金冠军、钟瑾：《电影创意产业》，89页，上海，东方出版中心，2009。

品牌产品不一定是票房最高的节目，而是指有稳定的观众群同时占据一个能够维持电影生产良性发展的市场份额的影片，对于电影来说，在很大程度上，不是生产决定市场，而是市场定位决定生产策略。第四，要做出营销定位，必须要根据自己的品牌特点和受众特点，确立营销的手段、方式、重点和引起观众的合适的观影期待。❶

电影品牌是在艺术价值和商业价值达到的一种平衡、双赢的结果。正如论者所指出的，影视作品的艺术性是品牌的保证，而其商业性是品牌价值的体现。正确对待影视的商业性，遵循艺术规律，坚持整合营销的理念，树立起品牌意识，以消费者的需求为核心，才能最终实现影视产业的良性发展。

(二)类型化创作

类型电影，始于20世纪三四十年代制片厂制度兴盛的好莱坞，并因受广大观众的欢迎而很快成为主流电影，它促成了好莱坞“以它摄制的影片质量和大量的利润，称霸于全世界”。60年代末以后，类型电影取得了长足的发展，不仅成为美国、英国、意大利等国电影生产的主体，不少影片还因样式和内容上的创新而成为极富艺术性的影片，为电影评论界和历史学界所注意和肯定。美国信息传播学家和电影历史学家弗兰克·毕佛就认为，应将类型电影及其艺术家与那些艺术质量较高、非常重视“生产标准”的影片列在一起给予评价，因为类型电影“是由经济制度产生的”，“每类电影在电影史上和文化史上都起过各自不同的重要作用”，它们“从内容和风格上都为电影事业的发展开拓了前景”。❷ 这是通常对类型电影的一种认识，但我们认为现在许多对于“类型”的研究，已经不能仅仅将其看成是一种创作方法，更应该结合产业背景将其看做是一种产业运作模式。相对于电影来说，中国的电视剧的类型发展比较成熟，如家庭伦理剧、青春偶像剧、破案剧、历史剧等。

1.“类型”和“类型片”的分类

所谓类型(Genre)或类型电影，弗兰克·毕佛认为，类型“是指表现相似风格、相似主题和相似结构关系的任何一组电影的术语”。也有的研究者认为，类型电影就是“指按照约定俗成的类型(西部片、强盗片、恐怖片等)要求或原则制作出来的影片”。路易斯·贾内梯认为类型片是“一种集中和组织故事素材的适当方式，各种类型片的区别是在风格、题材和价值观念方面各有一系列的程式”。❸ 有论者指出“总括起来，可以这样理解类型，它们是一些相对固定的制片模式，表现出相似的风格、主题、结构关系及共通的样式特征——戏剧化的叙事结构、容易判断的人物性格、固定的电影语言模式、漂亮耀眼的明星、罕见的奇观和回避现实的娱乐效果等”。❹

❶ 尹鸿、李德刚：《品牌领导消费—从冯小刚贺岁电影个案分析中国电影市场》，见中国电影家协会：《中国电影：创作与市场》，247页，北京，中国电影出版社，2002。

❷ 峻冰：《类型美学观念的受众实践—冯小刚喜剧电影的样式确证与叙述创新》，载《当代文坛》，2002(6)。

❸ 游飞：《美国电影艺术史》，69页，北京，中国传媒大学出版社，2006。

❹ 峻冰：《类型美学观念的受众实践—冯小刚喜剧电影的样式确证与叙述创新》，载《当代文坛》，2002(6)。

邵牧君指出好莱坞类型电影有三个基本元素："一是公式化的情节，如西部片里铁骑劫美、英雄解围，强盗片里的抢劫成功、终落法网，科幻片里的怪物出世、危害一时等；二是定型化的人物，如除暴安良的西部牛仔或警长，至死不屈的硬汉，仇视人类的科学家等；三是图解式的视觉形象，如代表邪恶凶险的森林，预示危险的城堡或塔楼，象征灾害的实验室里冒泡的液体等。"❶应该说这是针对当时好莱坞的类型电影所概括出来的，但到现在还是有一定的参考意义的。

类型电影包括喜剧片、歌舞片、犯罪片、科幻片、恐怖片等类型，而传统说的西部片主要在美国存在。西部片的存在也说明作为一种类型创作，必须要符合本民族文化积淀和观众的审美期待，这就如同歌舞片在印度非常兴盛一样。

需要注意的是，今天"类型片"已经不同于20世纪三四十年代经典好莱坞时期了。那时的"类型片"相对封闭，不同类型的界线也较为清晰；现在"类型片"的概念是开放和杂糅的，很难找到那种经典的、纯粹的"类型片"了。在类型片的创作过程中，虽然每一部类型片的组合元素可能是一种类型和其他类型片所共同的，但它组合各类型特征元素的方式可以是很独特的。通常人们认为类型片必将受到规则系统的束缚，但实际上一部独特的类型电影不可避免地会超越这些规则，使自己从这一类型的其他电影中脱颖而出。应该看到，类型并非是僵化的模式，类型片的具体分类和构成元素也并非是固定不变的。随着时代的发展和观众审美趣味的变化，不仅类型片构成元素和叙事方式会有一些新的变化，而且还会创造出一些新的类型。好莱坞的类型片之所以会长盛不衰、广受欢迎，就在于创作者能根据市场需求和观众需要不断调整创作策略，给各种类型片增添新的元素，注入新的活力，使之具有新的时代特征，同时也不断推出一些新的类型。如论者所指出：

> 类型在题材、情节、人物、技巧、造型等方面较为稳定的相似性、共通性特征并非一成不变，作为市场化运作(好莱坞式制片厂制度)和意识形态(散漫的大众意识形态和主流的道德意识形态交相辉映)的共同产物，类型电影需要迎合接受主体的观影期待(猎奇、探密、冒险、窥视等)和文化心态(道德观念、"英雄"崇拜、公平意识等)。20世纪60年代末以后，类型电影克服了早期影片的不足(如叙事的单线结构、角色性格的透明简单、主题内涵的浅显等)，使自身趋于成熟、完善——多线索叙事、多侧面的人物性格、贴近现实的人道主题风格样式的多样融合(在一部类型片中融合不同类型的风格特点)等。可以说，对电影如何借助叙事结构、叙事技巧来叙述一个完善的打动大众的故事，电影如何以富有视觉冲击力的影像奇观来引导接受并最终赢得市场，类型电影确立了较好的典范。❷

但也有论者指出，虽然"类型电影"现在已经出现多种类型杂糅的情况，但其称为类型的关键的因素是保持稳定的，类型片还需要一整套的形式体系，如题材范围、叙事模式、视觉图谱、表演等一系列电影本体所呈现出来的固定风格。这样才能保证

❶ 邵牧君：《西方电影史论》，53页，北京，高等教育出版社，2005。

❷ 峻冰：《类型美学观念的受众实践—冯小刚喜剧电影的样式确证与叙述创新》，载《当代文坛》，2002(6)。

"类型电影"的完整性：

> "类型电影"是建立在观众与制作者普遍认同和默契认同的基础上，是制片人、观众等共同享有的一套期望系统或者说是惯例系统，但所以成为某种类型的电影，最根本的还是在一部又一部影片中不断出现的某种类型的"观念"与"范式"的集合，这使该种类型电影具有了某些不变的"祖性"特征。这既是我们共同相信的一些东西，又是它本身存在的东西。所谓"观念"是某种类型的电影共同呈现出来的价值观念系统，即影片所承担的主题和社会意义的元素。而"范式"是隐匿在现象组织后面的一种格局，一种内部的框架，或者是一种普遍遵从的规范，表现为共同的影像特征、标志性人物、反复出现的场景、镜头的分类序列等。某种观念与某类范式的集合便形成了某种类型电影。"观念"与"范式"可能会因为时代的变迁，制作人的审美趣味的变化等因素有所调整和变化，但基本的框架或者说"内核"是不会变的。❶

应该说类型电影就是在这种"发展"与"稳定"中保持着平衡，从而使得观众对类型电影公式化的情节，大团圆的结尾，脸谱化的人物的特征和情节耳熟能详，影片的大致走向也基本上超不出观众的预料，而同时又能满足他们追求"熟悉的陌生感"的要求，在可预知的部分中期待充满变数的另一部分。

由于类型片是建立在好莱坞的大片厂制度的基础上的，所以研究者普遍认为，类型片就是商业片。但有论者指出，科学地说商业类型片只是类型电影的一部分。

> 电影类型的划分，应从两大层面着眼：即文化层面与艺术（技艺）层面。从文化层面划分，可有社会认识片、道德伦理片、政治宣传片、人性解剖片、宇宙探索片、情感宣泄片、休闲娱乐片等；在艺术（技艺）层面，从题材角度划分可有警匪片、侦探片、战争片、爱情片、灾难片、现代都市片、历史故事片、家庭情感片、社会问题片、西部片、黑色暴力片等；从审美风格角度可有情节片、情境片、动作片、打斗片、恐怖片、怪诞片、喜剧片、悲剧片等。好莱坞的商业类型片，只应是上述电影类型的一部分。以局部代整体，不宜。因之，一说类型片，便天然认定只是好莱坞式商业性"套路片"，不当。❷

也有别的学者推出了类似的观点，他认为"从对类型电影的讨论伊始，我们便看到讨论者的一个共同特点，即对传统电影教化功能的愤愤不平和由于实验电影遁入沙龙而对电影商业危机的焦虑。它导致对教化的贬斥和对娱乐的鼓吹。而对于类型电影的艺术职能的讨论却一直受到忽视。在有些人看来，只有艺术电影、实验电影才能谈得上艺术，才能谈实现艺术职能。而类型电影只是纯商品，类型电影牺牲艺术是必须的，无可选择的。这是理论的失误。鉴此，我们以为，当前，我们除了对类型电影具体制作技巧的研究外，更重要的是对类型电影的艺术本质进行再认识，在理论上做出

---

❶ 沈国芳：《构建类型电影的新观念》，载《当代电影》，2005(5)。

❷ 桂青山：《与世浮沉：类型片的理性认知与动态把握》，载《电影艺术》，2003(6)。

准确的界定。我们承认宣泄、娱乐、刺激都是类型电影应该具有的功能，但只有和人的解放这一哲学指归相联系，这些功能才具有真正的存在意义。我们对照西方类型电影，特别是美国电影，对于这一点可能会有启发。美国的类型电影，不管是科幻片、警匪片，还是歌舞片、体育片，其深层都蕴涵着抵御异化、实现人的解放这样的深刻意蕴，而其外观却又那么潇洒、自由、漫不经心和游戏味十足。我们往往把它的外观认作是创作动机而忽视了这些影片的真正思想意蕴。我们决不同意那种认为西方类型电影纯粹是给人刺激、博人一笑的观点。作为电影艺术，不管是艺术电影还是类型电影，其根本追求是一致的，不同在于它们呈示的方式”。❶

按照美国理论家安德普的观点，作者电影、艺术电影也可以被看做是类型电影的一种。这些电影也是按照一定的观众期待形成类型，只是观众群不一样而已。这种说法，其实是对类型片理解的深化，它对产业的运行很有指导价值，有一定的道理，也非常适合现代社会传媒理论所提倡的“分众理论”。正如下文将要说的类型化的创作已经超越了一种具体的创作方法，而是一种产业运作模式了，而这样就需要细分市场。其实，影视产业的运作，必须要注意“分众”，“类型电影”概念的提出，也是鉴于分众传播的需要。

从产业的层面来说，艺术电影也是一种类型，只不过它的观众群体相对比较小，但是如果定位好，也可以形成持续性的生产规模，关键是要培育欣赏群体，形成一个产业链，它本身也可以纳入到大的影视产业的框架内。这其实涉及产业运作的另一个问题了，那就是艺术院线的设立。欧洲的艺术院线的存在，为欧洲艺术电影的生产提供了一种存在的可能。所以，在产业运作的过程中，对类型化创作也要有新的认识。

2. 类型化创作

有论者指出“类型电影是好莱坞技术主义电影在全盛时期特有的一种影片的创作方法”。❷ 其实，类型电影是在好莱坞制片厂制度下形成并发展起来的，与电影的产业化生存有着很大的关系，起初的时候可以作为一种创作方法，但到后来在产业化的背景下来考虑的时候，它逐渐不仅仅是作为一种创作方法了，更有可能是产业运作的一种模式了，也就是说是类型化生产了，这完全适应产业大规模持续性生产的需要，所以类型化是一种创作和产业运作模式的结合。

电影类型化创作，就是将电影当做一种商业消费品，以使用价值为坐标，按照市场需要进行生产来满足不同受众的消费需要。类型化是观众消费的需要，是产业发展的必须。正如上文所说，类型化其实是商业电影的营销策略，是一种运营模式，这是符合“分众理论”细分市场的需求的。

类型电影说到底是电影商业化的产物，是为了顺应观众市场需求而创作的电影系列产品。类型电影是好莱坞电影的基本模式。在经典时期，好莱坞电影制作在选材和风格样式上向几种形态集中，形成了特征鲜明的几大类型：喜剧片、歌舞片、西部片、爱情片、强盗片等，每一种类型电影占据一块电影市场，吸引一批观众。类型电影对于制片方来说，是为了便于组织生产和发行影片。所以类型化的创作，从作为一种产业运作的模式的角度来说是有着其现实的意义的：

---

❶ 汪天云、蔡耀：《类型电影：用游戏方式实现艺术》，载《电影新作》，1988(5)。

❷ 邵牧君：《西方电影史论》，51页，北京，高等教育出版社，2005。

斯蒂文·尼尔(Steve Neale)认为类型制度发挥着两个相互关联的重要功能：1. 保证观众理解电影的意义和观看快感的实现；2. 通过提供熟悉的认知产品而不是创新和差异，从而抵消电影工业生产的巨大经济风险。尼尔认为类型对影片生产的工业模式至关重要，因为它们"对于计算投资和利润起着基本的和'便利的'单位作用，对于资金管理起着基本的和'方便的'类别作用，以确保资本能量最大化"。❶

正如有论者指出："影视生产的资本集中本身需要一个规模充分的市场，才能产生利润，既满足投资商，又能保证对未来产品的再投资。这就意味着，必须尽可能地降低个体影片的相关经济风险，所以，影片的潜在市场必须是可预知的。由此来看，类型准许电影工业以提前售出的类型期待和快感这种认知担保物补偿一些金融投资。而这也是影视产业链能正常运营的一个前提。"❷

麦特白也持有相类似的观点，他认为类型电影的制作"第一，它们提供了财政保障：类型电影在某种意义上总是预售给它们的观众，因为观众在他们对这部电影进行任何实际的参与之前，就已经对这种类型拥有一种感觉和体验。而且，一些类型相对其他类型具有更高的预期收益性。第二，类型片能够保证它们虚构的故事以某种确定的方式为观众展开，这将为他们提供他们所期待的快感满足。通过提供这种预知，类型电影鼓励在娱乐中产生的观众的掌握与控制快感"。❸

邵牧君先生认为类型电影之所以受到观众欢迎，"一个原因在制片厂制度，还有另一个重要的心理原因。类型电影从艺术上说，这类公式化、概念化的东西是不可取的，但由于这种公式和概念并不是枯燥的，相反的往往颇有刺激性，所以能引起观众的兴趣"。❹

郝建先生则认为："电影是工业社会产生的艺术，它的创作采取了现代生产的组织方式。电影的循环过程是大量投资、按流程分工合作生产、个人买票完成消费。这促使制片人倾向于模仿成功之作，在观念上追随主流性社会思潮。我们可以批判其艺术上的平庸和社会观念上的保守，也应从必然性去考虑问题：社会思潮的走向应由大众决定，审美经验的发展是艺术家和观众交互影响的过程，类型电影正合此纲常。"❺

王宜文先生认为"实际上，类型影片并不是电影工作者的一种发明创造或独特的艺术构思，决定类型片面貌的也不是电影制作者，类型影片的渊源出自于观众的普遍心理状态和社会上占主流的文化形态，是一种社会上普遍接纳的思想行为模式和故事原型。在经典好莱坞时期，美国有一个稳定强大的中产阶级，加之尚没有电视等其他后兴的娱乐方式与电影竞争，类型片的生存土壤极其丰厚。但 20 世纪 50 年代末开

---

❶ 陈犀禾、陈瑜编译：《西方当代电影理论思潮系列连载三：类型研究》，载《当代电影》，2008(3)。

❷ 同上。

❸ [澳]理查德·麦特白：《好莱坞电影—1891 年以来的美国电影工业发展史》，吴菁、何建平、刘辉译，73 页，北京，华夏出版社，2005。

❹ 邵牧君：《西方电影史论》，53 页，北京，高等教育出版社，2005。

❺ 郝建、杨勇：《类型电影和大众心理模式》，载《当代电影》，1988(4)。

始，整个西方社会经历了一场以‘质疑’与‘颠覆’传统为特征的思想文化运动，首当其冲的就是保守陈旧的中产阶级价值观念，随着‘美国梦’的破灭，其主流地位岌岌可危，类型电影失去了存身的基础，变得模糊，甚至出现了《邦妮与克莱德》、《逍遥骑士》等反类型的警匪片、西部片。经历了近20年的阵痛，随着里根、克林顿、布什时期的经济增长和传统价值观念的提倡，美国主流的中产阶级价值观念再次确立，特别是随着冷战结束，美国唯一超级大国的心态日益膨胀，类型电影强力回归，而且咄咄逼人，以高科技和匪夷所思的投资规模与视听震撼，以及《拯救大兵瑞恩》《辛德勒名单》等所谓‘人性’模范与标杆的宏大巨制，引领世界电影潮流”。❶

虽然各家论述的角度不太一样，但基本上可以认为，类型化创作有两个原因，一是观众的需求；二是降低市场风险的需要。而满足观众的需求则也是创作者保持电影产业持续运作所要面对的。有论者指出好莱坞能够保持旺盛的生命力，其中一个最重要的原因就是其类型化创作。

> 好莱坞是如何保持电影这棵摇钱树不断开花结果的呢？就行业本身的运转来说，就是建设和维护类型化创作的轨道。有一种相当流行的看法，认为类型影片已经随着五六十年代“制片厂制度”的瓦解而永远消逝了。的确，传统的类型片是在制片厂制度的基础上建立成型的，二者血脉相连；然而，伴随传统的制片厂制度而去的，也不过是传统的类型电影及其制片方式而已。在“制片厂制度”崩溃后兴起的“独立制片运动”，所拍摄的绝大多数影片也仍然是类型片，符合当时观众口味的新的类型片。它们在意识形态上，仍然是保守多于激进；在题材上，努力追逐时尚的热点；在技巧与技术方面不遗余力；在情节与场面的安排上，花样翻新。于是，尽管你看片时，感到似曾相识，却也不能不承认，“新人”有时胜“旧人”。成熟的类型电影，是由一大批出色影片支撑起来的。一种类型的确立，是以出现少则三五部多则十余部、几十部的代表性影片为标志的。美国的商业影视能够长盛不衰，纵横四海，一个重要原因就是，它不仅有以往的一大批优秀的类型影片做基石，而且能以几乎是“制度性的保证”，源源不断地拍出大批新的优秀类型影片来。❷

法国电影的振兴，在很大程度上得益于“法国式类型片”的崛起。新一代导演在继承法国电影优良传统的同时，向斯科赛斯、斯皮尔伯格等美国大导演学习，制作出一批情节复杂、娱乐性强的片子。导演“不再昂着头骄傲地拍电影”，他们既拍作者片，也拍类型片，或是把两者的风格结合起来。列于票房之首的《阿梅丽·布兰传奇》，就是既有鲜明的导演风格，又有幽默的喜剧特色，兼具两种类型影片风格的电影。所以论者指出“世界电影史上，电影业发达的美国、印度、中国香港等地区都有着鲜明的类型片特色。欧洲尽管是艺术电影的大本营，但除了在各个电影节上‘闪耀’的少量艺术电影外，其主体仍然是各类商业电影。近来比较活跃的伊朗、韩国等地区的电影，支撑其民族电影事业的也是类型片，或类型特征突出的影片样式，如伊朗擅长的儿童

---

❶ 王宜文：《浅析中国类型电影的历史与境遇》，载《当代电影》，2004(6)。

❷ 涤非：《类型化与商业影视创作框架》，载《电影艺术》，1997(1)。

题材影片，韩国的青春片、都市喜剧片等。所以，发展电影产业，不是要不要类型片的问题，而是个必需的问题”。❶

我们可以注意到类型化创作的运行模式，是一个国家或地区电影产业兴盛的基础。这也就是说对于产业的循环来说，类型电影的创作模式形成了一个基本的可支撑点，可以让制作者对市场有一个基本的预期，保证产业链条不会断裂，没有一个基本的发展规划，这对形成一个良好的产业链是没有益处的。尤其是对于在产业刚刚起步的阶段，类型为产业的可持续发展提供了一种基本的可能性。整体来说，正如有学者认识到类型化创作要在以下几个方面予以把握：

> 其一，与时同步、契合世态(在表面平俗内，潜蕴着社会大众当时的集体意识与潜意识)。类型片要体现意识形态的大众化，这不错。但这大众化的意识形态绝非一成不变，而总是有着流动的时代品格。永恒的主题不等于永恒的意识。就一般社会约束与道德规范而言，正直善良、忠诚守法、按劳取酬应大加提倡；但是，美国六七十年代以“游戏人生、打家劫舍、无法无天、我行我素”为宗旨的公路片《邦尼和克莱德》《末路狂花》等，却甚嚣尘上、大受欢迎。什么原因？——只在于它们反映了特定时代的一种集体性人文意识。总之，每一部成功的类型片都会与“当时”的社会氛围和大众的深层心理有某种程度的契合、融会。遵循之，便可有基础性保证；否则，技艺再精，也难免失败。
>
> 其二，与民同心(适应民心)。时代的文化潮流与民众的文化心理有时并不一致。这就需要类型片的策划者、创作者有清醒的洞识与辨析。否则，也会产生貌合而神离的尴尬。
>
> 其三，适应民俗、民风(地域文化与审美传统)。尽管在前面我们曾谈到文化的普泛化，并做了相应的肯定。但在这里，还是有必要补充——在上述基础上，还是要尽可能地适应不同地域的民风、民俗。由于不同的民族审美心理的差异，在移植类型电影创作模式时，更应该注意到不同文化的差异，要立足于本民族的文化特点。冯小刚的电影受大众的欢迎，就是基于大众在生活压力下的一种释放的心理。
>
> 其四，类型的创新与演化。没有一成不变的类型，没有亘古如一的模式。借鉴与发展类型片的要义，是学其艺术神魂而不能只是皮毛形式。几十年来，美国的类型片也在不断发展，以生成新的类型片：更多的是混合类型片，甚至反类型的类型片。同时，类型片和艺术片之间也充满相互改造的过程：将触角从类型片的框架中伸出去，更深地触动观众心灵的就是艺术片；而进一步形成了新的框架，又是新类型片的一种了。新好莱坞影片比旧好莱坞最大的长进之一恐怕就是类型片的融合，如《失落的世界》是科幻片与惊险片的结合，《泰坦尼克号》是灾难片与爱情片的融会。
>
> 总之，类型片的分类与综合、创新与演化，是当前世界电影的一种趋向与出路。这说明：类型片所以赢得观众青睐的基因确实值得借鉴，但不能走极端——对于某种类型过于亦步亦趋、搬抄摹仿而画地为牢、因类型片题材与叙事的相对

❶ 王宜文：《浅析中国类型电影的历史与境遇》，载《当代电影》，2004(6)。

模式化而把自己的身手限制死，无异东施效颦。❶

确实如论者所说，类型化从小的方面来说是一种创作手法，从大的方面来讲是一种产业运作模式，作为产业运作的模式，我们尽可以使用，但具体创作过程中，必须要坚持类型与创新的结合，类型化并不是空洞的僵死的，必须去动态地把握，要研究观众的心态，把握社会的真实氛围对类型化创作来说是非常关键的，这并不是说一味地去迎合观众。一个健全的电影市场，需要类型齐全且不断更新的产品源源不断地供应消费，这正是产业化进程中面临的基础建设。多类型样式的开发与创作，需要在既存的题材选择范围基础上不断扩展。这样才能保证产业的良性的可持续发展。好莱坞就是几大类型百花齐放，才能取得良好的效果。客观地说，对于类型电影创作来说，要在一个封闭性的叙事中讲好一个对观众有强大吸引力的故事，绝对不是一件容易的事情，它并不比导演创作所谓"艺术电影"需要的叙事智慧和技巧更少。因为，类型电影生产的前提是完整、系统的电影工业体系。在这个体系中，制片方根据观众的需求制作影片，研究观众的观赏趣味，形成一些叙事程式、视听讲述方式相对固定的类型。

除了上述的文化上整体性的宏观要求，类型电影在实际创作过程中，必须要针对市场的特点，把握好以下几个具体方面的工作：

(1)要细分市场

有论者指出，"作为一种惯例成规，类型电影对观众来讲意味着期待，对制作者来说，意味着创作方式。因此，可以说与受众的关系是认识类型电影的关键。类型电影应对细分的即兴趣爱好、消费品位多样化的观众群落，应该说是电影制作者对市场的敏锐把握。这是类型电影得以发展的前提和基础。它体现出制作者们的电影观念，即电影是一项产业，观众是消费群体，这个群体的消费趋势越来越多元化，产业要发展，就要针对消费群体的需求做出调整，同时有意识地培养某个类型或潮流的观众群落。在一个理想的类型电影市场循环里，制作者(生产者)与观众(消费者)应达成默契：前者需要娴熟呈现类型元素，观众则需要对类型元素熟悉和确认。因此可将类型电影视为一个由影片制作者、影片和观众构成的三角形关系。类型电影可定义为超越单个影片的模式/形式/风格/结构，由影片制作者来完成它们的建构，由观众来审阅。离开观众的选择、确认、期待，类型电影无法循环，更谈不上健康发展"。❷

(2)要分析观众需求

重视作品与观众之间的相互推动作用是非常关键的，从观众的角度分析，观看类型电影的观众是想通过观影，通过与作品中的某种交流发现自我，享受某种快感。如果类型电影能令观众得到相应的满足感，并为这种电影赋予崭新的东西，便证明它已取得成功。

饶曙光先生认为："类型电影也不仅仅是技巧、技术、技艺层面的东西，最重要的还是与观众的关系问题，因为类型电影本质上就是与观众的一种'契约'关系。电影类型背后的动力取决于一定时期的社会心理；而一定时期的社会心理既决定了电影类

❶ 桂青山：《与世浮沉：类型片的理性认知与动态把握》，载《电影艺术》，2003(6)。

❷ 路春艳：《类型电影概念及特征》，载《北京社会科学》，2005(2)。

型的变化，也最终决定影片叙事的逻辑和脉络。一部影片最终是否卖座和受到观众的欢迎，在于影片是否顺应和表达了这种社会心理和情绪，是否迎合了人们的梦幻、梦想，满足了他们的情绪，释放了他们的感情以及不满等。”❶

比较成熟的类型运作模式是非常关注观众的需求的。以观众品位为基础的卖座元素，是另外一项市场调查的主要项目。通过调查，好莱坞的制片人发现了四大卖座元素：“一、好故事。好莱坞的编剧们已总结出几十种引人入胜的剧情“桥段”，尽管它们过于模式化。二、好演员。大牌明星或几位明星联袂，是招徕观众的最大卖点。三、好场面。借助先进技术、特别是电脑特技，将各式各样场面拍得更加壮观、更加火暴。四、好音乐。一定要有好听的配乐和歌星的主唱，现今则要加入流行乐元素。”❷好莱坞对观众的调查研究，为类型电影的再生产提供了第一手的资料，使类型电影的制作更具针对性，从而降低投资风险。

从这个论述我们可以看到，对类型化创作来说，更重要的是，要花大力气研究当下观众消费习惯及其审美趣味的变化和走向。只有这样才能使产业能够和市场对接，利用类型化创作促进产业的良性发展。

(3)范式要相对固定

类型片一旦形成一种范式之后，无论是创作还是欣赏，都有一定的游戏规则，尤其是对电影观众形成了一定审美上的期待。如果轻易改变这种类型，最后的结果只能失信于观众，最终失去观众。“类型电影的主要经验就是对那些能够引起大众反应、得到大众认可或引起大众讨论的影片的模仿和再生产。但在电影作为艺术作品时，新意和创新又是保持艺术活力的有效手段，并符合大众追求新鲜感的要求。所以类型片中成规和创新就成了一个十分辩证的行为。任何导演的创新都必须是在遵从类型的全部模式的基础上，也就是说，导演首先要对类型片中的所有元素熟悉、精通，才能在此基础上进行改造和修正类型元素，否则，创新就很容易走向个人的天马行空。”❸一个类型可以融合或者借鉴其他类型片，但却不能是轻易反类型。电影《气喘吁吁》在票房上的失败就在于导演违反了商业喜剧片的一个基本类型范式，导致观众的观赏期待落空。

(4)创新与范式的融合

类型电影既然是某些社会价值观念和观众形式趣味的交叉点，它就不可能是一个自足的封闭体系。类型电影审美活力的保持，还有一个很重要的原因，即它在稳定的框架中不断继续着艺术的演变。如论者所指出“类型化并不是对商业电影的变化和创新的否定，而是变化和创新的基础。类型电影不光创造和遵从模式，还要破除、改变、综合模式。在观众熟悉并厌烦某些模式、社会对类型片中的观念提出质疑时，类型片也需要通过反用模式、讽刺、综合新元素等方法来创造类型的“熟悉的陌生感”。❹ 类型创作也不是绝对一成不变的。“把类型作为一套相对稳定的系统，具体影

---

❶ 饶曙光：《类型经验(策略)与中国电影发展战略》，载《当代电影》，2008(5)。

❷ 转引自路春艳：《中国类型电影的生存与发展》，载《北京社会科学》，2007(1)。

❸ 李小丽：《类型与超类型：国产大片的商业美学风格》，载《乌鲁木齐成人教育学院学报》，2008(3)。

❹ 汪献平：《中国类型电影：现状与发展》，载《当代电影》，2008(11)。

片既有类型的基本特征又有细微的变奏，这种观念对于制作者和批评家来说，都是一种有益的理解。”❶因为随着社会的变迁，观众的审美态度也在发生着变化。“在20世纪70年代后现代主义影响的逐渐加深，类型电影在日渐精细化的同时，也出现了类型电影之间互相糅合、杂交的趋势，很多电影都包含着两种以上的类型片要素，类型综合的好处在于经典的类型模式已经在观众那里有所预知，极易引起观众的共鸣，因此类型的杂糅可以使观众清晰地辨认出人物、场景，得以顺利地进入影像世界，而同时不同类型元素的新组合又可以避免观众对单一类型的过分熟悉与厌倦，给观众以新奇感。”❷

罗伯特·瓦而肖在一篇文章中这样写道：“首创性只有在这样的程度上，亦即当它只是加强了所期待的体验而不是根本改变它时才是受欢迎的。”斯蒂夫·尼尔也说：“一种类型中的元素与惯例总是处于运动之中，而不是固定的、单一的、重演的；任何类型的主体都总是处于扩展之中。”❸只有当范式与创新有互动作用了，类型电影才会具有长期的有效性和自我更新性能，即对类型的有限度的突破是商业电影得以长期存在和发展的根基。

3. 类型化创作思辨

类型化创作是产业运行的一个保证，但类型化也存在问题，正如论者指出有时候商业上成功的电影鼓励它们的主题进一步变化，于是产生广泛的成功循环模式，然后成功开始衰落，产生大量对首创的不成功的复制品。❹

有人引用曾经在好莱坞发生的布莱恩·佛伊的故事证明类型电影的弊端。佛伊在20世纪30年代晚期掌管华纳兄弟的B级片生产，据说在他的办公桌上总是堆放着大约20个剧本，而他拍摄电影就是将这20个剧本循环运用，当然他会改变一下人物的性别或者故事发生的地点。这个故事揭示了类型片制作的根本效应原则，这些电影满足观众所要求的影片之间的类似，它们都非常的相似，但又完全不同。不管故事是否真实，它至少说明了类型电影在制作过程中存在的一些问题，当然这是一种极端的做法。论者认为“一种类型片的历史通常被形容为从萌芽到成熟再到衰落的演变过程，或者从实验阶段到经典再到刻意模仿的发展过程。把它定义为‘从简单直率地讲故事到自觉的形式主义’”。❺

在类型片的发展历史中确实存在毫无节制的模仿和大量的粗制滥造现象，使影片陷入僵化、陈旧和烂俗的泥潭的情况。所以到后来，一提到类型电影，人们禁不住会立刻联想到“批量生产”“俗套”“公式化”“毫无新意”等字眼。确实，类型创作这方面存在的弊端对于长久发展在一定程度也是不利的，一旦影视剧的创作形成一个固定的模式，时间一长就会让观众产生“审美疲劳”，毕竟影视剧属于文化产品，它们的制作还

---

❶ [澳]理查德·麦特白：《好莱坞电影—1891年以来的美国电影工业发展史》，吴菁、何建平、刘辉译，71页，北京，华夏出版社，2005。

❷ 李小丽：《类型与超类型：国产大片的商业美学风格》，载《乌鲁木齐成人教育学院学报》，2008(3)。

❸ 郝建：《影视类型学》，57页，北京，北京大学出版社，2002。

❹ [澳]理查德·麦特白：《好莱坞电影—1891年以来的美国电影工业发展史》，吴菁、何建平、刘辉译，72页，北京，华夏出版社，2005。

❺ 同上书，79页。

必须要注意到影视剧的艺术属性。类型化创作只是为影视产业的可持续发展提供了一种可能性，而要真正地做良性的可持续发展，必须是类型化与创新性的结合。当然，这并不完全是类型化运作模式的错误。

总而言之，任何事物的发展，都是以其内部的充分分化为标志的，一个国家的电影业发展也是同理，如果分化得充分、类型电影发达，其整体实力就会增强，影响力当然增强。所以说一个国家完备的电影产业，应该是多种类型的电影共同协调发展的，至少其数量和票房的主体应该是类型电影。“类型电影与制片厂制度有着密不可分的联系，因为它实际上要求影片制作的标准化，因此，制片厂(人)制度是完成类型电影制作的保证，明星制则提供了另外一个重要层面的票房保障。无论是久盛不衰的美国好莱坞电影，还是全盛时期的香港电影，抑或是20世纪90年代崛起的韩国电影，都有力地提供了这样的电影事实。”❶

一个成熟的电影市场需要成熟的电影产品支撑。这意味着，既要保证这个市场中产品种类丰富，使得消费者能够各取所需，又要保证产品质量优良推陈出新。类型为多元化的发展提供了可能，而一个健康的影视产业链需要影视产品生产的多元存在。当然这并不是说类型化产业运作就能保证影视创作的繁荣，每部影视作品的艺术价值才是最关键的保证，类型产业运作模式，只是能保证整个产业的良性发展的一个基础和前提。

(三)大片策略

“大片”作为一种策略始自于好莱坞，“大片策略”又被称为“高概念”策略，它的出现对电影产业产生了巨大的影响。在大片的发展过程中，有人认为它促进了电影产业的升级换代，吸引观众回到了影院，实现了电影真正作为影院观赏的特质，拉动电影票房，整合了整个电影产业，使得电影的下游和衍生品的开发获得拓展，盘活了整个电影产业；也有论者认为“大片”策略的出现使得电影越来越依赖高科技，完全是作为一种“奇观”出现，脱离电影的本性，破坏了观众的观影胃口，损害了电影的艺术特质，对电影的可持续发展是一种损害。尽管争论不断，但“大片”作为一种策略还是越来越被众多的国家所采纳，并在世界范围里产生了重大的影响，所以，我们有必要对“大片”策略的形成原因、过程和现状做一个理性的审视，以明白“大片”对于电影产业的意义所在。

在20世纪60年代以前，“大片策略”还是一种孤立的现象，是在制片厂制度下的偶尔的例外，那时好莱坞大制片公司处于绝对垄断地位，尽管影片的平均成本很高，但那些超常规的高投入一般是根据影片的题材而定，而不是一种极具目的性的商业操作，称得上大制作的也仅限于《党同伐异》(1916)、《宾虚传》(1926)、《金刚》(1933)、《乱世佳人》(1939)、《十诫》(1956)和《宾虚传》的第二次制作等寥寥几部。20世纪60年代以后，“大片策略”才开始被普遍关注，但最初的尝试并非一帆风顺。1964年《罗马帝国的崩溃》、1965年《有史以来最伟大的故事》成本均为2 000万美元，但只分别收回200万和1 000万美元。1963年20世

❶ 陈晓云：《中国电影：类型建构与产业化发展》，载《当代电影》，2005(6)。

纪福克斯投资4 400万美元拍摄的《埃及艳后》只收回2 600万美元，这几乎让20世纪福克斯关门倒闭。

但1965年罗伯特·惠斯的《音乐之声》使20世纪福克斯又时来运转，在发行的第一年就得到约7 500万美元的租金，超过《乱世佳人》成为当时美国盈利最多的电影。它的成功使更多的制片厂对大片刮目相看。接下来越来越多的人开始进入这个大片行列。1977年乔治·卢卡斯投资900多万美元拍摄了好莱坞有史以来最大的巨片《星球大战》，发行第一年赢得1.27亿美元，超过5年前的头十部影片收入的总和。到了20世纪70年代末，"大片策略"成为好莱坞制片公司创作影片的主流操作规范。其影片制作平均成本由1948年的约150万美元到1980年猛增到940万美元，短短30多年间增到6—7倍，而1999年又升至5 700万美元。与此同时，单部影片的投资记录也被不断刷新：《乱世佳人》投资了400多万美元，《星球大战》的成本超过900万美元，1970年科波拉耗资3 000多万美元拍摄了《现代启示录》，《星球大战：前传1：幽灵的威胁》(1999)将记录改写为1亿美元，《泰坦尼克号》又将它刷新为2亿美元。

现在"大片策略"已经成为"梦幻工场"的看家本领，"大片"也几乎成为了好莱坞电影的同义词，收割着全球的电影票房。据1993年的统计证实，美国电影国内票房收入达到52亿美元，发行收入26亿美元，视听产品的贸易顺差成为美国第一行业，在全年世界银幕上上座率最高的100部影片中美国影片占88部，电影之于美国就如同遍及世界的国旗之于昔日的英国一样。

"大片策略"出现最根本的原因在于娱乐产业，特别是视听产业本身结构的变化。首先是电视的出现，然后又出现了录像机和互联网。它们在某种意义上可以替代电影的视听娱乐功能，特别是电视。由于电视的普及，它不断侵占电影的市场，电影利润在1948到1952年中下降约5亿美元，每周的观众由9 000万人次降到4 500万人次，这种情况下，好莱坞的八大公司遭受严重打击。电影产业的风险不断增大，面对挑战，电影制作不得不投入更高的成本，提供其他媒介不可比拟的视听享受。另一方面，物价的上涨使得票价飙升，看电影不再是人们经常性的行为，而是一种理性的选择，影片必须给观众带来其他同类娱乐品难以替代的享受，否则人们便会选择更合算的消费渠道和消费方式。

其次，"派拉蒙诉讼案"使好莱坞分裂为众多的环节，也就形成了更多的"利益集团"，这对好莱坞影片的发行影响重大。影片的发行不再局限于电影院，还有电视传播、录像市场等，这个变化一方面为好莱坞大制片公司带来了影片增值的可能性，对于绝大多数影片而言，除了票房收入，录像带市场、有线电视、无线电视等其他的发行和销售渠道，以及交叉开发和出售电影的周边产品已经成为不可或缺的收益来源。

"大片策略"的出现还因为"派拉蒙判决"改变了好莱坞的影片生产过程，产生的演员代理公司、独立制片公司、电影服务公司使得大制片公司丧失了对电影创作人员以及电影创作过程的控制能力。而这样的结果是明星片酬的迅猛增长，形成所谓新的"明星制度"。20世纪90年代中期，尼古拉斯·凯奇、吉姆·凯利、汤姆·克鲁斯等人的片酬已经高达2 000万美元，而汤姆·汉克斯出演《阿甘正传》所得甚至超过了6 000万美元。还有另外一个结果是使大制片公司失去了放映保证，再加上电影的季节性越来越明显地集中在夏季的暑期和圣诞节前后，从而改变了好莱坞电影市场的结构：由以前的“高投入、多数量”向“高投入、少数量”的经营策略转变。据资料统计，1996年好莱坞几大电影制片公司虽然只占美国1996年影片总数的20%—30%。但其制作费用据美国电影市场协会调查，仅仅在洛杉矶地区便达到29.93亿美元，占总数的67%。这两点无疑也助长了大片的蔓延势头。其次，由于大片普遍地采用高科技，所以，其成本也在不断的飙升。❶

至21世纪，随着单片投资规模的大幅度攀升以及数字化技术手段的全面应用，模拟影像的传统形态已逐渐被奇观迭现、幻境层出不穷的虚拟新形态所代替。在世界范围内，这种大片新形态创造趋势以及全球范围内的推广，已成为各国电影工业无法回避的角逐市场空间的产销模式。那么这种“高概念”电影作为一种商业模式它的特点是什么呢？

一、“高概念”商业电影模式

所谓“高概念”电影，是以美国好莱坞为典型代表的一种大投入、大制作、大营销、大市场的“四大”商业电影模式，其核心是用营销决定制作，在制作过程中设置未来可以营销的“概念”，用大资本为大市场制造影片营销的“高概念”，以追求最大化的可营销性。这种商业电影模式，从1970年代史蒂文·斯皮尔伯格的《大白鲨》(1975)和乔治·卢卡斯的《星球大战》(1977)开始，直到现在的《哈利·波特》，一直都是美国电影市场的救世主，因而被称为“美国的卖座电影公式”。而近年来，这种商业电影模式对中国电影制作和营销也产生了深刻影响。《英雄》《十面埋伏》《七剑》《神话》《无极》等，都在自觉采用这种“高概念”制片模式，并在商业上取得了“成功”。

在美国，一般认为，“高概念”电影是从1970年代中期以后开始出现的。“高概念”电影是美国电影产业沿袭了20世纪70年代的集团化(conglomeration)、70年代的“巨型炸弹”(blockbuster)策略而兴起的一种商业电影模式。“高概念”电影是在“高概念”制作模式下所生产的影片。在美国电影界，许多人从不同的角度阐释过“高概念”。美国影评人及影史学家理查德·希克尔(Richard Schickel)曾经尖锐地指出“高概念”的“高”其实真正意味着的是低和浅(low)，“高”不是指电影的特征深奥，而是指电影的特征鲜明、浅显、突出，不仅最容易识别，而且最容易传播。前哥伦比亚影视娱乐公司总裁彼得·古伯(Perer Guber)把“高概念”描述为：简单明了、容易传播、容易被理解。后来担任沃特·迪斯尼公司主席兼CEO的迈克尔·埃斯纳(Miehael Eisner)，在任职派拉蒙(Paramount)创意总监期间也提出：“高概念”是具有原创性、能被简洁传达的独特的制作理念。显然，这里所谓的“高”就意味着简单、鲜明、极端、引人注目、容易流传。在观众注意力稀缺的时代，“高”是吸引消费者注意(attention)并引起他兴趣(interesting)、促使他

---

❶ 黄会林、彭吉象、张同道主编：《电影艺术导论》，231～236页，北京，中国计划出版社，2003。

产生消费欲望(desire)，并最后做出消费行为(action)的一种被称为AIDA模式的营销过程。在“高概念”的电影制作模式下，一部电影从创意概念产生，到拍摄和后期制作，再到发行、放映及之后市场运作的全过程被称作是一个商业项目(business project)，而不仅仅是一部电影制作。成本、票房、利润这些商业指标是判断作为商业项目的电影是否获得成功的重要因素。“高概念”电影作为一种特殊的商业电影模式，它不同于传统的电影类型(genre)，它不是按照电影内容或表现手法进行分类的(如歌舞片、西部片、动作片、喜剧片等)，而是按照电影运作的差异来进行划分的。“追求最大化可营销性”和“确保受欢迎程度的最大化”都体现了“高概念”电影强烈的商业属性。“高概念”的“高”，往往来源于大导演、大明星、大场面、大事件，这些“大”给电影带来了“高概念”，使电影可以被识别、被关注、被期待、被炒作和被营销。因此，“高概念”往往意味着大制作、大投入、大营销，在数字化时代以后，也往往意味着高科技。正是这些“大”作为概念形成影片的独特卖点(USP——Unique Selling Point)。电影从创意、生产到走向市场的全部过程，都在利用这种“大”作为“概念”进行营销，以创造巨大的市场影响和谋取巨大的经济利益。

“高概念”电影制作模式所具有的商业价值使得这类影片数量虽然不多，但却占据了当今好莱坞乃至全球电影产业中的主流地位，并且对整个电影产业产生了深远的影响。应该说，“高概念”电影作为商业项目的本质，促进了好莱坞电影产业的繁荣，也导致商业性在好莱坞电影中占据越来越重要的地位。目前在好莱坞各公司内，商业业务人员越来越多，电影艺术创作人员越来越少。发行部门和市场管理部门的人员编制是电影制作部门的好几倍。现在好莱坞被称为是一个巨大的集金融、工业和商业为一体的经济实体，而不再是一个“艺术创作”实体。“高概念”制作模式中所采用的一些运行准则，包括对目标受众和市场营销的重视、对电影相关产品的深度开发等，都已经成为今天的电影产业中非常普遍的商业原则。“高概念”的影响已经深入到电影制片、发行和放映各个领域，导致“大制作、大营销、大产业”的现代电影产业格局形成，促进和加深了电影业甚至整个娱乐业的产业化程度。

二、“高概念”电影的特征

从1970年代的《大白鲨》《星球大战》到现在的《指环王》《哈利·波特》以及《星球大战》《蝙蝠侠》《金刚》等各种电影续集，都是“高概念”电影模式的典型体现。这些影片，如果借用美国学者怀亚特、李特曼和考尔(Linda S. Kohl)所做的预估票房成功的模型，那么我们可以分别以创意变量和营销变量来分析好莱坞“高概念”电影的基本特征。

创意变量也叫艺术变量，是与电影制作/创作相关的变量，是影片内容的构成元素，它们共同决定着影片的商业效果。而制片商、成本等因素，因为会影响到制作和创作内容，所以也可以被当作创意变量。而所谓营销变量是指从营销宣传上对电影票房产生影响的因素。

那么，首先我们来分析“高概念”在创意方面的特点：

1. 明星：大明星＋明星组合

“高概念”电影倾向于使用大明星。怀亚特通过调查研究发现，凡是在3年之内影响力排名前10位的电影明星，往往会对电影的商业成功带来巨大的正面影响。此外，“高概念”电影强调演员的市场对应性。因为，不同的明星往往拥有不同的固定受众群。所以，一部“高概念”电影，不仅意味着要有大明星，而且要充分考虑明星的性别、年龄、气质、相貌，甚至国籍的组合。通过这种组合带来更广阔的可营销性和更大的市场。

2. 导演：名气

与明星相类似，“高概念”电影一般不使用青年导演或者艺术片导演，好莱坞的法则是必须使用3年之内影响力排名前20位的导演。如果有著名导演和大明星同时出现，电影的商业成功就更加有保障。

3. 电影类型：戏剧性＋奇观＋场面

“高概念”电影倾向于选择动作片、幻想片、历史爱情片、探险片这样的戏剧性强、场面大、奇观性强的类型。这些类型相对来说吸引的受众范围最广、数量最多。

4. MPAA分级：PG＋PG-13

过去的调查和市场表现显示出多数观众倾向于观看PG和PG-13级的电影，而R级、X级和“未分级”的电影则会赶跑观众。由于不同的分级能对受众的规模产生重要的影响，“高概念”电影为了扩大电影的受众范围，获得广泛的受众吸引力，偏向于生产老少咸宜的影片，因而越来越倾向于生产PG和PG-13级的影片。2004年，PG-13级影片占据了最大的市场份额，票房收入为44亿美元，占总票房的48%，第2位是PG级23亿美元，第3位是R级21亿美元。

5. 故事：陌生的熟悉

“高概念”电影一般选择大众熟悉的故事，或者是改编小说、戏剧、传说，一般以大众所熟知的故事为基础进行创作。这种选择更加容易获得商业成功。2000年以后的《哈利·波特》的成功就是典型例子。

6. 续集：借势造势

“高概念”电影往往更倾向于拍摄曾经获得过巨大成功的电影的续集，借助上一部影片所营造的“气场”，对下一部影片产生正面影响。所以《星球大战》《金刚》《蝙蝠侠》等都是“高概念”续集策略的体现。

7. 制片商：品牌＋实力

“高概念”电影一般由大型制片机构制作而不是独立制片出品。大制片商才能拥有调动资金、人才、营销、发行资源的实力，保证“高概念”电影的商业成功。

8. 成本：大投入

“高概念”电影因为追求“大”，必然需要高成本。2000年以后，好莱坞的“高概念”电影成本动辄过亿美金。投资是带来“高概念”的保证。

除了以上八个方面的创意特征以外，“高概念”电影在营销方面的特点主要体现在以下五个方面：

1. 发行模式：黄金档期＋全面覆盖

“高概念”电影一般都选择暑期档、圣诞档这样的黄金档期发行，而且往往是全面发行，甚至追求全球同步发行。首周票房往往是“高概念”电影成功与否的试金石。

2. 获奖：声誉营销

获奖是"高概念"电影非常有效的营销手段，特别是奥斯卡奖、金球奖等，都是"高概念"电影最看重的"荣誉"。因为这些奖往往意味着带来数以千万，甚至数以亿计的额外美元收入，包括影院和后影院其他收入。很多"高概念"电影都是电影奖项的大赢家，像《指环王3：国王归来》。即使不能获得提名和奖项，"高概念"电影往往通过自己参赛的企图和努力，为电影争取更多的注意力。

3. 广告：强迫关注

"高概念"电影的广告和推广费用都是高额的，甚至可以占总投资金额的20%—30%，常常高达3 000万美金以上。"高概念"具有风格强烈、容易记忆的广告形象和广告语，而且宣传周期长、覆盖面积大，甚至可以做到铺天盖地、无所不在。

4. 口碑：迎合＋暗示

"高概念"电影都高度重视口碑效果。首映周的口碑对于"高概念"电影来说生死攸关。所以，一般"高概念"电影在公映前都要进行多轮试映、反复修改，制片人甚至为了争取观众口碑而剥夺导演的最后剪辑权，保证影片能够投观众所好。制片方有时也会通过媒体设置议程，通过暗示来引导观众的口碑。

5. 评论：制造媒介环境

大众媒体的评论对于"高概念"电影非常重要。"高概念"电影的制作机构一般都会邀请评论家和记者前期看片，通过公共关系来制造良好的舆论环境，通过他们尽量去传达正面的信息。在影片放映以后，也会尽量预备一些正面评论。一般来说，在5分评价系统中，会高度预防4星以下的评分出现，以保证影片的市场成功。

从这个角度来说，"高概念"之所以是电影商业成功的法宝，关键在于它尽可能地抓住了影响电影经济成功的相关变量。这正体现了"高概念"的商业本质。尽管不是所有的"高概念"电影都能完全具备以上诸多的创意和营销特点，也不是所有具备以上特点的"高概念"电影都能获得市场成功，如当年凯文·科斯特纳制片、主演的《未来水世界》，虽然按照"高概念"模式运营却没有获得商业成功。但是，无论如何，尽可能地具备这些特点，是"高概念"电影成功的保障，而且随着电影市场的越来越全球化、电影后影院市场的越来越扩大，"高概念"电影虽然成本越来越高，但市场风险反而越来越小，证明了市场所谓赢家通吃、大投入带来大回报的马泰效应。近年来，在中国，张艺谋、陈凯歌的大制作"高概念"电影的商业效果也证明了这个规律，尽管观众反映负面评价很多，但是影片足够丰富的"高概念"和大营销，仍然使这些影片通过海内外市场、各种延伸市场获得了巨大的经济回报。

三、"高概念"电影的核心价值：可营销性

"高概念"电影将市场营销强调为电影制作中最重要的元素，内在的可营销性被视为"高概念"电影的灵魂，所以，如果要用一个词来概括"高概念"(包括电影制作的模式和生产出来的影片)的核心价值，那就是"可营销性"。

所谓可营销性，就是指产品具备适合在市场上销售并且能受到买方欢迎的特性。

“高概念”电影包含的可营销元素主要存在可辨识的营销形象、预先销售价值元素(如明星和畅销书)、可营销的概念、关联商品销售(如书的重新发行)、模式化的制片方式(如从匹配不同的市场出发来制作电影)等。从本质上来看,“高概念”(电影制作模式)最根本的任务就是要使生产出来的“高概念”影片具备最大化的可营销性,也就是要在电影制作的过程中尽可能多地加入有助于增加影片可营销性的因素,这些因素也可以被称为是电影的营销挂钩点(hook),包括具有票房吸引力的导演和明星、电影配乐大师制作的电影音乐、畅销小说改编的熟悉故事、具有商品授权前景的电影形象等。营销挂钩点,决定了电影内在的营销机会和可能性。可营销性使“高概念”电影具备了市场成功的基础,使电影能够在各个阶段营销活动环节中充分展开。

“高概念”开发电影的可营销性,可以分成认知营销和维持营销两大部分,也就是制造轰动效应和维持轰动效应。这两种不同的营销路线协同合作,共同建立“高概念”电影的“领先”地位。“高概念”电影只有获得和维持高认知,才能最终获得市场上的成功。“高概念”电影往往能够取得认知营销的最佳效果,主要是因为“高概念”电影本身聚集了众多的可营销因素,像知名导演、著名影星、可营销性的故事主题和情节,都能使电影在众多的竞争对手中脱颖而出,自然而然地获得更多的观众注意力和好奇心。维持营销就是在认知营销塑造了“高概念”电影高认知度的基础上,通过寻找观众与电影接触点的最大化(比如通过电影相关产品),维持电影在市场上长期的吸引力,使电影在上映之后仍然具有轰动效应,保持消费者对该电影的强烈兴趣。“高概念”电影内在可营销性的元素,像电影配乐和可开发为衍生产品的电影形象,可以在电影产品之外发掘出更多的营销资源。

“高概念”的可营销性具有持久性的特点,并不是在影片上映完成之后就消失了。即使在影片自身的营销落幕以后,电影所具备的良好的可营销性仍然可以使营销人员对影片内在的营销资源进行再开发,像对电影《大白鲨》电子游戏的开发,就是在影片上映30年后才进行的。“高概念”可营销性的另外一个表现是生产续集的潜力。可见,可营销性能进行持续性的开发和利用,是“高概念”电影商业成功强有力的资源库。

所以,“高概念”电影制作模式必然依赖于三个必要条件:

1. 大投入:通过大投入来制造一些容易被观众识别、关注、期待、观看的“高概念”,包括明星、场面、技术、音乐等。

2. 大营销:必然通过广泛的、持久的、深入的营销活动,来最大限度地推广影片,唤起甚至激励观众的观看欲望和行动。

3. 大市场:“高概念”电影必须通过大市场才能消化自己的高成本和赢得利益,因此,“高概念”电影的市场一般都包括国内影院—国际影院—付费电视—音像租售—开路电视—特许经营—海外电视版权—海外音像版权等近10个市场环节。而且,往往只有“高概念”电影才能顺利开通这10个不同的市场。

四、“高概念”电影的商业表现

与“高概念”的可营销性特点相关,这种电影制作模式的出现,实际上是与电影产业集团化和多样化发展、新科技的出现、营销和商业活动的兴起,以及导演中心制的制片体制和实验电影在财政上的失败相关的。从《大白鲨》《星球大战》开始，我们可以看到，“高概念”商业电影之所以获得成功，主要来源于这样的市场表现：

首先，“高概念”电影在开映后5周内便可收回票房总数的90%，这是其他电影达不到的。因此，快速获得票房的需要进一步加强和巩固了“高概念”电影在好莱坞的主流地位。

其次，“高概念”电影所具有的商业上的互文本行为(intertextuality)特征，使它的产品市场大大超出了电影院，甚至超出了电影行业。《大白鲨》把畅销小说延伸到电影中，而《星球大战》把电影延伸到更多的其他行业中(包括玩具、小说、漫画、游戏等)。从这个意义上说，《星球大战》是比《大白鲨》更为成熟的“高概念”电影，因此，也有学者认为真正的“高概念”电影史应该从《星球大战》开始算起。在《星球大战》之后，“高概念”电影变成了“大牌电影”(megabrands)，也就是“使产品的品牌产生协作经营效应”的影片。“高概念”电影所营造的品牌效应延伸到了娱乐行业的其他相关产品中去。

第三，“高概念”电影是电视和音像市场的生力军。从20世纪70年代末录影带(VCR)的发明开始，有线电视、VCD、DVD等新技术不断出现，由这些新传播方式的成长而引起的好莱坞电影辅助市场的发展，对于形成“高概念”电影制作模式在好莱坞的主流地位产生了重要影响。80年代早期，新技术的出现所导致的多元化经营策略降低了影院放映的重要性，产生了比从前的电影院更加巨大的市场。数据表明，1984—1988年，全球市场的总体规模翻了一番，首要原因在于录影带作为一种新的播放方式的发展。80年代初期，不到2%的家庭拥有录像机；到80年代末，已经有70%的家庭拥有了录像机。美国家庭平均每年花费1亿美元去购买或租借录制好的录影带。同一时期，收费有线电视的订户也从900万增加到4 200万。1990年，来自于录影带出租市场的收入达8.4亿美元，几乎是电影票房总额的两倍。直到1980年，美国国内的票房仍占据了企业年利润总额的80%，到1992年，它却只占到不足25%的比例。尽管录影带市场和收费电视市场都依赖于影院放映这个能使影片引起轰动的主要播映方式，但是这些电影辅助市场的出现，从根本上改变了电影业的经济结构和市场行为，并进一步改变了“高概念”在好莱坞的地位。

第四，“高概念”电影是全球市场最畅销的产品。好莱坞的全球化从很早就开始了，主要是为了给自己的电影产品寻求一个更为广阔的消费者市场。在60年代早期，大公司40%的发行收入来自国外市场。从90年代开始，美国好莱坞各电影公司更为注意自己的电影产品在国际市场上的发行。“高概念”对美国电影的全球化产生了重大而深远的影响。任何一部“高概念”电影都是全球化的：全球定位、制作、传播和影响。“高概念”电影所具有的简单的容易理解的故事线索，都由先前经过市场检验的商业元素构成，能够跨越文化的障碍，在全球市场都受到电影受众的喜爱。全球化时代好莱坞的目的是在全球范围内培育出一个更为巨大的超级市场，而“高概念”电影是这个超级市场上最受欢迎的“商标”。

从这个意义上说，“高概念”的电影也是大市场的电影，这种“大”，不仅意味着市场空间的扩大，如从国内扩展到全球也意味着市场时间的延长，从影院到付费电视、音像制品、国际电视、电视网以及各种附产品开发，“高概念”电影的第一轮市场周期就可以从6个月拓展到24个月，甚至更多。所以，“高概念”之所以能成为好莱坞主流的电影制作模式，这是由它所具备的商业价值决定的。“高概念”电影是好莱坞商业电影的集大成者。

五、“高概念”商业电影模式在中国

随着中国电影的产业化和国际化，好莱坞“高概念”电影的模式也正在对中国电影产生深刻的影响。近年来，在中国电影市场上，处在金字塔尖的是每年只有3—5部的所谓“国产大片”，这些影片投资都在亿元以上，而其国内的预期票房都在5 000万—2亿之间。如《无极》，投资3亿以上，《神话》《七剑》和《情癫大圣》等分别投资1.6亿、1.2亿、1.1亿。由于制作成本巨大，这些影片都是合拍片，资金构成复杂，来源涵盖中国大陆、中国香港、日、韩甚至好莱坞。这些影片在特征上与贾斯廷·怀亚特提出的好莱坞的“高概念”电影基本相同：大投入、大制作、大明星、大导演、大场面，而且大多邀请港台和其他国际影星加盟，增加概念的“高度”。

目前，由于中国缺乏大型综合电影、媒介企业，“高概念”电影往往只能依赖2—3位大陆导演和2—3位香港导演，在投资上往往借助海外投资，在市场上必须依靠海外市场。这些影片制作时已考虑到海外市场营销因素，因而除了内地票房，还往往能够以较高价格买断北美、亚洲及其他各地发行权，再加上内地高价音像版权及后产品，基本上都有丰厚回报。中国的“高概念”电影数量虽少，在国产片的票房中却可以占据接近一半的份额。而它们也往往是中国电影海外销售的主力。这些影片与进口的好莱坞“高概念”电影一起，几乎占有中国电影影院市场份额的70%以上。

目前中国的高概念电影发展面临几个突出的问题：

1. 缺乏大型电影企业，因而电影的综合发行推广能力不足，特别是海外发行能力不足。

2. 缺乏知识产权保护环境。电影是高风险的版权经济，特别是“高概念”电影更是高风险的版权经济，因为大电影产业的形成是以知识产权保护为前提的，电影市场的每一个延伸空间都依赖于没有盗版的进入。但是中国市场由于盗版猖獗，大大影响中国电影的市场空间和时间，这对于“高概念”电影的影响尤其巨大。

3. 中国电影市场创新能力不足，导致中国“高概念”电影在题材、样式、风格，甚至营销方式上都缺乏创意。目前，中国的“高概念”电影始终在武侠、历史、风景、东方美女的圈子里循环，这也会影响到中国“高概念”电影的市场表现。

4. 中国的“高概念”电影与好莱坞的相比，电影相关产品开发方面力度不足，浪费了“高概念”电影具有的宝贵的可营销资源。主要原因是中国电影后产品市场尚未得到很好的开发，更重要的是版权保护不够，导致电影的“概念”被过早稀释，失去了市场号召力。加上中国观众还没有培养起消费后电影产品的习惯，这方面还有漫长的过程。

当然，我们还应该意识到，“高概念”电影是电影的一种商业模式。经济和艺术的矛盾是电影界长久以来的话题，商业性是“高概念”电影的第一要义，艺术性从属于商业性，为商业目的服务。尽管有的“高概念”电影也体现了一定的艺术价值，少量作品甚至可以以其卓绝的艺术价值载入世界优秀电影的史册，但是，从总体来看，“高概念”电影，正如一些影评家们所指出的，往往首先考虑财政利润而去吸引“最笨”的受众(他们的品位与最广阔的受众最低的价值观相吻合)，往往过分依赖于对先前成功叙述的复制与合成，而且它更强调可营销的故事，而非“原创性”的故事，导致电影的商业价值极度膨胀，而艺术价值受到忽视而萎缩。

所以，“高概念”电影模式本质上的商业性，注定了多数“高概念”影片往往并不能代表电影艺术的最高成就。《英雄》《十面埋伏》《2046》《七剑》《无极》，甚至好莱坞的《星球大战》《世界之战》这些所谓的“大片”，与《卡萨布兰卡》《飘》《教父》以及《红高粱》《霸王别姬》《新龙门客栈》这些经典电影已经很不相同。眼花缭乱、斑驳陆离、稀奇古怪，但是往往忽略故事、轻视人物。“高概念”电影之所以远离故事、远离经典，其实，根源就在“高概念”就意味大制作。影片大花钱就多，花钱多市场压力就大。因此，这些影片往往不敢将商业成功寄托在故事上面，因为中国人喜欢的故事未必日本人喜欢，东方人喜欢的故事未必西方人也喜欢，男人喜欢的故事未必女人喜欢。所以，它们只能像配药方一样来配置电影，而配置的标准肯定就不是最好的而是最好卖的。所以，一部电影中，既有内地演员，也有香港、台湾演员，还要有日本、韩国、甚至泰国演员，更多的时候还有西方演员；电脑特技更是用来创造各种多、大、怪、险的造型和场面，艺术不是目的，技术的极限才是目的；同样，故事的场景也会选择不同的地区、国家，影片像是世界各地的风光展示，无论故事是否需要，往往集中了东南西北、春夏秋冬的奇景异像；故事的情节既要有东方味道又要有西方风格；甚至音乐、美术也都是东西、中外的大杂烩。大杂烩就是大拼盘，大拼盘意味的是大市场。在这种市场决定一切的模式中，艺术美学当然要让位于“商业美学”。所以，“高概念”电影要的是一种绚烂、宏大、惊奇、怪异、杂交的“奇观”，是用一堆具有商业价值的“概念”组成的奇观化的视听“大拼盘”。

所以，一方面我们说，“高概念”虽然是电影产业的福音，但是，我们并不认为“高概念”是电影美学的全部或者唯一。美国一年生产500多部电影，“高概念”影片不超过30部，而大量影片是中等和小制作电影，许多都是独立制片的影片。这些影片虽然名气不大、市场影响有限，但是，对于满足多层次电影观众的需求、扩大观众规模、培养新的电影趣味、探索新的电影手段、培养新电影人、形成电影文化的多元竞争、活跃电影产业，都具有重大意义。因此，从这个意义上说，一方面，中国电影产业、中国娱乐产业需要“高概念”电影的推动，但同时，我们也需要更多更丰富更多元更具有个性的电影来补充。一个活跃的电影产业一定是一个产品多样化的产业。❶

客观地说“大片”策略确实对电影产业的转型、升级可以起到拉动的作用，最近几年中国电影的发展确实印证了这一点。中国电影在市场化、产业化进程的背景下，从《英雄》开始学习好莱坞大片的运作模式，引入市场化、产业化的商业电影运作、宣

---

❶ 尹鸿、王晓丰：《“高概念”商业电影模式初探》，载《当代电影》，2006(3)。

传、营销模式。“大投资”“大制作”“大营销”，成为中国大片的共同的运作手段。正是凭借这样的商业策划，据官方和媒体公布的统计，《英雄》创造了2.5亿元人民币的国内票房奇迹；《十面埋伏》则以1.5亿元人民币创造了2004年国内票房纪录，其海外票房达到3亿元人民币，在北美地区的发行权被索尼经典公司以1亿港币的价格购买。可以看出，张艺谋从《英雄》之后就试图与“国际惯例”接轨，摸索出一条较为适宜的电影发行之路。《英雄》成功后，大片的票房都取得了不错的成绩。

大片的意义不仅在于其本身的票房，而是这些大片对国产影片票房的拉动，盘活了整个电影产业，推动文化与资本结盟，实现电影产业结构的重组，形成市场的良性循环。诚如冯小刚导演所说：“任何一个国家都得有大片，因为它常带动电影工业往前走，一部大片的影响力可以激活整个行业。但任何一个成熟的电影市场，首先应该是多样化，各种类型、各种档次的影片都有它存活的空间。”❶在电影多样化发展的同时，大片所起的作用是十分明显的。

在大片的带领下，我国2008年电影票房收入为43.41亿元人民币，较之2007年增幅达30.47%。2008年中国电影制作完成406部。❷ 这一切都表明，中国大片不仅激活了整个行业，电影投资机构也增强了对国产电影产品回收成本的信心，改变了中国电影最近几年一直以小投资占据产品的多数的状况，提升了中国电影产业的市场竞争力，盘活了整个中国的电影产业。当然大片策略存在的问题，如它对产业的透支、破坏产业的平衡等，这些都是要引起关注的。对于大片的运作来说：

> 大片的规律是清楚的，大片就是你必须把你的市场思维放到整个亚洲甚至全世界。由此，国家的界限一定要小，文化的界限不一定要很清楚，你创作的语言大家都能懂，这就是你吸引观众的做法，也是大片的做法；可是对于中小成本影片，从整体生存模式来看，如果我们明确百分之几十从国外市场吸收，百分之几十从国内市场吸收，那么很大程度上我们就必须知道中小成本电影的观众群是谁，愿意看这部分影片的分众在哪里。而电影产业要升级，大片是一种模式，小片也是一种模式：大片是遵循经济规律而产生的，小片是不影响经济规律的，而只有中间层的电影是最重要的。证明了“大片”的确有创造中国电影观众的能力，也让大家看到了一个潜在市场的存在，这对于西方世界是非常振奋的，我也非常高兴，但是它跟电影市场的关系是值得更多商榷的。……我认为电影产业的振兴，政府或企业界应该大量支持中间成本的电影。一个“金字塔”的产业结构，大片总是尖端、是很少数的；“金字塔”最底层的低成本电影不担心其回收，就像纪录片导演吴文光所说的，DV解放了电影。因为DV便宜，普通人就可以用它来做影像，用一点钱就可以完成一部剧情片，不需要太多花费。产业结构中最尖端的以大片形态存在的电影，事实上都有机会找到投资，至于你的大片是用什么样的演员，有什么故事，针对什么市场，找什么样的资金，那基本上不是问题。所以做产业最困难的一定在“金字塔”中间层，而中间层的电影又是产业结构中最重要的部分，也是最值得大家花力气和成本去做的，因为它形成规模和生产节奏。

---

❶ 冯小刚，高山整理，《冯小刚自述》，载《当代电影》，2006(6)。

❷ 尹鸿、石慧敏：《2008：中国电影产业备忘》，载《电影艺术》，2009(2)。

从产业角度，我认为目前大家都太注重导演了，都是从导演出发，认为这个成本是哪一种导演拍，拍大片还是拍小片。我们一直在探讨韩国电影成功的模式，把它当成一个奇迹，而这种奇迹的产生源于不从导演着手而是以整个产业结构的四个面去着手的思维方式。韩国电影固然有制作的层面，但是他更注重发行、营销、宣传，还有融资。❶

正如焦雄屏女士所言，对于培育一个健康的、可持续发展的电影产业来说（其实对于电视剧产业也一样），大片都不能，也不可能成为主流，它只能是极少部分，它所具有的很大程度上的意义在于拉动市场。但最关键的是真正的大片是要做到商业价值与艺术价值的统一的，好莱坞的《阿甘正传》和《角斗士》等作品都在商业和艺术方面保持了平衡，从而产生了良好的效应，只有这样才能够保证整个产业的良性开发，而不是单调、片面的追求视觉奇观的缺乏艺术内蕴的粗制滥造，这是“大片策略”在实际的运作过程中所必须注意的。

❶ 焦雄屏：《产业架构与中低成本电影》，载《电影艺术》，2006(6)。

电视部分

一、电视娱乐化思辨

电视娱乐化是电视传媒发展过程的一个非常具有普遍性的现象，关于“娱乐化”的经典论著，最著名的当属美国学者尼尔·波兹曼的《娱乐至死》，该书在中国的出版时间是2004年，此后，“娱乐化”迅速成为中国学界讨论的一个重要的审美文化命题。在《娱乐至死》一书中波兹曼指出，一切公众话语日渐以娱乐的方式出现，并成为一种文化精神。我们的政治、宗教、新闻、体育、教育和商业都心甘情愿地成为娱乐的附庸，毫无怨言，甚至无声无息，其结果是我们成了一个娱乐至死的物种。他还指出乔治·奥威尔在《一九八四》中预言人们将会遭受外来压迫的奴役，失去自由，我们的文化成为受制文化。但是我们忘了，除了奥威尔可怕的预言外，还有另一个同样让人毛骨悚然的版本，虽然这个版本年代稍稍久远一些，而且也不那么广为人知。这就是奥尔德斯·赫胥黎的《美丽新世界》。即使是受过良好教育的人们也不会料到，赫胥黎和奥威尔的预言截然不同。奥威尔警告人们将会受到外来压迫的奴役，而赫胥黎则认为，人们失去自由、成功和历史并不是“老大哥”之过。在他看来，人们会渐渐爱上压迫，崇拜那些使他们丧失思考能力的工业技术。奥威尔害怕的是那些强行禁书的人，赫胥黎担心的是失去任何禁书的理由，因为再也没有人愿意读书；奥威尔害怕的是那些剥夺我们信息的人，赫胥黎担心的是人们在汪洋如海的信息中日益变得被动和自私；奥威尔害怕的是真理被隐瞒，赫胥黎担心的是真理被淹没在无聊琐碎的世事中；奥威尔害怕的是我们的文化成为受制文化，赫胥黎担心的是我们的文化成为充满感官刺激、欲望和无规则游戏的庸俗文化。正如赫胥黎在《重返美丽新世界》里提到的，那些随时准备反抗独裁的自由意志论者和唯理论者“完全忽视了人们对于娱乐的无尽欲望”。在《一九八四》中，人们受制于痛苦，而在《美丽新世界》中，人们由于享乐失去了自由。简而言之，奥威尔担心我们憎恨的东西会毁掉我们，而赫胥黎担心的是，我们将毁于我们热爱的东西。波兹曼想告诉大家的是，可能成为现实的，是赫胥黎的预言，而不是奥威尔的预言。❶ 而我们的电视就面临着这样的现实。

根据谢耘耕、唐禾的《2006中国电视娱乐节目报告》，从全国范围来看，2005年

❶ 参见[美]尼尔·波兹曼：《娱乐至死》，4页，广西，广西师范大学出版社，2009。

中国电视综艺节目播出总量约为14万小时，综艺资讯节目254档，综艺晚会767部，真人秀类982档/部，娱乐脱口秀148档，总制作量约为6.08万小时。其中真人秀节目在全国范围内的大规模举行，使得2005年观众收看综艺节目的时间大大增加，观众收看娱乐节目时间共计有4000余分钟，平均每天收看时间约为12分钟，占总收视时长的7.4%，高于2004年所占比例6.7%。❶ 在电视娱乐节目遍地开花的同时，我们可以清晰地观察到：其实娱乐之风在如今中国的电视上也是无处不在的，中国电视娱乐化趋势也在悄无声息地蔓延开来。甚至新闻节目、体育节目、法制节目和纪录片等节目都开始有娱乐化的趋势。

伴随着电视娱乐化的现实，对于这种情况的争论也就没有停止过，有论者对此持肯定的态度。肯定者就电视的娱乐化问题，从电视本性、电视受众以及文化构成三个方面来论述，指出这是电视发展的必然结果。

半个世纪前，英国作家奥威尔就对未来充满忧虑，认为我们的文化将成为受制文化。而与他同时代的赫胥黎也对未来充满隐忧，不过恰好相反——认为我们的文化将成为充满感官刺激、欲望和无规则游戏的庸俗文化，我们由于享受将失去自由，我们将毁于我们热爱的东西。50年后的今天，所有的一切似乎更偏向于赫胥黎，娱乐至上已成为一种主流，但我们真的会被娱乐所毁吗？其实答案也许没有赫胥黎那么悲观。

一、电视娱乐化是电视本位的回归

任何新事物的出现，我们都容易形成先入为主的偏见甚至是误解。由于历史的原因，我们总习惯给电视贴上“政治”的标签，认为它不应该也不会走出“宣传机器”的领地。以为我国电视如果有西方电视那种商业娱乐的味道，似乎就有点大逆不道。于是，电视一经与娱乐联姻，就引起很多人的反感、愤怒甚至是歇斯底里的反对，认为这有辱电视的尊严，有败文化的门规。电视娱乐节目就是反对者极力讨伐的一个目标，认为“它是庸俗的、无聊的、低级的、乏味的”，总之就是不该存在的，是应该先取缔而后快的。“康熙来了”遭到了严重的抨击，说他们败坏了伦理没有了廉耻，“超级女声”也受到了责难，说它践踏了未成年人的尊严，欺骗了未成年人的单纯，把未成年人引上了歧途。可“康熙们”依然火暴，“超女们”依旧热闹。接下来连一向正经八百的新闻节目，也开始披上娱乐的外衣，来获得喜新厌旧的观众那难得的迷人一瞥。电视举着娱乐的大旗向前迈进，电视人将娱乐进行到底。

其实，电视与娱乐天生就是一对，这由电视本身的特性所决定。电视不同于报纸，电视呈现的是图像，选择的是人的眼睛；而报纸呈现的是文字，选择的是人的大脑。电视图像虽然失去了报纸文字所特有的严密逻辑、内涵的深邃，但却获得了文字所无法体验到的形象生动的优越。因此，电视留下无法让人思考等缺憾的同时，得到了能满足人们视觉快感的补偿。这种缺憾和补偿与文化素质普遍不高的大众达成了某种默契，最终让电视走上大众化和通俗化的道路。这种大众化和通俗化“具体表现即为突出的娱乐特征”。英国学者尼古拉斯·阿伯克龙比在

❶ 谢耘耕、唐禾：《2006中国电视娱乐节目报告》，载《现代传播》，2006(6)。

其《电视与社会》一书中指出，“电视主要是一种娱乐媒体，在电视上亮相的一切都具有娱乐性”。无论是娱乐内容还是娱乐形式，都是为了娱乐观众，或是娱其身，或是乐其心。同时他还指出“电视也是一种家用媒体”。这意味着电视要给观众带来的是感觉上的轻松而不能是一味说教的沉重，没有人能忍受一个喋喋不休、故作深沉的布道者。美国学者尼尔·波兹曼在《娱乐至死》一书中也说道，“电视本是无足轻重的，所以如果它强加于自己很高的使命，或者把自己表现成重要文化对话的载体，那么危险就出现了……娱乐是电视上所有话语的超意识形态。不管是什么内容，也不管采取什么视角，电视上的一切都是为了给我们提供娱乐”。美国传播学者赖特更是明确指出，娱乐功能是大众媒介传播功能中最为显露的一种功能。尽管他们的观点有失一定的偏颇，但都证实电视娱乐功能的客观性，电视娱乐化的必然性，否定电视的娱乐化就是对电视本身的否定。

从世界电视发展史看，娱乐化也是电视的主菜单。电视一出现就继承了电影的娱乐之钵，传播的主要是娱乐节目。之所以没有大量传播新闻，除了与工具限制有关外，还由于发明电视的初衷似乎就从来没有想到过新闻。这种状况一直持续到50年代，大量新闻节目内容才开始出现，但也无法取代娱乐的地位，而是二者共生共长。只是我国特殊的历史原因，让电视远离了娱乐，导致人们对电视本性的误解和对西方电视的偏见。我们不能是那个摸象的盲人，触及局部就以为是整个大象。不仅看到电视作为一种新闻媒体所具有的引领社会向上的严肃一面，也要明白电视作为一种娱乐媒体轻松大众的亲和一面，各执一面都是对电视的误解和不尊重。

二、电视娱乐化是对消费社会大众的回应

消费社会推崇的是消费至上、消费者至上的信条，这带来的直接后果就是取得消费者身份的大众地位得到迅速提升。他们不必再像过去那样接受精英们为他们安排一切，也不用再像过去那样言不由衷地膜拜、敬畏和顺从，而是可以有所选择、有所决定甚至可以坚定地说“不”。如此语境下的电视，不再是精英们权利的象征物，也不再是由精英们来一厢情愿决定应该播什么，不应该播什么；大众应该看什么，不应该看什么。电视变成了大众一种生活消费方式。大众可以消费信息，同样可以消费娱乐。消费社会就是给了大众一个自由选择、决定的社会，电视娱乐化就是消费社会为人们看见和想看见的事物提供了大量优越机会的一个最好表征和大众地位得到提升、并得以实现的一个最好佐证。

另外，电视娱乐化还体现出对消费社会大众的一种真正尊重。事实上，大众不仅需要信息，也需要娱乐，弗洛伊德就明确指出，“人类总是寻求快乐，避免不快乐”。现实所有东西的量化和物化导致人们往往被地位、职业、财富所左右，在法律面前人人平等的同时，人们体验到更多的是生活中的高低贵贱。人们离快乐似乎越来越远，孤独感成了时代的标签，郁闷成了最流行的疾病，追求快乐的愿望没有哪个时代像今天这么强烈，而电视娱乐化节目的便捷和实惠让不快乐的大众实在无法拒绝。于是，“超级女声”“幸运52”“非常6＋1”走上了电视，进入了人们的生活。

再者，这些娱乐化节目外化为一种游戏，能让大众全身心投入和放松，达到一种自由的状态，成为一个完完整整的人。在游戏中，所有的等级、束缚、被动都将失灵，大家可以随便亲昵接触，可以插科打诨，可以让崇高同卑下、伟大和渺小、神圣和粗俗接近起来。游戏本质上所具有的一种治疗性，能使人清除或逐步化解那些令人不快的经验和情感，实现对那些令人烦忧的现实世界的超越，并体验到现实生活中无法体验到的另一种理想生活。“超级女声”中，我们想唱就唱，所有人都是主角，都有选择和被选择的自由，都有决定与被决定的权力。这里没有了权威，这里没有了等级，这里有的就是你想唱就唱的舞台，你想说就说、想投就投的机会和空间。每个人都可以在其中尽情挥洒，自由畅游，最终演化为一场席卷整个中国的游戏风暴、娱乐风暴和狂欢风暴。“非常6＋1”的口号是“梦想在你心中，机会在你手中”，“你什么也不需要带，只要带上你的梦想”。你可以经过6天的磨练，第7天就进入梦想天堂，享受帕瓦罗蒂式的待遇，体验现实生活中我们所无法实现甚至不敢奢望的理想图景。在游戏中演绎梦想，在游戏中体验快乐，在游戏中追逐自由，成为一个浪漫的游戏者。

三、电视娱乐化是文化多元的折射

人类社会发展史也是一部人类文化发展史，人类社会发展的每一个历史时期，都有与之相应的文化形态。电子时代的今天自然产生了电视文化。正如电视文化是人类文化的延续一样，电视娱乐化节目也是文化多元的折射。在人们习惯对任何东西都要划分等级的今天，文化也被划分为与草根相连的大众文化以及与上层相亲的精英文化。在大众文化处处受到批判的语境下，电视娱乐化节目作为大众文化的一个代表也无法避免非难，有人说它是庸俗文化、快餐文化、用过即扔的文化，甚至是垃圾文化，因为“它让人满足而非给人启发，恣肆放纵而非超凡脱俗，敏于反应而非潜心沉思，逃避道德指令而非温顺地俯就于它”。而这一切指责几乎都来自于精英文化阵营，根本原因在于精英们感觉到自身地位在大众文化支配的世界中受到了威胁，那种高高在上、颐指气使的优越感受到了挑战。但批判的结果还是大众文化越来越盛，娱乐文化越演越烈，各路“总动员”越战越勇。

电视娱乐化节目作为大众文化繁荣的象征，使大众文化的娱乐性和平民性得到了前所未有的展现。在“康熙来了”之中，我们看见的是一位很生活化的连战，一个没有任何光环照耀、喜欢穿四角内裤与你我没有任何区别的平民，看不到他的官衔、地位、财富，感受不到他一向的威严、神秘和疏远。这种去等级化、去精英化的平民特质造就了电视娱乐化节目最终受到文化大众的心理认同，终于走上可以与精英文化抗衡的道路；电视娱乐化节目体现出的直白性和浅显性与精英文化追求的高雅和深刻相比，更增添了被大众支持的筹码，最终对精英文化产生了很大的冲击力；精英们批判、鄙弃诸如“开心玩乐，不计后果，愉悦感官，无需智慧，约定俗成，凡事不出所料，且具有颠覆性”等种种缺陷恰恰成了大众文化的杀手锏，并化成精英文化的致命伤。但大众文化不会也不能颠覆精英文化，就像精英文化无法一直控制大众变化一样。其实大众文化和精英文化不是你死我活的敌对关系，而是二者共同构成多元的文化，共同对文化的丰富和繁荣，没有精英文化或舍弃大众文化，文化都是不完整的。电视娱乐文化的确需要在普及的基础上有所提高，但问题是如果连大众都无法得到普及，就谈不上大众文化的提高，精英文化只能永远被大众敬而远之。精英文化的发展繁荣还需借助大众文化的一臂之力，尤其是在大众素质还没有达到精英文化所要求的高度时，大众文化更要发挥其应有的作用。精英文化要学会如何走向大众，犹如大众文化要学着如何提高一样。一些学者在娱乐节目中出镜，都暗示了精英文化与大众文化正在积极伸出示好之手，化解各自之困。无论是精英文化"放下身段"，还是大众文化"积极向上"，都说明他们正在尽力取长补短，试着走向某种程度的和睦共处。但大众文化终将保持它的根本特质，不会完全变成精英文化。即便大众素质有天都达到了精英文化所要求的高度，大众文化也不会消失，电视娱乐化依然会很流行。卢卡契曾经这样说过：读莎士比亚是出于义务，而在需要消遣的时候，则会去读侦探小说。也许某个娱乐化节目会因为大众审美疲劳而厌弃，但又一个娱乐节目还是会从容登场，电视娱乐化会进行到底。这是电视文化的时代特点，更是文化多元时代的需要。❶

欧阳宏生先生则通过对当前中国电视娱乐现状和存在问题的分析，提出了他对电视娱乐化的理想状态的构想，并探讨了实现理想状态的路径。他指出：

有人说中国电视已经进入"娱乐时代"，并认为这是在向平民化回归的重要表征；但也有人因此表现出担忧，认为过度娱乐已经给中国电视带来了媚俗、低俗乃至恶俗等弊端，理应尽早遏制。学界与业界对此问题也进行了不少相关的实践、探讨与论争，并且至今仍是圈内关注的热门话题。对于电视娱乐而言，保证其适度究竟应采取哪些路径？本文特作以下探讨。

一

20世纪90年代以来，随着整个社会的市场化转型，大众文化思潮异军突起。中国的电视文化也经历着从宣教文化向娱乐文化的转型，特别是在90年代末期，由于电视消费群体娱乐需求的增加，导致电视的娱乐化倾向越来越明显。此外，因为电视传媒是作为一种真正意义上的"大众传媒"或者"泛大众传媒"而存在，因此它必须充分照顾到大多数人的接受习惯和接受能力。从一定意义上说，其传播特质决定了娱乐化的特色。就我国电视媒体的现状而言，所谓电视娱乐化实际上包括两个向度：一是综艺娱乐类节目本身的勃兴；二是娱乐化向其他类型节目蔓延。例如在电视剧领域，除了革命战争、英雄人物、反腐倡廉等主旋律外，帝王将相、才子佳人、功夫侠士等古装戏充斥荧屏，展示俊男美女和名车豪宅的"青春偶像剧"热潮更是一浪高过一浪；在电视新闻领域，节目追求娱乐消遣的效果，用极具戏剧化的夸张手法组编故事，政治和娱乐合于一体，导致了各种意识形态和文化形式之间界限的消解；在电视纪录片领域，编导们具有强烈的讲故事意识，并调动所有的"娱乐"手段，把纪录片做得像故事片，吸引观众眼球；在法制节目领域，为了达到感官刺激而赤裸裸地展示暴力、情色、隐私等，偏离了"坚持正确导向，社会效益第一"的基本原则。面对这些泛娱乐现象，我们如何来理性评判？应当说，娱乐是电视的重要功能之一，对于大众而言它发挥着抚慰与减压的作用。但是，泛娱乐化或娱乐主义，其弊端就显而易见了。一方面，泛娱乐

---

❶ 陈佑荣：《论电视娱乐本位》，载《山东视听》，2006(2)。

化的电视传媒环境一定程度上消解了公众的独立思考和批判的能力，降低了他们对公共事务保持热切关注的态度，不利于成熟的市民群体的形成；另一方面，泛娱乐化的发展势必超出娱乐节目的范畴，加剧新闻等节目娱乐化的趋势，过多地挤占了对公共事务进行报道和评论的时间与空间，这些都会极大阻碍传媒公共领域的建设，延缓社会文明的进程，乃至降低社会文明的发展程度。

二

电视娱乐的理想状态到底是怎样的？本文认为电视娱乐若要保持适度，对受众和社会起到积极作用，应该做到：

1. 娱乐要有“尺度”

电视娱乐从早期的追求轻松休闲到后来的媚俗迎合，在这个发展过程中，经济利益的侵入和商业逻辑的运作模式越来越多地取代了原来的审美形态和节目概念，使以电视综艺节目为代表的电视节目越来越成为一种经济狂欢和“秀”场游戏。2005 年 8 月 26 日，在国家广电总局召开的全国文艺娱乐节目主持人研讨培训班开班仪式上，国家广电总局相关负责人首次公开指出了弥漫在中国电视综艺节目中的低俗化发展形势，对电视综艺节目中出现的主持人素质不高、审美格调低俗、语态和定位把握不当等问题进行了批评，并公开申明“抵制低俗化是一项长期的任务”的观点。2007 年，国家广电总局和相关部门又联合采取行动，对电视节目低俗化现象进行了历时最长、规模最大的一次整顿活动。在这期间，《快乐男声》《第一次心动》《超级情感对对碰》《美丽梦工场》《美莱美丽新约》等电视栏目和涉性类电视广告等，或限令整改，或禁止播出。这次行动获得了社会公众96%以上的支持率，从一个侧面反映了社会公众在娱乐化浪潮席卷下，对其中所涌现出的不和谐音的冷静反思与理性追问。对于中国电视综艺节目和整个电视传播环境的成长与净化来说，这种声音和意见的出现，不仅是对电视综艺节目娱乐化发展趋势的必要矫正，同时也是对整个电视传播语境良性打造的必需进程。因而，电视娱乐在发展过程中必须讲求适度原则，切不可超越某些底线，走向歧途。

2. 娱乐要有“界域”

2006 年 9 月 3 日，中央电视台著名节目主持人白岩松在“中国电视节目主持人 25 年论坛”上一针见血地指出：“现在的娱乐正在突破道德的底线”，“所有的节目都在娱乐，连新闻都要娱乐，我们已经疯了”。的确，一些新闻节目在娱乐的道路上已经走向歧途和异化，如某频道“全新”推出一档新闻栏目，为拉抬收视率，连续一个多月的内容让人惊讶侧目：先是以“鸭子”开道，后以“婊子”雷人，其间还穿插凶杀、色情、婚外恋等题材，许多社会丑恶现象被“原生态”式地搬上荧屏，细细展示。再如某城市频道民生类新闻栏目，一些有损市民与城市形象、伤害感情的社会纠纷被不加取舍地现场直播。综观上述所谓的社会新闻，其趣味低下庸俗，渲染过度夸张，叙述琐屑无聊，把娱乐手段发挥到了一种扭曲的程度，把媒体的娱乐功能异化到令人无法容忍的荒唐地步，践踏了媒体的社会责任和道德底线。在这个多元化的时代，电视节目应遵循多样化发展的理念，但倘若把严肃、理性、正义等都用娱乐来取代，中国电视则难以健康持续地发展。

3. 娱乐要有“文化”

市场通常以创造最大的利润为目的，如果电视传媒过分地屈从于市场，过分地依靠收视率这一指挥棒跳舞，终究会把电视文化以及大众推向平庸。电视文化理应是一种既要满足大众、又要提高大众精神素质的文化。单纯迎合性的娱乐是没有思想蕴含的，它只是简单地诉诸人们的感官，给观众带来的只是感官刺激而不是审美享受。电视媒体应该走向观众、贴近观众，但这决不是一味地取悦、讨好。即或是娱乐节目，也并不意味着简单的流行和内容的肤浅，它同样可以制作的有文化品味，做到通俗而不庸俗、用情而不滥情、娱乐而不愚乐，从而给予观众的是审美式的愉悦，欣赏式的休闲，在润物细无声中逐渐提高观众的审美趣味与审美能力。

4. 娱乐要有“精神”

电视娱乐除了要在文化层面有相应追求外，还应具有一种特色化、人文化、崇高化的内在精神与品质。例如，2008 年央视推出了娱乐节目《咏乐汇》，集谈话节目、娱乐节目、真人秀节目于一身，在名人访谈中，注重生活气息，坚持互动原则，除与现场观众互动外，还与场外观众互动。这些创意实现了节目的独特个性，且格调高雅，娱乐适度。《咏乐汇》的一个亮点就是在娱乐之中渗透公益性，嘉宾捐献礼品给栏目，然后由栏目义拍，将善款捐赠灾区。这让人感到了一种担当与温情。可以说，《咏乐汇》体现了媒体的社会责任，体现了对社会弱势群体的人文关怀，促进了社会的和谐发展。在电视媒体娱乐化的大环境下，主流媒体坚持自己的社会良知，就显得越发重要了。因而，媒体在娱乐大众时，要有格调，积极向上，健康阳光。

三

在明确了电视娱乐的理想形态之后，我们再来探讨其可行性实现路径。以下从从业者、管理者、批评者和受众四个维度来分析各自的中心任务。

1. 从业者：从盲目照搬转向理性创新

2. 管理者：从行政命令转向制定法规

3. 批评者：从偏激空泛转向理智灼见

4. 受众：从被动接受转向取舍批判 ❶

对于双方的争论也有论者对其进行冷静的分析，他们支持目前对电视娱乐化基于政治和道德层面的批评，而他们从文化批判的角度摒弃了政治批判和道德批判对与错、是与非的二元对立标准，而是对问题进行考察、分析、梳理和反思。他们首先从“娱乐”与“娱乐化”的概念理解出发，认定“娱乐”是一个中性的概念，然而对娱乐批判的应该具有多重背景。

我们把“娱乐”界定为一个中性词，认为娱乐的形式和手段有多种多样，但其目的是快乐。娱乐并不是庸俗浅薄、玩物丧志的代名词，娱乐也是有内涵、意义

❶ 欧阳宏生、闫伟：《快乐有度，过犹不及—对当前“电视娱乐化”问题的再思考》，载《当代电视》，2010(2)。

和品位之分的。李泽厚曾经从美感产生的阶段和层次来分析，美感首先是悦耳悦目，身心愉悦。其次是悦心悦意，它包含无意识的本能满足，包括性本能、情欲、行为、心境、理念的被压抑，通过审美获得解放和宣泄，达到心意的满足和愉悦。最高层次的境界就是悦志悦神，它是道德基础上达到某种超道德的人生感性境界，是整个生命和存在的全部投入。因此，我们对于“娱乐”的理解也应该分层，既有浅表层的感官娱乐，也有内核层面的精神娱乐。而在当代，大众在理解和使用“娱乐”时都偏离了“娱乐”的本性特点，只是将“娱乐”贬抑为只满足于人的感官享受的低级活动。这是我们首先要认识的问题。

“化”——加在名词或形容词之后构成动词，表示转变成某种性质或状态。“娱乐化”就是指某件事物(一般原先不带有娱乐性特点，或具有与娱乐性相反的特性)在经历一些变化后带上了娱乐性的特点，从而使人变得快乐；或是原本一件严肃的事情经过一个变化过程如今成了一件快乐有趣的活动。如很多政治人物或事件，在传统的观念中都是庄严神圣的，凛然不可侵犯，但是在当代的影视剧或是民间流传的短信中，这些神圣的话语都有可能以一种亲切、轻松、幽默的方式出现，让受众在接受的过程中享受到快乐。因此，面对电视的娱乐化，我们更侧重于从文化研究的角度去分析和阐释。

当前“电视娱乐化批判”中存在的问题

目前国内学界对“电视娱乐化”的态度大致可分为三种：否定论、肯定论和辩证论。在这三种态度中，持否定论观点的人占了绝大多数，本文标题中使用的第一个“批判”就是指这一类对“娱乐化”持否定态度的观点。持否定观点的这部分论文具有以下几方面的共同特点：

首先，研究对象多集中于传媒领域，尤其集中于对电视的批判，研究的方法和角度都比较单一，多从电视传播业务的角度去分析“娱乐化”问题。

其次，论文的观点相似，且明显受到尼尔·波兹曼的影响，多对“电视娱乐化”持否定的观点。论文的措辞充满了情绪化色彩，更有相当一部分人把电视的“娱乐化”直接等同于“色情化”“暴力化”“低俗化”“恶俗化”。他们多认为电视“泛娱乐化”是以消费主义、享受主义为核心，以大众媒介为载体，内容浅薄、空洞，方式粗鄙搞怪，其危害是严重的，必须加以批判，拨乱反正。电视娱乐化导致了整个社会生活的平面化、庸俗化、模式化、商业化、浅薄化，从而导致了人文精神的失落和道德的滑坡，社会责任感、使命感的淡化，这种观点与法兰克福学派对大众传媒的批判理论一脉相承，不自觉地流露出精英主义的倾向，容易使批判性的理性分析滑向道德性的优劣判断。

再次，论文结构大体类似，是典型的三段论法，对电视“娱乐化”的问题分析了其现象、成因以及带来的危害，多集中于业务操作的层面，而对电视泛“娱乐化”问题的分析缺乏深层的文化批判，缺乏建设性的观点。

对于“娱乐化”持肯定赞赏态度的人比较少，但值得注意的是，其中带有某些对“娱乐化”的极端推崇。这种一味地对娱乐化大唱赞歌的态度是盲目的乐观。中国有着复杂的社会文化分层，如果不加区分、不加批判地对待娱乐化的分层和在各个领域的不同变化，甚至放弃文化批判的立场和理性反思的态度，把理论研究降低为消费主义和享乐主义的合理化证明，这就失去了文化批判的意义。

在我国，相比较政治、宗教、教育、学术等领域，电视传媒的确是目前娱乐化程度比较严重的领域。但我们首先要抛开先入为主的对电视娱乐化的成见，不对电视娱乐化问题作简单的大而化之的是与非的价值判断，而是对电视娱乐化问题的来龙去脉以及娱乐化程度的分层进行理性的分析和阐述，这样才能避免各执一词的片面观点。因此，对泛娱乐化问题持客观理性、辩证态度的人虽然只有很少一部分，但他们的观点却尤其值得我们注意：(对娱乐化现象)仅有管制显然不够，更重要的是通过一种积极的开放和更加宽松的环境，进一步解放文化生产力，生产更多更好的为广大人民群众喜闻乐见的精神产品，以置换、替代、占领泛娱乐化节目已经占据的传媒空间和文化心理需求空间。

泛娱乐化现象的生成既有市场的力量，也从某种角度表达了日益成长的公民社会的民主化需求，简单地否定、限制或完全地放任自流都是不可取的。

对电视“娱乐化”批判的四重背景

1. 市场化——电视娱乐化的经济背景

在传统的文化生产——传播模式中，作为话语生产者的知识分子占据着中心的位置，他们是文化的生产者，也是丰富的文化资本的拥有者。在传统知识经济中以生产决定消费的价值取向，决定了知识分子(精英文化)在审美文化中的中心位置。知识分子(生产者)的趣味决定了文化产品的趣味和接受者的趣味。这个群体的审美趣味具备“崇高”“雅致”“深刻”等充满人文精神的特征。市场经济体制的确立，使得艺术及原本生活在象牙塔中的许多事物(如传媒产品、教育、宗教产品等)走向市场，变成可供买卖的商品。在市场中，生产者迎合消费者的需要生产商品，消费者根据自己的需求购买商品，成为市场中的主体。中国电视节目的生产制作和传播由原来国家的统包制转向市场经济制，电视台实行“事业单位企业化管理”，电视节目从圣坛上的贡品走向市场，变成了商品。在这样的文化语境中，平民大众(电视节目的绝大多数消费者)的通俗娱乐趣味势必决定了电视节目趣味的走向。电视娱乐化现象的出现，是商品经济原则在电视生产传播过程中的集中体现，也是大众文化中的娱乐趣味向不同领域迅速扩张的结果，是“批量化的文化生产场”战胜“有限的文化生产场”的过程。因此，把电视“娱乐化”问题的出现仅仅归结于文化的生产者追逐商业利益的结果，未免过于简单化。

2. 后现代主义——电视娱乐化的哲学背景

后现代主义哲学所讲的“后现代”，并不是指古代、近代、现代等“时代化”意义上的一个历史时期，而是指一种思维方式。大胆的标新立异，彻底的反传统、反权威精神，是这种思维方式的灵魂。电视娱乐化在某种程度上是对原有领域的话语权威和游戏规则的一种质疑和破坏。这种破坏解构了原有领域存在的规则和深度。后现代主义在电视娱乐化现象中的特征主要表现为：对中心权威的质疑和反叛，对现代性元叙事、深度的解构，及对严肃/娱乐二元界限鸿沟的填平。当代，电视领域不同程度的娱乐化现象都体现了对中心权威的质疑和反叛，如《超级女声》的平民偶像李宇春当选为“改革开放三十年风云人物”，这个事件在某种程度上是以平民性、草根性改变了传统文化中对“风云人物”赋予的崇高、神圣、权威的英雄形象。同样的例子还有红色经典的现代改编，金庸的武侠小说被再三地改编为电视剧并迅速流行，《百家讲坛》打破原来学院派的学术规则并以通俗的叙事形式向大众传播学术知识等等。从前我们营造的电视艺术审美，无非是庄严、神圣的，“重教化”“轻娱乐”，而现在，电视娱乐化则体现为对现代性的元叙事的质疑和解构。

后现代主义还清除了高雅的严肃艺术与流行的通俗艺术之间的对立。湖南卫视的“红色娱乐”显示出在跨越严肃/娱乐这二元界限鸿沟方面的新突破。不仅有红色青春偶像电视剧《恰同学少年》摘得“飞天奖”长篇电视剧一等奖，歌唱主旋律的系列主题晚会《八月红歌会》也赢得了广泛赞誉，两者都实现了社会效益和经济效益的双丰收。在这些活动中，严肃/娱乐之间的界限被消融，受众的审美趣味和“快乐原则”很自然地结合到了一起，对于这些娱乐化的深受人民大众喜爱的艺术商品，恐怕并不能简单地视之为“低俗”的文化垃圾。

3. 社会文化分层——电视娱乐化的社会文化背景

社会学所说的社会分层指的是依据具有一定社会意义的属性，一个社会的成员被区分为高低有序的不同等级、层次的过程与现象。不同的阶层具有各自不同的社会特点，马克思主义理论家多从经济角度切入，以生产资料的占有形式来划分阶级，并以此作为划分阶级的唯一标准，而韦伯派理论家则强调身份认同，即从生活形态研究身份群体，这在一定程度上被认为是文化决定论的划分原则。

法国社会学家布尔迪厄认为：“文化资本是一种属于文化正统的趣味、消费方式、社会属性、技能和判断的价值形式。”文化资本等级和社会等级之间具有内在结构上的同源性。与欧美发达国家相对比较成熟清晰的社会分层相比，中国的国民经济产值分配体制使得我们国家的社会分层并不十分清晰，甚至出现多层、跃层交叉渗透的情况。对于占据中国社会人口绝大多数的普通大众，他们对于文化艺术的消费完全出于自己的需要。由于经济条件和文化条件的局限，当下老百姓主要的娱乐活动就是观看电视，看电视是大众最经济方便的娱乐休闲方式。而老百姓看电视最主要的目的就是娱乐消遣，相比较书刊报纸，电视的娱乐功能更为突出。因而，在多种领域的娱乐化过程中，传媒产品的娱乐化程度更深广，而这正是由它庞大的受众群决定的。这也就是为何很多研究者把“文化娱乐化”直接缩小为“传媒(电视)娱乐化”研究的原因。

4. 逃避现实压力的娱乐乌托邦——电视娱乐化的社会心理背景

“抑郁”这个词已成了当代社会一个使用率和曝光率极为频繁的词汇。随着社会的发展，生活在大城市的白领们以及高学历的知识分子人群在高压力高竞争的环境下迅速成为“抑郁”侵害的高发人群。这些位居社会中上层的人群在社会分层中占据了一定的管理、经济、文化资源。与普通百姓对通俗娱乐趣味的直接喜好不同的是，白领和知识分子人群把电视娱乐当成逃避生活压力的乌托邦。

文化研究学者理查·戴尔曾经指出：“对娱乐的两种想当然的描述乃是‘逃避’和‘满足’，这两种描述指向了娱乐的核心要旨，即乌托邦主义。娱乐提供的形象是可以逃避进去的‘更好之物’，或者我们深切希望而日常生活无法提供之物。”换言之，“娱乐行为”是以“乌托邦主义”为旨归的。中国是一个以道德伦理为核心的社会，中国传统的以德为先的教育是一个主张以道德的“超我”来抑制快乐的“本我”的教育过程。在当代社会，电视文化以感性、快乐、轻松的形式和内容释放了一直以来压抑在中国人心灵深处的快乐“本我”，从一方面说它比过去的任何文化形式都具有“民主性”和“解放性”的特点。

结语

综上所述，电视娱乐化在中国的出现有其复杂的多重背景，我们并不能对电视娱乐化予以简单地否定或批判，但我们也必须清醒地认识到，电视娱乐化同时也带来了新的问题：电视观众过度追求感官娱乐的欲望，在现实中缺乏信仰与精神寄托，而将观看电视娱乐节目当做逃避现实矛盾的一种手段，面对电视节目中构建的“幻境”和生活压力间产生的落差而难以保持平和的心境与健康的心理。如果电视节目以只要感性不要理性、只要娱乐不要深刻的单一文化趣味征服了大众，从某种意义上又将使大众异化为马尔库赛笔下的另一种“娱乐至死”的“单面人”，这是我们当前在建设电视审美文化时最需要认真面对的问题，也是我们构建新的文化形态的立足点。❶

不管争议怎样，电视娱乐化作为一种趋势将会延续下去，但正如《“电视娱乐化批判”之批判》一文所阐述的，我们要有针对性地分析娱乐化出现的原因，进行理性的分析、有建设性的批评。对于电视娱乐化尹鸿先生认为：

在西方从柏拉图开始，在中国从孔子开始，就不难见到社会精英对艺术及其所包含的娱乐性的批评和不满。今天，电视娱乐一方面创造着高收视率，一方面也面临着强烈的批评压力。欲望是蓄水，人格是堤坝，而娱乐就是闸门。娱乐将欲望进行疏导从而减少欲望对人格堤坝的压力，甚至用一种道德化的方式使这种带有“破坏性”的欲望被社会化被道德化，从而化害为利。从这个意义上来说，娱乐无罪，娱乐有益，娱乐有利于人的身心健康和社会的稳定安全。但是，如果娱乐不是一道经过精心设计、具有引导功能的闸门，而是人格堤坝完全不设防，那么破坏性的欲望就会如洪水猛兽，毁灭自己，危害社会。因此，从这个意义上说。娱乐有限，无限的娱乐肯定是一种罪恶。事实上，电视由于覆盖广，普及面大，观众几乎可以无障碍接受。因此。电视娱乐节目必须考虑群众适宜性。电视娱乐同大众文化产品一样。在社会中应该不仅仅是文化商人赚取利润的手段，它同时具有不可替代的社会、文化功能。事实上，许多娱乐节目也对娱乐性进行成功的伦理改造，将正义、智慧、勇气、协作、沟通、纯洁、坚强、自信等正面价值融合到娱乐元素中。从这个意义上说，娱乐本身并无所谓好坏，我们需要做的只是如何制作“好”的娱乐节目，而不生产“坏”的娱乐节目，我们应该在娱乐中释放被压抑的欲望，同时更应该感受到心灵的自由和轻松，并意识到自己与社会之间的相互联系，更愿意与大家一起趋善避恶，同仇敌忾。❷

正如一些学者所提到的一样，娱乐本身并没有什么问题，问题在于怎样去娱乐。怎样娱乐是我们在现实的电视节目创作过程中必须注意的，超过一定的限度，“娱乐”就有可能走向“愚乐”了。

---

❶ 张爱凤、李钧：《“电视娱乐化批判”之批判》，载《电视研究》，2009(1)。

❷ 尹鸿：《电视娱乐节目必须考虑群众适宜性》，载《新闻写作》，2007(1)。

二、电视品牌化生存

品牌是一种名称、名词、标记、符号或设计，或是它们的组合运用，其目的是借以辨认某个销售者或某群销售者的产品或劳务，并使之同竞争对手的产品和劳务区别开来。

——美国经济学家菲利普·科特勒

在电视越来越产业化的今天，电视的运作已经完全按照商业的模式在运作，而作为一种商品它首先就需要让消费者能够记住，于是品牌的创建就成为电视制作者的共识。以中央电视台2005年“频道品牌化”为标志，各家电视台纷纷打出了自己的特色牌。湖南卫视以娱乐立台、海南卫视靠旅游吸引、安徽卫视主打电视剧、江苏卫视关注情感，种种品牌定位不一而足，而且确实初步形成了一定的品牌效应，但是现在由于竞争的激烈，各个电视台之间似乎有同质化的倾向，品牌效应没有完全发挥出来，所以，基于当前这种情况，我们有必要对品牌问题有一个全面的认知。

中国电视节目在经历了从以节目建设为核心、以栏目建设为核心和以频道建设为核心的阶段的同时，开始逐渐确立了电视的品牌意识，并启动了电视的品牌创建。近两年，关于电视的品牌及品牌创建问题得到了业内外人士的广泛关注和热烈讨论。究竟什么是电视品牌？电视品牌应具有怎样的特征以及如何创建电视品牌，这些问题值得我们进一步深入探讨。

电视品牌的内涵与外延

“品牌”从字面上看，是由“品”和“牌”整合而成的概念。所谓“品”，意味着品质、本质、实质；“牌”则意味着标牌、标志、标识。两者合在一起，意味着那些有特定品质和特定规定性的对象。品牌首先是一个商品的概念，它指的是在市场经济发展进程中逐渐形成的那些有稳定品质、独特理念、鲜明标识及有较强竞争力、较大影响力、广受欢迎和瞩目并产生了较高价值(远远超过产品本身成本价值)的那些产品。品牌不仅仅指称市场流通中的产品，又扩展为制造、生产这样一些产品的企业、公司和经营者、生产者、制造者。电视的品牌与市场流通中的商品品牌有相通的共性，也就是说，电视品牌首先指称的是那些在电视竞争中具有较为稳定的品质、鲜明的特征、有较强的竞争力及核心理念、有较大影响力、广受欢迎的那些亲民栏目等，后延伸到电视媒体及电视节目、栏目的经营者、生产者、制作者。

电视品牌的特征

电视品牌既然是具有特定品质的电视产品，那么具体说来这种品质应体现为怎样的特征呢？在今天，当电视品牌概念出现某种泛滥化趋向的时候，对这个问题保持清醒的认识是十分必要的。纵观国内外大家所公认的那些电视品牌，我认为基本上都具有以下特征：

1. 稀缺性。所谓稀缺，就是少有，通俗地讲，应当是“人无我有”。而所谓“人无我有”，指的是电视产品中那些具有原创性价值、或者比较少见的电视产品。从原创的意义来看，最先创造一种具有鲜明特色的电视内容或样式是稀缺性的。如国外最先开创的“真人秀”电视节目《幸存者》等，就具有原创性价值，不论是内容还是形式都具有稀缺性特征。从少有的角度来看，那些电视荧幕上不多见的节目内容和样式，如中国电视开创的《春节联欢晚会》，以及以妇女、老人等为对象的对象性节目、栏目等，在一个时期内也体现出稀缺性特征。这些内容与样式或具原创性、或是比较少见的电视节目、栏目，具有成长为电视品牌的潜质。

2. 优质性。所谓优质性，指的是电视产品应具有某种优良的品质，通俗地讲，可以说是“人有我优”。优质性是在比较中产生的，那些在同类比较中显现出优良品质的产品有可能成长为品牌。如，综艺类节目数量极大，但在一个时期内，《综艺大观》和《正大综艺》无疑是其中的佼佼者；体育类节目、栏目同样数量巨大，但《足球之夜》等鹤立鸡群；游戏娱乐类节目、栏目在世纪之交最多达到了几百档，但《快乐大本营》、《欢乐总动员》无疑是最具影响力的品牌；其他诸如电视媒体、电视频道、节目主持人等堪称品牌的，必然是那些在同类比较或竞争中名列前茅的产品或人物。

3. 独特性。独特性意味着鲜明的个性，通俗地讲，可以说是“人优我特”。我认为，那些具有鲜明个性特征的产品更具品牌价值。鲜明的个性，未必没有缺点、未必完美，但却可以给观众留下深刻的记忆。以主持人为例，倪萍的真情表露从职业主持人的角度来看，也许可以被指责为缺乏控制；从收视效果来看，或许可以被指责为过度煽情。但是，倪萍的这种无所保留的真情倾诉的确在综艺节目主持人当中具有极其鲜明的个性，有人称她为“煽情大师”，不无调侃之意，但其鲜明的个性却给广大电视观众留下了难以磨灭的印迹。倪萍之所以成为中国电视综艺节目主持人里最具影响力的人物，应当看到与她这种鲜明的个性有着必然的联系。同样，崔永元在谈话类节目主持人中以善于倾听和接话茬而著称，有人把他比作是三句半中的那个半句的角色不无道理。一般人们认为谈话节目主持人首先具有善于表达的能力，即能说会道，但崔永元与众不同，他在《实话实说》中不仅没有表现出比场上嘉宾和观众更能说会道的本领，甚至有时还会遭遇来自于嘉宾和观众的调侃与戏谑，陷入无以言对、甚至木讷的尴尬境地。当然，这也是《实话实说》栏目的独特设计。但主持人崔永元不以积极的状态正面地、滔滔不绝地长篇大论，而以倾听和接话茬介入谈话的过程，这成为他有别于同类谈话节目主持人的鲜明个性，因此，崔永元成为中国电视谈话节目最具品牌价值的主持人也是理所当然的事了。

4. 极致性。极致性意味着把某种特征推向极致，通俗地讲，可以说是“人特我绝”。电视产品拥有自己鲜明的个性特征实属不易，但若推向极致，则达到了不可替代的一种境界。达到这样境界的电视节目、栏目需要很多条件，包括电视生存的外部环境、内部环境，或者说需要天时、地利、人和各种条件才能得以保证。我们可以看到，在20世纪90年代中后期，《焦点访谈》产生了空前的社会影响，是因为它在实施电视传媒的舆论监督方面成为中国电视不可替代的标志性栏目。不论是栏目的社会效应，还是由栏目拉动的经济效益，都是其他电视栏目难以望其项背的。《焦点访谈》之所以创造了这样的辉煌业绩，是因为它在实施舆论监督的时候，牢牢把握住了“领导重视、群众关心、社会普遍存在”的选题及制作原则。这三句话很好地协调了主流、精英、大众三种文化价值取向的关系，很好地维护了社会各个阶层、各个方面关系的平衡，既有鲜明的导向性，又有广泛的社会性，也不乏自身独特深刻的主体观点与视角。正因此，《焦点访谈》将电视传媒的舆论监督在广度、高度和深度上于一个时期推到了极致，成为这一领域的品牌栏目。而作为以经济精英为主要访谈对象的谈话栏目《对话》，则坚持走“高、精、尖”的道路。有人说《对话》的嘉宾“前脚才进中南海，后脚便要来《对话》”，这不无夸张，但的确可以显现出《对话》嘉宾层次之高。尽管《对话》的收视率并不高，但其影响却是有目共睹的。由于《对话》在嘉宾选择和话题设计上强调高层次、精英化、尖端性和前沿性，因此，《对话》不仅在社会影响力、也在经济效益上创造了一个奇迹。此外，我们还可以看到，以演艺界、娱乐界、明星作为主嘉宾的谈话栏目《艺术人生》，在同类节目栏目中享有很高的影响力和美誉度。之所以有这样的地位，是由于《艺术人生》在开掘嘉宾的情感历程和寻求嘉宾与观众的真情互动上做得非常到位。《艺术人生》前期策划组织，尤其是对主嘉宾情感历程中最为脆弱、最可能令其心动的部分巧妙设计，因此，我们常常可以看到《艺术人生》中的嘉宾大多都会在不经意中进入栏目所设置的“套儿”中，流下动情的眼泪。而《艺术人生》在观众的征集及现场观众与嘉宾情感的互动方面更是匠心独用，每一期的观众都是通过各种形式征集来的。由于这些观众格外珍惜来到栏目现场的机会，也由于这些观众大多带着与嘉宾相伴相随的感人故事而来，因此，他们的情绪几乎都是非常饱满的，保证了现场观众与嘉宾之间情感互动的深度和力度，在这一点上《艺术人生》无疑是同类节目、栏目中接近极致状态的一档，因而具备成为电视品牌的重要条件。

如何创建电视品牌

电视品牌除去上述的四个基本特征，还有一个最为基本的特征，这便是稳定性。也就是说，电视品牌应当在内容、样式等各个方面具有一种稳定性的品质或品格。如果说稀缺性、优质性、独特性、极致性这些特征需要电视人拥有不可替代的素材资源、社会资源、人才资源，乃至体制性的资源，进而在电视生产与传播中将智慧与创造力充分发挥出来，那么，稳定性则要求电视生产与传播的各个环节具有相对稳定性，甚至相对固定的流程、环节的规范。显然，拥有电视品牌的稀缺性、优质性、独特性、极致性极为苛刻，而拥有电视品牌的稳定性特征的条件则是可以学习、借鉴的。这里仅从“稳定性”品质的角度就品牌电视节目创建的命题做一探讨。要实现电视品牌节目稳定性的品质与品格需要形成电视节目生产、创作与制作的模式化、规范化。从一些成功的品牌电视节目的经验来看，我认为至少应在电视节目生产与创作的叙事层面形成一定的模式与规范。

1. 宣传话题化。中国电视不论是何种类型的节目，都不可能脱离宣传的任务与要求。宣传的任务与要求体现为正确、准确、明确的导向，但导向不出问题并不是电视节目的最终目标。如何让正确、准确、明确的宣传导向产生更好的宣传与传播效果，则是电视节目所应追求的目标，而宣传话题化是实现这一目标的很好途径。

所谓“宣传话题化”，是指将宣传内容转化为百姓可以产生兴趣的话题与谈资。电视节目进行宣传不能对报告文件照本宣科，而应想办法结合百姓生活的实际，转化、提炼出与百姓的兴趣点相吻合的、贴近百姓日常生活的、能够引发他们继续关注和探讨的话题。衡量“宣传话题化”的标准应当是电视节目播出后是否可以成为广大观众在工作、生活乃至饭桌上继续讨论和议论的谈资。

2. 话题故事化。电视节目仅仅选择一个有意思的话题还不够，应当将特定的话题转化为一个有情节的故事。话题也许是抽象的，而故事则应是具体的、生动的。通过故事的讲述，既可以把抽象的、理性的话题变为具体的、感性的故事，又可以在观众心中留下更为深刻的记忆，尤其是那些曲折的、富于戏剧性和悬念性的故事，最能吸引观众的注意力。

3. 故事人物化。电视节目在选择具体可感的故事的同时，还应当聚焦于故事中的人物，选择有意思的故事中的那些活生生的人物是展开故事的最有效的方式和手段。通过人物生动的语言、特别是人物命运的变化可以使故事的讲述更为生动，更能引起观众的共鸣。

4. 人物细节化。电视节目当中的人物若要引发观众的共鸣，仅靠一般性的记录是不够的。对人物细节的捕捉，包括人物的话语、表情、动作以及人物与特定场景相关人物之间的关系，甚至人物外部的形体、服装等，这些细节的捕捉在特定的环境中往往具有不可替代的价值。由于电视可以将人物的细节放大、强化，因此，捕捉什么样的细节往往意味着电视传播者主体的一种引导。细节捕捉和把握的到位，可以给观众带去最为直观的信息刺激，有时甚至可以达到“此时无声胜有声”的传播效果。

5. 细节情感化。电视节目中，细节的捕捉和表现不应当成为孤立的行为，除了电视传播者某种思想、态度、倾向和意义的灌注以外，更应渗透着、体现着某种情感，也就是说，不能为细节而细节。某个细节的捕捉，应当与特定环境中人物的悲欢离合、喜怒哀乐相联系。如果能将人物的话语、表情、动作与人物的某种情感连接在一起，那将使细节更具冲击力、表现力和感染力。

6. 情感趣味化。从审美角度来看，电视节目所渲染的情感不足，则会使观众有不过瘾之感，达不到他们的审美期待与要求；而当电视节目所渲染的情感过度饱和时，则给观众留下的审美空间过于狭窄，缺乏审美张力，同样令观众不满。而协调电视节目情感状态的是趣味。电视节目创作者与制作者应当具有“情感趣味化”的驾驭能力。当情感不足时，以富于趣味的声音或画面来予以补偿；而当情感接近饱和之时，又能以趣味予以割断。这些趣味包括了生动的话语和灵活的场面调度等，趣味的加入可使电视节目保持适度的审美张力。

7. 趣味个性化。趣味的设计与表现也不是孤立的。除去与话题、故事、人物、细节、情感相吻合，它还应当拥有自己的个性，在什么时候、什么情境中插入富于趣味的声音与画面，插入何种趣味的声音和画面(幽默、调侃、搞笑等)是非常考究的。趣味插入的个性应当是自然而然的、水到渠成的，是某种智慧的洋溢、灵活机智的状态的显露，并不是什么样的趣味都可以插入任何电视节目中的，不能为趣味而趣味。

8. 个性观点化。如果说故事、人物、细节、情感、趣味、个性等更多倾向于具体、生动、形象、感性，那么这样一些感性化的内容要达到较好的传播效果还需要灌注理性的内容。也就是说，电视节目个性的张扬最终应当体现为有思想价值、有理性力度的观点，电视节目的竞争最终还是某种观点的竞争。同样的宣传内容、同样的话题、同样生动的故事、人物、细节、情感、趣味，而最终却未必有相同的传播效果。提升电视节目品格的关键在于：一方面张扬节目的个性，另一方面在个性中提炼出有深度、有力度、有价值、有冲击力的观点。这些观点可能是来自于节目中的人物，而更多则有赖于电视节目的创作者、制作者，来自于电视传媒本身主体的水平。

电视节目的生产与传播在叙事层面提出"八化"的要求，是对电视节目稳定性的品质和品格实现的一种表述。应当看到，电视品牌的创建是一个系统工程，它需要各种资源的有机整合，包括外部的经济、政治、文化的环境，需要内部的人才、体制、素材、管理及营销等各个方面的到位。随着中国社会的整体进步，随着中国电视自身改革与发展的经验的不断丰富，相信中国电视的品牌创建应当拥有充满希望的前景。❶

胡智锋先生的文章比较全面地阐释了什么是品牌以及品牌的特征，并从宏观的、战略的角度提出了构建品牌的意义，对于认识电视品牌问题很有帮助。但我们同时注意到电视品牌是一个宽泛的概念，它包括电视频道、电视栏目和电视节目等，具体到某一频道该如何创立也有论者提出了自己的见解。我们选择对一个具体案例的分析，也许可以清楚地解析品牌创立、维护和发展的过程。文章以央视经济频道(CCTV—2)的三次改版为案例，详细分析了品牌的更新与维护。

1973 年 5 月 CCTV—2 开播，至今已有 30 多年。这 30 多年是一个频道定位逐渐清晰、栏目架构趋于合理、品牌意识逐渐强化、品牌地位最终确立的过程。其中，有三次改版具有标志性意义：2000 年 7 月 3 日，频道打出"经济·生活·服务"的标识；2003 年 10 月 20 日，频道更名为"经济频道"；2005 年 3 月 28 日完成最新一次的改版。虽然不能说 CCTV—2 的品牌地位在这三次改版中已完全确立，但三次改版却昭示着频道品牌探索、生成和维护的过程。

1973 年 CCTV—2 开播后，并没有明确的标识，那时候没有频道专业化的概念，所有频道都是综合频道。但各频道间的简单分工还是有的。开播伊始，CCTV—2 节目以经济类为主，到 2000 年的近 30 年间，频道完成了基本知名度

❶ 胡智锋：《电视品牌的特征及创建》，载《中国电视》，2003(9)。

及经济特色的积淀，塑造了频道的基本形象，形成一整套经济类栏目系统，覆盖了从早间到晚间的各个时段。这是品牌基础的无意识打造时期，《经济半小时》《中国财经报道》《生活》等栏目已经形成了自己的品牌气质。

2000年7月频道改版，“经济·生活·服务”这一频道标识的确立具有标志性意义。首先，它标志着品牌意识的觉醒。其次，它标志着品牌探索的开始，集中体现在对频道定位的调整上：这次改版未改原有的经济特色，但强化了服务特色。同时频道还进行大幅度扩容，每周节目总时长由原来的2 880分钟增加到5 225分钟，并取消了原有的电视剧和文艺专题节目。从这次改版到2003年10月的三年间，是品牌的探索时期，从容量到形象识别到整体定位，基本上形成了一个品牌频道应有的轮廓。《为您服务》《健康之路》《幸运52》《开心辞典》《对话》等品牌栏目初步生成。

2003年10月的改版，CCTV－2正式打出“经济频道”的旗号，提出“大众、综合、实用”的“大经济观”——名称更显专业化，覆盖范畴却更加广大。品牌战略是以经济(财经和资讯)报道为主力，以服务和娱乐节目为两翼，再以广义的“经济”意识统领全局。品牌战术是对经济、服务题材进行资讯化、娱乐化操作。体现在操作上，频道将全部栏目整合为五大板块：资讯板块、财经板块、服务板块、深度资讯板块和益智娱乐板块。这是一次真正的品牌行动，在准确的频道定位和清晰的栏目架构中，频道的品牌意识得到彻底执行，频道的品牌地位也在这次改版后真正确立起来。《第一时间》《全球资讯榜》《非常6＋1》《绝对挑战》在推出之后迅速成为品牌栏目。

2005年3月28日，频道再次改版，这是品牌生成后的必要维护，体现为品牌拓展和基本调整。对原有品牌进行拓展和裂变，这是品牌维护的重要策略。改版中，《开心辞典》《幸运52》从60分钟扩展为70分钟，《非常6＋1》从80分钟扩展为90分钟，《全球资讯榜》也从35分钟扩展为40分钟，《第一时间》从周一至周五扩展为全周打通播出。而《前沿》与《生活》的合并，《金土地》由日播改为周播，《中国证券》由三档播出改为两档，则属于因情况而做出的基本调整。另外，新推出的《超市大赢家》《财富故事会》《交换空间》和《今晚》则是原定品牌战略和战术的延续，并将“贴近”这一长期隐含在频道中的策略明确化。《超市大赢家》和《交换空间》近距离贴近百姓生活，《财富故事会》和《今晚》则以“述说”的话语贴近百姓心灵。

以上是对CCTV－2品牌成长四个阶段的基本描述和梳理。于此管窥，CCTV－2个案多少呈现了一个电视品牌频道的成长历程与规律，亦可作为媒体品牌本体组成元素的模本。

几点思考

1. 品牌定位：关于频道专业化

综观CCTV－2，30多年的发展历史及其三次标志性改版，在频道定位上有两点至今未变：其一，它一直是个综合频道，从来就没有纯粹地专业化过；其二，它一直以经济为核心定位，从来没有抛弃其经济特色。以经济报道为核心，以娱乐和服务节目为两翼是CCTV－2的总体定位。这是个介于综合和专业之间的经济频道，这是它的生存策略，也是它的品牌策略。

“经济”处于大众化和专业化的夹缝中，CCTV—2 从 2000 年定位于“经济·生活·服务”频道，到 2003 年 10 月，应该说作为一个纯粹的经济频道已经有足够的收视支撑和市场空间了。上海“第一财经”频道以专业财经频道的身份开播时，CCTV—2 的服务和娱乐特色已经打出了一定的影响力，而且完成了与“经济”的磨合。与其为专业化而专业化，为纯粹而压缩自己的生存空间，不如将经济、服务和娱乐的综合作为一种特色提炼为频道总定位。于是就有了 CCTV—2“大众、综合、实用的大经济观”。

并非纯粹专业化的定位才能成为一个品牌的定位，品牌定位的关键在于它的不可替代性，在于顺时顺势又能与竞争对手区别开。CCTV—2 位于临界点上的定位无疑是它形成品牌的最好基点。但 CCTV—2 是遵循频道专业化规则的。笔者认为，频道专业化更重要的意义在于频道运作上的统一操控。在这一层面上，CCTV—2 是中国电视界最好的专业化样本之一。无论是内容上的综合性，还是将标识改为经济频道，频道在形象识别系统、节目编排系统和频道内部管理等各方面实现了专业化的统筹运作。

2. 品牌形态：关于本体创新与嫁接

“内容为王”一直为中国电视人所奉行，成为打造品牌的一个原则，但对于电视来说，对内容的加工和呈现方式则构成了真正的节目内容。在今天这样的经济时代中，形态的换代升级远远比内容要快速得多，也更能调动观众的感知。所以在一定程度上，形态甚至能成为一档栏目的核心竞争力。CCTV—2 的成长就形象地阐释了形态对于品牌的意义。

综观频道中的品牌栏目，多数以栏目形态的创新与嫁接为亮点。2000 年改版后推出的《证券时间》将直播引入日常栏目。2003 年改版后推出的《全球资讯榜》则引入新闻的网络编排模式。《幸运 52》《开心辞典》引进西方电视节目基本形态，并进行本土化改造；《非常 6+1》则将“真人秀”作为栏目固定播出；《绝对挑战》对服务性的人力资源栏目进行娱乐化操作；《超市大赢家》则在竞技娱乐中见缝插针地加进服务资讯；新改版后推出的《财富故事会》用拍案说书的方式说财富故事，品人生百味；《今晚》及《生活》中的“朱轶说计”也将“说”这一表现形态做得很好看。

正是这些令观众眼睛一亮的节目形态，形成 CCTV—2 的品牌外壳，为频道塑造出包容新锐又不失大气、勇于创新而极富生命力的品牌印象。频道被评价为最有活力、最具成长性的电视频道，很大程度上也是因为这种形态制胜策略的效果。

3. 品牌策划：关于特别节目

电视节目时代是制作人时代，电视栏目时代是制片人时代，电视频道时代则是策划人时代。一个电视品牌频道的生成和维护，都富含着策划的功效。除了改版策划、栏目的日常策划，品牌策划还体现在特别节目策划上，一般针对特别节日或事件进行特别设计。

特别节日如五一或十一黄金周。2004 年的十一黄金周期间，频道对七天的节目进行全新编排，放弃“经济”全面“娱乐”：白天以“共度好时光”总冠名，对频道品牌栏目几年来的节目库存进行整合精编后“打包”播出；晚间主打特别节目《超市大赢家》和《欢乐英雄》，并将日常的几档娱乐节目集中到 22 点“捆绑”播出。至于特别事件，如2005年“两会”期间频道推出会内一小时《“两会”接力站》和会外一小时《春天的约会》两档特别节目，再如2005年4月底完成的“2005年上海国际汽车展”特别节目。而即使没有特别节日或事件，CCTV—2也能抓住一个概念来做特别节目，如2004年轰动一时的“梦想中国”，又如在2005年4月全面展开的“品牌中国”。

这样的特别策划往往比日常节目更具轰动效应，形成频道成长链条上的兴奋点，时时牵动观众的目光。这样的策划对于品牌维护尤其具有重要意义，而这样的策划能力永远是频道是否具有品牌影响力的一种衡量标准。❶

对于频道品牌的构建，论者指出要立足于品牌定位、品牌形态的拓展和品牌形象的打造，而这一切都建立在品牌定位的基础之上，在品牌的专业化定位明晰之后，媒体就可以在此框架下来构建品牌频道。还有论者从品牌的整体营销的角度讨论如何构建品牌的策略。

一、竞争力定位 抢占观察心智阶梯

品牌塑造自然离不开品牌定位，而需求定位和竞争力定位则是其中两种非常重要的方式。所谓需求定位，通常是指根据市场的需求、观众的需求来给自己定位。它是一种粗放的定位，是在供给不足、媒体市场有太多空白点的市场发展初期的一种定位方式。而竞争力定位则是建立在需求定位基础之上，瞄准竞争对手的精准定位。与传统的需求定位相比，竞争力定位是一种更加细化、更加精确的定位。实施竞争力定位，其主要目标就是要抢占观众的心智阶梯空间。而要实现这一目标，必须做到以下三点。其一，要了解观众对各家电视频道品牌的认知及评价，掌握观众的心智阶梯的种类和排序；其二，要知道竞争对手在观众心智阶梯的位置，避免同质化；其三，要考虑自己的地位和实力，如果找了一个阶梯高位，竞争对手没有占据，但是自己的节目力量又无法胜任，这样也是不能建立起品牌的。

二、打造品牌DNA 形成差异化特色

品牌定位解决的是生存空间的问题，品牌战略解决的则是发展方向的问题。而在品牌发展战略当中，一个关键的因素就是品牌的DNA——核心理念。那么，电视频道如何确立自己的核心理念？从传播学的角度来说，媒介主要有监测环境、文化传承、娱乐和教育的功能。因此，媒介品牌的核心理念相应地就可以围绕这些基本功能来塑造。监测环境方面，如美国CNN“24小时直播新闻”；文化传承方面，如凤凰的“向世界发出华人的声音”；娱乐方面，如MTV的“酷的源泉”、Nicklodeon的“孩子们想待的地方”、Cartoon Network的“最适合卡通居住的地方”；教育方面，如Discovery的“观众有知识的朋友”、《福布斯》的“资本家的利器”等。

打造核心理念，实行差异化竞争，还要慎重对待频道的专业化运作。美国营

❶ 于丹、吴木坤：《电视品牌频道的生成与维护——透视央视经济频道的改版与成长》，载《电视研究》，2005(6)。

销专家菲利普·科特勒认为，产品包括五个层次，即核心利益层(满足消费者的某种基本需求)、一般产品层(产品的基本功能、属性和设计)、期望产品层(消费者通常期望某类产品应该具备的功能和属性)、增广产品层(产品区别于竞争对手的某种功能属性或服务)、潜在产品层(产品最终将经历的所有演变)。前三个层次是某类产品的共性，它决定某个产品能否参与这一类产品的竞争，而这个产品能否从同类产品中脱颖而出，成为该类产品中的品牌，则主要看它的增广产品层，看它与同类产品相比有多大的差异性，这也是品牌竞争的着力点。

根据科特勒的这一营销学观点，我们不难发现，国内各种媒体间的竞争其实都是在同中求异。比如，各大城市的都市报大都能提供丰富的新闻资讯，方便的订阅服务，竞争主要发生在各自对新闻资讯内容的呈现方式和处理方式上；省级卫视大都也能满足观众的娱乐、资讯需求，竞争主要发生在各自的特色内容和编播方式上。湖南卫视这些年之所以声名鹊起，是因为它在综合性频道的基本定位上强化了自己的差异性，提出了“锁定娱乐，兼顾资讯；锁定年轻，兼顾其他；锁定全国，兼顾湖南”品牌战略，一定程度上形成了自己频道的娱乐特色。而旅游卫视、阳光卫视之所以专业化运营不成功，原因之一即是因为它们忽视了中国电视市场的现实，过早地进行了专业频道运作，即潜在产品层的运作，这与国内众多全国性频道的综合性特点形成了严重错位，根本无法参与这个市场的竞争。

三、延伸品牌资产链 造就品牌累积效应

在品牌管理当中，品牌运营的核心便是品牌资产。而只有合理有序地延伸品牌资产链，造就品牌的累积效应，才能使品牌保持永久的生命力。在实际品牌运作中，品牌资产链主要有以下两种延伸方式。

1. 组织内延伸

未来品牌频道的竞争，说到底其实是品牌大旗下的人才的竞争，这种人才竞争不仅仅是人才的数量和质量的竞争，更是人才对于品牌的认同和贯彻的竞争。因此，品牌资产的组织内延伸就分外重要。而从现实情况来看，我们的品牌传播存在种种脱节现象。频道面向广告商的、以创收为目的的传播被重视，面向组织内部的传播通常被忽视；面向领导的向上的传播被重视，面向员工的向下的传播通常被忽视。

相比之下，凤凰卫视就显得高明得多。凤凰旗下不仅有《鲁豫有约》《铿锵三人行》《有报天天读》等一大批品牌栏目，而且还通过“三名策略”(名主持、名评论员、名记者)成功打造了一批电视“明星”。除吴小莉、陈鲁豫、窦文涛、许戈辉等名主持外，凤凰还相继推出了闾丘露薇、杨锦麟、阮次山、曹景行等名记者和名评论员，他们个性鲜明，成为凤凰卫视这个大品牌下的一个个小品牌。凤凰各地的普通员工，对于凤凰卫视也有着基本一致的品牌认同。这种品牌资产链的延伸，一方面使主品牌(品牌频道)获得了从品牌(品牌栏目、品牌主持人、品牌记者、品牌评论员)的强力支撑，同时也能使频道的品牌主张真正落实到普通员工的实际行动中，使频道的发展获得一种持续的驱动力。

2. 组织外延伸

就目前现有的电视制度和盈利模式而言，播放广告几乎是电视唯一的盈利模式。丰富电视媒体的盈利模式，延伸频道的品牌资产链，则应是当务之急。这种延伸大致包括内容资源的延伸和产业资源的延伸。

其一，内容资源的延伸。内容资源的延伸其实是一种传播渠道和载体的延伸。近年来，随着互联网宽带技术、移动通信技术的不断发展，各家电视媒体纷纷吹响了进军新媒体的号角。除网络外，上海文广集团、中央电视台、广东电视台等已先后获准开办IPTV、手机电视等新媒体业务。上海文广集团的手机电视和IPTV开展的较早，目前已有300万手机用户，IPTV用户10万户。2006年5月17日广东数字多媒体手机电视也开始试播。此外，移动电视、地铁电视等也在紧锣密鼓运作当中。常规的，比如图书、音像制品、主题公园等，都是内容资源延伸的重要通道。这些传播渠道的拓展，将实现"一次内容，多次销售"，为电视频道的内容资源带来巨大的增值空间。

其二，产业资源的延伸。由于品牌定位的差异和核心理念的不同。每个电视频道都有自己相对固定的收视群体和专家明星资源，而这些正是产业开发的前提条件。利用这一资源优势，有针对性地进行相关产业开发，不仅可以延伸品牌资产，而且有益于真正实现从经营媒体到经营品牌的跨越。像美国在线—时代华纳、新闻集团、贝塔斯曼集团、路透社等国际传媒大鳄无一不是这方面的高手。❶

上面几位学者分别从宏观和具体频道以及产业层面，论述了品牌构建的问题，我们可以看到，品牌构建的过程就是一种差异化竞争的过程，只有使自己的品牌做到定位准确，内容为王才能形成观众对自己品牌的忠诚和依赖，从而树立良好的品牌效应。这些观点对于品牌的打造和维护有着很强的指导意义。

正如任何事物都有从生到死的规律一样，品牌也有其生长的周期、定位的价值与意义。按照栏目成长的时间发展顺序可将品牌生命周期划分为四个阶段：开创期、成长期、成熟期、衰退期，我们所能做的只是尽量延长品牌生存周期，延缓衰退期的到来，如果真的有一个栏目品牌衰落期到来了，也要顺势而为，因为一个栏目的衰退可能隐含着另一个名牌栏目的兴起，从而推动整个频道的发展进化与实力增强，这正如同《综艺大观》从屏幕上消失一样，而后来也为更多栏目的出现提供了机会。

❶ 黄钦：《电视频道品牌打造的"三步曲"》，载《现代视听》，2007(3)。

三、电视频道专业化

随着社会的发展，一方面，人们的兴趣爱好日趋多元，从而对电视节目的需要也开始具有多样化，而且面临现代社会多媒体竞争日趋激烈的情况，为了能在竞争中立于不败之地，电视就必须立足于受众的需求，依据分众化的原则，对其频道予以细分，与随着整个社会发展而形成的越来越多的行业分工相适应。受众在挑选众多电视台的节目时，专业频道所具有的针对性，很容易让观众识别，从而能够被观众关注，于是频道的专业化就日趋重要。

电视频道专业化指的是“电视媒体经营单位根据电视市场的内在规律和电视观众的特定需求，以频道为单位进行内容定位划分，使其节目内容和频道风格能较集中地满足某些特定领域受众的需求”。[1] 国外通称为主题频道，这是国际上比较通行的高效媒体运作方式。频道专业化，主要是以市场细分和分众化为理论依据，以频道为单位进行专业定位，组织传播该专业领域的内容资源的一种频道运作的进程。频道专业化主要是根据内容将整个频道进行划分，从而使其节目内容与频道风格能够较为集中地满足某些关注特定领域观众的需求。电视频道专业化的过程，其实也就是对电视市场细分的过程，同时也伴随着对资金、资源进行合理化配置。目前，我国的专业频道设置大致包括新闻频道、经济频道、影视频道、文艺频道、体育频道、科教频道、少儿频道、法制频道、信息频道、女性频道、都市频道等，各个省市卫视频道也从过去的综合性频道转向有独特定位的专业化、个性化频道。

电视频道专业化问题的提出，是电视业发展到一定阶段后的必然产物，也是电视节目发展必然经历的历史过程。由于传统的综合类的电视频道彼此间过于类似没什么区别，所以面临着来自市场的压力，也面临着被淘汰的命运。应该说，电视频道专业化改造的基本动力，是电视市场的激烈竞争与对频道资源利益进行再分配的结果。而明确何为电视频道专业化，如何实现电视频道的专业化生存，电视频道专业化过程中都存在哪些问题，是我们必须面对的。学术理论界和业界对电视频道专业化的研究比较多，其中也不乏真知灼见。有论者通过对专业化频道概念的梳理，指出频道专业化所具备的特征，同时又指出频道的具体定位是专业化的关键，只有定位明确才能使得专业化频道达到真正的“专”和“精”！

---

[1] 张海潮：《频道分众化与媒体市场》，载《电视研究》，2001(4)。

专业化频道的定义与特征

所谓专业化电视频道，是根据明确的市场定位，其节目内容按特定类别划分，通常以某一类或几类节目作为频道的主体内容，以特定观众群为主要服务对象的电视频道。经过明确定位改造的专业化电视频道，一般应具有以下基本特征：

1. 内容定位专一。这是专业化电视频道的最大特征。专一意味着不再面面俱到，只围绕一个主要目标，如新闻、经济、生活、电影、文艺等。另一方面，专一并不意味着节目的单调，市场指向明确的专业化电视频道有利于深入开掘特定题材领域，有助于培养观众的忠诚度，满足特定观众的需求或观众的特定需求。

2. 服务对象明确。专业化电视频道不再以让所有观众满意为己任，为特定人群服务是专业化电视频道的最高任务。经营专业化频道的机构可以根据市场调研结果和自己的判断，确定出具有未来市场潜力的专业化频道种类。

3. 制作人员专业。专业化的电视频道需要真正意义上的专业人员，电视制作与管理技术的未来作用在某种程度上将会更多地趋于工具化。主管频道的人员将会主要由各个领域的专业人员组成。专业化频道的发展为广泛吸引各类社会人才提供了良好条件。现在电视教育机构将会比以往承担起更加繁重的在职培训任务，对电视媒体本质的探讨也将因此引向深入。

4. 整体风格统一。统一的频道风格有助于频道竖立起自己的旗帜。整体风格统一意味着对频道的节目内容、主持人风格等属于内在因素的部分和色彩、造型、音乐、节奏等属于外部因素的部分进行通盘设计包装，追求整体美与整体和谐。

5. 市场营销一体。从市场的角度来看，专业化电视频道就像是一件定位明确的商品，为特定消费者群体设计制作，因此，哪里有频道定位中指定的消费者，哪里就有市场。专业化电视频道有利于市场操作和广告投放，便于对市场进行深度开发，它的营销应当遵循一体化原则。专业化电视频道的市场营销中，最具破坏力的营销行为是追求急功近利。缺乏战略眼光的短期行为虽可获取小利，但从长远看贻害无穷。

6. 经营管理独立。独立经营管理是专业化电视频道健康成长的保障。独立经营可以有多种形式，既可以是独立企业法人，也可以与上级电视机构进行签约，实行承包管理。独立管理的内容主要是资金、物资管理，节目制作采购与人事管理。对专业化频道的考核也可以有多方面内容，如资金回报率、收视率、广告增长率、品牌效应等。需要注意的是，专业化频道的独立经营管理应当在严格遵循有关现行政策法规的前提下进行。

专业化电视频道的定位

仅仅具备以上各点还不足以构成成功的专业化电视频道，从实际操作的意义来讲，建设一个由一系列内容相关、风格相近、对象相同的节目组成，相当于特定系列商品的专业化电视频道，还需要本着观众为主的原则，解决下述一系列定位问题。

频道定位：频道以什么内容为主体；

观众定位：为哪些特定观众服务，这些观众有什么特点和需求；

节目定位：频道为观众提供什么样的节目，节目的风格样式怎样，文化定位多高，用什么样的语言、什么类型的主持人、什么样的包装；

栏目定位：用什么样的栏目构成频道的骨架，怎样让目标观众定期观看某一类节目，栏目的长度多少才合适；

编排定位：让观众什么时间看什么栏目或节目的理由是什么，怎样安排能让栏目和节目发挥最大效益，取得最好的收视效果；

市场定位：用什么样的市场战略回收频道投入的资金，靠广告费、收视费、赞助费、制作费还是其他方式！或者暂不考虑回收问题，先占领市场；

投资定位：采用什么样的投资模式，与谁合作，频道的未来发展规模如何；

对手定位：商场如战场，投入巨资建设专业化频道，根本目的在于占领市场，因此必须清楚谁是竞争对手，谁是可能的合作方。在商场上分不清竞争对手，如同在战场分不清敌人，其结果是可想而知的。

管理定位：谁说了算，采用什么样的激励机制，利益的分配与损失的分担采用什么方式；

队伍定位：如何建立一支素质高、纪律严、自觉性强的队伍，如何使工作人员适应某一领域的未来发展。❶

彭吉象先生则对电视频道专业化进行了全面的分析，他首先提到，从一定意义上讲，电视专业化频道营销可以说是世界电视业发展的必然趋势、电视技术发展的必然要求、电视受众市场变化的必然结果，以及媒体竞争的必然产物。同时，他具体指出了电视频道专业化的营销策略。

1. 专业化频道营销的基础是频道定位

如果从营销学的角度来考察，专业化频道实际上追求的是一种目标市场营销策略，也就是说它是将现代企业先进的经营管理理念引入传媒管理之中，把为特定受众群体服务作为专业化频道的最高任务，创造出较好的社会效益和经济效益，通过“分众化”的策略，实现“大众化”的目标，最大限度地满足广大受众多方面、多层次、多样化的需求。正因为如此，专业化频道的定位便显得十分重要了。在一定程度上甚至可以讲，频道定位问题直接关系到专业化频道营销的成败得失。

关于电视专业化频道的定位方法主要有两种，一种是根据节目内容的不同来区分和定位，另一种是根据受众群体的不同来区分和定位。乍一看来，这两种定位法似乎没有区别，实际上如果认真研究一下，这两种定位方法之间存在着明显的差别。相比之下，当然是后者更加科学，因为频道专业化并不是像节目改版那样仅仅涉及内容的更新和变化，或者简单地把同类节目或相近栏目编排在同一个频道里，其实频道专业化划分要复杂得多，它必须在市场调研的基础上，根据不同受众的不同需求作为依据，真正做到根据重点收视群体的需求来制作、购买和编排节目，进行频道规划设置，努力实现电视市场的细分化与有序化。尤其是对

❶ 西冰：《论电视频道专业化》，载《电视研究》，2000(10)。

于专业化频道来说，由于收视对象已经分众化与窄播化，必须定位准确、特色鲜明，才能使目标观众群形成稳固的收视习惯。这样尽管专业化频道的观众面缩小了，但由于满足了受众市场的多层次性和欣赏趣味的多样性，使得观众的注意力、忠诚度与满意度都会有大幅度提高。

正因为如此，电视专业化频道在定位之前，必须进行系统的、科学的调研工作，取得大量的重要数据，真正做到从定性到定量、从粗放到精确、从宏观到微观地进行分析，重点应放在认真进行受众分析、对手分析、自身分析上，以这些调研数据与分析结果作为频道定位的基本依据。在此过程中，尤其是要注意以下几点：

第一，受众分析。从一定意义上讲，频道定位只是受众定位的反映。能否找准最大限度的目标观众群，可以说是专业化频道营销的成败关键，这就需要引入新的调查统计方法，对于受众市场进行细致与科学的调查分析。例如美国依据先进的市场统计学方法，根据受教育程度与收入状况、家庭生活圈、居住区域、种族与信仰、人口流动性5大范围共39项细目，将美国居民划分为62个生活方式不同的群体。显然，在此基础上再对受众进行全面、科学、定量的分析，针对目标观众的年龄结构、文化水准、教育程度、收视习惯，乃至消费能力、收入情况、生活习惯、心理状态等诸多信息进行研究，就可以根据目标观众的需求制作出适合他们的节目。与此同时，从我国目前电视收视调查结果来看，不少受众当前收看电视的随意性很大，在众多雷同的频道面前显得无所适从。从理论上讲，这部分观众正是专业化频道应当争取的对象或者称之为潜在的目标观众，只要专业化频道真正具有了自己的不同特色与不同风格，电视观众就会自然地凝聚在这些不同的专业化频道周围。

第二，对手分析。在众多媒体激烈竞争的情况下，任何一个专业化频道在定位之时，都必须进行全面科学的市场调研，分析研究已有的相同或相似的专业化频道，寻找自己的独特性与个性，确保自己在竞争中以不可替代的特色而立于不败之地。这方面，美国的两个科普频道的成功经验值得我们借鉴和参考。美国的“国家地理频道”(NGC)与“探索频道”(Discovery)，虽然都是专业化的科普频道，但这两个频道却各有自己的特色，相互区别，并不雷同。NGC是美国国家地理协会(总部在华盛顿，创立于1888年，在全世界拥有上万名会员)与NBC合办的一个频道，该频道的特点是知识性与教育性相结合，不但每年为美国中、小学提供大量的音像教材，而且向全球一百多个国家发行，普及自然与地理知识，它的广告收入大约只占频道收入的三分之一，其他多靠上下游产品。探索频道(Discovery)自1985年开播以来，一直强调节目制作中的人文关怀，强调人文性和趣味性的结合，甚至将电影故事片的有关镜头剪辑下来，与纪录片、电脑成像和文字、史实、传说等融合起来，拍摄了诸如《恐龙纪元》、《木乃伊》等特别系列专辑，在全球145个国家中拥有1亿2千万观众。探索频道于1997年被联合国教科文组织正式授予“人类探索特别贡献奖”。此外，探索频道还成为全球十大知名品牌中唯一一个媒体类产品，与可口可乐、麦当劳等品牌并列。

以上例子充分表明，只要研究分析，找准特色，同样的主题也可以打造出完全不同的专业化频道。

第三，自身分析。在专业化频道的定位中，还有一个重要环节便是对本电视台与本频道自身的优势长处与弱势缺点进行认真地、客观地、实事求是的分析研究。例如，专业化频道设计方案中，很重要的一个问题就是必须考虑到节目的来源。任何一个专业化频道，必须有一定数量和质量的节目作为支撑，这就需要自制节目与购买节目来完成。从自制节目来看，任何专业化频道要想制作出一定数量和一定质量的专业节目，必须认真分析自身在人才、设备、技术、资金等方面的优势和劣势，在可能的条件下最大限度地加大电视台自制节目的数量。从购买节目来看，这可以说是当前我国专业化频道难以推行的最大困难，就现实情况来看，我国的电视节目市场尚未真正形成，尤其缺乏像美国“辛迪加”(Syndiate)这样成熟的电视节目市场。从总体上讲，我国社会上的电视节目制作公司数量不多，拍摄的节目水平参差不齐，更谈不上像美国辛迪加市场既有首轮节目、又有转手节目；既有电影片与电视剧，又有新闻、专题片、纪录片等多种类型节目的交易，数量十分惊人；以及“辛迪加”关于市场调查、谈判、拍卖、购买等一整套市场运作的成熟规则。

第四，准确定位。在受众分析、对手分析、自身分析的基础上，方可进行专业化频道的准确定位。专业化频道的最大特点便是自己独特的个性，包括独特的栏目与节目、独特的内容与风格、独特的角度与包装等。完全可以说，任何专业化频道或者准专业化频道，只有办出自己的特色，才能提高频道的收视率，才能确保在激烈的媒体竞争中站稳脚跟。与此同时，专业化频道又需要独特的创意和设计，追求独特的定位与独特的风格，尤其是每一个专业化频道独特的文化理念。

例如凤凰卫视的文化理念就十分值得研究，凤凰卫视中文台将全球华人作为目标观众，他们提出了“东西南北大融合”(东方文化与西方文化、港台文化与内地文化)的理念，以及“你无我有，你少我多，你慢我快，你板我活”的十六字方针，以其独特的创意和理念取得了成功。此外，“阳光卫视”打文化牌，以历史、地理、人文、科学为宗旨，不做新闻，不做娱乐，闯出了一条文化类专业频道的路子。在专业化频道定位时，一旦看准了，就要能够下决心。1980 年当传媒业巨头特纳决定开设专门的新闻频道全天 24 小时播出时，当时许多人都认为，特纳想以专门的新闻节目同美国三大传媒电视台的综合频道竞争简直是异想天开。但是，1991 年海湾战争时 CNN 一鸣惊人，人们这才真正认识到定位准确的专业化频道的巨大威力。总而言之，专业化频道的定位问题十分重要，必须在详细进行市场调研的基础上，解决频道定位、观众定位、栏目定位、节目定位、编排定位、市场定位、投资定位、对手定位等一系列定位问题。

2. 专业化频道营销的核心是品牌栏目

任何专业化频道都必须至少有几个自己的品牌栏目，这些品牌栏目应当做到“三高”，也就是高知名度、高收看频次和高欣赏指数。电视专业化频道营销最重要的策略之一，就是通过一系列品牌栏目来建立观众的频道忠诚度，使观众建立约会意识并在固定时间锁定频道观看节目。从总体上讲，“品牌”是企业的生命，也是频道的生命。从市场营销学来看，品牌本身就是无形的巨大财富(无形资产)，是带动频道收视率，吸引观众并增加广告收入的主力军。从电视观众学来看，品牌的形成有两个方面的原因：一方面从媒体来讲，它是电视台大量人力、物力、财力、智力的长期投入的成果，是许多电视工作者长期努力和心血的结晶；另一方面从观众来讲，它是观众在长期电视接受过程中形成的一种“集体无意识”(荣格语)，品牌栏目对于受众具有感染力、影响力、吸引力和巨大魅力。从文化传播来看，品牌就是栏目的形象，就是频道的形象，就是媒体的形象，品牌就是一种独特的标志，就是频道的象征。任何频道都必须具有自己的品牌栏目，它们是频道营销的核心。当然，如果有条件的话，则应当进一步将整个频道发展成为品牌频道，如探索频道、国家地理频道、MTV 音乐频道等，但这需要一个很长的过程，绝不可能一蹴而就。因此，对于专业化频道营销来说，重心应当首先放在品牌栏目的建设上。

第一，全力打造品牌栏目。

任何一个专业化频道或准专业化频道，虽然播出栏目很多，但是必须全力打造和创立几个品牌栏目。对于专业化频道来讲，品牌栏目不一定是收视率最高的栏目，但它必须拥有较高而又稳定的受众群。品牌栏目应当具有独特的风格、创新的意识、精良的制作、忠实的观众，以及高知名度、高收看频次和高欣赏指数，具有巨大的社会效益和经济效益。在短时期内收视率高的电视栏目并不一定就是品牌栏目，真正的品牌栏目必须经得起时间的考验，从这个意义上讲，栏目生存时间是检验品牌栏目的重要标准。品牌栏目应当具有较高的认知度和美誉度，如中央电视台的《新闻联播》《焦点访谈》《东方时空》《实话实说》《生活》《经济半小时》《幸运 52》《开心辞典》等。总之，全力打造品牌栏目，以品牌栏目带动整体节目的提高，以品牌栏目提升专业化频道的总体形象，应当是专业化频道营销的核心。

品牌栏目也同样存在着准确定位的问题。与此同时，任何一个品牌栏目必须有著名的主持人。如 CBS 的新闻杂志类栏目《60 分钟节目》的节目主持人麦克·华莱士。

第二，品牌栏目经营中的“错位思维”与“创新思维”。

从一定意义上讲，“错位思维”“另类思维”“创新思维”对于创立品牌栏目十分重要。这是因为品牌栏目绝对不能通过“克隆”产生，必须具有独创性，具有个性。即使在全国相同类型的栏目中，品牌栏目也应当是鹤立鸡群、独树一帜，以自己独特的个性而与众不同。只要有了“错位思维”的方式，就能够在司空见惯的事物中找到闪光的亮点。

3. 专业化频道营销的关键是整合营销

引入整合营销传播的理念。所谓整合营销传播(IMC)是 20 世纪 90 年代以来国际营销传播中出现的一种新趋势，美国广告代理商协会对它的解释大意是：依据主体的营销目标，确认和评估各种传播方法综合计划的增加价值，综合运用多种营销手段，以产生整体大于局部之和的效果，达到最大的传播影响。专业化频道的整合营销最主要的应当包括以下两点：

第一，注重频道整体营销。

专业化频道应当实行立体化营销，除继续增加广告收入外，还必须增加和拓展创收渠道，或者利用专业化频道的独特优势逐步形成产业，如教育频道利用自身优势发展教育产业，旅游频道利用自身优势发展旅游产业，体育频道可以开办球迷俱乐部等。或者还可以结合专业化频道搞延伸服务，大力发展上下游产品，如美国国家地理频道和探索频道的许多节目都被制成音影制品销售到世界各国，少儿频道更是可以和玩具制造业结合起来等。

其次，在频道管理方面也应当贯彻整体经营的原则，以频道传播效率最优化原则来组织频道的栏目和节目。近年来，在欧美发达国家媒体中，“倒二八结构”十分盛行，就是指使用20%的人力、财力和物力来维持80%日常节目的运行，以80%的人力、财力和物力去打造20%的品牌栏目，以整个频道投入产出的最优化原则来组织频道的栏目和节目。

第二，注重频道形象设计。

电视业的整合营销传播应当引入企业的CI策划。所谓CI（Corporate Identity）策划即企业形象设计，又称为企业形象识别系统。企业形象设计是一个复杂的系统工程，它包括三个子系统：MI（理念识别系统），它是企业的文化理念、经营理念、经营方针和经营宗旨，它是一个企业的灵魂；BI（行为识别系统），它对内是企业的文化准则与行为规范，对外则是通过公关促销与公益活动来贯彻企业的文化理念；VI（视觉识别系统），它通过企业独特的视觉形象设计，在所有的产品、商标、包装，乃至办公用品上塑造企业的独特的视觉形象，形成具有文化内涵的视觉冲击力。显然，不但电视台应当引入企业形象设计，每一个专业化频道也应当引入企业形象设计。首先，每一个专业化频道应当引入MI，它是该频道的文化理念，也是这个频道的营销宗旨，称得上是这个频道的灵魂。其次，每一个专业化频道也需要引入BI，对于专业化频道及其品牌栏目来讲，都需要通过策划与创意来不断创新。最后，任何频道都离不开VI，注重整个频道的风格与形象的包装宣传，以强烈的视觉冲击力吸引受众，留给观众十分鲜明的频道形象。

从总体上看，专业化频道的形象设计，还包括总体形象设计、栏目形象设计、主持人形象设计、标版式形象设计等。这就是说，专业化频道的形象设计，应当通过设置独特标识、制作播出宣传片等多种方式来强化受众的印象，留给观众一个相对熟悉的频道整体形象，引领观众认识和了解频道的风格特色。仅以标识为例，世界各国主要电视台都十分重视标识设计，许多频道甚至品牌栏目都有自己独特的标识，这些标识一般都遵循“简洁、鲜明、富有文化意蕴”的原则，具有深邃的文化内涵和强烈的视觉冲击力。如CNN是一个不停转动的蓝色地球标识，这个标识十分醒目，表明它是一个全球性的新闻频道，寓意CNN国际新闻频道“面向全球，关注世界”的理念。[1]

彭先生着重论述了如何构建专业电视频道的问题，从理论建构层面有着很强的指导意义，但是在实际的运作过程中，电视频道专业化存在着较多的问题。有论者对具体存在的问题给予了分析，并找出了症结所在，指出了解决问题的方式：

事实上，频道专业化目前在我国遇到一个尴尬的问题：一方面从实践者到理

[1] 彭吉象：《试论电视专业化频道的营销策略》，载《现代传播》，2002(3)。

论者，一切有识之士都认为频道专业化是电视媒体发展的必然趋势，但另一方面却是专业频道不专业。不管决策者如何下定决心走专业化道路，但反过来没有几个频道可以仅靠这个决心的支撑就能够专下去。众多频道半途走出了自己的专业追求，掉头走向“大众”。

“千台一面”、“专业频道化不专业”的确是业内，甚至是观众眼中见怪不怪的电视现象。尽管一些电视台主观上在按专业频道设计，但客观上专业化程度很低，一些电视台甚至名义上是专业频道而实际上是变相的准综合频道。这种趋同性可以从一些电视台所属各频道之间的栏目形态、内容取向、风格定位等诸多特征上一目了然。例如，“南北笑星火辣辣”“真情对对碰”等栏目不是出自湖南卫视频道，而是出自定位为专业经济频道的湖南经视。

根据我们电视频道专业化的发展现状，结合国际电视专业频道发展实际，有学者以为我国专业频道的发展大体可以分为两个阶段，即专业频道的类型化阶段和细分化阶段，也可以说是初级阶段和高级阶段。

其一，专业频道的初级阶段：类型化阶段。

专业频道的类型化，就是在原来节目、栏目的基础上，对各频道的同类节目进行撤并、归类、扩充，从而形成具有某种特征的专业频道。也称之为大众化专业频道。它是为适应传媒市场规律对现有频道资源而进行的整合。这种频道的节目构成既具有频道定位特征的主打栏目，又有追求共赏效果的电视剧等大众化节目。节目外延较广，包容性较大，界定相对模糊，而且目标受众仍然是大众，只是对同一受众的收视需求进行分类，即满足同一受众在不同情况下的收视需求。其专业化的目的只是方便大众在不同时间、根据不同的心态、环境，容易从众多的频道中搜寻到自己喜爱的节目而已。像前文提到的湖南经济频道就属于上述情况。在原来“经济”的基础上，分别适当添加“娱乐”“传播、专题”性内容，可以满足同一受众群体不同时段的收视需求。

其二，专业频道的高级阶段：细分化阶段。

所谓细分化就是将类型节目划分为更小的单元，形成高度的专业化分工，满足特定受众的特别需求，给不同受众以特色鲜明的节目。将这一类型又细分化为两种类型：一是分众化专业频道，如探索、国家地理等频道；二是小众化专业频道，如机场、高尔夫、足球频道等。

目前国外的电视频道专业化程度较高，频道分工也十分细致。同样是播放电影的分众化频道，又可以分为小众化的播出新影片的频道《HBO》、播放旧影片的频道《AMC》、播放新旧影片的频道《TNT、TBS、USA》。这样人们想看哪种类型的影视剧，就可以直接锁定频道，欣赏自己喜爱的节目。

而我国的国家级电视台——中央电视台电影频道，播放的影片既不分新旧、类型，还有与电影相关的各种栏目，如《电影人物》《音乐之声》《世界电影之旅》等。其频道设置和目标观众群的锁定并未像国外电影频道划分的那么细致，谈不上真正意义上的分众化(因为频道不是全播电影还有各种栏目)更谈不上小众化，充其量只是一个电影综合频道，绝对不是细分化的电影专业频道。但是，这个电影频道到目前为止是全国唯一的“专业电影频道”。

就连中文电视里曾经是唯一的细分化(分众化，其实在中国来讲也算是小众化，主打“历史、文化牌”，受众群小）专业频道阳光卫视，如今也走上了“综合化”的道路。

由此可见，目前中国电视频道专业化还只停留在类型化阶段，即初级化阶段。而以国外的专业频道作参考，只有细分化的专业频道才算是真正意义上的专业频道。而现在我们讲的专业频道专业性，是指受众经过细分化，即更加细致的分众化或小众化前提下的专业频道的高级类型。

从媒体赢利模式探讨

有人认为，目前我国电视频道专业化之所以不那么专业的原因，是缺少专业电视人才，或专业电视人才、电视策划者和决策者缺少办专业频道的决心和水平……然而，这些决策者大都是业内精英，有丰富的实践经验，那么究竟是什么影响着我国电视频道的专业化进程呢？

主要症结就在于媒体的赢利模式。媒体的赢利模式有两种，也就是媒体的两次销售。媒体的第一次销售载体，也就是频道或节目；媒体的第二次销售是读者或观众，也就是发行量或收视率，具体说就是广告。目前我国电视媒体最先赢利的模式是靠第二次销售。据统计，目前国内各电视台95%左右的收入来自广告。例如中央电视台近年总收入为57.4亿元，其中广告收入为53.6亿元，占总收入的93%以上。

在国外，无论是印刷媒体还是电子媒体的两次销售同时存在，有时是合并使用。我国印刷媒体的赢利模式与国外基本相同，而电视媒体的赢利模式与国外差别很大。这就是我国电视媒体只销售广告（收视率）而不是销售电视频道（载体）。广告收入基本上是与收视率呈正向互动的，而收视率又与大众化密切相关。这就是说广告商投放广告要看收视率，收视率的提高必须使节目大众化，而大众化与专业化背道而驰。这就是我国电视频道不能专业化的根源所在。

有好的内容而不能赢利，在媒体成长以“内容为王”的公理和铁律下，似乎是不可思议的。探究其原因：电视的“分众化”时代虽然已经来临，但就中国电视而言，分众化的赢利模式还不存在。而从产业的角度看媒体的内容建设与其赢利模式密切相关。没有投入不可能制作出有价值的内容，没有价值的内容并不一定必然赢利（除非不要求赢利），而能够赢利或暴利则取决于媒体赢利模式的建立与选择。同时，媒体赢利模式也决定媒体内容的整合与取向，如电视频道专业化等。

我们主观上想办专业频道，但媒体使用的却是大众化（广告）的赢利模式。这种错位而单一的赢利模式导致了一个悖论：要频道专业化就可能影响收视率并降低广告收入，而要增加广告收入就必须使节目大众化进而提高收视率。大众化的结果致使各频道都追求综合化或准综合化，频道由此雷同。例如，地方台的电视频道许多都有新闻节目、娱乐节目、影视剧节目、体育节目等。因为一旦没有这些节目，频道就无法提高收视率，就无法吸引广告。由于类型化和细分化的专业频道的价值和受众面不一样，其收视率和占有率大致呈降低的趋势，广告价格和份额也依次递减，这体现了供求关系决定价格的市场经济规律。目前我国能赢利的专业频道都只是面向大众的初级类型化的频道，如CCTV－2经济生活服务频道、CCTV－3综艺频道、CCTV－5体育频道、CCTV－6电影频道、CCTV－8电视剧频道等，这些频道都可以通过广告赢利，至少有赢利的潜力，因为它们都是大众化的。

当然，有些专业频道的价格也不完全取决于广告的多少，它还取决于频道本身的价值，如电影频道的价值就很高，这样的频道价值就可以不单靠广告来赢利。但目前国内大多数频道还是依赖广告这种单一的赢利模式生存和发展下去。比如，早在吴征宣布对阳光卫视进行调整的半年前，就曾有业内人士预言："除非出现奇迹，否则阳光卫视不可能在中国赚钱。"其依据就是："单一的广告赢利模式对大众化的电视频道是适合的，而对专业化频道特别是分众化和小众化的专业频道却是错位的。"在这位业内人士看来，阳光卫视如果想在目前中国的电视市场依靠广告赢利，它必须向大众化靠近，而这与其最初的定位无疑是相悖的。阳光卫视的调整再次证明：中国电视频道专业化进程相当缓慢。中国的电视媒体不可能进入像"探索""发现"这样的分众化专业频道，更不可能进入像"机场""钓鱼狩猎"这样的小众化频道，否则将步入雷区，付出沉重代价。现在有些地方台开办的少儿频道就有这样的危险。除非他们承担其非赢利的、公益的或是公共的义务。

然而，即使中国目前的频道专业化之路步履维艰，但频道专业化仍然是世界电视业发展的潮流。这个理念已经在我国电视节目制作者、策划者、决策者之间形成广泛共识。中国出现"专业频道不专业"和"千台一面"的现象是由于赢利模式造成的，但为什么国外的专业频道能运作成功？像美国的"发现"和"探索'等专业频道本身与有线电视密切相关，可以说，没有有线电视就不可能有专业(主题)频道。原因是这些专业频道都是有线电视发展到一定阶段之后的产物。而我们现在用无线电视办专业频道和在有线电视中免费提供专业频道的方式也许是一个天大的误会。

付费电视决定频道专业化进程

电视走向付费后才真正具有了一般商品的特征，这就是它真正具有了二位一体的价值和使用价值。而且只有实现交换(用户付费订购)，其价值才能真正实现。

专业频道首先出现在市场经济社会中是有其必然性的。美国、英国、西班牙等国的电视节目提供商和运营商为"专业频道"提供节目是为了赚钱与赢利，而不是为了精神文化的普及。从这个意义上说，商业目的，而不是公益目的，才是频道专业化的第一推动力。即电视观众想要看细分化的电视频道，就要付费。

什么是付费电视？付费电视就是要电视媒体摆脱单一依靠广告的常规发展，而转变为既要掏企业的腰包，也要掏用户(观众)的腰包，这是目前除电视广告市场之外的另一个巨大市场，也就是电视媒体实现跨越式发展的一个新的重要增长点。单一的赢利模式必然制约电视媒体做大做强。因为一个社会的广告总额虽有消长，但是它是有规律的，额度是一定的。

所不同的只是这个总额在各媒体之间的分配比例。从这一点看，不管电视台的广告额每年增长多少都只能视其为常规发展。开办付费电视业务必须具备一定的条件。资料显示，美国涌现大量的专业化频道是在70年代末、80年代初。专业频道之所以产生于那个时期是因为有线电视由小镇进入大城市之后在这时期具备了大发展的几个前提。一是通信卫星出现后，由卫星发送的信号同时把不同地区的小有线网连成了大有线网；二是技术上有了巨大的突破，可以用一根同轴电缆传送50套以上的电视节目，使得频道资源迅速增加；三是有线电视得到了经营额外付费电视的政府许可。

而就目前我国电视现行情况而言，开办付费性专业电视频道势必将会面临以下三个问题：

首先，我国各级电视台、电视专业频道分属各级广电行政管理部门。由于管理上的“条块分割”，各电视台、频道相对划分了各自的覆盖区域，形成严重的区域垄断，限制了专业频道节目的传输覆盖，缩小了影响，造成了专业频道的低效率运作和重复、无序的竞争，制约了专业频道的健康发展。

其次，在我国除中央电视台的第三、第五、第六、第八套节目经国家计委批准在进入有线网时允许收费以外，其余所有频道几乎都是免费进入各有线电视网的，有的专业频道，包括一些上星频道要在异地入网还必须交纳入网费，更增加了专业频道的经营难度。令人欣慰的是，这种情况正在好转，国家广电总局正在着手进行调整。

最后，付费电视必须具有足够量的选择，才能吸引用户打开钱包。这种选择大都是捆绑似的，少则五六个，多则五六十，甚至上百个。而如果现在许多新开频道仍走免费之路，势必影响今后付费频道的量的选择——这也是一个战略问题，我们自身就面临选择。从现实看，中国的付费电视从一开始就将是困难的。这种困难不仅在于网络的互通互联，还在于最适合付费的频道，如电影、电视剧、体育频道等，我们已经免费多年了，而在国外，要让这类频道免费播出那是不可思议的。世界上第一个付费频道就是电影频道。在美国，其实免费频道就是那三大传统电视网及共同电视频道，其他大多属于有线和卫星付费电视。而更深层次的问题是：这个“量”不应该是滥竽充数的，而必须货真价实，必须有令人满意的“使用价值”。而中国电视观众肯付费购买的频道是什么呢，这是一个有待认真研究的问题。❶

针对绝大多数关于电视频道专业化的论述都是从技术操作的层面而谈的现象，本文对频道专业化的应该状态和中国专业过程中存在的管理、制度、运营模式、赢利模式方面的不足，予以全面的深刻的分析，为频道专业化的发展路径提供了选择的可能，而且指出付费电视是解决电视频道专业化的方法所在，对于频道专业化的运作具有较好的指导意义。其实，这也是中央电视台孙玉胜先生一直持有的观点，他认为“单一的广告盈利模式对大众化电视频道是适位，而对专业化电视频道却是错位的”。“付费电视系统看起来只是一个技术问题，但它却关系到中国电视的发展进程，更关系到电视频道专业化的走向。”❷正如论者所指出，就目前来说付费电视确实是决定电视频道专业化能否持续下去的一个重要的因素和症结所在。如果没有一个清晰的产业良性运作，想真正实现电视频道化并不是一件容易的事情。

应该说，电视频道专业化是一个复杂的、动态的、全方位的构造的过程，需要有

---

❶ 朱骏：《电视频道的专业化之路》，载《经营管理者》，2005(7)。

❷ 孙玉胜：《电视盈利模式的错位——频道专业化与付费电视》，载《现代传播》，2002(2)。

一个整体的推进策略。但也有论者认为：电视频道专业化并不适合中国，其主要观点是：

> 从思维习惯看：频道专业化是现代西方社会分工高度化在电视媒介中的必然表现。适合西方人的思维方式，而中国文化更强调综合性和包容性，中国人一直倾向于综合式的思维，这也同样体现在中国人生活的方方面面。
>
> 从操作层面来说：频道专业化应该建立在对专业化内容的需求上。然而中国相对分众的受众的缺乏，电视制作人员专业素养的不足，我国社会专业频道施展的空间有限。
>
> 从实际运行效果来说：电视频道专业化的实际运行效果不理想。❶

其实论者所谈的思维方式的差异，已经被现在众多的电视频道的专业化的现实所否认，虽然现在的电视频道专业化的实际效果不是很理想，但是我们必须注意到，实际效果不理想是在发展过程中具体的一些战术方面出现的问题，并不是说电视频道化的整体策略存在问题。

有不少学者认为电视频道专业化可以使中国电视目前所面临的一些问题迎刃而解。甚至有专家宣称，“频道专业化是中国电视业的第二次创业”！这种说法过于极端，有学者指出，“实行频道专业化虽然势在必行，但各媒介在具体实施时一定要量力而行，要在充分了解受众的基础上逐步地进行。就目前来说，实行电视频道专业化不可能一蹴而就，而是需要一个渐进的过程。它是与广播电视的集团化以及产业经营进程互相促进的系统工程。中国有许多事吃亏就吃在‘跟风’上，电视频道专业化要避免再犯这个老毛病。在媒介自身实力还没有达到承载高度专业化内容的情况下，如果过早地专业化会使形式大于内容，使新出现的专业频道缺乏相应专业化内容，不仅搬不了西瓜，还会把胳肢窝里的玉米丢掉，从而丧失原有的观众群”。❷

他们指出专业化频道不仅有一个专业化的名称，更重要的是必须有专业化的内容来支撑。在实行频道专业化以前，有必要理性地分析受众，看他们到底需要什么，恰当的受众群定位对于电视节目的成功与否有着重要的意义。尤其是实行频道专业化，要根据特定的观众需要办各种不同的专业频道，就更要求对自己所面对的受众有较深入、较全面的了解。他们还进一步论述道：“面对频道专业化的浪潮电视业内人士首先应注意到，频道专业化解决的只是节目制作的内容分工问题，并没有解决差异性和特色性问题。因此，不能满足于频道专业化，而应着眼于对频道资源的深入挖掘，对节目内容的精益求精。这是一个‘内容为王’的时代。在频道众多、竞争激烈的今天，‘万变不离其宗’，要吸引住观众最终还得靠内容。人们喜爱某一个频道进而锁定某一频道，这一行为的发出归根结底是基于对一个个具体节目的个别评价而做出的综合判断。没有高质量的具体节目做基础，整个频道也不可能取得成功。”❸

论者认为，电视频道专业化是电视发展的思路和趋势，但其具体运作过程还有许

---

❶ 陈作平：《频道专业化需要深思熟虑》，载《电视研究》，2001(4)。

❷ 王羚、王海波：《电视频道专业化应审慎为之》，载《中国电视》，2002(2)。

❸ 同上。

多问题要解决，必须有针对性地予以重视，而不能盲目跟风，这是电视台在实施频道专业化的过程中必须要客观地面对的。也有论者提醒道：

> 电视频道专业化并不是简单将频道划分为科教频道、影视频道，也绝不可能抄袭美国的专业频道模式，必须首先进行受众细分化研究，在此基础上进行市场划分与频道设计，为中国受众设计出自己的专业化频道。不过，需要说明的是，频道专业化并不是卫视频道的唯一出路，也并不意味着频道专业化时代就不需要综合频道。综合频道与专业频道之间需要保持一种均衡，服从电视市场总体布局，其依据是受众需求。如果综合频道过剩，专业化频道可能成为受众期待，像当前中国卫星电视频道一样；反之，如果专业频道过剩，综合频道也许就会成为受众期待。而具体到每一家电视频道选择综合化还是专业化，还要根据市场调研和受众定位来决策。❶

从各家的论述来看，对于电视频道专业化作为一种发展趋势，大家并没有什么疑问，问题主要是集中在如何构建电视专业频道和解决发展过程中存在的问题，如频道定位不准，内容没有特色，经营理念滞后等，而各家的阐释也确实对打造真正的专业化电视频道有着指导意义，可以为电视频道专业化过程提供借鉴。

---

❶ 张同道：《中国电视频道专业化探讨》，载《电视研究》，2001(6)。

四、电视真人秀节目

自从1997年湖南卫视推出《快乐大本营》栏目并引起巨大的反响后，娱乐类节目开始成为各家电视台的主要节目样式，在中国电视界产生了一股“娱乐旋风”。直到“超级女声”真人秀节目的出现，中国娱乐节目的创作达到高潮，而且有着愈演愈烈之势。对真人秀电视节目制作的分析可以了解娱乐节目目前所存在的问题和发展的路径。

“真人秀”对应的英文名称为“Reality TV”“Reality show”。所谓“真人秀”节目是指：由普通的人（非扮演者），在规定的情境中按照制定的游戏规则，围绕一个明确目的去做出自己的行动，同时被记录下来而做成一集节目。有人认为，“真人秀”节目是“制片方给选手提供一个封闭的环境，一个刺激的游戏规则，让选手在规定的情景里自行其是，然后对他们进行全天候、全方位的拍摄，真实记录他们的言行、情感、心理以及隐私，也有人称其为‘窥探电视’”。[1] 伴随着真人秀节目的火暴，电视台在赚取收视率，获得一部分人赞美的同时，也面临着来自外界对其节目本身的质疑和批评。那么真人秀节目的形态到底怎样？制作过程中要注重哪些元素？其节目价值定位又怎样呢？

（一）真人秀节目的类型和形态特征

当然，由于社会形态、价值观和审美习惯等的不同，中国的“真人秀”节目从一开始就多是移植国外节目的形态，然后加入中国元素后才开始亮相本土的。2000年广东卫视推出的《生存大挑战》成为中国本土最先涉足“真人秀”的节目，随后出现了《欢乐英雄》《完美假期》《奇宝奇兵》等节目。虽然，真人秀节目在中国的时间不长，但中国真人秀的节目事实上已经走过了一个从兴起到衰落再到复兴的发展过程，节目形态也从单纯模仿到引进模式和自主设计并进行了多种尝试。以2003年中国电视“真人秀”论坛为标志，前期真人秀节目除《完美假期》外，其他节目基本上都是“野外真人秀”，而后期则是以“海选”“全面娱乐”为主要特征的“室内真人秀”。谢耘耕、陈虹在《中国真人秀节目发展报告》中将中国真人秀节目分为：

[1] 石长顺：《电视专题与专栏—当代电视实务教程》，358页，上海，复旦大学出版社，2009。

野外生存真人秀，如贵州卫视推出的《峡谷生存营》；

室内真人秀，如湖南经视播出的《完美假期》；

表演选秀类真人秀，如《超级女声》《莱卡我型我秀》和《梦想中国》；

职场真人秀，如东方卫视2005年7月推出的《创智赢家——全国青年创业精英大赛》是中国第一档采用现场直播的才智创业真人秀节目；

整容真人秀，如湖南经视《天使爱美丽》是国内首个整容真人秀电视节目。是由于节目中出现了真实的“血淋淋的场面”这类节目一路上备受争议；

装修真人秀，央视经济生活频道推出的《交换空间》是一档装修类真人秀节目；

教育真人秀，如2005年北京电视台青少年频道推出的《相约新家庭》；

娱乐真人秀，如广东卫视的品牌节目《赢遍天下》；

公益真人秀，《民星大行动》是东方卫视结合上海这个城市的特色而策划的一档慈善公益类真人秀节目；

婚恋真人秀，如湖南卫视《玫瑰之约》，江苏卫视《非诚勿扰》；

法制真人秀，像《今日说法》和北京电视台的《法治进行时》都曾在特别节目里加入真人扮演用真人进行“情景再现”比如还加入一些“警察捉坏人”的情节，使得这种法制类节目和娱乐性节目之间的界限变得模糊；

旅游真人秀，旅游真人秀是把竞赛与当地文化、风俗有机联系起来，既考虑观赏效果，也强调竞技、体能和智力的多种比拼。如央视推出的《完美假期》❶

这样的分类基本上包括了目前真人秀节目的电视形态，而目前选秀类的真人秀节目引起的轰动最大，成为各大电视台纷纷模仿的对象。

尹鸿教授把真人秀节目的融合归纳为四个方面：“在悬念的设置上是结果的非确定性与目标的确定性的融合；在人物设置上是非角色性与限定行为的融合；在情节安排上是非预定性的开放结构与情境规定性的固定模式的融合；在表现手法上将记录的真实性与加工的戏剧性结合在一起。”❷他认为，电视真人秀，作为动态的具有目的性的线形叙事模型，是对自愿参与者在规定情境中，为了预先给定的目的，按照特定的规则所进行的竞争行为的记录和加工。而且真人秀理念也为许多其他节目形态带来了新的电视元素和电视技巧，如选秀节目、益智节目、竞技节目、大奖赛等，实际上也都在借鉴真人秀的手法、技巧和意识，泛真人秀现象已经成为电视屏幕上一道风景。为了更好地认识真人秀的制作规律，他将真人秀分解为七个基本元素：“1. 作为故事主体和观众观看客体的人物元素—参与者；2. 推动节目、观众和故事发展的动力元素——悬念；3. 形成人物关系和情节变化的结构元素——竞争；4. 标志人物命运戏剧性转折的环节元素——淘汰与选拔规则；5. 形成故事假定性的情境元素——时空规定；6. 形成节目基本过程的细节元素——现场记录；7. 强化故事的感染元素——艺术加工。”❸

❶ 谢耘耕、陈虹：《中国真人秀节目发展报告》，载《新闻界》，2006(2)。

❷ 尹鸿：《解读电视真人秀》，载《今传媒》，2005(7)。

❸ 尹鸿、陆虹、冉儒学：《电视真人秀的节目元素分析》，载《现代传播》，2005(5)。

也有论者将电视“真人秀”节目的特点归结为六个方面。他指出，“真人秀”节目发展至今，综合了电视娱乐节目的许多元素，如益智、游戏、访谈、竞技、剧情等，使电视娱乐节目的兼容性和丰富性达到了前所未有的程度。但作为一种独立的节目形态，“真人秀”节目当然也有其相对严格的界定和特定的基本条件：

1.“真人秀”的本质是娱乐游戏节目

当今国外的电视“真人秀”节目是现代化之后的“后现代”的产物，所以能够具备游戏人生的状态和理念，而这种形态在中国，也是以娱乐游戏节目的面貌出现的。由此看来，我们绝不可以用评价《焦点访谈》或《生活空间》的态度来对待娱乐节目，而且它拥有独特的受众群。“真人秀”的真实在于记录人的真实状态，但不是真实生活中的真实，而是游戏中、设计中的真实，这就是它与电视剧、纪录片的根本区别所在。另一方面，“真人秀”的“show”与以往我们谈到的“做秀”的做假、骗人的丑陋行为已经不完全一样，从积极的意义上来看，在今天成为一种努力展示、揭示，而且看起来精彩的表达。由于节目呈现一定的记录特性，于是它的平均收视率可能不会超过电视连续剧或综艺游戏节目。

2.“真人秀”的受众和主角都不是底层大众

不难发现，电视“真人秀”节目无论在国外或国内，无一例外的都是城市民众的出发点和体验，这是经济发达促进城镇化的必然结果。特别是在发达国家，由于国家法制健全而且民众相对富裕，“真人秀”的观众和参与者的生活和思想水准普遍高于发展中国家，于是表面看来节目是以平民为主角，但在我们的生活水准看来实际上是贵族产品，是较高生活阶层的产物，充满所谓小资情调。例如诸多室外的“真人秀”节目中暗喻了对艰苦环境、贫困生活的观赏和欣赏，原因在于高度物质发达带来的精神空虚和有序生活的无趣，正像《生存者》中的一位选手在遇到困难时所说：为什么要放弃美好的生活来到这里？真正苦寒之人是不会对这些吃苦行为和野外生活感兴趣的，所以不难理解为什么外国人更多进行挑战生命极限的运动，也正如在中国所谓野外拓展训练之类的活动是所谓白领的游戏。所以真人秀节目往往不是对平民日常生活的记录，这是与一般纪录片创作标本的根本区别。

3.“真人秀”的创作关键在于规则的设计

每一个“真人秀”的规则是节目的叙事和构成基础，要设计尽可能调动选手矛盾与冲突的、在竞赛过程中能最真实地展示人性的特点的、适合电视观赏性的规则——创造出令常人难以想象和承受的人的善与恶的展示契机——诸多规则必须深入挖掘人物的特质与人物之间的矛盾，目标就是撕毁节目参与者最后的伪装，而不是停留于人物在舞台上的表现。与其说是竞赛，不如说是社会试验、心理实验。在国外的许多“真人秀”中更多注重展现“恶”来供受众发泄，因为善是可以预料的，恶更有“悬念”感。作为观众，听到“你失败了”会更具有娱乐性。于是在选择队员时就有特殊的规则，由于它不是铁人五项竞赛，体能与技能绝不是唯一条件，更重要的是人物性格，落实在节目中就必然有相对较长的竞赛过程展现，各种悬念与波折导致人物心理活动丰富，有“人性”的行为和细节展现，从而构成“真人秀”吸引观众的最重要因素。

再如场景设计，早期的“真人秀”节目可基本上被分为“室外场景”和“室内场景”两大类，这种分类表面上仅是拍摄地点的不同，但从编导创作的角度上看实质上是不同场景的设计会提供事件的展开前提与条件，甚至决定了节目的发展趋势与脉络，决定了实际创作中的必然环节。

4. 高额奖励成为“真人秀”的重要创作元素

所有的“真人秀”之所以成为娱乐节目，不仅以竞赛的形式，更是以高额的金钱或物质奖赏吸引观众和选手，往往也只有高额奖励才最容易使选手走向背叛或崇高。如果只有竞赛没有奖赏，即不足为真正意义的娱乐节目，而是寓教于乐的教育节目。从另一方面看，在西方发达国家，奖励的幅度要比我们高得多，这正是出于高度现代化之后国力的强大。

5.“真人秀”往往是赛季构架

在国外绝大多数的“真人秀”节目呈“赛季”形态，与栏目化的播出形态形成区别。每个“真人秀”以自身竞赛程序、规则为制作和播出构架，竞赛结束，节目随之结束，这与模式化的栏目在运作上形成很大差异。过一段时间，或许出于电视调动市场的需要，新的一轮竞赛可再开始。同时，赛季构架也意味着“真人秀”应该以相应的篇幅来对选手个性加以较为充分的揭示，这是一般节目短时间内的拍摄所做不到的，于是我们才能理解为什么《超级女声》最终夺冠的是沉稳宽容的李宇春而不是唱功最好的张靓颖。而且赛程与环节共同构成了选手展现的篇幅，时间长短和展现时机会在一定程度上决定选手展现得是否全面，从而帮助评判者进行选择。同时就播出状况来说，赛季形态节目往往会在最后关头才冲到收视高峰。如2005《超级女声》在北京、上海、长沙等12个城市的节目平均收视率为8.54%，决赛期的平均收视率为11%，三强决赛时的收视份额达到了49%。于是节目播出的节奏把握和时段编排也是要引起业界正视的问题。

6.“真人秀”节目环节与媒体的市场行为紧密结合

无论国内外，“真人秀”首先因其制作成本较高而需要一定投入，这决定了电视媒体往往要求助于社会，同时选手往往要在较高物质刺激下才能放手一搏，而且节目在竞赛的最后阶段往往收视率高涨，从而为媒体和商家都带来合作的契机。例如美国的《生存者》在播出的第二周即成为全美收视率第一的节目，让CBS创下13年来的收视奇观，其收视率从四大电视网的最后一名跃上名列《时代》周刊评选的2000年十佳电视节目冠军宝座，而我们的《超级女声》从节目的冠名、节目中插播的广告到观众投票的短信，无疑缔造了令人异常惊喜的财富神话，不仅使湖南卫视声名大振，给蒙牛等商家带来巨大利润，还带动了地方税收的高速增长。本年度的海选节目，我们也看到了蒙牛集团的全线出击……

综合以上特点，纯粹意义上的电视“真人秀”节目才能构成。简言之，“真人秀”是记录参与者在游戏规则制约下，在人为设定的场景和一个较长的周期内完成某一目标或展现其生活状态的真实过程的电视娱乐节目。[1]

综合上面论者的观点，我们可以看出，“真人秀”节目不是纯粹意义上的记录，它

[1] 游洁：《关于“真人秀”语境的思考》，载《现代传播》，2006(3)。

在创作的过程中必须要注意规则设定、时空限制、角色设定、悬念推动、观众参与等特点。

(二)真人秀节目兴起的原因

2006年中国各大电视台力推“真人秀”节目，既非一时心血来潮，也非刻意制造中国电视节目生产制作的某种时尚，而是顺应中国电视娱乐节目内在发展规律的必然选择。对此，清华大学尹鸿教授认为“‘真人秀’的兴起是电视市场化与娱乐化，电视节目日常化、故事化和游戏化的一种必然现象，同时也是数字化时代真实与虚拟的界限更加模糊的文化背景下的产物”❶。

谢耘耕、陈虹在《中国真人秀节目发展报告》中将真人秀节目兴起的原因归纳为：

> 1. 真人秀顺应了电视观众对真实强烈需求的趋势
> 2. 真人秀使电视传播成为观看与参与的互动
> 3. 真人秀节目拥有巨大的市场空间
> 4. 真人秀节目是国内娱乐类节目 ❷

亦有论者认为“真人秀”在全球范围的繁衍有其必然的社会文化背景，体现了当代社会文化发展的必然趋势。

> 首先，“真人秀”迎合了受众日益“求真”的社会心理和文化消费心理。随着数字化时代的到来，越来越多虚拟的东西呈现在受众面前，使得受众不敢轻易做出判断，心里对“真”的渴求甚于以往任何时候。而“真人秀”的出现如一股清新的空气，打破了新闻、纪录片等真实的电视节目与电视剧等虚构的电视节目的界限，将一群普普通通的真实人(非扮演者)在特定情境下的真实表现及真实心理状况展示给电视观众。这就十分准确地把握住了受众在欣赏上求真的心理需求，以真实人物的真实表现让受众获得了对于真实的感觉和满足。
>
> 其次，“真人秀”凸显电视的娱乐功能。当前，消费文化已成为世界的一种主流文化，人们在工作之余需要越来越多的娱乐活动以放松身心。紧张、刺激、激烈的电视节目可以舒缓人们日常生活中的不快，起到调节情绪的作用。于是，既具有游戏类节目丰富多彩的游戏活动又有益智类节目五彩缤纷的竞技项目的电视“真人秀”的出现正好迎合了当下人们对娱乐渴求心理的需求。而且其制定的游戏规则更加多样而富于变化，更具观赏性，从而将电视的娱乐功能推向了高潮。
>
> 再次，“真人秀”满足了普通人的深层次的心理欲求。根据接受美学研究者和代表人物姚斯的观点，对任何一部作品，观众和读者都是从自己“生活的和文学的期待视野出发去看的”。“真人秀”节目抓住所有人都有的“想发财”而又“难发财”的心理，以巨额金钱的诱惑力以及夺取奖金的不定性让节目从头到尾充满了紧张刺激与吸引力。同时，“真人秀”节目向普通民众开放，从中征集志愿者，并且利用各种媒介进行宣传，大造声势，使得节目场上、场下、电视机前观众融为

❶ 尹鸿：《电视“真人秀”：本土化才有生命力》，载《南方日报》，2003-09-02。

❷ 谢耘耕、陈虹：《中国真人秀节目发展报告》，载《新闻界》，2006(2)。

一体，形成强势互动，从而牢牢锁定收视目光。参与者面对金钱诱惑的心理抉择、参与者的精疲力竭、参与者之间的勾心斗角的真实心理状态都淋漓尽致地展示在观众面前。不管最终结果如何，这个紧张、刺激的过程都能给观众带来无限的乐趣，都能让观众从心里理解和接受——因为这是生活原生态的反映，是普通人心底深处最强烈的欲望。

最后，“真人秀”的盛行也充分显现出在今天这样一个大众文化占主导地位的时代电视文化理念所发生的重大变化：大众参与的游戏类节目增多了；观众参与的娱乐性节目增多了；反映社会生活和人生价值，由观众根据自己的人生经历、文化素养、审美需求得出自己独特的判断的纪实类节目增多了；摄像机安置在现场，客观公正地迅速报道社会生活中正在发生的新事物的直播类节目增多了。这种变化表明“这是对传统传播概念的一种替代，是用传播替代宣传。从主观的灌输，给人以教化的方式到一种与人平等交流，真正地进入人们的内心世界，让普通人表现自己的感情和思想”。这种新的电视文化理念，使得电视荧屏上出现了普通老百姓的身影，让普通人成为英雄和被关注的对象，展示了他们的真实状态下的真实生活和心理状态，给电视屏幕带来了鲜活的生命力。这也正是近年来“真人秀”如此风行的一个重要原因。❶

当然，如同上面几位论者所论述的，“真人秀”节目主要是契合了观众的参与心理和娱乐需要，以及他们对所谓的“真实”的追求，从而使得其得到快速的发展。

(三)电视“真人秀”节目创作批评

伴随着“真人秀”节目的火暴，关于它的争论也从来没有停止过，而且随着节目的不断复制，“真人秀”节目本身也面临着生存的困境的问题。有论者指出其问题包括以下几个方面：1. 无序竞争导致盲目跟风；2. 文化差异挑战道德底线；3. 干预影响真实魅力，“真人秀”能够风靡的一个重要原因是摄像机真实地记录下参赛者的行为举止，满足了观众的好奇心，但中国的真人秀节目大多缺乏真实感，缺乏纪实的魅力。4. 制作力量薄弱；5. 忽视产业化运作。❷

而当前对于“真人秀”节目最大的批评是来自于对道德底线以及文化品位的批判，这也是“真人秀”节目在创作过程中所必须面对的。有论者认为：

“真人秀”是现代文化的传媒产物，它的出现说明了中国社会的开放性、开明性。“秀”是一种观念的开放，一方面，是个体心灵打开的需求；另一方面，是文化自由度的敞开显现。中国传统文化的群体性带有某种很强的集体压抑特征，家国一体，意识形态的总的特点是凝聚型的。在政治比较开明、民主具有相对空阔的过渡时期，当文化走向大众、当这种草根性显露的时候，就催生了代表国家意识形态的电视媒介对“秀”的一种难得的开放，构成了一种群体性的兴旺发达的文化景观。可以说，电视秀在媒介舞台上为大众营造了抒发和宣泄的空间，而以往的电视节目包括大型文艺晚会，能让个体混入群体狂欢的媒介形态并不充分。所

❶ 姜卫玲：《电视“真人秀”的冷思考》，载《传媒观察》，2004(3)。

❷ 谢耘耕、陈虹：《中国真人秀节目发展报告》，载《新闻界》，2006(2)。

以，电视秀能够成为景观，与国家整体的文化开放度、政治民主性的加强，都构成了相互映衬的关系：开阔的时代催生了交流的渴望，沟通成为普遍的心理要求。

“真人秀”的大众接受兴旺现象证明，如果失却百姓兴趣、不能引起受众关注，电视节目的生命力就会自然丧失。这也就是为何有的节目虽缺少深刻的意味，但老百姓照旧认为呼应着他们生活的节拍、虽清浅却以轻松欢快的形式被招引并欢呼沉醉的原因所在。要走向大众，不能违背大众化，但同时也可能要以某种程度的精英文化的牺牲为代价，这就是电视传媒所不能不作的取舍。由此，缺憾难免相应伴生，即过分地强调从众随俗，导致低水平地迎合、趋就时潮、混同流俗。这里，不能不涉及对当代电视秀重要的本质和表现是什么的认识。应当说，“真人秀”打破了电视在人们心目中的信息传播的传统形象，对传统的专注的审美形态形成了冲击。而审美在历史上常常属于文化人所控制的高端文化，由此审美是文化性的，是一个文化个体沉思默想的静态。而电视秀的这种泛众化的走向，冲击了传统的审美形态，它让所有的人站在同一个起跑线上，不分尊卑老幼，人的本真的一面在电视秀面前得到展示。这是动态的大众文化的呈现。虽然未必所有人的参与度都得到实现，所有人都去做粉丝和参与投票，但依然可以通过屏幕获得一种共时参与的感受。当然，一味的秀的背后也有不良倾向滋生的可能，当社会阶层及其需求定位不够清晰的时候，电视秀的正误判断很难做到，其驳杂的内容便油然而生。

近年电视所遭受的种种批判，集中于一点，就是电视的审美特性越来越弱。作为媒介，电视要趋近大众、趋近草根，与此不可能无视大众的文化需求，但在其背后却是大众的本能欲望被激发的现实，而开闸行洪的泛滥奔涌也自有原因。首先，传统的审美在电视秀的面前受到了狂风暴雨般的无情冲击，面对电视秀，传统的审美标准已不能完全适用，那种简单的对错、好坏、道德高低的衡量一言以蔽之很容易失之片面。其次，不仅是电视，整个文化领域也已经不能纯粹用艺术的规律来衡量、评判，纯粹艺术理论的解释正遇到市场经济要求的冲击。电影需要票房，电视靠收视率，其他艺术演出也讲求上座率，这些完全是市场化运作的模式，而电视艺术商业化、市场化的根源在于大众欣赏需求这个潜在的消费市场。如果说，过去以艺术水准的优劣、主题的深刻与否来评判电视节目好坏有其合理性，那么，现在的电视产品以满足大众欣赏的心理和符合现代时尚为成功的标志，也反映了时代的某种要求。

目前来看，电视秀已经进入到身体的阶段，明星主持人时常来秀一场舞姿、身段，从单纯的歌唱发展到肢体，甚至有“男色消费”的说辞，等等。回到身体就是回到了欲望的本体，电视秀的核心已成为屈就欲望、直露欲望的载体。当然，老百姓的欲望不能忽视，传统的电视观念就曾不顾及受众的内心需求，但一旦所有的节目都要以满足欲望为目标，这就出现了危险，因为欲望一旦得到满足，媒介就会被抛弃。所以，满足欲望不是媒介最好、最高的状态。作为一种掌控文化话语权的媒介主体，电视应该创造欲望，将原先隐藏的、甚至我们都没有预料的欲望激发出来，如同广告一样，一个纯粹虚拟的概念就创造了欲望。

静下心来看，电视秀从引进的节目形态到一种重要的生产传播理念，并形成蔚为大观的媒介景观，不能不说代表了某种文化发展上的趋向性。但是，换一个角度来思考，就会发现，当电视通过种种"秀"来吻合这种草根文化，迎合欲望的表露的时候，也必然会产生种种的迷失，包括媒介的迷失、个人的迷失。从媒介来讲，一些有形或无形的力量已经使他们不能为自己所掌控，表面上，电视是决定观众视听权的媒介，实际上，已成为了默认观众时尚和要求的被动对象。这就让我们思考，从长远的角度说媒体是为大众服务的，大众需要什么，电视就应该提供什么，这种关系如同广告引导消费和消费群的先在认可度决定广告一样。但是，当观众参与电视生产与传播的热情左右了中国电视从文艺到新闻多种节目形态的价值取向的时候，当媒体被深深地裹挟到这里面的时候，媒介对自己的角色认知就出现了模糊性，出现了媒介规则的失范。承接上面的话，如果说审美的传统被电视秀打破它的合理性，那么媒体规则的失范则显示出一种深层的危险。

从个体来讲，在电视秀成为"集体精神活动"的背后，是一种个体意志的萎缩。开放的集体是以萎缩的个体为背景的。网络时代的个体与群体的关系是另一层意义的开放，个体的精神活动以主动的个体寻求多样集体的交流为背景，这种交流的闭锁与对象的开放互为条件。❶

论者在肯定真人秀节目满足了观众"交流的渴望，沟通的要求"的同时，也对真人秀节目审美性的减弱以及可能存在的"失控"情况，表达自己的担忧。当然对真人秀节目也有论者表达了自己的见解，尹鸿先生对真人秀节目提出了这样的观点，即无论是批评或者辩护，说明的正是这样的一个事实：真人秀本身并不是罪恶，滥用真人秀才是罪恶。重要的是必须在娱乐与伦理之间找到一种平衡，而这种平衡其实也是所有娱乐文化所面临的共同问题。他在文章中指出：

当然对真人秀节目也一直存在批评的声音，主要集中在：对个人隐私的暴露；对性和色情的表现；对利益竞争的强化和对巨大物质利益的推崇四个方面。但也有人对真人秀辩护的，他们认为真人秀电视节目只是希望通过真实记录反映虚构的影视剧都难以表现的人们的内心世界，具有社会学和人类学的意义；有人认为真人秀为人们提供了一种相互了解的方式；还有一些电视研究的学者强调了真人秀作为电视节目在形式和内容方面的创新意义。

作为一种文化商品，真人秀电视节目追求经济利益本身无可厚非。事实上，我们也不应要求所有的电视节目都承载政治和文化责任。作为一种综合性的电视娱乐节目，娱乐是真人秀电视节目最为重要的功能，电视节目制作者制作节目是为了通过向观众提供娱乐从而获得相应的利益回报，而观众收看节目则是为了从节目中获得所需要的娱乐。但是，作为一种文化商品，它必须把自己置于所处的社会法律和伦理道德之下，必须以法律和社会伦理道德作为最基本的标准。因此，如何兼顾收视效应与社会伦理道德的平衡或者说如何处理好经济效益与社会效益之间的平衡是真人秀电视节目必须处理好的问题。

在弗洛伊德看来，人可以分为本我、自我和超我。在日常生活中，人们往往

❶ 周星：《中国电视选秀节目的现状与问题》，载《理论学刊》，2007(9)。

是生活在社会规则之中的，个人的一些本能和欲望被压抑在内心深处，它需要在特定的环境中以特殊的方式获得释放。在真人秀电视节目中要完全避免对隐私的表现是很困难的，但如果一味以志愿者的个人隐私迎合观众的窥视欲望和猎奇心理，则会触犯社会伦理道德。因此，关键是要把握好一个度，即把握好节目卖点与社会伦理道德的平衡，在两者之间找到一个适当的节点。

西方真人秀电视节目都追求娱乐快感。真人秀正是通过快感创造商业价值。这种快感，在一定程度上缓和了人在现实生活中的心理紧张和内在焦虑，也强化了个人对社会的认同感和安全感，这对于人们的心理压力的释放，社会的有序化都有着明显的作用。

尽管真人秀这种抚慰功能、娱乐功能对于人们心理结构的平衡和调整，对于社会秩序的建立和维护发挥着它的文化整合功能，在一定程度上可以促进文化的民主化和平民化进程，但是，我们也应该意识到，当真人秀和商业利润唇齿相依，由于它不可避免地要用媚俗的方式来换取大众的青睐以将产品卖给接受者同时又把接受者卖给利润，由于它与既成权利关系的相互依存，因而它对于我们文化发展、社会进步和美学理想的追求，对于保持一种批判的、超越的、具有活力的人类进步意识的努力必然会带来一种负面性的影响。

电视真人秀的负面性影响首先在于它的“非现实主义”本质往往会误导人们对现实世界的认知。“真实性”其实是真人秀所不屑一顾的，它所关心的是游戏，游戏状态中的人的夸张和变形以及这些内容对于大众的刺激性、吸引力和迎合性。同时，她往往以性、暴力和权利的交换作为调动人们消费欲望的诱饵。当人们如饥似渴地吞食这些诱饵的同时，他们也吞食了一种对于世界的歪曲。于是人们往往可能夸大性在人际关系中的重要性，夸大在现实中面临暴力威胁的可能性和用暴力解决问题的必要性，也夸大了对日常生活中的戏剧性变化和因果联系的依赖。这种夸大所带来的后果，很可能使人们在突然遭遇现实的挑战是做出错误的或者至少是不恰当反应。此外，真人秀那种无边的娱乐倾向对人格健康也会产生负面性的影响。人的需要是一个立体的复杂的系统。正如马斯洛所假设的那样，人的需要可以看成两个层次。一是基本的“低级”的需要，包括人的生存、繁衍以及与创伤恐惧相联系的归属需要，而食、色和拥有权利是其中最重要的动机。二是成长的需要，被看成“高级”的需要，它包括人的尊重、爱、理解、认知、美和自我实现的需要。这两种需要相互依赖，低级需要是高级需要的基础，高级需要是低级需要的升华。而真人秀则往往通过对暴力、性关系和场面的展示，对俄狄浦斯情结等无意识原型的重写，刺激人的生命本能，发泄那些根深蒂固的施虐和受虐欲望，实现那些被压抑的性幻想，以满足人们的基本视觉/心理需要。但是这种满足事实上却始终是应对性的、消极的、被动的，它在导致心理宣泄的同时，也消除着人的激情和创造性，甚至会使人玩物丧志、心灵堕落。如果说，低级需要的满足趋向于造就一种消费型、享乐型的人格，那么高级需要的满足则趋向于造就一种建设性的成长型的人格。正是在这一点上，真人秀娱乐本位的立场潜伏着一种人格建设的危机。

所以，电视真人秀如同所有的大众文化产品一样，在当今社会中应该不仅仅是文化商人赚取利润的手段，它同时也还具有不可替代的社会/文化功能。事实上，许多真人秀节目也将娱乐性进行了成功的伦理改造，将正义、智慧、勇气、协作、沟通、纯洁、坚强、自信等正面价值融合到真人秀中。从这个意义上说，真人秀作为一种节目形态并无所谓好坏，正如我们认为有所谓“坏”的真人秀一样，也有所谓“好”的真人秀。我们需要做的只是，如何制作好的真人秀，在娱乐的同时，让个人的欲望融入到主流的社会价值取向中，特别是在中国，真人秀的娱乐伦理更是值得高度重视的关键问题。❶

真人秀节目的创作在中国来说一直是命运多舛，究其原因，可能包括许多方面的因素。正如尹鸿教授所指出的真人秀节目本身无所谓“好”与“坏”，关键是在于制作者在创作过程中如何处理好度的问题，如果将真人秀节目作为是一种欲望的实现手段，只是一种大众狂欢的途径，最大限度地宣泄人的欲望追求，无限地放大对物质的崇拜，那么这种真人秀节目则是和基本的道德准则相违背的，这样的节目也是不能长久的。

❶ 尹鸿、冉儒学、陆虹：《娱乐旋风——认识真人秀》，225～228页，北京，中国广播电视出版社，2006。

五、电视谈话节目

电视谈话节目英语名称为“TV Talk Show”，关于电视谈话节目的定义很多，一般可将其理解为“是把人们私下的谈话搬到电视这个大众媒介上，借助人际传播来实现大众传播的一种形式，一种一般由主持人、嘉宾和(或)现场观众就一个主题进行讨论或辩论的电视节目形式”。❶ 它必须在严格的时间限制内开始结束，并且要保持话题的敏感性，以便能够吸引观众的兴趣。

谈话节目源于美国，一般认为全国广播公司(NBC)1954年推出的《今夜》是电视谈话节目兴起的开始。在西方国家，电视谈话节目已经成为电视节目的主要样式之一。20世纪90年代，中国的电视荧屏上出现了一种新型的节目形态——谈话节目，从其起步到在全国掀起谈话飓风，再到归于常态，虽历经起伏，但谈话节目还是以其自身的新陈代谢和生命规律在螺旋式地发展变化着。当然不是节目中含有谈话内容的都可以被看做是谈话节目，只是那些以谈话为主要形式的电视节目才可以称为是电视谈话节目，一定程度上可以说，谈话节目是一场谈话表演，人们在对话中进行信息的交换和思想的碰撞。

(一)电视谈话节目的元素

一般认为谈话节目的构成要素有三个：谈话人、谈话主题和谈话方式。谈话人一般由主持人、嘉宾和现场观众组成(有时只有主持人和嘉宾，没有现场观众)；谈话主题可以是新闻性的，也可以是非新闻性；谈话方式则可以是一对多，注重观众的参与，如《实话实说》《对话》《艺术人生》的样式，也可以就是主持人和嘉宾的对话模式，如《面对面》《新闻1+1》等。

(二)电视谈话节目的类型

(1)从节目结构形态来分类

议论型的谈话节目：这主要就某一个话题，在主持人的引导下，通过嘉宾、观众的讨论、辩论进行思想和观点的交锋，例如，央视的《新闻1+1》，凤凰卫视的《一虎一席谈》等；

讲述型的谈话节目：以讲述故事为谈话的主要内容，这类故事多讲述嘉宾亲历的

❶ 石长顺：《电视栏目解析》，237页，湖北，武汉大学出版社，2008。

事情。如《鲁豫有约》《艺术人生》等。

(2)从谈话的内容来分类

新闻性谈话节目：主要是就某一新闻事件进行讨论以帮助人们了解新闻事件和公众舆论对这一事件的看法，比较著名的如美国的《拉里·金现场》，中国的《新闻会客厅》《面对面》等；

娱乐性谈话节目：主要是针对娱乐界的人物的对话，节目比较轻松，向观众透露明星不为人知的一面，比较轻松，自由；比如美国的《大卫·莱特曼深夜节目》，我国的《艺术人生》《超级访问》等；

普通话题谈话节目：主要是以日常生活中的平常事件为讨论对象，受到大众的关注，注重观众的参与讨论，如《实话实说》《真情》等；

专题性谈话节目：主要是围绕某一个专业领域的话题，如文化、财经、科技等进行深入的探讨。

当然，以上划分只是一种粗略的归类，还有好多的节目在制作过程已经容纳了各种因素，并在不断的创新。

(三)电视谈话节目的创作

对于电视谈话类节目的创作，主要是围绕其三大要素展开的，即谈话人、谈话主题和谈话方式。而在具体创作过程对于这三个方面的把握，每个人的理解也都不是很相同，这也就决定着每一个谈话节目的收视效果的差异。有论者认为主要需要遵守以下的原则：

(1)关于话题：

1. 选择原则，谈话节目的前期策划是节目成败的关键。许多重要的环节，如话题选择、嘉宾选择等，都是在这个阶段完成的。虽然不同的节目形态、不同的栏目风格决定了话题选择的不同，但是它们还是有一些基本原则可以遵循的。

(1)必须符合栏目的定位：栏目定位是每个栏目在开播之前都要进行的一项工作，一般包括栏目的基本功能、受众群以及样式和风格等内容。不同的栏目有着不同的定位，话题选择必须符合定位的理念。中央电视台的人物访谈栏目《面对面》，在经过充分的市场调查与论证后，为了避免与已有的《新闻调查》《东方之子》的定位冲突，栏目组把《面对面》定位为“面对面交流、在交流中探寻、在探寻中求证、在求证中质疑”。作为长篇人物访谈，《面对面》追求的是用“人”来解读新闻、记录历史。栏目定位的不同决定了栏目选题的不同，即使均采用面对面访谈形式的栏目，也会因定位的不同，而选择不同的嘉宾：《对话》邀请的是政府官员、经济名人、专家等；《面对面》虽也面对官员与专家，但其内涵在新闻人物。

(2)话题必须具有“卖点”：话题的选择确定，除了要考虑栏目的定位外，还要考虑话题是否具备“卖点”。卖点是节目赖以出售的那个部分。因此，既有价值，又有卖点的节目话题才能吸引观众。

第一、备受关注的新闻性话题。时效性与轰动效应是这类选题吸引人关注的重要原因。《时事开讲》等新闻谈话节目就是邀请有关方面的专家就当今的社会关注的热点、焦点问题展开分析和评论。例如“9·11”事件，我们成功加入世界贸易组织等，这样的选题就很有卖点。

第二、增强好奇感的叙事性话题。好奇是人的一种本性，满足人们的好奇心是使谈话节目保持永久的吸引力的一大法宝。如《奥普拉·温弗瑞节目》话题中，情感与心理话题、明星访谈、生活话题分别占27%、12%和31%。

悬念与新奇感之所以能成为卖点，是因为电视谈话节目有很多选题立足于满足观众的窥视欲望与好奇心理，把各种奇闻轶事作为话题，让观众闻所未闻、见所未见，这样的选题在一定程度上能够提高节目的收视率，但负面作用也不小。

2. 话题选择范围：一是以事件为主的话题，二是以人物为主的话题。以事件为主的话题，主要侧重于观点的交流与碰撞，以事带理，以事以理，辩论与讲述为重；以人物为主的话题，侧重于人物的情感经历与心路历程，以人带事，以事入情，倾诉与展示注重。❶

也有论者对话题的选择提出自己的见解，他认为话题的选择必须考虑这样几个要素：

1. 时效性。也就是要选择具有新闻价值的话题这种话题因为和受众关注点相吻合，往往具有比较高的收视率。

2. 引导性。一个成功的谈话节目，话题的导向必须是健康的向上的。谈话节目需要宽松民主、从善如流的气氛，因此观念可以超前，但不能脱离实际。由于东西方文化背景的差异，价值观念、道德观念上的标准也不一样，因而对于一些"社会新潮"，不能跟着一起"发烧"，而是必须保持清醒的头脑，对事物有冷静、理性的思考。

3. 接近性。节目话题应更多关注发生在受众身边与其自身利益密切相关的人和事，这也符合社会心理学的要求，这种关注是唤起社会公众参与讨论的根本动因。

4. 普及性。电视谈话节目一般是在轻松随意的家庭环境中播放的，因而其话题要有一定的普及性，适合不同层次的受众一起收看。

5. 具体、形象、平实。话题应当符合电视表现手法，一般不宜定得太抽象、太高深、玄奥，而应该具体、形象、平实一点，这样更容易谈得开，也适合电视的表现手法。如果缺少画面元素，电视声画并茂的特点无法发挥，会使节目平淡无趣。❷

(2)关于谈话人

话题确定以后，谈话人就成为谈话节目是否成功的关键因素，谈话人应该具备以下几个要点：

①就主持人而言，他是谈话节目的核心，主持人的个性色彩和个人魅力以及其反应能力直接影响着节目的质量。

---

❶ 石长顺：《电视专题与专栏——当代电视实务教程》，410～418页，上海，复旦大学出版社，2009。

❷ 史可扬：《电视栏目和频道分析》，36页，广东，中山大学出版社，2007。

主持人与嘉宾和现场观众一样，也是一个参与现场谈话的谈话者，他以平等友好的态度对待嘉宾，向嘉宾提出问题，共同就某一个问题进行讨论，并在适当的时候对嘉宾的发言进行总结或点评。同时还要与现场观众交流，倾听现场观众的意见与问题。主持人要通过提问、暗示等技巧调动嘉宾的情绪，控制谈话的走向，调节谈话的节奏，并按照事先设计好的方案诱导嘉宾进行谈话，最终使编导和策划的意图得以实现。主持人是现场谈话的调度者，通过利用各种技术手段为谈话服务，活跃现场气氛。节目依靠主持人现场控制能力、语言激励来营造气氛。所以主持人首先要具备亲和力。其次，主持人要善于倾听。主持人耐心地倾听嘉宾和观众的发言是由谈话节目的本质决定的。❶

②嘉宾的选择则要有特点，有说服力，而且应强调有较强的语言表达能力和人格魅力。

③现场观众则要精心挑选，在节目之前同观众进行沟通。

对于谈话人而言，其中最关键的当然还是主持人，主持人起到把控整个谈话节目的走向、节奏和气氛的作用，因此，研究者多将研究重点放在主持人的身上。好的主持人就是谈话节目的代名词，例如崔永元对于《实话实说》，王志之于《面对面》等。所以，有研究者谈到主持人时，认为主持人必须具备以下几个素质：

1. 倾听意识，给嘉宾以话语权。倾听是交流的基础，学会倾听，给观众以话语权，是电视谈话节目中一种基于全场驾驭基础上的倾听。倾听的目的在于引导、启发观众嘉宾说话。主持人更多的时间在听，听对方谈话的意思和意味，不要着急自己讲什么，而是保证嘉宾讲得好。《实话实说》等节目就在于主持人的基本姿态是作为一个认真的倾听者而不是倾诉者，从而引导、启发嘉宾和现场观众进入谈话的氛围和流程，激发不同的思想观念的交锋，善于调节、调整谈话的偏差，最终达到电视谈话节目“用谈话的形式最大限度地逼近人物心灵”。

2. 对话题和现场的驾驭能力。首先主持人对谈话题目的了解和背景资料的掌握；其次是现场谈话的判断理解和分析处理能力；三是对谈话主题的宏观调控能力。

3. 平等公正意识。主持人要用真诚拉近与对方的沟通距离。谈话节目主持人经常面对各种各样的人，这就要求主持人具备平等意识，用真诚与形形色色的人打交道。主持人要始终保持客观公正，不要做权威代言人，也不代嘉宾表达。与此相应，主持人的形象定位也应该是平民化的。谈话类节目的宗旨和风格，决定了主持人从心头到谈话方式和行为方式的平民化，以减少观众的距离感和隔膜，有利于和观众更好地沟通。

4. 机智幽默的语言风格。谈话节目主持人的关键在于语言表达的内涵和技巧，电视谈话也不例外。主持人机智幽默的语言，可以活跃谈话气氛，消除现场

❶ 石长顺：《电视专题与专栏——当代电视实务教程》，418页，上海，复旦大学出版社，2009。

观众和嘉宾的紧张感；可以控制、调整谈话的节奏；可以缓解激烈的言辞交锋中出现的矛盾尴尬。机智幽默的主持语言，还能够巧妙地概括谈话的主题，提炼出正确的观点，同时表现出生活的哲理和思辨的睿智，体现出电视谈话节目的文化意识和理性精神。❶

从研究者的论述中，我们可以看到主持人是在谈话节目创作过程中必须要着重注意的一个问题，主持人应是节目的核心元素，他对整个节目的把控非常关键，必须要由主持人来调控整个节目的节奏和谈话趋向。

(3)关于谈话方式

谈话方式除了是选择主持人与嘉宾和观众互动，还是主持人与嘉宾互动外，主要还在于对谈话环境和氛围的营造方面。论者提出首先要注意场地设计，“应该视现场观众的参与程度决定主景区(即主持人与主嘉宾谈话的区域)与观众区的距离；还有就要视节目不同的风格和诉求点不同，演播室的个性化设计也要有差异”。❷ 其次，还要运用电视 MV，活跃现场氛围；以及使用一些背景短片，制造悬念与意外；而且热线电话和网络互动可以引入到谈话节目中，成为场内外联系的有效工具；同时使用一些背景音乐，可以调节人的情绪，如《实话实说》中乐队的介入。也有论者将谈话环境的设置归纳为做到形式与内容的协调一致，即：“内容越是深刻复杂，谈话环境就越应简单明朗，要尽可能地缩短谈话环境、电视屏幕与观众的距离。谈话环境的设计要给人以透明、开放的视觉感受。”❸

(四)电视谈话类节目创作的批评

谈话类节目虽然在我国经历了多年的发展，形式也呈现出多元的发展，但在创作的过程也遇到了一些瓶颈，《实话实说》所面临的困境，也许是谈话类节目普遍所遭遇的问题。有论者将谈话类节目存在的问题主要归纳为以下几点：

1. 主持人综合素质不高。具体说来，主持人缺乏智慧和知识，从而在谈话中难以形成观点碰撞和思想交锋。谈话节目吸引人的主要不是娱乐元素，而是话题，是谈什么和怎么谈，这需要智慧和知识，需要文化底蕴。虽然现在大部分谈话节目已经摒弃了“俊男靓女”式选拔主持人的思路，但真正符合谈话节目要求的主持人仍旧罕见。

缺乏智慧的直接结果就是幽默感的贫乏和人格气质的阙如。轻松幽默对于缺乏娱乐元素的谈话节目来说是必不可少的，它往往成为节目收视率的一大因素，否则，崔永元也不会那么无可替代，而幽默感的基础是智慧和知识的积累。同样，气质是内心丰富程度的表现，没有知识和智慧，丧失的就是人格魅力。

2. 嘉宾选择随意，难见真观点。也许是处于收视率的考虑，许多谈话节目纷纷把目光盯向各种明星或者公众人物。当然，名人比较容易控制话语主导权，他

❶ 史可扬：《电视栏目和频道分析》，33 页，广东，中山大学出版社，2007。

❷ 石长顺：《电视专题与专栏——当代电视实务教程》，423～426 页，上海，复旦大学出版社，2009。

❸ 史可扬：《电视栏目和频道分析》，37 页，广东，中山大学出版社，2007。

们说出来的话可信度大。但是如果这种节目做得太多太滥的话，明星们在观众心目中的“号召力”和节目对观众的影响力肯定就要下降。而且这些嘉宾反复谈的基本上都是雷同的话题，谈不到见解，更谈不上真诚。❶

谈话类节目中存在的其他问题还包括话题陈旧和散漫；节目严肃有余，轻松不足；栏目同质化严重等。论者持有的这些观点也是目前谈话类节目中普遍存在的现象。亦有论者提出了改进的意见：

1. 针对互动性的缺乏，注重提升观众地位

目前许多电视谈话节目看似很重视主持人、嘉宾和现场观众的互动。但实际上，很多谈话节目中观众往往只是用来“填补空白”。他们围坐在主持人、嘉宾身旁、聆听、鼓掌，偶尔接过话筒提几个问题或匆匆发表几句简短的评论，他们看起来更像是看客或者拉拉队，与台上嘉宾形不成真正意义上的互动。如有一期《实话实说》，北大校长和剑桥大学校长在台上从各自角度谈了中西教育的一些差别。待崔永元和两位嘉宾谈完，就开始了场下和场上的“互动”，结果所谓的互动不过是一场学子与剑桥校长的“追星式”的你问我答，真成了“大学课堂”。很显然，嘉宾和观众的不对称阻碍了谈话的深入开展，彼此之间形不成真正的互动。

2. 针对刺激点的缺乏，创造“出新点”

一味的笑不是真正的谈话，也给人一种沉闷、单一的感觉，对观众来说缺乏提神剂，缺乏“刺激点”。可以采用以娱带谈，以娱“话”谈的路子。如湖南生活频道的《大当家》，节目不只是一味强调观点的冲撞、理性的思辨，而是找到一条符合自身节目形式与定位的新方式：大胆地把综艺成分引入谈话现场，将娱乐成分作为谈话的引子，花絮点缀其间，从而创造出轻松愉快的谈话氛围。此外，加强节目的冲突性、戏剧性也不乏为一种策略。古人云“文似看山不喜平”，作文如此，谈话亦如此。

3. 针对“理性对待”的缺乏，加强CI策划

所谓的理性对待缺乏主要表现在：生搬硬套，看看如今的电视屏幕，似乎每一个节目都在“谈话”，但谈话节目形式虽然有它自身的优点，但并非是一个万金油，放在哪里都能发挥大作用。如果不根据节目特点有选择的使用“谈话”这个方式，其结果可能会适得其反。

还有就是跟风的多，缺少原创意识。目前的谈话节目不但在内容形式上雷同，甚至节目播出时间也挤在所谓的晚间黄金时段。对于告别了短缺经济格局的市场竞争而言，简单的模仿和形式的相似无疑会造成彼此间极强的可替代性，从而使个体的生存价值大打折扣。所以，节目制作者要对自己的栏目进行CI(Corporate Identity)策划，即企业形象识别。……这些其中一个关键的因素就是对主持人的包装。❷

❶ 史可扬：《电视栏目和频道分析》，40页，广东，中山大学出版社，2007。

❷ 石长顺：《电视专题与专栏——当代电视实务教程》，437～442页，上海，复旦大学出版社，2009。

正如有论者指出，人的谈话是活跃多变的，电视谈话节目亦如是。但无论是何种类型，也都需要围绕着话题、主持人、嘉宾、观众等基本组成部分做出有效的设置。需要注意到的是，定位准确的话题是电视谈话节目的首要元素。人的元素是谈话节目最终得以成立并发挥魅力的根本保证，正因为谈话节目着重人的因素，它在屏幕上才会有如此旺盛的生命力。

总之，综上所述，一档谈话类节目的创作能否成功，主持人、嘉宾、观众和话题等都必须要精心地选择、策划和设计，上面论者都给出有些具有代表性的意见，如果能予以关注，电视谈话节目势必有更好的发展空间。

六、电视调查报道

调查报道作为一种报道形式，最初起源于20世纪初美国新闻界的“扒粪运动”。虽然后来“扒粪运动”逐渐消失，但是它的许多价值观和传统在新闻界被保留下来，随后逐渐被引入到电视新闻中。1968年，美国哥伦比亚广播公司推出大型杂志型电视新闻节目《60分钟》，以对社会问题做有深度的调查为特点，很快成为全美电视节目中收视率最高的节目。这种调查报道也被称为“深度报道”。

20世纪90年代以来，电视调查报道开始在我国电视界悄然兴起。1993年中央电视台《焦点访谈》中就有不少是属于调查报道，而被认为中国最具代表性的新闻调查性报道就是中央电视台的《新闻调查》。随后一些地方电视台也涌现了一批以调查性报道为特色的栏目，如北京电视台的《今日话题》，东南卫视的《记者行动》等。那么电视调查报道是如何界定的？其创作路径又是什么呢？

(一)调查报道的界定辨析

有论者认为，调查报道一般有两个目的：其一是针对那些身处公众信任职位的人们的疏忽或错误行为，去挖掘有可能被隐藏的信息；其二是解释一个人们已经有所认识的公共问题，或扩展公众对此的理解。❶ 关于调查报道的定义比较多，上面两个目的界定了调查报道的一个基本框架，然而中西方对调查报道的定义还是有着一定的区别。

“西方的定义强调调查报道的揭丑性、原创性和证实性。正如现代调查报道的创始人普利策在论述这种报道的定义时所指出的，如果人想要和世界上的罪行、邪恶和灾难作斗争，他们必须知道这些罪行，因为这些罪行、邪恶和灾难正是在秘密的基础上才得以滋生。因此普利策把不断地揭露社会弊病作为他的终生办报宗旨之一，就是要将隐藏的罪恶曝光于观众面前。

我国学者对调查报道的界定，与西方的相关定义相比要宽泛得多。首先，我国新闻界关于调查报道的理解侧重于采访、报道方法上的技巧和策略，即调查。这是一种能为人所接受、并符合我国电视实际应用情况的。其次，在调查报道的题材选择上，我国的相关界定即涵盖‘揭丑式’的题材，也把经过深入调查的批评性、中性和正面的

❶ 石长顺：《电视专题与专栏——当代电视实务教程》，227页，上海，复旦大学出版社，2009。

报道纳入调查报道的范畴，使调查报道在题材上有了更大的包容力和内涵”。❶

鉴于我国的实际情况，我国的电视调查报道注重内容和形式两方面，它对西方新闻界传统的揭丑性的调查报道进行了扩展。其调查内容“不限于追踪某一特定罪犯或揭露丑陋黑幕，它还可以系统地调查研究政府机构、公司企业以及整个社会体制中存在的痼疾和缺陷。调查的手段也不仅仅为秘密的内线联系，还可通过搜集已经公开的资料文件，对其加以组织、归纳、分析，从中发现问题，借以促进社会的发展”。❷

而对于这个问题的认识，正如有些论者所指出的一样，我国的新闻事业处在与西方不同的新闻制度下，有着与西方不同的新闻发展道路，我国新闻界对调查性报道的界定与西方的也有所不同，差异尤其集中地体现在调查性报道的题材上，他认为：

> 解决这一问题，我们可以先从事件的关切度上来分析。不管哪个国家的记者，都应该同意“调查性报道的题材是重要的、公众所关心的”。《新闻调查》的制片人之一王坚平对这个“公众所关心的”作了分析：大部分西方国家是法制社会，人们最关注的是法律的公平公正，所以西方的媒体中，从好莱坞大片到《60分钟》到处都是“人与法”的主题；我国正在建设法制社会体系，面临的最大社会问题之一就是腐败问题，所以中国的受众最关心腐败的题材。可见，揭露性报道确实是调查性报道的一个倾向，对播出的调查性报道的分析也显示了这一特点。那么如何看待我们的调查性报道中主题性的、中性的和正面的报道呢？比如《恢复高考二十年》《中国的品牌》《生命的救助》和《大官村里选村官》(以上各节目均由中央电视台的《新闻调查》播出)等，都可以称得上是优秀的调查性报道。尤其是《大官村里选村官》，此片获得了1998年蒙特卡洛电视节的女神银质奖，成为正面调查性报道的成功典范。主题性、中性、正面性的调查性报道在中国新闻界的兴盛发展，一方面自然是处于特殊的文化背景、政治体制下的中国新闻界的现状所致；另一方面也说明了调查性报道本身在题材上更大的包容力和内涵。与此相比，西方的“以揭露性主题为核心”似乎过于严格地限制了调查性报道在题材上的广泛可选性。
>
> 但他同时也指出分析了两种不同的调查性报道的观念可以看到：
>
> 1. 调查性报道题材总体上是倾向于揭露性报道的，揭露性(或曰反面)报道更接近调查性报道的原始意义，但调查性报道不排斥主题性报道，非揭露性报道在未来的发展中大有所为；
>
> 2. 从调查的手法上，调查进行的原创性、独立性上，西方新闻界的实践更接近于调查性报道的原始意义，而我国新闻界(尤其是电视界)所做的调查性报道则更多地注重于一种调查式的表现方式上。❸

当然对于调查报道与调查节目之间的关系，《新闻调查》的制片人张洁通过在实践的摸索，在其《从调查节目到调查性报道》一文中对调查性报道进行了较为全面的理论

❶ 石长顺：《电视专题与专栏——当代电视实务教程》，229页，上海，复旦大学出版社，2009。

❷ 同上书，231页。

❸ 曹培鑫、蓝旭：《电视新闻调查性报道探析》，载《现代传播》，2000(6)。

阐述，他认为：调查性报道必须具备三个条件：第一，记者独立展开的调查。第二，损害公众利益的行为。第三，这种行为被掩盖。我们认为只要符合三个要素就是真正的调查性报道。提出来做调查性报道以后，应该跟我们以往的调查节目区别开来，特别是2001年之前的节目我们称之为调查节目。调查性报道涵盖在调查节目当中，是其中的一小类，特指揭露内幕、黑幕、对立调查。这可能是调查性报道的要点。作为调查节目来说可能更为宽泛，它有四条特点：一是问题报道。二是对事实的印证。三是有记者的调查行为。四是手段多样。所谓问题报道比较好理解，事实印证这一块是指记者去印证真伪。有一个概念提出来，正面报道能不能做调查性节目，我们认为是可以。如果我们用质疑的态度、用调查的手法来证明这个先进人物或者是这个事件的真实性，这个节目也是调查节目，但它不是调查性报道。调查性报道从实现的过程来看，必须是独立的媒体调查，有个性的调查记者、深入的独家发现和完整的调查过程。

独立的媒体调查，媒体自身进行调查，并非报道他人的调查行为和调查结果。借助司法或者中纪委的力量所做的大案属于调查节目，不是调查性报道，因为它不是媒体自身的独立调查。个性化的调查记者，是指调查记者必须是质疑的态度，平衡的意识，采访风格是个人独特的魅力。

深入的独家发现，强调是调查记者必须有新的独家发现，这种发现对揭示事实真相具有推动的作用，能够深化节目的主题。比如《透视运城渗灌工程》节目里，王利芬从蓄水池边拔出塞着木头的水管，揭开渗灌过程的造假真相；曲长缨在太平间核实死亡人名单，发现被隐瞒的死难矿工；柴静在北大人民医院发现把SARS患者写成普通患者的名单，甚至划出一条线就是隔离区，这些都是属于新的独家的发现。

完整的调查过程，就是记者作为调查行为的主体，他的行为贯穿节目的始终。记者在调查当中，提出问题，求证问题，得出结论或者判断。但我们认为得出结论是调查性报道的最高境界。比如《死亡名单》中，曲长缨通过自己的调查得出死难矿工人数被大量隐瞒这样一个结论，这是最高境界。但是在很多节目当中，我们做不到这一点，能够得出的是一种判断，比如《派出所里的坠楼事件》，通过记者的调查分析，得出死在派出所的刘骏，死因很可能不是像官方报告那样是自杀，这是一种判断、质疑，为观众提供了另外一种可能。❶

以上几位的论述对于理解调查报道的界定提供了一个较为清晰的思路，将调查节目和调查性报道区别清楚，在张洁看来调查性报道主要是指那种揭露性的报道，而实际上这样的划分我个人认为仅仅从调查性报道和调查节目这两个词来划分是揭露性的报道还是别的报道，没有太多的意义，其实统一就叫做“电视调查报道”就可以，这两种报道只是其中“揭露性”和“揭示性”的两种。最关键的是在于这样的报道要有深度，不仅要告诉观众“是什么”，更要说明“为什么”，说明事情的原因，展现出问题的所在。只有这样才能符合“调查”的意义。

(二)调查报道的构成元素和叙述方式

对于调查报道的构成元素，其实也有一个不断摸索发展的过程，《新闻调查》制片

---

❶ 张洁、吴征：《调查〈新闻调查〉》，43～44页，北京，文化艺术出版社，2006。

人塞纳通过在实践中总结，认为电视调查文体应该具备以下几个要素：

调查意识，问题意识。对于《新闻调查》的记者来说，所有我们进行调查的人物和时间都有问题，所以我们有这样一句话：质疑是我们的生存方式；

调查样式。我认为，《新闻调查》报道的不是一个事件，而是我们对这个事件进行调查的过程，我觉得这是我们调查文体的一个核心。《新闻调查》记录和展示的，是我们如何通过各种各样的手段进入事实本身，一步步获取真相，而不是报道一个事物单纯的发生、发展的过程。

调查手段。我们调查通过记者完成，在这里记者即是调查主体，同时也是一个节目的构成元素。一个没有调查记者出现的节目，不应该是《新闻调查》的节目，而调查记者缺乏良好表现的节目，也绝对不是好的调查节目。

调查的路径。记者的调查路径是围绕悬念展开的，每一次调查行为都是通过悬念的提出、悬念的求证、悬念的解决来完成的。悬念的开始是调查的开始，悬念的结束也是调查的结束。

总之，调查文体就是这样一种以展示记者调查行为为主的新闻报道方式，它通常与以事件为主的新闻报道完全不同。❶

塞纳提出了调查报道一个很重要的方式就是通过悬念的设置来开始进入报道，以解开悬念作为报道的结束，将悬念作为报道的一个线索。对此也有论者提出了自己的看法：

《新闻调查》的记者们所讨论的“什么才是真正的调查性报道”，焦点之一就是调查性报道的构成要素问题。比如，调查性报道一定要有悬念吗？调查性报道里一定要有侦探式的人物吗？我们认为要解决这个问题必须先界定调查性报道根据不同题材、运用不同的“叙述方式”所进行的不同方式的报道。

《60分钟》的缔造者、执行制片人唐·休伊特在一段话中提到了“叙述方式”。他认为《60分钟》能够广受欢迎是因为它继承了一种“叙述传统”：过去纪录片的收视率差别不大，不论是在美国广播公司，哥伦比亚广播公司还是全国广播公司……都是相同的15%到20%的观众收视率。我告诉自己：“我敢打赌，如果我们能使主题多样化，并采用个人新闻——不是处理事件，而是讲述故事；如果我们能像好莱坞包装小说那样包装事实，我担保我们能把收视率翻一倍。”这种讲述故事根据不同的题材所运用的叙述方式是不同的，就像老祖母讲故事的内容和口气永远不会与柯南道尔相同。那么调查性报道所使用的叙述方式有哪些呢？就我们所了解的节目做出了以下的分类（分类时参考了《保持“中间地带”—论〈60分钟〉的叙述模式》）。

叙述模式之一：侦探模式

这是一种常见的调查性报道，也是最接近调查性报道原始意义的报道，内容一般是调查一个案件或揭露某人想掩盖的秘密。在这种叙述方式中有时记者的身

❶ 张洁、吴征：《调查〈新闻调查〉》，33～34页，北京，文化艺术出版社，2006。

份是公开的，报道主要是通过记者重新调查案件的经过，让观众感受案发时的惊心动魄；主题一般是案情复杂、情节严重、涉案人员多的大案，如《新闻调查·哈尔滨反腐行动》。有时一些违法或不道德的现象还未引起有关部门的注意，记者经常采取隐蔽采访、偷拍等报道方法，此时的记者真的成了一位侦探。《新闻调查·透视运城渗灌工程》调查了山西省渗灌工程的真实情况，记者王利芬深入采访了当地的普通农民，揭穿了官方“渗灌工程，利国利民”的谎言，将这巨形的新时期的形式主义曝光于屏幕上。

叙述模式之二：社会观察与分析模式

社会的飞速发展，事物的纷繁复杂的变化，都让社会观察家和分析者在受众心中有了独特的地位，很多调查性报道就以这种姿态出现，这种分析者的功能有很多：

揭示社会不合理的现象

这种报道的宗旨常常是促成立法或者制定政策。《60 分钟·最危险的职业吗?》(A Most Dangerous Job?)通过大量的案件让受众了解到，小超市的收银员在深夜工作时是非常危险的，抢劫、强奸时有发生，而政府还没有具体的保护收银员的立法。《焦点访谈·江桥岂是摇钱树》告诉观众，集资修建的桥梁、公路收费是有期限的，而目前还没有哪个收费站停止了收费，到底要收到何时也没有明确的法令政策。

探讨道德伦理

这种报道主要是将社会上有争议的伦理问题拿出来讨论，并尽力在讨论中形成一种伦理观念的引导。《60 分钟·爆发》(Outbreak)讨论澳洲为了制止兔害将未经论证是否对人类有传染性的病毒注射在兔子身上的行为是否符合社会道德。《新闻调查·丢失的眼球》讨论的是一个人为了做好事可不可以违反法律。

社会现象分析

社会朝着多元化发展，人们在不断更迭的社会现象面前都想知道如何理解它、如何去反映它。有一类调查性报道就是对这样的社会现象进行分析。《新闻调查·跨世纪的政府》就是分析在 20 世纪末中国将进行怎样的改革，面临着怎样的机遇和挑战。

新知识的传播

一般是介绍解释自然现象，介绍科学领域的重大发现和成就等“新知识”，调查性报道对这种新知识题材的一般性要求是，不为人知或人们知之甚少，与社会发展和受众生活密切相关。《新闻调查·冷链》对全国的新生儿进行预防接种时运送疫苗的全过程进行了跟踪调查，并做了详细的展示。《新闻调查·厄尔尼诺探密》在厄尔尼诺气候疯狂发作时，通过电视屏幕揭开了它神秘的面纱。《60 分钟·手术的希望》(Operation Hope)介绍了一种通过在头部钻孔减除帕金森症状的手术。

叙述模式之三，精神引导模式

在冷酷的现实面前，一个充满温情的故事往往能治愈心灵的创伤，让人们对社会、对未来充满希望，在任何社会制度中这种报道总是需要的。

《新闻调查·山顶上的希望》讲述了第一位接受“希望工程”资助的学生完成学

业之后，返回大山做一名人民教师的感人故事。《新闻调查·第二次生命》是一个母亲为女儿捐肾的故事，片中父母为决定谁来捐肾而争吵时，父母的爱的伟大就不言而喻了。《60分钟·勇敢的心》(Brave Heart)讲述的是救火队员的生活状况，他们为了别人的生命和财产的安全每天都在面临着丧生的危险。这种报道产生的社会凝聚力和向上的动力可以说是一种最好的精神文明建设。这类报道从各个方面讲都很靠近艺术。对这类报道的要求是在充满感人的情节的叙述中加入信息量，使报道在本质上不脱离新闻报道的本质。

有了对叙述模式的分析，再分析调查性报道的要素就可以水到渠成了。

1. 个性化的调查者

如果将调查性报道对新闻事实的再现当成一种叙述，那么无疑，一个个性化、具体的讲述者是必不可少的，个性化的调查者是各类调查报道中的重要因素。调查者往往由记者来担任，他在指导思想上是代表媒体的，在调查过程中是有知识的和善于发现的，在观众面前又应该是个性化的、值得信赖的。虽然在各种叙述方式中调查者所担任的角色不同。

在侦察模式中记者更像是一名侦探，层层拨开别人企图掩盖的真相，与影视作品中侦探的探案模式基本相似，只是记者会不断地对着摄像机解说调查的进展情况。这代替了办案间隙福尔摩斯与华生医生关于案情进展的对话。

《新闻调查·透视运城渗灌工程》是这方面的一个代表，记者王利芬到达山西时，官方与老百姓对“渗灌工程”的评价截然相反。在官方的口中，“渗灌工程”利国利民，很好地解决了运城缺水的状况；而在老百姓眼中这个工程是一个劳民伤财的形式主义。王利芬通过到现场勘察，听取各地群众的看法，终于使这一形式主义做法在屏幕上得到了曝光。

观察分析模式中的记者则成了一位社会学家，就某一受众关心的问题访问各方面，组织讨论，同时提出观众们想知道的问题，观众们会觉得自己参加了讨论。没有一个调查者的引导，这种报道是不易进行的。

《60分钟·特殊教育》(Special ED)报道了美国残障儿童教育的经费问题。在美国，对残障儿童实行义务教育，这种教育的经费在不断提高；又因为全国的教育预算总额是一定的，这必然减少了正常儿童的教育经费，“残障儿童值得花那么多钱吗？正常的孩子怎么办”？就成了残障儿童家长与正常儿童家长争论的焦点。记者利丝莉·斯托(Lesley stahl)深入地加入了这场讨论，在提问过程中她也表达自己的观点，由于她的加入，整个问题的讨论进行得非常深入。

《新闻调查》的组内讨论曾经把“记者与采访对象的接触程度”当成一个话题：记者能帮别人抬水吗？记者能和采访对象一起边摘菜叶边采访吗？这些问题经常会出现在“精神引导”叙述模式中的记者身上。在这种模式中因为记者们总是比较愿意与采访对象接触，采访一般是在融洽的气氛当中进行的，所以在《新闻调查·山顶上的希望》中，当“主人公”费力地向山上抬水时，记者就自然地问了一句：“我能帮你吗？”

关于这个话题我们的看法是，只要记者觉得必要、自然，他就可以这样做，因为这样的记者才是人格化的。至于这是否会破坏记者的“无立场”的公正形象，我认为，记者的情感往往就是观众们的情感，所以记者觉得自然的行为在观众眼显也会是自然的，可以被接受的。

2. 独特的两个过程

两个过程是指：(1)新闻事实的发生发展过程，(2)记者调查的过程。调查性报道作为一种深度报道必须细致展现、分析整个事件的来龙去脉，这种展现、分析就构成了一个独立的过程。两个过程一个是现实的，一个是抽象的；一个是现在的，一个是过去的。事件的发生发展是过去的，由于观众无法看到当时的情景，所以只能靠记者进行的调查在头脑中连缀出过去的形象，所以是抽象的；记者的调查过程则是步步暴露于摄像机下的，一个现实可视的过程。《20/20・不可能的事实》(Impossible Truth)记者按照线索寻找死者的邻居，寻找一对被误判的情人，通过多人的回忆讲述了死者的生前和死亡时的情况，让观众详细了解了死者死亡的过程，而记者的调查又成了一个很有特色的过程。

《新闻调查》栏目的策划、编导刘春说：记者调查的过程是我们展示的重点，做好了会比事件本身的过程更精彩，因为事实是比较固定的，而我们的调查则可以成为一个很有魅力的过程。两个过程的必要性在于，深度报道要求丰富的信息含量，而调查性报道要求一种"讲述"的方式，那么通过展示记者调查的过程来展示事件的发生过程就成了两个要求的最佳结合点。

3. 发现

从逻辑上的因果关系来看，调查的目的就在于发现，调查性报道没有发现说明调查本身是指向错误的，或者说是不能构成调查性报道的。这种发现可能是某个媒体独立发起的调查中的独家发现，也可能是在对一个已经被大众传媒关注的事件的调查中发现的新情况。《新闻调查・搁浅的撤职令》报道太原市二轻局局长被撤职四年不下台的新闻，此前就这一新闻国内的很多媒体都做了报道和转载，《新闻调查》的报道不仅有了详细的前因后果的分析，还找到了撤职令遭搁浅的直接责任人，这也应该算是独特的发现。

4. 命运

这也是好的调查性报道的一个重要因素。调查性报道是一种讲述，故事中没有人物是不可想象的，人物若没有命运他就是苍白无力的。人物的命运最能触及观众的情感，新闻事件中人物的命运也往往是观众最关心的。展现我国国企改革的报道中，说一个企业的兴衰就没有讲述一个下岗职工的故事更能让观众理解改革所必然带来的阵痛。《60分钟・别喝这儿的水》(Don't Drink The Water)调查讲述了一个大企业向河流中排放含有致癌物质的污水，却隐瞒实情达22年之久，使许多周围的居民受害的新闻故事。记者一方面在追究最终责任人，同时插入了一位3个孩子的母亲讲述的辛酸故事：自己的孩子们由于常喝河里的水和在河里游泳，都变成了癌症患者。愤怒的情绪使观众对新闻事件的印象十分深刻。还有一些以人物命运为中心进行的"心理调查"。《新闻调查・"黑脸"姜瑞峰》、《新闻调查・从市长到囚犯》和《新闻调查・贩毒死囚的忏悔》等，都是由于深入地关注了人物的命运而成为优秀的报道并给观众留下了深刻的印象。

5. 冲突

冲突是指观众们从屏幕上看到的，不同的利益代表、不同的个人、不同的观念对同一事件的争论性看法。现实生活中的冲突无处不在却不集中，屏幕上的冲突是经过精心的挑选和剪辑而成的，最常用的手法是就某一问题访问观念完全不同或者有冲突的甲和乙，然后把两个回答安排在片中一前一后出现，就产生了冲突。有时候冲突表现得不甚明显，是隐藏在人们平静的语言之中的，这时候记者可以通过讲述或记录人们的具体行为来表现冲突。

《60分钟·截产堕胎》(Prtial Birth Abortion)中间的冲突表现无处不在，截产堕胎是指在孕妇怀孕六个月之后进行堕胎，赞成堕胎的人们与反对堕胎的天主教徒就这个问题展开了激烈的辩论。冲突并不是所有调查性报道都应该重点表现的，但对于调查性报道来说是重要的。一方面，冲突推进报道的不断深入。另一方面，有冲突的表达也代表了各方面的意见，使报道本身具有公正性，有广泛的代表性。

6. 情感

情感因素使观众们在收看新闻时产生审美感受。如何在再现一个客观、真实的新闻事件的同时，将它演绎成一个独具特色的新闻节目，这已经成为调查记者们在表现手法上的更高的追求。比如《新闻调查》片长45分钟，相当于一集电视剧的时间，让观众们在看新闻时不觉枯燥、并产生情感上的震动的新闻节目已经出现，《新闻调查》一开始就强调故事性、强调人物命运是一个很好的定位。横看，《60分钟》和《20/20》的报道中的情感化倾向也是很明显的。《20/20·不可能是事实》中记者用主人公在真相大白获得自由时向天空大喊的一句话："Thanks God!"(感谢上帝)结束了全片。在一个有基督教传统的国家，这句话无疑在赞美上帝、赞美法律的公正，给一个进行案件调查的新闻融入了情感。《新闻调查·第二次生命》中，母亲给女儿捐肾的手术刚结束，她从麻醉状态中清醒时的第一句话是："兴奋死了!"。女儿被推入病房时，她请求别人把挡住她视线的桌子挪开，在她关切的目光中女儿仍在麻醉状态中沉睡……这样的结尾由于具有了审美特质深深地打动了观众的情感。从目前的情况看，运用情感已成为调查性报道表达的重要组成部分，并在整个电视新闻深度报道中由被否定变成了被逐渐认可。❶

论者将《新闻调查》和国外的《60分钟》进行比较，对调查报道中采用的叙事方式和构成元素，做了详细的分析，突破了创作者对调查报道的创作方法的局限，使得创作方式趋于多样，指出悬念仅仅是其中一种展开调查的方式，无论是侦探模式、社会观察与分析模式还是精神引导模式，这里面最关键的是调查者即记者的身份定位以及如何展开调查节目的问题。塞纳谈到记者应该是以一种"质疑"者的姿态去介入调查，记者需要理性地分析问题，这点是调查报道能够达到客观、公正性的一个基础。曹培鑫先生等则不完全反对记者的情感介入。当然，这也对记者提出了较高的要求，他们必须要做到这种情感的介入是以不妨碍理性的判断为前提的。对事件调查的过程呈现出记者的个性化的特点；而对于如何展开调查节目，则可以视具体情况而定。对于不同的调查节目，可以采取各种模式，目的则只有一个，那就是要能冷静分析事件，深度剖析问题，引起情感震撼，形成理性思考。只有这样才能使得调查的具有深度，借助于电视语言的形象感，体现电视语言的逻辑思辨能力，满足观众的求知欲。

❶ 曹培鑫、蓝旭：《电视新闻调查性报道探析》，载《现代传播》，2000(6)。

七、电视民生新闻

电视“民生新闻”现象是近年来各电视台制作的热点，也是理论界非常关注的一个话题，民生新闻以其对本地、本土的关注，关注百姓生活、反映百姓生活的节目形式为地方电视台的新闻内容开拓提供了一种可能。由于对本地民众的关注，民生新闻获得了民众的认可，与民众产生了很好的互动。如江苏卫视的《南京零距离》、安徽卫视的《第一时间》，北京卫视的《第七日》等栏目都取得了成功，许多地方台也开始模仿这些民生新闻的制作，一时间，民生新闻蔚然成风。然而，就在业界非常热衷民生新闻创作的时候，也出现了很多不期而至的问题，如同质化、低俗化的倾向。经过十年的发展，民生新闻所面对的困境，该如何解围呢？也许通过对民生新闻的发展历史及其自身价值和优势的分析，以及现实困境原因的探讨，可以为民生新闻的发展，开拓出一条新的路径。

(一)民生新闻的价值

有论者通过对民生新闻节目理念到节目形态的具体新闻层面的梳理，得出民生新闻的价值优势，他认为：电视民生新闻不仅是一种全新的新闻题材，更是一种全新的新闻价值取向和新闻传播理念，并且带来了电视节目生产方式的革命。这具体体现在以下几个方面：

(一)传播理念—“以受众为中心”。电视民生新闻通过热线电话、手机短信、自建网站以及市民的DV记录等多种参与方式将话语权交给广大的受众，变单向传播为双向交流和参与。

(二)传播内容—“以民为本”。电视民生新闻不仅体现在题材选择上的民生内容，而且体现在报道立场上的平民视角、价值取向上的民本意识、报道方式上的民众话语。

(三)传播价值—“多元化”。在日趋多元的社会中，电视民生新闻的传播价值的多元化正适应了日益变化的受众需求。

(四)选题来源—“民生、民情、民意”。电视民生新闻更加注重电视新闻的实用价值、情感价值和娱乐价值。

(五)采编方式— 现场调查、跟踪报道、嵌入体验、极度评说、适时直播。电视民生新闻的记者已经由过去纯粹的新闻记录者、事件的报道者转变为事件的亲历者、参与者，成为帮老百姓解决问题的当事者，增强了电视节目的服务性。

(六)节目形态—“社会新闻+评论侃谈”。电视民生新闻变传统的播新闻为说新闻。主持人不再是传声筒，而是通过点评、串联，传达自己的观点，像邻居聊天、朋友说事，把党和政府的方针政策用一种更灵活的方式传递给受众，拉近了与观众之间的距离。创新就这样在不伦不类中诞生。

(七)节目延伸—“发展为便民服务平台”。“活动是节目的延伸，节目是活动的依托”。许多电视民生新闻节目已不局限于节目本身，逐渐发展成为一套完整的便民服务平台，实现了经济效益和社会效益的双赢。❶

应该说，这基本上把民生新闻目前所具有的特点较为全面的概括了出来。民生新闻的缘起一定程度上是在于地方电视台突破国家级电视媒体主要关注大人物、大事件的新闻报道的特点，另辟蹊径关注起了平凡人的身边琐事，为自己开拓出了生存空间。然而，在具体的制作过程中，其传播理念也日趋成熟，不仅仅只是对老百姓身边琐事的报道，所以应该说民生新闻的制作不仅是内容和形式上的创新，更是一种传播理念的改变。其所固有的价值也得到了认可，有学者认为：

地方台民生新闻的出现与火暴与其自身独特的理念创新、节目定位、节目特色分不开，更与当下的社会背景脱不了关系，因为每一种电视热潮的产生都有其深刻的社会背景。

从新闻学意义上说，民生新闻的生命力在于新闻价值取向和媒介对社会功能的认识(服务性)。在新闻价值取向上，它尽可能追求新闻的接近性和趣味性(可看性)。新闻的接近性主要体现在地域上的接近和心理上的接近。地方台民生新闻都锁定于该市或该省的新闻事件，反映百姓身边日常生活中的突发事、趣事和烦心事，这些事件发生在观众身边，贴近他们的生活，容易引起观众的关注、认同和共鸣。

在新闻的表现方式上，民生新闻常从微观入手，从与人们利益息息相关的角度进行叙事，说新闻的播报方式让受众感到亲切，贴近百姓的生活实际、贴近百姓的心理。

在对社会功能的认知上，民生新闻在继续发挥新闻的信息传递功能、舆论监督功能、文化娱乐功能的同时，又增加了新闻的社会服务功能，并且越来越突出强调民生新闻的社会服务功能。这是一种服务于民的态度，一种媒体角色的转换，也是理论认识上的提高和实践中的创新，受众选择媒介的可能性与其获得的报偿成正比，与其费力的程度成反比。所以民生新闻的社会服务性，给百姓生活带来的便捷有用的信息，决定了其可持续发展的潜力无穷。

从传播学上来看，民生新闻创下的高收视率与媒体重视受众研究是分不开的。“向受众回归是中国电视改革10年来的大趋势，而以民为本，关注日常生活琐事的民生新闻的出现不过是这一趋势的深化和发展。”民生新闻无论在题材的选取上、报道的角度或方式上，都以受众的需求和喜好为出发点，以百姓喜闻乐见

❶ 孟建：《十年一剑，铸就中国电视民生新闻》，载《现代传播》，2009(4)。

的形式去表现，是对受众需求的尊重与满足。另外民生新闻重视发挥大众传播中人际传播的优势，主持人和记者以讲故事、聊天的口吻和方式向观众展示新闻事件，极富生活气息和人情味，缩小了受众与媒体的距离，人际化传播也增强了民生新闻的亲和力。节目中通过短信互动、现场热线、百姓DV记录等参与方式，促进了栏目与受众之间的互动，增强了节目的交流感，受众的积极性也被充分调动起来，改变了大众传播中传受双方的不平衡性。

民生新闻对本土化资源的开发和利用，关注、反映某一地域的百姓生活，能在一定程度上加强成员对本土文化、本民族文化的认同，其突出的贴近性、服务性和亲和力让观众找回了自己特定生活区域的“方位感”和“认同感”。

同时，民生新闻也具备一定的社会文化内涵和深层的社会意义。它在关注民众心声、聚焦百姓日常生活的同时，反映了一个区域内市民和城市的文化素养和韵味；它抨击假丑恶现象，呼吁真善美、社会的公平和正气、传播新知识和社会新风，从而赋予了民生新闻新的文化内涵和社会意义。

“民生新闻”极富包容性，充满了强烈的人文关怀，其内涵应是重大、具有深度的话题，需要媒体多层面、立体地综合考察，揭示深层的东西，进而引导公众舆论、提高公众参与社会公共事务的能力、推动社会进步。目前我国正处于社会转型期，法制、行政、经济、文化、民生、农村和改革等领域存在突出问题和矛盾，所以民生新闻仍有很多值得关注、值得开发的空间和领域。❶

探究民生新闻的价值应该将其置于中国整个新闻的发展历史脉络中去理解，正如有论者所指出的：

在与世界新闻变革潮流的沟通交流中，我国本土电视新闻共经历了4次变革。1986年中央电视台的专题报道《人大常委会讨论破产法纪实》改变了中国电视政治人物“张口无声”的历史，被称为中国电视新闻传播观念的第一次革命；第二次革命源于1993年的《东方时空》，不仅带来了新闻节目的本体变化而且也为中国电视的制度创新做出了重大贡献；第三次变革是1997年香港回归的大型直播将正在发生的新闻传递给观众；第四次变革就是世纪之交的《南京零距离》所带来的民生新闻浪潮。作为一种新型的节目样态，其关注民生、反映民情、表达民意的基调，其平视百姓、走近百姓、互动百姓的视角都掀起了中国电视新闻节目从语态到视角、从内容到形式、从播出方式到影响模式的全新转变，是与过去高高在上的、精英思维主导的、充满官方意识形态与话语霸权的新闻联播体的一次彻底决裂。对于中国电视而言，其最大的意义不仅在于将新闻中社会新闻的大语境成功转变为民生新闻的新内涵，不仅在于由传者中心到受众中心的历史性转移，不仅在于新闻采集方式由专业记者向全民记者的扩散，更重要的是民生新闻是在克隆成风的中国电视界自我孕育出的一颗真正基于自己文化土壤的、本土化创新的种子，对于中国电视栏目的发展具有标杆性的意义，被称为中国电视新闻发展

❶ 吕萌、李芸：《试论电视民生新闻的差异化表现》，载《现代传播》，2006(6)。

史上的第四次变革毫不过分。[1]

以上论者都指出了民生新闻最关键的是传播理念的改变，进而引起的传播内容和形体的变革，而这一切的改变围绕并且体现的是“以观众为主体”的思想，这对于新闻传播来说是一次质的飞跃。

(二)民生新闻的危机

虽然，民生新闻的出现对于中国新闻传播来说是一次变革，然而民生新闻所具有的市井性特点，使得人们在对民生新闻的节目定位、创作实效等方面，也存在很大的争议，有论者认为，民生新闻并没有达到其所标举的“舆论监督，人文关怀”的追求。尽管民生新闻正处于兴盛的发展态势，但影响其持续发展的潜在危机并不容人乐观。

潜在危机之一：同质化竞争。传播的同质化主要表现为在同一传媒市场大量信息产品风格接近、形式相仿、内容雷同。同质化就意味着多样性的丧失，传播环境失去了传播品种的多样性，传播生态将遭到严重破坏，进而导致传播市场结构性失衡。大量媒体拥挤在一个相对狭窄的时段和区域内，会使竞争恶化导致传媒市场的混乱。

以南京市场为例，在18点50分到20点20分这一个半小时里，有《南京零距离》《1860新闻眼》《直播南京》《服务到家》《法制现场》《标点》六档民生新闻节目。这些节目虽然在定位上略有错位但在实际操作中内容难免雷同。目前各节目的广告收益相比初创时期呈上升趋势，如果同质状态没有扭转的话，运行成本的上升和经营利润的摊薄是必然的结果，收益上升曲线的“拐点”迟早会到来。同质化还意味着品牌竞争时代的来临，如何使自己的节目具有不可替代性，树立自己的品牌，培养忠实观众是民生新闻节目必须要早做的打算。

潜在危机之二：止步于浅层表现。民生新闻较好地体现了“三贴近”原则，这在实践中已有所体现。但是，如何由“贴”而“进”做进一步提升，帮助人们积极地寻求解决问题的途径，告诉公众如何去应对社会问题，而不仅仅是让他们去阅读和观看这些问题，目前的民生新闻还有很大的发展空间。与民生新闻概念遥相对应的是美国学者20世纪90年代提出的“公民新闻”(civic journalism)理论。有趣的是该理论的初创者也没有对该概念给出明确的定义。“公民新闻”提倡新闻记者不应仅向公众展示事件、描述冲突还要向公众解释事件为什么和哪里值得关注并尽可能地提供建议帮助其参与到公共生活中去。这与民生新闻的宗旨形成某种暗合。民生新闻要保持持久的繁荣未尝不可以向其吸收合理的养分。

潜在危机之三：节目流于世俗。文学理论认为内容决定形式，形式反过来也会选择内容。民生新闻以社会新闻为主要内容决定了其“软”的表达方式。“软”的表达裹挟着新闻娱乐化的影响，如果把握不好“为民生计”的根本宗旨，将很容易在内容的选择或角度的选取上滑向低俗。一些媒体在“马加爵案”上的表现足以让我们警醒。“一时冲动杀了几个哥们，20万通缉我真是狼狈……”网上有图有声的

[1] 胡智锋、李刚：《变革、困境与开拓——由〈零距离〉升级改版看中国民生新闻的新突破》，载《中国广播电视学刊》，2009(6)。

"马加爵之歌"被搬上了电视，"星象学家认为马加爵生于5月4日，预示他有强烈的暴力倾向"之类的"报道"频频出现，专案组侦查取证的过程被演绎成了"真人秀"式的新闻。以媚俗和无立场为立场的表现使得一个严肃的话题变成了事不关己不负责任的娱乐。❶

如果说"同质化竞争""止步于浅层表现""节目流于世俗"是对民生新闻的制作层面和产业存在的危机现象的分析的话，亦有论者透过对民生新闻的理论梳理指出了民生新闻存在的深层次的危机，即现时民生新闻创制者和拥护者面临着双重悖论：

1. 若要把"民生"和"国计"强加区分，则民生新闻的内容势必会与社会整体支配性力量相脱离而失去自身的语境。事实上，民生和国计是不可能脱离的，哪一项民生内容不受到国计的主宰和限制？哪一项国计不深深影响和决定着民生？在采取"自上而下"改革路径的当代中国，百姓的民生与国计紧密相连并被后者所左右，每一个人的个人生活都与当代中国的制度性因素息息相关。"台海局势"和中央对台政策，该算"国计"了吧，但对于每一个中国人尤其是台资企业员工和在大陆做生意的台湾人来说，难道不同时是与其切身利益息息相关的民生？国家允许非公经济进入自然垄断部门，加快电信等公用事业的改革，股市改革、整顿政策的出台等，都属于国家重大政策调整，当属"国计"无疑，但这些政策调整难道不会直接影响千百万老百姓的实际生活？因此，从来就不存在与"国计"相脱离的"民生"，自然也不存在具有自足性内容和规定性的"民生新闻"。

2. 若要把"民生新闻"和"社会新闻""市井新闻"强加区别，则民生新闻将失去其实体性内容。民生新闻欲称其为民生新闻，势必要将镜头下移和平移，从"宏大叙事"挪开，转而关注"微观社会学"层面的东西。撇开其表现的具体视角、叙事语言和技巧不论，民生新闻势必成为具有另一个名头的"社会新闻""市井新闻"。

可以肯定地说，尽管民生新闻的倡导者力图独辟蹊径，在"国家新闻"和"社会新闻"之外杀出一条血路，但民生新闻这一概念在理论上并没有得到明确的界定和清晰的解说，民生新闻在很大的意义上讲只是一个全新的名称，并不是有着独立、特定的实体性内容的新闻节目类型。

其次，从各地电视台民生新闻节目的实体性内容来看，民生新闻作为社会新闻、市井新闻的色彩十分浓烈，"灰度"甚大，新闻舆论导向未必完全正确。笔者数年的收视感受是：突发性的社会事件、负面新闻以及某些社会丑恶现象，如交通事故、失火、自来水管爆裂、伪劣产品投诉、骗子设局害人、家庭纠纷、卖淫嫖娼、倒票坑人、街头打架、情侣分手引发纠纷等"社会新闻"占据了相当大的比例。电视人面临的一个棘手的问题是：民生新闻体量较大，且都是自办新闻，而且普遍强调时效性和现场报道，这样一来，记者的任务就很重，他们不可能有很多时间去思考和咀嚼社会事件的意义，第一任务就是要把属于自己的时段"填满"，不耽误电视的按时播出。在相对沉重的播出压力下，民生新闻的实体性内

❶ 李舒、胡正荣：《"民生新闻"现象探析》，载《中国广播电视学刊》，2004(6)。

容很难摆脱它力图逃脱的“社会新闻”“市井新闻”的窠臼。应该承认，民生新闻表现的上述内容是客观存在的，市民的生活本身或许是十分琐碎而具体的，但当他们的生活被搬上电视荧屏时，需要经过电视把关人的选择、提炼和重新组合，民生新闻表现市民生活“原生态”的说法是站不住脚的。电视新闻不是一面简单的反光镜，不能满足于反映光怪陆离的“原始事实”，它应该建构由一幅幅生活画面组成的客观、公正、平衡的“媒介现实”；此外，电视应该确立正确的舆论导向，应该从总体上展现社会生活的亮色，而民生新闻较难满足这样的要求，它们的“灰度”太深、太浓重。事实上，不少学者已经看出了这一点。李舒、胡正荣指出，民生新闻的潜在危机之一就是“止步于浅层表现”，“民生新闻较好地体现了‘三贴近’原则，这在实践中已有所体现。但是，如何由‘贴’而‘进’，做进一步提升，帮助人们积极地寻求解决问题的途径，告诉公众如何去应对社会问题，而不仅仅是让他们去阅读和观看这些问题”？孟建、刘华宾也认为：“交通事故、失火、自来水管爆裂这些关乎民众生活的琐事如果说过去媒体对此不播是一种不足，今天大量充斥甚至完全以此为节目构成似乎也是值得商榷的。”

再有，民生新闻在节目处理和营销上存在着娱乐化、庸俗化的现象。

在激烈的市场竞争态势下，在媒体的营收绝对依赖广告的现实情境中，媒体谋求收视率的最大化是无可厚非的，问题是，追求较高的收视率必须以节目自身的内容为本，不能靠形式上的包装甚至制造“噱头”来吸引观众的眼球。从播出的若干档民生新闻节目看，娱乐化、庸俗化的特征似乎十分明显。例如，在节目内容预报时用富有煽动力和刺激性的语言设置悬念，把某些并没有多大意义的负面社会事件作为主要内容加以突出；为了凸显节目的平民化和“民众作为电视主体”的特色，大量使用现场目击者的亲口陈述和画面；为了显示节目和观众的“互动”，经常播出群众的自拍DV片子；为了刺激收视率，不少节目还搞起了“有奖收视”活动，以丰厚的礼品回报忠实锁定节目的观众；为了最大限度地获取新闻信息，鼓励观众“提供新闻线索”“爆料”，无形中培育了一批爆料有奖的“线人”队伍等。我们认为，从日常生活获取鲜活素材、加强电视和观众的互动是十分重要的，因为记者们的生活和采访范围毕竟是十分有限的，但是，对来自观众的线索、素材必须进行严格的甄别、选择和加工，去除其中粗糙和急功近利的因素，转化为适宜电视播出的内容；电视节目以各种手段加强营销、培育品牌形象、巩固观众的忠诚度是过去极为欠缺、而今十分重要的，但是，过度倚重这些手段，或是渲染寻访获奖者的过程和获奖者的喜悦，并不十分可取。❶

应该说论者确实指出了民生新闻存在的弊端，如娱乐化、庸俗化的倾向，相对比较中肯，其中对于一些概念的辨析如“民生新闻”与“社会新闻”，这是需要制作者在实际操作过程中予以细致把握的。但造成目前民生新闻困境的原因除了同质化模仿带来的恶性竞争外，也有观众审美疲劳所产生的客观原因，更多的则是节目自身的原因。应该说民生新闻存在的问题是发展过程中不得不面对的，民生新闻的传播理念并没有错，关键在于具体的执行层面，由于制作者对民生新闻观念把握的不清晰会产生一些

❶ 王雄：《电视“民生新闻”的幻象和转型》，载《现代传播》，2006(2)。

错误操作。这就需要在对民生新闻概念进行辨析、定位的基础上进行转型。

(三)民生新闻的制作转型

民生新闻如何转型是必须正视的问题，有论者指出：

> 民生新闻创办至今，已经取得了可观的经济效益；民生新闻在全国的普遍性克隆，也说明这一电视理念和操作模式具有很大的“可公约性”和强旺的生命力。因此，现在谈论民生新闻的危机还为时尚早，它的潜力还远远没有挖掘干净。但是，一个不容置疑的事实是，民生新闻内在的一系列矛盾和悖论已经展现出来，它在“名”与“实”“新闻的量”与“新闻的质”“市场意识”与“责任意识”“新闻供给”和“新闻需求”“媒体现状”与“现实发展”之间已经形成了相当的紧张关系——克服上述紧张关系的唯一出路，既不是该种新闻节目样式的惯性发展，也不是完全否定，应该是民生新闻的自我转型。电视人如果没有这样的意识，民生新闻在可以预见的未来会面临三重挑战：1. 它会因自身缺乏创新和活力的模式化播出形式引发观众的“审美疲劳”，不能适应观众新一轮更高的收视期待；2. 它会因舆论导向上的“灰度”而招致体制的压迫性回应，失去自身的合法性根基；3. 它会因为与社会发展最深刻变化的脱节而沦为边缘化的电视节目。在我看来，民生新闻至少应该在下列几个方面完成自我转型：
>
> 第一、拓展“民生”的固有内涵，从对民众生活“原生态”的描述转入对民众精神生活和心理生活的表现，特别是公民意识的成长。当代中国的社会转型是多重意义上的，但我认为最重要的当是从传统臣民社会到现代公民社会的转型——因为只有这一转型才最深刻地反映当代中国人精神面貌的变化；换言之，当代中国人公民意识特别是公民权利意识和公民责任意识的高涨是二十余年改革开放在国人思想意识层面所取得的最大成果。电视新闻是时代的喉舌，是社会生活的真实记录，理应聚焦当代中国人(尤其是城市居民)精神生活和心理生活中最伟大的进步。从这一角度看，城市新闻既要反映城市生活的物质形态、事件形态，更要反映政府建设法治社会、打造民主服务型政府、还政于民的积极努力，描绘城市居民参政议政、参与社会事务、臧否社会人物(包括政府官员和社会名流)、热心社会公益事业、投身社区文化建设、维护自身合法权益的种种可贵行为，表现城市居民摆脱传统礼俗观念束缚、塑造新的城市文化的自觉行动，展示和推动尊重个性、尊重个人选择自由、鼓励文化多元形态、提倡开放、宽容等现代意识的新的社会风尚，聚焦市民追求理性生活、自觉维护公序良俗、创业自强的崭新社会心态。在我看来，这些领域才是城市电视新闻应该着力表现的东西。从全国各档民生新闻的已有内容看，上述方面还没有得到应有的重视，还没有成为城市新闻中最绚丽的风景。
>
> 第二，城市电视新闻要正确反映社会矛盾，营造公正、平衡、真实、全面的“媒体现实”，疏解市民情绪，实施正确的新闻舆论引导，为和谐社会奠定和谐舆论的基础。当代中国正处于社会转型期，各种社会矛盾层出不穷；城市人口密集，社会交往频繁，生活处于高速、紧张的运转状态，因而各种矛盾更为突出。城市电视新闻要完整、准确表现社会生活，就不能回避各种矛盾；新闻媒体有“环境监测”的功能，充分地提供环境信息(包括各种负面信息)是其不可推卸的责

任。在此基础上，电视强化自身的舆论监督功能，也是政府和群众大力支持的。但是，电视人须知，电视作为当今强势媒体，能够凭借它所塑造的“第二现实”（即“媒介现实”）影响人们对“第一现实”（即社会现实）的认识，并由此形成观众的“刻板成见”。美国资深记者沃尔特·李普曼深刻地指出：“我们的见解不可避免地涵盖着要比我们的直接观察更为广泛的空间、更为漫长的时间和更为庞杂的事物。因此，这些见解是由别人的报道和我们自己的想象拼合在一起的。”现代传播学的“框架理论”也证明了这一点。媒体既然在形成公众社会认知和群体舆论方面如此重要，客观上就要求媒体在处理社会矛盾时必须持十分谨慎的态度，不能一味地展示矛盾，扮演“扒粪者”的角色，更不能有意或无意担当“媒体仲裁者”或“媒体法官”的角色。在这方面，民生新闻确实存在着不少问题，容易诱导观众对社会生活形成不正确或片面的“刻板成见”。在我看来，民生新闻在展示社会矛盾、开展舆论监督时，要特别注意区分三类不同性质的矛盾：一类是由腐败、渎职、官僚主义造成的社会矛盾，对于这一类矛盾媒体应该毫不留情地加以揭露并予以无情的批判；另一类是由于客观条件和改革配套措施没有到位而引发的社会矛盾，对于这一类矛盾，媒体一方面要准确设置议程，敦促政府努力创造条件促使矛盾早日解决，另一方面要对观众进行耐心的说服和解释工作，让他们能够理性地看待矛盾；第三类是由于转型期群众观念和社会习俗相对滞后形成的社会矛盾，对于这一类矛盾，媒体要发挥自身“教化”的功能，引发群众的社会讨论和自我教育。

民生新闻节目只有正确认识和处理各种类型的社会矛盾，才能营造公正、平衡、真实、全面的“媒体现实”，疏解市民情绪，为和谐社会奠定和谐舆论的基础。

第三，民生新闻要致力于构建开放、和谐、活跃的社会公共领域，汇聚民意，凝聚民智，促进城市民主政治的发展。“公共领域”理论是目前世界范围内的理论热点，是公民社会理论的有机组成部分；由于当代中国正处于从传统社会向公民社会的转型之中，因而这一理论受到媒体界的特别关注。如果说公民社会理论内容极为丰富，是一种宏大叙事的话，那么，作为其支柱之一的公共领域理论则是前者的华彩乐章。法兰克福学派的代表人物哈贝马斯认为，“公共性”是一个极为重要的社会范畴，“公共性本身表现为一个独立的领域，即公共领域，它和私人领域是相对立的。有些时候，公共领域说到底就是公共舆论范畴，它和公共权力机关直接相抗衡。有些情况下，人们把国家机构或用来沟通公众的传媒，如报刊也算作‘公共机构’”。显然，公共领域是这样的一种社会空间：各种社会意见自由进入这一领域，针对某些特定的社会问题展开讨论和争辩，在意见的博弈中形成社会共识，并据此监督公共政策的决策和施行，规范公众自身的行为。由于现代社会是一个巨系统，只有大众传媒能够有效地连接分散的公众，因而媒体已经在事实上成为公共领域的主要建构者——电视作为强势媒体，其作用自不待言。

从另一方面看，城市是社会资源的聚集之地和社会生活最活跃、最富有生机的处所，媒体高度集中，市民（相对于农村人口）的政治素质、文化程度较高，信息掌控能力较高，因而是公共领域最为活跃之地。具有鲜明地域性和本土化特征的民生新闻有能力也有责任在开拓城市公共领域方面做出特殊的贡献。现在不少民生新闻节目强调电视和观众的“互动”，但这种互动目前还处于十分低级的阶段，主要是设置一个话题让观众进行表决，栏目开展一些社区服务，或者搞有奖收视、派送礼品等。我所理解的媒体和观众的互动，不是指上述形式，而是指如下内容：(1)民生新闻一定要坚持节目的服务性理念，依据市民的切身利益和真正的热点、难点、疑点设置节目议程和具体内容，不能一味迎合市场需求和“眼球经济”；(2)节目主创人员应当预测观众对节目议程和内容的可能反应，尽可能做到媒体议程和观众议程的同一或接近，媒体主观导向和观众客观理解和反应的统一；(3)媒体要弱化“指导者”、“仲裁者”的角色，强化自身“社会论坛”的功能，以各种形式邀集社会各界市民代表和专家学者对某些热点问题展开讨论，注意观点的全面性和平衡性，以期达成理性共识，形成和谐舆论；(4)媒体要提高自身的公信力和影响力，促进“议程设置”(agenda-setting)向“议程建构”(agenda-building)转化，为公共决策的民主化、科学化和合法化贡献自己的力量。

笔者相信，电视民生新闻只要坚持自身的策略定位，在“祛魅”的同时进一步明确目标和方向，适时完成自身的结构转型，以“理性”和“建设性”作为自己的旗帜，就一定能够赢得更大的发展空间，创造电视新闻的新标杆。❶

论者提出的民生新闻发展路径的实施策略与孟建先生对中国电视民生新闻十年历经三个阶段的梳理，其结论有相似的地方。论者指出民生新闻要经历从“(一)本土话语阶段——地方新闻(Local Journalism)(新闻的关注点是地方上人们自己身边所发生的事情，但地方性新闻在观念上缺乏大视野，容易流于琐碎事件和表面现象，甚至为迎合观众的口味而出现了低级化、庸俗化的倾向)到(二)平民话语阶段——社会新闻(Society Journalism)(社会新闻是一种“小民生”，它更偏重于展示百姓平凡生活的“原生态”，关注他们的悲欢离合、酸甜苦辣。它虽然在取材上是以普通百姓生活为主，但却忽略了民众参与社会生活的权利。)再到(三)民主话语阶段——公共新闻(Pubic Journalism)(即新闻记者不应该仅仅报道新闻，他的工作从民生新闻的创作来说，还应该包括：致力于提高公众在获得新闻信息基础上的行动能力，关注公众之间的对话和交流的质量，帮助人们积极地寻求解决问题的途径，告诉社会大众如何去应对社会问题)的转变”。❷

这其实也就是王雄先生所说的要通过拓展“民生”的内涵，培养民众的公民意识，使得民生新闻要致力于构建开放、和谐、活跃的社会公共领域，汇聚民意，凝聚民智，促进城市民主政治的发展。这就是从“小民生”向“大民生”的转型。孟先生认为实现这种转型的基础是：

这是因为，随着改革开放的深入，公民的社会觉悟和权利意识也在不断提高和加强。民众除了关注自己的生活状态，也希望参与到社会公共生活中。在民生新闻报道中，媒体还负有一项重要使命，那就是培养公众参与公共事务的理性。

❶ 王雄：《电视“民生新闻”的幻象和转型》，载《现代传播》，2006(2)。

❷ 孟建：《十年一剑，铸就中国电视民生新闻》，载《现代传播》，2009(4)。

“公共新闻”要求媒体充分收集、组织和引导公众舆论，提供一个话语平台作为公众理性讨论和开放性交流的空间。它把官方的声音、社会精英和百姓的声音整合为“公共的声音”，所有这些声音共同构成真正的主流社会话语权，使公共领域的空间得到充分扩展。由此在各种力量之间架设起沟通的桥梁，从而重构了媒体、政府、公众之间的关系。

现代新闻价值观特别强调，新闻价值就是指它的使用价值、精神价值，有用、有益、有效才是其核心要素。新闻要有助于受众物质生活的需求，更要满足于社会进步的要求和对受众有益的精神需要，给予认识上与道德上的提高。中国电视民生新闻的未来之路，正是从“小民生”向“大民生”的转变。

……

建立在公共意识上的“大民生”理念，不再局限于单个新闻现象或事件本身，而是借由个体现象发现普遍问题，将“民生”与“国计”联系起来，强调媒体在公共生活领域的导向和介入。努力通过电视新闻节目这一平台，培养民众的公共意识，提高他们参与社会生活和解决社会问题的能力。就此而言，我们要切记：“民生”绝不等于“民粹”。[1]

综上所述，民生新闻更多的应该是一种“心态”，而不是“姿态”，以民为本，平等地反映普通百姓的日常生活中所关心的民生问题，而不仅仅是家长里短。而且民生新闻要实现“小民生”到“大民生”的转型，只有实现这样的转型，民生新闻的创作才会有生命力，才能长久，才能实现真正意义上的传播观念的转变。

---

❶ 孟建：《十年一剑，铸就中国电视民生新闻》，载《现代传播》，2009(4)。

参考文献

[法]安德烈·巴赞．电影是什么．崔君衍译，北京：文化艺术出版社，2008

[德]黑格尔．美学(第1卷)．北京：商务印书馆，1979

[美]约翰·霍华德·劳逊．戏剧与电影的剧作理论与技巧．邵牧君，齐宙译，北京：中国电影出版社，1978

[美]沃尔夫·里拉．电影电视创作与技巧．周传基译，河北：河北教育出版社，1991

[美]罗伯特·麦基．故事—材质、结构、风格和银幕剧作的原理．周铁东译，北京：中国电影出版社，2001

[美]克莉丝汀·汤普森、大卫·波德威尔．世界电影史．陈旭光，何一薇译，北京：北京大学出版社，2004

[美]詹姆逊．晚期资本主义的文化逻辑．北京：三联书店，1997

[匈]巴拉兹·贝拉．电影美学．何力译，北京：中国电影出版社，2003

[法]洛朗·克勒通．电影经济学．刘云舟译，北京：中国电影出版社，2008

[澳]理查德·麦特白．好莱坞电影—1891年以来的美国电影工业发展史．吴菁，何建平，刘辉译，北京：华夏出版社，2005

罗艺军．20世纪中国电影理论文选．北京：中国电影出版社，2003

李恒基，杨远婴．外国电影理论文选(修订本)．北京：生活·读书·新知三联书店，2006

钟惦棐．钟惦棐文集．北京：华夏出版社，1994

桂青山．影视剧本创作教程．北京：北京师范大学出版社，2004

黄会林，彭吉象，张同道．电影艺术导论．北京：中国计划出版社，2003

蓝爱国．好莱坞主义：影像民间及其工业化．广西：广西师范大学出版社，2003

周安华．电影艺术理论．北京：中国广播电视出版社，2005

张文俊．数字时代的影视艺术．上海：学林出版社，2003

黄会林，周星．影视文学．北京：高等教育出版社，2003

童庆炳．文学理论教程．北京：高等教育出版社，2002

汪流．电影编剧学．北京：北京广播学院出版社，2000

宋家玲．影视文学创作论．北京：北京广播学院出版社，1997

倪学礼．电视剧剧作人物论．北京：中国广播电视出版社，2005

王迪．电影剧作家的探索．北京：中国电影出版社，1985

沈嵩生．电影学原理．北京：文化艺术出版社，1989

邵牧君．西方电影史概论．北京：中国电影出版社，1984
金丹元．电影美学导论．上海：复旦大学出版社，2008
邵牧君．西方电影史论．北京：高等教育出版社，2005
陈默．影视文化学．北京：北京广播学院出版社，2001
金冠军，钟瑾编．电影创意产业．上海：东方出版中心，2009
俞剑红．中国电影企业运营模式研究．北京：中国电影出版社，2009
游飞．美国电影艺术史．北京：中国传媒大学出版社，2006
郝建．影视类型学．北京：北京大学出版社，2002
尹鸿，冉儒学，陆虹．娱乐旋风——认识真人秀．北京：中国广播电视出版社，2006
石长顺．电视专题与专栏——当代电视实务教程．上海：复旦大学出版社，2009
史可扬．电视栏目和频道分析．广东：中山大学出版社，2007